DIFFERENT SEASONS

肖申克的救赎

布面珍藏版

STEPHEN KING

〔美〕斯蒂芬·金 著

施寄青 赵永芬 齐若兰 译

人民文学出版社
PEOPLE'S LITERATURE PUBLISHING HOUSE

著作权合同登记:图字 01-2020-2574 号

Stephen King
Different Seasons

图书在版编目(CIP)数据

肖申克的救赎:布面珍藏版/(美)斯蒂芬·金著;施寄青,赵永芬,齐若兰译.—2 版.—北京:人民文学出版社,2022(2023.4 重印)
ISBN 978-7-02-017145-3

Ⅰ.①肖… Ⅱ.①金… ②施… ③赵… ④齐… Ⅲ.①中篇小说-小说集-美国-现代 Ⅳ.①I712.45

中国版本图书馆 CIP 数据核字(2022)第 082889 号

责任编辑 胡司棋
特约策划 邱小群
封面设计 李苗苗

出版发行 人民文学出版社
社　　址 北京市朝内大街 166 号
邮政编码 100705
印　　制 凸版艺彩(东莞)印刷有限公司
经　　销 全国新华书店等
字　　数 421 千字
开　　本 890 毫米×1240 毫米 1/32
印　　张 12.875
版　　次 2006 年 7 月北京第 1 版
2016 年 1 月北京第 2 版
印　　次 2023 年 4 月第 2 次印刷
书　　号 978-7-02-017145-3
定　　价 138.00 元

目录

他先是喜欢写作，然后赚到了钱（代序）

——略谈斯蒂芬·金的创作生涯

傅月庵

斯蒂芬·金始终焦虑着，自从他发现自己爱上写作这件事之后。

一九五四年，七岁的他，因病休学在家，整天躺在床上看漫画。在母亲的鼓舞下，他创作了一个四页长的魔法动物故事，获得母亲赏赐的一块美金稿费。他自觉人生就此开启了一扇“可能”的大门，但，焦虑也随之开始了。

不同的人生阶段里，这种关于写作的焦虑，以着不同的面貌出现。“退稿”当然是其中一种，但不严重。对于一个以写作为乐的十四岁少年而言，墙上悬挂退稿的钉子因无法负荷重量而掉了下来，充其量换一根更长一点的就是了。类如“写得很好，但不适合我们。你很有才华，再加把劲吧！”的退稿注语，则让他大受鼓舞，深感希望无穷，前途无限。

一生最爱是恐怖

真正让人焦虑的是，他自小就对公认有助于“精神向上提升”的优良课外读物诸如《白雪公主》、《安博公爵》……无甚反应，吸引他废寝忘食钻读、赶场的书籍和电影，几无例外都是关于火星人、吸血鬼、僵尸、盗墓者、活死人、蛇发魔女、开膛手杰克……这种直到今天还是被教育人士视为“儿童不宜”的“低劣”创作，并且越血腥、越恐怖、越能让他感到兴奋满足。写作反映人生，你读了些什么、想了些什么，动之于心，很自然形诸于笔，尤其对于中学八年级生而言。

一九六一年某月的某一天，斯蒂芬·金把他所看到、自认为精彩无比的彩色恐怖片《陷阱与钟摆》（*The Pit and the Pendulum*）改写成小说，自编自印，带到学校去兜售，一个上午便卖了三十六本，现赚九块钱，成了他的“第一本畅销书”，也让他这个穷苦人家的小孩大受鼓舞，深感“钱”途有望，更多零用钱终于不是梦。下午两点钟，他被叫到校长室，校长要他把钱退还同学，还训了他一顿：“我真搞不懂，斯蒂芬，你明明有才华，却为什么老爱写这些垃圾东西，白白糟蹋天分呢？”斯蒂芬·金羞愧地遵命退钱，却不认输。那年暑假，他又自写自编自印了个《外星人入侵》的故事，大卖一场。然而，赚足了零用钱的他，内心还是感到羞愧，耳边不停浮现校长的话：为何要糟蹋天分？为何要浪费时间？为何要写这些垃圾？

此后二十多年之间，这些话成为斯蒂芬·金挥之不去的阴影。他还在写，且割舍不下“这些垃圾东西”。“写作是一种涂鸦。我们每个人的思想都像一个滤网，网的大小和尺寸都不同。我的滤网流不过的东西，也许可以流过你的滤网，而且一点困难也没有。你的滤网流不过的东西，也许在我的滤网中通行无阻。我们每个人似乎都有与生俱来的责任去转换这些堵住我们思想滤网的糟粕，最后会发展出某种才艺来。”成名之后，斯蒂芬·金曾经这样解释他的写作嗜好，他的思想滤网流不过去的，就是“恐惧”这件事，这是天性，所以他爱写，也几乎只写“恐怖小说”。

一生最爱是恐怖，听起来似乎有些病态，许多人也认为这是斯蒂芬·金在尝到甜头、靠着吓人赚得亿万家产之后的说辞，根本是哗众取宠的一派胡言。然而，正如孔子所言：“富与贵，是人之所欲也；不以其道得之，不处也。贫与贱，是人之所恶也；不以其道得之，不去也。君子去仁，恶乎成名。君子无终食之间违仁，造次必于是，颠沛必于是。”我们若以“恐怖小说”跟“写作”来代替“道”与“仁”这两个字，再用这段话来形容斯蒂芬·金的这一生，则虽不中亦不远矣。

我知道我有多认真

一九七三年的斯蒂芬·金：大学毕业两年，二十七岁，已婚，眼镜镜片越来越厚重，卡其裤已快装不下日益向外扩张的啤酒肚。育有一子一女的他，好不容易在高中找到一份教职，却入不敷出，暑假里还得到洗衣工厂打工，老婆塔比莎则穿着粉红制服在甜甜圈店里当服务生。全家人住在一辆拖车里，电话被断线了，更没钱修理代步用的破烂“别克”车。他终日担心会有额外的账单，也被教学跟行政会议搞得兴味索然，“这不是我该拥有的生活！”跟所有人一样，斯蒂芬·金被生活压得喘不过气，却看不到任何改变的曙光。

然而，即使生活如此艰难，他还是在写作，还是在投稿，而且，还是写恐怖小说，书桌抽屉里随时躺着五六份未完的手稿。“为何要糟蹋天分？为何要浪费时间？为何要写这些垃圾？”老校长的这几句话，想必也曾浮现在他的脑海之中，不过此时的他大概无暇顾及这些了。毕竟，有时候“垃圾”被录用了，额外的稿费收入总会带来意外的欢乐。全家大吃一顿、多买些日用品、带耳朵有问题的女儿去看早该看的医生。这有什么不好呢？他真正担心的是，眼见而立之年即将到来，自己到底能不能成为作家，靠写作为生呢？

人的命运难说，事后回想，一个小动作，往往决定了一生的走向。要不是老婆塔比莎始终认定斯蒂芬·金有才华，写作绝不是浪费时间，总是鼓励他多花时间在写作上；要不是她从字纸篓里把已经被揉掉的《魔女嘉莉》(*Carrie*)草稿捡了回来，抖掉烟灰，摊平开来阅读，还贴心地对老公说“这个有搞头，你一定行的”！斯蒂芬·金能否挣脱金锁走蛟龙，平地一声起高楼，只怕还在未定之天呢。但不管怎么说，一九七四年，《魔女嘉莉》出版已经是一个历史事实了。这本书像个实现了的“美国梦”，让斯蒂芬·金一鸣惊人，一飞冲天，一夜成名，也造就了美国文学史上最重要的畅销书作家之一——接下来，他花三十年时间，以双手之力，开创出“社会恐怖小说”这一类型阅读，与安·莱丝、狄恩·昆兹、彼得·斯陶伯、约翰·法瑞斯等人共同铺设出一条宽阔的大道来。

《魔女嘉莉》预付版税仅二千五百美元，畅销之后，光平装本版权就卖了四十万美元，他拿到一半的二十万，等于三十一年的教书薪水。斯蒂芬·金时来运转，终于发了！能够无忧无虑、全心全意做他爱做的事，他也更加勤奋了。此后三十年里，每天一大早，他就坐在打字机前写作，至少要写个一千五百字才起身，且每年只在国庆日、生日和圣诞节这三天停笔歇息。（后来他承认，这是为了找话题才这样说的，其实一疯魔了，这三天照写不误！）“我不断地写，因为这是我能做的最好的事情了。有人花上二十年做心理分析，想去了解他们为何有某种兴趣和感觉，我只是放纵它们。”“当我坐在打字机前时，我知道我有多认真。”某次接受访问时，斯蒂芬·金曾这样说道。

到了一九八二年，短短八年中，他已写出十本小说，本本卖钱。一九八五年之后，速度更快了，曾在十五个月内连续出版了四部新作，其中《它》(*It*)厚达一千一百三十八页，重逾三磅又七盎司半，简直是书市大忌，但照样“呱呱叫”，独占鳌头，畅销百万余册。一九八八年里，他曾有四部小说同时登上畅销书排行榜，成了美国出版界破天荒的大事。整个八〇年代里，斯蒂芬·金可说攻无不胜、战无不克。据统计，这十年里，美国大大小小最畅销的二十五本书里，他一人就占了七本，当真空前绝后！

版税之外，从第一本小说起，斯蒂芬·金的另一笔财富就是来自影视收入。由于他实在会讲故事，且惊悚悬疑还带着血腥杀戮的内容，又格外适合改编成影视，因此几乎每一本小说都被搬上银幕，让八〇年代过着相对太平却也单调日子的美国民众获得了刺激的宣泄。有人曾私下统计过，一九九〇年秋天，不到一个月的时间里，斯蒂芬·金同时有一部小说在电视播出、两部小说在电影院放映、另一部正在拍摄中。其利益之庞大，可想而知。事实上，今天我们所熟知的好莱坞工业与出版市场紧密结合，“小说还在写，电影就说好会开拍”这一生产模式，几乎斯蒂芬·金就是始作俑者，再经过约翰·格里逊、麦克·克莱顿、汤姆·克兰西这几位畅销天王发扬光大而确立的。

斯蒂芬·金写得快又卖得好，名利双收，出版等于印钞票，昔日戏言富贵事，今朝都到眼前来。然而，他似乎又焦虑起来了。本来就爱喝两杯的他，到了一九八五年，酒瘾、药瘾纷纷上身，不但酗酒，还吸食古柯碱。这是为什么呢？“成名症候群”的患得患失，以及定期出版的压力都可能是原因，但以斯蒂芬·金在此时期的出书质量来看，大约都不成问题。隐藏在意识底层的，“为何要糟蹋天分？为何要浪费时间？为何要写这些垃圾？”如影随形，如蛆附骨，只怕老校长的魔咒还在蠢蠢作祟着。

从担心“恐怖”到担心“不恐怖”

一九八二年，斯蒂芬·金已经接连写出《撒冷地》（*Salem's Lot*）、《闪灵》（*The Shining*）、《守夜》（*Night Shift*）、《死亡区域》（*The Dead Zone*）、《凶火》（*Firestarter*）、《狂犬库丘》（*Cujo*）这些哄传一时的叫座小说，声名大噪，隐隐然具备“畅销霸王”气象之时，他却出版了《肖申克的救赎》（*Different Seasons*）。这一本书颇出乎读者跟出版界意料之外，是由四个中篇小说组成，前三个与恐怖几乎沾不上边，最后一个虽颇惊悚，但跟之前的“超能力”、“吸血鬼”、鲜血满地流相较起来，简直是小巫见大巫了。关于这本书，斯蒂芬·金后来曾透露：“我花在上面的精神比任何一本书都多。”“也许一生再也不会出版另一本完全相同的书了。”为什么要花这么多精神？为什么再也不会有第二本了？答案还得从这本书里去探索。

斯蒂芬·金在《肖申克的救赎》的《后记》里追述，当他出版《魔女嘉莉》后，又写了《撒冷地》，编辑有点替他担心，原因是怕他被“定型”为“专写恐怖小说的作家”。斯蒂芬·金对这事看得较轻松，要他等几年再说，原因是“在美国，没有人能专靠写恐怖小说赚钱”。言下之意，当然是指他还会转型的。后来，《闪灵》又大卖，编辑更担心“定型”问题了。斯蒂芬·金却还是一派轻松，认为被定型也无妨，“如果读者喜欢，我就继续写恐怖小说好了，这样也不错。”等到《肖申克的救赎》出来了，他的编辑还是在担心，重点却不一样了，“我可不这么认为。里面能不能有一篇是恐怖故事？”“我大概可以加强一点恐怖气氛。”“好极了！还有那本新小说——”“写一辆闹鬼的车如何？”“这才对呀！”

从担心“恐怖”到担心“不恐怖”，清楚说明了市场的力量正一步步把斯蒂芬·金给“定型”下来。但也说明了，就算一生最爱是恐怖，就算八年写了十部小说，本本畅销之后，他还是有些疑惑，无法肯定自己到底是不是在写些“垃圾”、在“糟蹋天分”、在“浪费时间”？这种焦虑，透过《尸体》里被公认为斯蒂芬·金的化身的叙事者戈登的口中说得很清楚：“许多书评人说我写的东西都是狗屎，我也时常觉得他们说得没错……我的故事太像童话故事了，显得荒诞不经。……我想知道我所做的这一切是否真有任何意义？一个人能以写杜撰的小说致富，这是个什么样的世界？”

黑暗的另一半

读者喜欢我就写，斯蒂芬·金是这样说的。然而，足以肯定一个作家的，除了读者的掌声之外，别忘了，还有书评人——像老校长那样，老爱把“畅销”跟“垃圾”画上等号的书评人。在无钱买米买盐的时候，赚钱养家求温饱是最迫切的需要，旁人说好说坏都不重要。一旦财源滚滚、衣食无虞之后，自我肯定就变得重要了。这一肯定，往往都要靠“名”，且是“好名”，而不是“恶名”。毫无疑问，斯蒂芬·金才华横溢，但正如他所说，喜爱黑暗不可知的事物是他天生的兴趣，他依着上帝所赐予的写作才华，顺着自己的天性去创作，他够认真、很努力，外界也回报他足够的财富跟名气。但，为什么总有一些人，且是他认为值得尊敬、应该重视的人，却总是认为他在哗众取宠，一味赚钱；老是批评他所写的东西不入流，赚再多的钱也还是“垃圾”？如果说，一个作家最重要的事情就是“忠于自己”，那他肯定做到这点了。但为什么主流文学界还是没办法肯定他呢？

这个焦虑后来成为斯蒂芬·金文学创作中很明显的一个特质，他经常以畅销作家为写作对象，远如《头号书迷》(*Misery*，1987）中被狂热女书迷所绑架的那一位，近如《尸骨袋》(*Bag of Bones*，1998）里被创作瓶颈压得喘不过气来的这一位，其中均不无夫子自道的意味。

最值得注意、也最具象征意义的则是《黑暗的另一半》(*The Dark Half*，1989)，那位专心于严肃文学创作却一事无成，偶然游戏文章，写了几本恐怖小说竟名利双收的中年作家。因为越写越觉得糟蹋天分、浪费时间，他想抽腿罢手了。透过杂志报道，搞了个亲手“埋葬分身”的仪式，在坟场拍了几张“我的墓碑”的照片，用以昭告世人。谁晓得竟把那个无中生有、照理说已经一死百了的“通俗分身”给唤醒了。“他”从坟坑中爬了出来，大开杀戒，把每一个涉及谋杀“他”的人都给杀了。最后还绑架中年作家的妻儿，威胁他再写一部系列小说，好让自己能复活，也取代他的地位。故事结局，“严肃文学”终究还是打败了“通俗文学”，把“他”赶回“他”该待的黑暗世界里。书中有一段话，让人浮想联翩：“任何靠创作维生的男人或女人都必须这样。一个活在正常的世界上……另一个创造世界。他们是两个人。至少是两个人。”但，为什么通俗文学的那一位是“黑暗的一半”，而“活在正常世界上的这一位”又非要将他置之死地呢？现实的斯蒂芬·金分明是“黑暗”那一边的人，可他为什么还是把“自己”给处死了？这种处死的深层心理结构是什么呢？

通俗文学属于“黑暗的一半”。就斯蒂芬·金而言，现实似乎就是这样。一九八六年，他出道十二年，早已家财万贯，名利双收，在美国文坛上，却像个新兴暴发户，只能孤芳自赏。代表主流的“美国国家图书基金会”(National Book Foundation）从来不曾正眼看待过他，别说作品入围“全国图书奖”什么的，就连每年的颁奖典礼，冠盖满京华，也从来不曾寄张请帖给他：你想来，就自己掏钱买餐券吧！斯人独憔悴的斯蒂芬·金或许因此气不过，决心换跑道再出发。这一年里，他公开宣布放弃恐怖小说创作，转向较无门户之见、始终很肯定他的努力的科幻、奇幻小说（这时的他，早获得代表这两类小说创作最高荣誉的“雨果奖”〔Hugo Awards〕、“卢卡斯奖”〔Locus Awards〕跟“世界奇幻文学奖”〔World Fantasy Awards〕）。

正直体面，甚至是高贵的

此消息传出后，“金迷”一片哗然，坚决反对，抵死不从。靠他吃饭的那些影视中人更不用说了。其情况恰恰合了一句谚语：“扮戏的要散，看戏的不肯散。”最后，斯蒂芬·金或者拗不过书迷的热情、本性的呼唤，以及，也很重要的，白花花银子的诱惑，写着写着，还是回到恐怖小说这条道路上来了。一九八七年，他写出了《头号书迷》，后来搬上银幕，改名《惊情十日》，那个被狂热女书迷所绑架、刀斧加身、硬逼他照着她之所爱写作的畅销作家，相当程度上，当是反映了彼时斯蒂芬·金的内心感受吧。

被“绑架”了的斯蒂芬·金，一如胡适口中的“过河卒子”，退既无可退，只得拼命向前。向前的方法，除了更细腻、更讲究创作技巧，多些“人性心理”，少些“血腥暴力”；多些“凡夫俗子”，少些“特异功能”之外，他也重拾短篇小说，在《纽约客》（*The New Yorker*）上发表小说，证明自己的才华。甚至，从“双日”（Doubleday）到“维京”（Viking），再到“斯克莱布诺”（Scribner），一路更换出版社的轨迹，也说明了他越来越“严肃”以对的态度（一九九六年，他以《黑衣男子》〔*The Man in the Black Suit*〕摘下代表短篇小说最高荣誉的“欧亨利奖”〔O.Henry Awards〕，算是这一连串努力的结果）。更重要的是，不平则鸣，只要有机会，斯蒂芬·金总不惜发动口角干戈，也要跟人辩论到底：“大众小说”绝非“垃圾”的代名词，受欢迎未必就不是好文学！

一九九一年，美国笔会通讯针对“通俗文学”与“严肃文学”的分野进行讨论，小说家厄休拉·佩琳（Ursula Perrin）写了一封信给笔会，公开说：“我写的是‘较好的’小说，意思是说，我不写罗曼史或恐怖小说或推理小说。”这段话激怒了斯蒂芬·金，他疾言厉色地反驳，就算畅销小说也分千百种，其中有好的，也有坏的，“他们中间某些人的作品，有时或经常充满文学性，且全都是讲故事的好手。而这使我远离了平淡无趣的生活……丰富了我的闲暇时光。这样的创作，在我看来，始终是正直体面，甚至是高贵的。”哪能一锤定音，妄定优劣呢？

“只有好小说跟坏小说之分，没有严肃文学跟通俗文学之别。”斯蒂芬·金想说的就是这个。然而，一如前此所有关乎此一主题的讨论，这次的争论，还是各自表述，偶有交集。原因是，此事表面虽仅关乎“严肃文学”跟“通俗文学”区分的合理性与否，但，问题底层除了文学典范的更替、文学史的流变，例如，狄更斯如何从通俗多产的通俗文学作家一变而为今日英国文学史中浪漫主义的经典作家；或艾略特（T.S.Eliot，1888—1965）的《荒原》（*The Waste Land*，1922）跟乔伊斯（James Joyce，1882—1941）的《尤利西斯》（*Ulysses*，1922）如何型塑现代主义，而将小说带入到“晦涩难懂才叫文学”的窄胡同等等，事实上，还涉及二十世纪以来的文化变迁，例如，写作的商业化、出版的娱乐化、文化霸权的攻防，甚至人性的本质，绝非三言两语说得清楚、讲得明白的——“道假诸缘，复须时熟”，典范的更替，岂是说换就换的？

最后的肯定

一九九九年，斯蒂芬·金惨遭车祸，幸得大难不死。二○○○年出版《写作这回事》（*On Writing*），颇有为自己一生盖棺论定、薪传后人的意味。二○○二年夏天，传出他罹患老年黄斑病变，恐有失明之虞；到了冬天，他又说要急流勇退，即将封笔了。这一切的一切，似乎都显示长日将尽，时不我予。大师一辈子念念不忘，希望能在美国文学史上立块碑，好向老校长证明自己没有糟蹋天分、没有浪费时间、不是写些垃圾的心愿，眼看是无法完成了。谁知就在这个时候，“美国国家图书基金会”竟然宣布，他获得二○○三年全国书奖的“终身成就奖”，理由是他的作品“继承了美国文学注重情节和气氛的伟大传统，体现出人类灵魂深处种种美丽的和悲惨的道德真相。”

斯蒂芬·金终于收到请帖了，而且是上台领奖的请帖。消息传出，美国文学界仿如被捅穿了的马蜂窝，群情沸腾：不屑者有之，阴谋论以对者有之，鼓掌叫好者有之。争论持续一个月，从报章杂志一直延续到颁奖会场。保守派大将、一辈子宣扬“西方正典”不遗余力的耶鲁大学教授哈罗德·布鲁姆（Harold Bloom），开炮直斥这是“可怕的错误”，因为斯蒂芬·金“根本不是个好作家”，“他的作品，过去被称为‘廉价惊险小说’。就是这玩意儿，他们竟还相信里面有什么文学价值、美学成就，以及启迪心智的思想，这只能证明这群评审都是白痴！”著名文学评论家列夫·格罗斯曼（Lev Grossman）则在《时代周刊》写了一篇《老金万岁》，大力声援斯蒂芬·金。他认为“斯蒂芬·金的努力不但是诚恳的，而且是勇敢的”，“下一个文学浪潮，不会来自高雅处，而是来自低俗处，来自药房架板上那些用烫金外包、封面轧花印字的平装本。该干什么就干什么，继续读你的吧。这场变革不会让圣徒们为之欢呼的”。

圣徒不但没有欢呼，还当面“吐嘈”斯蒂芬·金。二○○三年十一月十九日，颁奖典礼于纽约举行，斯蒂芬·金不顾肺炎感染，抱病出席，还花了七万多美元，大手笔包下六张桌子，邀请同为畅销作家的好友谭恩美、约翰·格里逊参加，也给他们一张免费的请帖。他诚恳呼吁“在所谓‘通俗小说’与所谓‘严肃文学’之间，建立起沟通的桥梁”。然而，以《大火》(*Great Fire*)一书赢得该年度小说奖的七十二岁老作家雪莉·赫札德(Shirley Hazzard)，却不买这位五十六岁小老弟的账，不但告诉美联社记者，自己从没读过斯蒂芬·金的小说，还当着九百位来宾的面，老实不客气地说：“就算给我们一份当前最畅销的书目，我也不认为我们会从中得到更多满足。”“我们的这些爱好是严肃的，我们有自己的直觉、个性，我们知道自己该读些什么。”

结　语

在可预见的将来，“通俗”与“严肃”之间的文学战争，只怕要再继续相持下去。斯蒂芬·金还看得到，但未必还会去趟浑水，与人对骂。毕竟，他已挣得他最想要的那一块功碑，对老校长有交代了。就一位终身致力写作，花了三十年工夫，写出四十本小说和两百个短篇小说，作品被翻译成三十三种语言，发行三亿本，被誉为“每个美国家庭显然都有两本书，一本是《圣经》，另一本八成是斯蒂芬·金作品”的作家，要说这不是“终身成就”也实在太牵强了。诚如“美国国家图书基金会”主席鲍德温(Neil Baldwin)在宣布斯蒂芬·金得奖时所言：“我们要以更广阔的视角来看什么是文学。”假如我们放宽视野，不坚持“作者之死”，而将“写作的态度”视为文学的最基本要素，那么，文学的世界或将更为多元富饶、平易近人一些。而斯蒂芬·金在《午夜四点》(*Four Past Midnight*，1990)序言里的这段话，也显得更有意义了：

> 我依然喜欢好故事，爱听好故事，也爱讲好故事。你也许知道(或在乎)，也许不知道(或不在乎)，我出版这本和下面两本书，赚了大钱。如果你在乎，那你也应该知道，在“写”(Writing)这件事上，我并没有得到一文钱。正如其他自发性的事情一样，写作本身是超乎金钱之外的。钱当然是好的，不过在创作时，你最好不要太去想钱。这种想，只会让创作过程便秘而已。

春天的希望

肖申克的救赎

献给拉斯和弗洛伦斯·多尔

我猜美国每个州立监狱和联邦监狱里，都有像我这样的一号人物，不论什么东西，我都能为你弄到手。无论是高级香烟或大麻（如果你偏好此道的话），或弄瓶白兰地来庆祝儿子或女儿高中毕业，总之差不多任何东西……我的意思是说，只要在合理范围内，我是有求必应；可是很多情况不一定都合情合理的。

我刚满二十岁就来到肖申克监狱。在这个快乐的小家庭中，我是少数肯痛痛快快承认自己干了什么的人。我犯了谋杀罪。我为大我三岁的太太投保了一笔数目庞大的寿险，然后在她父亲送我们的结婚礼物——一辆雪佛兰轿车的刹车上动了手脚。一切都正如我的计划，只是没料到她在半路上停下来载了邻居太太和她的小儿子，他们正一起下城堡山进城去。结果刹车失灵，车速越来越快，冲过路边树丛，撞上了一座内战纪念雕像的底座而轰然起火。旁观者说，当时的车速一定超过每小时五十英里。

我也没料到自己居然会被逮住，但我却锒铛入狱，在这里长期服刑。缅因州没有死刑，但检察官让我因三桩谋杀罪而逐一受审，最后法官判了我三个无期徒刑，数罪并罚。这样一来，我在很长、很长一段时间内，都不可能有机会假释了。法官还在判决书上说我罪行重大，死有余辜。的确如此，不过现在这些事都已成过去。你可以去查查城堡岩的旧报纸档案，有关我的判决当时是地方报纸的头条新闻，与希特勒、墨索里尼以及罗斯福手下那些神秘特工人员的新闻并列，如今看来，实在有点可笑，也早已成为老掉牙的旧闻了。

你问我，我改过自新了吗？我甚至不知道什么叫改过自新，至少我不晓得那在监狱里代表了什么意思，我认为那只是政客爱用的字眼，这个词也许有一些其他的含意，也许有那么一天，我会明白它的含意，但那是未来的事了……而监狱里的囚犯早就学会不要去多想未来。当年的我出身贫穷，但年轻英俊。我让一个富家女珠胎暗结，她出身卡宾街的豪华宅邸，漂亮娇纵、但老是闷闷不乐。她父亲同意让我们结婚，条件是我得在他的眼镜公司工作，“靠自己的实力往上爬”。后来我发现，他真正的用意是要让我随时都在他的监控下，就像管着家里豢养的不太听话、还会咬人的猫狗一样。我的怨恨经年累月，越积越深，终于出手造成了这种后果。如果再给我一次机会，我绝对不会重蹈覆辙，但我不确定这样是否表示我已经痛改前非了。

不过，我真正想说的不是我自己的事，而是安迪·杜佛尼的故事。但在我开始说安迪的故事之前，还得先说几件关于我的事情，反正不会花太多工夫。

正如我刚才所说，差不多四十年来，在肖申克监狱里，我有办法帮你弄到任何东西。除了永远名列前茅的香烟和酒等违禁品之外，我还有办法弄到上千种其他东西，给这儿的人消磨时间。有些东西绝对合法，只是在这种地方不易取得，因为坐牢本该是一种惩罚。例如，有个家伙强暴了一个小女孩，还涉及几十件暴露的案子。我给他找了三块粉红色的佛蒙特大理石，他雕了三座可爱的雕像，一个婴儿、一个十二岁的男孩，还有一个蓄胡子的年轻人，他称这些雕像为“耶稣的三个不同时期”，现在这些雕像已经成为前任州长客厅中的摆设了。

又或者，如果你是在马萨诸塞州北边长大的人，一定还记得这个人的名字——罗伯特·艾伦·科特。他在一九五一年，企图抢劫莫堪尼克弗市第一商业银行，结果那次抢劫演变成血腥事件，死了六个人，包括两个强盗、三名人质，还有一个年轻警察因为挑错时间抬起头来，而让子弹穿过眼睛。科特有收集钱币的嗜好。监狱自然不会准他将收藏品带进来，但靠着他母亲和洗衣房卡车司机的帮忙，我还是替他弄到了他想要的东西。我告诉他：你一定是疯了，才会想在这个满是盗贼的石头旅馆中收藏钱币。他看着我微笑说：“我知道该把钱币藏在哪里，绝对安全，你别担心。”他说得没错。直到一九六七年他死于脑瘤时，他所收藏的钱币始终没有现身过。

我试过在情人节设法为狱友弄到巧克力；在圣帕迪日为一个叫欧迈利的疯狂爱尔兰人弄到三杯麦当劳卖的那种绿色奶昔；我甚至还为二十个人放映过午夜场电影，片名分别是《深喉》和《琼斯小姐体内的魔鬼》(这些都是色情片，他们一起凑钱租片子)……虽然我因为这些越轨行动被关了一周禁闭，但要维持“神通广大”的英名，就必须冒这样的风险。

我还能弄到参考书和黄色书刊、会让人发痒的粉末之类的恶作剧新奇玩意儿，甚至替被判长期徒刑的家伙弄到太太或女朋友的内裤……我猜你也知道这些人究竟如何度过如刀割似的漫漫长夜了。这些东西并非免费的，有些东西代价不菲。但我绝不是光为钱来干这些事。金钱对我又有何用呢？我既无法拥有一辆凯迪拉克，更不能在二月天飞到牙买加去度两个星期假。我这么做的理由和市场一流肉贩非新鲜肉品不卖的理由是一样的，只是为了维持英名不坠罢了。只有两种东西，我绝对不碰，一是枪械，一是毒品。我不愿帮助任何人把自己或其他人杀掉。我心头上的杀戮已够多了，终我一生，我不想再干任何杀人的勾当。

啊，我的商品目录可说是无所不包，因此当安迪·杜佛尼在一九四九年来找我，问我能否把丽塔·海华丝[1]弄进监狱时，我说没问题。确实没有任何问题。

安迪在一九四八年到肖申克时是三十岁，他属于五短身材，长得白白净净，一头棕发，双手小而灵巧。他戴了一副金边眼镜，指甲永远剪得整整齐齐、干干净净，我最记得的也是那双手，一个男人给人这种印象还满滑稽的，但这似乎正好总结了安迪这个人的特色，他的样子老让你觉得他似乎应该穿着西装、打着领带的。他没进来前，是波特兰一家大银行的信托部副总裁。在保守的银行界，年纪轻轻就坐上这个位子，可说是前程似锦。尤其在新英格兰这一带，保守的风气更是十倍于其他地方；除非你是个精神萎靡的秃头中年人，不时整整西装裤上的线条，唯恐不够笔挺，否则很难得到当地人的信任，让他们把钱存在你那里。安迪是因为谋杀了老婆和她的情夫而被关进来的。

我相信我说过，监狱里每个犯人都声称自己无辜。他们只是碰上了铁石心肠的法官、无能的律师、警察的诬告，而成为受害者，再不然就是运气实在太坏了。尽管他们手按《圣经》宣誓，但却口是心非，像电视上的布道家那样信口开河而已。大多数囚犯都不是什么好人，无论对自己或对别人，都没什么好处，他们最大的不幸，就是被生到这世上来。我在肖申克的那些年中，尽管许多人告诉我他们是无辜的，但我相信其中真正无辜的人不超过十个，安迪·杜佛尼就是其中之一。不过我是经过了很多年才相信他的无辜，如果一九四七到四八年间，波特兰高等法院审判他的案子时我也是陪审团的一员，我想我也会投票赞成将他定罪。

那是个轰动一时的案子，具备了所有耸动刺激的案子必备的要素。三位主角，一位是交游广泛的美丽名媛（已死），一位是当地的运动健将（也死了），被告则是著名的青年企业家，再加上报纸的渲染、对丑闻的暗示。检察当局认为这个案子几乎是铁证如山，而案子之所以还审了那么长的一段时日，是因为侦办此案的检察官当时正要出马竞选众议员，有意留给大家深刻的印象。这是一场出色的法庭秀，旁观的群众清晨四点钟就冒着零度以下的低温到法院排队，免得抢不到位子。

在这个案子里，安迪始终不曾抗议过检察官的指控，包括安迪的太太琳达在一九四七年六月表示有意去学高尔夫球，她选了佛茂丘乡村俱乐部

1 丽塔·海华丝（Rita Hayworth，1918—1987），二十世纪四五十年代好莱坞著名性感女星。

的课程学了四个月，教练叫格林·昆丁，是一名职业高尔夫球手。结果没有多久，琳达便和高尔夫球教练好上了，到了八月底，安迪听说了这件事。于是安迪和琳达在一九四七年九月十日下午大吵一架，争论的导火线便是琳达的外遇。

安迪供称琳达当时表示她很高兴安迪知道这件事，并说偷偷摸摸瞒着他约会，实在很不舒服，她要去雷诺城办离婚。安迪回答，要他一起去雷诺，门儿都没有，他们会先去地狱。琳达当晚即离家出走，到昆丁住处过夜，昆丁家就在高尔夫球场附近。第二天早上，为昆丁清扫洗衣的佣人发现他们两人死在床上，每人各中四枪。

最后一项事实对安迪最不利。怀抱着政治热情的检察官做了慷慨激昂的开场白和结论。他说安迪·杜佛尼不只是个因为妻子不贞而热血沸腾、急于报复的丈夫，如果是出于这样的动机，我们虽然无法原谅，却可以理解，但是他的报复手段实在太冷血了。想象一下！他连珠炮般对着陪审团说：每人各射了四枪，不是射完手枪里的六发子弹就算了，而是总共射了八枪。把原先枪膛里的子弹射完后，停下来，重新装子弹，然后再一人补一枪！第二天，《波特兰太阳报》以斗大标题怒吼着：给他四枪，她也四枪！

路易斯登镇一家当铺的伙计作证说，他在案发两天前卖了一支点三八口径、有六发子弹的警用手枪给安迪·杜佛尼。乡村俱乐部的酒保作证说九月十日晚上七点左右，安迪到酒吧来喝酒，在二十分钟内喝了三杯烈性威士忌酒，当他从椅子上站起来时，他告诉酒保要去昆丁家，并说欲知后事如何，明天看报纸就知道了。还有一个距离昆丁家一英里远的便利商店店员告诉法庭，安迪·杜佛尼在当晚八点四十五分左右去过他的店。他买了香烟、三夸脱啤酒，还有一些擦碗布。法医证明昆丁和琳达是在晚上大约十一点到凌晨两点之间遇害的。检察官派出的探员作证时表示，昆丁家七十码外的地方有个岔道，九月十一日下午，他们在岔道附近找到三样物证：两个空啤酒瓶（上面有被告的指纹）、十二根烟蒂（是被告抽的牌子），以及轮胎痕迹（正是被告一九四七年出厂的普利茅斯牌车子的车胎印子）。

在昆丁住处的客厅里，有四条擦碗布被扔在沙发上，上面有弹孔和火药灼烧过的痕迹。警探的推论是，凶手把擦碗布包在枪口上来消音（安迪的律师对探员擅自推论提出强烈抗议）。

安迪·杜佛尼也走上证人席为自己辩护，他很冷静、镇定、不带感情地述说自己的故事。他说早在七月底就听说了太太和昆丁密切来往的事。

八月底他悲苦到受不了了，开始调查。一天傍晚，琳达上完高尔夫球课以后，原本说要到波特兰购物，但他尾随琳达和昆丁却到了昆丁住的地方（媒体不可免俗地把这里冠上“爱巢”二字）。他把车子停在附近，一直等昆丁驾车送琳达回俱乐部取车才离开，那是三小时以后的事了。

“你是说你开了你的普利茅斯牌新车跟随你太太？”检察官审问他。

“那天晚上我和一个朋友换了车子。”安迪说。但他冷静地承认自己计划得多么周详，只会使陪审员感到他城府很深，对他一点好处也没有。

在还了朋友的车、取回自己的车后，安迪便回家了。琳达早已上床，正在看书。他问她去波特兰好玩吗？她回答说很有意思，不过没有看到她想买的东西。“这时我可以确定了。”安迪告诉那些屏息的旁听者。他在陈述时一直保持冷静和淡漠的声调。

“从那时候到你太太被杀的十七天里，你脑子里都在想些什么？”安迪的律师问他。

“我很难过。”安迪冷静淡漠地说，他说他曾经想过自杀，同时在九月八日去路易斯登镇买了一把枪，他说这段话时，口气好像在念购物单一样。

他的律师要他告诉陪审团，在他太太被杀当晚，琳达离家去和昆丁幽会后，到底发生了什么事情。安迪说了，但他给陪审团造成的印象更糟。

我认识他将近三十年了，我可以告诉你，他是我所认识的人中自制力最强的一个。对他有利的事情，他一次只会透露一点点；对他不利的事更是守口如瓶。如果他心底暗藏了什么秘密，那么你永远也无从得知。如果他决定自杀的话，他会等到所有事情都处理得干净利落，连字条都不留。如果他当年出庭时又哭又叫、结结巴巴地说不清楚，甚至对着检察官大吼，我相信他不至于被判无期徒刑。即使判刑，也会在一九五四年就获得假释。但他说起自己的故事来，就像播放唱片似的，仿佛在告诉陪审团的人说：信不信由你。而他们压根儿就不相信。

他说那天晚上他喝醉了，而且从八月二十四日后，他常醉酒，他不是一个善饮的人。陪审团的人无法相信这么一个冷静自制、穿着笔挺双排扣三件头毛料西装的年轻人，会为了太太和镇上的高尔夫球教练有染而酗酒，但我相信，因为我有机会和他长久相处、仔细观察他，而那六男六女的陪审团却没有这样的机会。

自我认识他以来，他一年只喝四次酒。每年他都会在生日前一个星期到运动场和我碰头，然后在圣诞节前两星期再碰头一次。每次他都要我替他弄一瓶酒。跟其他犯人一样，他拿在狱中做工赚的钱来买酒，另外再自掏腰包补足不够的钱。一九六五年以前，肖申克的工资是每小时一毛钱，一九六五年起调升到每小时两毛五分。我每瓶酒抽百分之十的佣金，因此你可以算一下，安迪·杜佛尼要在洗衣房中流多少汗，一年才喝得起四次酒。

在他生日的那天早上，也就是九月二十日，他会狠狠喝醉，当晚熄灯后再醉一次。第二天他会把剩下的半瓶给我，让我和其他人分享。至于另一瓶，他在圣诞夜喝一次，除夕喝一次，然后剩下的酒再交给我分给其他人。一年才喝四次，因为他被酒害惨了。

他告诉陪审团，十日晚上他喝得酩酊大醉，当晚发生的事只记得一些片段。其实早在那天下午，他就已经醉了：“喝下双份的荷兰勇气。”他说。

琳达离家出走后，他决定去找他们当面理论。在去昆丁家的路上，他又进乡村俱乐部的酒吧喝了几杯。他不记得曾经告诉酒保要他第二天看报纸，或对他说了什么。他记得去便利商店中买啤酒，但没有买擦碗布。“我为什么要买擦碗布呢？”他反问。其中一家报纸报道，有三位女陪审员聆听这些话后，感到不寒而栗。

后来，过了很久，安迪和我谈话时，对那个店员为何作证说他买了擦碗布有一番推测，我觉得应该把他当时说的话约略记一记。“假定在他们到处寻找证人的时候，雷德，”安迪有一天在运动场对我说，“他们碰到这个卖啤酒给我的店员，当时已经过了三天，有关这个案子的种种发现，也已经在所有报纸上大肆渲染。或许五六个警察，再加上检察官办公室派来办案的探员和助理，一起找上他。记忆其实是很主观的事情。他们一开始可能只是问：‘他有没有可能买了四五条擦碗布？’然后再一步步进逼。如果有够多的人一直要你记得某件事，那种说服力是很惊人的。”

我同意，确实有这个可能。

安迪继续说：“但是还有一种更强大的说服力，我想至少不无这个可能，也就是他说服自己相信他真的卖了擦碗布给我。这个案子是众所瞩目的焦点。记者纷纷采访他，他的照片刊登在报纸上……当然更威风的是，他像明星般出现在法庭上。我并不是说，他故意编造故事或作伪证。我觉得有可能他通过了测谎，或用他妈妈神圣之名发过誓，说我确实买了擦碗布，但是……记忆仍然可能是他妈的非常主观的事情。我只知道：虽然连我的律师也认为我所说的有一半都是谎话，但他也不相信擦碗布的部分。这件事太疯狂了，我那时已经烂醉如泥了，怎么还会想到把枪包起来灭音呢？如果真的是我杀的，我才不管三七二十一呢。”

他开车来到岔道，把车停在旁边，静静地喝啤酒、抽烟。他看到昆丁家楼下的灯熄了，只剩下楼上一盏灯还亮着……再过了十五分钟，那盏灯也熄了。他说他可以猜到接下来发生了什么事。

“杜佛尼先生，那么你有没有进昆丁的屋子，把他们两人给杀了？”他的律师吼道。

“没有，我没有。”安迪回答。他说，到了午夜，他逐渐清醒过来，同时宿醉的感觉开始让他不舒服。于是他决定回家，睡一觉后，第二天再像个大人般好好冷静地想一想，“当我开车回家时，我开始觉得，最好的办法还是就让她去雷诺办离婚吧。”

“多谢，杜佛尼先生。”

检察官从椅子上跳起来发言。

“你用了最快的离婚方式，不是吗？直接用一把包着布的点三八左轮手枪解决她，对不对？”

“先生，不对，我没有。”安迪冷静地说。

“然后你又杀了她的情夫。”

“不是这样，先生。”

“你是说，你先射杀了昆丁？”

“我是说我谁都没杀，我喝了两夸脱的啤酒，还抽了警察在岔道找到的随便多少根的烟吧，然后便开车回家，上床睡觉。”

“你告诉陪审团在八月二十四日到九月十日之间，你曾经想自杀。”

“是的，先生。”

“因此去买了一把左轮枪？”

“是的。”

“杜佛尼先生，我看你不像是想自杀的人，如果我这么说，会冒犯你吗？”

“不会，”安迪说，“不过你看起来也不像特别敏感的那种人。如果我真的想自杀，大概也不会找你谈我心里的苦闷。”

庭上一阵窃笑，但他这番话并不能赢得陪审团的同情。

“你那天晚上带着你的点三八口径手枪吗？”

“没有，我已经说过了——”

“哦！对了！”检察官讽刺地微笑道，“你把它扔进河里了，是吗？在九月九日的下午，扔进皇家河中。”

“是的，先生。”

“在谋杀案发生的前一天。”

“是的，先生。”

“真是太巧了，不是吗？”

“这无所谓巧不巧合，是事实罢了。”

“我相信你已经听过明彻警官的证词了吧？”明彻带人去搜索庞德路桥一带的水域，安迪说他把枪从那儿扔到河里，但警方没找到。

“是的，先生，你知道我听到了。”

“那么你听到他告诉法庭，他们虽然找了三天，还是没找到枪。是不是太巧了？”

“不管巧不巧，他们没找到枪是事实，”安迪冷静道，“但我要跟你，还有陪审团说明一件事：庞德路桥很靠近皇家河的出海口，那里水流很急，枪也许被冲到海湾中了。”

“因此也就无法比对你手枪中的子弹，以及射入你太太和昆丁先生浑身是血的身体中的子弹了，是吗？”

“是的。”

“这不也很巧吗？”

按照当时报纸的记载，安迪听到他这么说时，脸上浮现出一丝苦笑，整整六个星期的审判过程中，这是安迪不多见的情绪反应之一。

“由于我是无辜的，再加上当我说我把枪丢入河里时，我说的是实话，因此找不到枪，对我而言，其实是很不巧的。”安迪说。

检察官炮火猛烈地质问了他两天，把便利商店店员的证词中有关擦碗布的部分重新念了一遍。安迪反复说明他记不得曾经买过擦碗布，但也承认他记不得没买过擦碗布。

安迪和琳达于一九四七年初合买过保险，是吗？是的。如果安迪无罪开释，是否可以得到五万元的保险理赔？是的。那么他前往昆丁的屋子时，不是抱着杀人的打算？打算杀了自己的妻子和昆丁？不是。如果不是的话，那么他认为那天到底发生了什么事，因为这个案子不像劫财害命。

“先生，我完全想不透发生了什么事。”安迪静静地说。

这案子在一个大雪纷飞的星期三下午一点钟，交付陪审团表决。十二位陪审员在三点半回到庭上。法警说，他们原本可以早一点返回法庭，但是为了能享受一顿从班特利餐厅买来、由公家招待的免费鸡肉大餐，而拖了一点时间。陪审团判定安迪有罪。各位，如果缅因州有死刑的话，他会在番红花还未从雪中冒出头之前上了西天。

检察官问过安迪，他认为那天晚上到底发生了什么事，安迪避而不答。但他其实心中的确有一些想法，我在一九五五年一个黄昏时刻把这些想法套了出来。我们两人花了七年工夫，才从点头之交进而成为相当亲近的朋友，但直到一九六〇年之前，我都从未真正感到跟他很接近。而且我想，我是唯一曾经真正跟他接近的人。我们由始至终都在同一层囚室，只是我在走道中间而他在走道末端。

“我认为到底是怎么回事？”他笑道，但笑声中没有丝毫幽默的意味，“我认为那天晚上，我真是倒霉透了，古往今来最倒霉的事都集中在这短短几小时内发生。我想一定有个陌生人凑巧经过。也许在我走了之后，有人车子爆胎了，也许是个强盗，也许是个神经病，走进去把他们杀了，就这样，我就被关进来了。”

就这么简单。而他却得下半辈子——至少在离得开以前——都待在肖申克。五年后，他开始申请假释，但每次都被驳回，尽管他是模范犯人。但当你被烙上了谋杀的罪名后，想离开肖申克可有得等了，时间会慢得就像流水侵蚀岩石一样。假释听证会中有七个委员，比一般州立监狱还多两个，你不能收买那些家伙，也无法用甜言蜜语哄他们，更不能向他们哭求。在假释听证会中，有钱都不能使鬼推磨，任你是谁都插翅难飞。而安迪的情况，原因就更复杂……不过且待下文分解吧。

有个名叫肯德里克斯的模范犯人，在一九五〇年代向我借了不少钱，后来足足花了四年才付清。他付给我的利息大部分是用情报来抵。干我这一行，如果消息不灵通，就是死路一条。肯德里克斯能看到一些我绝对看不到的纪录和档案。他不像我只在那个该死的车牌工厂里操作压板机器。

肯德里克斯告诉我，在一九五七年以前的假释听证会上，反对安迪假释的投票纪录是七比〇，一九五八年是六比一，一九五九年又是七比〇，一九六〇年是五比二，以后的我就不知道了。我只知道，经过十六年后，他还在第五区的十四号牢房。到了一九七五年，他已经五十七岁了。他们很可能到一九八三年时，才会大发慈悲放了他。

他们饶你一命，但是却夺走你生命中所有重要的东西。也许有一天，他们会放你走，但是……听着：我认识一个叫波顿的家伙，他在牢房里养了一只鸽子。从一九四五年到一九五三年，当他们放他出来走走时，他都带着这只鸽子。他叫鸽子“杰克”。波顿在出狱前一天，也放杰克自由，杰克立刻姿态漂亮地飞走了。但是在波顿离开我们这个快乐小家庭一个星期之后，有个朋友把我带到运动场角落，波顿过去老爱在那里晃来晃去。有只小鸟像一堆脏床单般软趴趴地瘫在那里，看起来饿坏了。我的朋友说："那是不是杰克啊？"没错，是杰克，那只鸽子像粪土一样躺在那儿。

我还记得安迪·杜佛尼第一次跟我接触要东西的情形，往事历历在目，好像昨天才发生一样。不是他想要丽塔·海华丝的海报那次，那还是以后的事。一九四八年夏天，他跑来找我要别的东西。

我的生意大部分是在运动场上做成的，这桩交易也不例外。我们的运动场很大，呈正方形，每边长九十码。北边是外墙，两端各有一个瞭望塔，上面站着武装警卫，还佩着望远镜和镇暴枪。大门在北面，卡车卸货区则在南边，肖申克监狱总共有五个卸货区。在平常的工作日，肖申克是个忙碌的地方，不停有货进出。我们有一间专造汽车牌照的工厂、一间大洗衣房。洗衣房除了洗烫监狱里所有床单衣物，还替一家医院和老人院清洗床单衣物。此外还有一间大汽车修理厂，由犯人中的技工负责修理囚车和市政府、州政府的车子，不用说还有监狱工作人员的私人轿车，经常也可以看到假释委员会的车停在那儿待修。

东边是一堵厚墙，墙上有很多小得像缝隙的窗子，墙的另一边就是第五区的牢房。西边是办公室和医务室。肖申克从不像其他监狱一样人满为患。一九四八年时，还有三分之一的空位。但任何时候，运动场上都有八十到一百二十名犯人在玩美式足球或打棒球、赌骰子、闲聊或暗中交易。星期天，场上人更多，像假日的乡下……如果再加上几个女人的话。

安迪第一次来找我是在一个星期日。我正跟一个叫安耳默的人谈完话；安耳默隔三差五帮我一些小忙，那天我们谈的是一部收音机的事。我当然知道安迪是谁，别人都认为他是个冷冰冰的势利小人，一副欠揍的样子。说这种话的其中一个人叫做博格斯·戴蒙德，惹上他可真是大坏事一件。安迪没有室友，听说是他自己不想要的。别人都说，他自认他的屎闻起来比别人香。但我不随便听信别人的传言，我要自己来判断。

"嗨，"他说，"我是安迪·杜佛尼。"他伸出手来，我跟他握手。他不是那种喜欢寒暄的人，开门见山便说出来意。"我知道你有本事弄到任何东西。"

我承认我常常有办法弄到一些东西。

"你是怎么办到的？"安迪问道。

"有时候，"我说，"东西好像莫名其妙地就到了我的手上。我无法解释，除非因为我是爱尔兰人。”

他笑笑。“我想麻烦你帮我弄把敲石头的锤子。”

“什么样子的锤子？你要那种锤子干什么？”

安迪很意外，“你做生意还要追根究底吗？”就凭他这句话，我已知道他为何会赢得势利小人的名声，就是那种老爱装腔作势的人——不过我也在他的问话中感觉到一丝幽默。

“我告诉你，”我说，“如果你要一支牙刷，我不会问你问题，我只告诉你价钱，因为牙刷不是致命的东西。”

“你对致命的东西很过敏吗？”

“是的。”

一个老旧、贴满了胶带的棒球飞向我们，安迪转过身来，像猫一样敏捷，在半空中把球抓了下来，漂亮的动作连弗兰克·马左恩[1]都会叹为观止。安迪再以迅速利落的动作把球掷回去。我可以看见不少人在各干各的活儿时，还用一只眼睛瞄着我们，也许在塔上的守卫也在看我们。我不做画蛇添足或会惹来麻烦的事。每个监狱中，都有一些特别有分量的人物，小监狱里可能有四五个，大监狱里可能多达二三十个，在肖申克，我也算是个有头有脸的人，我怎么看待安迪，可能会影响他在这里的日子好不好过。安迪可能也心知肚明，但他从未向我磕头或拍马屁，我就是敬重他这点。

“应该的。我会告诉你这种锤子长什么样子，还有我为什么需要这种锤子。是长得很像鹤嘴锄的小石锤，差不多这么长。”他的手张开约一英尺宽，这是我第一次看见他整齐干净的指甲。“锤子的一端是尖利的小十字镐，另一端是平钝的锤头。我要买锤子是因为我喜欢石头。”

“石头？”我说。

“你蹲下来一会儿。”他说。

我们像印第安人一样蹲着。

安迪抓了一把运动场上的尘土，然后让尘土从他干净的手指缝间流下去，扬起了一阵灰。最后他手上留下了几粒小石头，其中一两粒会发光，其余的则灰扑扑的，黯淡无光。其中一粒灰暗的小石头是石英，但是要等摩擦干净了以后，才看得出来是石英，发出一种奶色的光芒。安迪把它擦干净后扔给我。我接住后，马上叫出名字。

“石英，不错，”他说，“你看，云母、页岩、沙质花岗岩。这地方有不

---

1 弗兰克·马左恩（Frank Malzone），二十世纪五十年代数度赢得美国联盟金手套奖的著名三垒手。

少石灰石，是当年开辟山丘盖监狱时留下的。”他把石头扔掉，拍掉手上的灰尘。“我是个石头迷。至少……以前是。我希望能重新开始收集石头，当然是小规模的收集。”

“星期日在运动场上的探险？”我问道，站了起来。好一个傻念头，不过……看见那一小块石英，我也不禁稍稍心动了一下，我不知为什么；我想，大概是和外面的世界有某种联系吧。你不会想到在运动场上会看到石英，石英应该是在奔流的小溪中捡到的东西。

“星期天有点事做，总比没有的好。”他说。

“你可以把锤子插进某人的脑袋中。”我评论道。

“我在这儿没有敌人。”他静静地说。

“没有？”我微笑道，“再等一阵子吧。”

“如果有麻烦的话，我不会用锤子来解决。”

“也许你想越狱？在墙下挖地道？因为如果你——”

他温文有礼地笑了起来。等到我三个星期后亲眼见到了那把石锤时，我就明白他为什么笑了。

“你知道，”我说，“如果有人看见你带着这玩意儿，他们会把它拿走。他们连看到你有个汤匙，都会把它拿走。你要怎么弄呢？就蹲在这儿敲敲打打吗？”

“噢，我会想出更好的办法的。”

我点点头，反正那部分确实不关我的事。我只负责供应东西，至于他能否保住那个东西，完全是他的事情。

“像这样一个玩意儿，要多少钱？”我问，我开始享受他安静低调的态度。如果你像我一样，已经度过了十年的牢狱生涯，你会极端厌倦那些爱大声咆哮、好吹牛、还有大嘴巴的人。所以，可以这么说，我从初次见面就很喜欢安迪。

“任何卖石头和玉石的店都可以买到，要八块钱，”他说，“不过我当然明白，你经手的东西都还要加一点佣金——”

“平常是加百分之十，不过我必须把危险物品的价格再提高一点。你要的东西比较不那么容易弄到手，所以就算十块钱好了。”

“那就十块钱。”

我看着他，微微一笑。“你有十块钱吗？”

“有。”他平静地说。

过了很久，我才发现他至少有五百元，是他入狱时就带进来的钱。每个人入狱时都要先经过一番检查，他们会强迫你弯下腰来，然后仔细查看你的某个部位。不过那部位空间不少，有决心的人想瞒天过海还是有办法，东西直往里塞，表面上甚至看不出来，除非碰巧检查你的那个人居然有心情戴上橡皮手套，往里面猛掏。

“很好，”我说，“你应该知道万一我给你的东西被发现了，该怎么办吧？”

“我想我应该知道。”我可以从他的眼神转变中看出，他早已猜到我要说什么了。他的眼神中闪现一丝他特有的带着嘲讽的幽默。

“如果你被逮着了，你要说是你自己找到的。他们会关你三或四个星期的禁闭……还有，当然啰，你的玩具自然也会被没收，还会在你的记录上留下一个污点。但是如果你说出我的名字，以后就甭想再和我做生意了，连一双鞋带或一包香烟都甭想我卖给你。我也会派人给你一点颜色瞧瞧。我不喜欢暴力，但你要了解我的处境，我可不能随便给人摆了道儿，这样我往后就混不下去了。”

“我懂，你不用担心。”

“我从来不担心，”我说，“在这种地方，担心于事无补。”

他点点头走开了。三天后，趁早上洗衣服的休息空档，他走向我。他没跟我说话，甚至没看我，不过神不知鬼不觉地塞给我一张折得整整齐齐的钞票，手法就像魔术师玩扑克牌戏法一样利落。这家伙学得很快。我给他弄了一把锤子，正是他形容的尺寸和样子。这把锤子在我的牢房中藏了一个晚上，这种锤子不像逃亡工具，我猜如果想用这样一把锤子挖地道逃出去，大约要六百年，但我还是有点不放心。因为万一把这玩意插在某人的脑袋中，他就再也别想听电台播放的流行歌了，而安迪一向跟那些同性恋处不好，我希望他们并非他真正想锤的对象。

最后，我还是相信自己的判断。第二天一早，起床号还没有响起，我就把锤子藏在香烟盒中拿给厄尼，厄尼是模范囚犯，他在一九五六年出狱前，一直负责打扫第五区的走道。他一句话也没说，就飞快地把锤子塞进上衣里，此后十九年，我不曾再看过那把锤子，等我再看到它时，那把锤子早已磨损得没法用了。

接下来那个星期日，安迪在运动场上又走向我。他的样子惨不忍睹，下嘴唇肿得像香肠，右眼也肿得张不开，脸颊有一连串刮伤。他又跟那些“姊妹”起冲突了，但他从来不提这件事。“多谢你的工具。”他说，说完便走了。

我好奇地看着他。他走了几步，在地上看见什么东西，弯下腰去捡起来。那是块小石头。囚衣是没有口袋的（唯有担任技工的囚犯在工作场合中穿的工作服例外），但是总有办法可想，因此那块小石头消失在安迪的袖子中，而且一直没有掉下来，手法真叫人佩服……我也很佩服他，尽管他碰到不少麻烦，还是继续过他的日子，但世界上其他成千上万的人却办不到，他们不愿意或没有能力这么做，其中许多人根本没有被关在牢里，却还是不懂得过日子。我还注意到，尽管安迪的脸孔透露出他碰到麻烦了，但是他的双手仍然干净得一如往常，指甲也修剪得整整齐齐的。

接下来六个月，我甚少看见他。安迪有好一阵子都被单独关在禁闭室里。

说到这里，我想先谈谈关于“姊妹”的一些事情。

这类人有许多不同的名称，像“公牛怪胎”或“牢房苏茜”等等——最近流行的说法是“杀手皇后”，但在肖申克，大家总是称他们为“姊妹”。我不知道为什么，不过除了名称不同之外，我猜其他没有什么不一样。

大多数人对监狱中发生鸡奸早已见怪不怪了，或许只有一些新进犯人除外，尤其是那些不幸长得苗条俊秀、又缺乏警觉的年轻犯人。但是同性恋和异性恋一样，也有几百种不同的形式。有的人因为无法忍受无性的生活，因此在狱中转而结交男人，免得自己发疯。通常接下来原本是异性恋的两个男人之间就会有某种安排，虽然我常常怀疑，当他们有朝一日回到妻子和女友身边时，是否真能像自己所说的一样恢复为异性恋者。

也有一些人在狱中“转变”性倾向。现在流行的说法是，他们变成同性恋者，或是“出柜”了。而这些男同性恋者大多数扮演女性的角色，而且大受欢迎。

于是就有了这群“姊妹”。

他们之于监狱这个小型社会，就好像强暴犯之于墙外的大型社会一样。他们往往是罪大恶极的长期犯，而他们的猎物则是一些年轻、瘦弱和没经验的囚犯……或者，就安迪的情况而言，看起来很柔弱的囚犯。淋浴间、洗衣机后面的狭窄通道，有时候甚至医务室，都成为他们的狩猎场。其中不止一次，强暴案也发生于礼堂后面只有衣橱大小的电影放映室中。很多时候，他们其实不必使用暴力也可以得逞，因为入狱后转为同性恋的囚犯似乎总是会迷上其中一位“姊妹”，就好像十来岁的少女迷恋明星或歌星偶像一样。但是对这些姊妹而言，其中的乐趣正在于使用暴力……而我猜这部分永远都不会改变。

由于安迪长得比较矮小，生就一张俊脸，或许也因为他那特有的泰然自若的神态，他一进来就被那批姊妹看上了。如果我说的是童话故事，我会告诉你安迪一直奋勇抵抗，直到他们罢手为止。我很希望能这么说，但我不能。监狱原本就不是童话世界。

第一次出事是在他加入我们肖申克快乐家庭还不到三天的时候，在浴室里。就我所知，那次只是一连串的挑逗和侮辱。那些人喜欢在采取真正的行动前，先捉弄一下猎物，就像胡狼想测试看猎物是否真的像外表那么软弱。

安迪狠狠反击，而且把那个叫博格斯·戴蒙德的大块头嘴唇给打裂了，警卫及时冲进来，才制止住双方进一步的动作，但博格斯发誓非逮到安迪不可，他果然说到做到。

第二次则发生在洗衣房后面。多年来，那条狭长肮脏的通道发生了不少事情，警卫全都知道，却放任不管。那里很暗，散置着一袋袋洗衣剂、漂白剂和一桶桶 Hexlite[1] 催化剂，如果你的手是干的，碰到也不会怎么样，但是如果弄湿了，这些化学药剂就会像电池的酸液一样害你送命。监狱的警卫都不喜欢来这里，也警诫新人不要到这儿来，因为如果被囚犯困在这个地方，你可没有后退之路，连搏斗的空间都不够。

博格斯当时不在场，但从一九二二年起便在洗衣房当工头的亨利·拜克告诉我，博格斯的四个朋友都在那儿。安迪起先手里拿着一碗 Hexlite，让他们不敢靠近，他威胁着如果他们再走近一步，就要把催化剂往他们的眼睛丢过去。但是安迪往后退时，不小心跌倒了，结果他们就一拥而上。

我想“轮暴”这个名词的意义是永远不会改变的，那正是这四姊妹对他做的事。他们把安迪按在齿轮箱上，拿着螺丝起子对准他的太阳穴，逼他就范。被强暴后会有一点伤口，但不是太严重。你问，这是我的经验之谈吗？——但愿并非如此。之后你会流几天血，如果不希望有些无聊小丑问你是不是月经来了，就在裤子里多垫几张卫生纸。通常血流个两三天就停了，除非他们用更不自然的方式对待你。不过虽然身体没有什么大损伤，强暴终归是强暴，事后你照镜子瞧自己的脸时，会想到日后该怎么看待自己。

安迪孤独地经历了这些事情，就像他在那段日子里，孤零零地经历了

1 Hexlite 为复合材料界巨头——美国赫氏公司（Hexcel）的一个商标。

其他所有事情一样。他一定就像之前许多人那样，得到了这个结论：要对付这群姊妹只有两种方法，要不就是力拼之后不敌，要不就是从一开始就认了。

他决定跟他们力拼。当博格斯和两个同党一星期后尾随安迪时，安迪猛烈还击，当时厄尼刚好在附近。根据厄尼的说法，博格斯当时说："我听说你已破身了。"安迪打破了一个叫卢斯特的家伙的鼻子，那家伙是个粗壮的农夫，因为打死继女而被关进牢中。我很乐于告诉你，他后来死在这里。

他们三个人联手制伏他，轮流强暴他，之后再强迫安迪跪下来。博格斯站在他面前，他那时有一把珍珠柄的剃刀，刀柄上刻了"戴蒙德珍珠"的字样。他打开剃刀说："我现在要解开拉链啦，男人先生，我要你咽下什么东西，你就得给我咽下。等你咽完了我给你的东西，你就得咽下卢斯特的东西，你把他的鼻子打破了，应该要对他有所补偿。"

安迪说："如果你把任何东西塞进我的嘴里，你就会失掉那个东西。"

厄尼说，博格斯看着安迪，以为他疯了。

"不对，"他慢慢对着安迪说，好像安迪是个笨孩子，"你没听懂我说的话。如果你胆敢这样做的话，我会把这柄八英寸长的玩意从你耳朵全插进去，懂吗？"

"我明白你在说什么，但是我想你没听懂我的话。只要你把任何东西塞进我的嘴巴里，我就会把它咬断。你可以把刀子插进我的脑袋里，不过你应该明白，当一个人脑部突然受到严重创伤时，他会同时撒尿拉屎……和大力咬下去。"

安迪抬头看着博格斯，脸上带着惯有的微笑，厄尼描述，仿佛他们三个人只是在和他讨论股票与债券，仿佛他还像在银行上班一样，身上穿着三件头西装，而不是跪在洗衣房的脏地板上，裤子退到脚踝处，大腿间流着血。

"事实上，"他还继续说，"我只知道，这种用力咬下去的反射动作有时候太激烈了，事后你得用铁锹或钻子才有办法把他的下巴撬开。"

结果，一九四八年二月的那个晚上，博格斯没敢放任何东西到安迪嘴巴里，卢斯特也没有，就我所知，以后也没有任何人敢这么做。他们三个人结结实实把安迪打了一顿，差那么一点点就把他打死；而四个人都关了一阵子禁闭。安迪和卢斯特还先被送到监狱的医务室疗伤。

这些家伙找过他几次麻烦？我不知道。我想卢斯特很早便对他失去兴趣了，足足有一个月的时间都得用夹板固定鼻梁，会让一个人倒足胃口。

那年夏天，博格斯也停止找他麻烦了。

那是一件怪事。六月初的一个早上，博格斯没出来吃早饭，他们发现他被打得半死，奄奄一息地躺在牢房中。他没说是谁干的，或是怎么发生的，但是干我这一行，我很清楚你几乎可以买通监狱警卫去做任何事情，只要不是要他们为囚犯带枪进来就好。那时他们的薪水不高，就是现在也不高，而且当时没有电动门锁，没有闭路电视或中央系统可以监控整个监狱。在一九四八年，每个囚区都有单独的门禁和警卫，贿赂警卫让两三个人混进来很容易，是啊，甚至进到博格斯的牢房中，都有可能。

当然这样做需要花掉不少钱，不是依照外面的水准，不，监狱里属于小规模经济，你进来一段时间就会发现，手上有张一块钱钞票，就跟外面的二十元一样管用。我猜如果博格斯是这样被暗算的，那么某人可花了不少钱，可能给警卫十五块钱，几个打手则一人两三块钱。

我并不是说这件事一定是安迪干的，不过我知道他带了五百元进来。他进来前在银行工作，对于金钱能够发挥的力量，他比我们任何人都更清楚。

我只知道：自从这次挨打以后——博格斯断了三根肋骨、眼睛出血、背部拉伤加上股骨脱臼，他不再找安迪的麻烦了，事实上，他再也不找任何人麻烦了。他就好像夏天刮大风一样，虽然狂吹着，却都是虚张声势。你可以说，他变成一个“软弱”的姊妹。

博格斯的故事就此结束，原本他很可能杀了安迪，如果安迪没有采取任何行动来防备的话。但这并不意味着其他姊妹也不再找他麻烦，偶尔他们还是会趁他不备，乘虚而入，但次数不多。毕竟胡狼还是比较喜欢容易上手的猎物，而在肖申克，比安迪容易上手的猎物多的是。

不过，我记得安迪每次都奋力抵抗。我猜，他知道只要有一次让他们容易上手，以后便永无宁日。因此安迪脸上偶尔会挂彩，在博格斯被打约六或八个月后，他还断了两根指头。对了，在一九四九年末，他还曾经因为脸颊骨断裂而到医务室就诊，看来有人用布将铁管子包起来，用力往他脸上挥打。他总是反击，因此经常被单独监禁。我想关禁闭对他而言并不苦，不像其他人那么受不了，他一点也不害怕独处。

他勉强适应着和姊妹们周旋——但到了一九五〇年，这种事几乎完全停止了。等一下我会详细讲述这部分。

一九四八年秋天，有一天早上，安迪在运动场上跟我见面，问我能不能替他弄到一打磨石布。

“那是什么鬼玩意？”我问道。

他告诉我那是石头迷的术语，是跟擦碗布差不多大小的布，用来磨亮石头。磨石布厚厚的，一面粗糙，一面光滑，光滑的一面像砂纸，粗糙的一面则像工业用的钢丝绒（安迪的牢房里也有一盒钢丝绒，却不是我帮他弄到的，我猜他是从洗衣房里偷来的）。

我跟他说这宗生意没问题，然后替他从同一家岩石和玉石店弄到了他要的东西。这次我只抽百分之十的服务费，没多要他一分，因为我认为这种长七英寸、宽七英寸的正方形布垫没啥危险。磨石布，真是的。

五个月后，安迪问我能否替他把丽塔·海华丝给弄来。我们这次是借着礼堂放映电影的机会谈的生意。现在我们一周可以看一两次电影，以前一个月才看一次，放映的电影通常都含有浓厚的道德启示，那次放映的电影《失去的周末》也不例外，警告我们喝酒是很危险的。这样的道德教训倒是令身陷囹圄的我们感到有点安慰。

安迪想办法坐到我旁边来，电影放到一半时，他挨近我，问我是否能给他弄到丽塔·海华丝。说实话，我真想笑。他一向表现得很冷静，而且一板一眼，但那天晚上他坐立不安，十分难为情，好像在跟我要保险套似的。他好像充足了电，随时要爆发一样。

“可以呀，”我说，“别紧张，冷静点，你要大张的还是小张的？”当时丽塔是我最喜欢的电影明星（几年前则是贝蒂·葛兰宝），当时丽塔·海华丝的海报有两种尺寸。花一块钱的话，可以弄个小张的，二块五毛钱则可以弄到大张的，四英尺高，女人味十足。

“大张的，”他说，没看我。那晚他真是害臊得厉害，脸红得像个想偷拿哥哥身份证去看香艳秀的孩子，“你有办法弄到吗？”

“当然可以，别紧张。”这时大家看到电影精彩处，开始拍手尖叫起来。

“多久可以弄到？”

“一个星期，也许可以更快点。”

“好吧，”他的声音透着失望，好像希望我马上就能从口袋里掏一张出来给他，“多少钱？”

这次我照批发价算给他。这点折扣，我还给得起；他一直是个好顾客，而且也是个乖宝宝——当博格斯、卢斯特和其他人一直找他麻烦时，我常常怀疑，他哪天会不会拿起他的石锤，敲破某个人的脑袋？

海报是我的大宗生意，抢手的程度仅次于酒和香烟，通常比大麻的需求量还多。二十世纪六十年代，各种海报的需求量都大增，例如，有不少人想要鲍勃·迪伦[1]、吉米·亨德里克斯[2]以及电影《逍遥骑士》的海报。但大多数人还是喜欢女人的海报，一个接一个的性感漂亮海报皇后。

在安迪和我谈过几天以后，和我有生意往来的洗衣房司机为我捎回六十多张海报，大多数是丽塔·海华丝的海报。你可能还记得那张有名的照片，我就记得清清楚楚，海报上的丽塔·海华丝身着泳装，一只手放在头后面，眼睛半闭，丰满的红唇微张，好一个喷火女郎。

也许你很好奇，监狱管理当局知道有黑市存在吗？当然知道啰。他们可能跟我一样清楚我的生意，但他们睁一只眼、闭一只眼，因为他们知道整个监狱就像个大压力锅，必须有地方透透气。他们偶尔会来次突击检查，我一年总要被关上两三次禁闭，不过像海报这种东西，他们看了眨眨眼便算了，放彼此一条生路嘛。当某个囚犯的牢房里出现了一张丽塔·海华丝的大张海报时，他们会假定大概是亲戚朋友寄来的。当然事实上亲友寄到监狱的包裹一律都会打开检查，然后登记到清单上，但如果是像丽塔·海华丝或艾娃·嘉娜这种完全无害的性感美女海报，谁又会回去重新审阅那张清单呢？当你生活在压力锅中时，你得学会如何生存，也学会放别人一条生路，否则会有人在你的喉咙上划开一道口子。你得学会体谅。

厄尼再度替我把海报拿去安迪的十四号牢房，同时带回一张字条到我的六号牢房来，上面是安迪一丝不苟的笔迹，只有两个字："多谢。"

后来有一天，早上排队去吃早餐时，我找机会瞄了一下安迪的房间，看到丽塔·海华丝的泳装海报亮丽地贴在床头，这样他在每晚熄灯后，还可以借着运动场上的水银灯看着泳装打扮的丽塔·海华丝，她一手放在头后面，眼睛半闭，丰满的红唇微张。可是，白天她的脸上全是一条条黑杠，因为太阳光把铁窗栅栏的阴影印到海报上了。

现在我要告诉你一九五〇年五月中发生的事，这件事结束了安迪和那些姊妹之间持续三年的小冲突，而他也因为这次事件终于从洗衣房调到图书馆工作，他在图书馆一直待到今年初离开这个快乐小家庭为止。

你或许已经注意到，我告诉你的许多事情都是道听途说的——某人看到某件事以后告诉我，而我再告诉你。在某些情况下，我已经把这些经过

1 鲍勃·迪伦（Bob Dylan），二十世纪六十年代美国传奇摇滚民谣创作歌手。
2 吉米·亨德里克斯（Jimi Hendrix），摇滚吉他大师。

四五手传播后的故事简化了许多。不过在这里，生活就是如此。这里的确有个秘密情报网，如果你要保持消息灵通，就得运用这个情报网。当然，你得懂得去芜存菁，知道怎么从一大堆谎言、谣传和子虚乌有的幻想中，挑出真正有用的消息。

还有，你也许会觉得我描述的是个传奇人物，而不是普通人，我不得不承认这多少是事实。对我们这些认识安迪多年的终身犯而言，安迪的确带着点传奇魔幻的色彩，如果你明白我的意思的话。监狱里流传的故事，包括他拒绝向博格斯屈服、不断抵抗其他姊妹，甚至弄到图书馆工作的过程，都带着传奇色彩。但是有一个很大的差别是，最后这件事是我亲眼目睹的，我敢以我妈妈的名字发誓，我说的话句句属实。杀人犯的誓言或许没有什么价值，但是请相信我：我绝不说谎。

当时我们已经建立起不错的交情，这家伙很有意思。我还忘了告诉你一件事，也许我应该提一下的。就在他挂上丽塔·海华丝的海报五周后——我早已忘记了这整件事，而忙着做其他生意——有一天厄尼从牢房的铁栅栏递给我一个白色小盒子。

“安迪给你的。”他低声说，两手依然不停地挥动扫把。

“多谢！”我说，偷偷递给他半包骆驼牌香烟。

当我打开盒子时，我在想里面会是什么怪东西？里面放了不少棉花，而下面是……

我看了很久，有几分钟，我甚至有点不敢去碰它们，实在是太美了。这里极端缺乏美好的东西，而真正令人遗憾的是，许多人甚至不怀念这些美丽的东西。

盒子里是两块石英，两块都经过仔细琢磨，削成浮木的形状，石英中的硫化铁发出闪闪金光。如果不是那么重的话，倒可以做成一对很不错的袖扣，这两块石英就有这么对称精致。

要琢磨这两块石头得花多少时间？可想而知，一定是在熄灯以后无数小时的苦工。首先得把石头削成想要的形状，然后才是用磨石布不断琢磨打光。看着它们，我内心升起一股暖意，这是任何人看到美丽东西之后都会涌现的感觉。这种美是花了时间和心血打造出来的，是人之所以异于禽兽的原因。我对他的毅力肃然起敬，但直到后来，我才真的了解他是多么坚持不懈。

一九五〇年五月，上面决定要翻修监狱车牌工厂的屋顶。他们打算在天气还不是太热时做完，征求自愿去做这份工作的人，整个工程预计要做一个星期。有七十多个人愿意去，因为可以借机到户外透透气，而且五月正是适合户外工作的宜人季节。上面以抽签方式选了九或十个人，其中两个正好是安迪和我。

接下来那个星期，每天早饭后，警卫两个在前，两个在后，押着我们浩浩荡荡穿过运动场，瞭望塔上所有的警卫都用望远镜远远监视着我们。

早晨行进的时候，我们之中有四个人负责拿梯子，把梯子架在平顶建筑物旁边，然后开始排人龙，把一桶桶热腾腾的沥青传到屋顶上——那玩意儿只要泼一点在你身上，你就得一路狂跳着去医务室找医生。

有六个警卫监督我们，全是老经验的警卫。对他们而言，那个星期简直像度假一样，比起在洗衣房或打造车牌的工厂中汗如雨下，又或者是站着看管一群囚犯做工扫地，他们现在正在阳光下享受正常人的五月假期，坐在那儿，背靠着栏杆，大摆龙门阵。

他们甚至只需要用半只眼睛盯着我们就行了，因为南面墙上的警卫岗哨离我们很近，近到那些警卫甚至可以把口水吐到我们身上，如果他们要这么做的话。要是有哪个在屋顶上工作的囚犯敢轻举妄动，只消四秒钟，就会被点四五口径的机关枪扫成马蜂窝，所以那些警卫都很悠闲地坐在那里；如果还有几罐埋在碎冰里的啤酒可以喝，就简直是快活似神仙了。

其中有个警卫名叫拜伦·哈力，他在肖申克的时间比我还长，事实上，比此前两任典狱长加起来的任期还长。一九五〇年的时候，典狱长是个叫乔治·邓纳海的北方佬，他拿了个狱政学的学位。就我所知，除了任命他的那些人之外，没有人喜欢他。我听说他只对三件事有兴趣：第一是收集统计资料来编他的书（这本书后来由一家叫“粉轻松”的小出版社出版，很可能是他自费出版的），其次是关心每年九月哪个球队赢得监狱棒球联谊赛冠军，第三是推动缅因州通过死刑法。他在一九五三年被革职了，因为他在监狱的汽车修理厂中经营地下修车服务，并且和哈力以及史特马分红。哈力和史特马因为经验老到，知道如何不留把柄，但邓纳海便得走人。没有人因为邓纳海走人而感到难过，但也没有人真的高兴看见史特马坐上他的位子。史特马五短身材，一双冷冰冰的棕色眼睛，脸上永远带着一种痛苦的微笑，就好像他已经憋不住了、非上厕所不可、却又拉不出来的表情。在史特马任期内，肖申克酷刑不断，虽然我没有确切的证据，不过我相信监狱东边的灌木林中，可能发生过五六次月夜中掩埋尸体的事情。邓纳海不是好人，但史特马更是个残忍冷血的卑鄙小人。

史特马和哈力是好朋友。邓纳海当典狱长的时候，不过是个装腔作势的傀儡，真正在管事的人是史特马和哈力。

哈力是高个子，走起路来摇摇晃晃，有一头稀疏的红发。他很容易晒得红彤彤的，喜欢大呼小叫。如果你的动作配合不上他要求的速度，他会用棍子猛敲你。在我们修屋顶的第三天，他在和另一个名叫麦德·安惠的警卫聊天。

哈力听到了一个天大的好消息，所以正在那儿发牢骚。这是哈力的典型作风，他是个不知感恩的人，对任何人从来没有一句好话，认定全世界都跟他作对：这个世界骗走了他一生中的黄金岁月，而且会把他下半辈子也榨干。我见过一些几乎像圣人般品德高尚的狱卒，我知道他们为什么如此——他们明白自己的生活虽然贫困艰难，却仍然比州政府付钱请他们看守的这群囚犯好得多。这些狱卒能够把痛苦做个比较，其他人却不能，也不会这么做。

对哈力而言，没什么好比较的。他可以在五月温暖的阳光下悠闲地坐在那儿，慨叹自己的好运，而无视不到十英尺外，一些人正在挥汗工作，一桶桶滚烫的沥青几乎要灼伤他们的双手，但是对于平日需要辛苦工作的人而言，这份工作已经等于在休息了。或许你还记得大家常问的那个“半杯水”老问题，你的答案正反映了你的人生观。像哈力这种人，他的答案绝对是：有一半是空的，装了水的玻璃杯永远有一半是空的。如果你给他一杯冰凉的苹果汁，他会想要一杯醋。如果你告诉他，他的老婆总是对他忠贞不贰，他会说，那是因为她像无盐嫫母一样丑。

于是，他就坐在那儿和麦德聊天，声音大得我们所有人都听得到，宽大的前额已经开始晒得发红。他一只手扶在屋顶四周的矮栏杆上，另一只手按在点三八口径手枪的枪柄上。

我们都听到他的事了。事情是这样的，哈力的大哥在十四年前到德州去，自此音讯全无，全家人都以为他已经死了，真是一大解脱。一星期前，有个律师从奥斯汀打长途电话来，他老兄四个月前过世了，留下了差不多一百万美元的遗产，他是搞石油生意发的财。“真难以置信有些笨瓜有多走运。”这个该死没良心的家伙站在工厂屋顶上说。

不过，哈力并未成为百万富翁——如果真的成了百万富翁，即使是哈力这种人，可能都会感到很快乐，至少会快乐一阵子——他哥哥留给缅因州老家每个还活在世上的家人每人三万五千美元，真不赖，跟中了彩券一样。

但是在哈力眼中，装了水的玻璃杯永远有一半是空的。哈力整个早上都在跟麦德抱怨，该死的政府要抽走他大部分的意外之财，“留下来的钱只够买辆新车，”他悻悻然，“然后怎么样？买了车以后还要付该死的税、付修理费和保养费，该死的孩子们又闹着要你带他们出去兜风——”

“等到他们长大了，还会要求把车开出去，”麦德说，老麦德知道面包的哪一面涂了奶油，他没有说出我们每个人心底的话，“老小子，如果那笔钱真是这么烫手的话，我很愿意接下这烫手山芋，否则要朋友做什么呢？”

“对啦！他们会要求开车，要求学开车，天哪！”哈力说到这里有点不寒而栗，“然后到了年底会怎么样？如果你发现不小心把税算错了，还得自掏腰包来补税，甚至还要去借贷来缴税。然后他们还要稽查你的财务呢，稽查完他们铁定要收更多的税，永远都这样。谁有能耐跟山姆大叔对抗？他们伸手到你衬衫里捏着你的奶头，直到你发紫发黑为止，最后倒霉的还是自己，老天爷！”

他陷入了懊恼的沉默中，想着他继承了这三万五千元，真是倒霉透了。安迪正在十五英尺外用一根大刷子刷沥青，他把刷子顺手扔到桶里，走向麦德和哈力坐的地方。

我们都紧张起来，我看到有个叫杨勒的警卫准备掏出枪来。在瞭望塔上的一名警卫也用手戳戳同伴的手臂，两人一起转过身来。有一阵子，我还以为安迪会被射杀、狠狠打一顿或两者都发生。

他轻声问哈力：“你信得过你太太吗？”

哈力只是瞪着他，开始涨红了脸，我知道要坏事了。三秒钟之内，他会抽出警棍来，朝着安迪的胃部要害打下去，胃后面正是太阳神经丛的所在，那儿有一大束神经，只要力道够大，就能送人上西天，但他们还是会打下去，万一没死，也足以让你麻痹很长一段时间，忘掉原本想做什么。

“小子，”哈力说，“我只给你一次机会去捡起刷子，然后从这屋顶滚下去。”

安迪只是看着他，非常冷静，目光如冰，恍若没有听到他的话似的。我真想上去告诉他识时务点，给他上一门速成课，告诉他，你绝不能让警卫知道你在偷听他们谈话，更不能插嘴，除非他们问你（即使他们问你，也只能有问必答，然后立刻闭嘴）。在这里，无论黑、白、红、黄哪色人种，在狱卒眼中都一样，他们全把你当黑鬼，如果你想在哈力和史特马这种人手下活命的话，你得习惯这种想法。当你坐牢的时候，你的命是属于国家的，如果你忘了这点，只有自己倒霉。我曾经看过瞎了眼的人，断了手指、脚趾的人，还有一个人命根子断了一小截，还暗自庆幸只受了这点伤。我想告诉安迪，已经太迟了。他可以回去捡起刷子，但是晚上还是会有个笨蛋在淋浴间等着他，准备打得他两腿痉挛，痛得在地上打滚。而你只要用一包香烟，就可以买通这样的笨蛋。最重要的是，我想告诉他，情况已经够糟了，不要把事情弄得比现在更糟。

但我什么也没做，只是若无其事地继续铺着沥青。我跟其他人一样，懂得如何明哲保身。我不得不如此。东西已经裂开来啦，而在肖申克，永远会有像哈力这类人，极乐意把它打断。

安迪说："也许我说得不对，你信不信任她不重要，问题在于你是否认为她会在你背后动手脚。"

哈力站起来，麦德站起来，杨勒也站起来。哈力的脸涨得通红。"现在唯一的问题是，你到底还有几根骨头没断，你可以到医务室去好好数一数。来吧，麦德！我们把这家伙丢下去。"

杨勒拔出枪来。我们其他人都疯狂地埋头铺沥青。大太阳底下，他们就要这么干了，哈力和麦德准备一人一边把他丢下去。可怕的意外！编号八一四三三-SHNK 的囚犯杜佛尼脚踩空了几步，整个人从梯子上滑了下去。太惨了。

他们两人合力抓住他，麦德在右，哈力在左，安迪没有抵抗，眼睛一直盯住哈力紫胀的脸孔。

"哈力先生，如果她完全在你的掌控之下，"他还是用一贯平静镇定的声音说，"那么没有什么理由你不能全数保有那笔钱。最后的比数是：拜伦·哈力先生三万五千，山姆大叔零。"

麦德开始把他拉下去，哈力却只是站在那儿不动。有一阵子，安迪好像拔河比赛的那条绳子，在他们两人之间拉扯着。然后哈力说："麦德，停一会儿。你说什么？"

"如果你控制得了你老婆，就可以把钱交给她。"安迪说。

"你最好把话说清楚点，否则是自找苦吃。"

"税捐处准许每个人一生中可以馈赠配偶一次礼物，金额最高可达六万元。"安迪说。

哈力怔怔地望着安迪，好像被斧头砍了一下那样。"不会吧，免税？"他说。

"免税，"安迪说，"税捐处一分钱也动不了。"

"你怎么知道这件事？"

杨勒说："他以前在银行工作，我想他也许——"

“闭嘴，你这鳟鱼！”哈力说道，看也不看他，杨勒满脸通红，闭上嘴。有些警卫喊他鳟鱼，因为他嘴唇肥厚，眼睛凸出。哈力盯着安迪看，“你就是那个杀掉老婆的聪明银行家，我为何要相信像你这样的聪明银行家？你想要我跟你一样尝到铁窗滋味吗？你想害我，是不是？”

安迪静静地说：“如果你因为逃税而坐牢，你会被关在联邦监狱中，而不是肖申克，不过你不会坐牢。馈赠礼物给配偶是完全合法的法律漏洞，我办过好几十件……不，是几百件这种案子，这条法令主要是为了让小生意人把事业传下去，是为一生中只发一次横财的人，也就是像你这样的人，而开的后门。”

“我认为你在撒谎。”哈力说，但他只是嘴硬，由他脸上的表情可以看出他其实相信安迪的话。哈力丑陋的长脸上开始浮现些微激动，显得十分古怪，在哈力脸上出现这样的表情尤其可憎。他之所以激动，是因为看到了希望。

“不，我没撒谎。当然你也不必相信我，你可以去请律师——”

“你他妈的龟儿子！”哈力吼道。

安迪耸耸肩，“那你可以去问税捐处，他们会免费告诉你同样的事情，事实上，你不需要我来解说，你可以亲自去调查。”

“你他妈的，老子用不着谋杀老婆的聪明银行家来教我黑熊在哪里拉大便。”

“你只需找个律师或银行家帮你办理馈赠手续，不过要花点手续费。”安迪说，“或是……如果你愿意的话，我很乐意免费帮你办，只要你给我的每一位同事送三罐啤酒——”

“同事？”麦德一边说，一边拍着膝盖，捧腹大笑。我真希望他在吗啡还未发明的世界里因为肠癌而上西天。“同事，太可笑了？同事？你还有什么——”

“闭上你的鸟嘴！”哈力吼道，麦德闭嘴。哈力看了安迪一眼，“你刚才说什么？”

“我说我只要求你给每位同事三罐啤酒，如果你也认为这样公平的话，”安迪说，“我认为当一个人在春光明媚的户外工作了一阵子时，如果有罐啤酒喝喝，他会觉得更像个人。这只是我个人的意见，我相信他们一定会感激你的。”

我曾经和当天也在现场的几个人谈过——包括马丁、圣皮耶和波恩谢——当时我们都看到同样的事情，有同样的感觉。突然之间，就变成安迪占上风了。哈力腰间插着枪，手上拿着警棍，后面站着老友史特马，还有整个监狱的管理当局在背后撑腰，但是突然之间，在亮丽的金色阳光下，这一切都不算什么。我感到心脏快跳出来了，自从一九三八年，囚车载着我和其他四个人穿过肖申克的大门，我走出囚车踏上运动场以来，还不曾有过这种感觉。

安迪以冷静自若的眼神看着哈力，这已不只是三万五千元的事情了，我们几个都同意这点。我后来不断在脑海中重播这段画面，我很清楚，这是一个人和另一个人的角力，而且安迪步步进逼、强力推进的方式，就好像两个人在比腕力的时候，强者硬把弱者的手腕压在桌上的情形。哈力大可以向麦德点点头，让他把安迪扔下去，事后仍旧采纳安迪的建议。

他没有理由不这么做，但他没有这么做。

“如果我愿意，我是可以给你们每个人几罐啤酒，”哈力说，“工作的时候喝点啤酒是很不错。”这个讨厌鬼甚至还摆出一副宽宏大量的样子。

“我先给你一个不让税捐处找麻烦的法子，”安迪说。他的眼睛眨也不眨看着哈力。“如果你很有把握的话，就把这笔钱馈赠给你太太。如果你认为老婆会在背后动手脚或吞掉你的钱，我们还可以再想其他——”

“她敢出卖我？”哈力粗着声音问道，“出卖我？厉害的银行家先生，除非我点头，她连个屁都不敢放一个。”

麦德和其他人没有一个敢笑。而安迪脸上始终没有露出任何笑意。

“我会帮你列出所有需要的表格，表格在邮局里都有得卖，我会帮你填好，你只要在上面签字就行了。”

这点很重要，哈力的胸部起伏着，然后他看了我们一眼，吼道：“该死！看什么？干你们的活儿去！”他面向安迪，“你过来，给我听好，如果你胆敢跟我耍什么花样，这礼拜还没过完，你会发现自己在淋浴间追着脑袋跑。”

“我懂。”安迪轻轻地说。

他当然懂，他懂得比我多，比其他任何人都多。

于是一九五〇年，我们这一伙负责翻修屋顶的囚犯，在工作结束前一天的早上十点钟，排排坐在屋顶上喝着啤酒，啤酒是由肖申克监狱有史以来最严苛的狱卒所供应的。啤酒是温的，不过仍然是我这辈子喝过的滋味最棒的啤酒。我们坐在那儿喝啤酒，感觉阳光暖烘烘地洒在肩膀上，尽管哈力脸上带着半轻视、半打趣的神情，好像在看猩猩喝啤酒似的，却都不能破坏我们的兴致。我们喝了二十分钟，这二十分钟让我们感到自己又像个自由人，好像在自家屋顶上铺沥青、喝啤酒。

只有安迪没喝，我说过他平常是不喝酒的。他蹲坐在阴凉的地方，双手搁在膝盖间摇晃，微微笑着，看着我们。惊人的是，竟然有这么多人记得安迪这副样子；更惊人的是，竟然有那么多人说安迪对抗哈力的时候，他们也在现场铺屋顶。我认为当天去工作的囚犯只有九个人或十个人，但是到了一九五五年，工作人员的人数至少已暴增到两百人，也许还更多……如果你真的人家说什么都信的话。

总之，如果你要我说，我描述的到底是普通人，还是在加油添醋地描绘一个仿佛沙砾中珍珠般的传奇人物，我想答案是介乎两者之间吧。反正我只知道安迪·杜佛尼不像我，也不像我入狱后见过的任何人。他把五百美金塞在肛门里，偷偷夹带了进来，但似乎他同时也夹带了其他东西进来——或许是对自己的价值深信不疑，或坚信自己终会获得最后胜利……或只是一种自由的感觉，即使被关在这堵该死的灰墙之内，他仍然有一种发自内在的光芒。我知道，他只有一次失去了那样的光芒，而那也是这个故事的一部分。

一九五〇年，美国职业棒球世界大赛开打的时候——如果你还记得的话，那年费城人队在冠亚军大赛中连输四场——总之，那些姊妹再也不来骚扰安迪了。史特马和哈力撂下狠话，如果安迪跑去向他们或其他警卫告状，让他们看到他的内裤里再有一滴血，肖申克每个姊妹当晚都得带着头痛上床。他们一点都没反抗。我在前面说过，总是不停会有十八岁的偷车贼、纵火犯或猥亵儿童的人被关进牢里。所以从翻修屋顶那天开始，安迪和那帮姊妹就井水不犯河水了。

那个时候，安迪已经调到图书馆，在一个叫布鲁克的老囚犯手下工作。布鲁克在二十世纪二十年代末期便进图书室工作，因为他受过大学教育，尽管布鲁克在大学念的是畜牧系，不过反正在肖申克这种地方，大学生如凤毛麟角，这跟乞丐没什么可以选择的余地是同一道理。

布鲁克是在柯立芝还在当总统的时候，赌输后失手杀了妻女而被关进来。他在一九五二年获得假释。像往常一样，政府绝不会在他还对社会有一点用处的时候放他出去。当罹患关节炎的布鲁克穿着波兰西装和法国皮鞋，蹒跚步出肖申克大门时，已经六十八岁高龄了。他一手拿着假释文件，一手拿着灰狗长途汽车车票，边走边哭。几十年来，肖申克已经变成他的整个世界，在布鲁克眼中，墙外的世界实在太可怕了，就好像迷信的十五世纪水手面对着大西洋时一样害怕。在狱中，布鲁克是个重要人物，他是图书馆管理员，是受过教育的知识分子。如果他到外面的图书馆求职的话，不要说图书馆不会用他，他很可能连借书证都申请不到。我听说他在一九五三年死于贫苦老人之家，比我估计的还多撑了半年。是呀，政府还蛮会报仇的：他们把他训练得习惯了这个粪坑之后，又把他扔了出去。

安迪接替了布鲁克的工作，他也干了二十三年的图书馆管理员，他用对付哈力的方法，为图书馆争取到他想要的东西。我看着他渐渐把这个原本只陈列《读者文摘》丛书和《国家地理杂志》的小房间（房间一直有种味道，因为直到一九二二年之前，这原本只是个放油漆的地方，从来也没有空调），扩充成新英格兰地区最好的监狱图书馆。

他一步一步慢慢来。他先在门边放了个意见箱，很有耐性地筛选掉纯粹开玩笑的提议，例如“请多买些黄色书刊”或“请订购《逃亡的十堂课》”，然后整理出囚犯似乎认真需要的书籍。接着，他写信给纽约主要的读书俱乐部，请他们以特惠价寄来他们的精选图书，并且得到文学协会和每月一书俱乐部的回应。他也发现肖申克的狱友很渴望得到有关休闲嗜好的资讯，例如，有关肥皂雕刻、木工、各种手工艺和单人牌戏的专业书，还有在各监狱都十分抢手的加德纳和拉摩尔的小说，狱友们好像永远看不厌有关法庭的书。还有，他还在借书柜台下藏了一箱比较辛辣的平装书，尽管他出借时很小心，而且确保每一本书都准时归还，不过这类新书几乎每一本都很快就被翻烂了。

他在一九五四年开始写信给州议会。史特马那时已当上典狱长，他老爱摆出一副安迪只不过是只吉祥物的样子，经常在图书馆里和安迪瞎扯，有时还搂着安迪的肩膀，跟他开玩笑。但是他谁也骗不了，安迪可不是任何人的吉祥物。

他告诉安迪，也许他在外面是个银行家，但那早已成为过去，他最好认清监狱中的现实。在州议会那些自大的共和党议员眼中，政府花在狱政和感化教育的经费只有三个用途：第一是建造更多的围墙，第二是建造更多的铁窗，第三是增加更多的警卫。而且在州议会诸公眼中，被关在汤玛森、肖申克、匹兹费尔和南波特兰监狱的囚犯，都是地球上的人渣，是进来受苦的。假如面包里出现了几条象鼻虫，那还真他妈的不幸啊！

安迪依旧神色自若地微笑着。他问史特马，如果每年滴一滴水在坚硬的水泥块上，持续滴上一百万年，会怎么样？史特马大笑，拍拍安迪的背，

“你可活不了一百万年，老兄，但如果你真能活这么久，我相信到时候，你还是老样子，脸上还是挂着同样的微笑。你就继续写你的信吧，只要你自己付邮资，我会替你把信寄出去。”

于是安迪继续写信。最后，终于开怀大笑的人是他，虽然史特马和哈力都没机会看见。安迪不断写信给州议会，要求拨款补助监狱图书馆，也一再遭到拒绝。但是到了一九六〇年，他收到一张两百元的支票。州议会也许希望用这两百元堵住他的嘴，让他别再烦他们了。但安迪认为自己的努力已收到初步成效，于是加倍努力。他开始每周写两封信，而不是一封信。到了一九六二年，他收到四百元，此后十年中，图书馆每年都会准时收到七百元。到了一九七一年，补助款甚至提高到整整一千元。当然这无法与一般小镇图书馆的经费相比，但一千元至少可以采购不少二手侦探小说和西部小说。到安迪离开之前，你在肖申克图书馆中几乎可以找到任何你想看的书，即使找不到，安迪很可能也会为你找到。这时候的图书馆已经从一个油漆储藏室扩展为三个房间了。

你会问，难道这一切全因为安迪告诉哈力那笔意外之财该如何节税吗？答案是：对……也不对。或许你自己也猜到是怎么回事了。

当时，马路消息流传着肖申克养了个理财高手。一九五〇年的春末到夏天，安迪为想要储备子女大学教育基金的警卫设立了两个信托基金。他也指导一些想在股市小试身手的警卫如何炒股票（这些警卫炒股票的成绩斐然，其中一个警卫还因发了财而在两年后提早退休）。他绝对也传授了邓纳海典狱长不少避税诀窍。到了一九五一年春天，肖申克半数以上的狱卒都由安迪协助办理退税，到了一九五二年，所有狱卒的报税工作都由他代劳。而他得到的最大回报，是监狱中最有价值的东西——赢得所有人的善意对待。

后来，在史特马主政时，安迪的地位更加重要了。至于个中细节，有些事情我是知道的，有些事情我只好用猜的。我知道有不少犯人在外面有亲人或靠山帮他们打点行贿，因此可以在狱中获得特殊礼遇——例如，牢房中可以有收音机，或可以获得额外的亲友探视机会等等。监狱里的囚犯称这些在外面替他们打点的人为“天使”。突然之间，某个家伙礼拜六下午可以不必去工厂工作，于是你知道天使替他打点好了。进行的方式通常都是，天使会把贿款交给中阶的狱卒，再由这个中间人负责向上、向下打通关节，大家都分到一些油水。

还有就是让邓纳海丢官的廉价修车服务。起先他们只是暗中经营，但在一九五〇年代末期，却大张旗鼓地做起生意来。我也蛮确定有些监狱工程的承包商、提供机器设备给洗衣房以及车牌工厂的厂商会让监狱高层抽回扣。到了二十世纪六十年代末，毒品猖獗，同一批监狱管理人员甚至从毒品生意中牟利，这笔非法收入加起来还蛮多的，虽然不像艾地卡或圣昆丁等大监狱有那么大笔黑钱进出，却也不是小数目。结果赚来的钱反倒成了头痛的问题。你总不能把大把钞票全塞进皮夹里，等到家里要建造游泳池或加盖房间时，再从口袋里掏出一大叠皱巴巴、折了角的十元、二十元钞票来支付工程费。一旦你的收入超过了某个限度，就得解释你的钱是怎么赚来的。如果你的说服力非常弱，那么很可能自己也锒铛入狱。

所以，安迪的服务就更重要了。他们把安迪调离洗衣房，让他在图书馆工作，但是如果你换个角度来看，他们其实从来不曾把他调开过，只不过安迪过去洗的是脏床单，如今洗的是黑钱罢了。他把这笔非法收入全换成了股票、债券、公债等。

屋顶事件过了十年后，有一次他告诉我，他很清楚自己做这些事的感觉，也不太会因此而感到良心不安。反正无论有没有他这个人存在，非法勾当都还是会照常进行。他并不是自愿到肖申克来的，他是个无辜的、被命运作弄的倒霉鬼，而不是传教士或大善人。

“更何况，雷德，”他依旧以那种似笑非笑的表情对我说，“我在这儿做的事与我在外面的工作并没有太大的不同。我教你一条冷血定律好了：个人或公司需要专业理财协助的程度和他们所压榨的人数恰好成正比。管理这里的人基本上都是愚蠢残忍的怪物，其实外面那些人的手段照样残忍和野蛮，只不过他们没有那么蠢，因为外面的世界所要求的能力水准比这里高一点，也没有高很多，只是高了一点。”

“但是，毒品——”我说，“我不想多管闲事，不过毒品会让我神经过敏——我是绝不干这种事的，从来没有。”

“不，”安迪说，“我也不喜欢毒品，从来都不喜欢，我也不喜欢抽烟或喝酒。但是我并没有贩卖毒品，我既没有把毒品弄进来，更不卖毒品，主要都是那些狱卒在卖。”

“可是——”

“对，我知道。这中间还是有一条界线。有的人一点坏事都不做，他们是圣人，鸽子都会飞到他们肩膀上，在他们衣服上拉屎等等；还有另外一种极端是，有的人只要有钱，就无恶不作——走私枪械、贩毒，什么勾当都肯干。有没有人找过你去杀人？”

我点点头。多年来，的确有不少人找过我，毕竟我什么都有办法弄到。有不少人认为，我既然能替他们的收音机弄到干电池，或能替他们弄到香烟、大麻，自然也能替他们弄到懂得用刀的人。

“当然有人找过你啦，但你不肯，是吗？”安迪说，“因为像我们这种人，我们知道在超凡入圣与无恶不作之间还有第三种选择，这是所有成熟的成年人都会选择的一条路。因此你会在得失之间求取平衡，两害相权取其轻，尽力将善意放在面前。我猜，从你每天晚上睡得好不好，就可以判断你做得好不好……又或者从你晚上都做些什么梦来论断。”

“善意。”我说着大笑起来，“安迪，我很清楚，一个人会在善意的路上慢慢走下地狱。”

他变得更加严肃了，“你难道不觉得，这儿就是地狱吗？肖申克就是地狱。他们贩卖毒品，而我教他们如何处理贩毒赚来的钱，但是我也借机充实图书馆。我知道这儿至少有二十多个人因为利用图书馆的书来充实自己而通过了高中同等学力考试。也许他们出去后，从此可以脱离这些粪堆。一九五七年，当我们需要第二间图书室时，我办到了，因为他们需要讨好我，我是个廉价劳动力，这是我们之间的交易。”

“而且你也拥有私人牢房。”

“当然，我喜欢那样。”

二十世纪五十年代，监狱人口慢慢增长，到了六十年代已有人口爆炸之虞，因为当时美国大学生想尝试吸大麻的人比比皆是，而美国的法律又罚得特别严。但安迪始终没有室友，除了一度有一个高大沉默、名叫诺曼登的印第安人曾经短暂和他同房（跟所有进来这里的印第安人一样，他被称为酋长），但诺曼登没有住多久。不少长期犯认为安迪是个疯子，但安迪只是微笑。他一个人住，他也喜欢那样……正如他说，他们希望讨他欢喜，因为他是个廉价劳动力。

对坐牢的人而言，时间是缓慢的，有时你甚至认为时间停摆了，但时间还是一点一滴地渐渐流逝。邓纳海在报纸头条的丑闻声浪中离开了肖申克。史特马接替他的位子，此后六年，肖申克真是人间地狱。史特马在位时，肖申克医务室的床位和禁闭室的牢房永远人满为患。

一九五八年某一天，当我在牢房中照着刮胡子用的小镜子时，镜中有个四十岁的中年人与我对望。一九三八年进来的那个男孩，那个有着一头浓密红发、懊悔得快疯了、一心想自杀的年轻人不见了。红发逐渐转灰，而且开始脱落，眼角出现了鱼尾纹。某天，我会看到一个老人的脸孔在镜中出现，这使我惶恐万分，没有人愿意在监狱中老去。

一九五九年初，史特马也离开了。当时不少记者混进来调查，其中一个甚至以假名及虚构的罪状在肖申克待了四个月，准备再度揭发监狱里的重重黑幕，但他们还未来得及挥棒打击时，史特马已逃之夭夭。我很明白他为什么要逃跑，真的，因为如果他受审判刑，就会被关进肖申克服刑。真是那样的话，他在这里活不过五小时。哈力早在两年前就离开了，那个吸血鬼因心脏病发而提前退休。

安迪从来不曾受到史特马事件的牵连。一九五九年初，来了一个新的典狱长、新的副典狱长和新的警卫队长。接下来八个月，安迪回复了普通囚犯的身份。也是在那段时期，诺曼登成了他的室友，然后一切又照旧。诺曼登搬出去后，安迪又再度享受到独居的优惠。上面的人尽管换来换去，但非法勾当从未停息。

有一次我和诺曼登谈到安迪。“好人一个，”诺曼登说。很难听懂他的话，因为他有兔唇和腭裂，说话时稀里呼噜的。“他是好人，从不乱开玩笑。我喜欢跟他住，但他不喜欢我跟他住，我看得出来。”他耸耸肩，“我很高兴离开那儿。那牢房空气太坏了，而且很冷。他不让任何人随便碰他的东西，那也没关系。他人很好，从不乱开玩笑，但是空气太坏了。”

直到一九五五年，丽塔·海华丝的海报都一直挂在安迪的囚房内，然后换成了玛丽莲·梦露在电影《七年之痒》中的剧照，她站在地铁通风口的铁格盖子上，暖风吹来，掀起她的裙子。玛丽莲·梦露一直霸占墙面到一九六〇年，海报边都快烂了，才换上珍·曼斯菲，珍是大胸脯，但只挂了一年，便换上一个英国明星，名字好像叫海莎·科特，我也不确定。到了一九六六年，又换上拉蔻儿·薇芝的海报。最后挂在上面的是个漂亮的摇滚歌星，名叫琳达·朗斯黛。

我问过他那些海报对他有什么意义？他给了我奇怪和惊讶的一瞥，“怎么？它们对我的意义跟其他犯人一样呀！我想是代表自由吧。看着那些美丽的女人，你觉得好像几乎可以……不是真的可以，但几乎可以……穿过海报，和她们在一起。一种自由的感觉。这就是为什么我一直最喜欢拉蔻儿·薇芝那张，不仅仅是她，而是她站立的海滩，她好像是在墨西哥的海边。在那种安静的地方，一个人可以听到自己内心的思绪。你曾经对一张照片产生过那样的感觉吗？觉得你几乎可以一脚踩进去的感觉？”

我说我的确从来没有这样想过。

“也许有一天你会明白我的意思。”他说。没错，多年后我确实完完全全明白他的意思……当我想通时，我想到的第一件事就是诺曼登当时说的话，他说安迪的牢房总是冷冷的。

一九六三年三月末或四月初的时候，安迪碰到了一件可怕的事情。我告诉过你，安迪有一种大多数犯人（包括我在内）所缺乏的特质，是一种内心的宁静，甚至是一种坚定不移的信念，认为漫长的噩梦终有一天会结束。随便你怎么形容好了，安迪总是一副胸有成竹的样子，大多数被判终身监禁的囚犯入狱一阵子以后，脸上都会有一种阴郁绝望的神情，但安迪脸上却从未出现过，直到一九六三年的暮冬。

那时我们换了一个典狱长，名叫山姆·诺顿。假如马瑟父子[1]有机会认识诺顿，一定会觉得十分投契，从来没有人看过诺顿脸上绽开笑容。他是浸信会基督复临教会三十年的老教徒，有一个教会发的襟章。他自从成为这个快乐小家庭的大家长以后，最大的创新措施就是让每个新进犯人都拿到一本《圣经·新约》。在他桌上有个小纪念盘，柚木上嵌的金字写着：“基督是我的救主”，墙上还挂了一幅他太太的刺绣作品，上面绣着：“主的审判就要来临。”这些字使我们大多数人都倒抽一口冷气，我们都觉得审判日早已来到，而且我们也都愿意作证：岩石无法让我们藏身，枯树也不会提供我们遮蔽。他每次训话都引用《圣经》。每次碰到这种人的时候，我建议你最好脸上保持笑容，用双手护住下体。

医务室的伤患比史特马在位时少多了，也不再出现月夜埋尸的情况，但这并不表示诺顿不相信惩罚的效力。禁闭室总是生意兴隆，不少人掉了牙，不是因为挨打，而是因为狱方只准他们吃面包和喝水，导致营养不良。

在我所见过的高层人士中，诺顿是最下流的伪君子。狱中的非法勾当一直生意兴隆，而诺顿更是花招百出。安迪对内幕一清二楚，由于我们这时候慢慢成了好朋友，所以他不时透露一些消息给我。安迪谈起这些事情时，脸上总是带着一种半好玩、半厌恶的表情，好像他谈的是一些掠夺成性的丑陋虫子，它们的丑陋和贪婪，与其说可怕，不如说可笑。

诺顿建立了一种“外役监”制度。你也许在十六七年前看过这类报道；连《新闻周刊》都为此写过专题，听来似乎是狱政感化的一大革新。让囚

1 马瑟父子（Increase Mather & Cotton Mather），父子俩均为十七世纪著名的公理教会牧师。

犯到监狱外面伐木、修桥筑堤、建造贮藏马铃薯的地窖。诺顿称之为“外役监”，而且应邀到新英格兰的每个扶轮社和同济会去演讲，尤其当他的玉照登上《新闻周刊》之后，更加炙手可热。犯人却称之为“筑路帮派”，但没有一个犯人曾受邀到同济会或扶轮社去发表他们的观点。

于是，从伐木、挖水沟到铺设地下电缆管道，都可以看见诺顿在里面捞油水，中饱私囊。无论是人员、物料，还是任何你想得到的项目，都有上百种方法可以从中揩油。但是诺顿还另辟蹊径。由于监狱囚犯是廉价奴工，你根本没有办法和他们竞争，所以建筑业全都怕极了诺顿的外役监计划。因此，手持《圣经》、戴着三十年纪念襟章的虔诚教徒诺顿，在十六年的肖申克典狱长任内从桌底下收过不少厚厚的信封。当他收到信封后，他会出过高的价钱来投标工程，或根本不投标工程，或是宣称他的“外役监”计划已经和别人签约了。我只是觉得纳闷，为什么从来不曾有人在麻省某条公路上，发现诺顿的尸体塞在被弃置的雷鸟车后车厢中，双手缚在背后，脑袋瓜中了六颗子弹。

总之，正如酒吧中播放的老歌歌词：我的天，钱就这么滚滚而来！诺顿一定非常同意清教徒的传统观念，只要检查每个人的银行账户，就知道谁是上帝最眷顾的子民。

这段期间，安迪是诺顿的左右手和沉默的合伙人，而监狱图书馆就成了押在诺顿手中的人质。诺顿心知肚明，而且也充分利用这点。安迪说，诺顿最喜欢的格言就是，用一只手洗净另外一只手的罪孽。于是，安迪提供诺顿各种有用的建议。我不敢说他亲手打造诺顿的“外役监”计划，但是我很确定他为那龟儿子处理各种钱财，提供有用的建议。钱越滚越多，而……好家伙！图书馆也添购了新的汽车修理手册、百科全书，以及准备升学考试的参考书，当然还有更多加德纳和拉摩尔的小说。

我相信这件事之所以会发生，一则是诺顿不想失去左右手，二则是他怕安迪如果真的出狱的话，会说一些不利于他的话。

我的消息是在七年中这边弄一点、那边弄一点所拼凑出来的，有些是从安迪口中得知，但不是全部。他从来不想多谈这些事，我不怪他，有些事情我是从六七个不同的消息来源那儿打探来的。我曾说过囚犯只不过是奴隶罢了，他们也像奴隶一样，表面装出一副笨样子，实际上却竖起耳朵。我把故事说得忽前忽后，不过我会从头到尾把故事完整地说给你听，然后你也许就明白，为什么安迪会陷入沮丧绝望的恍惚状态长达十个月之久。我认为，他直到一九六三年，也就是进来这个甜蜜的地狱牢房十五年后，才清楚谋杀案的真相。在他认识汤米·威廉斯之前，我猜他并不晓得情况会变得那么糟糕。

汤米在一九六二年十一月加入我们这个快乐的小家庭。汤米自认是麻省人，但他并不以此为荣。在他二十七年的生命中，他坐遍了新英格兰地区的监狱。他是个职业小偷，我却认为他该拣别的行业干，或许你也会这样想。

他已经结婚，太太每周来探监一次。她认为如果汤米能够完成高中学业，情况也许会逐渐好转，她和三岁的儿子自然也会受益，因此她说服汤米继续进修，于是汤米便开始定期造访图书馆。

对安迪而言，帮助囚犯读书已经成为例行公事，他协助汤米重新复习高中修过的科目（并不是很多），然后通过同等学力考试。同时他也指导汤米如何利用函授课程，把以前不及格或没有修过的科目修完。

汤米可能不是安迪教过的学生中最优秀的一位，我也不知道他后来到底有没有拿到高中文凭，但是这些都和我们要讲的故事无关。重要的是，汤米后来非常喜欢安迪，正如其他许多人一样。

有几次谈话时，他问安迪："像你这么聪明的人怎么会沦落到这种地方？"这句话就和问人家"像你这样的好女孩怎么会沦落到这种地方？"一样唐突。但安迪不是会回答这种问题的人，微笑着把话岔开。汤米自然去请教别人，最后，他终于弄清楚整个事情，但他自己也极为震惊。

他询问的对象是跟他一起在洗衣房工作的伙伴，名叫查理·拉朴。查理因为被控谋杀，已经在牢里蹲了十二年。他迫不及待地把整个审判过程原原本本告诉汤米，那天把轧布机熨平的干净床单一条条拉出来塞进篮子里的动作，都不再像平日那么单调了。查理正讲到陪审团等到午餐后，才回到法庭上宣告安迪有罪，这时候机器故障的警笛响起，轧布机吱吱嘎嘎地停了下来。其他囚犯从机器的另一端把刚洗好的老人院床单一条条塞进轧布机里，然后在汤米和查理这一端每五秒钟吐出一条烫得平平整整的干床单，他们的工作是把机器吐出的床单一条条拉起来，折叠好以后放进推车里，推车里早已铺好棕色的干净牛皮纸。

但是汤米听到警笛声后，只顾站在那儿发愣，张大嘴巴，下巴都要碰到胸口了，呆呆地瞪着查理。机器吐出的床单掉在地上，越积越多，吸干了地上的脏水，而洗衣房的地面通常都很潮湿肮脏。工头霍姆跑过来大声咆哮，想知道哪里出了问题。但是汤米视若无睹，继续和查理谈话，仿佛打人无数的霍姆根本不存在似的。

“你说那个高尔夫球教练叫什么名字？”

“昆丁，”查理回答，一脸困惑沮丧的样子。他事后说，汤米的脸色好像战败投降时竖起的白旗一样。“好像是格林·昆丁——之类的。”

“嘿！嘿！注意！”霍姆的脖子胀得好像鸡冠一样红，“被单放回冷水里，动作快一点，老天爷，你——”

“格林·昆丁，天哪！”汤米说，他也只能说出这几个字，因为霍姆用警棍在他后脑勺上狠狠敲了一记，汤米倒在地上，撞掉了三颗门牙。当他醒来时，人已在禁闭室中。他被单独监禁了一星期，只准喝水、吃面包，还被记上一笔。

那是一九六三年二月的事，放出禁闭室以后，汤米又去问了六七个老犯人，听到的故事都差不多。我也是被问的人之一，但是当我问他为何关心这事时，他只是不搭腔。

有一天，他去图书馆对安迪说了一大堆。自从安迪走过来问我买丽塔·海华丝的海报以后，这是安迪第一次，也是最后一次失去了镇定……只不过这次他完全失控。

那天我后来看见他的时候，他仿佛被重重打了一耙，正中眉心一样。他两手发抖，当我跟他说话时，他没搭腔。那天傍晚，他跑去找警卫队长比利·汉龙，约好第二天求见典狱长诺顿。事后他告诉我，他那晚整夜没有合眼，听着隆冬的冷风在外面怒号，看着探照灯的光芒在周围扫射，在牢笼的水泥墙上划出一道道移动的长影，从杜鲁门主政时期开始，这个牢笼就成了他的家。他脑中拼命思考着整件事情。他说，就好像汤米手上有把钥匙，正好开启了他内心深处的牢笼，他自我禁锢的牢笼。那个牢笼里关的不是人，而是一只老虎，那只老虎的名字叫“希望”。汤米给的这把钥匙正好可以打开牢笼，放出希望的老虎，在他脑中咆哮着。

四年前，汤米在罗德岛被捕，那时他正开着一辆偷来的车，里面放满赃物。汤米招出同党，换取减刑，因此只需服二到四年徒刑。在他入狱将近一年时，他的室友出狱了，换成另一个囚犯和他同住，名叫艾乌·布拉契。布拉契是因为持械闯入民宅偷窃，而被判六至十二年徒刑。

“我从来没有看过这么神经过敏的人，”汤米告诉我，“这样的人根本不该干小偷的，至少不应该带枪行窃。只要周遭有一点点声音，他很可能就会跳到半空中，拔枪就射。有一天晚上，只不过因为有人在另一个牢房中，拿着铁杯子刮他们牢房的铁栅，他就差点勒死我。

“在重获自由之前，我跟他同住了七个月。我不能说我们谈过话，因为你知道，你不可能真的和布拉契交谈，每次我们谈话，总是他滔滔说个没完，我只有听的份儿。他从不停嘴，如果你想打个岔，他会两眼一翻，对你挥舞着拳头。每次他这样便让我背脊发凉。他身材高大，几乎秃顶，一对绿眼珠嵌在深陷的眼眶中。老天，我希望这一生不要再看到他。

“他每晚都说个不停：他在哪里长大的、他如何从孤儿院逃走、他干过什么事，还有他搞过的女人、他赢过的扑克牌；我只有不动声色地听他说。我的脸虽然不怎么样，不过我并不想整形。

“照他所说，他至少抢过两百个地方，真是令人难以置信，连有人放个响屁，都会使他像鞭炮般惊跳起来，但他发誓是真的。……听着，雷德，我知道有的人听说了一些事以后会编造故事，但是在我听说这个叫昆丁的高尔夫球教练之前，我记得我就曾经想过，假如有一天布拉契潜入我家偷东西的话，我若事后才发现，就算是万幸了。我真不敢想象，当他潜入一个女人的房间翻珠宝盒时，她若在睡梦中咳嗽一声或翻个身，会有什么后果？单单想到这件事，都令人不寒而栗。

“他说他杀过人，杀过那些惹毛他的人，至少这是他说的，而我相信他的话，他看起来确实像会杀人。他实在太他妈的神经过敏、太紧张了，就像一把锯掉了撞针的枪，随时会发射出去。我认识一个家伙，他有一把锯掉撞针的警用手枪。这样做没什么好处，纯粹是无聊而已，因为手枪的扳机变得十分灵敏，只要他把音响开到最大声，把枪放在喇叭箱上，很可能就会自动发射。布拉契就是这样一个人。我无法说得更清楚了，总之我相信他轰过些什么人。

“所以一天晚上，我心血来潮，问他杀过谁？我只当听笑话罢了，你知道。他大笑说道：‘有个家伙正因为我杀了两个人而在缅因州服刑。我杀的是这个笨蛋的太太和另一个家伙，我偷偷潜入他的房子，那家伙跟我过不去。’我不记得他是否曾告诉我那女人的名字，”汤米接着说，“也许他说过，但在新英格兰，杜佛尼这个姓就像其他地方的史密斯和琼斯一样普通。但是，他确实把他杀掉的那个家伙的名字告诉我了，他说那家伙叫格林·昆丁，是个讨厌鬼，有钱的讨厌鬼，职业高尔夫球选手。他说他觉得那家伙应该在屋子里放了不少现金，可能有五千美金，在当时，那可是一大笔钱。所以我问：‘事情是什么时候发生的？’他说：‘在战后，战争刚结束没多久。’

“所以，他闯进他们屋里，两个人被他吵醒，昆丁还给了他一些麻烦，他是这么说的。我则认为，说不定那家伙只不过开始打鼾。他还告诉我，昆丁和一个名律师的老婆鬼混，结果法院把那个律师送进了肖申克监狱。他说完后大笑不已。老天，当我终于可以出狱、离开那个牢房时，真是觉得谢天谢地。”

我想你不难看出当安迪听完汤米的故事后，为何有一点魂不守舍了，以及他为何要立刻求见典狱长。布拉契被判六至十二年徒刑，而汤米认识他已是四年前的事。当安迪在一九六三年听见这事时，布拉契也许已经快出狱了……甚至已经出狱。安迪担心的是，一方面布拉契有可能还在坐牢，另一方面，他也可能随风而逝，不见踪影。

汤米说的故事并不完全前后一致，但现实人生不就是这样吗？布拉契告诉汤米，被关起来的是个名律师，而安迪却是个银行家，只不过受教育不多的人原本就很容易把这两种职业混为一谈。何况别忘了，布拉契告诉汤米这件事时，距离报上刊出审判消息已经十二年了。布拉契告诉汤米，他从昆丁的抽屉拿走了一千多元，但警方在审判中却说，屋内没有被窃的痕迹。在我看来，首先，如果拥有这笔钱的人已经死了，你怎么可能知道屋内到底被偷了多少东西呢？第二，说不定布拉契根本在说谎？也许他不想承认自己无缘无故就杀了两个人。第三，也许屋内确实有被窃的痕迹，但被警方忽略了——警察有时候是很笨的，也可能当时为了不要坏了检察官的大事，他们故意把这事掩盖过去。别忘了，当时检察官正在竞选公职，他很需要把人定罪，作为竞选的宣传，而一件迟迟未破的盗窃杀人案对他一点好处也没有。

但在这三个可能中，我觉得第二个最有可能。我在肖申克认识不少像布拉契这类的人，他们都有一双疯狂的眼睛，随时会扣扳机。即使他们只不过偷了个两块钱的廉价手表和九块钱零钱就被逮了，他们也会把它说成每次都偷到“希望之星”之类的巨钻后逃之夭夭。

尽管稍有疑虑，但有一件事说服安迪相信汤米的故事。布拉契绝不是临时起意杀昆丁的，他称昆丁为“有钱的讨厌鬼”，他知道昆丁是个高尔夫球职业选手。在那一两年中，安迪和他老婆每个星期总会到乡村俱乐部喝酒吃饭两次，而且安迪发现太太出轨后，也经常独自在那儿喝闷酒。乡村俱乐部有个停靠小艇的码头，一九四七年有一阵子，那儿有个兼差的员工还蛮符合汤米对布拉契的描述。那个人长得很高大，头几乎全秃了，有一对深陷的绿眼睛。他瞪着你的时候，仿佛在打量你一般，会令你浑身不舒服。他没有在那里做多久，要不是自己辞职，就是负责管理码头的人开除了他。但是你不会轻易忘记像他那种人，他太显眼了。

于是安迪在一个凄风苦雨的日子去见诺顿，那天云层很低，灰蒙蒙的墙上是灰蒙蒙的天。那天也是开始融雪的日子，监狱外田野间露出了无生气的草地。

典狱长在行政大楼有间相当宽敞的办公室，他的办公室连着副典狱长的办公室，那天副典狱长出去了，不过我有个亲信刚好在那儿，他真正的名字我忘了，大家都叫他柴士特。柴士特负责浇花和给地板打蜡，我想那天有很多植物一定都渴死了，而且只有钥匙孔打了蜡，因为他只顾竖起他的脏耳朵从钥匙孔偷听事情经过。

他听到典狱长的门打开后又关上，然后听到典狱长说："早安，杜佛尼，有什么事吗？"

"典狱长，"安迪说，老柴士特后来告诉我们，他几乎听不出是安迪的声音，因为变得太多了。"典狱长……有件事发生了……我……那真的是……我不知道该从哪儿说起。"

"那你何不从头说起呢？"典狱长说，大概用他"我们打开《圣经》第二十三诗篇一起读吧"的声音："这样会容易多了。"

于是安迪开始从头说起。他先说明自己入狱的前因后果，然后再把汤米的话重复一遍。他也说出了汤米的名字，不过从后来事情的发展看来，这是不智之举，但当时他又别无他法，如果没有人证，别人怎么可能相信你说的呢？

他说完后，诺顿不发一语。我可以想象他的表情：整个人靠在椅背上，头快撞到墙上挂着的州长李德的照片，两手合十，指尖抵着下巴，嘴唇撅着，从眉毛以上直到额顶全是皱纹，那个三十年纪念襟章闪闪发亮。

"嗯，"他最后说，"这是我听过的最该死的故事。但告诉你最令我吃惊的是什么吧，杜佛尼。"

"先生，是什么？"

"那就是你居然会相信这个故事。"

"先生，我不懂你是什么意思？"柴士特告诉我们，十三年前那个在屋顶上毫无惧色地对抗哈力的安迪·杜佛尼，此时竟然语无伦次起来。

诺顿说："依我看来，很明显那个年轻的汤米对你印象太好了，他听过你的故事，很自然的就很想……为了鼓舞你的心情，比方说，这是很自然的。他太年轻了，也不算聪明，他根本不知道这么说了会对你产生什么影响。我现在建议你——”

“你以为我没有这样怀疑过吗？”安迪问，“但是我从来没有告诉汤米那个码头工人的事情。我从来不曾告诉任何人这件事，甚至从来不曾想过这件事！但是汤米对牢友的描述和那个工人……他们根本就是一模一样！”

“我看你也是受到选择性认知的影响。”诺顿说完后干笑两声。“选择性认知”，这是专搞狱政感化的人最爱用的名词。

“先生，完全不是这样。”

“那是你的偏见，”诺顿说，“但是我的看法就不同。别忘了，我只听到你的片面之词，说有这么一个人在乡村俱乐部工作。”

“不，先生，”安迪急道，“不是这样的，因为——”

“总之，”诺顿故意提高声调压过他，“让我们从另一个角度来看这件事好吗？假定——只是假定——假定真有这么一个叫布劳契的家伙。”

“布拉契。”安迪连忙道。

“好吧，布拉契，就说他是汤米在罗德岛监狱的牢友。非常可能他已经出狱了，很好。我们甚至不知道他和汤米关在一起时，已经坐了多久的牢？只知道他应该坐上六至十二年。”

“不，我们不知道他关了多久，但汤米说他一向表现很差，我想他很有可能还在狱中。即使他被放出来，监狱一定会留下他的地址、他亲人的名字——”

“从这两个资料几乎都不可能查得出任何结果。”

安迪沉默了一会儿，然后脱口而出：“但这总是个机会吧？不是吗？”

“是的，当然。所以，让我们假设真有这么一个布拉契存在，而且仍然关在罗德岛监狱里。如果我们拿这件事去问他，他会有什么反应？他难道会马上跪下来，两眼往上一翻说：‘是我干的！我干的！判我无期徒刑吧！’”

“你怎么这么迟钝？”安迪说。他的声音很低，老柴士特几乎听不清，不过他清清楚楚听到典狱长的话。

“什么？你说我什么？”

“迟钝！”安迪嚷着，“是故意的吗？”

“杜佛尼，你已经浪费我五分钟的时间了，不，七分钟，我今天忙得很，我看我们的谈话就到此为止吧——”

“高尔夫球俱乐部也会有旧出勤纪录，你没想到吗？”安迪喊道，“他们一定还保留了报税单、失业救济金申请表等各种档案，上面都会有他的名字。这件事才发生了不过十五年，他们一定还记得他！他们会记得布拉契的。汤米可以作证布拉契说过这些话，而乡村俱乐部的经理也可以出面作证布拉契确实在那儿工作过。我可以要求重新开庭！我可以——”

“警卫！警卫！把这个人拉出去！”

“你到底是怎么回事呀？”安迪说。老柴士特告诉我，安迪那时几乎在尖叫了。“这是我的人生、我出去的机会，你看不出来吗？你不会打个长途电话过去查问，至少查证一下汤米的说法吗？我会付电话费的，我会——”

这时响起一阵杂沓的脚步声，守卫进来把他拖出去。

“单独关禁闭，”诺顿说，大概一边说一边摸着他的三十年纪念襟章，“只给水和面包。”

于是他们把完全失控的安迪拖出去，他一路喊着：“这是我的人生、我的人生，你不懂吗？我的人生——”

安迪在禁闭室关了二十天，这是他第二次关禁闭，也是他加入这个快乐家庭以来，第一次被诺顿在记录簿上狠狠记上一笔。

当我们谈到这件事时，我得告诉你一些有关禁闭室的事。我们缅因州的禁闭室是十八世纪拓荒时代的产物。在那时候，没有人会浪费时间在“狱政学”或“改过自新”和“选择性认知”这些名词上，那是个非黑即白的年代，你不是无辜，就是有罪。如果有罪，不是绞刑，便是下狱。如果被判下狱，可没有什么监狱给你住，缅因州政府会给你一把锄头，让你从日出挖到日落，给自己掘个坑，然后给你几张兽皮和一个水桶，要你躺进自己掘的洞里。下去后，狱卒便把洞口用铁栅给盖上，再扔进一些谷物，或者一个星期给你一两块肉，周日晚上说不定还会有一点大麦粥吃吃。你小便在桶里，狱卒每天早上六点的时候会来倒水，你也拿同一个桶子去接水。天下雨时，你还可以拿这个桶把雨水舀出洞外……除非你想像老鼠一样溺死在洞里。

没有人会在这种洞中住太久，三十个月已经算很厉害了。据我所知，在这种坑中待得最久、还能活着出来的是一个十四岁的精神病患者，他用一块生锈的金属片把同学的命根子给剁了。他在洞内待了七年，不过当然是因为他还年轻力壮。

你得记住，当年只要比偷东西、亵渎或在安息日出门时忘了带手帕擤鼻涕等过错还严重些的罪名，都可能被判绞刑。至于上述这些过错和其他轻罪的处罚，就是在那种地洞中关上三至六个月或者九个月。等你出来时，你会全身像鱼肚一样白，眼睛半瞎，牙齿动摇，脚上长满真菌。

肖申克的禁闭室倒没有那么糟……我猜。人类的感受大致可分为三种程度：好、坏和可怕。当你朝着可怕的方向步入越来越黑暗的地方时，再进一步分类会越来越难。

关禁闭的时候，你得走下二十三级楼梯才会到禁闭室。那儿唯一的声音是滴答的水声，唯一的灯光是来自一些摇摇欲坠的六十瓦灯泡发出的微光。地窖成桶状，就好像有钱人有时候藏在画像后面的保险柜一样，圆形的出入口也像保险柜一样，是可以开关的实心门，而不是栅栏。禁闭室的通风口在上面，但没有任何光亮会从上面透进来，只靠一个小灯泡照明。每天晚上八点钟，监狱的主控室就会准时关掉禁闭室的灯，比其他牢房早一个小时。如果你喜欢所有时间都生活在黑暗中，他们也可以这样安排，但没有多少人会这么做……不过八点钟过后，你就没有选择的余地了。墙边有张床，还有个尿罐，但没有马桶座。打发时间的方法只有三种：坐着、拉屎或睡觉，真是伟大的选择！在那里度过二十天，就好像过了一年一样。三十天仿佛两年，四十天则像十年一样。有时你会听到老鼠在通风系统中活动的声音，在这种情况下，连害怕都不知为何物了。

要说待在禁闭室有什么好处的话，那就是你有很多时间思考。安迪在享受面包与水的二十天里，好好思考了一番。当他出来后，他再度求见典狱长，但遭到拒绝，典狱长说类似的会晤会产生“反效果”，如果你想从事狱政或惩治工作的话，这是另一个你得先精通的术语。

安迪很有耐心地再度求见典狱长，接着再度提出请求。他变了。一九六三年，当春回大地的时候，安迪脸上出现了皱纹，头上长出灰发，嘴角惯有的微笑也不见了。目光茫然一片。当一个人开始像这样发呆时，你知道他正在数着他已经度过了多少年、多少月、多少星期，甚至多少天的牢狱之灾。

他很有耐性，不断提出请求。他除了时间之外一无所有。夏天到了，肯尼迪总统在华盛顿首府承诺将大力扫除贫穷和消除不平等，浑然不知自己只剩下半年的寿命了。在英国利物浦，一个名叫“披头士”的合唱团正冒出头来，但在美国，还没有人知道披头士是何方神圣。还有波士顿红袜队这时仍然在美国联盟垫底，还要再过四年，才到了新英格兰人所说的“一九六七奇迹年”。所有这些事情都发生在外面那个广大的自由世界里。

诺顿终于在六月底接见安迪，七年以后，我才亲自从安迪口中得知那次谈话的内容。

“如果是为了钱的事，你不用担心，”安迪压低了声音对诺顿说，“你以为我会说出去吗？我这样是自寻死路，我也一样会被控——”

“够了，”诺顿打断道。他的脸拉得老长，冷得像墓碑，他拼命往椅背上靠，后脑勺几乎碰到墙上那幅写着“主的审判就要来临”的刺绣。

“但——”

“永远不要在我面前提到‘钱’这个字，”诺顿说，“不管在这个办公室或任何地方都一样，除非你想让图书馆变回储藏室，你懂吗？”

“我只是想让你安心而已。”

“呐，我要是需要一个成天哭丧着脸的龟儿子来安我的心，那我不如退休算了。我同意和你见面，是因为我已经厌倦了和你继续纠缠下去，杜佛尼，你要适可而止。如果你想要买下布鲁克林桥，那是你的事，别扯到我头上，如果我容许每个人来跟我说这些疯话，那么这里每个人都会来找我诉苦。我一向很尊重你，但这件事就到此为止了，你懂吗？”

“我知道，”安迪说，“但我会请个律师。”

“做什么？”

“我想我们可以把整件事情拼凑起来。有了汤米和我的证词，再加上法庭纪录和乡村俱乐部员工的证词，我想我们可以拼凑出当时的真实情况。”

“汤米已经不在这里服刑了。”

“什么？”

“他转到别的监狱去了。”

“转走了，转到哪里？”

“凯西门监狱。”

安迪陷入沉默。他是个聪明人，但如果你还嗅不出当中的各种交易条件的话，就真的太笨了。凯西门位于北边的阿鲁斯托库县，是个比较开放的监狱。那里的犯人平常需要挖马铃薯，虽然工作辛苦，不过却可以得到合理的报酬，而且如果他们愿意的话，还可以到学校参加各种技能训练。更重要的是，对像汤米这种有太太小孩的人，凯西门有一套休假制度，可以让他在周末时过着正常人的生活，换言之，他可以和太太亲热，和小孩一起建造模型飞机，或者全家出外野餐。

诺顿一定是把这一切好处全摊在汤米面前，他对汤米的唯一要求是，从此不许再提布拉契三个字，否则就把他送到可怕的汤姆森监狱，不但无法和老婆亲热，反而得侍候一些老同性恋。

“为什么？”安迪问，“你为什么——”

“我已经帮了你一个忙，”诺顿平静地说，“我查过罗德岛监狱，他们确实曾经有个叫布拉契的犯人，但由于所谓的‘暂时性假释计划’，他已经假释出狱了，从此不见踪影。这些自由派的疯狂计划简直放任罪犯在街头闲晃。”

安迪说：“那儿的典狱长……是你的朋友吗？”

诺顿冷冷一笑，“我认得他。”他说。

“为什么？”安迪又重复一遍，“你为什么要这么做？你知道我不会乱说话……不会说出你的事情，你明明知道，为什么还要这么做？”

“因为像你这种人让我觉得很恶心，”诺顿不慌不忙地说，“我喜欢你现在的状况，杜佛尼先生，而且只要我在肖申克当典狱长一天，你就得继续待在这里。从前你老是以为你比别人优秀，我很擅于从别人脸上看出这样的神情，从第一天走进图书馆的时候，我就注意到你脸上的优越感。现在，这种表情不见了，我觉得这样很好。你别老以为自己很有用，像你这种人需要学会谦虚一点。以前你在运动场上散步时，好像老把那里当成自家客厅，神气得像在参加鸡尾酒会，你在跟别人的先生或太太寒暄似的，但你现在不再带着那种神情走在路上了。我会继续注意你，看看你会不会又出现那种样子。未来几年，我会很乐意继续观察你的表现。现在给我滚出去！”

“好，但我们之间的所有活动到此为止，诺顿。所有的投资咨询、免税指导都到此为止，你去找其他囚犯教你怎么申报所得税吧！”

诺顿的脸先是变得如砖块一般红……然后颜色全部退去。“你现在回到禁闭室，再关个三十天，只准吃面包和水，你的纪录上再记一笔。进去后好好想一想，如果你胆敢停掉这一切的话，图书馆也要关门大吉，我一定会想办法让图书馆恢复到你进来前的样子，而且我会让你的日子非常……非常难过。你休想再继续一个人住在第五区的希尔顿饭店单人房，你休想继续保存窗台上的石头，警卫也不再保护你不受那些男同性恋的侵犯，你会失去一切，听懂了吗？”

我想他把话说得很清楚了。

时间继续一天天过去——这是大自然最古老的手段，或许也是唯一的魔法，安迪变了，他变得更冷酷了，这是我唯一能想到的形容词。他继续掩护诺顿做脏事，也继续管理图书馆，所以从外表看来，一切如常。每年生日和年关岁暮时，他照样会喝上一杯，也继续把剩下的半瓶酒和我分享。我不时为他找来新的磨石布，一九六七年时，我替他弄来一把新锤子，十九年前那把已经坏掉了。十九年了！当你突然说出那几个字时，三个音节仿佛坟墓上响起的重重关门声。当年十元的锤子，到了一九六七年，已经是二十二元了。当我把锤子递给他时，他和我都不禁惨然一笑。

他继续打磨从运动场上找到的石头，但运动场变小了，因为其中一半的地在一九六二年铺上了柏油。不过，看来他还是找了不少石头来让自己忙着。每当他琢磨好一块石头后，他会把它放在朝东的窗台上，他告诉我，他喜欢看着从泥土中找到的一块块片岩、石英、花岗岩、云母等，在阳光下闪闪发光，安迪给这些石头起名叫“千年三明治”，因为岩层是经过几十年、几百年，甚至数千年才堆积而成的。

隔三差五，安迪会把石雕作品送人，好腾出地方来容纳新琢磨好的石头。他最常送我石头，包括那双袖扣一样的石头，我就有五个，其中有一块好像一个人在掷标枪的云母石，是很小心雕刻出来的。我到现在还保存着这些石头，不时拿出来把玩一番。每当我看见这些石头时，总会想到如果一个人懂得利用时间的话（即使每一次只有一点点时间），一点一滴累积起来，能做出多少事情。

所以，表面上一切如常。如果诺顿是存心击垮安迪的话，他必须穿透表面，才能看到个中的变化。但是我想在诺顿和安迪冲突之后的四年中，如果他能看得出安迪的改变，应该会感到很满意，因为安迪变化太大了。

他曾经说，安迪在运动场上散步时，就好像参加鸡尾酒会一样。我不会这么形容，但我知道他是什么意思。我以前也说过，自由的感觉仿佛一件隐形外衣披在安迪身上，他从来不曾培养起一种坐牢的心理状态，他的眼光从来不显呆滞，他也从未像其他犯人一样，在一日将尽时，垮着肩膀，拖着沉重的脚步，回到牢房去面对另一个无尽的夜。他总是抬头挺胸，脚步轻快，好像走在回家的路上一样——家里有香喷喷的晚饭和好女人在等着他，而不是只有食之无味的蔬菜、马铃薯泥和一两块肥肉，以及墙上的拉蔻儿·薇芝的海报。

但在这四年中，虽然他并没有完全变得像其他人一样，但的确变得沉默、内省，经常若有所思。又怎能怪他呢？不过总算称了诺顿的心……至少有一阵子如此。

他的沉郁到了一九六七年职业棒球世界大赛时改变了。那是梦幻的一年，波士顿红袜队不再排第九名敬陪末座，而是正如拉斯维加斯赌盘所预测，赢得美国联盟冠军宝座。在他们赢得胜利的一刹那，整个监狱为之沸腾。大家似乎有个傻念头，觉得如果连红袜队都能起死回生，或许其他人也可以。我现在没办法把那种感觉解释清楚，就好像披头士迷也无法解释他们的疯狂一样。但这是很真实的感觉。当红袜队一步步迈向世界大赛总冠军宝座时，监狱里每个收音机都在收听转播。当红袜队在圣路易的冠军争夺战中连输两场的时候，监狱里一片愁云惨雾；当皮特洛切里演出再见接杀时，所有人欢欣雀跃，简直快把屋顶掀掉了；但最后在世界大赛最关键的第七战，当伦伯格吃下败投、红袜队功亏一篑、冠军梦碎时，大家的心情都跌到谷底。唯有诺顿可能在一旁幸灾乐祸，那个龟儿子，他喜欢监狱里的人整天灰头土脸。

但是安迪的心情没有跌到谷底，也许因为他原本就不是棒球迷。虽然如此，他似乎感染了这种振奋的气氛，而且这种感觉在红袜队输掉最后一场球赛后，仍然没有消失。他重新从衣柜中拿出自由的隐形外衣，披在身上。

我记得在十月底一个高爽明亮的秋日，是棒球赛结束后两周，一定是个星期日，因为运动场上挤满了人，不少人在丢飞盘、踢足球、私下交易，还有一些人在狱卒的监视下，在会客室里和亲友见面、抽烟、说些诚恳的谎话、收下已被狱方检查过的包裹。

安迪靠墙蹲着，手上把玩着两块石头，他的脸朝着阳光。在这种季节，这天的阳光算是出奇的暖和。

“哈啰，雷德，”他喊道，“过来聊聊。”

我过去了。

“你要这个吗？”他问道，递给我一块磨亮的“千年三明治”。

“当然好，”我说，“真美，多谢。”

他耸耸肩，改变话题，“明年是你的大日子了。”

我点点头，明年是我入狱三十周年纪念日，我一生中百分之六十的光阴都在肖申克州立监狱中度过。

“你想你出得去吗？”

“当然，到时我应该胡子已经花白，嘴里只剩三颗摇摇欲坠的牙齿了。”

他微微一笑，把脸又转向阳光，闭上眼，“感觉真舒服。”

“我想只要你知道该死的冬天马上来到，一定会有这种感觉。”

他点点头。我们都沉默下来。

"等我出去后，"安迪最后说，"我一定要去一个一年到头都有阳光的地方。"他说话时那种泰然自若的神情，仿佛他还有一个月便要出去似的。"你知道我会上哪儿吗，雷德？"

"不知道。"

"齐华坦尼荷，"他说，轻轻吐出这几个字，像是唱歌似的，"在墨西哥，距墨西哥三十七号公路和仆拉雅阿苏约二十英里，距太平洋边的阿卡波哥约一百英里的小镇，你知道墨西哥人怎么形容太平洋吗？"

我说我不知道。

"他们说太平洋是没有记忆的，所以我要到那儿去度我的余生。雷德，在一个没有记忆、温暖的地方。"

他一面说，一面捡起一把小石头，然后再一个个扔出去，看着石头滚过棒球场的内野地带。不久以后，这里就会覆上一英尺白雪。

"齐华坦尼荷。我要在那里经营一家小旅馆。在海滩上盖六间小屋，另外六间靠近公路。我会找个人驾船带客人出海钓鱼，钓到最大一条马林鱼的人还可以获得奖杯，我会把他的照片放在大厅中，这不会是给全家老少住的那种旅馆，而是专给来度蜜月的人住的……。"

"你打哪来的钱去买这么一个像仙境的地方？"我问道，"你的股票吗？"

他看着我微笑道，"差不多耶，"他说，"雷德，你有时真令我吃惊。"

"你在说什么呀？"

"陷入困境时，人的反应其实只有两种，"安迪说，他圈起手，划了一根火柴，点燃香烟。"假设有间屋子里满是稀有的名画古董，雷德？再假设屋主听说有飓风要来？他可能会有两种反应：第一种人总是怀抱最乐观的期望，认为飓风或许会转向，老天爷不会让该死的飓风摧毁了伦勃朗、德加的名画；万一飓风真的来了，反正这些东西也都保过险了。另一种人认定飓风一定会来，他的屋子绝对会遭殃。即使气象局说飓风转向了，这个家伙仍然假定飓风会回过头来摧毁他的房子。因此他做了最坏的打算，因为他知道只要为最坏的结果预先做好准备，就可以始终抱着乐观的期望。"

我也点燃了根烟。"你是说你已经为未来做好准备了吗？"

"是的，我是预备飓风会来的那种人，我知道后果会有多糟，当时我没有多少时间，但在有限的时间里，我采取了行动。我有个朋友——差不多是唯一支持我的人——他在波特兰一家投资公司做事，六年前过世了。"

"我为你感到难过。"

“嗯，”安迪说，把烟蒂丢掉，“琳达和我有大约一万四千元的积蓄，数目不大，但那时我们都还年轻，大好前程摆在我们面前。”他做了个鬼脸，然后大笑，“起风时，我开始把伦勃朗的名画移到没有飓风的地方。所以我卖掉股票，像一般好公民一样乖乖付税，丝毫不敢有所隐瞒或抄捷径。”

“他们没有冻结你的财产吗？”

“我是被控谋杀，雷德，我不是死掉！感谢上苍，他们不能随意冻结无辜者的财产，而且当时他们也还没有以谋杀的罪名指控我。我的朋友吉米和我当时还有一点时间，我的损失还不小，匆匆忙忙地卖掉了所有的股票什么的。不过当时我需要担心的问题，比在股市小小失血要严重多了。”

“是呀，我猜也是。”

“我来到肖申克时，这笔钱很安全，现在也仍然很安全。雷德，在外面的世界里有一个人，从来没有人亲眼见过他，但是他有一张社会保险卡和缅因州的驾照，还有出生证明。他叫彼得·斯蒂芬，这个匿名还不错吧？”

“这个人是谁？”我问。我想我知道他要说什么，但我觉得难以置信。

“我。”

“你要跟我说在这些人对付你的时候，你还有时间弄一个假身份？”我说，“还是在你受审的时候，一切已经都弄妥了——”

“我不会这样跟你说，是我的朋友吉米帮我弄的，他是在我上诉被驳回以后开始办的，直到一九五〇年春天，他都还保管着这些身份证件。”

“你们的交情一定很深，因为这样做绝对犯法。”我说，我不敢确定他的话有多少可信——大部分是真的，只有一点点可以相信，还是全部都不能相信。但那天太阳露脸了，是个暖和的好天气，而这又是个好故事。

“他和我是很好的朋友，”安迪说，“我们打仗时就在一起，去过法国、德国，他是个好朋友。他知道这样做是不合法的，但他也知道在美国要假造身份很容易，而且也很安全。他把我所有的钱都投资在彼得·斯蒂芬名下——所有该付的税都付了，因此国税局不会来找麻烦。他把这笔钱拿去投资时，是一九五〇年和一九五一年，到今天，这笔钱已经超过三十七万元了。”

我猜我讶异得下巴落到胸口时，一定发出了“砰”的一声，因为他笑了。

“想想看，很多人常常惋惜，假如他们在一九五〇年就懂得投资这个那个就好了，而彼得·斯蒂芬正是把钱投资在其中的两三个项目。如果我不是被关在这里，我早就有七八百万的身价了，可以开着劳斯莱斯汽车……

说不定还有严重的胃溃疡。"

他又抓起一把尘土，优雅地让小砂子在指尖慢慢流过。

"怀抱着最好的希望，但预做最坏的打算——如此而已。捏造假名只是为了保存老本，只不过是在飓风来临之前，先把古董字画搬走罢了。但是我从来不曾料想到，这飓风……竟然会吹这么久。"

我有好一阵子没说话。我在想，蹲在我身旁这个穿灰色囚衣的瘦小男子，他所拥有的财富恐怕是诺顿一辈子都赚不到的，即使加上他贪污来的钱，都还是望尘莫及。

"当你说你可以请个律师时，你确实不是在开玩笑，"我最后说，"有这么多钱在手上，你连丹诺[1]这种等级的名律师都请得起。你为什么不请律师为你申冤呢？你很快就可以出狱呀？"

他微笑着，以前当他告诉我，他和老婆有美好的前程摆在面前时，脸上也带着那种微笑。"不行。"他说。

"如果你有个好律师，就可以把汤米这小子从凯西门弄出来，不管他愿不愿意。"我说，开始得意忘形起来。"你可以要求重新开庭，雇私家侦探去找布拉契，把诺顿扳倒，为什么不这么做呢？"

"因为我被自己的计谋困住了，如果我企图从狱中动用彼得·斯蒂芬的钱，很可能所有的钱都保不住。原本吉米可以帮我的忙，但是他死了，你看出问题出在哪里了吗？"

我懂了。尽管这笔钱能带来很大的好处，但安迪所有的钱都是属于另一个人的。如果他所投资的领域景气突然变差，安迪也只能眼睁睁看着它下跌，每天盯着报上的股票和债券版，我觉得这真是一种折磨人的生活。

"我告诉你到底是怎么一回事好了，雷德。巴克斯登镇有一片很大的牧草地。你知道巴克斯登在哪里吧？"

我说我知道，就在斯卡伯勒附近。

"没错。牧草地北边有一面石墙，就像弗罗斯特的诗里所描写的石墙一样。石墙底部有一块石头，那块石头和缅因州的牧草地一点关系也没有，那是一块火山岩玻璃，在一九四七年前，那块玻璃一直都放在我办公桌上当镇纸。我的朋友吉米把它放在石墙下，下面藏了一把钥匙，那把钥匙能开启卡斯柯银行波特兰分行的一个保险柜。"

"我想你麻烦大了，当你的朋友吉米过世时，税捐处的人一定已经把他

1 克拉伦斯·丹诺（Clarence Darrow，1857—1938），美国名律师及演说家、作家。

所有的保险箱都打开了，当然，和他的遗嘱执行人一起。”

安迪微笑着，拍拍我的头。“不错嘛，脑袋瓜里不是只装了糨糊。不过我们早有准备了，我们早就把吉米在我出狱前就过世的可能性都考虑在内。保险箱是用彼得·斯蒂芬的名字租的，吉米的律师每年送一张支票给波特兰的银行付租金。彼得·斯蒂芬就在那个盒子里，等着出来，他的出生证、社会保险卡和驾照都在那里，这张驾照已有六年没换了，因为吉米死了六年，不过只要花五块钱，就可以重新换发，他的股票也在那儿，还有免税的市府公债和每张价值一万元的债券，一共十八张。”

我吹了一声口哨。

“彼得·斯蒂芬锁在波特兰的银行保险柜中，而安迪·杜佛尼则锁在肖申克监狱的保险柜中，”他说，“真是一报还一报。而打开保险柜和开启新生活的那把钥匙则埋在巴克斯登牧草地的一大块黑玻璃下面。反正已经跟你讲了这么多，雷德，我再告诉你一些其他事情好了。过去二十年来，我天天看报的时候，都特别注意巴克斯登有没有任何工程在进行，我总在想，有一天我会看到报上说，那儿要建一座医院或一条公路或一个购物中心，那么我的新生活就要永远埋在十英尺的水泥地下，或是随着一堆废土被倒入沼泽中。”

我脱口而出说：“天哪，安迪，如果你说的都是真的，你怎么有办法不发疯呢？”

他微笑道：“到目前为止，西线无战事。”

“但可能要好多年——”

“是要好多年，但也许没有诺顿认为的那么久，我等不了那么久，我一直想着齐华坦尼荷和我的小旅馆，现在我对生命的要求仅止于此了，雷德，这应该不算非分的要求吧。我根本没有杀格林·昆丁，也没杀我太太。一家小旅馆……不算奢求吧！我可以游游泳、晒晒太阳，睡在一间可以敞开窗子的房间……这不是非分的要求。”

他把石头扔了出去。

“雷德，你知道，”他漫不经心地说，“在那样的地方……我需要有人知道如何弄到我要的东西。”

我沉吟良久，当时我想到的最大困难，居然不是我们不过是在监狱的小运动场上痴人说梦，还有武装警卫居高临下监视着我们。“我没办法，”我说，“我无法适应外面的世界。我已经变成所谓体制化的人了。在这儿，我是那个可以替你弄到东西的人，出去以后，如果你要海报、锤子或什么特别的唱片，只需查工商分类电话簿就可以了。在这里，我就是那他妈的工商分类电话簿，出去了以后，我不知道要从何开始，或如何开始。”

“你低估了自己，”他说，“你是个懂得自我教育的人，一个相当了不起的人，我觉得。”

“我连高中文凭都没有。”

“我知道，”他说，“但是一纸文凭不见得就可以造就一个人，正如同牢狱生涯也不见得会打垮每一个人。”

“到了外面，我会应付不来的，安迪，我很清楚。”

他站起来。“你考虑考虑。”他说。就在这时，哨声响起，他走开了，仿佛刚才不过是个自由人在向另一个自由人提供工作机会，在那一刻，我也有种自由的感觉。只有他有办法做到这点，让我暂时忘记我们都是被判无期徒刑的终身犯，命运完全操在严苛的假释委员会和整天唱圣诗的典狱长手中，而典狱长一点都不想放安迪出狱，毕竟安迪是条懂得报税的小狗，养在身边多么有用啊！

但晚上回到囚房时，我又感到自己像个犯人了，这整个主意似乎荒诞不经，去想象那一片碧海蓝天和白色沙滩，不仅愚蠢，而且残酷，这念头好像鱼钩一样拖住我的脑子。我就是无法像安迪那样，披上自由的隐形外衣。那晚我睡着后，梦见牧草地中央有一大块光滑的黑玻璃石头，石头的样子好像铁匠的铁砧，我正在摇晃石头，想拿出埋在下面的钥匙，但石头太大了，怎么也动不了。

而在身后，我可以听到警犬的吠声越来越近。

接下来就该谈谈越狱了。

在这个快乐的小家庭中，不时有人尝试越狱。但是在肖申克，如果你够聪明的话，就不要翻墙越狱。监狱的探照灯整晚都四处扫射，好像长长的白手指般，来回照着监狱四周，其中三面是田野，一面是发出恶臭的沼泽地。隔三差五，就会有囚犯企图翻墙越狱，而探照灯总是把他们逮个正着；否则当他们跑到公路上，竖起大拇指希望能搭便车时，也会被发现。如果乡下农夫看到他们走在田野间，也会打电话通报监狱。想翻墙越狱的囚犯是蠢蛋。在这种乡下地方，一个人穿着囚衣形迹鬼祟，就好像婚礼蛋糕上的蟑螂一样醒目。

这么多年来，最高明的越狱往往是即兴之作。有的人是躲在一堆床单里混出去的。我刚进来时听过很多这样的案例，不过狱方逐渐不再让囚犯有机可乘。

诺顿的“外役监”计划也制造了一些逃亡的机会。在大多数情况下，越狱的行动都是临时起意，例如，趁警卫正在卡车旁喝水或几个警卫热烈讨论球赛战况时，把挖蓝莓的工具一扔，就往树丛里跑去。

一九六九年，“外役监”计划的内容是去沙巴塔斯挖马铃薯，那天是十一月三日，工作几乎快做完了。有个名叫亨利·浦格的警卫（他现在已不是我们这个快乐家庭的一员了）坐在马铃薯货车的后挡泥板上吃午餐，把卡宾枪放在膝上，这时候，一头漂亮的雄鹿（他们是这样告诉我的，但有时这些事情会加油添醋）从雾中缓缓走出来，浦格追过去，想象着战利品摆在家里康乐室的样子，结果他看守的三个囚犯乘机溜走，其中有两个人在另一个镇的弹子房被逮着，另外一个始终没找到。

我想最有名的越狱犯是锡德·尼都。他在一九五八年越狱，我猜以后很难有人超越他。由于星期六监狱将举行球赛，因此锡德当时正在球场划界线。三点钟一到，哨声响起，代表警卫要换班了。运动场再过去一点就是停车场，和电动大门恰好位于监狱的两端。三点钟一到，大门开了，来换班的警卫和下班的警卫混在一起，互相拍肩膀，打招呼，比较保龄球赛的战绩，开开玩笑。

而锡德推着他的划线机，不动声色地从大门走出去，三英寸宽的白线一路从棒球场的本垒板一直画到公路旁的水沟边，他们后来发现划线机翻倒在那里。别问我他是怎么出去的，他有六英尺两英寸高，穿着囚衣，推着划线机走过去时，还会扬起阵阵白灰，竟然就堂而皇之地从大门走出去了。只能说，大概因为正逢星期五下午，要下班的警卫因为即将下班太过兴奋，而来换班的警卫又因为要来换班而太过沮丧，前者得意地把头抬得高高的，后者则垂头丧气，视线始终没离开过鞋尖……锡德就这么趁隙逃跑了。

就我所知，锡德到现在还逍遥法外。多年来，安迪和我还常常拿锡德的逃亡过程来当笑话讲。后来当我们听说了古柏[1]劫机勒赎的事，也就是劫机犯从飞机后舱门跳伞逃走的故事，安迪坚持认为那个叫古柏的劫机犯真名一定叫锡德·尼都。

“好个幸运的龟儿子，”安迪说，“搞不好他为了讨个吉利，整个口袋都

1 一九七一年十一月，一个自称古柏的人登上了从波特兰到西雅图的客机，威胁要炸掉飞机，向航空公司勒赎二十万美元。他在西雅图机场拿到赎金，于飞机再度起飞后，从高空跳伞逃脱，从此不见踪影，成为美国历史上一大谜团。

装满了用来划线的白灰粉呢。”

但是你应该明白，锡德和那个在沙巴塔斯马铃薯田逃走的家伙只是少数中了头彩的幸运儿，仿佛所有的运气刹那间全聚集在他们身上。像安迪这么一板一眼的人，可能等上九十年也逃不出去。

也许你还记得，我曾经提过有个洗衣房工头名叫韩利·巴克斯，他在一九二二年被关到肖申克来，三十一年后死于监狱的医务室。他简直把研究越狱当作嗜好，或许原因就在于他自己从来不敢亲身尝试。他可以告诉你一百种不同的越狱方法，每一种都很疯狂，而且肖申克的犯人都尝试过。我最喜欢的是毕佛·莫里森的故事，这家伙竟然试图在车牌工厂的地下室建造一架滑翔机。他是照着一九〇〇年出版的《现代男孩玩乐与冒险指南》上面的说明来造飞机，而且一直没有被发现，只是直到最后他才发现地下室的门都太小了，根本没法子把那架该死的滑翔机搬出去。每次韩利说这个故事时，都会引起一阵爆笑，而他还知道一二十个同样好笑的故事。

有一次韩利告诉我，在他服刑期间，他知道的企图越狱案就有四百多件。在你点点头往下读之前，先停下来好好想一想。四百多次越狱尝试！等于韩利在肖申克监狱服刑期间，每年平均有十二点九次企图越狱事件。当然，大多数越狱行动都还蛮随便的，结局不外乎某个鬼鬼祟祟的可怜虫、糊涂蛋被警卫一把抓住，痛骂：“你以为你要上哪儿去呀，混蛋！”

韩利说，比较认真策划的越狱行动大概只有六十件，其中包括一九三七年的“大逃亡”，那是我入狱前一年发生的事情。当时肖申克正在盖新的行政大楼，有十四名囚犯从没有锁好的仓库中拿了施工的工具，越狱逃跑。整个缅因州南部都因为这十四个“顽强的罪犯”陷入恐慌，但其实这十四个人大都吓得半死，完全不知该往哪儿逃，就好像误闯公路的野兔，被迎面而来的大卡车车头灯一照，就动弹不得。结果，十四个犯人没有一个真正逃脱，有两个人被枪射死——但他们是死在老百姓的枪下，而不是被警官或监狱警卫逮着，没有一个人成功逃脱。

从一九三八年我入狱以来，到安迪第一次和我提到齐华坦尼荷那天为止，究竟有多少人逃离肖申克？把我和韩利听说的加起来，大概十个左右。只有十个人彻彻底底逃脱了。虽然我没有办法确定，但是我猜十个人当中，至少有五个人目前在其他监狱服刑。因为一个人的确会受到监狱环境制约，当你剥夺了某人的自由、教他如何在牢里生存后，他似乎就失去了多面思考的能力，变得好像我刚刚提到的野兔，看着迎面而来、快撞上它的卡车灯光，却僵在那里动弹不得。许多刚出狱的囚犯往往会进行一些绝不可能成功的愚蠢犯罪，为什么呢？因为如此一来，他就可以回到牢里，回到他所熟悉了解的地方。

安迪不是这样的人，但我是。眺望太平洋的念头听起来很棒，但是我害怕有朝一日，我真的到了那里时，浩瀚的太平洋会把我吓得半死。

总而言之，自从那天安迪谈到墨西哥和彼得·斯蒂芬以后，我开始相信安迪有逃亡的念头。我只能祈祷上帝，让他谨慎行事，但是我不会把赌注押在他身上。典狱长诺顿特别注意他的一举一动，安迪不是普通囚犯。可以这么说，他们之间有密不可分的工作关系。安迪很有头脑，但也很有心，诺顿下定决心要利用他的头脑，同时也击溃他的心。

就好像外面有一些你永远可以买通的诚实政客一样，监狱里也有一些诚实的警卫，如果你很懂得看人，手头上也有一些钱可以撒的话，我猜你确实有可能买通几个警卫，他们故意放水，眼睛注视着其他地方，让你有机会逃脱。过去不是没有人做过这样的事情，但是安迪没有办法这么做，因为正如我刚才所说，诺顿紧紧盯着他，安迪知道这点，狱卒也都知道这点。

只要诺顿还继续审核“外役监”名单，就没有人会提名安迪参加“外役监”计划，而安迪也不像锡德，他绝不会那么随随便便地展开逃亡行动。

如果我是他，外面那把钥匙会使我痛苦万分，彻夜难眠。巴克斯登距离肖申克不到三十英里，却可望而不可及。

我仍然认为找律师要求重新审判的成功机会最大，只要能脱离诺顿的掌握就好。或许他们只不过多给汤米一些休假，就让他封口，我并不确定。或许那些律师神通广大，可以让汤米开口，甚至不用费太大的劲，因为汤米很钦佩安迪。每次我向安迪提出这些意见时，他总是微笑着，目光飘向远方，嘴里说他会考虑考虑。

看来他同时在考虑的事情还不少。

一九七五年，安迪从肖申克逃走了，他一直都没被逮到，我相信他永远也不会被逮到。事实上，我想，安迪早已不在这个世上了，而一九七六年这一年，在墨西哥的齐华坦尼荷，有一个叫彼得·斯蒂芬的人正在经营一家小旅馆。

我会把我所知道的和我猜想的全都告诉你，我也只能做到这样了，不是吗？

一九七五年三月十二日。当警卫在早上六点半打开第五区牢房的大门时，所有犯人都从自己的房间走出来，站到走廊上，排成两列，牢门砰的一声在他们身后关起。他们走到第五区大门时，会有两个警卫站在门口数人头，算完后便到餐厅去吃麦片、炒蛋和油腻的培根。

直到数人头之前，一切都是例行公事。第五区牢房的犯人应该有二十七个，但那天早上数来数去都只有二十六个人，于是警卫去报告队长，并先让第五区的囚犯去吃早餐。

警卫队长名叫理查·高亚，不是个很坏的人，他和助手戴夫·勃克一起来到第五区牢房。手上拿着警棍和枪，高亚打开大门，和勃克一起走进两排牢房中间的走道。像这种情形，通常都是有人在半夜病了，而且因为病得太重，早上根本没有力气走出牢房。更罕见的状况是他根本已经病死了，或自杀了。

但这次却出现了一个大谜团，他们既没有看到病人，也没有看到死人，里面根本空无一人。第五区共有十四间牢房，每边各七间，全都十分整洁——在肖申克，对牢房太过脏乱的惩罚是禁止会客——而且全都空荡荡的。

高亚第一个反应是警卫算错人数了，要不就是有人恶作剧，因此他叫第五区的所有囚犯吃完早餐后，都先回到牢房去。那些犯人一面开玩笑，一面高兴地跑回去，任何打破常规的事，他们都觉得很新鲜。

牢门再度打开，犯人一一走进去，牢门关起。爱开玩笑的犯人故意叫着："我要找律师，我要找律师，你们怎么可以把监狱管理得像他妈的监狱一样！"

勃克叫道："闭嘴，否则我会要你好看。"

那人喊道："我操你老婆。"

高亚说："你们全都闭嘴，否则今天一整天都待在这里，不准出去。"

他和勃克一间间检查，一个个数着，没走多远。"这间是谁住的？"高亚问值夜班的警卫。

"安迪·杜佛尼。"守卫答道。立刻，整个日常作息都乱掉了。监狱里一片哗然。

在我所看过的监狱电影里面，每当有人逃狱时，就会响起号角的哭号声，但是在肖申克，从来没有这回事。高亚做的第一件事是立刻联络典狱长，第二件事是派人搜索整个监狱，第三件事则是打电话警告州警，可能有人越狱了。

例行的做法就是如此，标准作业程序没有要求他们检查逃犯的牢房，因此也没有人这么做。何必如此呢？明明就亲眼看到人不在里面。这是个四方形的小房间，窗子上装了铁栅栏，门上也有铁栅栏，此外就是一套卫生设备和空荡荡的床。窗台上还有一些漂亮的石头。

当然还有那张海报。这时候已经换上了琳达·朗斯黛的海报，海报就贴在他的床头。二十六年来，同一个位置上一直都贴着海报。但是当有人查看海报后面时——结果是诺顿自己发现的，真是因果报应——简直魂飞魄散。

发现海报后面另有文章，已经是当晚六点半的事了，距离发现安迪失踪足足有十二小时，距离他真正逃亡的时间说不定有二十小时。

诺顿暴跳如雷。

我后来是从老柴士特口中知道的，他那天正在行政大楼为地板打蜡，事发当天他不必再把耳朵贴在钥匙孔上，因为他可以把诺顿的咆哮听得一清二楚。

"你是什么意思？你是什么意思？他不在监狱里，表示你没有找到他？这样你就觉得满意了吗？你最好找到他！因为我要把他逮到！你听见了吗？我要逮到他！"

高亚嘴里咕哝了几句。

"不是在你值班的时候发生的？那是你自说自话，就我所知，没有人知道他是什么时候逃出去的，或怎么逃出去的，或他是不是真的逃出去了。我不管，我限你在今天下午三点以前把他带回我的办公室，否则就有人要人头落地了。我说到做到，我一向说到做到。"

高亚不知又说了什么，使得诺顿更加震怒。

"没有？看看这个！看看这个！你认得这个吗？这是昨天晚上第五区的点名记录，每个囚犯都在牢房里。昨天晚上九点钟的时候，杜佛尼还被关在牢房里，他不可能就这样不见了！不可能！立刻去把他找到！"

到了那天下午三点，安迪仍然在失踪名单上。过了几小时后，诺顿自己冲入第五区牢房。那天第五区所有犯人都被关在自己的牢房里，被那些神色仓皇的狱卒盘问了一整天。我们的答案都一样：我们什么也没看见，什么也没听见。就我所知，大家说的都是实话，我知道我没说谎，我们只能说，昨晚所有的犯人回房时，安迪确实进了他的牢房，而且一小时后熄灯时，他也还在。

有个机灵鬼猜测，安迪可能是从钥匙孔钻出去了，结果这句话为他招惹来四天的单独监禁，这些警卫全都绷得很紧。

于是诺顿亲自来查房，用他那一对蓝眼睛狠狠瞪着我们，在他的注视下，牢笼的铁栅栏仿佛快冒出火星了。他的眼神流露着怀疑，也许他真的认为我们都是共犯。

他走进安迪的囚房，到处查看。牢房里还是安迪离开时的样子，床上的被褥看起来不像有人睡过，石头放在窗台上……不过并非所有的石头都在，他带走了最喜欢的几颗石头。

“石头。”诺顿悻悻道，把石头哗啦啦地统统从窗台上扫下来，高亚缩在一旁，噤若寒蝉。

诺顿的目光落在琳达·朗斯黛的海报上。琳达双手插进后裤袋中，回眸一笑，上身穿了件露背的背心，皮肤晒成古铜色。身为浸信会教徒的诺顿看到这张海报一定很生气，我看到他狠狠盯着海报，想起安迪曾经说过，他常觉得似乎可以一脚踩进去，和海报上的女孩在一起。

他确确实实就这么做了，几秒钟后，诺顿也发现了。

诺顿一把撕下海报来。“邪门玩意！”他吼道。

海报后面的水泥墙上出现了一个洞。

高亚不肯进去。

诺顿命令他，声音之大，整个监狱一定都听得一清二楚。但是高亚不肯进去。

“你想丢掉饭碗吗？”诺顿尖叫着，歇斯底里地像个更年期热潮红的女人一样。他早已失去了平日的冷静，脖子胀成深红色，额前两条青筋毕露，不停跳动。“我说到做到，你……你这该死的法国佬！你今天非进去不可，否则就别想再吃这行饭了，以后也休想在新英格兰任何一个监狱找到工作！”

高亚默默掏出手枪，枪柄对着诺顿，把枪交给他。他受够了，已经过了下班时间两个小时，眼看就快超时工作三个小时。那天晚上，诺顿真是气得发狂，仿佛安迪的叛逃终于揭开他长久以来不为人知的非理性的一面。

当然，我没有看到他非理性的那一面，但是我知道那天晚上，当暮冬的昏暗天色逐渐变得漆黑一片时，二十六个在肖申克经历过多次改朝换代的长期犯一直在侧耳倾听，我们都知道诺顿正在经历工程师所说的“断裂应变”。

我仿佛可以听见安迪·杜佛尼正躲在某处窃笑不已。

诺顿终于找到一个值夜班的瘦小警卫来钻进海报后面的洞里，他的名字叫洛睿·崔门。他平常并不是个聪明人，或许他以为将因此获颁铜星勋章。算诺顿运气好，居然碰巧找到一个身材和安迪差不多的人。大多数监狱警卫都是大块头，如果他们派了个大块头来，一定爬到一半就卡在那里，直到现在还出不来。

崔门进去时把尼龙绳绑在腰上，手上拿了一支装了六个干电池的大手电筒。这时高亚已经改变心意，不打算辞职了，而他似乎是现场唯一头脑还清醒的人，找来了一组监狱的蓝图。从剖面图看来，监狱的墙就像个三明治，整堵墙足足有十英尺厚，内墙、外墙各有四英尺厚，中间的两英尺空隙是铺设管线的通道，就好像三明治的肉馅一样。

崔门的声音从洞中传出来，听起来有种空洞和死亡的感觉。“典狱长，里面味道很难闻。”

“不管它，继续爬。”

崔门的腿消失在洞口，一会儿，连脚也看不见了，只看到手电筒的光微弱地晃动。

“典狱长，里面的味道实在很糟糕。”

“我说不要管它。”诺顿叫道。

崔门的声音哀戚地飘过来。“闻起来像大便，哦！天哪！真的是大便，哇！是大便！我的天哪，我快吐了，哇……”然后可以清楚地听到崔门把当天吃的所有东西都吐出来了。

现在轮到我了，我再也忍不住，这一整天——喔，不，过去这二十年来的压抑终于爆发了，我开始大笑，笑得抑制不住，自从失去自由后，我还从未这么开怀地笑过。我从来不曾期望困在灰墙中的我还能笑得这么开心，真是过瘾极了。

“把这个人弄出去！”诺顿尖叫着，由于我笑得太厉害了，根本不知道他指的是我，还是崔门。我只是捧腹顿脚，拼命大笑，简直一发不可收拾，即使诺顿威胁要枪毙我，我也没有办法停下来。“把他弄出去！”

好吧！各位亲朋好友，结果他指的是我。他们把我一路拖到禁闭室去，我在那儿单独监禁了十五天，尽管长日漫漫，但我并不感到无聊，我经常会想起那个不太聪明的可怜鬼崔门大喊“是大便”的声音，然后又想到安迪正开着新车、西装笔挺地直奔南方，就忍不住又开怀大笑起来。在那十五天里，我笑口常开，或许是因为我的心已经飞到安迪那里。安迪·杜佛尼曾经在粪坑中挣扎着前进，但是他出污泥而不染，清清白白地从另外一端爬出来，奔向蔚蓝的太平洋。

那天后来发生的事，我是从六七个人那儿听来的。我猜当崔门那天把中饭和晚饭都吐出来之后，他觉得反正不会再有什么损失，于是决定继续爬下去。他不用担心会从内外墙中间的通道掉落下来，因为那里实在太窄了，崔门得费好大力气才能推挤前进。他后来说他几乎得屏住呼吸才下得去，而且他到这时候才晓得被活埋是什么滋味。

他在通道末端发现一个主排水管，那是通往第五区牢房十四个马桶的污水管，是三十三年前装置的瓷管，已经被打破了，崔门在管子的锯齿状缺口旁发现了安迪的石锤。

安迪终于自由了，但这自由得来不易。

这管子比崔门爬行的通道还要窄。崔门没有进去，就我所知，其他人也没有进去，我想情况一定糟糕得几乎难以形容。当崔门在检查管子上的缺口和那把石锤时，一只老鼠就从管子里跳了出来，崔门后来发誓那只老鼠跟一头小猎犬一样大。他像猴子爬柱子一样，慢慢爬回安迪的牢房。

安迪是从那根管子逃出去的。也许他知道污水管是通往离监狱五百码外的一条小溪，因为很多地方都找得到监狱的蓝图，安迪一定想办法看过蓝图。他是个讲求方法的怪胎，他一定已经发现，整个监狱只有第五区的污水管还没有接到新的废水处理厂，而且他也知道，此时不逃，以后就没机会，因为到了一九七五年八月，连我们这区的污水管都要接到新的废水处理厂了。

五百码，足足有五个美式足球场那么长，绵延将近半英里。他爬过这么远的距离，也许手上拿着一支小手电筒，也许什么都没有，只有几盒火柴，我简直不愿想象，也无法想象，他爬过的地方有多么肮脏，还有吱吱乱叫的肥老鼠在前面跑来跑去，甚至老鼠因为在黑暗中胆子特别大，还会攻击他。通道中几乎无法容身，可能只有非常狭小的空隙足以让他挤过去，在管子接口的地方，或许还得拼命推挤身体才过得去。换作是我，那种幽闭恐惧的气氛准会让我疯掉，但他却成功逃脱了。

他们在污水管尽头找到一些泥脚印子，泥脚印一路指向监狱排放污水的溪流，搜索小组在距离那里两英里外的地方找到了安迪的囚衣，而那已经是第二天的事了。

这件事在报上喧腾一时，但在方圆十五英里内，没有任何人向警局报案说车子被偷或丢了衣服，或看到有人裸体在月光下奔跑，更没听见农庄上的狗吠声。安迪从污水管爬出来后，就像一缕轻烟似的失去踪影。

但我敢说他一定是消失在往巴克斯登的方向。

那个值得纪念的日子过了三个月后，诺顿典狱长辞职了。我很乐意报告一下，他像只斗败的公鸡，走起路来一点劲也没有。他垂头丧气地离开了肖申克，就像个有气无力地到医务室讨药吃的老囚犯。接替他的是高亚，对诺顿而言，这或许是最冷酷的打击吧。他回到老家，每个星期日上浸信会教堂做礼拜，他一定常常纳闷，安迪到底是怎么打败他的。

我可以告诉他，答案在于“单纯”。有些人就是有这种本领，典狱长，有些人就是没有，而且永远也学不来。

以上是我所知道的经过；现在我要告诉你我的想法。或许我在细节部分说得不尽正确，不过我敢打赌，就事情的大概应该八九不离十。因为安迪这样的人会采用的办法不出这一两种。每当我思索这件事时，我总会想起那个疯疯癫癫的印第安人诺曼登所说的话。诺曼登在与安迪同住八个月后说：“他是好人。我很高兴离开那儿。那牢房空气太坏了，而且很冷。他不让任何人随便碰他的东西，那也没关系。他人很好，从不乱开玩笑，但是空气太坏了。”可怜的诺曼登，他比任何人知道的都多，知道的时间也更早。安迪足足花了八个月的时间，才设法让诺曼登转到其他牢房，恢复单独监禁。如果不是诺曼登和他同住了八个月，我相信早在尼克松辞职前，安迪就逃之夭夭了。

我相信，安迪是在一九四九年开始他的计划，不是托我买石锤时，而是托我买丽塔·海华丝的海报时。我告诉过你当时他似乎很着急，一副坐立难安的样子，兴奋得不得了。那时我还以为他难为情，不愿让别人知道他想女人，特别是梦幻性感女神，但现在我才发现我想错了，他的兴奋是别有原因的。

监狱当局在海报女郎背后发现的那个洞（现在海报上的那个女孩在第一任海报女郎丽塔·海华丝拍摄那张照片时，甚至还没出生呢），究竟是怎么来的？当然，最主要的原因是安迪·杜佛尼的毅力和苦工，但是还有另外两个不可忽略的因素：幸运之神眷顾和 WPA 混凝土[1]。

关于幸运之神眷顾，我猜完全用不着解释了。至于 WPA 混凝土，我倒

---

1 WPA 是指美国在一九三〇年代罗斯福新政时期成立的工作改进总署（Works Progress Administration），当时联邦政府采取以工代赈的方法，在公共工程领域提供了八百万个工作机会给失业人口。

是好好查了一下资料。我花了不少时间，也花了不少邮资。我先写信给缅因大学历史系，他们给了我某人的地址，我又写信给那个家伙，他曾经参与WPA工程，同时参与建造肖申克监狱警卫最森严的区域，而且还担任工头。

位于这个区域的第三、四、五区牢房是在一九三四到一九三七年间建造完成的。今天，大多数人并不认为水泥和混凝土是什么了不起的“技术发展”，就好像我们现在也不认为汽车或暖炉算什么了不起的技术进步一样，但其实不然。现代的水泥直到一八七〇年左右才发展出来，而混凝土更是到二十世纪初才出现。调混凝土的过程就和做面包一样细腻，可能会放了太多水或水放得不够，沙子和碎石的成分也可能太稠或太稀。而在一九三四年，混凝土的科学远不如今天这么进步。

从外表看来，第五区牢房的墙壁很坚实，但是却不够干，事实上，这些混凝土墙还蛮容易透水的。经过一段阴雨连绵的日子，这些墙就变得很潮湿，甚至会渗出水来。有些地方已出现龟裂，有些裂痕甚至深达一英寸。他们会定期涂抹砂浆，黏合裂缝。

后来安迪被关进第五区牢房。他毕业于缅因大学商学院，修过两三门地质学的课，事实上，地质学成为他的一大嗜好，一定是因为非常合乎他极有耐性、一丝不苟的本性。一万年的冰河期、百万年的造山运动、千年床岩在地层底部相互挤压。“压力，”安迪有一次告诉我，“所有的地质学都是在研究压力。”

当然，还有时间这个因素。

安迪有很多时间可以研究这些墙。当囚门关上、灯也熄灭之后，除了那堵灰墙，没有其他东西可以看。

初进监狱的人起初都难以适应这种失去自由的生活，他们会得一种囚犯热，有些人甚至得被拖进医务室施打镇静剂。常会听到新进犯人猛力敲打铁栅栏，大吼大叫着要出去，喊叫声没有持续多久，就会响起其他犯人的唱和声：“鲜鱼来了，鲜鱼来了，嘿，小小的鲜鱼，今天有鲜鱼进来了！”

一九四八年，安迪初入狱时并没有这种失控的表现，但这并不表示他没有同样的感觉。他或许也曾濒临疯狂边缘。一瞬间，一向熟悉的快乐生活就不见了，眼前是漫长的梦魇，就像置身炼狱。

那么，他要怎么办呢？我问你。他一定努力找一些事情来做，让自己不再胡思乱想。噢，即使在监狱里，让人分心的方法仍然很多。人类的潜能是无穷的，像我曾经告诉过你的，有个犯人雕刻了耶稣的三个时期，有的犯人收集钱币，有的人集邮，还有人收集到三十五个国家的明信片。

安迪对石头有兴趣，连带的也对牢房的墙产生兴趣。

我想他最初的想法只是把名字刻在墙上，或是在后来贴美女海报的墙面上，刻几行诗来鼓舞自己。哪晓得竟然发现这堵混凝土墙意外的松动，只刻了几个字，便落下一大块。我可以想象他躺在床上，手里把玩着混凝土块，看着这块剥落的混凝土沉思。不要老想着自己一生都毁了，不要老想着自己怎么会这么倒霉。把那些全都忘掉，好好看看这块混凝土吧！

很可能，之后的几个月，他觉得试试看自己能把这堵墙挖开多少，应该还满有趣的。他当然不能这么堂而皇之地挖墙壁，你总不能在警卫每周定期检查时（或是突袭检查时，他们每次总是会翻出一些有趣的东西，例如酒、毒品、色情图片和武器等），对他说："这个？只不过在墙上挖个小洞而已，没什么好担心的。"

不，安迪不能这样做，于是他想到托我买丽塔·海华丝的海报，他不要小张的，而要大张的。

当然，还有他的石锤。我记得一九四八年替他弄到那个小锤子的时候，曾经想过如果要用这把锤子挖穿监狱的墙壁，大概要花六百年的工夫。没错，但是安迪其实只需要挖穿一半的墙壁——但即使混凝土墙非常松软，他用两把锤子，仍然努力了二十七年才成功。

当然，期间因为跟诺曼登同住而浪费了不少时间。他只能晚上工作，而且是在三更半夜大家都睡熟了之后，包括值夜班的警卫也进入梦乡后。然而拖慢速度的最大难题，还是如何处理敲下来的混凝土块。他可以把磨石布包住锤头来消音，但是敲下来的碎片要怎么处理呢？

我想他一定把混凝土块弄成很小的碎片，然后装在袖子里运出去。

我还记得在我帮他弄到石锤后，星期天的时候，我看着他走过运动场，因为和姊妹的冲突而鼻青眼肿的。他弯下腰来，捡起小石子……然后小石子就消失在他的袖口。袖口或裤脚翻边的暗袋是监狱里的老把戏。还有另外一件事让我记忆深刻，可能看过不止一次，就是安迪在炎夏午后窒闷的空气中穿过运动场，没错，空气十分窒闷，除了偶有一阵微风吹过，掀起安迪脚下飞扬的尘土。

所以，可能他的裤脚还藏着不少花样。你把暗袋装满要丢掉的小碎片，然后到处走动，手一直插在裤袋中，然后当你觉得很安全时，就趁人不注意猛拉暗袋。当然裤袋里一定有一条很坚韧的线连到裤脚的暗袋。于是你一边走动，口袋里的碎片沙砾就在双脚间倾泻而下，第二次世界大战的战俘挖掘隧道逃跑时，就用过这招妙计。

一年年过去，安迪就这么一袋袋把混凝土碎片运到操场倒掉。历经一任又一任的典狱长，无数的春去秋来，他替典狱长服务，他们都以为他是为了扩张图书馆而这么做，我也绝不怀疑这点，但是骨子里他真正要争取的是独居一室的特殊待遇。

我怀疑他一开始真的有什么具体的越狱计划或抱了什么希望，或许他以为这堵十英尺厚的墙里面扎实地填满了混凝土，或即使成功地把墙挖通了，也只能逃到三十英尺外的运动场上。但是，就像我说的，我不认为安迪很担心这个问题，因为他一定会这么想：我每七年才能前进一英尺，因此可能要花七十年才能把这堵墙挖通，到时候我已经一百零一岁了。

如果我是安迪，我的第二个假设是：我终究会被逮到，然后关禁闭很长一段时间，记录上也被画一个大叉。毕竟，他们每个星期都会来做例行检查，而且还有突击检查——通常都在晚上。他一定觉得他不可能挖太久，警卫迟早会查看丽塔·海华丝的海报后面有没有磨尖的汤匙柄，或把大麻烟用胶带贴在墙上。

而他对于第二个假设的反应一定是：管他的！或许他甚至把它当成一场游戏。在他们发现之前，我可以挖得多深？监狱是个非常沉闷的地方，在早年，海报还没贴好就在半夜遭到突击检查的可能性，说不定还为他的生活增添了些许趣味。

而我确实认为他不可能单靠运气就顺利逃出去，至少不会连续二十七年都这么好运。尽管如此，我不得不说，在一九五〇年五月中旬，他开始帮哈力处理遗产继承税务问题之前两年，他的确运气很好，才没被逮到。

也有可能，除了运气好以外，他还有其他法宝。反正有钱能使鬼推磨，也许他每个星期都偷偷塞几张钞票给警卫，让他们不要找他麻烦。如果价码还不错的话，大多数警卫都会合作。只要荷包有进账，让犯人拥有一张美女海报或一包香烟也不为过，何况安迪是个模范犯人，他很安静，讲话有条有理，为人谦恭有礼，不会动不动就拳头相向。通常逃不过监狱每半年一次大检查的，都是那些疯疯癫癫或行事冲动的囚犯，这时警卫会把整个牢房彻底搜查一遍，掀开床垫，拆开枕头，连马桶的排水管都要仔细戳一戳。

到了一九五〇年，安迪除了是模范犯人外，还成了极具价值的资产，他能帮他们退税，免费指导他们如何规划房地产投资、善用免税方案和申请贷款，比专业会计师还要高明。我还记得他坐在图书馆中，耐心地和警卫队长一段一段检查汽车贷款协议书中的条款，为他分析这份协议书的好处和坏处，教他如何找到最划算的贷款方案，引导他避开吸血的金融公司，那些公司几乎是在合法掩护下大放高利贷。当安迪解释完毕时，警卫队长伸出手来要和他握手……然后又很快缩回去。他一时之间忘记了他不是在和正常人打交道。

安迪一直注意股市动态和税法变动，因此尽管在监狱冷藏了一段时间，并未丝毫减损他的利用价值。他开始为图书馆争取经费补助，他和那群姊妹之间的战争已经停火，警卫不再那么认真地检查他的牢房，他是个模范囚犯。

然后有一天，可能是一九六七年十月左右，安迪长时间的嗜好突然变得不一样了。有一天晚上，他把海报掀起，整个上半身探入洞里，拉蔻儿·薇芝的海报则盖到他的臀部，石锤的尖头一定突然整个陷入混凝土中。

他本来已经准备把几块敲下来的混凝土拿走，但是可能在这时候听到有东西掉落，在竖立的管子间来回弹跳，叮当作响。他事先已经知道会挖到那个通道吗？还是当时大吃了一惊？那就不得而知了。他可能已经看过监狱的蓝图，但也可能没有看过。如果没有看过，我敢说他后来一定设法把蓝图找来看了。

他一定突然明白，他不只是在玩游戏而已，他这么做其实是在赌博，他的赌注下得很大，赌上了自己的生命和未来。即使他当时还不是那么确定，不过应该已经有相当的把握了，因为他第一次跟我谈起齐华坦尼荷，就差不多是在那段期间。在墙上挖洞原本只是好玩而已，突然之间，那个蠢洞却能主宰他的命运——如果他知道通道底部是污水管，以及污水管会一直通往监狱围墙外的话。

现在，他除了要担心压在巴克斯登石头下的那把钥匙外，还得担心某个力求表现的新警卫会掀开海报，发现这个伟大的工程，或是突然住进一个新室友，或是在这里待了这么多年以后，突然被调到其他监狱去。接下来八年中，他脑子里一直得操心这么多事情，我只能说，他是我所见过的最冷静的人之一。换作是我，在所有事情都这么不确定的情况下，我早就疯了，但安迪却继续赌下去。

很讽刺的是，还有一件事，我一想起来便不寒而栗，就是万一安迪获得假释的话，怎么办？你能想象吗？获得假释的囚犯在出狱前三天，会被送到另一个地方，接受完整的体检和技能测验。在这三天之中，他的牢房会被彻底清扫一遍，如此一来他的假释不但会成泡影，而且换来的是长时间单独监禁在禁闭室，再加上更长的刑期……但换到不同的牢房服刑。

如果他在一九六七年就已经挖到通道，为什么他直到一九七五年才越狱?

我不是很确定——但是我可以猜一猜。

首先，他会变得比以前都小心。他太聪明了，不会盲目地加快速度推进，想在八个月或甚至十八个月内逃出去。他一定一次只把通道挖宽一点点。那年他在除夕夜喝酒时，洞口可能有茶杯那么大，到了一九六八年庆祝生日时，洞口可能有碟子大小。等到一九六九年棒球季开打时，洞口可能已经挖得像托盘那么大了。

有一阵子，我猜想在他挖到通道之后，挖掘的速度应该快很多，因为他只要让敲下来的混凝土块直接从通道掉落就行，不必像以前一样把它敲碎后，再用我前面说过的瞒天过海之计，运出牢房丢掉。但由于他花了这么长的时间，我相信他不敢这么做。他或许认为，混凝土掉落的声音会引起其他人怀疑。或是如果他当时正如我所猜想，已经晓得下面是污水管的话，他很可能会担心落下的混凝土块在他还未准备就绪以前，就把污水管打破，弄乱了监狱的排水系统，引起调查。不用多说，如此一来，就大难临头了。

但我猜想，无论如何，在尼克松第二个任期宣誓就任之前，安迪已经可以勉强挤进那个洞口了……或是更早就可以这么做，安迪长得很瘦小。

为什么他那时候不走呢?

各位，到了这个地步，我的理智推理就不管用了，只能乱猜。其中一个可能性是，爬行之处塞满垃圾，他得先清干净，才出得去。但是那也不需要花这么久的时间。所以到底是什么原因呢?

我觉得，也许安迪开始觉得害怕。

我曾经试图描述过，逐渐为监狱体制所制约是什么样的情况。起先，你无法忍受被四面墙困住的感觉，然后你逐渐可以忍受这种生活，进而接受这种生活……接下来，当你的身心都逐渐调整适应后，你甚至开始喜欢这种生活了。什么时候可以吃饭，什么时候可以写信，什么时候可以抽烟，全都规定得好好的。如果你在洗衣房或车牌工厂工作，每个小时可以有五分钟的时间上厕所，而且每个人轮流去厕所的时间都是排定的。三十五年来，我上厕所的时间是每当分针走到二十五的时候，经过三十五年后，我只有在那个时间才会想上厕所：每小时整点过后二十五分。如果我当时因为什么原因没办法上厕所，那么过了五分钟后，我的尿意或便意就会消失，直到下个钟头时钟的分针再度指在二十五分时，才会想上厕所。

我想安迪也在努力克服这种体制化症候群——同时，他内心也有深深的恐惧，生怕经过多年努力，一切都成空。

想象有多少个夜晚，他清醒地躺在床头贴着的海报下，思索着污水管的问题，心里很清楚这是他唯一的机会？他手上的蓝图只能告诉他这条管子有多大和多长，但无法告诉他管子里面会是什么状况——他能否一路爬过去，而不会窒息？里面的老鼠是否又肥又大，会毫无惧色地攻击他？蓝图更不会告诉他污水管的尽头是什么状况。比安迪获准假释更滑稽的情况是：万一安迪钻进污水管，在黑暗和恶臭中几乎不能呼吸地爬了五百码后，却发现尽头是一堵厚实的铁栅栏的话，哈，哈，不是太好笑了吗！

他一定曾经设想过这种情况。如果他确实费尽千辛万苦爬出去，他有办法换上平常人的衣服，逃离监狱附近而不被发现吗？最后，假定他爬出了管子，在警报响起之前逃离肖申克，到了巴克斯登，找到了那块石头……结果发现底下空无一物呢？情况倒不一定像终于找到正确地点，却发现那儿已矗立一幢高大的公寓，或变成超级市场的停车场这么戏剧化；可能是一些喜欢寻宝的孩子看到了这块火山岩玻璃，把它翻过来，看到保险箱钥匙，把钥匙和火山岩都带回家当纪念品了；也可能十一月的猎人踢到那块石头，让钥匙露了出来，喜欢闪亮东西的松鼠或乌鸦把它叼走了；或是某年春水暴涨，把那堵墙冲走了，连带的钥匙也流失了。总而言之，任何一种意外都可能发生。

所以不管我是不是乱猜，有一段时间，安迪不敢轻举妄动。毕竟如果你根本不下注，你就不会输。你问，他还有什么东西可输呢？图书馆是其中一样，监狱中那种受到制约、仿佛中了毒般的平静生活是另外一样。还有，他可能因此丧失了未来得以靠新身份再出发的机会。

不过他终于成功了，正如同我前面告诉你的。他终于大胆尝试了……而且，我的天！他成功的方式真叫人赞叹啊！

但是，你问，他真的逃脱了吗？后来发生了什么事？当他抵达那片牧草地把石头翻过来后……假定石头还在那儿，发生了什么事？

我没有办法描述当时的情况，因为我这体制化的人还活在监狱的体制中，而且预计还要过好几年的牢狱生活。

但我可以告诉你，一九七五年夏末，其实就在九月十五日那天，我收到了从德州一个名叫麦克纳里的小镇寄来的明信片。麦克纳里就位于美墨边境。卡片背后写讯息的地方是一片空白，但我一看就明白了，我打心里头知道那是谁寄来的，就好像我知道每个人终有一天都会死去一样。

他就从麦克纳里越过边境。德州的麦克纳里。

好了，这就是我的故事。我简直无法相信，把这个故事写下来，竟然要花这么多时间，写满这么多页。我收到明信片后，开始把整个故事写下来，一直写到一九七六年一月十四日才停笔。我用掉三支铅笔，还有一整本簿子。我小心藏起稿子，不过也没有多少人认得出我鬼画符的笔迹。

我一边写着，一边勾起我更多的回忆。撰写自己的故事，就好像把树枝插进清澈的河水中，翻搅起河底的泥泞。

我听到有人说，你写的又不是自己的故事，你写的是安迪的故事，你在自己的故事中，只是个小角色。但是你知道，其实并非如此，里面的字字句句，其实都是我自己的写照。安迪代表了在我内心深处、他们永远也封锁不住的那个部分，当监狱铁门最后终于为我开启，我穿着廉价西装、带着二十块钱走出监狱大门时，会感到欢欣鼓舞的那个部分。不管其他部分的我当时是多么老态龙钟、狼狈、害怕，那部分的我仍然会欢欣雀跃。但是我想，就那个部分而言，安迪所拥有的比我多很多，而且也比我懂得利用它。

这儿也有不少人像我一样，他们都记得安迪。我们都高兴他走了，但也有点难过。有些鸟儿天生就是关不住的，它们的羽毛太鲜明，歌声太甜美、也太狂野了，所以你只能放它们走，否则哪天你打开笼子喂它们时，它们也会想办法扬长而去。你知道把它们关住是不对的，所以你会为它们感到高兴，但如此一来，你住的地方仍然会因为它们离去而显得更加黯淡和空虚。

我很高兴把这个故事写下来，尽管故事似乎没有结尾，然而故事勾起了往事（就好像树枝翻搅了河中的泥泞一样），不禁令我感到有点悲伤和垂垂老矣。多谢你肯耐心聆听这个故事。还有，安迪，如果你真的到了南方，请在太阳下山以后，替我看看星星、摸摸沙子、在水中嬉戏，感受完全自由的感觉。

我从来没有想过这个故事还能继续写下去，但我现在坐在桌前再补充个三四页，这次是用新本子写的。这本子是我从店里买来的，是我走进波特兰国会街的一家店里买来的。

原本以为我在一九七六年一个阴沉的一月天，已经把这个故事写完了，但现在是一九七七年五月，我正坐在波特兰一家廉价旅馆的房间里，为这个故事添增新页。

窗子是敞开的，不时传来外面车子的喧嚣声，震耳欲聋，也挺吓人的。我不断看着窗子，确定上面没有装铁栅栏。我晚上常常睡不好，因为尽管房租很便宜，这个床对我来说仍然太大，也太豪华了。我每天早上六点半便惊醒了，感到茫然和害怕。我常做噩梦，重获自由的感觉就好像自由落体骤然下降一样，让人既害怕又兴奋。

我是怎么了？你还猜不到吗？他们批准我假释了。经过三十八年一次次的听证会和一次次驳回，我的假释申请终于获准了。我猜他们放我出来的主要原因是我已经五十八岁了，如此高龄，不太可能再为非作歹了。

我差一点就把你们刚刚读到的故事烧掉。他们会详细搜查即将假释的囚犯，就好像搜查新进犯人一样仔细。我的“回忆录”中所包含的爆炸性资料足以让我再坐六到八年的牢，除此之外，里面还记载了我猜测的安迪的去处。墨西哥警察将会很乐意和美国警方合作，而我不希望到头来得牺牲安迪来换取自己的自由——另一方面，我也不想放弃这么辛苦写好的故事。

这时候，我记起安迪当初是怎么把五百美金偷渡进监狱的，于是我把这几页故事以同样方法偷渡出去。为了保险起见，我很小心地重写了提到齐华坦尼荷的那几页。因此即使这篇故事被搜出来，我得回去坐牢，警察也会到秘鲁海边一个叫拉思因楚德的小镇去搜寻安迪。

假释委员替我在南波特兰一家超级市场找了个“仓库助理”的差事——也就是说，我成为年纪很大的跑腿伙计。你知道，会跑腿打杂的人基本上只有两种，要不就是年纪很轻，要不就是年纪很大。但不管你属于哪一种，从来没有客人会正眼瞧你。如果你曾经在史布鲁斯超市买过东西，我说不定还曾经帮你把买好的东西从手推车中拿出来，放到车上……但是，你得在一九七七年三四月间到那里买东西才碰得到我，因为我只在那里工作了一个多月。

起初，我根本不认为自己能适应外面的世界。我把监狱描绘成外面社会的缩影，但完全没料到外面的世界变化竟然如此之大，人们走路和讲话的速度都变快了，连说话都更大声。

我一时之间很难适应这一切，到现在还没有完全适应，就拿女人来说吧。近四十年的牢狱生涯，我几乎已经忘记女人占了世界人口的一半。突然之间，我工作的地方充满了女人——老女人、怀孕的女人（T恤上有个箭头往下指着肚子，一行大字写着：“小宝宝在这儿”），以及骨瘦如柴、不穿胸罩、乳头隐隐凸出的女人（在我入狱服刑之前，女人如果像这样穿着打扮，会被当街逮捕，以为她是神经病）等形形色色的女人，我发现自己走在街上常常忍不住起生理反应，只有在心里暗暗诅咒自己是脏老头。

上厕所是另一件我不能适应的事。当我想上厕所的时候（而且我每次都是在整点过后二十五分想上厕所），我老是有一股强烈的冲动，想去请求上司准我上厕所，我每次都忍得很辛苦才没有这么做，心里晓得在这个光明的外面世界里，想上厕所的话，随时都可以去。关在牢中多年后，每次上厕所都要先向离得最近的警卫报告，一旦疏忽就要关两天禁闭，因此出狱后，尽管知道不必再事事报告，但心里知道是一回事，要完全适应又是另外一回事了。

我的上司不喜欢我，他是个年轻人，二十六七岁。我可以看出在他眼中，我像只爬到面前乞怜、惹人厌的老癞皮狗，其实连我自己都厌恶自己。但是……我无法控制自己，我真想告诉他：年轻人，这是在监狱里过了大半辈子的结果。在牢里，每个有权的人都变成你的主子，而你就成为主子身边的一条狗。或许你也知道自己是一条狗，但是反正其他犯人也都是狗，似乎就没有什么差别了，然而在外面世界的差别可大了。但我无法让这么年轻的人体会我的感受。他是绝不会了解的，连我的假释官都无法了解我的感受。我每周都要向假释官报到，他是个退伍军人，有把大红胡子，一箩筐的波兰人笑话，每周见我五分钟，每次说完波兰人笑话后，他就问："雷德，没去酒吧鬼混吧？"我答说没有，咱们便下周再见了。

还有收音机播的音乐。我入狱前，大乐团演奏的爵士乐才刚刚开始流行，而现在每首歌仿佛都在谈性爱。路上车子这么多，每次过街时，我都心惊肉跳，捏一把冷汗。

反正每件事都很奇怪，都令人害怕。我开始想，是不是应该再干点坏事，好回到原本熟悉的地方去。如果你是假释犯，几乎任何一点小错都可能把你再送进监牢。我很不好意思这么说，但我的确开始想，要不要在超市偷点钱或顺手牵羊，然后就可以回到那个安静的地方，在那里，至少一天下来，你很清楚什么时候该做什么事情。

如果不是认识安迪的话，我很可能就这么做了，但一想到他花了那么大的工夫，多年来很有耐性地用个小石锤在水泥上敲敲打打，只是为了换取自由，我就不禁感到惭愧，于是便打消那个念头。或者你也可以说，他想重获自由的理由比我丰富——他拥有一个新身份，他也有很多钱。但是你也知道，这么说是不对的，因为他并不能确定新身份依然存在，如果他没有办法换个新身份，自然也拿不到那笔钱了。不，他追求的是那份单纯的自由。如果我把得之不易的自由随便抛弃，那无疑是当着安迪的面，唾弃他辛辛苦苦换回来的一切。

于是我开始在休假时搭便车来到巴克斯登小镇，那是一九七七年四月初的事了。初春的田野，雪刚刚开始融化，天气也刚暖和起来，棒球队北上展开新球季。我每次去的时候，口袋中都带着一个罗盘。

我想起了安迪说的话：在巴克斯登镇北边有一大片牧草地，在牧草地的北边有一面石墙，石墙底部有一块石头，那块石头和缅因州的牧草地一点关系也没有，那是一块火山岩玻璃。

你会说，这还真是愚蠢的行为。像巴克斯登这样的乡下地方，会有多少牧草地？五十？一百？说不定比这还要多。即使我真的找到了，也不见得认得出来，因为我可能没有看到那块黑色的火山岩玻璃，或更可能的情况是，安迪把那块玻璃放进口袋里带走了。

所以我同意你的话，我这些举动还真是愚蠢行为，毫无疑问。更何况对一个假释犯来说，这趟旅行无疑是一大冒险，因为不少牧草地上都竖着“不许践踏”的牌子。你要是误踏进去一步，很可能吃不了兜着走。我真傻，但是花了二十七年的光阴在混凝土墙中敲敲打打，也同样傻。不过既然我现在不再是监狱里那个什么都弄得到手的万事通，只是个跑腿打杂的人，有件事情做做，让我暂时忘掉出狱后的新生活也好，而我的嗜好就是寻找安迪藏钥匙的石头。

所以，我经常搭便车来到巴克斯登，走在路上，听着鸟叫，看着潺潺流水，查看融雪后露出的空瓶子——全都是无法退瓶、没用的瓶子。我不得不遗憾地说，比起我入狱之前，现在的世界似乎变得挥霍无度——然后继续寻找那片牧草地。

路旁有不少牧场，大多数都立刻可以从名单中删除。有的没有石墙，有的有石墙，方向却不对。无论如何，我还是在那些牧草地上走走，在乡下走走很舒服，在这些时候，我才感受到真正的自由和宁静。有一次，有条老狗一直跟着我，还有一次，我看到了一头鹿。

然后到了四月二十三日，即使我再活个五十八年，都永远忘不了这一天。那是个宜人的星期六下午，我走着走着，在桥上垂钓的男孩告诉我，这条路叫老史密斯路。这时已近中午了，我打开带来的午餐袋子，坐在路旁一块大石头上吃起来。吃完后，小心把垃圾清理干净，这是爸爸在我和那个男孩差不多年纪的时候教我的规矩。

走到大约两点钟左右，在我左边出现一大片草地，草地尽头有一堵墙，一直往西北方延伸而去，我踩在潮湿的草地上，走向那堵墙。一只松鼠从橡树上唠唠叨叨地斥责我。

距离墙端还有四分之一的路时，我看见那块大石头了。一点也不错，乌黑的玻璃，光亮得像缎子一样，是一块不该出现在缅因州牧草地的石头，我呆呆地看了很久，有种想哭的感觉。松鼠跟在我后面，依然唠唠叨叨。我的心则怦怦跳个不停。

等我情绪稍稍平复后，我走向那块石头，蹲在它旁边，用手摸摸它，它是真的。我拿起石头，不是因为我认为里面还会藏着任何东西，事实上我很可能就这么走开了，没有发现石头下的任何东西。我当然也不打算把石头拿走，因为我不认为我有权利拿走石头，我觉得把这块石头从牧草地上拿走，不啻犯了最糟糕的盗窃罪。不，我只不过把石头拿起来，好好摸摸它，感觉一下它的质地，证明这块玻璃石头的确存在。

我看着石头下的东西许久、许久，我的眼睛早就看到了，但是我的脑子得花一点时间，才能真正意识到是怎么回事。下面赫然放着一个信封，信封很小心地包在透明的塑胶袋中，以避免弄湿。上面写着我的名字，是安迪整齐的字迹。

我拿起信封，把石头放回安迪和他已过世的朋友原先放置的地方。

亲爱的雷德：

如果你看到这封信的话，那表示你也出来了。不管你是怎么出来的，总之你出来了。如果你已经找到这里，你或许愿意往前再多走一点路，我想你一定还记得那个小镇的名字吧？我需要一个好帮手，帮我把业务推上轨道。

为我喝一杯，同时好好考虑一下。我会一直留意你的情况。记住，“希望”是个好东西，也许是世间最好的东西，好东西永远不会消逝的。我希望这封信会找到你，而且找到你的时候，你过得很好。

你的朋友

彼得·斯蒂芬

我没有当场打开这封信。一阵恐惧袭来，我只希望在别人看到我之前尽快离开那里。

回到自己房间以后，我才打开信来读，楼梯口飘来阵阵老人煮晚餐的香味——不外乎是些粉面类的食物，美国每个低收入的老人家晚上几乎都吃这些东西。

看完信后，我抱头痛哭起来，信封里还附了二十张新的五十元钞票。

我现在身在布鲁斯特旅馆，再度成了逃犯——违反假释条例是我的罪名。但是我猜，大概没有警察会大费周章地设置路障，来逮捕这样一个犯人吧——我在想，我现在该怎么办?

我手上有这份稿子，还有一个行李袋，大小和医生的医药包差不多大，所有的财产都在里面。我有十九张五十元钞票、四张十元钞票、一张五元钞票和三张一元钞票，还有一些零钱。我拿一张五十元钞票去买了这本笔记本和一包烟。

我还在想，我该怎么办?

但毫无疑问，只有两条路可走。使劲活下去，或使劲找死。

首先，我要把这份手稿放回行李袋。然后我要把袋子扣上，拿起外套走下楼去，结账离开这家廉价旅馆。然后，我要走进一家酒吧，把一张五元钞票放在酒保面前，要他给我来两杯威士忌，一杯给我自己，一杯给安迪。这将是我从一九三八年入狱以来，第一次以自由人的身份喝酒。喝完后，我会给酒保一元小费，好好谢谢他。离开酒吧后，我便走向灰狗巴士站，买一张经由纽约到艾尔帕索的车票。到了艾尔帕索之后，再买一张车票到麦克纳里。等我到了麦克纳里后，我猜我会想想办法，看看像我这样的老骗子能否找机会跨过边境，进入墨西哥。

我当然记得那个小镇的名字，齐华坦尼荷，这名字太美了，令人忘不了。

我发现自己兴奋莫名，颤抖的手几乎握不住笔。我想唯有自由人才能感受到这种兴奋，一个自由人步上漫长的旅程，奔向不确定的未来。

我希望安迪在那儿。

我希望我能成功跨越美墨边界。

我希望能见到我的朋友，和他握握手。

我希望太平洋就和我梦中所见的一样蔚蓝。

我希望……

夏日沉沦
纳粹高徒

献给伊莱恩·科斯特和赫伯特·施纳尔

1

他骑着那辆轮胎直径二十六英寸、有弯把的脚踏车，在郊外住宅区的路上行驶时，就像个典型的美国小孩。的确如此：托德·鲍登是个十三岁、五英尺八英寸高、一百四十磅重的健壮少年，头发是熟透的玉米色，蓝眼睛，一口整齐洁白的牙齿，微微晒成褐色的皮肤上，长着几颗青春痘。

带着放暑假的轻松心情，他微笑着踩着脚踏车，在阳光下、树荫间，穿梭在离家不远的街道上。他看起来像个送报童，没错，他的确有份送报的工作，送的是《圣土多奈多之声》；他也像个卖贺卡赚点外快的少年，没错，他也兼卖卡片。他看起来还像会边工作边吹口哨的那种人，他的确常常吹口哨，而且也吹得相当好。他的父亲是个建筑工程师，年薪四万元，母亲念大学时主修法文，当时托德的父亲迫切需要法文家教，两人便结识了。母亲利用闲暇替人代打文件，她把托德所有的成绩单都保留起来，其中她最喜欢的是托德小学四年级的学期成绩单，老师在上面的评语是："托德是个非常优秀的学生。"托德确实是个高材生，小学一路念下来，成绩单上不是 A 就是 B。要是他全得 A 的话，朋友可能会把他当成怪胎呢。

现在，托德把车子停在克雷门特街 963 号。这是一幢小平房，房子漆成白色，有绿色的百叶窗和绿色的矮树篱，树篱受到细心照顾，而且修剪整齐。

托德拨开挡在眼睛上的金发，把车子推到台阶边，脸上仍然挂着开朗、企盼和美丽的微笑。他把脚踏车的脚架踢下来，停好车子，再从台阶下捡起折叠的报纸——不是《圣土多奈多之声》而是《洛杉矶时报》——夹在腋下，走上台阶。台阶上，隔着纱窗是一扇厚重的木门，门框右首是门铃，门铃下有两个小牌子，整齐地钉在木门上，外面还包上一层塑胶纸，免得牌子发黄或渗入水渍。托德心想，德国人真是讲求效率，他笑得更开朗了。这是成年人才会有的想法，每当他有如此成熟的表现时，总是在心里暗暗称许自己。

上面那块牌子写着：亚瑟·登克尔。

下面的牌子写着：禁止小贩、推销员入内。

托德一面微笑，一面按铃。

他隐约听见铃声在小屋内回响。他把手指放下，侧耳倾听是否有脚步声，结果没听到声响。他看看天美时表（这也是他卖卡片赚来的），十点十二分。这家伙该起床了，托德平常都是七点半起床，即使在暑假，依然如此。早起的鸟儿有虫吃呀。

他又听了三十秒，房内依然没有动静，他再按门铃，一面按铃，一面看着手表上的秒针，足足按了七十一秒，终于听到脚步声缓缓拖啊拖地走过来。托德根据那阵踢跶踢跶声推断，来人穿的是拖鞋。他立志长大后要当私家侦探，因为他喜欢推理。

“来啦！来啦！别按了，来啦！”那个假装是亚瑟·登克尔的人嚷道。

托德停止按门铃。

门内传来一阵链子和门闩拉开的声音，门打开了。

一个老人驼着背，缩在一袭浴袍中，站在纱门内往外看。他手中夹着香烟，托德心想，这人的样子介乎爱因斯坦和卡洛夫[1]之间，一头长长的白发，而且白中泛黄，是好像尼古丁熏过的那种让人看了不舒服的黄，而不是象牙黄。他的脸满布皱纹，而且因为刚睡醒而略显浮肿，胡子已经有好几天没刮了，面容可憎。托德的父亲常说：“每早刮胡子，看起来容光焕发。”托德的父亲不管上不上班，每早一定刮胡子。

老人看着托德的那一对眼睛警觉而深沉，不过却布满红丝，而且眼眶陷落。托德的失望之情油然而生。这家伙是有点像爱因斯坦，也有那么一点像卡洛夫，但他更像在铁路调车场附近游荡的邋遢的老酒鬼。

不过，托德提醒自己，这人才刚刚起床。托德以前见过登克尔好几次（但他都非常小心地确定登克尔没有看到他），在公开场合中，登克尔都打扮得整整齐齐，典型的退休军官模样，尽管——若是托德在图书馆看到的出生资料没错的话——他的高龄已七十有六了。当托德偷偷尾随登克尔去购物或搭公车去看电影时（登克尔没有买车），不论天气多热，他总是穿着三套西装中的一套，如果是阴天，他一定会把伞卷好，夹在腋下，好像拐杖一样，他偶尔也会戴一顶呢帽。登克尔出现在外面的时候，总是把脸刮得干干净净，一嘴灰白的短髭也修得整整齐齐（他留短髭的目的是为了遮盖没有整形成功的兔唇）。

“是个小鬼。”他说，声音浊重，充满睡意。托德瞥见他褪色而寒酸的浴袍，感到更加失望。浴袍的一边圆领翻了起来，领子上沾了辣酱或牛排

1 卡洛夫（Boris Karloff），英国演员，因在电影《科学怪人》中饰演怪人而成名。

酱，托德还闻到烟味和酒味。

“小鬼，”他重复道，“我什么都不需要，看看上面的牌子，你认得这些字吧？你当然认得，美国所有的孩子都能认字。别来烦我，再见。”

门正要关上。

他也许会就此算了，事后，托德曾在晚上睡不着觉时想起这件事。因为初次这么近距离看到这个人，看到他卸下了在街上的那副外表所带来的失望（可以说，他把那张脸和雨伞、呢帽一起放进衣橱了），可能让他就此打消了原本的念头。一切原本可能在那一刻就结束了，小小的关门声像剪刀般干净利落地切断了以后发生的所有事情。但是，登克尔没有看错，托德是典型的美国男孩，师长一向教导他“锲而不舍”是一种美德。

“杜山德先生，别忘了你的报纸。”托德说，很有礼貌地把报纸递过去。

门立刻就停住了，古特·杜山德脸上顿时闪现出紧张和戒慎的表情，或许还夹杂着惧怕，但随即恢复平静。托德感到第三度失望：还算不错，他脸上的表情随即恢复平静了。但托德还是很失望，他并没有预期杜山德只是“还不错”而已；他原本期望他很厉害。

天哪！托德内心生起一股真正的厌恶。

老人再度把门打开，用患了关节炎的手拉开纱门的门闩，然后把纱门推开一点点缝隙，像只蜘蛛般伸出手来，准备接过托德手中的报纸。托德厌恶地注视着他又长又黄的指甲，终日一根接着一根烟不离手才会如此。托德认为抽烟是肮脏而危险的习惯，他绝不要沾染上烟瘾。这个杜山德竟然会活这么久，还真是奇怪。

“报纸给我。”老人说。

“当然，杜山德先生。”托德松开握着报纸的手。蜘蛛般的手把报纸使劲一拉，门关上。

“我姓登克尔，”老人说，“不是什么杜山德，看来你是真不识字，可怜呀！再见。”

门正要关上时，托德对着门缝嚷道：“一九四三年一月到一九四三年六月，贝尔根·贝尔森集中营，一九四三年六月到一九四四年六月，奥斯维辛集中营，巴汀——”

快关上的门又再度停住，门缝中露出老人松垮垮而苍白的脸，像泄了气的皮球。托德微笑着。

“俄国人来以前，你早一步离开巴汀，逃到布宜诺斯艾利斯去。有人说你在那儿发了财，用你从德国带出来的黄金投资毒品。总之，一九五〇年到一九五二年，你躲在墨西哥市，然后——”

“孩子，我看你是疯了。”他患了关节炎的手指不住地抚弄畸形的耳朵，没牙的嘴微微惊恐地颤抖着。

“一九五二年到一九五八年期间，我不知道发生了什么事，”托德说，更加笑容可掬，“我猜也没人知道，或至少没有人走漏风声。不过有个以色列情报员曾经在古巴发现你的踪迹，就在卡斯特罗上台前不久，你在一家大旅馆当门房。当叛军进入哈瓦那时，你也失踪了。一九六五年你出现在西柏林时，他们差点抓到你。”说到最后一句话时，托德握紧拳头。杜山德的目光落在这营养充足的美国男孩双手上，这双手仿佛生来专门拿来做肥皂盒汽车模型。托德确实做了不少，一年前，他还在父亲的协助下，做了一艘泰坦尼克号轮船的模型，几乎花了他四个月的时间，现在那艘船放在他父亲的办公室里。

“我不知道你在说什么。”杜山德说，由于没装假牙，他的语音含糊不清，托德很不喜欢，因为听来很不悦耳，很不……地道，电视片中的德国军官都比杜山德更像纳粹。不过在他的时代，他一定是个真正的纳粹。在一篇关于纳粹集中营的报道中，作者曾说他是巴汀的血腥魔王。“快走！小鬼！否则我要叫警察来了。”

“杜山德先生，你最好叫他们来，还是你宁可我称呼你杜山德先生[1]？”他继续笑着，露出一口完美的牙齿，这是他从小就乖乖地一天刷三次牙、而且使用含氟牙膏的结果。“自一九六五年后，没人再看见过你……直到两个月前我在市中心公共汽车上看到你。”

“你疯了。”

“如果你想叫警察的话，”托德笑道，“请便，我就在这里等着，但是如果你不打算叫警察来，何不让我进来？我们可以谈谈。”

老人看着这个笑容可掬的男孩好一阵子。鸟儿在树上啁啾叫着，隔壁一条巷子内，马力强大的除草机正轰隆隆响着，更远点的闹市上，汽车喇叭声此起彼落，透露着商业生活的繁忙。

托德不禁怀疑起来，他不会搞错了吧？他会搞错吗？他可不这么认为，但这不是学校功课，这是真实人生，因此当杜山德终于说：“如果你想进来的话，你可以进来坐一会儿。不过你要明白，我只是不想跟人过不去而已。”托德才放下心中的大石。

---

1 原文为德语。

“当然，杜山德先生。”托德说。他走进屋子，杜山德把门关上，也把明亮的早晨关在门外。

屋内发出一股霉味，有点像托德家里请完客后，母亲还没来得及清理、还没把窗子打开透透气的味道，不过这里的味道更难闻，混合着酒味、油炸食物味、汗味、旧衣服味，还有药膏味。玄关处很昏暗。杜山德勾着头，好像一头秃鹰静静等着受伤的猎物放弃挣扎求生一样。在这一刻，尽管杜山德满脸胡碴、一身赘肉，托德还是可以想象他当年身穿党卫军制服的模样，比过去在街上看到的杜山德都更能显露出他的本来面貌。托德突然打了一个寒战，但只是稍稍害怕了一下而已，他旋即恢复冷静。

“我应该告诉你，万一我遭到什么不测——”他才开口，杜山德穿着拖鞋踢趿踢趿地走过他身边，一直走进客厅。他轻蔑地挥挥手，托德感到血往上冲，漫过他的喉咙和面颊。

托德跟着他，一直挂在脸上的笑容开始动摇。他没想到会是这样的状况。不过他会有办法解决，事情总是会步上轨道的，绝对会。当他跨进客厅时，他又开始微笑了。

结果又再度令他失望，不过他早该有心理准备的，墙上当然没有希特勒神气活现、眼神随着你走动而流转的油画，也没有看到玻璃柜中陈列着勋章或墙上挂着纪念宝剑，壁炉架上也看不到华尔瑟警用手枪（事实上，这里根本没有壁炉架）。托德告诉自己，这家伙若把这些东西放在看得到的地方，一定是疯了。不过这和他在电影和电视上看到的差太多了。这是典型靠微薄养老金过活的老人家的客厅，假砖做的假壁炉上挂了一面钟，还有一架黑白电视，电视天线上包了一张锡箔纸，用来改善收视状况。地板上铺着灰色地毯，毛都快脱光了。沙发旁的杂志架上摆着《国家地理杂志》和《读者文摘》，还有《洛杉矶时报》。墙上没有希特勒的肖像和宝剑，倒是挂了一张裱了框的美国公民证书，还有一张女人的照片，那女人戴着一顶可笑的帽子。杜山德后来告诉他，那种吊钟形女帽在二十世纪二十年代和三十年代非常流行。

“我太太，”杜山德伤感地说，“她在一九五五年死于肺病，那时候我在艾山的一家汽车工厂做事，我很伤心。”

托德继续微笑，他走过去，好像是打算把照片中人看个仔细，但他并没看照片，反而伸手去摸小台灯的灯罩。

“别动！”杜山德大吼道，托德吓了一跳。

“不错，你还真会发号施令，”托德态度很诚恳地说，“很有威严。听说爱西·考科[1]用人皮做灯罩，是吗？”

“我不知道你在说什么。”杜山德说，电视上摆了一包香烟，是没有滤嘴的烟。他拿起来向托德扬一扬，“抽烟吗？”他问道，咧嘴一笑，笑得很暧昧。

“不，抽烟会得肺癌。我爸以前还抽，现在不抽了。他参加了戒烟协会。”

“是吗？”杜山德从浴袍口袋中掏出一包火柴来，漫不经心地在电视机外壳上划了一下，点燃香烟。“你倒是说说看，你有什么理由不让我把警察叫来，告诉他们你那疯狂的指控？只要一个理由？快说！电话就在客厅，我想你父亲知道了会打你屁股一顿，之后一整个星期，你吃晚饭时都要坐在软垫上了，呃？”

“我父母不相信打屁股的功效，体罚只会引起更多问题。”托德的眼睛突然一亮，“你打过他们吗？有没有脱掉他们的衣服？那些女人——”

杜山德闷哼一声，走向电话。

托德冷冷道：“你最好别这么做。”

杜山德转过身来，郑重其事地说（不过因为没有戴假牙，稍稍减损了他严肃的语气）：“我再告诉你一次，小鬼，只说一次。我叫亚瑟·登克尔，我只有这个名字，甚至不是因为移民美国才改成美国化的名字。我父亲为我取名亚瑟，是因为他很佩服福尔摩斯探案的作者亚瑟·柯南·道尔。我从来都不叫做杜-山德，或者什么希姆莱，也不是圣诞老公公。二次大战时，我是个后备中尉，从来没有加入过纳粹党。柏林之役，我打了三星期。我承认，三十年代后期刚结婚的时候，我是支持希特勒的，因为他结束了不景气，恢复了我们在不公平的凡尔赛条约中受伤的自尊。我支持他的最大原因，是我终于能找到一个正正当当的工作，而且又买得到烟了，因此我不必在犯了烟瘾时，到水沟里找烟屁股。在三十年代末期，我觉得他还是个伟人，但后来他疯了，听信占星家的胡言，指挥根本不存在的军队。他甚至还给白朗弟——他的小狗——一粒自杀胶囊。只有疯子才做得出这种事，其实到后来，大家都疯了，一面高唱着纳粹进行曲，一面把毒药喂进孩子嘴里。一九四五年五月二日，我的部队向美国人投降。还记得有个名叫海克梅亚的美国上等兵，给了我一块巧克力糖，我哭了，因为没

1　爱西·考科（Ilse Koch），二次大战最恶名昭彰的德国战犯之一，她是布亨瓦尔德集中营指挥官的太太，当时集中营的犹太人中流传着许多爱西令人发指的冷酷行径，例如用刺了青的人皮做灯罩。

有理由再打下去，战争已经结束了。我被送到艾山，受到很好的待遇。我们从收音机里听到纽伦堡大审的经过，当戈林[1]自杀时，我用十四根美国香烟换了半瓶酒，喝得大醉。我获释后就到艾山汽车公司做安装轮胎的工作，直到一九六三年退休为止，后来移民美国。我一直想到美国来，我是在一九六七年变成美国公民的。我现在是美国人，我也投票。我没去过布宜诺斯艾利斯，没贩过毒，更没在柏林、古巴待过。”他把古巴说成“酷巴”。“好了，你赶快走吧，否则我就要报警。”

他看托德一动也不动，于是走到客厅拿起电话来，托德仍站在客厅中，站在那张放着小台灯的小桌旁。

杜山德开始拨电话，托德看着他，心怦怦跳着，而且越跳越快，胸口仿佛咚咚打着鼓。杜山德在拨了第四个号码后，转过身来看他，双肩一塌，把电话放下。

“一个小鬼，”他叹口气，“居然是个小鬼。”

托德微笑着，不过一副很谦虚的样子。

“你是怎么发现的？”

“一点点运气，再加上努力不懈，”托德说，“我有个朋友名字叫哈洛·佩乐，不过大家都叫他狐狸，他在我们棒球队担任二垒手。他爸爸有不少这类杂志，一大箱旧战争杂志。我想去找几份新的杂志，但报摊老板说这些杂志大多数都停刊了。我在那些杂志上看了不少德国士兵和日本兵拷打女人的照片，还有一些关于集中营的文章，我对这些集中营的事情特别感兴趣。”

“你……很有兴趣。”杜山德看着他，一只手上下摩挲着脸颊，轻轻发出像磨砂纸般的声音。

“是啊，很有兴趣。”

他清清楚楚记得那天在狐狸家车房的情景，也记得在五年级时，级任老师安德生太太（所有的小朋友都叫她甲虫，因为她有几颗大门牙）在学校的“认识职业日”之前，告诉他们找到自己最大的兴趣是多么重要。

“突然之间你就找到了，”她狂热地说道，“你第一次看见某个东西，然后立刻知道你找到了自己最大的兴趣。就好像找到了开锁的那把钥匙，或像第一次谈恋爱。这是为什么‘认识职业日’这天的活动特别重要，小朋友，你可能就在这一天找到自己最大的兴趣。”然后她告诉他们，她最大的

---

1 戈林（Hermann Goering），纳粹德国空军元帅。

兴趣是什么，结果她最大的兴趣不是教五年级的小学生，而是收集十九世纪的明信片。

托德那时认为安德生太太在胡说八道，但在狐狸家车房那天，他想起了她说过的话，看来她的话是对的。

那天一直吹着又干又热的大风，东边的灌木林还起火，他记得闻到烧焦、炙热和油脂的味道，也记得狐狸理了平头，他什么都记得清清楚楚。

“我知道这里应该有一些漫画书。”狐狸说。狐狸妈妈宿醉未醒，因此把他们统统赶出去，不准他们待在房子里，因为实在太吵了。“很精彩的漫画。大部分是西部牛仔，也有些是‘石头之子特洛克’和——”

“这是什么？”托德指着楼梯底下堆放的大纸盒。

“不是什么好玩意，”狐狸说，“大都是真实的战争故事，很沉闷。”

“我可以看看吗？”

“当然。我去把漫画找出来。”

但等他的胖朋友狐狸找到漫画书时，托德已经不想看了。他已经迷惘了，完全迷惘了。

就像一把钥匙插对了锁，或像第一次谈恋爱一样。

他当然知道战争是怎么回事，不是现在这场愚蠢的、美国人被一群穿黑色睡衣的家伙打得死去活来的越战，而是第二次世界大战。他知道美国大兵戴着罩了网的圆形头盔，而德国佬戴的是方形头盔。他知道美国人打赢了大多数的战役，而德国人最后发明了火箭，从德国发射火箭到伦敦。他甚至还知道一些集中营的事。

然而他所知道的战争，和他在狐狸家车房楼梯下旧杂志中读到的战争之间，有很大的差异，正如同老师在课堂上描绘的细菌和他在显微镜下看到的不停蠕动的活细菌，有很大的差别。

杂志上刊登了爱西·考科的照片，有敞开大门的火葬场，还有穿着党卫军黑制服的军官和一些穿着条纹囚衣的囚犯。那些老旧的杂志发出的味道正如圣土多奈多一发不可收拾的丛林之火，他可以感到老旧的杂志纸在他手上沙沙作响。他一页页翻着，仿佛已不再置身于狐狸家的车房中，而是时光倒流。他脑子里不停想着：*他们真做了这些事，真有人做这种事，而且有人让他们做这种事*，他的头因恶心和兴奋而开始发痛，他的眼睛炙热而紧张，但仍继续看着，一帧在达豪集中营拍摄的照片上尸积如山，下面印有一行铅字，上面的数字跃入他脑中：

6，000，000。

他想，一定是有人搞错，而多加了一个零或两个零，这是洛杉矶人口的两倍呢！但在另一本杂志上（这本杂志的封面是一个女人被链子锁在墙上，一个穿着纳粹制服的人，手上拿着一根火钳走近她，那个纳粹脸上是狰狞的笑容），他再看看这数字：

6，000，000。

他的头更痛了，嘴也发干，模模糊糊地，他听到远处传来狐狸的声音，说他得去吃晚饭了，托德问狐狸，在他去吃饭时，他是否可以待在车房继续看杂志，狐狸困惑地看看他，耸耸肩说好。于是托德窝在那箱旧杂志旁专心看着，直到母亲打电话来问他到底还要不要回去为止。

就像一把钥匙插对了锁。

所有杂志都抨击当时发生的事情，但仍然继续在杂志后面刊登这些故事，而且当你翻到那几页时，说这些人做了许多坏事的报道旁边，刊登的都是贩售德国军刀、皮带、钢盔的广告，还有推销装饰着纳粹党徽的旗帜、纳粹警用手枪、坦克作战游戏及函授课程的广告。他们说这些人做的是坏事，但许多人似乎并不在乎。

就好像谈恋爱一样。

哦！他清楚记得那天的事情，每一件事都记得清清楚楚——墙上发黄的旧日历、水泥地板上的油渍、橘色麻绳捆住杂志的样子。他也记得每次一想到那个令人难以置信的数字，头就更痛了。

6，000，000。

他还记得当时心里想着：我想知道那些地方发生的所有事情、每一件事情。我想知道究竟哪个部分比较真实——是那些文章呢，还是文章旁边的广告？

当他最后把盒子推回楼梯下面时，他想起了甲虫安德生太太，他心想：她是对的，我终于找到我最大的兴趣了。

杜山德看着托德好一会儿，然后他穿过客厅，在一张摇椅上重重坐下来。他又看着托德，看不透他脸上那种如梦似幻、又有点怀旧的表情。

“没错，那些杂志引发我的兴趣，但我认为里面有很多东西都是在胡说八道，因此我又去图书馆查资料，发现更多东西，其中一些比杂志上的更有趣。最初那个讨厌的图书管理员不肯让我看，因为那些书放在成人部，但是我告诉她，我找这些资料是为了学校的功课，要是为了功课，他们就只好让我看了。但她打电话给我父亲，”托德的眼神转变，满是怨恨，“以为我父亲不知道我在干什么。”

“他知道吗？”

“当然，不论是好是坏，我父亲认为小孩子应该及早了解人生的真相，日后面对真实人生时，才能做好准备。他说现实人生好比一只老虎，你得抓住它的尾巴，若你不了解这个动物的本质，你会被它吃了。”

“唔。”杜山德说。

“我妈也是这么认为。”

“嗯。”杜山德颇为困惑，似乎不能确定自己身在何处。

“总之，”托德说，“图书馆的资料真不错，单单在圣土多奈多的图书馆，就大概有一百多本书谈到了纳粹集中营的事情，一定有很多人喜欢看这类的书。书里面不像狐狸爸爸的杂志上有那么多照片，不过其他东西还真瘆人，例如，底座上有许多尖木桩的椅子，可以放出毒气的莲蓬头，还有用钳子拔出金牙。”托德摇摇头，“你们这些家伙实在做得太过火了，你知道吗？真是太过火了。”

“瘆人！？”杜山德沉重地说。

“我还真的写了一篇报告，你知道怎么样？我得了 A^{+}。当然我写得很小心，写这类东西时，一定要很小心。”

“是吗？”杜山德问道，他以颤抖的手拿出一根烟。

“是呀！图书馆的书全都是用同一种手法写的，写这些东西的家伙好像一边写着，一边自己都想吐。”托德皱眉，脑子里想着要用什么句子来表达比较恰当，“他们的语气好像他们都为此辗转难眠，我们必须十分谨慎，不要让这类事情再度发生。因此我也把报告写成那种样子，我想老师给我 A，原因便在于我读了这些资料后，没有把吃下去的午餐全吐出来。”托德得意地微笑着。

杜山德狠狠吸着没有滤嘴的香烟，烟头微微抖动着。他从鼻孔中喷出烟来，同时开始咳了起来，是老年人那种空洞的干咳。“我真不敢相信会在这里谈这种话题，”他说，倾身向前，仔细地看着托德，“孩子，你知道‘存在主义’是什么吗？”

托德不理会他的问题。“你见过爱西·考科吗？”

“爱西·考科？”杜山德的声音微弱得几乎听不见，“没错，我见过她。”

“她长得很美吗？”托德急切地问道，“我是说……”他的手在空中画出像沙漏的形状。

“你应该看过她的照片了？”杜山德说，“像你这样痴狂的人？”

“什么痴……？”

杜山德说：“就是会对某件事情迷得不得了。”

“哦？真酷。”托德咧嘴一笑，表情有点困惑，不过立刻又发出胜利的光芒。“没错，我的确看过她的照片，不过你也知道那些书上的照片是什么样子，”他说话的口气好像杜山德看过那些书一样，“都是黑白照片，模糊不清，而且是在仓促之中拍摄的，没有人晓得那些家伙拍下来的是历史性画面。她的身材好吗？”

“她又胖又矮，皮肤粗糙。”杜山德简短地说。他把抽了一半的烟按熄在烟灰缸中，烟灰缸里已有不少烟头了。

“哦，天呀！”托德脸色为之黯然。

“只是运气罢了，”杜山德沉思道，看着托德，“你在战争杂志上看到我的照片后，在公车上又正好坐在我旁边，真是的！”他的手握着拳捶在摇椅扶手上，但没什么力道。

“不是，杜山德先生，不只是这样，差多了。”托德急切地说，倾身向前。

“哦，真的吗？”杜山德挑着浓眉，客气地表示不信。

“当然。我意思是说，在我的剪贴簿中，你的照片至少都是三十年前照的。我的意思是，现在已经一九七四年了。”

“你有一本……剪贴簿？”

“噢，是的！很不错的剪贴簿，里面有几百张照片，哪天我拿给你看看，你会吓一跳。”

杜山德露出厌恶的表情，但他没说什么。

“最初几次看到你的时候，我不敢确定。但是有一天下午正好下雨，你上公车时，穿了一件发亮的黑色雨衣——”

“雨衣。”杜山德喘着气。

“当然，狐狸家的旧杂志上正好有一张照片，你在里面就穿着一件像这样的外套，图书馆的书中也有一张照片，你在上面穿着党卫军的大衣。因此那天我看到你时，我对自己说，‘没错，这正是古特·杜山德。’于是我开始跟踪你——”

“你说你怎么样？”

“我开始跟踪你，我的志愿是将来当个私家侦探，就像侦探小说里的名探史培德或电视片《洋场私探》的主角一样。总之，我很小心，不能被你发现。你要看一些照片吗？”

托德从裤袋掏出一个折叠的牛皮纸信封，汗水把纸袋封口给黏住了，他小心翼翼地撕开它。托德的眼睛闪闪发光，好像想到生日、圣诞节或七月四日放的烟火一样。

“你拍我的照片？”

“噢，是的，我有个轻薄短小的柯达照相机，正好塞进手中。一旦你抓到窍门就很容易拍照，只要手握着相机，手指张开一点，不要挡住相机镜头，好从指缝中取镜，然后用大拇指按下快门，”托德谦虚地大笑，“拍了很多张自己的手指照片之后，我终于抓住窍门了。你知道吗，只要一个人肯努力，什么事都办得到。这句话是老生常谈，但很有道理。”

杜山德脸色发白，像是病了似的，整个人在浴袍中显得更加萎缩。“小鬼，这些照片是在外面照相馆洗的吗？”

“什么？”托德起初显得十分惊讶，继之是一脸轻视的表情。“当然不是！你以为我是笨蛋吗？我爸爸有间暗房，我从九岁起就自己洗照片了。”

杜山德没说什么，但他稍稍松了口气，脸上也恢复了一点血色。

托德递给他几张照片，从粗糙的切边可以看出的确是自家洗的照片。杜山德不发一语，脸色阴沉地翻着一张张照片。有张照片是他直挺挺坐在公车靠窗的位置，手里拿了一本詹姆斯·米切纳的最新作品《百年》；一张是他站在迪文街的公车站牌下，腋下夹了一把伞，他的头偏着，好像倨傲的戴高乐；一张是他在美琪戏院门口排队买票，站在倾着身子的年轻人和长相平凡的家庭主妇当中，他沉默挺直的身影显得十分突出；最后一张是他正在家门口看信箱。

“拍这张时，我很怕被你发现，”托德说，“不过我评估过可能的风险。我是站在对街照的，我真希望能有个长镜头，总有一天……”托德露出渴望的神情。

“毫无疑问，如果被我发现了，你一定已经编好一套说辞了。”

“我打算问你，有没有看到我的狗。不管怎么样，等我把照片洗好后，我拿它们来和这些照片做比较。”

他递给杜山德三张影印的照片。杜山德自己早已看过这些照片很多次，第一张照片是他在巴汀集中营的办公室照的，桌旁竖立着一面纳粹党旗；第二张照片是他入伍时拍的；第三张是他和希姆莱[1]手下第一号人物格鲁克

1 希姆莱（Heinrich Himmler），二次大战时德军的秘密警察头子。

斯握手的照片。

“我还蛮确定那就是你，但是我看不出来你有没有兔唇，因为胡子把你的嘴遮住了，但我必须确定才行，所以我又照了这张照片。”

他把信封内最后一张照片拿给他看，这张照片有不少折痕，还有污迹，角也起皱和卷曲了——成天跑来跑去、忙东忙西的年轻男孩假如把纸片放在口袋里太久，就会变成这个样子。这张纸是以色列悬赏捉拿古特·杜山德的告示。杜山德手中握着这张照片，想到地下那些死不瞑目的冤魂。

“那时候我还采集到你的指纹，”托德微笑着说，“然后和这张上面的指纹比对。”

杜山德看着他，骂了一句德语脏话：“不可能！”

“当然可能，我爸妈去年送我一组采集指纹的工具作为圣诞礼物。是真的工具，不是玩具。有粉末、三支刷子，用在三种不同的表面上，还有一种特别的纸可以把指纹印下来。我爸妈知道我长大后想当私家侦探，不过，他们也认为等我真的成年时，就会打消这个念头。”他耸耸肩，“书上有说明如何采集和比对指纹。必须有八个特征比对，法庭才会采信。因此，有一天你去看电影时，我到这里把你邮箱上、门柄上所有能采集到的指纹都采集了，很聪明吧？”

杜山德没说什么，他抓住椅子扶手，无牙的、干瘪的嘴唇颤抖着。托德不喜欢他这个样子，因为他看起来好像快哭出来似的。这太荒谬了，巴汀的血腥魔王居然会哭？这就好像预期雪佛兰汽车公司破产，或麦当劳不再卖汉堡，而改卖鱼子酱和松露一样不可思议。

“我采到两组指纹，”托德说，“其中一组和悬赏海报上的指纹完全不同，我猜也许是邮差的指纹。另一组是你的，我比对符合的特征点不止八个，我总共找到十四个符合的比对，”他笑，“这就是我用的方法。”

“你这小杂种！”杜山德说，过了一会儿，他的双眼亮得可怕，托德不禁打了个寒战，就好像他刚进屋子，杜山德把门关上时的感觉。接着杜山德又软化下来了。

“你告诉过别人这件事吗？”

“没有。”

“甚至没告诉你那个叫水狸的朋友？”

“他叫狐狸。狐狸是个大嘴巴。我没告诉任何人，因为没有一个人值得信任。”

“你要什么？钱？恐怕我身无分文。我在南美洲的时候还有不少钱，不过不是靠贩毒这么浪漫而危险的生意赚来的。巴西、巴拉圭和圣多明各有个二次大战漏网战犯的组织，我也加入这个圈子，从事锡、铜、铝矿的开采，我们做得还不错。然后局势变了，国家主义、反美主义兴起，本来我还是可以安然度过危机，但那些犹太人找到我。坏运总是接二连三地来到，小鬼，有两次我差点被他们抓到，有一次我听到有个犹太杂种在隔壁。”

“他们把艾希曼[1]吊死了。”他小声道，一只手下意识地摸摸颈子，眼睛圆睁，好像小孩听到恐怖故事中最令人毛骨悚然的段落似的，“他是个老头，不会再伤害任何人了，也不碰政治，但他们还是吊死他。”

托德点点头。

“最后，我去找唯一可以帮助我的人，他们也帮助过别人，我可以不必再逃亡了。”

“你去找奥德萨[2]帮忙？”托德热切地问。

“我去找西西里人，”杜山德冷淡地说，托德脸色一沉，“一切都安排好了，假护照、假的过去。你想喝什么吗，小鬼？”

“好啊，你有可乐吗？”

“没有可乐。”

“牛奶？”

“牛奶。”杜山德走进厨房，日光灯嗡嗡地亮起来，“我现在靠股息过活，”他的声音从后面传来，“我是在战后用其他假名买的股票，透过缅因州一家银行买的，而那个帮我买股票的银行家在我买股票一年后，居然因为杀妻而坐牢……有时候，人生的境遇真是奇怪，不是吗，小鬼？”

一阵开冰箱和关冰箱的声音。

“那些西西里胡狼不知道有这些股票，”他说，“今天，西西里人到处都是，但在那时候，他们的势力范围最北顶多到波士顿，还不到缅因州。当年如果他们知道的话，他们会拿走所有东西，把我剥得一干二净，让我在美国靠救济金和粮食券度日。”

托德听到打开橱柜的声音，还有液体倒进玻璃杯的声音。

“买几张通用汽车公司的股票、几张美国电话电报公司，还有露华浓的一百五十股，都是那银行家替我选的，我还记得他的名字叫杜佛尼，因为

1　艾希曼（Adolf Eichmann），纳粹德国高官，二战期间，负责德国纳粹灭绝犹太人的行动，战后艾希曼以假名逃到阿根廷，但在一九六〇年被以色列情报人员逮捕，押解回耶路撒冷受审，并判处绞刑。

2　奥德萨（Odessa），前纳粹党卫军员的地下组织，可能在一九四七年初成立，以庞大的秘密网路协助前党卫军员、盖世太保和前纳粹高官逃避缉捕。

跟我的名字有点接近。显然他杀妻的本事远不及他选股的眼光，小鬼。这种犯罪的冲动只证明了所有人都只不过是识字的笨驴。”

他走回客厅，拖鞋唏嗦唏嗦地响着，他手上拿着两个绿色的塑胶杯，像是加油站开张时的赠品——你把油箱加满油，就可以免费获赠一个杯子。杜山德把其中一个杯子塞进托德手中。

“我刚到这儿的头五年，单靠杜佛尼替我买的股票就可以过得不错。但是后来我为了买这幢房子和离大苏尔湾不远的小木屋，卖掉了钻石火柴的股票，再加上通货膨胀和不景气，我先卖掉小木屋，后来又把股票一张张卖掉，其中有不少是获利很高的股票，真希望我当初多买一点。但是，我以为自己在其他方面是很有保障的，至于股票，正如你们美国人所说，是投机……”他没牙的嘴发出嘶嘶声。

托德觉得很无聊，他来这儿可不是为了听杜山德啰哩啰嗦地数落着他的钱和股票，他甚至从来不曾想过要勒索杜山德。钱？他要钱做什么？他有的是零用钱，而且他还在送报，如果哪个星期钱不够用了，那么附近总是有哪个人家需要找人修剪草坪吧。

托德端起牛奶来，但在唇边又犹豫了一会儿，他笑得更可人了，他把加油站送的杯子推到杜山德面前。

“你喝一点吧！”他狡猾地说。

杜山德瞪了他一会儿，不懂是怎么一回事，然后翻了翻血丝满布的眼睛，“我的天！”他拿起杯子喝了两口后还给托德，“怕什么？你看，我没有喘不过气来，没有用手紧抓着喉咙，没有苦杏仁的气味，这是牛奶！是超级市场买来的牛奶，纸盒上有一头微笑的母牛。”

托德机警地看着他，然后喝了一小口，确实喝起来像牛奶，不过不知怎么的，他不再觉得渴了。他把杯子放下。杜山德耸耸肩，拿起自己的杯子喝了一大口，然后咂咂嘴。

“德国烧酒？”托德问。

“波旁威士忌，物美价廉。”

托德用手指拨弄着牛仔裤的缝。

“所以，”杜山德说，“如果你决定要自己做一票投机生意，应该晓得你挑选了支毫无价值的股票。”

“什么？”

“勒索，”杜山德说，“电视片《檀岛警骑》和《洋场私探》里面不都是这么说吗？”

但托德大笑起来，孩子气地开怀大笑。他摇摇头想说什么，但却忍俊不禁，又笑了起来。

“不是？”杜山德说，突然间他面如槁灰，神情更加害怕了，他又喝了一大口，脸色沉重，声音颤抖地说：“我看得出来……你不是想勒索金钱。但是，虽然你笑了，我仍感觉得出来你想勒索一点什么。到底是什么？为什么你要跑来这里打扰一个老人？也许正如你所说，我以前是个纳粹，甚至是党卫军，但是，我现在只是个老头子，连上大号都得靠通便剂，你到底想要什么？”

托德总算冷静下来，他坦然地看着杜山德。“要什么？……我只不过想听听那些故事，如此而已，我真的只想听听故事。”

“听故事？”杜山德反问，他显得非常困惑。

托德倾身向前，把晒成古铜色的手肘搁在膝盖上。“当然。我要听行刑队、煤气室、烤箱，还有那些自掘坟墓的人……”他伸出舌头来舔着嘴唇，“关于那些检查、实验，所有这些乱七八糟的事情。”

杜山德讶异地瞪着他，就好像兽医看着一头猫接连生出好几只双头怪猫来一样。“你是个怪物。”他轻声道。

托德嗤之以鼻。“根据我看过的书，你才是怪物，杜山德先生，不是我。把那些人送进烤箱的是你，不是我。在你来之前，巴汀的集中营是一天两千人，你来了之后就变成一天三千人，在俄国人来制止你以前，已经增加到一天三千五百人。希姆莱认为你是效率专家，还颁奖表扬你，而你竟敢叫我怪物？”

“这全是肮脏的美国人造的谣，”杜山德说。他把杯子砰的一声放在桌上，威士忌溅得手上、桌上都是。“问题不是我造成的，我也无法解决问题。我只是奉令行事而已。”

托德的嘴咧得更开了，几乎已经像不自然的假笑。

“我知道美国人如何歪曲这些事情，”杜山德喃喃地说，“和你们的政客相形之下，我们的戈培尔[1]好像只是在幼稚园看图画书的天真小孩。他们一方面满嘴仁义道德，另一方面却把燃烧的汽油淋在尖叫的孩子和老妇人身上。你们称拒绝入伍的人是懦夫，拒绝服从命令的人不是被关进监牢，就是受到国家的严厉惩罚；抗议美国介入这场不幸的亚洲战争的示威群众被当街用棍子修理。但另一方面，总统竟然还颁发勋章给滥杀无辜的美国大兵，以

---

1 戈培尔（Dr.Joseph Goebbels），纳粹德国宣传部长。

盛大的游行欢迎这些用刺刀刺小孩和烧毁医院的人，招待他们晚宴，颁发城市钥匙和免费足球票。”他朝着托德举杯，“只有输了战争的那一方才会因为听命行事而被当成战犯审判。”他喝完酒后，引起一阵咳嗽，脸颊上添了一层淡淡的红色。

杜山德说这些事的时候，托德大半时间都很不耐烦，他的父母在家里讨论晚间新闻报道时，他的反应也是如此。他既不关心杜山德对政治的看法，也不关心他的股票，他认为政客编造出所谓的政治，只是为了名正言顺地做他们想做的事。就像去年他想把手伸到莎朗衣服里面，莎朗不肯，她说他有这种想法很不好，虽然她的语气听起来有点兴奋。于是，他告诉莎朗，他长大以后要当医生，她就让他摸了，这就是政治。他想要听的是德国医生如何让狗和女人交配；如何把一对双胞胎放进冰箱中，看哪个先死，还是两人会同时死去；还有电疗法、不为病人麻醉就动手术，以及德国士兵如何随意强奸妇女。其他的全都不过是因为有人跑来制止这一切之后，再想出来掩盖事实真相的胡说而已。

“如果我不听从上面的命令，我早就死了。”杜山德呼吸困难，上身在摇椅内前后摇晃，弹簧发出吱吱嘎嘎的声音，还闻得到他身上的酒味。“俄国人总是在前线虎视眈眈。我们的头子都是疯子，但你能跟疯子争辩吗？……尤其是其中最疯的魔头，而他偏偏又像撒旦一样幸运。他在千钧一发之际逃过了一次出色的暗杀行动，谋刺他的人后来被琴弦慢慢勒死，他们恐怖的死状被拍成影片，用来杀鸡儆猴——”

“哇！真妙！”托德禁不住嚷着，“你看过那部电影吗？”

“看过，我们都看过。有些人不愿意随波逐流，或是无法暂且随波逐流，等待雨过天晴，我们都看到他们的下场了。我们那时做的是对的事情，就那个时间和那个地点而言，是对的事情，如果再来一次，我还是会做，但……”

他的目光落在玻璃杯上。杯子已经空空如也。

“……但我不想谈这件事，甚至想这件事。我们当时之所以这么做，完全是为了求生存，而求生存本来就是丑陋的。我曾经梦到……”他慢慢从电视机上的烟盒中抽出一根烟来，“是的。这些年来，我一直做梦。我的梦是一片黑暗，黑暗中有许多声音，有拖拉机的引擎声、推土机引擎的声音、枪托重重敲击冰冻的地面或某个人脑袋瓜的声音、哨子声、警笛声、子弹声、尖叫声，以及在严寒冬天午后运载家畜的车子关门声。

“然后，所有的声音都静止下来，所有的眼睛都在黑暗中张开，有如雨林中野兽的眼睛一般炯炯发亮。我有好多年都活在丛林边缘，我想这是为什么我在梦中总是闻到丛林的味道，感觉身在丛林的原因。每当我梦醒时，都惊出一身冷汗，我的心怦怦跳着，必须把手伸进嘴里，免得自己尖叫出来。我心里会想，这些梦才是真实的，而巴西、巴拉圭、古巴……我待过的那些地方都只是梦境而已。在真实生活中，我还在巴汀，俄国人今天比昨天还要接近。他们之中有些人还记得，一九四三年时，他们得吃德国人冻僵的尸体才能活下去，现在他们渴望喝到德国人的鲜血。马路消息谣传，确实有些人进入德国境内之后，便割开俘虏的喉咙，把他们的血倒进皮靴里喝。当我醒来时，我会想：我们必须继续我们的工作，如此一来，他们就无从得知我们在这里做了什么，或是因为证据太薄弱了，外界不愿意相信，也不需要相信我们做的事。如果我们想活下去的话，就必须继续我们的工作。”

托德兴致盎然地听着。这番描述相当不错，但他相信以后还会有更精彩的，他只需要刺激一下杜山德。哈，他很幸运，不少像他这个年纪的人都早已老迈不堪了。

杜山德狠狠抽着烟。“后来，等我不再做这些梦以后，有时我觉得我看到了从巴汀来的人，不是守卫或军官，千篇一律都是犯人。我还记得十年前在西德，有一天下午，高速公路上发生了车祸，交通严重堵塞，每一条车道上的汽车都动弹不得。我坐在车里听着收音机，慢慢等着交通疏畅。我往右看看，右边车道上是辆很旧的车，驾驶座上有个人正望着我。他的年纪大约五十岁左右，一副病恹恹的样子。他的脸颊上有道疤，头发花白，剪得很短、很差。我别过头去，时间一分一秒过去，车子始终没动。我偶尔瞄一瞄旁边车道的那个人，我发现每次我看他时，他都注视着我，他的脸色平静得好像死人一样，眼睛深陷在眼眶里。我相信他一定曾经在巴汀待过，而且他也认出我来。”

杜山德用一只手擦擦眼睛。

“当时正值冬天，那人穿了一件风衣，但我相信，如果我走下车要他脱下风衣、卷起袖子来，一定可以看见他手臂上的号码。最后车阵终于开始移动，于是我发动车子。我相信如果车子再堵上十分钟，我一定会下车去，把那个老人从车子里拖出来狠狠打一顿，不管他身上有没有编号。因为他用那种眼神看我，我一定会好好揍他一顿。没过多久，我便永远离开了德国。”

“你很幸运。”托德说。

杜山德耸耸肩。“到处都一样，哈瓦那、墨西哥城、罗马。我在罗马待了三年，你知道，我会在咖啡店里看到有人那样看我……还有在旅馆大厅，一个女人对我的兴趣远高于她手上的杂志……还有一家餐馆的侍者不管在为哪桌上菜，老是不停地盯着我看。我开始认为这些人都在调查我，通常那晚我又会做梦，那些声音、丛林、眼睛又出现了。

“但是等我来美国后，我把这一切都从脑中抛开。我上街看电影，一星期出去吃一顿饭，通常都去明亮干净的速食店用餐。回家后，我玩拼图游戏和看小说，大多数小说都写得很差，我也看电视。晚上我会喝酒，一直喝到睡着为止。过去的梦境不再出现。每当我在超级市场、图书馆或香烟摊发现有人在看我时，我总认为一定是我长得像他们的祖父……或是以前的老师……或是多年不见的老邻居。”他对托德摇摇头。“无论巴汀发生过什么事，都是另一个人干的，与我无关。”

“了不起！”托德说。“我要听所有的事。”

杜山德紧闭着双眼，然后慢慢张开来。“你不明白，我不想说。”

“你会说的，如果你不肯说，我会把你的身份告诉每个人。”

杜山德看着他，脸色发灰。“我就知道，”他说，“我迟早会发现你想勒索什么。”

“今天我要听你说煤气烤箱的事，”托德说，“等他们死了以后，你是怎么烤他们的等等。”他的笑容灿烂，散发着光辉。“但你在说故事之前，最好戴上假牙。你戴上假牙后比较好看。”

杜山德听他的话戴上假牙，他告诉托德有关煤气烤箱的事，直到托德该回去吃午饭为止，每次他想一掠而过，托德总会皱着眉不断发问，直到他回到主题为止。杜山德说话的时候喝了不少酒，他没有笑，但托德面带笑容，他灿烂的笑容足够两个人分了。

2

一九七四年八月。

这天万里无云，他们坐在杜山德家的后阳台上。托德穿着牛仔裤和少年棒球联合会的 T 恤。杜山德穿了一件宽松的灰衬衣和卡其裤，用吊带吊着，就像许多酒鬼穿的那种。托德蔑视地暗忖，这裤子活像从救世军开的旧衣店买来的。他真的得对杜山德在家里的穿着想想办法，他的打扮破坏了不少做这件事的乐趣。

两人吃着托德带来的大汉堡，他一路飞快地骑脚踏车赶过来，免得汉堡变冷了。托德用吸管吸着可乐，杜山德喝着波旁威士忌。

老人的声音时起时落，微弱、犹豫，有时候几乎听不见，混浊的蓝眼睛布满血丝，但不停打转。旁人看到他们这一对老小，还以为是祖孙俩在促膝长谈、传承经验。

“我只记得这些。”杜山德说完后咬了一大口汉堡，麦当劳特有的酱汁沿着他的下巴滴了下来。

“你应该可以表现得更好。”托德轻声道。

杜山德喝了一大口酒。“制服是纸做的，”他终于说话，差不多在咆哮了。“当犯人死了以后，如果制服还可以穿，就继续给别的犯人穿。有时一件纸制服可以给四十个犯人穿，上面对我们的节俭可是非常嘉许。”

“格鲁克斯的嘉许吗？”

“希姆莱。”

“你上星期不是告诉我，巴汀有一座成衣工厂吗？你们为何不在那儿做制服？可以让囚犯自己做制服呀？”

“巴汀工厂的任务是替德国军人做衣服，而我们……”杜山德结巴了一会儿，然后强迫自己继续说下去，“我们做的不是康复治疗工作。”他把话说完。

托德又咧嘴笑了。

“今天听够了吧？拜托，我喉咙发痛了。”

“那么，你不该抽那么多烟，”托德说，继续笑着，“再告诉我一些关于制服的事。”

“什么制服？犯人的，还是秘密警察的？”杜山德认命地说。

托德说：“两个都要。”

3

一九七四年九月。

托德在自家厨房中，为自己做花生果酱三明治。厨房位于比较高的地方。你得走上六个红木阶梯才到达厨房，那里的镀铬器具和不锈钢设备闪闪发光。这一天他从学校回来后，母亲的电动打字机声音便一刻也没停，她正在替一个研究生打硕士论文。那个研究生剪了一头短发，戴着厚厚的眼镜，在托德眼中活像是外太空来的人。论文题目是二次大战后萨利纳斯谷的果蝇，或类似的屁话。现在打字机声停了，他母亲从办公室走出来。

“托德宝贝。”她向他打招呼。

“蒙妮卡宝贝。”他高兴地回话。

托德心想，就三十六岁的女人而言，他的母亲不算难看，金发中偶尔有一两道灰发，保持得不错的高挑身材，穿了一条暗红色短裤和暖色上衣。她把上衣在胸部下打了个结，露出一截平滑的小腹，头发用一根绿发夹随意地夹了起来，打字机的橡皮刷则插在头发里。

“最近学校如何啊？”她问他，走上阶梯，进厨房吻了他一下，然后坐在其中一张高凳子上。

“还不错。”

“还是优等生吧？”

“当然。”事实上，他认为这学期的成绩很可能稍稍下滑，因为他花在杜山德身上的时间太多了。没有和那个德国佬在一起时，他仍然继续想着杜山德告诉他的事，有一两次还梦到杜山德告诉他的事。但是，没有什么事情是他处理不了的。

“优等生，”她说，揉一揉他毛茸茸的金发。“三明治的味道如何？”

“很好吃，”他说。

“帮我做份三明治，然后送到我办公室来好吗？”

“不行，”他说，站起来，“我答应登克尔先生会过去一趟，念一小时的书给他听。”

“还在念《鲁滨孙漂流记》吗？”

“不是。”他把从旧书店花两毛钱买来的厚厚一本书拿给她看。“《汤姆·琼斯》[1]。”

“天哪！要念完这本书至少要整整一年，托德宝贝。你不能找个节本吗？像你念《鲁滨孙漂流记》时那样？”

“也许找得到，不过他说他想听完整版。他说的。”

“哦。”她看了他一会儿，然后搂搂他。她很少表现得这么亲昵，托德有点不安。“你把空闲的时间拿来念书给他听，实在很体贴。……你爸和我

---

1 《汤姆·琼斯》(*Tom Jones*)，十八世纪英国小说家菲尔丁（Henry Fielding）的作品。

都认为……这真是太难得了。”

托德谦虚地垂下眼睛。

“而且不想告诉任何人，”她说，“真是为善不欲人知。”

“哦，那些跟我一起玩的小孩，他们可能会认为我是怪物，”托德说，带着谦虚的微笑看着地板。“他们都是浑球。”

“别这么说，”她心不在焉地叮嘱，然后说：“你觉得登克尔先生会愿意赏光到我们家来吃顿便饭吗？”

“也许，”托德支吾其词，“我得走了。”

“好的，六点半吃晚餐，别忘了。”

“不会的。”

“你爸今晚加班，所以只有我们两人。”

“知道了，宝贝。”

她带着爱怜的微笑看着他离开，希望《汤姆·琼斯》里面没有什么他不该看的东西，他只有十三岁。应该没问题的，不过他在这个社会中成长，今天，任何人只要有一块两毛五，就能买到一本《阁楼》杂志，或是任何小孩只要够得着最高一层杂志架，就能抓下一本《阁楼》偷瞄一眼，直到店员大喝一声才一溜烟跑掉。因此这本两百年前的老书，能带来什么害处呢？托德的爸爸常说，对小孩而言，整个世界就是一个大实验室，你得让他们四处探险，只要孩子有健康的家庭生活和慈爱的父母亲，他在四处探险、跌跌撞撞以后，反而会变得更坚强。

她看着托德骑上脚踏车远去，这是她认识的孩子中最健康的一个。我们教育孩子的方向是正确的，她心想，一面转过身去，在面包上涂抹花生酱，如果这样还不算正确，那我们真是该死了。

4

一九七四年十月。

杜山德体重减轻了。他们坐在厨房，那本《汤姆·琼斯》放在铺着油布的桌子上（托德早已算计好了，他用零用钱买了一本克立夫的评论，并且小心地看过摘要，以备父母问起这本书的内容时，能答得出来）。托德吃着从市场买回来的夹心饼，他也买了一个给杜山德，但杜山德碰都没碰，只顾着喝波旁酒，不时愁眉苦脸地看看夹心饼。托德最不喜欢看到这么好吃的东西被糟蹋了，如果杜山德再不吃，托德打算向他要来吃。

“那些东西是怎么运到巴汀的？”

“用火车，”杜山德说，“火车上挂着‘医疗用品’的牌子。东西装在像棺材一样长长的柳条箱子里，我想这也蛮合衬的。犯人将箱子搬下来，存放在医务室里，然后我们晚上再派人把这些东西堆放在储藏室中。储藏室就在浴室后面。”

“都是用赛克龙 B[1] 吗？”

“不是，他们有时候会送来别的东西。实验用气体。最高统帅总是对提升效率很感兴趣。有一次他们送给我们一种代号‘飞马’的神经瓦斯；谢天谢地，他们后来没再送来。这种气体——”杜山德看见托德倾身向前，两眼发亮，他突然停下来，端着加油站赠送的杯子，漫不经心地摆摆手。“效果不是很好，”他说，“那……很沉闷，没什么好说的。”

但托德可不是傻子，“到底是怎么回事？”

“杀死他们——你还以为会怎么样，让他们能在水上走路吗？把他们毒死啦，就这样。”

“讲给我听！”

“不要，”杜山德说，他现在已经掩饰不住内心的恐惧。他已经有多少年没有想到“飞马”了？十年？二十年？“我不会告诉你，我拒绝告诉你！”

“告诉我，”托德重复道，舔着指间的巧克力酱。“告诉我，否则你知道后果如何。”

杜山德心想：我知道，我当然知道，你这个烂透了的小怪物。

“他们吸了瓦斯以后会跳舞。”他心不甘情不愿地说。

“跳舞？”

“神经瓦斯就像赛克龙 B 一样从莲蓬头放出来。他们……他们开始跳来跳去，有些人尖叫，多数人大笑，然后呕吐……无助地排出大便。”

“喔！”托德说，“拉大便？”他指指杜山德盘中的夹心饼，他已经把自己的饼吃完了。“你要吃吗？”

杜山德没有回答，他的眼神茫然，整个人跌入回忆之中，他的脸看起来遥远而冷漠，好像行星背着太阳的阴暗面，但是却从不转过来。他的

---

1 赛克龙 B（Zyklon-B），哈柏研制的一种毒气，后被纳粹应用到犹太人集中营中。

脑海中升起了一种错综复杂的奇怪感觉，是混合了恶心，加上——可能吗？——加上怀旧的感觉？

“他们开始扭曲、翻滚，喉咙里发出高亢古怪的声音。我的部下称这种毒气为‘约德尔[1]瓦斯’。他们最后不支倒下，倒在自己弄脏的地板上；是啊，他们躺在地板上尖叫、高喊，鼻孔流血。但是我说了谎，小鬼，毒气并没有杀死他们，可能是因为毒气还不够强，也可能是因为我们无法忍受还要继续等下去，我想是后者，因为他们应该是活不久的。最后我只好派五个人，用来复枪结束了他们的苦痛。这件事如果被揭发出来，肯定会在我的记录上留下大大的污点，毫无疑问——因为当时弹药缺乏，元首已经宣称每颗子弹都是国家的重要资源，而我竟然还浪费子弹。不过我派去的五个人都是我的亲信。孩子，有时候我觉得我永远也忘不了他们发出的声音，那种尖声怪叫、诡异的笑声。”

“我想也是。”托德说。他三两口便解决了杜山德的夹心饼；有几次，当托德抱怨得吃剩菜时，母亲告诉他不能随便糟蹋粮食。“杜山德先生，这个故事很好听，只要我帮你起了头，你一向很会讲故事。”

托德向他微笑，而难以置信地，杜山德发现自己竟不由自主地报以微笑。

5

一九七四年十一月。

托德的父亲狄克·鲍登看起来像极了影视演员布克纳。狄克现年三十八岁，身材瘦长，他喜欢穿常春藤盟校风格的衬衫和暗色西装。当他到工地时，便穿上卡其布裤，还戴顶硬帽子，是他当年参加和平队的纪念品，当时他在非洲协助设计建造两座水坝。在家中书房工作时，他总是戴着那种半近视半老花镜片的眼镜，眼镜会滑落到鼻梁上，看起来像哪个大学的院长。现在他挥着儿子第一学期的成绩单，敲着书桌上的闪亮玻璃桌面，一面说：“一门B，四门C，一门D，天哪！托德，拿了个D！你妈没说话，但是她可真是气昏了。”

---

1 “约德尔”（Yodel）原本是阿尔卑斯山居民在真假音之间反复替换吟唱的曲调。

托德垂下眼睛，他没有笑，老爸开始骂人可不是什么好事。

“天哪！你从未拿过这样的成绩单回来，居然初等代数拿了 D？这算什么？”

“我不知道，爸。”他谦卑地低头看着自己的膝盖。

“你妈和我认为你大概是花太多时间在登克尔先生身上了，没好好念书。我们觉得你以后最好只在周末和他见面，至少直到我们看到你的成绩有进步……”

托德抬起头来，在那一刹那，狄克发现儿子的眼中闪过一丝愤怒的光芒。狄克睁大双眼，手指紧紧抓着托德的成绩单……然后托德又变回他所熟悉的样子，坦然地看着他，虽然有点不快乐。刚刚托德真的生气了吗？当然没有。但是那一瞬间的眼神令狄克很不安，也乱了套，不知道接下来该怎么办。托德几乎从不发脾气，狄克也不想激怒他。他和儿子一向是朋友，并不愿改变这种关系。他们父子之间是没有什么秘密的（除了狄克偶尔和秘书有染，但这种事怎么能对十三岁的儿子说？更何况这件事并未影响到他的家庭生活）。在这个杀人犯逍遥法外、高中生吸食海洛因、初中生——像托德这般年纪的小孩——会得性病的社会，原本就是这个样子。

“爸，别这样，我意思是说，全都是我的错，别怪罪登克尔先生。我是说，如果没有我帮忙，他会不知道该怎么办。我会好好用功，真的。那门代数课……我只是一开始有点跟不上，但是后来去班恩家，我们一起念了几天代数，我开始懂了。我只是……只是一开始的时候没弄懂而已。”

“我认为你花太多时间跟他在一起了。”狄克说，但语气慢慢软化下来，他很难拒绝托德，也不愿让他失望，更何况托德说的，不应该因为他成绩退步而惩罚老人……该死的，也不无道理。这个老人是多么盼望托德来访。

“那个代数老师很严格，不少同学得了 D，还有三四个人不及格。”托德说。

狄克若有所思地点点头。

“那么我星期三不再去找登克尔先生，直到成绩变好为止。”他读出了父亲眼神中的讯息。“我答应每天都不乱跑，会留在学校好好用功。”

“你这么喜欢那个老头子？”

“他真的很特别。”托德十分诚恳地说。

“那……好吧，暂时照你的办法试试看，但是一月份的段考，我要看到你的成绩进步很多，听见没？我是在为你的未来着想，你也许认为自己才初中，还用不着考虑到未来，其实不是这样。绝非如此。”就好像托德的妈妈老爱说："不可以浪费，不可以贪求。"托德的爸爸老爱说："绝非如此。"

"爸，我懂。"托德以一种男人对男人说话的语气严肃地说。

"那么快去念书。"狄克把眼镜往鼻梁上一推，拍拍托德的肩膀。

托德脸上绽出灿烂的笑。"好的，爸！"

狄克带着骄傲的微笑，看着儿子离去的背影。百万中才出一个的小孩！托德脸上绝对不是愠怒，或许有一点在怄气……但不是他原本以为会看到的那种强烈的愤怒。如果托德真的那么生气，他一定会晓得；他很了解儿子，了若指掌。他一直都很了解托德。

他吹着口哨，很高兴终于卸下了当爸爸的职责，他摊开蓝图，弯下身去。

6

一九七四年十二月。

托德猛按着门铃，前来应门的杜山德脸色憔悴蜡黄，七月间还很浓密的头发，现在日渐稀疏，连眉毛都稀薄了不少，而他瘦削的身体也开始佝偻起来……托德心里想，杜山德绝对比不上那些送到他手里的囚犯那样的佝偻。

杜山德来开门时，托德把左手藏在背后。现在，他伸出手来，递给杜山德一个包裹。"圣诞快乐！"他叫道。

杜山德起先缩手，然后接过包裹，脸上毫无惊喜，他小心拿着，仿佛里面可能装着炸药似的。阳台外下着雨，这雨已经断断续续下了将近一星期，托德把盒子藏在大衣里，盒子外面包着锡箔纸和花结。

"这是什么？"他们一起走进厨房时，杜山德问道，语气中不带丝毫兴奋。

"打开来看看。"

托德从口袋中掏出可乐，放在铺着红白格子布的餐桌上，"最好拉下窗帘。"他说，一副很神秘的样子。

杜山德立刻露出不信任的神情，"哦？为什么？"

"嗯……你永远不知道会有什么人在偷看，"托德微笑道，"你这几年不都是这么过来的，很小心地防着别人吗？"

杜山德拉下厨房的窗帘，给自己倒杯酒，然后再解开包裹上的结。这包裹一看就像典型的男孩包装圣诞礼物的方式——因为他们脑子里老是想着其他更重要的事情，例如，美式足球，或星期五晚上和朋友一起裹着毯子挤在沙发上，边笑边看电视上播的怪兽电影。礼物包得奇形怪状，有许多不整齐的折缝，又黏了不少胶带。男孩总是不耐烦做这种女人做的事。

杜山德起先不由自主地有一点点感动，但一打开礼物，等惊恐的情绪稍微平复一点之后，他心想：我早该知道会如此。

那是一套纳粹党卫军的黑色制服，连皮靴都包括在内。

他呆呆看着盒里的内容，盒上写着"彼德戏服公司，成立于一九五一年，从未迁址的老店！"

"不，"他轻声说，"我不要穿，这已经是最后极限了，小子。我宁可死掉，也不要穿。"

"你还记得他们是怎么对待艾希曼的吗？"托德严峻地说道，"他是个老人，和政治毫无瓜葛。你不是这么说的吗？而且我连续几个月省吃俭用，过了整个秋天才买下这套行头，连靴子在内整整花了我八十块钱。反正你在一九四四年的时候，并不在意穿上这套制服，一点都不在意。"

"你这个小杂种！"杜山德一拳高举过头，托德并没有退缩，他直直地站在原地，眼睛发亮。

"好啊，"他轻声道，"尽管动手碰碰我吧。只要碰我一下。"

杜山德放下拳头，嘴唇颤抖着，"你是从地狱来的魔鬼。"他喃喃道。

"穿上。"托德说。

杜山德用手抓住浴袍腰带系的结停下来，以哀求的眼光看着托德。"求求你，"他说，"我只是个老人。如此而已。"

托德慢慢而坚定地摇摇头，眼睛仍然发亮。他喜欢杜山德求他的样子，当初巴汀的囚犯一定也像这样求过他。

杜山德让浴袍滑落地上，身上只穿短裤和拖鞋，他的胸部下陷，腹部微微鼓胀，两支手臂枯瘦如柴。不过穿上制服后就会大不相同了，托德心想。

杜山德慢慢地把衣服从盒中拿出来穿上。

十分钟后，他穿着全套党卫军制服。帽子有点歪，肩膀下垂，但纳粹徽章依然显眼。尽管他驼着背，脚有一点内八字，但是在托德眼中，杜山德仍然呈现出一种黑暗的尊严，是原先在他身上看不到的。托德感到很高兴，这是他第一次看到杜山德表现出他应有的样子，虽然老了点，而且像只战败的公鸡，不过总算再度穿上制服。他不再是个风烛残年的老人，看着老旧黑白电视上播的综艺节目度过余生，而是古特·杜山德，巴汀的血腥魔王。

至于杜山德，他觉得很恶心、不舒服……但也暗自松了一口气，他有点鄙视这种感觉，因为这正显示男孩在心理上掌控了他，他是这个男孩的囚徒，每当他发现自己再一次忍受了屈辱时，每当他像这样感到些微的轻松感，男孩的力量就更高涨了些。不过他仍然觉得松了口气。这是件赝品，裤口该钉扣子的地方却缝上拉链，军衔弄错了，手工很差，靴子也是廉价的仿造品。这只不过是件冒牌货的制服，并不会杀了他的，不，它——

"把帽子戴好！"托德大叫。

杜山德茫然地看着他，愣住了。

"把帽子戴好！士兵！"

杜山德闻言，扶正他的帽子，下意识地做出当年属下尉官的动作——而错得悲哀的是：这件制服正好是尉官的制服。

"立正！"

他照做，两脚一并，发出清脆的喀答一声，几乎是不假思索地做出正确动作，仿佛在他卸下浴袍的同时，也抖落了这多年的岁月。

"敬礼！"

他啪的一声敬礼，有那么一刹那，托德吓住了，他是真的害怕。他觉得自己像魔法师的学徒，用法术把扫帚舞动起来，却没本事把它停住。那个贫苦而斯文的老人家不见了，代之而起的是真正的杜山德。

然后权力感又取代了他的恐惧。

"向后转！"

杜山德利落地转身，忘了波旁威士忌，也忘了过去四个月来的折磨。面对着满是油污的炉子时，他听见自己两脚并拢的喀答声，眼前仿佛见到当初在军校受训时，军人一列列踏步走在尘土飞扬的操场上。

"向后转！"

他又转过来，这次的动作没像上次那么准确，有点失去平衡。以前这样不够利落的动作要记十次缺点，肚子还得挨上一记闷棍，打得他又痛又辣。他在心里窃笑，这男孩不懂的花招还多着呢。是真的。

"前进！"托德叫着，他的目光灼热发亮。

他肩膀力气消退，向前倾了一下，"不，"他说，"拜托——"

"前进！前进！前进！我说！"

杜山德开始在退了色的厨房地板上踢起正步，他向右转以避免撞上桌子，快走到墙边时又再右转，他微微抬起头来，表情木然，两腿大力踢起又落地，震得水槽上橱柜里的廉价瓷器嘎嘎作响，他的双手微幅摆动。

托德又想起魔法师的扫帚，他的害怕油然而生。他突然想到，自己并不希望杜山德津津有味地穿着制服踢正步，也并不真那么想要杜山德扮得真实而道地，原本只想出他洋相。然而尽管这个人上了年纪，置身在简陋的厨房中，他的模样却一点也不可笑，而是叫人害怕。对托德而言，他第一次觉得战壕和火葬场中堆积如山的尸首是活生生的现实。照片上卷曲纠缠的断臂残肢，还有在德国冷冷春雨下泛着鱼肚白的尸体，不再是恐怖电影中的画面——不再是拿百货公司的人像模型假造的尸体，戏一拍完，就会被道具管理员运走——而是事实，令人费解的、惊人而邪恶的事实。也就在这一刻，他似乎闻到一丝尸体肢解的烟味。

恐惧涌上他的心头。

“停！”他叫道。

杜山德继续踢正步，他的目光空洞而遥远，头抬得更高了，拉紧了已是皮包骨的瘦脖子，下巴抬高，显得颇为高傲，削尖的鼻子猥亵地向前突出。

托德腋下冒汗，“停！”他叫道。

杜山德停下来，右脚在前，左脚跟上后，紧贴着右脚顿足放下。起先，他的脸上仍然保持着机械化的木然表情，过了一会儿，脸上出现了困惑的神情，困惑之后则是挫败，然后是完全泄了气。

托德暗自松了一口气，在那一刻，他对自己十分生气，到底谁才是这里的主子？然后他又恢复了自信，*我才是这里的主子，他最好别忘了这一点*。

他开始再次微笑，“很好，再做一点小小的练习，我想你会表现得更好。”

杜山德无言地站着，喘息，头垂着。

“你现在可以把衣服脱下来了。”托德大方地说道，而且忍不住怀疑，自己以后是否还会想让杜山德再穿上这身制服。有那么短短的刹那间——

7

一九七五年一月。

下课钟响后，托德独自离开学校，骑着脚踏车，一路骑向公园，找到一个没有人坐的椅子，把脚踏车停在一边，从屁股后面的口袋拿出成绩单来。他看了四周，确定没有认识的人，只有两个高中生在水池边卿卿我我，还有两个酒鬼在附近游荡，一瓶酒轮流喝。他骂道：该死的脏酒鬼，然而真正使他懊恼的不是酒鬼。他打开成绩单。

英文：C。美国历史：C。地球科学：D。社会：B。初级法文：F。初等代数：F。

他不敢置信地看着成绩单，他知道成绩不会有多好，但没料到会这么糟。

他内心突然有个声音说道：也许这样最好，也许你是故意这么做的，因为你想结束这件事情，必须在发生什么不好的事情之前，把它结束掉。

他连忙把内心的想法抛到一边。不会发生什么坏事的，杜山德在他的掌控之中，完全在他的掌控中。老人以为托德的朋友握有一封信，但他不知道是哪个朋友。如果托德发生任何事情——任何事情——那封信便会落到警方手中。他曾怀疑杜山德可能会试一试，但他太老了，已经跑不动了。

“他完全在我的掌控之下，该死。”托德小声道，然后用力打自己的大腿，直到肌肉都打起结来。自言自语是个坏习惯，疯子才会经常自言自语，他染上这坏习惯已经六个多星期了，而且似乎无法自拔。因为他一直喃喃自语，曾经有几个人以奇怪的眼神看着他，其中还有两人是老师。那个混账的艾佛森还曾经直接走过来问他是不是发神经，他差一点、差一点点就挥拳封住那娘娘腔的嘴。但是，吵架、打架都不是好事，会引起别人的注意。自言自语也不好，但是——

“做的梦也很糟糕。”他小声地说。这次他没注意到自己的自言自语。

最近的梦更糟。他在梦中总是穿着制服，虽然是不同的制服，有时候是纸做的制服，他站在数百个憔悴的人中间，在排着队，空气中有股燃烧的味道，还有推土机的轰隆声。然后杜山德走过来，指这个、叫那个。他们都站出列来，其他人则继续向火葬场前进，有的人挣扎反抗，但大多数都营养不良、筋疲力尽，根本无力反抗。杜山德站在托德面前，他们四目相交，定定地注视了好一会，然后杜山德用一把褪色的伞指着托德。

“把这个人带去实验室。”梦中的杜山德说。他的嘴唇翻起，露出假牙。“把这个美国男孩带走。”

在另一个梦中，他穿着黑衫制服，靴子闪闪发亮、光可鉴人，徽章和皮带也闪耀发光，但他是站在圣土多奈多大道上，每个人都在看他。他们开始指指点点，有人大笑起来，其他人甚为震惊、生气或作呕。在这个梦中，一辆老旧的车子戛然停在他面前，杜山德从车上看着他，而那个杜山德看起来仿佛有两百岁，几乎像木乃伊一样，皮肤蜡黄起皱。

“我认识你！”梦中的杜山德厉声叫道。他看着那些旁观者，然后再看着托德。“你是巴汀的负责人。看！大家看！这是巴汀的血腥魔王，希姆莱的‘效率专家’！我要谴责你这刽子手！屠夫！你杀害无辜的小生命！我要谴责你！”

在另一个梦中，他穿着条纹的囚衣，两个守卫领他到两面石墙之间的走道上，那两个守卫的样子很像他的父母，两人手臂上都套着黄色的臂章，上面都有“大卫之星”的标记。牧师走在他们后面，口中念着《圣经》中的《申命记》。托德回过头去看，发现那个牧师是杜山德，他穿着党卫军的制服。

推开石墙尽头的双重门，里面是个八角形、有玻璃墙的房间，中间放置一个绞架。玻璃墙后面站着一排排面容憔悴的男男女女，都光着身子、面无表情地看着前方，每个人的手臂上都有一个蓝色号码。

“没事的，”托德自言自语道，“一切都在我的掌控之中。”

那两个高中生望了他一眼，托德恶狠狠地瞪回去，他们不敢说什么，最后，他们把目光转往别处去。那男孩在偷笑吗？

托德站起来，把成绩单塞进屁股后面的口袋中，跨上脚踏车，朝着一家药房骑过去。他在药房买了一瓶清除墨水的修正液，还有一枝蓝色的细签字笔，然后又回到公园，高中生已经走了，不过酒鬼还在那儿，他把英文分数改成 B，美国历史改成 A，地球科学改成 B，法文改成 C，代数改成 B。至于社会，他干脆涂掉重写，所以整张成绩单看起来很一致。

“没关系，”他对自己小声道，“这样一定能骗过他们。”

一个深夜里，大约是清晨两点左右，杜山德从梦中惊醒，他喘息着、呻吟着，感觉自己快窒息了，害怕得已经麻痹，好像胸口压了一块大石头，他怀疑自己是不是心脏病发。他在黑暗中努力想抓住床头柜上的台灯，想把灯点亮，但差点把床头柜打翻了。

他想，我是在自己的房间里、自己的卧房中，这儿是加州、是圣土多奈多，这儿是美国。看，窗户上仍然挂着原本的棕色窗帘，书架上仍旧摆着从旧书摊买来的廉价书，同样的灰地毯，同样的蓝色壁纸，心脏病没有发作，也没有丛林，没有窥探的眼睛。

但是他心底仍然涌起一阵阵恐惧，心怦怦地急速跳动着，他又做了那个梦。他知道，只要这男孩继续下去，噩梦迟早会重现。这个该死的男孩，他想那男孩所谓的信只是在唬人罢了，一定是他从电视上的侦探影片中学来的把戏，他怎么可能会有如此守信的朋友，不会把信打开来看。不可能会有这么一个朋友，如果他能确定——

他的手紧紧握着，青筋暴露，然后又缓缓张开。

他从桌上的香烟盒中拿出一根烟来点燃，用床柱划火柴。闹钟指着两点四十一分，今晚他是休想再睡了，他抽着烟，然后猛咳着，除非下楼去喝个两三杯，否则他铁定是睡不着了。但过去六周来，他已经喝太多了。他不再年轻，不能再一杯接着一杯地喝。不比那时候，一九三九年，他已经当上军官，正好在柏林休假，那时空气中充满胜利的气息，到处都听得到元首的声音，看见他炯炯发亮、威严十足的眼睛——

那男孩……该死的男孩——

“诚实点。”他大声说，声音回荡在安静的屋子里，把自己吓了一大跳。他并没有自言自语的习惯，但这也不是他第一次自言自语，他记得在巴汀最后几周偶尔也会自言自语。那时耳边不断传来坏消息，东边俄国人的脚步一天天迫近，一小时一小时迫近，会自言自语是很自然的事。他当时压力很大，处在紧张状态的人都会举止怪异，许多人会把手伸进裤袋里罩着自己的下体、咬指甲、磨牙、拍打大腿，敲打出纷乱的节拍，而自己还浑然不觉，而他则常常自言自语。但现在——

“你又有压力了。”他大声说，他知道自己这次说的是德语。他已经有好多年不说德语了，但现在德语听起来似乎令人感到温暖舒适，能令他平静下来，是既甜美又黑暗的。

“是的，你又感到压力了，全是因为那个男孩，但你最好对自己坦白点，用不着一大早便撒谎，你并不全然后悔说出这些事，最初你怕这个男孩不能守密或不会守密，他会告诉他的朋友，他的朋友又会告诉其他朋友。但如果他已经保密这么久，就会继续保密下去，如果我被带走，他也就没故事好听了，这不是他对我的要求吗？我想也是。”

他沉默了，但内心思潮起伏，他一直是孤独的——没有人了解他有多么孤独，他曾有好几次认真想过自杀的事，他是个拙劣的隐士，平日唯一听到的声音是收音机的声音，唯一会来探访他的是一片脏玻璃——电视机——后面的人。他是个老人，尽管怕死，但更怕做个孤独的老人。

他的膀胱经常跟他开玩笑，有时候想上厕所，往卫生间走了还不到一半，裤子便已经湿了。一下起雨来，他的四肢就开始微微抽痛，然后是剧痛。有好几天，他从早到晚都在吃治疗关节炎的药，但仍只能稍稍减轻痛苦。有时候只是从书架拿本书或转转电视频道，就会引起一阵阵疼痛。他的眼力也不行，有时会撞翻东西，撞到自己的头，他终日活在恐惧中，生怕自己哪天跌断了骨头，连爬到电话机那儿的力气都没有，也怕到了医院、看到医生后，医生却在追查病历时发现并没有这样一个人，继而发现了他的过去。

这男孩缓和了这些事。当男孩在这里时，他可以回想以前的日子，那段时间的记忆特别清楚，他可以如数家珍地道出无数的名字和事情，甚至事情发生当天的天气。他还记得上等兵亨瑞得，他是机关枪手，眉心长了一颗瘤，大家都叫他三眼。他还记得凯索，他有张女朋友的裸照，躺在沙发上，手放在头后面，凯索还收钱让其他人看她的照片。他记得那些医生和他们实验的名字——疼痛忍耐点测试、即将死亡者的脑波、生理迟缓、不同辐射产生的效果，几十个、上百个这类的实验。

他想，在对那男孩诉说往事时，就好像所有的老人一样，但他比大多数的老人都幸运一些，他们的听众往往没有耐性、兴趣缺乏或态度无礼，而他的听众却是聚精会神、兴致盎然。

那么，偶尔做做噩梦，代价会太高吗？

他把烟按熄，躺在床上看着天花板，然后把腿伸到地板上。他想：他和那男孩一样讨人厌，他们互相喂饱……也吞食对方。他们午后在厨房里分享丰富黑暗的食物，有时候连他自己都吃不消，那么，男孩怎么会吃得消呢？那男孩睡得好吗？大概不怎么好。他觉得男孩最近显得很苍白，比第一次闯入杜山德生活时瘦得多。

他打开衣柜，把挂在柜中的衣架推往一边，将手伸进暗处，拿出那件冒牌制服来，那件制服吊在他手上有如秃鹰的皮一样，他用另一只手碰触了它一下。再碰了一下……然后抚摸制服。

过了好一会儿，他把衣服穿上，慢慢穿着，一直等到完全穿戴整齐，扣子扣好，皮带系好，拉链也拉好，才照照镜子。

他看着镜中的自己，然后，点点头。

他走回床边躺下来，又抽起另一根烟，当他抽完后竟然有了睡意，他关掉台灯，不敢相信这么容易就有了睡意，但他在五分钟后便睡着了，而且这次睡着后，没有再作梦。

8

一九七五年二月。

吃过晚饭后，狄克拿出一瓶白兰地来，杜山德私下认为这瓶酒很糟糕，但他表面上笑得很开心，而且大大赞美了这酒一番。狄克太太给男孩一杯巧克力麦芽奶，男孩在晚餐桌上显得出奇安静。不安？没错，他似乎很不安。

杜山德一到托德家，便让狄克和蒙妮卡大为喜欢。男孩已经告诉他们，登克尔先生的眼力很差，所以才需要他去念书给他听（杜山德心想：要是这样，可怜的登克尔先生需要的是一条导盲犬呢）。杜山德很小心地记住这点，以免露了马脚。

他穿上最好的西装，虽然晚上湿气很重，他的关节炎却没怎么发作，那男孩为了某种荒谬的原因，要他把伞留在家里，但他还是坚持带来。不过，不管好酒坏酒，他倒是度过了一个愉快而兴奋的晚上，因为他已经有九年没出去吃过晚饭了。

吃饭时，他谈到自己在艾山汽车工厂工作的事、战后德国的重建以及德国作家。狄克问了他几个相当聪明的问题，而且对杜山德的答复印象颇为深刻。蒙妮卡问他为何这么晚才到美国来，他面带忧伤地说明假太太病逝的事，蒙妮卡十分同情他。

几杯白兰地酒下肚后，狄克说："登克尔先生，这话可能牵涉到你的隐私，你如果不愿回答，尽可以不答……但我忍不住要问，你在二次大战时是做什么的？"

男孩有点坐立不安。

杜山德微笑着，他明明可以清清楚楚看见香烟放在哪里，他还是假装摸索烟盒和火柴，很重要的是，绝不可露出一点点破绽。蒙妮卡把香烟放进他手中。

"多谢，这顿饭真是太棒了，你是个好厨子，我太太手艺一向不好。"

蒙妮卡向他道谢，显得有点手足无措，托德不悦地看了她一眼。

"也没什么关系，"杜山德说，他点着了烟，转向狄克。"我从一九四三年起就在后备部队，后备部队都是一些年纪较大、行动较不利落的人。那时候大家都身不由己，一个疯人建立了第三帝国，墙上满是标语。”他吹熄火柴，表情严肃。

“当局势开始逆转变得对希特勒不利时，着实让人松了一口气。但当然，”他毫无戒备地看着狄克，“大家都小心翼翼不要表现出来，不能说出来。”

“我想也是。”狄克以尊敬的口吻说道。

“绝不能说出来，”杜山德神色凝重地说道，“不能声张，我记得一天晚上，我们有四五个人一起在一家小酒馆聚会——那时候，德国烧酒或啤酒都缺货，但那天晚上两种酒都有供应。我们都是相识一二十年的老朋友，其中有个叫汉斯·哈士乐的人说，也许元首开辟第二战场和俄国人打仗是不智之举，我说：‘汉斯，天呀，注意你说的话。’可怜的汉斯脸色发白，立刻改变话题，三天后他不见了，我再也没有见过他，那天晚上参加聚会的其他朋友从此也都没有再见过他。”

“真可怕！”蒙妮卡屏息道，“还要再来点酒吗，登克尔先生？”

“不，谢了，”他对她微笑道，“我岳母有句话说：‘酒要浅尝辄止。’”

托德的眉头皱得更深了。

“你认为他被送到集中营去了吗？”狄克问道。“你的朋友嘻士乐？”

“哈士乐。”杜山德轻柔地更正，他面容更趋严肃。“很多人都被送去，集中营……将是德国人千年也洗刷不掉的耻辱，那是希特勒留给德国的污点。”

“哦！那有点太严厉了，”狄克点起烟斗，一面吞云吐雾，一面说，“根据我看过的书，当时大多数的德国人并不知道是怎么回事，住在奥斯维辛集中营附近的当地人还以为那是做香肠的工厂。”

“太可怕了。”蒙妮卡说。她朝着丈夫做出“别再说了”的神情，然后对着杜山德微笑说：“烟斗的味道真好闻，登克尔先生，你说是不是啊？”

“确实如此。”杜山德说，他好不容易才忍住不打喷嚏。

狄克突然伸手隔着桌子拍拍儿子的肩膀，把托德吓了一大跳。“你今天晚上出奇的安静，不会是不舒服吧？”

托德对父亲和杜山德同时笑了笑。“我很好，不过这些事情我早就听过了。”

“托德！”蒙妮卡说，“不得无礼——”

“他只是说实话而已，”杜山德说，“说实话是小孩的特权，一个人长大以后就不得不放弃这种特权，鲍登先生，你说呢？”

狄克大笑，点点头。

“也许我可以麻烦托德陪我走回去，”杜山德说，“我想他一定做完功课了。”

“托德是个很优秀的学生，”蒙妮卡说，她有点困惑地看着托德，“过去他的成绩一向不是A就是B，不过上次月考他拿了C，但他答应在三月份的成绩单上，法文成绩会进步，是不是，托德宝贝？”

托德无奈地笑笑点点头。

“你们不用走回去，”狄克说，“我开车送你们回去。”

“我想呼吸一点新鲜空气，散散步，”杜山德说，“真的，我想走路……除非托德要坐车。”

“噢，不，我喜欢走路。”托德说，他父母以赞许的眼光看着他。

当杜山德打破沉默时，他们几乎已快到他家的转角处了。天空下起毛毛雨，杜山德撑起伞，关节炎竟然不痛了，真是怪事。

“你就像我的关节炎一样。”他说。

托德抬起头来，“什么？”

“你和我的关节炎今晚都没有说什么话，你舌头打结了吗，小子？”

“没什么。”托德喃喃道。他们转过街角，来到杜山德住的那条街。

“也许我猜得出来，”杜山德的语气中不无恶意，“当你带我去时，你怕我会露出马脚，但你又不得不带我去见你父母，因为你已经找不到任何借口了。眼看一切进行得那么顺利后，你又觉得没意思了，不是吗？”

“谁在乎啊？”托德说，愠怒地耸耸肩。

“为什么不该做得天衣无缝呢？”杜山德说，“早在你还没出生之前，我就已经懂得怎么作假了。你保密的功夫很好，我要夸奖你，而且大大地夸奖你，但你看到我今天晚上的表现了吗？我迷住了他们，迷住了他们！”

托德突然说：“你用不着这么做。”

杜山德停下来看着他。

“用不着这么做？我以为你想要我这么做，小子，这样一来，你以后如果要继续来‘念书’给我听，他们当然不会反对了。”

“你太自以为是了！”托德生气地说，“也许我已从你那儿得到所有想要的东西了。你以为我是被迫到你那个破烂的屋子，看你像酒鬼一样酗酒吗？你这么认为吗？”他的声音提高了，变成一种尖锐、颤抖、歇斯底里的声音，“没人强迫我，我要来就来，我不想来就不来。”

“小声点，别人会听到。”

“管他去！”托德说，但又开始往前走，这次他故意走到伞外。

“不，没有人强迫你来，”杜山德说，早已算计好，“事实上，你不来更好。相信我，小子，我一个人独饮还更自在。”

托德怨恨地看着他，“你真可以自得其乐，是吗？”

杜山德不置可否地微笑着。

“别这么想。”他们已经来到杜山德家门口了，杜山德伸手到口袋去掏钥匙，他的手指关节处泛红，他知道，等他独处时，关节炎又会作祟了。

“我告诉你，”托德说，他的声音有点上气不接下气，“如果他们知道你是谁，如果我告诉他们，他们会唾弃你，把你这老骨头一脚踢出去。”

杜山德在细雨中仔细看着托德的脸，那男孩挑衅地抬脸望着他，但脸色惨白，眼睛下陷而有点空洞，这是睡眠不足的征兆。

“我相信他们绝对会非常讨厌我，”杜山德说，然而心里偷偷觉得，狄克也会问他许多托德问过的问题。“但是如果我告诉他们，你已经知道我所有的事情长达八个月之久，但却一声不吭，他们会怎么想？”

托德在黑暗中无言地看着他。

“如果你高兴的话，随时可以过来看我，”杜山德漠然道，“你要是不愿意，尽管待在家里，小子，晚安了。”

他走向家门口，留下托德站在毛毛细雨中，嘴巴微张着注视他的背影。

第二天早上吃早饭时，蒙妮卡说：“你爸蛮喜欢登克尔先生，他说登克尔先生使他想起你爷爷。”

托德看着吐司含糊地应着，母亲看着他，怀疑他没睡好，他的脸色十分苍白。而且他的成绩下滑了。托德从来没拿过 C 的。

“托德，你最近还好吗？”

他茫然地看了她一会儿，然后绽开一脸的笑来讨好她、安慰她，下巴上还有一抹草莓酱。“当然很好啦！”他说。

“托德宝贝。”她说。

“蒙妮卡宝贝。”他答道，两人都笑起来。

9

一九七五年三月。

“猫咪！猫咪！”杜山德喊着，“来这里，猫咪！猫咪？”

他坐在后门台阶上，右脚边搁了一个粉红色的塑胶碗，碗里放着牛奶。这是下午一点半，天气热得出奇，西边灌木林的大火传来怪怪的味道。如果那孩子来的话，他还要在这里坐上一小时，但那男孩现在不常来了。过去他天天都来报到，现在一星期有时候只来四五天，直觉告诉他，那男孩惹上麻烦了。

“猫咪！猫咪！”杜山德哄道，院子尽头有只迷路的猫正蹲在杜山德的篱笆下，是只雄猫，一身的毛跟野草一样乱。每次他叫它时，那只猫便竖起耳朵，眼睛一直盯着那个粉红色的碗。

也许那男孩功课有问题，或做噩梦，或两者都有，杜山德心想。

噩梦这部分使他不禁微笑起来。

“猫咪！猫咪！”他轻轻唤着，猫的耳朵又向前竖，身子没有动，眼睛却继续盯着牛奶看。

杜山德当然也深为自己的问题所苦，他已经穿了三星期党卫军的制服睡觉了，这套奇怪的睡衣消除了他的噩梦，解决了他的失眠问题，他睡得很熟——一开始的时候——然后噩梦全部回来了，不是逐渐一点一滴地，而是所有的梦境一起出现，比以往更糟。他梦到逃跑，也梦到那些眼睛。他梦到自己在湿漉漉的阴暗丛林中跑着，厚重的叶子和潮湿的棕榈叶打在他脸上，水滴下来，像血。跑啊！跑啊！那些亮晃晃的眼睛浮在他的四周窥探着他，他一直跑到一处空地，在空地尽头耸起一面峭壁，峭壁顶端就是巴汀，低矮的水泥建筑物四周围着通了电的铁丝网，瞭望台高高矗立着，像《星际战争》[1]中的火星人战舰，巨大的烟囱对天空吐出黑烟，砖造的烟囱下是熔炉，晚上燃烧的炉火有如魔鬼凶狠的眼睛般。他们告诉当地居民，巴汀的犯人做衣服和蜡烛，居民当然相信他们的话，正如奥斯维辛的居民相信那是一家香肠工厂一样。没关系的。

当他回头望时，他看到他们从暗处走出来，那些死不瞑目的人、那些犹太人蹒跚地向他走过来，手臂上烙着蓝色的号码，他们的手像爪子一样弯曲着，他们的脸不再木然没有表情，而是充满了恨意，复仇的火焰让他们脸上恢复些许生气。学步的孩子在母亲身边跑着，中年人搀扶着年老的父亲，他们脸上同样都流露出绝望的表情。

绝望？是的，因为在梦中他知道，他们也知道，如果他能爬上山丘就

1 《星际战争》(*The War of the Worlds*)，为威尔斯（H.G.Wells）一八九八年的著名科幻小说。

安全了。而在低地和沼泽中、丛林里，植物流的是血，而不是树汁。他是被追捕的猎物，但如果能爬到山上，他就成了发号施令的人。如果这里是丛林，那么山顶的集中营就是动物园，所有的野生动物都安全地关在笼子里，他是管理者，有权决定该喂哪一只动物，谁才可以活下去，谁应该送去给解剖专家，还有谁应该让收尸的人运走。

他向山上跑去，在梦魇中慢慢跑着。他可以感觉骷髅的手碰触到他的颈子，闻到他们冰凉和浊臭的呼吸，嗅到他们腐烂的味道，听见他们像鸟叫般的胜利呼声，就在他即将得救之时，他们一把拉住他——

“猫咪！猫咪！”杜山德叫着，“牛奶，好喝的牛奶！”

猫咪终于走过来了，它走过一半院子又坐下来，忧虑地摇着尾巴。它不信任他，不过杜山德知道它会闻到牛奶味，它迟早会过来的。

巴汀从来没有违禁品的问题。有的囚犯进来时，把他们的贵重物品装在小袋子里（所谓的贵重物品往往一点也不贵重——不过是几张照片、几绺头发、假珠宝等），从屁眼中一路塞进去，通常都用棍子往里塞，直到即使是狱警的长手指也无法摸到那些袋子。他还记得，有个女人有颗小小的钻石，其实那颗钻石有瑕疵，根本没什么价值，但那是她娘家传了六代的传家之宝，由每一代的母亲传给长女（她是这么说的，当然她是犹太人，犹太人总是爱撒谎）。她被关进巴汀之前，把钻石吞下肚里。每次钻石排泄出来，她又再度把它吞下去，直到后来钻石割伤了她的内脏，开始流血。

他们还有其他招数，虽然囚犯藏起来的大都是一些小东西，例如烟草或发带，没什么大不了的。在杜山德审讯犯人的房间里，有一块灼热的金属板和铺上红格子布的餐桌，就像一般人家里的厨房一样。炉子上总是滚着一锅香喷喷的烧羊肉。当他们怀疑囚犯藏了违禁品时，（什么时候没怀疑过？）他们会把其中一个嫌疑犯的同党带进房间。杜山德让他们站在炉子旁边，烧肉的香味阵阵扑鼻，温柔地问是谁私自把金子藏起来？是谁偷藏了珠宝？谁私藏香烟？谁把药丸拿给那个女人的小婴儿？是谁？虽然杜山德从来不曾明确允诺要给他们吃那锅烧肉，但是扑鼻的香味总是能令他们的舌头松动。当然，警棍或枪托也会有同样的效果，但是烧肉的伎俩……很优雅。没错，很优雅。

“猫咪，猫咪！”杜山德呼唤着。猫咪竖起耳朵，做出预备跳跃的姿态，但又模模糊糊想起很久以前曾经被人踢了一脚，火柴也曾经烧了它的胡子，它又退回原先拱背的姿势。但是，它很快就会移动身子。

他找到一个可以减轻梦魇的办法，就是穿上党卫军的制服……但其实也就是提高自己的掌控权。杜山德很高兴自己想到这个办法，只是后悔为何没有早点想到。他还得感谢这男孩，让他找到这把新钥匙来克服对过去的恐惧，让他明白关键不在于拒绝承认过去，而在于沉思默想，甚至有点像拥抱老友似的。去年夏天，在这个男孩突如其来地找他之前，他已很久没有做噩梦了，但他现在相信，从前他未免太怯于面对自己的过去了，他被迫放弃了部分自我，现在他已经将它重拾回来。

"猫咪——猫咪。"杜山德喊着，脸上绽开一抹微笑，一种慈祥、安抚的微笑，是老年人经历了残酷人生后，到了安全的地方仍然四肢健全、带着些许智慧的微笑。

雄猫拱起背来犹豫了一会儿，然后以优雅的步伐穿过院子，走上台阶，再丢给杜山德最后一抹不信任的眼光，把患了疥癣的耳朵放下来，开始喝牛奶。

"好牛奶，"杜山德说，套上一直放在大腿上的橡皮手套。"好牛奶给好猫咪喝。"他是在超级市场买来的手套，排队等付钱时，一位老太太还称许地看着他，甚至有点好奇。电视上也有这种手套的广告。它们非常有弹性，套在手上后可以轻易捡起地上的一毛钱。

他用一只手指抚着猫背，跟它说着话，它的背因他的抚摸而拱起来。

在牛奶快喝光之前，他一把抓起那只猫。

猫在他的手掌中挣扎着，踢着，扯动着，抓着他的手套，它的身子前后摆动着，杜山德知道，若是它的牙齿咬中他，或它的爪子抓到他，它就能摆脱他了。一物克一物，杜山德想，微笑着。

他很小心地抓住那只猫，不让它接近他的身体，杜山德用脚推开后门，走进厨房，猫叫着，扭着，扯着橡皮手套，它的头紧贴着杜山德的手指。

"坏猫咪！"杜山德呵斥道。

烤箱门是开着的，杜山德把猫扔进去，爪子和他的手套分离开时，发出一些尖锐的声响。杜山德用膝盖把箱门顶上去，这一顶使得他的关节炎又痛起来，不过他仍咧嘴笑着，呼吸困难，几乎是在喘气。他靠着炉子休息一会儿，头低着。这是个瓦斯烤箱。除了热一热冷冻食物和烤流浪猫之外，他很少用这个炉子。

他可以听到烤箱内猫爪搔抓声和哀叫声。

杜山德把炉火开到五百度，只听到"卜"的一声，火点着了，瓦斯发出嘶嘶的声音。小猫停止呜呜叫，而发出凄厉的尖叫，那声音……是的……像是年轻男孩的声音，一个遭受极度痛苦的男孩。一想及此，杜山德笑得更厉害了。他的心在胸口怦怦跳着，猫在烤箱内抓着，疯狂地打转、哀鸣着。很快的，一种炙热、毛发烧焦的味道从烤箱溢出来，充满了整个屋子。

半小时后，他清除掉烤箱中的猫尸，用花了两块九毛八买来的烤肉叉子把猫尸叉出来。

他用一个空面粉袋装烤熟的猫尸，然后带到地下室去。上来后，杜山德在厨房喷上人工松香剂，打开所有的窗子，把烤肉叉子洗干净挂在钩子上，然后坐下来，等着看那男孩会不会来，他一直微笑着。

就在杜山德以为托德不会来的五分钟后，托德真的跑来了，他穿了一件夹克，上面是学校的代表颜色，还戴了一顶圣迭戈教士队的棒球帽，腋下夹着课本。

“呀，”他走进厨房嗅道，“什么味道？真难闻。”

“我想烤东西，”杜山德点起一根烟说。“结果把晚餐烤焦了，只好丢掉。”

那个月有一天，男孩比平常来得早，比正常放学时间提早了许多。杜山德坐在厨房里拿着一个破旧杯子喝着老酒。他把摇椅搬到厨房来，一面喝着，一面摇着，拖鞋啪啦啪啦地撞着地板，神情非常愉快。自从烤死那只流浪猫以后，他就不再做噩梦，直到昨晚，而昨晚的梦特别可怕。他已经爬到半山腰了，却被他们抓下来，而且他们开始用许多荒谬绝伦的手段整他，直到他想办法让自己醒过来为止。不过在他把自己打醒、回到现实世界之后，他开始感到很有自信，因为他可以随心所欲地随时结束梦境。也许这一回，单单一只猫还不够，不过外面经常有野狗。是的，永远有野狗。

托德突然出现在厨房里，脸色苍白而紧张。他瘦了，杜山德心想，但他眼中有一种古怪的神情，杜山德很不喜欢。

“你得帮我忙。”托德很突然、很反叛地说。

“真的吗？”杜山德温和道，突然内心涌起一阵不安。但是当托德啪的一声猛然把书丢在桌上时，他仍然面不改色。其中一本书从餐桌上滑落，掉到杜山德脚边。

“是，该死的你说对了！”托德尖叫道，“这全是你的错！你的错！”他脸涨得通红，“但是你得帮我忙，因为你有很多把柄在我手上。你得听我的指挥！”

“我会尽力帮忙。”杜山德平静地说，他发现自己想也没想，就把双手整齐地在胸前合掌——这是他很久以前的习惯，他在摇椅中把身子前倾，下巴正好靠在合起的手掌上，正如同他过去的习惯一样。他的脸色平静而友善，带着一种询问的神情，丝毫看不出他内心的不安正逐渐加深。这样坐着的时候，他几乎可以想象在他身后的炉子上，一锅烧肉正微微滚着。“告诉我到底是什么麻烦事。”

“这就是他妈的大麻烦。”托德恶狠狠地说道，把一张折起来的单子往杜山德身上扔过去，纸夹打中他的胸，跳开后落在他的膝盖上。杜山德很惊讶自己内心涌起这么大的怒气，本想站起来好好教训托德一顿，但他忍住了，脸上继续保持温和的表情。他看了一下，这是男孩的成绩单，虽然学校千方百计想隐藏这个事实，不称之为“成绩单”，而叫做“每季进步报告”。他嘀咕了一下，把成绩单打开。

一张打了字的纸张从里面掉了出来。杜山德把它搁在一边，先看成绩单。

“你的成绩似乎一落千丈！小子。”杜山德有一点窃喜。托德只有英文和美国历史及格，其他科目全都不及格。

“这不是我的错，”托德悻悻道，“全是你的错，都是那些故事害我晚上做噩梦，你知道吗？每次坐下来打开课本，我便开始想你讲的故事，结果整个晚上一个字也没看就被我妈赶上床了。这不是我的错，你听见我说的话了吗？不是我的错！”

“我听见了。”杜山德说，然后再看那张夹在成绩单中的信。

亲爱的鲍登先生和夫人：

恳请两位近日能来校与我们商讨托德第二季和第三季的成绩。托德以往功课甚佳，然而他近来的成绩显示，他很可能遭遇困难，导致学业成绩一落千丈。相信透过开诚布公的讨论，我们将能找出症结，解决问题。

谨提醒贵家长，托德上学期的成绩虽然过关，但如果第四季的成绩没有大幅改善，他的学期总成绩很可能会有几科不及格，而不及格的学生必须参加暑期辅导，以免功课一直落后。

必须指出，托德就读的是升学班，然而他目前的成绩距离大学的入学标准甚远，也无法达到学力测验所要求的水准。

请务必和我约时间当面详谈。就这类情况而言，通常会面时间越早越好。

爱德华·富兰契 敬上

“谁是爱德华·富兰契？”杜山德问，把信夹回成绩单中，（他忍不住惊叹美国人还真爱咬文嚼字，竟然用这么正经八百的公文语气写一封信通知家长：他们的孩子不及格！）再双手合掌。他的预感越来越强烈，有什么祸事即将发生了，但他不愿认命。若是在一年前，他会这么做。一年前，他已经准备好随时可能大难临头，但现在却不愿接受这样的情况。不过无论如何，这该死的男孩似乎已经把灾难带给他了。“他是你们的校长吗？”

“橡皮爱德华？去他的，不是，他是辅导老师。”

“辅导老师？是做什么的？”

“你自己不会想想看，”托德说，几乎是歇斯底里了。“你已经看过那张该死的通知了！”他在房内快步走来走去，不时以锐利的眼光瞥一下杜山德。“我绝不让这件事情继续发展下去，绝不。我可不要参加什么暑期辅导。今年夏天，我爸妈准备去夏威夷度假，我要和他们一起去，”他指指桌上的成绩单。“你知道我爸看了会怎么做吗？”

杜山德摇摇头。

“他会把所有事情从我这里查得一清二楚。所有事情。他会知道问题出在你身上，不可能有其他原因，因为以前从未有过这种情形。他会调查、探听，把我查问个清清楚楚，而我——我的麻烦可大了。”

他对杜山德怒目而视。

“他们会注意我，甚至让我去看医生，我不知道，我怎么知道会怎样？但我绝不要出这种洋相，我绝对不去上暑期辅导课。”

“或是去少年感化院。”杜山德很平静地说。

托德停止在房中踱步，脸色变得十分深沉，原来苍白的脸颊和前额，现在变得更白了，他看着杜山德，很艰难地才挤出一句话：“什么？你刚说什么？”

“亲爱的孩子，”杜山德一副很有耐心的样子，“刚才我足足听了你五分钟的哭诉和牢骚，看来你的确碰到麻烦了，你做的事情可能纸包不住火，你的处境或许非常糟糕。”杜山德看到托德全神贯注，注意听他说话——终于——杜山德若有所思地啜饮着杯中的酒。

“小子，”他继续说，“这种态度是很危险的，对我而言，也很危险，而且对我造成的伤害可能还更大。你担心你的成绩单，喏！这是你的成绩单。”

他用枯黄的手指把成绩单从桌上弹到地上。“而我担心的是我能不能活命！”

托德没做声，只是白眼看着杜山德，目光有点狂乱。

“以色列人不会念在我已七十六岁的分上而不去追究，你知道，以色列人仍然赞同死刑，尤其如果处死的是跟集中营有关的纳粹战犯。”

“你是美国公民，”托德说，“美国不会让他们逮捕你。我读过这类新闻。我——”

“你读过，但是你没有好好聆听！我不是美国公民！证件是假的，我会被驱逐出境，而以色列情报员会在我下机的任何地方等着抓我。”

“我巴不得他们把你吊死，”托德喃喃道，眼睛望着紧握的拳头。“我看我是疯了，才会跟你这种人混在一起。”

“毫无疑问，”杜山德微微一笑。“但你已经和我混在一起了，我们必须面对现实，小子，而不是老在悔不当初。你现在一定充分了解，我的命运和你的命运是息息相关的，如果你要把我的事情全抖出来，你以为我不会把你的事情全抖出来吗？七十万人死在巴汀，对这个世界而言，我是战犯、是怪物，甚至是屠夫，而你是同谋，小子。你明知一个非法的外国人所犯下的罪行，却一直没有向当局报告。如果我被逮了，我会向全世界说出你的事情，当新闻记者把麦克风塞到我面前的时候，我会一直重复你的名字：‘托德·鲍登……没错，他叫托德·鲍登……知道多久了？将近一年了，他想知道所有的事……所有瘆人的部分。他就是这样说的，是的，所有瘆人的事情。’”

托德的呼吸停止了，他的皮肤变得透明，杜山德边喝口酒，边微笑看着他。

“我想他们会把你关进牢里，可能不叫监牢，叫少年感化院吧，或是美其名曰矫正教育机构，就好像他们把成绩单叫做‘每季进步报告’一样。”他噘着嘴唇。“不管是什么，反正都会装上铁窗。”

托德舔着嘴唇。“我会说你是骗子，我会告诉他们，我刚刚才发现你是谁，他们会相信我的话，而不会相信你，你最好记住这点。”

杜山德依旧微笑着，“你刚才告诉我说，你父亲会从你那里查出所有的事情来。”

托德一边思考，一边慢慢地说：“也许不会，也许这次不会，这不像拿石头打破窗户之类的事情。”

杜山德感到不寒而栗，他相信此言不假，由于这件事非同小可，托德说不定有办法说服他的父母，更何况当面对如此不愉快的事情时，做父母的宁可相信哪一方的说辞呢？

“也许，也许不会。不过你如何向别人解释你念书给我听的事？因为可怜的登克尔先生是半瞎的人？我的眼力固然没有从前好，但只要戴上眼镜就可以自己看书，我可以证明给大家看。”

“我会说你骗我！”

“是吗？我为何要骗你？”

“因为……你寂寞，要人做伴。”

杜山德心想，这个说法倒是很接近可以相信的事实。最初这男孩有一度或许可以揭发真相，但是现在他已经乱了套，就好像一件破旧不堪的外套一样，毛线一扯就会掉下来。

“你的成绩单可以证明我所言不假，”杜山德说，“《鲁滨逊漂流记》不会使你的成绩一落千丈，对不对？”

“闭嘴！为什么不闭嘴？你给我闭嘴！”

“不，”杜山德说，“我不会闭嘴，”他拿起一根火柴，顺手在烤箱门上划着，“直到你看清这个简单的事实，无论是生是死，我们的命运都息息相关。”他透过烟雾看着托德，满是皱纹的老脸没有笑容。“我向你保证，如果有任何事情发生，我一定会拖你下水。我说到做到。只要有任何东西泄漏出去，我会把所有事情都说出来，我向你保证。”

托德愠怒地看着他，不做声。

“现在，”杜山德说，一副把所有不愉快暂且抛在脑后的神情，“问题是，我们应该如何处理目前的情况，你有什么主意吗？”

“先改成绩单，”托德从口袋里拿出一瓶新的修正液。“至于那封该死的信，我不知道该怎么办。”

杜山德赞许地看着那瓶修正液，他以前也涂改过一些报告。当上头分配下来的额度高得难以想象时……还有，有点像目前的情况——就是关于那些登录战利品的清单。他每个星期都会核对那些箱子里面装的贵重物品，然后用那种特殊货柜车——好像装了轮子的保险柜般，把宝物运到柏林。每个箱子都附了一个牛皮纸袋，里面是一张核对过的清单，列出箱子里面的内容，通常包括各种戒指、项链、金子等。杜山德自己有一箱贵重物品，不算是非常贵重的贵重物品，不过也不是毫无价值——例如一些玉饰、宝石、有瑕疵的珍珠、工业用钻石等。当他看到要运往柏林的箱子里有一些东西很不错时，就会把它拿走，从自己箱子里拿一些东西来替换，然后用修正液在清单上做些手脚，把内容改掉。后来他成了高明的仿造笔迹专家……这项才艺在战后为他带来不少方便。

“很好，”他跟托德说，“至于那封信……”

杜山德开始一面小饮一番，一面摇着摇椅。托德静静地把成绩单从地上捡起来，拉了一张椅子到餐桌旁边开始涂改成绩单。杜山德的镇定影响了托德，他认真低着头默默埋头苦干，就好像典型的美国男孩正在尽最大的努力，希望把工作做好一样，不管他手边的工作是种植玉米、在少棒世界大赛中投球时完封对手，或伪造成绩单。

杜山德看着他的发际和T恤圆领露出的浅棕色颈背，目光飘到柜子上层的抽屉，那是他放菜刀的地方，只要用力一砍，他知道该砍在什么地方脊椎会断掉，就可以永远封住这孩子的嘴。杜山德遗憾地笑笑，可惜的是，如果这孩子失踪了，就会有人到处调查，他们循线而来，一定会找上他。即使托德没有把信交给朋友，他也禁不起警察严密的讯问。太可惜了。

“这个富兰契，”他拍拍信道，“他认得你父母吗？”

“他？”托德轻蔑地说，“我爸妈去的场合，他休想去。”

“那么在职业场合呢？他以前和他们一起开过会吗？”

“没有，以前我在班上一向名列前茅。除了现在。”

“那么，他晓得他们什么事？”杜山德说，仿佛做梦般看着杯底，杯子里几乎空了。“他晓得关于你的事情；他手上一定有你所有的资料可以随时查阅，从你在幼稚园时打过几次架都一清二楚。但是他晓得什么关于你父母的事情？”

托德放下笔和修正液。“他知道他们的名字，当然，还有他们的年龄，他也知道我们全都是卫理公会的教徒，其实那一栏不一定需要填，但是他们每次都填。我们并不常上教堂，但是他一定会知道我们参加的是卫理公会的教会。他也知道我父亲是靠什么谋生的，表上也有这栏。那些资料每年都要填一次，我还蛮确定他所知道的仅止于此。”

“如果你父母在家里碰到一些麻烦，他会不会知道？”

“你这话是什么意思？”

杜山德把杯中最后几滴酒喝掉。“吵架啦！打架啦！你父亲晚上睡沙发，你母亲酗酒，”他的眼睛发亮，“快要离婚之类的。”

托德生气道：“我们家不会发生这种事情！绝对不可能！”

“我没有说是你们家，但你想想，假使你家里出状况的话呢？”

托德看着他直皱眉。

“你会很为他们担心，”杜山德说，“非常担心，你会没有胃口，睡不着觉。最悲哀的是，你的学业会受到影响。对不对？对小孩而言，最惨的就是家里出状况的时候。”

男孩眼中多了一丝了解的神情，而且似乎还夹杂着一点默默的感激。杜山德很欣慰。

“没错，当一个家庭濒临破碎边缘，是很不愉快的情况。”杜山德又倒了些酒，他已经快醉了。“电视剧天天都在上演类似的情节，家人彼此中伤、撒谎，而且最重要的是，大家都很痛苦。小子，很痛苦。你完全不晓得父母经历了什么样的痛苦，他们深陷在自己的麻烦中，无暇注意到儿子遇到的问题。和他们的问题比起来，儿子的功课问题似乎是小事情，是不是？有朝一日，等他们抚平了内心的创伤以后，毫无疑问，他们一定会把更多心力放在孩子身上，但是在目前的情况下，他们唯一能做的就是请孩子仁慈的祖父去见富兰契先生。”

男孩的眼睛慢慢亮了起来，“这一招也许有用，”他喃喃地说道，“是啊，也许有用——”但他突然住口，目光又黯淡下来，“不，没用的，你和我长得一点也不像，橡皮爱德华不会相信。”

“天！我的天！”杜山德大叫，站起来摇摇摆摆地走到厨房另一头，打开地窖的门，拿出一瓶酒。他把瓶盖打开，轻松写意地倒着。“你真是聪明一世，糊涂一时，谁说祖父非和孙子很像不可？我有白头发，你有白头发吗？”

他又走回桌旁，出其不意抓了一把托德的金发，用力拉着。

“别闹了！”托德嚷道，但也微微笑着。

“何况，”杜山德又坐回摇椅，“你是金头发、蓝眼睛。我的眼睛也是蓝的，我头发没白以前也是黄色的。你可以告诉我你家的历史，你的阿姨、叔叔、父亲的同事、母亲的小嗜好，我会记下来，两天后我就会全忘了——这些日子我的记忆力好像弄湿了的毛巾，一拧就干——但我会把东西记得够久的。”他微笑着，“我以前连希姆莱都能对付，如果连一个美国中学老师都骗不过，那我早该进棺材了。”

“也许。”托德慢慢说，杜山德看得出来，他已经接受了这个提议，眼中透着轻松的神情。

“不——是当然！”杜山德说。

他开始咯咯干笑起来，摇椅嘎吱作响。托德看着他，起先有一点害怕和困惑，但过后他也笑了。两人坐在杜山德的厨房里笑个不停。杜山德坐在敞开的窗口旁边，温暖的加州微风阵阵吹来，托德坐在厨房椅子上，他把椅子往后一歪，让椅背靠着烤箱门，烤箱门的白色珐琅上有一道道杜山德划火柴留下的黑印子。

橡皮爱德华之所以得到这个绰号，是因为下雨时他老是喜欢在球鞋外面套上橡胶鞋套。他身材瘦长，老爱穿凯兹牌球鞋到学校上课。他喜欢轻松装扮，认为这样才能和学校里一百零六个十二到十四岁不等的小孩打成一片，做好辅导工作。他总共有从蓝到黄五双球鞋，所以学生除了叫他“橡皮爱德华”，也称他“球鞋鬼”。他在大学的绰号是“苦瓜脸”，如果他晓得连这个绰号都泄漏出去了，一定会觉得很丢脸。

他很少打领带，经常穿套头上衣，自从六十年代大卫·麦卡伦在电视剧中以这副装扮带动流行之后，他就一直是这副打扮。念大学的时候，同学们看到他来了，就会喊：“那个穿套头毛衣的苦瓜脸来了！”他在大学时主修教育心理学，私底下认为自己是最好的辅导老师，他能和孩子打成一片，和他们实话实说。他能和孩子们一起闲扯，当他们发泄情绪时，也能沉默地倾听。他了解他们的烦恼，因为他知道当一个十三岁的孩子受人欺负而张皇失措时，会觉得自己多么没用！

他自己在回想十三岁的成长经验时，仍然觉得很不愉快，他猜这就是成长于五十年代，以及背着讨厌绰号跨入六十年代的美丽新世界要付出的代价吧。

当托德的祖父进入办公室、关紧玻璃门后，橡皮爱德华恭敬地站起来，但却很谨慎地未绕过桌子来迎接他，因为他意识到自己脚上穿着球鞋，有些老派的人不了解穿球鞋有助于拉近与孩子的距离。

爱德华心想，这老头子倒是打扮得挺时髦好看的，白发向后梳得一丝不苟，洁净笔挺的三件式西装上，打着整整齐齐的灰色领带，左手拿了一柄黑伞（从周末起，外面就下着濛濛细雨），拿伞的姿态倒有几分像军人。几年前，橡皮爱德华和太太桑卓拉一起迷上了推理小说家波罗西·塞耶斯的作品，几乎读遍了他们所能找到的每一部塞耶斯的小说。而在他看来，眼前这位老先生不啻塞耶斯笔下的神探温西爵爷在现实人生中的翻版，是七十五岁的温西爵爷。他在心里提醒自己，回家后一定要告诉桑卓拉这件事。

“鲍登先生。”他恭谨道，伸出手来。

“幸会。”鲍登说，和他握握手。爱德华很小心地没有像平常跟其他家长握手那样把对方的手握紧，从老人家伸手的样子，他知道对方大概有关节炎。

“幸会，富兰契先生。”鲍登又重复道，在椅子上坐下来，很小心地拉平裤子，并把伞放在两脚之间，身体稍微倚靠着雨伞，他的样子像是一只野外的老秃鹰突然跑进了爱德华的办公室。他说话带点外国腔，但不像温西爵爷那种上流社会的英国腔，而比较像欧洲腔，不过他和托德长得太像了，尤其是鼻子和眼睛。

“我很高兴你能过来，”爱德华说，回到自己的位置坐下来，“虽然通常都是学生的母亲或父亲来——”

当然开场白一定是这么说，根据他累积了十年的辅导经验，如果来见老师的是叔叔、阿姨或祖父母，学生的家庭一定出了什么问题，如果症结就在于家庭问题，爱德华倒是可以松一口气。家庭问题是很严重的，但像托德这么聪明的学生如果染上吸毒的恶习就更糟了。

“当然，”鲍登努力做出又难过、又生气的表情，“我儿子和媳妇问我能不能过来跟你谈谈这件遗憾的事情，富兰契先生，请相信我，托德是个好孩子，他在学校表现失常只是暂时现象。”

“我们也希望如此，鲍登先生，你要想抽烟的话，请不要客气，虽然学校里禁止抽烟，不过我不会说出去。”

“多谢。”

鲍登先生掏出半包压得半扁的骆驼牌香烟来，把一根弯弯曲曲的香烟叼在嘴里，又掏出一根火柴，在鞋跟划过，点燃了香烟。他吸了第一口后便咳了起来，这是老年人的通病，然后他晃动火柴让它熄灭，丢进爱德华推过来的烟灰缸里。橡皮爱德华观看着老人家的举止，对于这一切的一板一眼十分着迷。

“我们应该从哪里谈起？”鲍登说，他透过烟雾，满面愁容地看着爱德华。

“你知道，从托德的父母请你代他们来学校，我就已经猜到几分了。”爱德华亲切地说道。

“是啊。”他双手交叠，香烟夹在右手食指和中指之间，挺直了身子，抬起下巴。他的模样有点像普鲁士人，爱德华心想，令他想起小时候看的战争片。

“我儿子和媳妇之间出了一些问题，”鲍登一字一句地说，“非常糟。”他的眼睛虽然老了，不过炯炯有神，看着爱德华把一个公文夹打开放在他面前，里面有几张纸，但不多。

“你认为托德成绩退步是因为这个原因吗？”

鲍登倾身向前，蓝眼睛一直盯着爱德华的棕眼珠，沉吟良久才说：“托德的母亲酗酒。”

然后他又恢复原先正襟危坐的姿势。

“呃。”爱德华说。

“是的，”鲍登严肃地点点头，“孩子告诉我，有两次他回家的时候，看到母亲趴在厨房桌子上，他晓得我儿子对于她酗酒问题的感受，因此他动手做晚饭，而且给妈妈喝黑咖啡，让她在父亲回来之前清醒过来。”

“真糟糕，”爱德华说，虽然他听过更糟的情况，例如母亲有毒瘾、父亲对儿女施暴等。“鲍登太太是不是该考虑去找专家来协助她戒酒？”

“孩子劝她去，认为这是最好的办法，但她觉得难为情，也许还要再过一阵子……”他手里夹着香烟做了一个手势，在空中留下一道烟圈。“你懂吗？”

“当然，”爱德华点点头，对于他划烟圈的功夫大感赞叹，“你儿子……托德的父亲……”

“他当然也有不是之处，”鲍登严厉地说，“他经常加班，不回家吃饭，晚上突然跑出去……我告诉你，富兰契先生，他花在工作上的时间远比他留给蒙妮卡的时间多，在我们那个年代，家庭可是比什么都重要，我猜你也是这么想的吧？”

“确实，”爱德华热心地回应。他的父亲是洛杉矶一家大百货公司的警卫，他很少看见父亲，只有在周末和假期才看得到他。

“这也造成一部分的问题。”鲍登说。

爱德华点点头，想了一会儿。“你另外一个儿子呢？呃……”他看了一下档案，“托德的叔叔哈利。”

“哈利和戴博拉现在住在明尼苏达州，”鲍登貌相庄严地说，“他在那儿的医学院上班，很难走得开，而且叫他在百忙之中特地请假来这里也说不过去，不过哈利和他太太婚姻很美满。”

“我明白了，”爱德华又看了一下档案，然后把它合上，“鲍登先生，我很感谢你的坦白，所以我也对你实话实说。”

“多谢。”鲍登很不自然地说。

“限于人力，我们无法像原本希望的那样好好辅导每一个学生，学校总共有六位辅导老师，每个人都要负责超过一百个学生，我的新同事贺本甚至需要辅导一百五十个学生。但是在我们这个社会里，这个年纪的孩子几乎个个都需要辅导老师的协助。”

“当然。”鲍登把烟用力揿熄，再度合上双手。

“我们有时会忽略一些严重的问题。通常家庭问题和吸毒是最普遍的问题，至少托德还没有染上吸毒的坏习惯。”

“太可怕了。”

“有时候，”爱德华继续说，“我们也无能为力。这种情况很令人泄气，但现实就是如此，通常最早被踢出校门的都是班上的捣蛋鬼、闷闷不乐的孩子，他们连试都不肯试，成天只是在学校混日子，等着不及格，或是等到自己长大了，毋需父母签名同意就可以辍学去从军，或找个洗车的工作，女孩子则随便找个人嫁了。你懂吗？我说得很坦白，我们的教育系统并不完善。”

“我很感激你的坦白。”

“但是，当你看到这种教育制度会牺牲掉像托德这样的孩子时，便感到痛心疾首。他上个学年的平均分数高达九十二分，是全校前百分之五的优等生。他的英文最好，很会写文章，在沉迷于电视节目、以为电视和电影就是文化的这一代孩子中间，显得非常难得。我和他的作文老师谈过，她说托德的学期报告是她过去二十年来见过的最出色的作品，他写了一篇有关二次世界大战德国集中营的论文，她给了他 A⁺的高分，这是她教书这么多年来，第一次给一篇文章 A⁺的分数。”

“我看过那份报告，”鲍登说，“写得非常好。”

“他在生命科学和社会科学方面也都表现得还不错，尽管他不是数学神童，仍然努力学习往升大学的方向迈进……一直到了这学期。整件事情就是这样了。”

“是。”

“我真不希望看到他的成绩一落千丈，鲍登先生。至于暑期辅导，我说过我会实话实说，对托德这样的孩子来说，参加暑期辅导弊多于利。暑期辅导的对象通常是一群牛鬼蛇神，让托德和他们混在一起实在不太妙。”

“当然。”

“所以我们最好设法挽回这件不幸的事，我建议鲍登先生和太太到城中区的辅导中心，当然一切都会在保密的情况下进行，那里的负责人是我的好朋友，我想不太适合让托德提出这个建议，或许你应该和儿子、媳妇谈谈。”爱德华笑容可掬地说，“也许我们可以在六月之前让一切都重新步上轨道，这并不是不可能。”

鲍登对这个意见倒是相当警觉。

“我担心如果现在提出这个建议，会让他们责怪托德，”他说，“因为他们之间的问题十分脆弱，可好可坏。不过我孙子答应我会好好用功，他自己对成绩一落千丈也很在乎。”他微微一笑，这微笑令爱德华不解。“比你所了解的还要在乎。”

“但——”

“而且他们会气我多管闲事，”鲍登很快说，“蒙妮卡已经把我当成一个多管闲事的老人了，我尽量不插手他们之间的事，但是你也知道目前的情况。所以我认为，至少在目前还是静观其变比较好。”

“我对这类事情很有经验，”爱德华对鲍登说，他双手合掌，放在托德的档案上，热切地看着老人。“我真的认为接受心理咨询是很重要的，你要明白，我之所以这么关心你儿子、媳妇的婚姻问题，是因为他们的婚姻问题影响到托德……”

“我提个建议如何？”鲍登说，“你们大概有个系统，会警告父母他们的孩子成绩很差？”

“没错，”橡皮爱德华谨慎地点点头，“‘进展分析卡’，孩子都称之为‘不及格卡’，他们如果有任何一门课成绩低于七十八分，就会收到这张成绩卡。换句话说，每个科目拿 D 或 F 的孩子都会收到这张成绩卡。”

“很好，”鲍登说，“那么我建议，如果我孙子拿到这样的成绩卡……即使只有一张，”他伸出一根瘦弯的手指，“我都会向儿子、媳妇提出你的建议，劝他们去接受心理咨询。还有，如果我孩子在四月接到一张‘不及格卡’，我还会更进一步——”

“事实上，下次成绩卡会在五月份发出去。”

“是吗？好，如果他再收到一张那样的成绩卡，我保证他们会接受建议，他们也很担心儿子的成绩，只是目前还陷在自己的问题中……”他耸耸肩。

“我懂。”

“那么，就给他们一点时间去解决自己的问题吧，美国人不是一向都强调‘自己的问题自己解决’吗？”

“好吧！”爱德华想了一下，然后答应，他很快看了一下钟，五分钟后还有另外一个约会。“我接受你的提议。”

他站起来，鲍登也站起来，他们又握握手，爱德华仍然小心翼翼，生怕引发老人家的关节痛。

“老实说，托德的功课落后太多了，想要在四周内赶上前面十八个星期落后的课业是很困难的。我猜你最后还是得履行你的承诺。”

鲍登微微一笑，“是吗？”

中午，当爱德华在餐厅吃饭时，他回想起和托德祖父会谈的情形，总觉得怪怪的。他终于想起来了：在整整十五分钟或将近二十分钟的会谈中，提到孙子时，鲍登没有一次称呼他的名字。

托德上气不接下气地来到杜山德家，他先把脚踏车停好。十五分钟前，学校才刚放学。他三步并作两步跳上台阶，自己用钥匙打开门，急忙穿过客厅，来到充满阳光的厨房，脸上的表情很复杂，时而如阳光般充满希望，时而乌云密布。他站在厨房门口一会儿，紧张得胃和声带好像都纠结在一起，他看到杜山德坐在那儿摇着摇椅，膝上放了一杯酒。他还穿着体面的外出服，只是领带已经松开，衬衫最上面的扣子也解开了，他面无表情地看着托德，眼睛半闭。

“怎么样？”托德终于挤出一句话。

杜山德故意慢吞吞地吊他胃口，这一刻对托德而言仿佛十年那么长。然后杜山德故意把杯子慢慢放在桌旁说：“那傻瓜什么都信了。”

托德大大舒了一口气。

他还没来得及喘口气，杜山德就接着说，“他要你那对可怜的、碰到麻烦的父母去他朋友那里接受心理辅导，而且很坚持要他们这么做。”

“天哪！你……你怎么应付这件事？”

“我很快想了一下，就答应他，如果你在五月份发下来的成绩单中还是有不及格的科目，便要劝你父母去家庭咨询中心。”

托德脸上血色全消。

“什么？”他几乎是尖叫出来，“我已经有两次代数和一次历史考试考坏了！”他走进屋内，苍白的脸上因为汗珠而闪闪发亮。“今天下午的法文考试也考糟了……我晓得考糟了。我在考试时，满脑子想的尽是你和那该死的橡皮谈了些什么、你有没有摆平他，你以为你这样就把事情摆平了吗？”他挖苦道，“不拿到任何一张不及格卡？我可能会拿到五六张。”

“我已尽了最大的努力了，否则他会起疑心的，”杜山德说，“这个富兰契虽然很蠢，不过他只是在尽自己的本分而已，现在你也该尽尽当学生的本分了。”

“你这话是什么意思？”托德的脸色变得难看而阴霾，口气相当粗鲁。

“你得用功。接下来四个星期，你得好好拼命用功，而且下星期一得到每科任教老师那里向他们道歉，因为你表现太差了。你要——”

“办不到，”托德说，“你还不明白，根本不可能。我的科学和历史至少落后了五个星期，尤其是代数，大概落后了十多个星期，根本补不过来。”

“不行也得行。”杜山德说，往杯子里倒了更多的波旁酒。

“你自以为很聪明，是吗？”托德对他喊着，“我才不听你指挥。你发号施令的日子早已过去了，你懂吗？”他突然压低声道，“你是什么东西？不过是个只会放臭屁的糟老头而已，我敢说你还尿床。”

“听我说，还在流鼻涕的小鬼。”杜山德静静地说。

托德生气地猛摇头。

“在今天以前，”杜山德小心地说，“还有一点点可能，你可以在谴责我之后全身而退。我不相信当初你如果晓得事情会演变成今天这种田地，你还敢这么做。不过现在情势已经改变了，今天我假扮你的祖父出面解决问题，我会这么做，你绝对是共犯，没有人会怀疑这点。万一事情传出去，你更加难以脱身。但我今天把事情摆平了。”

“我巴不得——”

“你巴不得！你巴不得！”杜山德吼道，“别管你巴不得什么了，你的愿望令我觉得恶心，你的愿望只是一堆狗屎而已。我只想知道，你到底明不明白我们今天的处境。”

“我明白。”托德喃喃道。当杜山德对他咆哮时，他握紧拳头，他不习惯别人对他吼叫。现在他张开手来，发现掌心有月牙形的血印，他心里想：要不是过去四个月来，他有咬指甲的习惯，这个印子会更深。

“好，那你去好好道歉，用功念书。你在学校一有空就要念书，中饭时间也要念书，下课以后再到这儿来念书，周末也要来。”

“不是这儿，”托德很快道，“是家里。”

“不，你在家里只会做白日梦，在这儿至少我可以监督你，我得保护自己的利益，我可以出考题考你，还可以听你背书。”

“如果我不愿意来，你不能强迫我来。”

杜山德喝了口波旁酒。“没错，然后事情就会顺着原本的轨道发展下去，你会不及格，爱德华预期我信守承诺，当我做不到时，他就会找上你父母，然后发现登克尔先生曾经应你之请，假冒你的祖父，还会发现你涂改成绩单。他们——”

“闭嘴！我来就是了。”

“你已经来了，开始做代数吧！”

“休想，现在是星期五下午。”

“从现在开始，每天下午都得念书，”杜山德温和地说，“从代数开始。”

托德狠狠瞪了他一眼——只有一刹那，眼神立刻收敛——从书包找出代数课本来。杜山德在他眼中看出了杀意，他相信那次他想用刀砍托德的脖子时，眼中也曾流露过这种神色。他已经有多年未曾看过这种阴沉、炽烈、深思的眼神，但他永远也忘不了这种眼神。

我一定要保护自己，他略带讶异地想，人常常会低估了自己所冒的风险。

他喝着波旁酒，一面摇着摇椅，一面看着男孩做功课。

托德回家时已经快五点了，他感到两眼发热，筋疲力尽，满腔怒火。他在杜山德家做功课时，每次目光游移到书本之外——远离集合、子集合、有序对、笛卡儿坐标的晦涩、疯狂而愚蠢的世界时，就会遭到杜山德厉声喝止，其他时间，杜山德都一言不发，屋子里只听到摇椅的吱嘎声和拖鞋拍打地面的声音。他坐在那儿像个秃鹰似的，正在等待猎物死去。托德想：自己怎么会落到今天这个地步？简直是一团糟，糟透了。他今天总算赶上了一点进度，圣诞节前一直困扰他的集合论，今天他突然开窍、弄懂了，但他还是难以想象能在下周考试前追上进度，连下次考试能不能得 D 都没有把握。

四星期后便是世界末日了。

在转角处，他看见一只松鸦躺在人行道上，它的喙一张一合，正挣扎着想站起来，却徒劳无功，一只翅膀已经轧碎了，托德心想，一定是被车子撞了，再被扫到路边来，松鸦用黑眼珠看着他。

托德抓住脚踏车扶手，盯着松鸦看了很久。白天的热气已消失了，空气变得凛冽起来，他想，朋友们一定都去打球了。这时候正是棒球队开始练习的季节。他们这帮人曾经讨论过，今年组一支球队去参加非正式的业余比赛，有好几位爸爸都愿意载着他们到处比赛，而托德，自然是担任投手了。在升上初中前，他曾经是学校少棒队的明星投手。原本他应该担任投手的。

又能怎么样呢，他只得告诉他们：伙伴们，我跟这个战犯混在一起，我逮住他的小辫子，他也紧紧抓住了我的小辫子。我开始做些光怪陆离的梦，梦醒时一身冷汗。我的成绩一落千丈，为了瞒过老爸老妈，我偷偷涂改成绩单，现在落得只好拼命用功的下场。我不在乎成绩垫底，只怕进少年感化院，因此今年无法陪各位打球了，就是这么一回事。

托德嘴角浮起一丝微笑，比较像杜山德的笑容，而不像他自己以前那种咧开嘴的笑，他的笑容不再如阳光般灿烂，而是变得阴沉沉的。这整件事也不再好玩了，他已全无自信。现在只能说：就是这样了。

他缓缓地把脚踏车压过松鸦的身上，听见羽毛劈啪和骨头折断的声音。他感到恶心，又压一遍，松鸦还在抽搐。他又压了过去，一根带血的羽毛黏在前轮上，随着轮子上下转动，上下转动。此时，那只鸟动也不动，它已经两腿一伸，呜呼哀哉，上了天堂，但托德还是不停地在它破碎的躯体上压过来压过去。这个动作持续了五分钟，他脸上始终保持着那抹淡淡的微笑。伙伴们，你们明白是这么回事了吧。

10

一九七五年四月。

老人站在走道上关心地笑着，戴夫·克林格曼走过去和他见面。周遭狂野的犬吠声、毛皮的臭味和尿骚味，或几百只流浪狗、流浪猫在笼子里狂吠哀号、横冲直撞，似乎丝毫没有打扰到他，他笑得很高兴。他小心翼翼地向管理员戴夫伸出他那为关节炎所苦的手，戴夫也小心地握着。

“你好，先生，”他说，把声音提高，“这里很吵吧？”

“没关系，”老人说，“我是亚瑟·登克尔。”

“我叫戴夫·克林格曼。”

“幸会，我看了报纸，但我简直不敢相信——你们这里会免费送狗。也许我误会了，我想我一定是误会了。”

“不，我们的确免费送狗。因为如果狗送不出去，就得把它们弄死，这是州政府的规定，我们的期限是六十天。到办公室坐坐吧，那儿比较安静，味道也好闻一点。”

到了办公室后，戴夫听到了这个熟悉的故事（但他的情绪还是会被感染）：登克尔已经七十多岁了，他在太太死后搬来加州。他没什么钱，不过细心照管自己所拥有的一切。他很寂寞，有个男孩经常来家里念书给他听，是他唯一的朋友。他在德国时曾经养过一条圣伯纳犬，他现在住在圣土多奈多，家里的院子还不小，而且有篱笆围住。他在报上看到送狗的消息……他能不能……

“我们没有圣伯纳狗，”戴夫说，“这种狗和小孩处得很好，所以通常很快就有人要——”

“哦，我懂，我并不是——”

“——不过我们倒有一些小牧羊犬，你觉得如何？”

登克尔先生的眼睛发亮，好像眼泪快要夺眶而出了。“太完美了，”他说，“那太完美了。”

“狗是免费的，不过得付一点其他费用，包括犬瘟热和狂犬病疫苗的注射费，还有狗牌照费，加起来大约要二十五块钱，但六十五岁以上的老人半价优待——这是加州黄金年华长者福利计划的一部分。”

“黄金年华……我属于黄金年华吗？”登克尔说着笑了起来。有那么短短的一刻——说起来很蠢——戴夫觉得不寒而栗。

“呃……我猜的确是这样。”

“非常公道。”

“我们也这么认为。你在宠物店买同样一只狗，要花一百二十五元才买得到，但大家宁可去店里买，因为店里会附血统证明。他们买的是那几张纸，而不是那只狗。”戴夫摇摇头，“可惜他们不知道每年有多少好狗被抛弃。”

“如果你们在六十天内不能替它们找到主儿，就要弄死它们？”

“我们让它们睡觉。”

“让它们？对不起，我的英文——”

“这是市政府的法令，不能让野狗成群结队在街上横行。”

“你射杀了它们。”

“不，我们用瓦斯，是很人道的做法，它们不会有任何感觉。”

“不错，”登克尔先生说，“我相信它们不会有什么感觉。”

托德坐在初等代数的课堂上，他的座位是第二排第四个位子。当史多曼发还考卷时，他尽力让自己面无表情地坐在位子上，但他的指甲已掐入手中，全身都是汗。

不要抱太大的期望，别傻了，你不可能及格的，你知道你过不了关的。

然而他还是平息不了内心那股愚蠢的希望，这是几个星期以来，第一次他在考代数的时候不是完全不知所云。他很确定自己因为太紧张（紧张？不，他其实是吓得半死）而没有考得很好，但是或许……如果不是铁石心肠的史多曼，也许还……

不要想了！他命令自己，有一度，在那可怕的刹那间，他几乎以为自己在教室里大声地说出了那几个字。你不及格，你知道自己不及格，这是不容改变的事实。

史多曼面无表情地把考卷发给他。托德将考卷覆在刻满刀痕的桌上，有好一阵子，他根本没有足够的意志力把它掀开来看，最后他猛地掀开它，连考卷都扯破了。他看着考卷时，舌头紧紧顶着上颚，心跳几乎停止了。

考卷上方的一个圆圈里填着“83”，下面则清清楚楚写着 C^+，同时有老师的评语：大有进步，我想我比你还大大松了一口气。小心检查你的错误，至少有三个错误是计算上的错误，而不是思路错误。

他的心脏又开始跳动，以刚才三倍的速率跳动。全身肌肉都放松了，但感觉一点都不好，而是灼热、复杂和怪异。他闭上眼睛，对同学们嗡嗡的说话声充耳不闻，他们开始争着去向老师要分数。托德却只感觉到自己眼睛后面血红一片，随着他的心脏一起脉动。就在这一刹那间，他对杜山德感到恨之入骨，他紧握拳头，内心恨不得能把杜山德那根鸡脖子扭断。

狄克和蒙妮卡各自睡在自己的床上，两张床中间隔了一张床头柜，上面有一盏漂亮的台灯。他们的卧房是真正杉木造的，墙壁上整齐排列着各种书籍，正对着床的两个象牙书挡之间，摆着一架新力牌彩色电视机，狄克正戴着耳机观赏强尼·卡森的脱口秀节目，而蒙妮卡则津津有味地读着今天刚收到的迈克尔·克莱顿的新书。

“狄克？”她把书签夹进书中（这动作表示，我看到这一页时快睡着了），把书合上。

狄克正聚精会神地看着电视。

“狄克？”她叫得更大声一点。

他拿下耳机。“什么？”

“你认为托德没问题吗？”

他看了她一会儿，皱着眉，然后摇摇头说了句法文：“我不知道，亲爱的。”他的破法文常被拿来当笑话讲。当年他法文不及格的时候，他的父亲特别寄来两百美元，让他请个家教好好补补。他在学生活动中心的布告栏上，随意挑选了这个叫蒙妮卡的家教老师。结果，还没到圣诞节，蒙妮卡已经戴着狄克的胸针，而狄克的法文也拿了 C 的成绩。

“他瘦了。”

“他看起来是有点瘦，”狄克说，他把耳机放在膝上，耳机中传出微弱的叽里呱啦声，“但他在长高，蒙妮卡。”

“这么快吗？”她不安地问道。

他大笑：“这么快？我十几岁时一下子长高了七英寸，十二岁时才五英尺六，后来一路窜到六英尺一的壮硕体格，我妈说我十四岁的时候，晚上都听得到我长高的声音。”

“所幸你不是每样东西都长得那么快。”

“全看你怎么用啰！”

“今晚要试试看吗？”

“越说越大胆了。”狄克说，把耳机扔到地上。

后来，当狄克快要入睡之际。

“狄克，他也做噩梦。”

“噩梦？”他喃喃道。

“噩梦，有两三次，当我半夜下楼去上厕所时，听到他在睡梦中呻吟，但我不想叫醒他，因为我祖母总是说，如果你把一个人从噩梦中叫醒，会把他逼疯。”

“她是波兰人，对不对？”

“是波兰人。说得还真好！”

“你知道我的意思，我开玩笑的。你为什么不用楼上的厕所呢？”

“你知道每次冲水的时候，都会把你吵醒。”她说。

“那就不要冲水。”

“狄克，那样多脏呢！”

狄克叹了一口气。

“有时候我到他房间，他在流汗，床单都湿了。”

他在黑暗中咧嘴一笑。“绝对的。”

“什么？……噢，”她轻轻拍他一下，“你想到哪去了，他才不过十三岁呀！”

“下个月就十四岁，已经不小了。”

“你是几岁开始的？”

“十四岁或十五岁吧，我记不得了，但是我记得早上醒来时，以为自己已经死掉、上天堂了。”

“但你那时候比托德大。”

“这年头小孩成熟得早，一定是牛奶喝多了……你知道去年我们在杰克森公园盖的那所学校，他们在所有的女生教室都准备了卫生棉，而那只是一所小学，六年级学生也才十一二岁。你来月经的时候是几岁？”

“我记不得了，”她说，“我只知道托德在噩梦中发出的声音听起来不像……不像他死掉、上天堂了。”

“你问过他吗？”

“问过一次，大概在六个星期前，你和那个可怕的雅各布斯一起去打高尔夫球的时候。”

“那个可怕的雅各布斯可能几年内就会升我当合伙人，而且反正他每次都会付果岭费。那么托德怎么说？”

“他说不记得了，但脸上闪过……一阵阴影，我想他其实是记得的。”

“蒙妮卡，年轻时的事情我不是每一件都记得那么清楚，但我确实记得梦遗的感觉并非都是愉快的。”

“为什么？”

“罪恶感，错综复杂的罪恶感。也许是因为从我们还是个小婴儿的时候，大人就教导我们，把床弄湿是不对的。然后，又牵涉到性的问题。谁晓得为什么会梦遗呀？也许是公车上的遐想，或在学校偷看女生裙底？我不知道。我唯一一件印象深刻的事情，就是有一次在男女同学都在的场合，我在青年会游泳池跳水，在跳水高台上感到很兴奋，结果跳进水里的时候泳裤掉了。”

蒙妮卡咯咯笑了几声。“真的呀？”

“对呀，所以如果孩子不愿意和你讨论这方面的问题，千万别勉强他。”

“我们只是在养育他的过程中，尽量不要让他有这些不必要的罪恶感。”

“但这是无法避免的，他会受到学校影响，就好像他刚上小学的时候，会从学校染了感冒回家一样。他会从同学或老师谈到某些主题时闪烁其词的态度中受到影响。也可能受我老爸的影响，他可能对他说：‘托德，晚上不要摸那个东西，否则你的手会长毛、你会变成瞎子，而且什么都记不得。过了一会儿，那里会变成黑色，开始腐烂。所以要小心一点，托德。’”

“狄克，你爸绝不会——”

“不会吗？他才会呢，就像你的波兰祖母会告诉你那些无聊话，什么不要把别人从噩梦中唤醒，要不然他会发疯之类的。他还叫我每次上厕所时，都要把公共厕所的马桶盖擦干净，然后才可以坐下去，免得沾上‘别人的病菌’，我猜他指的其实是梅毒。我敢说你祖母一定也跟你说过这类的无聊话。”

“不，是我妈，”她说，“她叫我每次上完厕所一定要冲水，这是为什么我会下楼去上厕所。”

“但还是把我吵醒了。”狄克嘀咕着。

“什么？”

“没事。”

当蒙妮卡再喊他的名字时，狄克是真的已经快进入梦乡了。

“什么？”他问道，有点不耐烦。

“你会不会觉得……算了，你睡吧！”

“不，你说吧，反正我已经醒来了。我会不会觉得什么？”

“那个登克尔先生，你不觉得托德去看他的次数太多了吗？也许他……我不知道……对托德讲些无聊的故事。”

“他最大的恐惧，就是艾山汽车工厂没有达到生产目标。”狄克暗笑着。

“只是刚好想到而已，真抱歉打扰你睡觉了。”她转过身去。

他把手放在她裸露的肩膀上。“我告诉你，”他停了半晌，好像在斟酌他的用句，“我有时候也会担心托德，但我和你担心的事情不同，不过担心总归是担心，对不对？”

她转过身来，“你担心什么？”

“我和他成长的过程不一样。我爸是开杂货店的，他有一本簿子，上面记满了谁欠他钱、欠多少钱，你知道他怎么叫那本簿子吗？”

“不知道。”狄克很少谈到小时候的事，她总是猜想大概是因为他的成长过程不太愉快的关系，因此现在聚精会神地聆听着。

“他称那本簿子是‘左手簿’。他说右手是用来做生意的，但是右手永远都不该知道左手在做什么。他说如果右手知道了左手做的事，可能会抓起一把切肉刀，就把左手给剁了。”

“你以前从来没有告诉我这些事情。”

“我们刚结婚时，我还蛮讨厌我老爸的，事实上，我现在多半时候还是不喜欢他。我小时候一直不明白，为什么我就得穿别人善心捐的旧裤子，而玛祖斯基太太只要一再重复那个老掉牙的说辞，说她丈夫下个星期就要回去上工了，就可以赊账拿一大块火腿回家。事实上，那个浑蛋酒鬼比尔·玛祖斯基唯一做过的工作，就是紧紧握住酒瓶，免得他的酒不翼而飞。

“在那段时间，我一天到晚就想着怎么样才能离开家乡，和老爸的生活脱离关系。所以我努力用功，努力练球，即使我并不那么喜欢，然后拿到洛杉矶加大的奖学金。而且我的成绩一定保持在班上前百分之十，因为在那个年代，只有曾经打过仗的老兵才能在大学的左手簿上积欠学费。老爸会寄钱给我买教科书，其他就得靠我自己了，他只有一次另外又寄了一笔钱来，就是当我恐慌地写信回家，告诉他们我的法文不及格。我遇见了你。后来邻居告诉我，老爸把车子抵押了，才借到那两百块钱。

“现在我有了你，我们也有了托德。我总是想，这孩子这么好，我要尽力让他拥有他所需要的一切……只要能帮助他成长为一个好男人，我什么事都愿意做。我以前老爱笑那些老掉牙的滑稽台词，说什么男人总是希望孩子比他自己优秀，但是年纪越大，越觉得这话其实没那么滑稽，反而有几分真实。我绝不希望只因为某个酒鬼的太太赊账买火腿，就得害托德需要穿别人善心捐的裤子。你明白吗？”

“当然明白。”她静静地说。

“大约在十年前，当老爸终于厌倦了，不想继续和负责都市更新计划的家伙抗争下去，他决定退休，这时他发生轻微中风，在医院住了十天，附近的邻居乡亲，包括意大利佬、德国佬，甚至一九五五年才搬到这一区的黑鬼……集资付清了他的医药费，一毛也不欠，我简直不敢相信。在那十天中，他们也继续开店，卡斯特蓝诺找了四五个失业的朋友来轮班顾店。当老爸出院回家的时候，杂货店账簿上的收支已经差不多平衡了。”

“哇！”她轻声说。

“你知道他对我说什么吗？我的老爸？他说他一直很怕老——他怕痛、害怕孤独、害怕需要住进医院，没有办法再平衡店里的收支，也害怕死亡。但是他说在中风以后就不再害怕了，他想他应该会得到好死。我问他：‘你的意思是死的时候很快乐吧？’‘不，’他回答，‘我不认为会有人在去世时觉得很快乐，小狄。’他老爱叫我小狄，到现在都还这么叫，这是其中一件我永远也不怎么喜欢的事情。他说他不认为有人会快乐地死去，但是你可以得到好死。我一直记得这句话。”

他沉默了许久，陷入沉思中。

“最近五六年来，我对老爸有一些不同的看法。也许因为他还在圣雷莫，管不着我了。我开始想，也许左手簿这个主意还不坏。那时正是我开始担心托德的时候。我很想告诉他，也许除了全家能一起去夏威夷度假一个月，或是有能力买新裤子给托德穿，让他不必像我一样老是穿有樟脑丸味的旧裤子之外，人生应该还有一些别的东西。我从来不知道应该怎么和他谈这些事情，但我猜或许他其实明白，因此我也不再那么担心了。”

“你是指念书给登克尔先生听吗？”

“是的，他从里面得不到任何金钱上的好处。登克尔先生没有钱，只是个老人，远离亲戚朋友，千里迢迢来到异国，他正是我爸爸害怕变成的那种孤苦无依的老人，然而他有托德做伴。”

“我从来没有这么想过。”

“你有没有注意到当你提到那个老人时，托德的反应如何？”

“他变得一声不响，非常安静。”

“因为他感到难为情，不知说什么好，好像做了什么见不得人的事一样。就好像每当有人感谢我老爸让他们赊账时，他的反应一样。我们是托德的右手，你和我，以及其他所有人——这栋房子，到太浩湖的滑雪假期、车房里的雷鸟车、他的彩色电视机，所有这些都是他的右手，而他不想我们看到他的左手在做什么。”

“那么你不认为他去登克尔先生家的次数太多了？”

“亲爱的，看看他的成绩！如果他成绩退步了，我第一个就会站出来说，嘿，别太过分了。出问题的时候，成绩单总是会先反映出来。他最近成绩如何？”

“上次退步了一点之后，现在的成绩跟以前一样好。”

“那我们还谈什么呢？我明早九点还要开会，再不睡，明天要打瞌睡了。”

“那就睡吧！”她爱怜地说道，当他翻身时，她亲亲他的背。“我爱你。”

“我也爱你，”他说，然后闭上眼睛，“一切都很好，蒙妮卡，你操心的事太多了。”

“我知道，晚安。”

他们进入了梦乡。

“别看窗外，”杜山德说，“外面没有什么值得看的。”

托德愠怒地看着他。他面前放着摊开的历史课本，课本上的彩色插图是圣胡安山战役中的老罗斯福总统，无助的古巴人节节败退，罗斯福脸上露出美国式的开怀笑容，仿佛知道上帝一定会站在他这边，一切都很美好。但是托德现在并没有开怀的笑容。

“你喜欢当奴隶监工，是不是？”他问道。

“我喜欢当个自由人，”杜山德说，“专心念书吧。”

“他妈的。”

“我还是小孩的时候，如果说出这种话，都要用肥皂把嘴巴洗干净。”杜山德说。

“时代改变了。”

“是吗？”杜山德啜着酒，“念书。”

托德看着杜山德，“你只是个该死的老酒鬼，你知道吗？”

“念书。”

“闭嘴！”托德把书啪啦一摔，“反正我永远也跟不上，考试前一定来不及念完。还有五十页没念，从美西战争一直到第一次世界大战。我明天要带小抄。”

杜山德厉声道：“你不可以做这种事。”

“为什么不行？谁能阻止我，你？”

“小子，你还弄不清楚我们目前的处境吗？你以为我那么喜欢盯着你念书吗？”他的声音提高，一副气势汹汹的样子，“你以为我喜欢听你发牢骚、骂那些幼稚的脏话吗？”杜山德以尖锐的假嗓模仿托德骂脏话，“他妈的，那又怎样？谁在乎？我明天再念，他妈的！”托德面红耳赤。

托德吼道：“你其实很喜欢这么做！是啊，你很喜欢！盯着我念书，是你唯一不觉得自己像行尸走肉的时候。他妈的，还是让我歇口气吧！”

“如果你作弊被逮着了，你想会发生什么事？他们会先告诉什么人？”

托德默不作声，只低头看着被自己咬得乱七八糟的指甲。

“会告诉谁呀？”

“拜托，你也晓得，橡皮爱德华呀！然后我猜爱德华会告诉我的父母。”

杜山德点点头，“我想也是。好好念书，把你预备作弊的材料放进脑袋里，那才是放对地方。”

“我恨你。”托德闷闷地说，“我真恨你。”但他还是打开书本，书上的罗斯福正对他笑着。罗斯福挥舞着军刀，奔驰进入二十世纪，古巴人在他跟前溃不成军。

杜山德又开始摇着摇椅，手上端着酒杯。“这才是好孩子。”他温和地说道。

托德第一次梦遗是在四月底，他醒来时，雨正悄悄打在窗外的树枝、树叶上。

在梦中，他置身于巴汀的实验室里，站在一张矮长的桌子前，一个美得出奇的女孩被绑在桌上。杜山德只围了一条屠夫的白围裙，里面什么也没穿地站在一边帮他忙。当他转身去开启仪器时，托德可以看到他瘦骨嶙峋、像白石头一样的屁股相互摩擦着。

杜山德递给他一个东西，虽然他没看过，但马上就认出来，尖端的金属在头顶日光灯的照映下闪闪发光。那玩意是中空的，连着一条黑色的电线，尽头还有一个红色橡皮圆头。

"你就做吧！"杜山德说，"元首说，这是犒赏你用功念书的。"

托德看看自己，发现自己也光着身子。他的身体已经亢奋起来了，他把按摩器放上去，那种摩擦感很舒服，不仅是舒服，简直是太愉快了。

他看着那个女孩，念头转着……好像一切都完美地吻合，突然一切都对了，门全都打开，他要走过去。他左手拿起红橡皮圆头，然后跪在手术台上，停了一会儿，调整角度。

隐约听到远处传来杜山德的声音念着，"第八十四号试验。电击，性刺激，新陈代谢作用。根据的是蒂森的负增强理论。实验对象是年轻的犹太女孩，大约十六岁，没有疤痕，没有记号，没有明显的残障——"

当按摩器尖端碰触到女孩时，她尖声大叫起来，托德发现这种叫声令他感到很愉快。

这些是战争杂志上不能刊载的，他心里想，但这些都存在。

他突然用力压下去，粗鲁地把她分开，她像发射燃烧弹般尖叫起来。

反抗无效后，她动也不动，静静躺在那里。远处又传来杜山德念着的声音：血压、呼吸、阿尔法波、贝他波、心脏跳动次数。

当托德逐渐达到高潮时，他完全不动，紧捏着那根棒。她的眼睛原先是闭着的，现在睁开，突出来，她的舌头在嘴里蠕动，双臂、双腿轻轻弹跳着，但最明显的是她的躯干，一起一落，每根肌肉都在震动。

（他感到一阵狂喜。）

（外面雷雨交加地呼号着世界末日）

他在雷声和雨声中惊醒，蜷曲着身子，心脏像短跑选手般急速跳动，下腹沾着一层温热黏稠的液体。他立刻惊慌起来，害怕自己会失血而死……但等他意识到是怎么回事时，他感到一种晕眩和恶心。脑海中涌现出平日在更衣室或加油站洗手间墙上看到的许多字眼，他一点都不希望再想到。

他的手无助地紧握成拳，在梦中达到高潮，现在却毫无感觉，甚至觉得害怕。他的神经末梢仍然很兴奋，但感觉正逐渐消退。梦中的最后一幕已经消失了，留下的只是一种厌恶感和压迫感，就好像一口咬在热带水果上，等到发现水果是因为已经腐烂才甜得腻人时，却已经来不及了。

这时候，他想到应该怎么办了。

唯有杀死杜山德，他的生活才能回到正轨。这是唯一的办法。游戏已经结束，故事也已说完，剩下的只是如何生存下去罢了。

“杀了他，这一切便结束了。”他在黑暗中低语，窗外，雨打在树上，他小腹上的黏液也快干了，在他的喃喃自语中，这件事仿佛真实了起来。

杜山德经常在地窖楼梯旁的架子上放几瓶酒，只要打开门（这门老发出嘎吱声），走下两级阶梯，便可以从架子上抓起一瓶酒来。地窖的地板没有铺水泥，但杜山德以托德眼中普鲁士人机械化的高效率在上面洒了油，以免虫子在尘土中繁殖。不管有没有铺水泥，老骨头都很容易折断，而老人家最容易发生意外了。验尸报告会写着：“登克尔先生跌下去时，是喝得醉醺醺的。”

到底是怎么回事啊，托德？

我按门铃，他没有来应门，所以我用他给我的钥匙，自己开门进去。有时候他会睡着了。我走进厨房，看到地窖的门是开着的。我走下阶梯，看到他……他……

然后呢，当然是流下伤心的泪。

这办法一定有效。

他的生活会再度回到正轨。

很长一段时间，托德清醒地躺在黑暗中，听着隆隆雷声向西方逐渐远去，还有喃喃的雨声。他原本以为自己会整夜辗转难眠，脑子里一直盘算着这件事。但只不过一会儿的工夫，他便睡着了，而且没有做梦，手握成拳，顶着下巴。这是他几个月来第一次睡了场好觉。

11

一九七五年五月。

对托德而言，这个星期五是他有生以来最漫长的一天。一堂课又一堂课过去，他什么都没听见，就等着老师在最后五分钟发那张不及格卡。每堂课老师经过他身边而没有停下脚步时，他都感到一阵晕眩，几乎歇斯底里。

代数那堂课最糟糕。史多曼走过来……迟疑了一下……正当托德认为他会继续走过去时，史多曼把一张不及格卡盖在托德桌上。托德冷冷地看着那张卡，完全没有任何感觉。事情真的发生了，他感到一阵寒意。他心里想，事情就是这样，全盘皆输了。除非杜山德能想到其他办法，而我很怀疑他还有什么好主意。

他漠然把不及格卡翻过来，看看到底还差多少分才能及格。一定很接近，但是史多曼老师是绝不放水的。他看到不管是分数或等级那栏都是空白的，只有在评语栏写了几句话：*我非常高兴不必真的发给你不及格卡！加油。史多曼。*

他又感到一阵晕眩，这回晕得更厉害了，他的脑袋乱哄哄的，像是灌满氢气的气球。他紧紧抓住桌沿，脑中只有一个意念：不能昏倒、不能昏倒、不能昏倒。他渐渐不再头昏，他实在很想冲过去追上代数老师，把他转过来，用手上那根刚削尖的铅笔戳进他的眼睛，但是他得按捺住自己的冲动。在他这么想的时候，脸上一直保持木然的神情，只能从眼皮下轻微的抽搐看出他内心的激动。

今天比平时迟十五分钟放学。放学后，托德慢慢走到放脚踏车的地方，头低着，手插在口袋里，书夹在腋下，无视身旁跑过的那些又吼又叫的学生。他把书往车篮一扔，打开锁，骑上车，往杜山德家骑去。

今天，他心想，*今天就是你的末日，老家伙。*

“如何啊？”托德进来时，杜山德正把酒倒入杯中，“被告从法庭回来了，他们是怎么说的，犯人？”他穿着浴袍，小腿上套着一双毛袜。托德心想，穿这种袜子最容易滑倒了。他看了一下那瓶波旁，剩下没有多少了。

“没有 D，没有 F，没有不及格卡，”托德说，“如果我继续努力，我这一季所有的科目都会拿 A 和 B。”

“噢，你会保持好成绩的，我们会确实做到。”杜山德喝着酒，又在杯中倒进更多酒。“来庆祝庆祝吧！”他说话有点大舌头，不仔细听还听不出来，不过托德知道这老家伙又醉了。今天，今天一定得下手。

但他很冷静。

“庆祝个屁！”他告诉杜山德。

“恐怕我叫的鲟鱼和松露大餐还没送来，这年头真难找到可靠的人。那么，来点饼干配乳酪如何？”

“好吧！随便。”托德说。

杜山德站起来。（膝盖撞上桌子，他缩了一下）走向冰箱，他拿出一些干酪，从抽屉拿出一把刀，再从碗柜取出盘子，然后把面包盒中的饼干拿出来。

他一面把乳酪和饼干摆在餐桌上，一面告诉托德：“刚刚才注射了氰酸进去。”他露齿一笑。托德发现他今天又没装假牙，也回他一笑。

“今天真安静！”杜山德嚷道，“我以为你会一路翻筋斗进来。”他一口气喝完杯中的酒，然后咂咂嘴。

“我猜我还有点麻木。”托德说。他咬了一口饼干。他以前从不吃杜山德给他的东西，但很久以前就不再拒绝了。杜山德以为托德存了一封信在朋友那儿——当然，这完全是假话，托德是有一些朋友，但绝没有那么值得信赖的人。托德认为，杜山德应该早已猜到实情，但他也绝不敢贸然行事，尝试谋杀他。

“我们今天谈什么呢？”杜山德问道，吞掉最后一口酒，“今天放你一天假，不必读书，如何啊？哈！哈！”当他喝醉时，口音便更重了，托德渐渐讨厌这种口音，但现在的他却觉得没什么，他对这一切已经觉得无所谓，只感到很冷静。他看着自己的一双手，会把老人推下去的手，他的双手看来一如往常，没有发抖，非常冷静。

“随便，你想怎么样都成。”他说。

“今天应该告诉你，我们特制的一种肥皂吗？还是为了加强同性恋而做的实验？或谈谈我愚蠢地回到柏林后，怎么样再度逃出的经过？那次还真是惊险。”他摩挲着面颊大笑道。

“随便。”托德看着杜山德检视空瓶子，然后拿着瓶子站起来，顺手把瓶子扔进字纸篓。

“算了，”杜山德说，“你似乎没心情听。”他站在字纸篓前想了一会，然后走到地窖门口，羊毛袜在地板上摩擦发出窸窸窣窣的声音。“我想，今天我就来说个害怕的老人的故事好了。”

杜山德打开地窖的门，背对着桌子，托德静静站起来。

“他很害怕，”杜山德继续道，“他怕一个男孩，这男孩以一种奇特的方式变成他的朋友。这男孩很聪明，他母亲说他是优等生，而这个老人也发现他是优等生……不过或许不是他妈妈想象中那种优等生。”

杜山德在墙壁上摸索着，想用他枯瘦起皱的手指打开老式开关。托德走过地板（几乎是滑过去），小心翼翼地避开任何可能发出嘎吱声的地方，他现在对这个厨房几乎和自家厨房一样熟悉，可能还更熟悉一点。

“最初这老人没有把男孩当朋友，”杜山德说，他醉醺醺地走下第一阶，“起先他很不喜欢这个男孩，后来……慢慢喜欢他来做伴了，虽然还是不喜欢他。”他看着架子，但仍然扶着栏杆。托德冷静地——现在应该是冷酷地——走到他后面，算计着强力一推，让他松手跌落地窖的几率有多大。他决定等杜山德身子往前倾时再行动。

“老人喜欢他来做伴，是基于一种同病相怜的心理，”杜山德若有所思道，“因为这男孩和老人互相逮着对方的把柄；然后，老人明白，情况变了。他逐渐失去掌控能力，他的安危端赖这男孩有多绝望或有多聪明而定。于是，这个老人在一个漫长而无眠的夜里想到，为了自己的安全起见，他最好设法重新掌握住这个男孩。”

现在杜山德松开抓栏杆的手，倾身向前，但托德一动也不动，原先那种深入骨髓的冷静逐渐消逝，反而因为愤怒和困惑而涨红了脸。杜山德抓起一瓶酒，托德心想，这老家伙的地窖是全镇最臭的地窖，不管有没有在地上洒油，闻起来都好像有什么东西死在里面。

“于是老人立刻起床，反正老年人本来就不需要多少睡眠，他坐在小桌子旁，想着他曾多么聪明地把这个男孩困在满脑子的罪行中。他也想到这男孩拼命用功，想要恢复原本的出色成绩，等到他的成绩有起色时，就再也不需要这个老人了。只要老人一死，他就可以重获自由。”

他转过身来，手上拿着一瓶酒。温柔地说：“你知道，我早就听到声音了，从你推开椅子站起来的时候，我就发现了，你的动作并不如你想象中那么轻巧。”

托德默不作声。

“所以！”杜山德一脚跨进厨房，把地窖门紧紧关上。“老人把所有的事情都写下来。写完时，天已亮了，他的手因为关节炎而痛得不得了，但这是几个星期以来，他第一次感觉这么好，他感到自己安全了。于是他上床睡觉，一直睡到中午。事实上，如果他再睡下去，就会错过了他最爱看的电视连续剧。”

他又在摇椅坐下，掏出一把有黄色象牙柄的小刀，费力打开酒瓶封盖。

“第二天，老人穿上他最好的西装，到他开了账户的银行中租了一个保险箱，银行职员详细答复了他提出的所有问题。他租的保险箱有两把钥匙，银行职员解释，老人保存一把，银行保存另一把，要打开保险箱，必须同时用两把钥匙。除非拥有老人签了名、并经过公证的授权书，否则除了老人之外，任何人都不能打开保险箱。只有一个例外。”

杜山德无牙的嘴笑着，看着托德苍白的脸。

“之所以有这个例外，是因为考虑到万一保险箱所有者死亡。”他仍然看着托德，也仍然笑着，把小刀收回浴袍口袋里，把酒倒入杯中。

“然后呢？”托德嗄声问道。

“便由银行主管会同国税局代表一起打开，他们会发现一份十二页的报告，保险箱里没有任何可以课税的财物，但是报告内容却非常有趣。”

托德两手交互紧握着，“你不能这么做，”他的声音惊骇莫名，而且不敢置信，仿佛看到别人在天花板上走路时会发出的声音。“你不……不能！”

“小子，”杜山德和蔼地说，“我已经做了。”

“但……我……你……”他的声音突然提高，发出痛苦的号叫。“你老了！你知道你已经老了吗？你可能会死掉！你随时都可能死掉！”

杜山德站起来，从柜子里拿出一个小玻璃杯，这玻璃杯以前是用来装果酱的，杯身还点缀着一圈卡通人物，托德认得这些卡通人物——《摩登原始人》里的佛瑞德、威玛、巴尼、贝蒂等。他看着杜山德仿佛仪式化地擦拭杯子，然后再斟上一点波旁。

“干什么？”托德喃喃道，“我不喝酒，而且不喝你这种劣酒。”

“端起杯子来，小子，今天是个特别的日子，喝下去。”

托德看了他好一会，然后端起杯子。杜山德举起他的廉价马克杯和托德碰杯。

“干杯！小子，长命百岁！祝我们两人都长命百岁！”杜山德一饮而尽，开始大笑。他不停地前后摇晃，顿脚大笑。托德觉得他今天的样子像极了秃鹰，一只穿着浴袍、令人厌恶、专吃腐尸的秃鹰。

“我恨你，”他轻声说，杜山德在笑声中呛着了，他的脸涨成紫猪肝色，听来好像咳嗽、大笑和窒息同时发生。托德吓得连忙站起来，拍拍他的背，一直到他停止咳嗽。

“谢谢，”他说，“喝吧！对你有好处。”

托德喝了一口，味道好像难吃的感冒药，酒入喉咙后，像火烧一样。

“我简直不敢相信，你竟然整天喝这玩意？”他说着，把杯子放在桌上，打了个寒战。“你应该戒烟戒酒。”

“你关心起我的健康来了，真令人感动，”杜山德说，他又从放小刀的口袋中掏出一包烟，“我同样也关心你的安全，每天报上都登着骑脚踏车的人在十字路口被撞死的消息，你也该停止骑车，像我一样走路或搭公车。”

“你为何不自己去找点乐子？”托德脱口而出。

“孩子，”杜山德说，他又开始大笑，“你不知道吗？咱们是互寻开心。”

一星期后，托德坐在废弃的铁路月台上，把煤渣扔向野草丛生的铁轨。

我为何不该杀他？

因为他是个讲求逻辑的男孩。没有理由杀他，杜山德迟早会死，照他酗酒的习惯看来，他的末日可能很快就会来到。不管是他杀掉了杜山德，还是杜山德自己在浴缸里心脏病发，事情都会被抖出来。但他至少可以享受一下扯断那老秃鹰脖子的乐趣。

迟早——这两个字不合逻辑。

*也许会迟一点才发生。*托德想，*不管他有没有抽烟、有没有酗酒，他是个强悍的老无赖，他已经苟延残喘了这么久……所以也许迟一点再说吧。*

底下传来一阵模糊的鼾声。

托德跳起来，扔掉满手煤渣。听起来鼾声离得不远。

他几乎要逃跑了，但是鼾声又不见了。九百码之外是一条八线道的高速公路，高高越过这片破烂的建筑物、生锈的篱笆和扭曲破裂的月台之上。在阳光下，川流不息的车子像无数披着亮丽硬壳的甲虫。上面是八线道的繁忙交通，下面什么都没有，只有托德、几只小鸟……和发出鼾声的不知什么东西。

他好奇地弯下腰来，往月台下望一望。原来野草丛中躺着一个酒鬼，身边散落着空的瓶瓶罐罐，看不出他的年纪来，或许在三十岁和四百岁之间吧。他身上穿了一件条纹T恤，上面沾着已干巴的呕吐物，绿色裤子显得太大了，破旧的灰鞋子上到处都是裂缝，好像痛苦地张开大嘴，托德闻到一股像杜山德地窖的味道。

酒鬼慢慢张开满布血丝的眼睛，茫然看着托德。托德想到他裤袋中的瑞士刀，是他一年前在一家运动器材店买来的，他还记得那个替他服务的店员说：*你再也找不到比它更好的小刀了，这把刀说不定哪一天会救了你的命，我们一年要卖出一千五百把瑞士刀。*

一年一千五百把。

他把手放入口袋中紧抓着小刀，脑中浮现出杜山德用小刀割开瓶封的情形。不久，他发现自己亢奋起来。

他心底升起一股恐惧的寒意。

酒鬼擦擦嘴，用被尼古丁熏得焦黄的舌头舔着嘴唇，“小朋友，你有一毛钱吗？”

托德面无表情地看着他。

“我得去洛杉矶，没钱坐车，我要去找工作，像你这样的好孩子，身上一定带着一毛钱或两毛五吧？”

是的，先生，你可以拿这把刀来处理马林鱼。我们每年卖出一千五百把瑞士刀，美国每个运动用品店和军用品店都卖这种瑞士刀，如果你决定用这把刀神不知鬼不觉地把这个龌龊的酒鬼给解决掉，没有人会晓得是你干的。

酒鬼压低声音鬼鬼祟祟地说：“给我一块钱，我会好好伺候你，让你快活得像神仙一样，孩子，你——”

托德把手从口袋中拿出来，当他张开手掌时，掌心里有两个两毛五的铜板，还有两个五分钱、一个一角钱和几个一分钱铜板。他一股脑全丢给酒鬼，拔腿就跑。

12

一九七五年六月。

托德·鲍登，现在已经十四岁了，骑着脚踏车来到杜山德家，把脚踏车停妥。最下面一级台阶上放着《洛杉矶时报》，他把报纸捡起来，看着门铃，门铃上依然挂着“亚瑟·登克尔”和“禁止推销员、小贩入内”的牌子。不过他现在不用按铃了，他有钥匙。

附近传来除草机的声音。他看了一下杜山德的院子，该除除草了，他得提醒老头子找人来除草。杜山德现在越来越健忘了。也许是因为年纪大，也可能是酒喝多了，影响脑子。对十四岁的男孩而言，这些想法都是成年人的想法，他近来有不少成年人的思想，不过大都不是多棒的想法。

他打开门走进去。

当他走进厨房，看见杜山德歪在摇椅上睡着了时，不禁像往常一样打了个寒战，桌上放了一个杯子，旁边是半空的酒瓶，沙拉酱盖子上搁着一根已经整个烧成灰烬的烟蒂，旁边还有几个烧完的烟蒂。杜山德的嘴张着，脸色蜡黄，大手吊在摇椅扶手旁晃荡着。他似乎没有气息了。

“杜山德，”他喊道，声音有点太严厉了，“起来啰！”

当老人扭动身体，眨着眼，终于坐起来时，托德松了一口气。

“是你吗？今天这么早？”

“今天是学校最后一天上课，所以提早放学。”托德说，指指盖子上的烟蒂，“你总有一天会把这屋子烧掉。”

“也许，”杜山德淡漠地说。他找着桌上的烟，从烟盒里弹出一根烟点燃（杜山德差点来不及接住弹出的香烟，而让它从桌边滚下去），然后是一连串咳嗽，托德厌恶地退后，巴不得杜山德把熏得灰黑的肺部组织都咳出来。

杜山德终于咳完了，他问：“你手上是什么？”

“成绩单。”

杜山德接过来，打开，把它拿远一点，好看清楚。“英文……A，美国历史……A，地球科学……B^+，社会……A，初级法文……B^-，初级代数……B。”他把成绩单放下，“很好，俗话是怎么说的，我们保住了你的小命，孩子，你还需要更改最后一栏的分数吗？”

“只有法文和代数要改，但是顶多八九分。我想没有人会发现这件事，这都该归功于你，我并不感到骄傲，但这是实情，所以，多谢了。”

“好一篇动人的演讲词。”杜山德说，又开始咳嗽。

“我想从现在起，我不会再常常到你这儿来了。”托德说。杜山德立刻停止咳嗽。

“不来了？”他礼貌地问。

“是的，”托德说，“我们全家要在六月二十五日去夏威夷度假一个月。九月开学后，我要去镇上另一头的高中，上学得搭公车。”[1]

“呃，是啊！那些黑人，”杜山德说，呆呆看着苍蝇在红白格子桌布上爬着，“二十年来，这个国家一直在担心和抱怨黑人的问题。其实我们都知道怎么样才能解决问题……小子，我们晓得，对不对？”他张开无牙的嘴对托德笑着。托德看着他，心底翻涌着一股憎恶、害怕、愤恨，和想要对他做出可怕事情的念头，只能在做梦时想想的可怕事情。

“假如你还不清楚的话，趁现在告诉你，我计划以后要念大学。”托德

1　二十世纪七十年代，美国许多地方仍在实施种族隔离的教育政策，白人念白人的学校，黑人念黑人的学校，因此许多人必须搭车到离家较远的学校上课。

说，“我知道还有好几年，但是我已经开始思考这个问题，我甚至晓得我想读什么，我要主修历史。”

“真令人敬佩啊，一个人假如无法借鉴历史，就——”

“噢，闭嘴！”托德说。

杜山德乖乖把嘴闭上，他知道男孩还没说完，他双手交叠，看着托德。

“我可以把那封信从朋友那里拿回来，”托德突然脱口而出，“你知道吗？我可以让你看看那封信，然后当你的面把它烧掉，如果——”

“如果我去把放在保险箱里的那份文件拿回来。”

“对……”

杜山德颇为遗憾地长叹一声。“孩子，你还是不明白整个情况，从一开始就不清楚状况。当然，一部分原因是你到底只是个孩子，但也不完全如此……你最初来找我的时候，就已经是个很老于世故的孩子了。真正的问题在于，你那种美国式的荒谬自信让你从来不考虑事情可能的后果……即使到了现在，都还是这样。”

托德要说什么，杜山德却突然成了世界上年纪最大的交通警察，把手一挥。

“别跟我争辩，我说的都是实话。你就照你的计划进行吧，离开这房子，离开这里，再也不回来。我能阻止你吗？当然不能。你就好好享受你的夏威夷假期吧，而我就坐在这个闷热、满是油烟味的厨房里，等着看瓦兹的黑人今年是不是打算再多杀几个警察，烧掉几幢建筑物[1]。我没办法阻止你，就好像我没办法阻止自己变老一样。”

他定定地看着托德，看得托德只好避开他的注视。

“在内心深处，我不喜欢你，你没有一点让我喜欢的地方，你是个不速之客，硬闯入我的生活，迫使我打开尘封已久的墓穴，而原本这墓穴继续紧闭着会比较好，因为我发现里面有些尸体是被活生生埋起来的，至今仍然存有些微气息。

“你是自投罗网，但是我会因此可怜你吗？我的老天！床是你自己铺的，晚上睡不好，根本就活该！我才不同情你，我也不喜欢你，但我现在倒是有一点佩服你。所以，你最好不要考验我的耐性，我只说一遍。我们两人可以分头去把文件和信拿来，在这个厨房里销毁，但是这事也不会就此罢休。事实上，我们不会比现在更好过些。”

1　一九六五年，美国洛杉矶贫民窟瓦兹发生黑人暴动，造成四百人死亡，上千人受伤，无数建筑物焚毁。

“我听不懂你的话。”

“你当然不懂，因为你从来不考虑事情的后果。注意听，小子，如果我们在这儿把那封信烧掉，我怎么知道你没有另外影印一份存起来，或影印两份？三份？图书馆就有影印机，任何人只要花五分钱就可以影印一张。只要花一块钱，你就可以把我的死亡判决书印上几十份，附近每个街角都张贴一份。小子！你好好想想，告诉我，我怎么知道你没有做这种事？”

“我……我……我……”托德发现自己词穷了，连忙把嘴闭上。突然之间，他感到自己皮肤一热，莫名其妙地记起七八岁时发生的事情。他和朋友爬进镇外货运路底下的排水沟中。托德的朋友长得比他瘦小，毫无问题就爬过去了……托德却卡住了。他突然感觉到头部顶到石块和泥土，以及土石在黑暗中沉甸甸的重量，当一辆往洛杉矶的货车从马路上驶过时，撼动了地面，排水管也随之震动，发出不祥的低鸣。他哭了起来，开始摆动着腿挣扎前进，并且大喊救命。最后，他终于又能移动了，当他好不容易挣扎出来时，他昏倒了。

杜山德刚刚描绘的是最基本的口是心非的情况，但他却压根儿没有想过这个状况。他可以感到身体越来越热，他心想：我不要哭。

“你又怎么知道我放在保险箱中的文件没有另外影印一份……我烧了一份以后，还留下一份？”

我被卡住了，就像那次在排水沟一样卡在那里，动弹不得，这次我要喊谁来救我呢？

托德的心怦怦跳着，手背和颈背都在冒冷汗。他想起在排水管中的感觉、废水的味道、冷冰冰的金属，以及当货车从头顶轰隆驶过时，周遭所有东西都在震动的感觉。他也记得当时是多么绝望地流下了热泪。

“即使我们可以请公正的第三者来见证，仍然难以安心。孩子，相信我，这个问题是没有办法解决的。”

卡住了，卡在排水管中，这一回无路可走了。

他感到整个世界一片灰暗，*不要哭、不要昏倒*，他强自镇静。

杜山德喝了一大口酒，从杯沿看着托德。

“我再告诉你两件事，第一，如果你这部分的事情泄漏出去的话，你不会受到太大的惩罚，甚至很可能根本不会见报，我曾经吓唬你说，你会进少年感化院，那是因为我怕你乱说话，故意吓吓你的，但是我真的这样想吗？不，我这么说，就好像当爸爸的拿鬼来吓唬儿子，要他天黑前赶快回家，别在外面乱逛一样。在这个国家，连杀人犯也不过是打几下手板，然后让他在监狱里看两年彩色电视以后，就放到街上再去杀人放火，我不认为他们会送你去感化院。

“尽管如此，事情一旦抖出来，仍然会毁了你一生。这些事都会留下记录……别人也会闲言闲语。这么精彩的丑闻绝不可能烟消云散，而会像酒一样装瓶封存。当你一天天长大，你的过失会越来越大，你的沉默也会益发受到谴责。如果这事今天抖了出来，大家会说：‘但他只不过是个小孩子罢了！’……因为他们就像我最初一样，不知道你是多么老于世故的小孩。但是如果等到你升上高中以后，纸包不住火了，而他们晓得你从一九七四年便知道一切，却一直闷不吭声，他们会怎么想？这下事情可大了。万一等到你上大学以后，事情才被抖了出来，就更惨了。而如果等你开始做事的时候呢？你明白我说的第一点吗？”

托德默不作声，但是杜山德似乎很满意，他点点头。“第二，我并不相信你真的有那封信。”他说。

托德极力想装得若无其事，但恐怕他早已因震惊而瞪大双眼。杜山德正在打量他，托德突然惊觉，这老家伙曾经拷问过数百人，甚至数千人，他是这方面的专家。他感到自己的脑壳好像透明玻璃一般，脑子里想的所有事情都大大地映照在上面，无所遁形。

“我自问过，谁会是你最信任的人？你的朋友会是谁？谁跟你玩在一块儿？一个像你这么自信十足、冷静自制的小孩会相信谁？结果答案是，根本没有这个人。”

杜山德眼中闪烁着光芒。

“很多时候，我都在研究你这个人，盘算我会有多少胜算。我很了解你的个性——不，不是完全了解，因为没有任何人能真正了解另一个人内心所有的想法——我对于你离开这屋子后所做的事情和所接触的人所知有限，因此我告诉自己，‘杜山德，你或许也有看走眼的时候，难道你要因为自己一时看错了这孩子而遭到逮捕，甚至被处死吗？’也许如果我年轻一点就会冒这个险，我的胜算还蛮大的，需要冒的风险很小。但奇怪的是，照理人越老，应该更能看开生死问题……但是却反而变得保守怕事起来。”

他严厉地看着托德的脸。

“我还有一件事要说，然后你就可以请便了。我要说的是，我怀疑你是不是真有那封信，但绝不怀疑我自己拥有那份文件，我描述的那份文件确实存在。如果我今天死了……明天……所有的事情都会被抖出来。每一件事。”

“我根本觉得无所谓，”托德说，发出一声干笑，“你看不出来吗？”

“你会在乎的。一年年过去，你手上掌握的把柄会越来越没有价值，因为保命和自由对我个人而言固然重要，但美国人，甚至以色列人，对于逮到我却会越来越没有兴趣。”

“是吗？那他们为什么不放过赫斯[1]？”

“如果美国人对赫斯拥有完全的监护权，他们会放他走的——在美国，连杀人犯都只要打打手板就可以脱身，他们会放他走的。”杜山德说，“美国人会任由以色列人将一个八十岁老人引渡回国，像吊死艾希曼一样吊死他吗？不会的，美国地方报甚至会把消防队员从树上救下小猫的照片登在头版，这种事绝不会发生在这样的国家。

“你对我的掌控越来越弱，而我对你的掌控却越来越强，情势不断在演变，等到有一天——如果我活得够久——当我认为你知道的事情不再那么要紧时，我会毁掉那份文件的。”

“但是在这段时间，你可能会发生各种状况，例如，出什么意外，或生病——”

杜山德耸耸肩，“那要看老天的意思了，我们得听天由命，这不是你我可以做主的。”

托德瞪着老人，瞪了很久。杜山德的话中一定有什么漏洞，一定有办法找个出路，让两人或托德自己一人挣脱目前的困境。就好像偶尔弄伤了脚一样，哭一哭事情就过去了。想到未来黯淡的前景，托德在心里打着哆嗦，他可以感觉到那个阴影，不管他到哪儿，不管他做什么事——

他想到有个卡通人物，头顶上老是吊着个铁砧。当他从高中毕业时，杜山德已经八十一了，但事情还没有结束。等他大学毕业时，杜山德八十五了，但仍旧认为自己还不够老。等他拿到硕士文凭时，杜山德就八十七了……到那时候，杜山德可能还是没有安全感。

“不，”托德困难地说，“你说的……我无法面对。”

“我的孩子，”杜山德温和地说，托德听到他特别加重念出头两个字，不禁不寒而栗。“我的孩子，你必须面对。”

托德瞪着杜山德，舌头在口中发胀，直到他感到舌头似乎要堵住喉咙，快窒息了，才突地转过身去，夺门而出。

杜山德面无表情地看着眼前这一幕。他听到门砰的一声关上，男孩的

---

1 鲁道夫·赫斯（Rudolf Hess，1894—1987），为纳粹德国的副元首，二次大战后，在纽伦堡大审中被判处无期徒刑，一九八七年于狱中自杀身亡。

脚步声也停了，表示他已骑上脚踏车疾驶而去。他点燃香烟。当然没有所谓的保险箱，更没有所谓的文件，但男孩被这一套话唬住了，他深信不疑，自己总算是安全了。这件事就到此为止了。

但是，事情其实还没有结束。

那天晚上，他们两人都梦到谋杀，两人都在极度害怕和亢奋中惊醒。

托德醒来时，小腹上又有那种黏液。杜山德则因为太老而不会再有这样的反应，他穿上那套党卫军制服，然后再躺上床，等着剧烈跳动的心脏平缓下来。这套制服因为料子很差，已经有点破烂了。

在杜山德的梦中，他终于爬到山顶的集中营了，巨大的铁门为他打开，当他进去后，铁门又顺着轨道轰隆关紧。集中营的大门和围篱都通了电。那些光着身子、骨瘦如柴的追逐者一波波爬上围篱，他转过身来对他们大笑，抬头挺胸、得意洋洋地来回踱步。昏暗的空气中充满着皮肉烧焦的味道，还有浓浓的一缕黑烟。他醒过来，发现自己置身于南加州，他想到万圣节的灯笼，还有吸血鬼寻找蓝色火焰的夜晚。

在鲍登一家计划去夏威夷的前两天，托德又回到那个荒废的车站，那里一度是人们搭火车往旧金山、西雅图、拉斯维加斯的地方。

他到那儿的时候已近黄昏。九百码外那条蜿蜒的高速公路上，大多数的车子都已亮起车灯。虽然气候很暖和，但托德却穿了一件薄外套，并在皮带上插了一把切肉刀，切肉刀外面用一条毛巾包着，这把刀是在一家平价购物中心买来的。

他看着月台下面酒鬼一个月前躺的地方，脑子拼命转着却想不出什么名堂来，他的一切思绪都好像笼罩了层层的黑色阴影。

他找到了那个酒鬼，也许不是同一人，反正他们的样子都很像。

“喂！”托德说，“嗨！你想要钱吗？”

酒鬼翻过身来，眨眨眼，看见托德一脸灿烂的笑，也报以微笑。不一会儿，切肉刀便刺中酒鬼的右颊，血水四溅，托德可以看见刀锋穿过酒鬼张开的嘴，刀尖抵住左嘴角，把他的嘴拉扯成荒谬的笑容。他抽出刀子，像戳万圣节的南瓜似地拼命戳着。

他刺了酒鬼三十七刀，他一面刺一面数。第一刀从右颊刺进去，把酒鬼犹豫的微笑变成狰狞的面容。在刺第四刀时，酒鬼停止尖叫。刺下第六刀之后，他便不再试图逃离托德。托德在月台下爬来爬去，把工作完成。

托德在回家的路上，把刀丢进河里，他的裤子沾了血，于是他把裤子扔进洗衣机，放冷水洗。裤子洗好后还有些微印子，但托德不担心，日后印子自然会褪掉的。第二天，他几乎提不起右手来，他告诉父亲，因为和一些同学在公园里扔石子，不小心扭到手。

“到夏威夷去就会好了。”狄克摸摸托德的头。确实，等他们回来后，托德的手完全好了。

13

又是七月了。

杜山德仔细穿上他的西装（不是最好的那一套），站在公车站，等着坐最后一班车回家，现在是晚上十点四十五分，他去看了一场电影，是一部轻松的喜剧，他看得很开心。自从早上收到那封信后，他的心情一直很好。那是男孩寄来的明信片，上面印的是多彩多姿的怀基基滩，海滩上矗立着一幢幢白色的旅馆大厦，反面有短短几行字。

亲爱的登克尔先生：

这里可真是不赖，我每天都在游泳。老爸捕到一条大鱼，我妈也赶上阅读的进度了（我是开玩笑的）。明天我们要去参观一座火山，我会小心不要摔下去！希望你一切安好。

依旧健康的　托德上

他想起这封信最后那句话，便不禁微微笑了，这时有人碰碰他的肘。

“先生？”

“什么事？”

他警觉地转过身来——即使在圣土多奈多这种地方，强盗拦路抢劫的事也时有所闻——一股强烈的味道让人不敢接近，似乎是啤酒、汗、口臭混合起来的味道，是个衣衫褴褛的流浪汉，他身穿法兰绒衬衫，鞋子非常破旧，只用脏绳子和胶带勉强系住。在一身破烂衣服上面的那张脸，看来像上帝死亡的脸。

“先生，给我一毛钱好吗？我要到洛杉矶去找事做，我只要一毛钱坐公车。如果不是这个机会对我很重要的话，我不会跟你讨这个钱。”

杜山德起先是皱眉，然后脸色舒展，带着微笑。

“你真的只想要搭车吗？”

酒鬼微微笑着，一脸不解之色。

“你跟我坐车回去，”杜山德说，“我请你喝酒、吃饭，让你有澡可洗、有床可睡。我只要你陪我聊聊天就好，我年纪大了，自己一个人住，只想找个人做伴。”

酒鬼闻言疑虑尽消，笑逐颜开，他竟然会碰上这么一个爱和穷人厮混的有钱老同性恋。

“你自己一个人住！他妈的！”

对于酒鬼若有所指的暧昧笑容，杜山德只回以礼节性的微笑。“我只要求你上车以后，坐得远一点，你这一身味道太重了。”

“那么也许你也不愿意我弄脏你的地方吧？”酒鬼突然颇有尊严地说。

“来吧！车子马上要来了，我下车以后，你下一站才下车，然后往回走两条街，我会在街角等你，明天早上说不定还会给你两块钱。”

“也许五块。”酒鬼高兴地说，把尊严全抛在一旁。

“也许，也许。”杜山德不耐地说，他已听到公车驶过来的声音，他拿出两毛五的铜板，塞进酒鬼肮脏的手中，然后向前走几步，没回头看。

当公车的车头灯在斜坡上出现时，酒鬼仍站在原地迟疑着。当老人头也不回地上车后，他还站在原地，低着头，皱着眉，看着手上的铜板。酒鬼准备走开，然而在最后一秒，当车门快关上时，他急忙转身跳上车，把两毛五放进投币箱，脸上的神情仿佛放进了百元大钞一样。他经过杜山德身边时只望了他一眼，然后坐在车子后面。他打了一会盹，当他醒来时，那个有钱的老头已经不见了。他在下一站下了车，也不知道这站到底对不对，不过他也不在乎。

他走过两条街，在街灯下看见一个朦胧的身影，正是那老家伙。老家伙看见他走过来，以立正姿势站在原地不动。

酒鬼突然感到一阵毛骨悚然，他真想一转身拔腿就跑，把这整件事都忘掉。

然而老人抓住他的膀子……他的力气颇令酒鬼吃惊。

“很好，”老人说，“我很高兴你来了，我家就在那儿，不远。”

“也许十元。”流浪汉说，跟着老人走。

“也许十元，”老人同意道，然后又大笑说，“谁晓得呢？”

14

美国两百周年国庆来到了。

一九七五年夏天从夏威夷回来后，一九七六年，当各种鼓号旗乐、参观军舰的国庆活动即将达到高潮之时，托德的父母又带他去罗马旅行，两次旅行之间，他来看过杜山德五六次。

这几次见面，杜山德的态度都很低调，没有令人不愉快之处，两人都发现彼此倒也能和平相处。他们沉默的时候比说话的时间多，而实际的谈话内容会让联邦调查局探员无聊得打瞌睡。托德告诉老人他偶尔和一个叫安琪拉·法罗的女孩约会，他对这女孩没有真的那么着迷，不过她是他妈妈朋友的女儿。老人告诉托德他在编地毯，因为报道中说这种运动对关节炎有益，他还给托德看他编的东西，托德尽责地赞了他几句。

托德长大了不少吧？（长高了两英寸。）杜山德戒烟了吗？（没有，不过因为他咳得太厉害了，不得不减少抽烟的量。）托德在学校的课业如何？（很刺激、很有挑战性，他每科成绩都拿了 A 和 B，他的太阳能研究计划还入围州政府举办的科学展览终选。他现在又考虑上大学念人类学，而不念历史了。）今年谁来替杜山德先生除草？（也住在这条街上的兰弟，他是个好孩子，不过长得太胖，动作很慢。）

这一年中，杜山德在厨房里解决了三个酒鬼。在市中心的公车站，陆续有二十来个酒鬼过来跟他搭讪，他曾经向其中七人提议供应他们酒、晚餐、洗澡和睡床，有两人拒绝了，另外有两人拿了两毛五车钱便走了。他后来改变策略，花两块五毛钱买了一本多次票，可以坐十五次公车，不能拿去买酒喝。

在暖和的日子里，杜山德注意到地窖会飘上来一股难闻的味道，他把门窗关得紧紧的。

托德·鲍登在一处空地的废弃阴沟中发现了一个酒鬼，那是十二月圣诞假期的时候。他站在那里好一会儿，手插在裤袋里，看着酒鬼，全身颤抖。五个星期内，他又到这个地方六次，经常穿着薄夹克，拉链拉到一半，盖住插在腰上的锤子。最后在三月一日，他终于又开始袭击酒鬼，先用锤子较钝的那头猛敲，然后到某个时候（他不太记得是什么时候，一切仿佛都飘浮在一片红色迷雾中），他会用锤子的尖钩，想把酒鬼的脸弄得模糊难辨。

古特·杜山德终于明白，对他而言这些酒鬼是他向神明邀宠的祭品……酒鬼很有趣，他们让他感到生气蓬勃，他开始觉得待在小镇的这些年——当托德还没有带着美式阳光笑容、睁大蓝眼睛出现在门口的那些年——让他未老先衰。他初到小镇时才六十五岁，而现在他感到自己比那时候还年轻。

最初，找寻祭品讨好神明的念头使托德震惊，但久而久之也习惯了，自从杀了月台下的那个酒鬼后，他预期噩梦会更多，也许会逼得他发疯，他也曾想过那排山倒海而来的罪恶感，可能令他有一天会不假思索就把事情全盘托出或结束自己的生命。

结果他什么也没做，却和父母去了夏威夷，享受了有生以来最愉快的假期。

自从去年九月上高中以后，托德感到整个人焕然一新。黎明的曙光、渔人码头的海景、黄昏的街灯亮起时闹市区街上行色匆匆的行人，这些他自小习以为常的景象，现在却影像鲜明地印在脑中，仿佛电镀过一样。他细细品味生活，就好像用舌头品尝瓶中美酒一样。

在他看到那个阴沟里的流浪汉、但还没杀死他之前，噩梦已经开始了。

他最常梦到的是在废弃车站中被他刺死的酒鬼。放学回家后，他冲进屋里，正要愉快地和妈妈打招呼，话到嘴边却停住了，因为他看到死掉的酒鬼带着一身呕吐的恶臭倒在切肉台上，鲜血流到明亮的地板上，不锈钢操作台上的血迹已经凝固，砧板上还留下了血手印。

冰箱的留言板上夹着妈妈留给他的字条：托德，我去买点东西，三点半以前会回来。时钟的指针指着三点二十分，而那醉鬼趴在那里，仿佛从旧货商地窖里搬出来、淌着血的恐怖遗骸。四处都是血。托德开始努力清除血迹，擦拭每个暴露出来的表面，同时一直对着死掉的酒鬼尖叫，因为这酒鬼离开了，却把他一个人留在这里。然而酒鬼只是懒洋洋地死在那儿，张口仰望天花板，鲜血不停地从伤口冒出来。托德抓起拖把，疯狂地来回拖地，却发现他并没有真的把血抹掉，而不过是把血迹稀释了之后散开来，血仍然流个不停。他听到妈妈开车进入车道的声音，明白这酒鬼其实是杜山德。他从噩梦中惊醒时大口喘着气，满身是汗，双手紧紧抓着床单。

但当他再度找到那个在阴沟里的酒鬼后——也许是他，也许是其他人——然后一锤敲下去，噩梦便消失了。他认为可能还得再杀人，或许不只杀一个人，真是糟糕。不过反正这种人原本已是废人，虽然对托德还有点用处。托德就像其他人一样，随着年龄渐长，逐渐调整生活方式，以适应个人的特殊需求。的确，他和别人没什么两样。人生在世，得自己闯出一条路来，想要成功的话，只有靠自己了。

15

托德上高中的第二年，担任圣土多奈多美式足球校队的殿卫，而且当上了联盟的明星球员。一九七七年一月间，他赢得美国退伍军人协会的高中生爱国论文比赛一等奖，得奖文章是以《美国人的责任》为题。那年棒球季，他成了棒球校队的明星投手，缔造了四场胜投、没有一场败投的佳绩，他的打击率是点三六一，而且当选为该年度最佳运动员，由海恩斯教练颁发奖牌。（有一次，教练曾把他拉到一旁，要他勤练曲球，“没有一个黑鬼打得到这样的曲球。”）托德打电话回家告诉妈妈得奖的消息，蒙妮卡喜极而泣。狄克则在颁奖后两个星期了，还在办公室里高视阔步，拼命忍住不要炫耀儿子的成就。那年夏天他们在加州的大苏尔湾租小木屋住了两周，托德尽情地潜水。同一年，托德杀了四个流浪汉，两个是刺死的，另外两个是用棍子打死的。每次进行猎杀行动时，他都得穿两条裤子。他有时候会搭公车，寻找容易下手的地方。他发现最好的两个地点是济贫会和救世军的救济站附近。他总是慢慢走过那些区域，等着流浪汉上前讨钱。当有酒鬼把身子挨过来时，托德会告诉他们，他想喝威士忌，如果他们愿意替他买酒，他可以分一点酒给他们喝。他还说，他知道一个地方，他们可以去那里喝酒。他知道每次都得找不同的地方，他一直拼命按捺住想回废弃火车站或排水沟的强烈念头，因为老在同一个地方作案未免太危险了。

那一年，杜山德甚少抽烟，只喝酒和看电视。托德偶尔会来，每次来都只停留一会儿，两人谈话很少，而且逐渐疏远了。那年杜山德庆祝七十九岁生日，而托德也十六岁了。杜山德评论说，十六岁是一个人年轻岁月的黄金时期，中年则是四十一岁，老年是七十九岁。托德客气地点点头，杜山德醉得差不多了，说话絮絮叨叨的，令托德不安。

一九七六到一九七七学年度，杜山德解决了两个醉鬼，第二个生命力特别强，虽然已经烂醉如泥，而且颈上还插了一柄刀，鲜血不断涌出滴在衬衫上，也流到地板上，但他在厨房绕了两圈后，还能步履踉跄地重新找到客厅，差一点就跑出大门外。

杜山德站在厨房睁大眼睛，不敢置信地看着那个酒鬼跌跌撞撞地往外跑。杜山德待了一会儿，直到酒鬼的手快要摸到门把才回过神来。他立刻冲过去，从抽屉里拿出一把钢叉，戳入酒鬼背后。

杜山德站在他身边喘息着，已经有一把年纪的心脏跳个不停，就像周末晚上电视剧演出的紧急情况。但他的心跳终于恢复正常，他知道他会没事的。

剩下来的是有一大摊血需要清理。

这是四个月前发生的事了，自此他再也没去城中市区的公车站，他怕出什么差错，不过想到自己在千钧一发之际的应变方式，他很为自己感到骄傲。那个酒鬼始终没跑出大门，这是最重要的事。

16

一九七七年秋天，托德一升上高三就加入来复枪俱乐部，到了一九七八年六月，他已经是个神射手了。他又再度当选美式足球联盟明星球员，在棒球季中，也创造五次胜投、一次败投的佳绩（那次败投乃肇因于两次失误和一个残垒），同时他参加全美优秀学生奖学金资格考，获得学校有史以来第三高分。他申请进入加州大学伯克莱分校就读，立刻被录取。到了四月，他知道在毕业典礼上自己不是代表毕业生致告别辞，就是担任致谢辞的代表。他非常希望能成为致告别辞的代表。[1]

在高中的最后半年，他有一种新的冲动，这股不理性的冲动把托德吓坏了，所幸他还把持得住自己，但是居然会产生这样的念头已经够吓人的了。他已经做好人生规划，也一一排除障碍。他的人生有如母亲的厨房一样明亮而充满阳光，到处都用铬、不锈钢和丽光板铺成的光滑洁净的表面——只需按钮，便万事OK。当然厨房中还有深邃阴暗的碗柜，但是你可以把许多东西藏在碗柜里面，而且碗柜的门永远都是关上的。

这种新冲动使他想起了他的梦。在梦中，他回家后，发现母亲明亮洁

---

1 美国高中毕业典礼中，通常由毕业成绩第一名的学生代表致告别辞，第二名致谢辞。

净的厨房里，躺着一个满身是血的酒鬼，似乎在他一切都安排得井井有条、各就各位的心灵厨房里，有个步履踉跄、浑身是血的黑暗闯入者想找个地方轰轰烈烈地断气。

距离鲍登家四分之一英里的地方是一条八线道的高速公路，公路旁是满布灌木丛的陡峭斜坡，斜坡上有很多隐蔽的角落。他父亲曾在圣诞节送他一把点三〇来复枪，上面还有可以拆卸的望远镜。他可以选个塞车时间在斜坡上方挑个好位置……然后就可以轻而易举地……

做什么？

自杀吗？

摧毁他过去四年来努力追求的一切？

说啊，什么呀？

不，女士，不，先生，不，不。

只是说笑罢了。

但这股冲动一直盘踞在他心中。

高中毕业前有一个星期六，托德清开一堆杂志后，把来复枪放进盒子里，把枪盒子放进父亲新买的二手保时捷后座。他把车开到斜坡直直落下公路的位置。他父母开旅行车到洛杉矶度周末了，狄克已成为建筑师事务所的正式合伙人，他将在那里和凯悦饭店的人讨论在雷诺兴建新旅馆的计划。

托德的心简直快要跳出胸口，口中的唾液全是酸味，他把枪夹在腋下，走下斜坡，来到一棵倾倒的树旁，盘腿坐在树后面。他从盒子里拿出来复枪，把枪架在光滑的枯树干上。有一根树枝分岔突出的角度正好可以当枪架，他把枪托顶住右肩，从望远镜中看出去。

愚蠢！他在脑中无声地叫骂，真是愚蠢！万一被别人看见了，不管枪有没有上膛，你都要倒大霉，说不定还会遭到射杀！

这时是早上十点左右，星期六的交通相对没有那么繁忙。他把枪对准一个开着蓝色丰田车的女人，女人半开着车窗，无袖的圆领衫被风吹得啪啪作响。托德瞄准她的太阳穴放了一次空枪。这样做对撞针不好，不过管他的。

“啵！”当丰田车消失后，他轻呼了一声，咽了一下口水，舌头僵硬得有如黏成一堆的铜板。

又来了一个开着速霸陆小货车的男人，这人留了一把灰色的胡子，戴了一顶圣迭戈教士队的棒球帽。

“你这个——你这个脏老鼠，脏老鼠！”托德小声说，咯咯笑了一会，又放了一次空枪。

他放了五次空枪，空枪发出软弱的“啪啪”声，破坏了每一次“杀戮”后的幻想。然后他把枪放回盒子，弯着腰爬上斜坡，免得被发现，然后再把枪放回车后座。他的太阳穴剧烈跳动。他开车回家，走进卧房，开始手淫。

17

那流浪汉穿着破烂的毛线衣，在南加州显得超现实而令人错愕，蓝色牛仔裤在膝盖的地方破了口，露出苍白、毛茸茸的皮肤，上面还可以看到脱皮的疥癣。他举起玻璃杯——佛瑞德、威玛、巴尼和贝蒂等人绕着杯子手舞足蹈，仿佛在进行什么古怪的仪式——一饮而尽，然后生平最后一次满意地咂咂嘴。

“好久没有这么过瘾了。”

“我总是喜欢在晚上喝一杯。”杜山德在他身后表示同意，然后把切肉刀刺进流浪汉的脖子，发出一种撕裂声，仿佛有人兴致勃勃地从刚出炉的烤鸡上把鸡腿扯下来的声音，玻璃杯从流浪汉手中掉落桌面，滚到旁边，滚动的玻璃杯给人一种错觉，以为上面的卡通人物还在跳舞。

流浪汉拼命把头往后，想要尖叫，但是却叫不出声音，只发出可怕的嘶嘶声。他的眼睛睁大、睁大……然后就砰然倒在铺着红白格子桌布的餐桌上，上颚的假牙床半脱落着，让他看起来仿佛在笑。杜山德用双手的力量把刀抽出，走到水槽前。水槽里满池都是加了洗洁精的热水，正泡着晚餐后的脏碟子、脏碗。刀子立刻沉入有柠檬香的泡沫中，就好像小小的战斗机潜入云中一样。

他走到餐桌旁，在那里站了一下，把手放在流浪汉的肩膀上，然后一阵咳嗽。他从裤袋中掏出手帕吐了一口黄褐色的痰，最近烟抽得太多了。每当他决定再干一票的时候，总是会抽很多烟。但这次进行得很平顺、非常平顺。他原本害怕又会像上次一样混乱狼狈。

现在，如果动作够快，他还来得及看连续剧的后半段。

他匆匆穿过厨房，打开地窖门，把电灯也开了。然后回到水槽边，从下面的柜子里拿出绿色的塑胶垃圾袋，一边走回流浪汉身边，一边把垃圾袋抖开。鲜血从餐桌布上漫出，流到酒鬼的膝盖上，也流到地板上，连椅子上都是血迹。不过等会儿他都会清理干净。

杜山德抓住酒鬼的头发，把他的头猛然拉起，现在不费吹灰之力就可以办得到。不一会儿，酒鬼就懒洋洋地向后仰，好像在美容院洗头一样。杜山德把垃圾袋从酒鬼头上套下去，一直套到手肘以下。然后他解下酒鬼的皮带，在酒鬼手肘上方两三英寸的地方绕着垃圾袋紧紧绑住，再抓着皮带把尸体拖往地窖。酒鬼脚上的鞋子又破又脏，双脚拖在地板上呈V字形。有个白色的东西突然跌出垃圾袋，在地板上喀啦作响，原来是酒鬼的假牙床。杜山德把它捡起来，塞进酒鬼的口袋里。

他让尸体躺在地窖门口，头垂在下面两级楼梯上，然后使劲踢了几下尸体，踢前两下时，尸体只微微动了动，踢第三下的时候，尸体就一路滚下去，滚到一半时，尸体翻过身来，重重落在地面。一只鞋飞脱了，杜山德在脑子里记住，要把鞋子捡回来。

他走下楼梯，绕过尸体，往工具箱走去。那里有一把铁锹、一个耙子和一个锄头斜靠着墙面。杜山德选了那把铁锹。老人家运动一下总是好的，可以让你觉得年轻起来。

这里的味道不太好闻，不过他不在乎。他每个月都会来撒点石灰（在他又“解决”了一个酒鬼三天后）。暖和无风的日子里，他会把楼上的电扇开着，免得臭味弥漫整个屋子。他还记得克拉玛老爱说死人会说话，不过我们是用鼻子听到的。

他在地窖北边角落找了一个地方开始工作，这个墓穴得挖两英尺半宽、六英尺长。当他挖到两英尺深，换句话说，才一半的时候，胸口一阵剧痛，像被子弹射中一样。他站直了身子，眼睛张大，剧痛像电流一样传到手臂上……难以置信的疼痛，就像一只看不见的手把他全身血管抓住、拉扯着。他手上的铁锹跌落一边，两腿一软便跪了下去，在那可怕的刹那间，他以为会跌进自己掘的墓中。

他挣扎着向后退了三步，坐在凳子上，他脸上有种愚蠢的惊讶表情，自己都感觉得到。他想他的模样一定很像默片里的喜剧演员被门打中或一脚踩进母牛群中，他低下头来喘着。

十五分钟后，痛苦开始减轻点，但却站不起来。这是他第一次意识到自己老了，他害怕极了，几乎要哭出来。在这个阴湿、臭气熏天的地窖内，死神的衣摆扫过他，但他绝不愿死在这里。

他站起来，手还抓着胸口，像是抓着一具脆弱的机器，蹒跚地走向楼梯，左脚被那个死酒鬼伸出的腿绊了一下，胸口还在隐隐作痛，他望着楼梯——陡峭的楼梯，整整有十二级，梯子顶端发出的光像在远远地嘲笑他。

杜山德费力地爬上第一级，嘴里用德文数着："一、二、三——"

他花了二十分钟才爬到厨房，当他在楼梯上时，有两次那种痛苦又发作了，他只好闭上眼，看看会怎么样，他知道要是痛得像刚才那么厉害，他可能会死，但痛楚还是过去了。

他爬向桌子，避免碰到厨房地板上的血迹，抓住酒瓶喝了一口，闭上眼睛，痛苦似乎减轻了。五分钟后，他慢慢走向客厅放电话的地方。

九点过一刻，鲍登家的电话铃响了，托德正跷着腿坐在沙发上读三角。他最痛恨三角，也讨厌所有的数学科目。父亲坐在对面，膝上放个计算器，正在翻阅支票存根，脸上微微露出难以置信的表情。蒙妮卡正在看一部〇〇七电影，是托德两个星期前从 HBO 频道替她录下来的。蒙妮卡离电话最近，她接起电话。

"喂？"她听着，然后微微皱眉，把电话筒递给托德，"是登克尔先生，他声音似乎很兴奋，或是很沮丧。"

托德的心快跳到喉咙口了，但他仍然不动声色，"是吗？"然后接过电话来。"嗨！登克尔先生。"

杜山德的声音粗鲁而急切，"马上过来，我心脏病发作了，情形很糟糕。"

"哦，"托德说，努力拉回涣散的思绪，集中精神，脑中涌起巨大的恐惧，"真有趣，但是现在很晚了，而且我正在念书——"

"我知道你现在不方便说话，"杜山德几乎嘶吼着说，"你仔细听着，我不能叫救护车或拨 222……至少现在还不能，因为这儿一团糟，我需要你帮忙……换句话说，你需要我帮忙。"

"好吧——既然你这么说。"托德心跳可能已经加快到每分钟一百二十次，但面色平静，几乎可说是安详。他难道没想过会碰上这种情形吗？他当然想过。

"就告诉你父母，我收到一封信，"杜山德说，"一封很重要的信，你懂吗？"

"好。"

“现在就看你的了。”

“好，”托德说，他突然发现母亲正在看他，而没有在看电视，他只好挤出一丝微笑。“再见。”

杜山德还在说什么，但托德已把电话挂上。

“我去看一下登克尔先生，”他说，虽然眼睛看着母亲——她脸上仍然微露出担心的神情，但话是对两个人说的，“你们要我顺便买什么东西回来吗？”

“替我买烟斗清洁剂，替你妈妈买一点控制财务的责任感回来。”狄克说。

“很幽默，”蒙妮卡说，“登克尔先生——”

“天哪，你到底在费尔丁的店里买了什么东西？”狄克插嘴。

“就是柜子里那个小装饰架啊，我不是告诉过你吗？登克尔先生没有什么不对劲吧，托德？他的声音听起来怪怪的。”

“还真的有小装饰架这种东西？我还以为是写推理小说的那些疯狂英国女人瞎编出来的，所以每次杀手要找个很钝的工具时，总是知道要上那儿去找。”

“狄克，我可不可以先插句嘴？”

“当然，请便。”

“我猜他没事，”托德一边穿上外套，把拉链拉上，一边说，“但是很兴奋，他接到侄子从汉堡还是杜塞道夫寄来的信，他已经好多年没有亲人的消息了，但因为眼睛不好，看不清楚信里写些什么。”

“你快去吧！”狄克说，“让老人家安心。”

“我以为他找了别人念书给他听了。”蒙妮卡说。

“是呀！”托德突然恨起母亲来，他痛恨母亲眼里流露出那种一知半解的神情，“也许一时找不到他，或是太晚了，那男孩不方便过去。”

“呃，那就去吧！小心点！”

“我会的。不需要我替你们买什么东西吗？”

“不需要。你微积分期末考试怎么样了？”

“是三角，”托德说，“还好吧。”他撒了个大谎。

“你想开保时捷去吗？”狄克问。

“不用，我骑脚踏车去。”他想利用在路上多花的短短五分钟时间来好好整理思绪，控制一下情绪——至少试着控制自己。以他目前的精神状况，搞不好会开着保时捷撞上公共电话亭。

“膝盖绑上反光板，代我们问登克尔先生好。”蒙妮卡说。

“好的。”

母亲的眼中仍有疑虑，但是没有像刚才那么明显。他给她一个飞吻，便去车房取单车——现在他骑的是意大利赛车。他的心仍然怦怦跳着，有一股疯狂的冲动，恨不得拿把枪进屋子射死他父母，然后再跑到那个俯瞰公路的斜坡上。不用再担心杜山德，不会再做噩梦，也不用再杀酒鬼了。他要不停地射击，射击，只留下最后一颗子弹来了结一切。

然后他又恢复了理智，往杜山德家骑去，反光板随着他的膝盖上下转动，眉际金发飞扬。

“天呀！”托德尖叫道。

他站在厨房门口。杜山德用手肘撑着，跌坐在那儿，前面是他的瓷杯。他额头流着大颗冷汗，但令托德尖叫的不是杜山德的冷汗，而是血，到处都是血，桌上、椅上、厨房地板上。

“你是哪里在流血啊？”托德叫道，他那僵住的脚终于又开始移动了——他感觉自己似乎已经在门口站了一千年。完了！他暗忖，一切都完了！气球越升越高，飘到半空中，然后就拜拜。他小心不去踩到血，“你不是说你心脏病发作了吗？”

“那不是我的血。”杜山德喃喃道。

“什么？”托德停住，“你说什么？”

“下楼去，你就知道了。”

“这是怎么一回事？”托德问道，他的脑子突然闪过一个可怕的念头。

“别浪费时间了，小子，我以为你看到了不会太讶异。我想你已经很有经验了，而且是第一手的经验。”

托德难以置信地看着他好一会儿，然后三步并作两步跑下楼去。在昏黄的灯光下，他最初以为是杜山德在地窖里堆了一个大垃圾袋，然后他看到那双伸出来的腿，还有紧紧绑住的垃圾袋露出的一双脏手。

“天哪！”他又喊了一声，不过这次声音很低。

他用手掩着嘴，嘴唇好像砂纸一样干，然后闭上眼睛一会儿……当他再张开后，他已经能控制自己了。

托德开始行动。

他看到角落有个浅坑露出铲柄，立刻明白杜山德心脏病发时正在做什么。他闻到地窖发出一股恶臭——好像马铃薯腐烂的味道，他以前闻过这种味道，但在楼上气味比较淡，更何况他过去两年中甚少来此。他现在完全明白为什么会有这股味道了，有好一会儿，他拼命克制想呕吐的感觉，用手掩着嘴和鼻子，闷声发出想呕的声音。

最后，他慢慢能控制自己了。

他抓住酒鬼的腿，把他拖到坑边丢下去，额上直冒汗。他在洞口站了好久，思索着，一生中从来没有这么努力地思考过。

然后他抓起铁锹，开始把坑挖深一点。挖到五英尺深时，用脚将尸体踢入坑中。托德站在坑边，向下望了一会。破烂的牛仔裤、满是疤痕的脏手，没错，这是个流浪汉。真是又讽刺又可笑啊，好笑得可以让一个人同时尖叫和大笑。

他跑回楼上。

“你现在觉得怎么样？”他问杜山德。

“我很好，你弄好了吗？”

“我正在弄。”

“快点，上面还要清理。”

“我真想把你拿去喂猪吃。”托德说，不等杜山德回话便跑下去了。

当他快掩埋完那个酒鬼时，突然感到有什么不对劲。他手握着铁锹柄，望着墓穴，酒鬼的腿还伸在外面，一只脚上穿着破鞋，另一只脚穿了脏袜子，那只袜子在塔夫托当总统时，可能曾经是只白袜。

另外一只鞋呢？

托德小跑到楼梯边狂乱地四处看。他的太阳穴开始隐隐作痛，仿佛有人在上面咚咚打着洞，终于在五英尺外的旧架子阴影下看到那只翻过来的鞋。他抓起鞋子跑回坑边，把它丢下去，然后再度开始铲土。最后他把鞋子、腿和一切都埋在土下。

当他把铲出来的泥土全都填回坑里之后，用铁锹用力拍打着，然后再用耙子前前后后耙着土，让人看不出这里的土最近曾经翻过。不过没有什么用，没有好的伪装，重新掩埋过的坑终归还是像重新掩埋过的坑。不会有人下来吧？他和杜山德只能默祷没有人会下地窖来。

托德跑回楼上，开始喘气。

杜山德的手肘张得开开的，头落在桌子上，眼睛闭着，嘴唇发紫。

“杜山德！”托德大叫，他感觉嘴里热热湿湿的，是混合了加速分泌的肾上腺素和澎湃热血的恐惧滋味。“你不准死！你这个老混账！”

“小声点，”杜山德闭着眼睛说，“你想让整个巷子都听到吗？”

“清洁剂呢，还有抹布，你有抹布吗？”

“都在水槽下面。”

已有不少血干了，杜山德抬起头来，看着托德跪在地板上来回擦拭，先清掉地板上的血迹，然后擦拭从酒鬼坐过的椅子上滴落到椅脚的血迹。他使劲咬着嘴唇，有点像咬着衔的马。最后总算做完了。室内充满了清洁剂的味道。

“楼梯下有一盒破布，”杜山德说，“把有血迹的抹布放在最底下。别忘了洗手。”

“用不着你多嘴，都是你害我的。”

“是吗？那么我不得不说，你处理得很好。”杜山德的声音中带着往常的嘲弄，然后突然脸色一变。“快点！”

托德再次下楼把抹布收拾好，然后赶快上楼去。他紧张地往楼梯下面看了一会儿，然后把灯关掉，并关上门。他走到水槽边，卷起袖子，用他所能忍受的最热的热水洗手。他把手埋进肥皂水中，抓起了杜山德用过的切肉刀。

“我恨不得割断你的喉咙。”托德狠狠道。

“是啊！然后把我拿去喂猪，你毫无疑问会这么做。”

托德把刀洗干净，擦干，放在一边，然后很快把碗盘洗干净，让水流掉，再把水槽洗干净。他看了一下钟，已经十点二十分了。

他走到电话机旁，拿起话筒，若有所思地看了一会儿。他老觉得似乎忘了什么事情——像酒鬼的鞋子一样紧要的事情。到底是什么呢？他不知道，如果不是头痛，他也许想得出来，这该死的头痛。他通常是不会忘记什么事的，这令他很害怕。

他拨 222，响了一声后，“这里是急救中心，有什么问题吗？”传来一个男人的声音。

“我是托德 · 鲍登，我现在在克雷门特街 963 号，请派一辆救护车来。”

“出了什么事？”

“是我朋友，杜——”他狠狠咬住下唇，差点咬出血来，有好一会儿，他因为头痛欲裂而神志恍惚。杜山德，他差点报出他的真名来。

“镇静点，”对方说，“慢慢讲，别紧张。”

“我的朋友登克尔先生，我猜他心脏病发作了。”

“有什么症状？”

托德开始描述，等托德说到胸痛开始转移到左手臂时，对方已经知道是怎么回事了。他告诉托德，救护车会在一二十分钟内赶到，要视路上交通状况而定。托德挂上电话，把手压在眼睛上。

“办好了吗？”杜山德有气无力道。

“好了！”托德尖叫，“好了、好了、好了！好——你给我闭嘴！”

他更用力地压住眼睛，先是眼冒金星，然后是一片红色。他对自己说，镇静！镇定下来！

他张开眼睛，再拿起电话筒，接下来是更困难的部分，该打电话回家了。

“喂？”传来蒙妮卡温柔而有教养的声音，有一会儿，他仿佛看见自己用那把点三〇来复枪对准她的鼻子，扣下扳机，涌出鲜血来。

“妈咪，我是托德，我要跟爸说话，快点！”

托德很久都没有叫她妈咪了，他知道母亲会立刻感到不寻常，“什么事，托德，出了什么事？”

“叫爸来。”

“但——”

电话另一头发出喀唧的声音，他听到妈妈在跟爸爸说什么。他准备好了。

“是登克尔先生，爸，他——他心脏病发作了。我很确定他是心脏病发作。”

“老天！”他父亲惊呼道，托德听见他把消息告诉太太，然后又对着电话说，“他还活着吗？你判断他还活着吗？”

“他还活着，有知觉。”

“谢天谢地，叫辆救护车来。”

“已经叫了。”

“打 222？”

“是的。”

“好孩子，他的情况有多糟，你看得出来吗？”

“我不知道，他们说救护车很快就会到，但……我吓呆了，你可以过来陪我一起等吗？”

“我四分钟后就会赶到。”

电话挂上、切断联系之际，他可以听见他妈妈在说话。

四分钟。

还有四分钟可以把没做完的事做完，记起忘记做的事，他忘了什么吗？也许只是太过紧张而已。天哪！他巴不得自己不需要打电话给父亲，但在这种情况下，这是自然反应呀！不是吗？他有没有漏掉什么自然会做的事没做？

“哦！你这猪脑袋！”他突然呻吟道，拔腿冲回厨房，杜山德还趴在桌子上，眼睛半张着。

“杜山德！”托德大喊，用力摇着他，老人发出呻吟，“醒来！醒来！你这个臭杂种！”

“什么事？救护车来了吗？”

“那封信！我父亲要来了，他马上会来！那封该死的信呢？”

“什么……什么信？”

“你叫我告诉他们，你收到一封很重要的信。我说……”他的心往下沉，“我说是从海外寄来的，从德国，天哪！”托德焦急地抓头发。

“信，”杜山德费力地抬起头来，他的双颊泛着不健康的黄白色，嘴唇发紫，“我想是威利写的，威利·法蓝科。亲爱的威利。”

托德看表，已经过了两分钟了，他父亲不可能在四分钟内赶到，但也不会太晚来，保时捷的速度很快。每一件事都发生得太快了。他只隐约觉得还有什么不对劲的地方，但是已经没有时间到处去找漏洞了。

“我念信给你听的时候，你因为太兴奋而心脏病发作。好，那么信在哪儿？”

杜山德茫然看着他。

“信！在哪儿？”

“什么信？”杜山德摸不着边际的问道，托德差点要用手去勒这个老怪物的脖子。

“我念给你听的信呀！威利写的信呀！到底在哪儿？”

两人都看着桌子，好像期望信会在上面。

“楼上，”杜山德终于说，“找找柜子抽屉，第三个抽屉里有个小木盒子，你得敲开它，钥匙早就丢了。那里有一些朋友写来的信，没有签名，没有日期，全是德文，可以拿一两页来装装样子。如果你动作快的话——”

“你疯了吗？”托德暴怒道，“我又不懂德文，如何念给你听？你这个老混账！”

“威利为何要写英文信给我？”杜山德虚弱地反驳，“如果你念德文信给我听，我还是会懂的，当然你的发音会有问题，但还是——”

杜山德的话有道理，他又说对了，托德不等他说完就跑上去。即使心脏病发，这老家伙的思路还是比他快一步。他跑到楼梯边，停了一会儿，确定没有听到父亲的保时捷车驶进车道的声音。父亲还没到，但是表上的时间提醒他现在的情况是多么紧急，已经五分钟了。

他冲进杜山德的卧房，过去从未进来过这个房间，他慌乱地扫视了这个不熟悉的地方，然后看到一个旧货店里买来的柜子。他跪在柜子前面拉开第三个抽屉，拉到一半就卡住了。

“该死！”他低声诅咒，除了暗红的两颊和有如暴风雨前夕的乌云般深蓝的眼珠以外，整张脸一片惨白。“该死的东西快打开！”

由于他拉得太猛，整个柜子前倾，几乎倒在他身上，然后又稳住了。抽屉跌落在膝盖上，杜山德的袜子、内衣、手帕撒了一地，他翻着抽屉里剩下的东西，终于找到一个木盒子，九英寸长、三英寸深。他试着去拉开盖子，但拉不动。正如杜山德所说，木盒子是锁住的。今天晚上没有一件事情是容易的。

他把衣服一股脑儿塞进抽屉，然后把抽屉推进去，这时抽屉又卡住了。托德来回移动，努力把抽屉推回去，弄得满头大汗。等到终于关上抽屉，他拿着盒子站起来。已经过了几分钟？

杜山德的床有四根柱子，他把木盒子用力敲在柱子上，由于太用力了，手震得疼痛发麻。他看看盒子，锁有一点凹痕，但盒子依旧锁得牢牢的。他不顾疼痛，再把盒子往柱子上撞，这次更用力，柱子掉下了一块木头碎片，但锁依旧没打开。托德发出尖锐的笑声，走到床的另一边，把盒子高举过头，使出全力重重一砸，这次终于把锁砸开了。

当他打开盖子时，杜山德的窗上闪过一道车灯的光芒。

他在盒子里乱翻着，明信片、一张女人的照片、旧皮夹、好几张身份证、空的护照夹子，最下面才是信。

灯光越来越亮了，他可以听到保时捷的引擎声，声音越来越大……然后戛然而止。

托德抓起三张两面全写着德文的信纸跑出房间，跑到楼梯时才想到盒子没有收好，还散在杜山德的床上，他又跑回去抓起盒子，打开第三个抽屉。

抽屉又卡住了，发出木头摩擦的尖锐声响。

他听到前门传出保时捷煞车的声音，驾驶座的车门打开了，然后又重重关上。

托德可以听到自己微弱的呻吟声。他把木盒子放进倾斜的抽屉，站起来，用脚猛然一踢，抽屉关上了。他快步跑下楼去，跑到一半便已听到父亲的脚步声，笃笃地走在前院的走道上。托德跳过楼梯扶手，轻巧落地，跑进厨房，航空信在他手中飘动。

门上响起一阵敲门声，“托德？托德？是我！”

他又听见远处传来救护车的警笛声，杜山德已经处于半昏迷状态了。

“来了！爸！”托德叫道。

他把信纸放在桌上，弄得好像在仓皇间掉落的样子，然后跑去开门，让父亲进来。

“他在哪儿？”狄克问道。

“在厨房里。”

“你做得很好。”他父亲说，略带尴尬地搂了他一下。

“我只希望我没忘了什么。”托德谦虚地说，跟着父亲到厨房去。

由于大家匆忙将杜山德抬出去，几乎没有人注意到那封信。托德的父亲拿起来看了一下，这时救护人员正好抬担架进来，他便随手将信放下，托德和父亲跟着救护车走。他向医生说明杜山德发病的状况，医生也理所当然地听信了他的解释。毕竟“登克尔先生”已经八十高龄了，他平常的生活习惯又不是很好。医生夸奖托德处置得宜。托德软弱无力地谢了他，然后问父亲是不是该回家了。

在回家的路上，狄克又再夸了他一顿。托德根本没在听，只想到那把来复枪。

18

就在同一天，莫里斯·海索跌断了背脊骨。

莫里斯根本不打算跌断背脊骨，他只想钉好房子西边屋檐下的排水管。他一生遭遇过的不幸已经太多了，他丝毫不想再跌断背脊骨。他的第一任妻子二十五岁就死了，他们的两个女儿也都死了，他弟弟于一九七一年在迪士尼乐园附近遇车祸身亡。莫里斯自己将近六十岁，患了严重的关节炎，两手又长疮，医生治疗的速度根本追不上疮恶化的速度。他也有偏头痛的毛病。最近几年，邻居罗根竟然喊他“毒舌莫里斯”，他听了很生气，曾向第二任太太莉迪娅抱怨，如果他叫罗根“长痔疮的罗根”，他又会作何感想。

莉迪娅总是说：“别这样，莫里斯，你不能把它当笑话看吗？我常在想，我怎么会嫁给一个一点幽默感也没有的人。我们到拉斯维加斯去玩，”莉迪娅对着空空的厨房说，仿佛只有她才看得见那里有一堆观众正在洗耳恭听。“去看笑星表演，而莫里斯从头到尾都不笑。”

除了关节炎、疮、偏头痛之外，还有莉迪娅，自从动了子宫切除手术后，过去五年来，莉迪娅的唠叨越来越烦人。所以，他已经有太多悲哀和烦恼了，偏偏现在又跌断背脊骨。

“莫里斯！”莉迪娅喊道，她从后门走出来，用擦碗巾擦着手，“莫里斯！你快下来！”

“什么事？”他扭过头来看她，他已经快爬到铝梯顶端了，上面贴着一块艳黄色贴纸，写着：“危险！再往上爬，可能会无预警地失去平衡！”莫里斯围着木匠穿的那种有大口袋的围裙，一个口袋里装满钉子，另一个装着马钉。架着梯子的地面不是很平，所以当他转动身子的时候，梯子摇晃了一下。他的脖子隐隐作痛，偏头痛又快发作了。他发脾气道：“什么事？”

“下来，免得跌坏了。”

“我快钉完了。”

“你的梯子晃得像条船似的，快下来。”

“我钉完了自然会下来，”他生气道，“别管我！”

“你会跌断你的脊梁骨。”她懊恼地再说一遍，走进屋内。

十分钟后，当他站在快失去平衡的梯顶钉着最后一根钉子时，他听见猫急促地叫着，紧接着是一阵凶猛的吠声。“怎么回事啊——”

他回过头去，梯子立刻摇动起来。正在这时候，他们的猫从车房转角冲过来，全身的毛都竖起，绿色的眼睛快喷出火来，而罗根的狗则吐着舌头在后面猛追，后面拖着长长的狗链。

这只猫显然不迷信，它毫不迟疑地便从梯子下面跑过去，狗也跟了过来。

“小心，小心，你这头笨狗！”莫里斯大喊。

说时迟、那时快，小狗撞到梯子，梯子开始摇晃，接着往后倾，莫里斯也往后倾，他发出一声惊呼，便四脚朝天结结实实落在水泥地上了，口袋里的钉子纷纷掉出来，当脊椎啪啦一声断裂时，他的背部闪过一阵剧痛，然后便失去知觉。

当他醒来时仍然躺在地上，身旁撒了一地的钉子，莉迪娅正跪在他身边哭泣，罗根从隔壁走过来，脸色白得像裹尸布。

“我不是早就告诉你了！”莉迪娅数落道，“我叫你下来，你偏不听，现在看吧！”

莫里斯发现他完全不想看，只感到一阵闷闷的悸痛环绕整个腰部，好像被皮带紧紧束住一样，更糟的是，在疼痛的部位以下，他的下半身毫无感觉，一点感觉也没有。

“待会儿再哭，”他粗声道，“去叫医生来。”

“我去。”罗根说，跑回他自己的屋子。

“莉迪娅。”莫里斯说，他舔了舔嘴唇。

“什么事？”她俯身看他，一滴泪落在他的颊上，很令人感动，但也令他缩了一下，一动就更痛了。

“莉迪娅，我的头也很痛。”

“可怜的人，我不早告诉过你——”

“我头痛是因为罗根的狗整晚吠个不停，让我睡不着觉，今天他的狗又追我们的猫，结果撞翻我的梯子，我想我的背脊骨跌断了。”

莉迪娅尖叫起来，那声音使他的头更痛。

“莉迪娅。”他说着，又润湿嘴唇。

“什么事，亲爱的？”

“我这几年一直怀疑一件事，现在我可以确定了。”

“可怜的莫里斯，什么事？”

“这个世界上根本没有上帝。”莫里斯说着就昏过去了。

当莫里斯被送到医院时，医生告诉他，也许这辈子他再也不能走路了，而平常这个时候，他应该坐在晚餐桌上吃着莉迪娅烧的难吃的晚餐。医院帮他打了石膏，同时也验血验尿。肯默曼医生检查了他的眼睛，也用一个小橡胶锤轻轻敲他的膝盖，他的腿完全没有出现反射性抽动。而每次一转身，他就看到莉迪娅眼里噙着泪水，弄湿了一条又一条手帕。莉迪娅不管到哪里，都随身带着几条镶着花边的小手帕，以防她爱哭的毛病随时又犯了。莉迪娅已经打电话给妈妈，她妈妈答应立刻过来（莫里斯说：“太好了，莉迪娅。”但事实上，莫里斯最讨厌的人莫过于莉迪娅的妈妈）。她也打电话给犹太教的牧师，他也会很快赶到（莫里斯又说：“太好了，莉迪娅。”虽然他已经有五年没进过犹太教堂了，也不太记得牧师的名字）。莉迪娅还打电话给莫里斯的老板——老板无法立刻来看他，不过致上最深切的同情和关切之意（“太好了，莉迪娅。”——如果有什么人和莉迪娅的妈妈一样惹人厌，那么就非他那老爱嚼烟草的老板哈斯·考尔莫属了）。最后，医院给莫里斯吃了一颗安眠药，并请莉迪娅离开。没有多久，莫里斯就昏昏沉沉睡了过去——不再担心，也不再头痛。他脑子想的最后一件事是，如果他们一直给他吃这种蓝色药丸，他宁愿再爬上那梯子，跌断脊骨。

他醒来时，天刚破晓，医院静悄悄的，他感到很平静，几乎有一种安详的感觉。他没有感到疼痛，身体被包了起来，感觉轻飘飘的。病床周围都是不锈钢的钢条、支索、滑轮构成的装置，像个松鼠笼子一样。他的腿吊着，背部似乎被下面什么东西支撑着，但他不确定，因为从他的视线角度看过去他无法判断。

其他人碰过更惨的事情，他心里想。全世界都有人比我的遭遇更凄惨。在以色列，巴勒斯坦人会整车整车地杀掉农夫，而这些农夫犯的政治罪行不过是进城去看场电影。而以色列人回应不公不义的方式是轰炸巴勒斯坦人的居住地，杀掉可能躲在那里的恐怖分子，但同时也杀了许多无辜孩童。其他人的遭遇比我更凄惨……我并不是说摔断了背因此就变成好事，但是其他人的遭遇比我更悲惨。

他用了一点力气举起一只手，身体隐隐作痛，但很轻微，他握紧拳头。他的手没坏，手臂也是好的，但腰部以下毫无感觉，这有什么关系呢？世界上有很多人颈部以下的部位都完全瘫痪，还有人患麻风病，还有人因梅毒而死，在全世界某个角落，可能有人此刻正走进一架待会儿即将坠毁的飞机。他的遭遇很不幸，但比他不幸的还大有人在。

而且，从前还发生过更可怕的事情。

他举起左手来，这只手轻飘飘的，好像和身体分家了，这是一只骨瘦如柴、日渐衰颓的老年人的手臂。他穿着医院给病人的短袖上衣，因此看得到手臂上有点褪色的蓝色刺青，P499965214。从前发生的事更糟糕，比从梯子跌下来摔断了背脊骨、被送到干净卫生的都会区大医院、还给你一颗安眠药、让你将所有烦恼抛到九霄云外，要糟上数百倍的事。

那里有淋浴室，那是其中一件更可怕的事。他的第一任太太露丝便死在脏兮兮的淋浴室。还有壕沟变为墓穴。他闭上双眼，还能看见那些男人一排排站在壕沟前面，听到一阵来复枪响，还记得所有人好像做坏了的木偶似的，一个个往后掉入壕沟。还有火葬场，那也比他现在的不幸糟糕许多，空气中充满了犹太人如同没人看得见的火炬般烧焦的味道，亲友们惊骇的脸孔……像淌蜡的蜡烛般逐渐融化消失的脸孔，似乎就在你的眼前变得越来越细、越来越小，有一天终于消失不见了。他们到哪里去了呢？当寒风吹熄了火炬以后，火焰跑到哪里去了呢？天堂？地狱？黑暗之光，风中之烛。当约伯终于崩溃、表示质疑的时候，上帝问他：*当我创造世界的时候，你在哪里？*如果莫里斯是约伯，他会回答：*当我的露丝生命垂危的时候，你在哪里？在观赏纽约洋基队和华盛顿参议员队的棒球赛吗？如果你对自己的工作这么漫不经心，那么就不要出现在我的面前。*

没错，毋庸置疑，天底下有很多事情比跌断背脊骨更悲惨。但到底是什么样的上帝，会在他眼睁睁看着妻女和朋友一一死掉以后，还要让他跌断背脊骨、终生瘫痪呢？

世上根本没有上帝。

他的眼角涌出一滴泪水，慢慢滑到耳际。病房外，响起了轻柔的铃声和穿着白鞋的护士轻悄的脚步声，他的房门是打开的，他猜外面走道墙壁上一定挂着“加护病房”的牌子，因为他依稀看到“护病”两个字。

屋内有了动静，床单的沙沙声。

莫里斯很小心地把头转向右边，看到旁边的小茶几上放了一个冷水壶，还有两个唤人的按钮。再过去一点是另外一张床，床上躺了一个人，样子看起来比他还要老，病得也更严重。他不像莫里斯被固定在一个巨大的活动圆轮上，但是他的床边吊着点滴瓶子，脚边还有一些监测仪器。那人的皮肤蜡黄干枯，嘴旁眼际都刻着深深的皱纹，黄白色的头发干枯而毫无生气。眼皮薄薄的，有点瘀青，还有个酒糟大鼻子，一望而知是长期酗酒的人。

莫里斯别过头去，然后又回过头来看他。天色越来越亮，整个医院也苏醒过来，他有种奇怪的感觉，觉得自己认得同房的病人。可能吗？那人看来在七十五岁到八十岁之间，除了莉迪娅的母亲以外，他不认为自己认识这么老的人，有时候莫里斯觉得莉迪娅的母亲比人面狮身像还要老（她长得很像人面狮身像）。

也许这家伙是他过去认识的人，也许是在他来美国之前。也许是，也许不是。为什么突然之间，这件事变得这么重要？为什么他在巴汀集中营的所有回忆，都在一夜之间涌现？而他一向都刻意把这些事情埋在记忆深处（而大半时候也很成功）。

他浑身起了一阵鸡皮疙瘩，仿佛走进一幢内心的鬼屋，里面有许多死不瞑目的死尸和四处漫步的古老鬼魂。但可能吗？现在他置身于干净的医院，那段黑暗的日子也已是三十年前的往事了。

他把头转过来，不再望着那个老人，不久就昏昏入睡了。

那个人看起来很面熟，全是你自己胡思乱想，就像过去一样，你被自己的想象愚弄了——

但是他不这么想，他不容许自己这么想。

在半梦半醒之间，他想起以前曾经向露丝夸口（但他从不向莉迪娅夸口，这样做得不偿失，莉迪娅不像露丝，过去每当他又在无伤大雅地吹牛皮时，露丝总是甜甜笑着）：*我绝不会忘掉任何一张看过的脸孔*。现在就是大好机会，可以测试看看他是不是还拥有从前的过人记忆力，他以前是不是真的看过邻床的病人，也许他能想起来究竟是什么时候看过他……以及在哪里看过。

他几乎要睡着了，恍惚之间，莫里斯想：*也许我是在集中营认识他的*。

那还真够讽刺的——就是他们所谓的"上帝开了一个大玩笑"。

什么上帝啊？莫里斯再度问自己，然后就睡着了。

19

托德毕业时是全班第二名，因为杜山德心脏病发的那晚，他原本在读的三角期末考没考好，而把学期总成绩拉下来，只得了八十九分，差 A⁻一分。

毕业一星期后，鲍登一家人去医院探望登克尔先生。他们寒暄了一阵子，不外乎"谢谢你们"、"你现在觉得怎么样"之类的陈腔滥调，然后杜山德对面床的病人问托德能不能过去一下。

"真不好意思，"那人抱歉地说，他全身打着石膏，固定在支架和支索上，"我叫莫里斯·海索，我的背跌断了。"

"真糟糕。"托德同情地说。

"噢，他说真糟糕！这孩子真懂得轻描淡写！"他说。

托德连忙说对不起，但是莫里斯摇摇手，微笑了一下，他的脸色苍白且疲倦，许多住院的老人家面对眼前的人生剧变都是这副表情。托德心里想，在这方面，他和杜山德很像。

"你不需要道歉，不需要因为我无礼的评论而道歉。你是个陌生人，陌生人何必要承担我的烦恼呢？"

"没有人是完全的孤岛——"托德说，莫里斯笑了起来。

"他竟然开始引经据典了！聪明的孩子！你朋友的情形很糟吗？"

"医生说，以他的年龄而言，恢复得还不错，他已经八十岁了。"

"那么老！"莫里斯嚷道，"他很少跟我说话，但从他的口音听起来，我猜他是移民来美国的吧！就像我一样，我的祖籍是波兰。你知道，我最初是从波兰拉多姆市来的。"

"是吗？"托德很有礼貌地回话。

"你知道他们在拉多姆怎么叫出入孔盖板吗？"

"不知道。"托德笑着说。

"霍华强生旅馆招牌。"莫里斯说着就笑了起来，托德也笑。杜山德听见笑声瞥了他们一眼，微微皱眉。莫妮卡说了句什么，他又转回目光。

"你朋友是移民到美国的吗？"

"是的，他是从德国艾山来的，你知道那个地方吗？"

"不知道，"莫里斯说，"我只去过一次德国，大战时他在德国吗？"

"我不太清楚。"托德的目光变得疏远起来。

"呃，没关系。那是很久以前的事了，那场战争。再过三年，战后才出生的人就有资格竞选美国总统了。唉！对他们而言，敦刻尔克大撤退的奇迹和迦太基大将汉尼拔率领大军及大象翻越阿尔卑斯山的事迹，根本没有多大的差别。"

"你那时候参战了吗？"

"就某种程度而言，我算是参战了吧。你是个好孩子，会来探望一个老人家……应该说两个老人家，把我也算在内的话。"

托德谦虚地笑笑。

"我累了，"莫里斯说，"或许我该睡了。"

"祝你早日康复。"托德说。

莫里斯点头微笑，闭上眼睛。托德回到杜山德床边，他父母正打算离开——他父亲一直看表，还假惺惺地惊呼原来已经这么晚了。

两天后，托德独自来医院，这次莫里斯在一旁睡得很熟。

"你做得很好，"杜山德静静地说，"你后来有没有再回我的房子？"

"有。我把那封该死的信烧了，我想没有人会对那封信有兴趣，而且我怕……我说不上来。”他耸耸肩，无法告诉杜山德，他近乎迷信地害怕那封信会惹出问题——害怕有人进到屋内，而那人碰巧看得懂德文，他会发现这是十年或二十年前的信。

“下次你来时，偷偷给我捎点酒来，”杜山德说，“我发现我不会想抽烟，但是——”

“我不会再来了，”托德直截了当地说，“再也不来了，这件事情结束了，我们扯平了，从此不相欠。”

“扯平了。”杜山德把手交叉在胸前微笑着，不是温和地笑……但或许杜山德的笑容最多只能温和到这个程度了。“他们答应下星期让我离开这坟场，医生说我还有几年好活。我问他有几年，他只是笑，我想不会超过三两年，不过我预备给他个惊喜。”

托德没说话。

“但我对你说实话，小子，我已放弃了看着本世纪结束的希望。”

“我要问你一些事情，”托德定定地看着杜山德，“这是我今天来的原因。我想问你一些你曾经说过的话。”

托德看了一眼邻床的病人，然后把椅子拉近杜山德的床。他可以闻到杜山德的味道，干得像博物馆内的埃及陈列室。

“问吧。”

“关于那个酒鬼，你说我有经验，而且是第一手经验，你是什么意思？”

杜山德笑得更厉害了。“我看了报纸，老年人通常都爱看报，但不像年轻人的那种看法。你知道吗？当起风时，南美有些机场的跑道尽头会聚集一些秃鹰。老人家就是这样看报的。一个月前，星期天的报纸登了一则消息，不是头版消息，没有人会那么重视酒鬼和流浪汉，把他们放头版，不过那是专题报道版的头条新闻，残忍的黄色新闻，你们美国人最会炒作这种新闻了！”

托德的手紧握成拳，他从不看星期天的报纸，他有太多事要做。当然他每次在小小的冒险行动后都会每天查看报纸，至少连续看一个星期，但是即使报纸报道了相关消息，通常都刊登在第三版以后的版面。竟然有人在他背后做种种联想，令他怒不可遏。

“这篇报道提到几次谋杀案，凶手手段残忍，标题是‘毫无人性的残暴’，你也知道那些记者的作风。这篇报道的作者承认这些不幸的流浪汉死亡率原本就很高，而这几年来，圣土多奈多的流浪汉死亡率又比别处高。

这些流浪汉不全是自然死亡或因为种种恶习而死，每年都会发生好几起谋杀案，但是在大多数的情况下，谋杀犯通常都是死者的同伙，杀人动机不过是为了玩扑克牌的几毛钱赌金或一瓶葡萄酒而起了争执。这类杀人犯往往很爽快地就承认犯案，暗自懊悔不已。

“但近年来一连串的谋杀案一直没有破案，而在这位记者眼中，更值得警惕的是，过去两年有不少酒鬼失踪。当然这些人都是游民，他们原本就来来去去。但是有些人没有去领救济金，或星期五发工资时也没有去领，就这样失踪了。这位偏爱腥膻新闻的记者问道：他们之中会不会有好几人都惨遭同一位酒鬼克星的毒手？会不会有一些失踪酒鬼的尸体一直都还没有被发现？”

杜山德挥挥手，似乎要打消这种不负责任的推论。

“当然，他只是在星期天早上稍微吓吓读者。他回溯过去的杀人魔——例如，克利夫兰分尸案杀手、犯下黑色大丽分尸案的神秘 X 先生和十九世纪伦敦连续杀人犯弹簧脚杰克之类的无聊故事。不过这篇文章让我开始思考。当老友不再来探访时，老人家除了想事情，还能做什么呢？”

托德耸耸肩。

“我想，‘如果我真要帮帮这些专写黄色新闻的讨厌记者——当然我是不会这么做的——我可以解释其中一些失踪的案件，不是那些被刀刺死或棍子打死的尸体，不是那些，愿他们醉醺醺的灵魂得到安息，而是一些失踪的流浪汉。因为至少可以在我的地窖中找到一些失踪的流浪汉。’”

“有多少？”托德在低声问道。

“六个，”杜山德平静地说，“包括你帮我埋掉的那个。”

“你真是个疯子。”托德说。他的脸色转白，但发亮。

“也许你说得对！不过我对自己说：这个记者希望把被害及失踪的两笔账都算到同一个人头上——符合他酒鬼克星的描述。但是，我想事实真相完全不是如此。

“于是我问自己：‘在我认得的人当中，有谁可能会做这种事？有人在过去几年内，承受到的压力和我一样大吗？有人心里的恶魔也蠢蠢欲动吗？’答案是肯定的，我很了解你，小鬼。”

“我从来没有杀过任何人。”

他脑中想到的不是那些酒鬼；他们不算人，不真的算人。他脑中浮现的景象是自己蹲在枯树后，从来复枪的望远镜中瞄准开着小货车、有灰胡子的男人的太阳穴。

"也许没有，"杜山德和蔼地说，"不过你那晚处理得太好了，你所表现出来的愤怒多于惊讶——竟然因为一个生病的老人而置身于那么危险的状况！我说错了吗？"

"不，你没说错，"托德说，"我气坏了，到现在还很气。替你遮掩这件事，完全是因为你保险箱中的那份文件会毁了我一生。"

"我没有那么一份文件。"

"什么？你说什么？"

"我和你一样，都是在唬人。'留给朋友的信'，你根本从来没有写过那么一封信，也没有那么一个朋友，我也没有写过半个字，描述我们之间的……交往关系，我可以这么说吗？现在我把牌都摊在桌上了。你救了我，尽管你那么做只是为了保护自己，但是你仍然动作迅速，而且很有效率。坦白告诉你，我不能伤害你，孩子。我已经可以看到死神的脸就在眼前，我很害怕，不过不如想象中那么害怕。我没有把文件藏在保险箱里。就像你说的，我们扯平了。"

托德微笑，他的嘴唇怪异地扭曲着，眼中闪烁着一种奇怪而讽刺的光芒。

"杜山德，"他说，"如果我能相信你就好了。"

那天黄昏，托德走上那个可以俯瞰高速公路的斜坡，爬到枯树那儿坐了下来，天气很暖和，无数车灯穿过苍茫的暮色，形成橘黄色的长链。

保险箱中没有文件。

他一直没料到整个情势真的无法挽回了，直到后来他和杜山德又有了一番讨论。杜山德建议托德去他家找保险箱的钥匙，如果他翻遍每个角落仍然找不到，就证明了根本没有保险箱，也没有文件。但钥匙可能会藏在任何地方，可能放在罐子里，然后埋了起来，也可能放在快适喉片的铁罐中、藏在夹板后面，甚至杜山德有可能坐上开往圣迭戈的公车，把钥匙藏在熊的生态保护区周围的装饰性石墙边某一块岩石下面。托德继续说，杜山德甚至可能把钥匙扔了，为什么不扔掉呢？反正他只需要这把钥匙一次，好把文件放进去。万一他死了，自然会有人打开保险箱。

杜山德不情愿地点头同意，但过了一会儿，他又提出新的建议。等他复原得差不多、可以出院回家后，他会让托德打电话问圣土多奈多的每一家银行，托德可以告诉银行职员，他是为祖父打电话来询问的，可怜的祖父过去两年因为年老而神志不清，忘了保险箱的钥匙搁在哪儿，更糟的是，他甚至不记得他租的是哪一家银行的保险箱。麻烦他们查一下档案中是否有亚瑟·登克尔这个人？如果每一家银行都查不到这个人——

托德还没听完就猛摇头。首先，这样的故事一定会启人疑窦，他们说不定怀疑是欺诈，因此报警处理。就算他们都相信这个说法，也没有什么用。就算圣土多奈多上百家银行都查不到有人曾以登克尔这个名字租保险箱，并不意味着杜山德不会到洛杉矶、圣迭戈或其他地方去租保险箱。

最后，杜山德放弃了。

“每个问题你都有答案，除了一个问题。我为何要骗你，对你撒谎又能带给我什么好处？我编这个故事，不过是为了保护自己，那是唯一的动机，现在我想还原真相。你认为我骗你会得到什么好处？”

杜山德费力地用手肘撑着坐起来。

“到了这个节骨眼，我何必还需要那份文件呢？如果我真想在病床上毁了你的一生，只消张嘴把实情告诉第一个经过的医生就行了，他们全是犹太人，都知道我是谁，至少知道我过去是什么人。但是，我何必这么做呢？你是个好学生，有大好前途……除非你对付那些酒鬼时不小心。”

托德脸色一寒，“我说过——”

“我知道，你从来没有听说过他们，你连他们的一根毛发也没有动过。好吧，我不再说了。孩子，我只想告诉你，我何必说谎呢？我们扯平了，是你说的。但我告诉你，除非我们互相信任，才能算真的扯平了。”

现在，托德坐在斜坡的枯木后面，看着川流不息的汽车闪烁着车灯，有如曳光弹般消失在远方，他很清楚自己在害怕什么。

杜山德谈到信任，令他感到害怕。

想到杜山德内心深处可能还燃烧着小小的憎恨火焰，更令他感到害怕。

他憎恨托德·鲍登，年轻白净，没有皱纹，是个优等生，有光明远大的前程。

但最令他害怕的是杜山德拒绝叫他的名字。

托德。这名字有什么难念的，即使是满嘴假牙的德国佬也念得出来呀？托德，这名字很容易叫，只要把舌头顶住上颚，舌头轻弹，下颚落下，就念出来了。但杜山德总是叫他“孩子”或“小子”之类的，这是一种轻视的称呼，没有名字的称呼，就好像集中营用号码来代替人名一样。

也许杜山德说的是实话，但他还是怀着各种恐惧，其中最大的恐惧就是杜山德从来不叫他的名字。

一切的症结都在于他始终无法下定最后的决心。问题的根源在于他虽然认识杜山德四年了，还是摸不清那老家伙脑中在想些什么，也许他并不是真正的优等生。

汽车一辆辆过去，他手痒了，真想去拿把来复枪来。他可以射中几辆车？三辆？六辆？甚至十三辆？到巴比伦的路有多远？

他的内心不安地骚动。

唯有等到杜山德死亡的时候，才能知道最后的真相。可能不出五年吧，也许会更快一点。三到五年之间，听起来好像犯人的刑期一样。托德·鲍登，由于你协助藏匿知名战犯，本庭判处你三到五年的徒刑。三到五年在噩梦和冷汗中度日。

杜山德迟早会两腿一伸，一命呜呼，然后他就开始紧张的等待，每一次电话铃响或门铃声大作时，他的胃都会纠结成一团。

他不确定自己是否受得了这样的折磨。他的手痒了，很想拿枪，他把手指曲起来，紧握双拳，抵住胯部。托德肚子一阵剧痛，痛得在地上滚来滚去，他紧咬嘴唇，忍住不尖叫出声。真是可怕的疼痛，却让他不再满脑子胡思乱想。

至少暂时不胡思乱想。

20

对莫里斯·海索而言，那个星期日是个奇迹日。

他最喜欢的棒球队——亚特兰大勇士队，分别以七比一和八比零，连续两次痛宰伟大的辛辛那提红人队。而一向吹嘘很会照顾自己、老爱说“一分预防胜于十分治疗”的莉迪娅，竟然在好朋友珍妮的厨房湿地板上滑了一跤，扭伤了臀部，现在正躺在家里的床上。她的伤一点也不严重，感谢上帝，但这表示至少有两天，甚至可能有四天，莉迪娅都不会来探病了。

有四天看不到莉迪娅！未来四天，他可以不必再听莉迪娅唠叨着：不是早就警告过他了，梯子不稳，他爬得太高了；未来四天，他可以不必再听她唠叨：不是早就说过了，罗根的小狗老是猛追他们的小猫，一定会惹出什么事端来；未来四天，他可以不必再听莉迪娅唠叨：现在最该庆幸的就是，还好她当初盯着莫里斯把保险申请表寄出去，否则他们现在就得搬到救济院去了；未来四天，他可以不必再听莉迪娅不停在他耳边说，很多人即使下半身瘫痪，仍然过着正常生活，因为每个美术馆和博物馆都有斜坡供坐轮椅的人上下不同楼层，甚至还有专供残障人士搭乘的特别公车。说完后，莉迪娅会先露出勇敢的笑容，然后又情不自禁掉下眼泪。

他下午睡了一场舒服的午觉。

当他醒来时，已经五点半了。他的同房睡着了，他仍想不起在哪儿见过登克尔，但是他相信自己从前一定见过这个人，他曾经跟登克尔谈过一两次话，但是始终没有进一步深谈，他们的谈话范围仅止于寒暄，不外乎天气、地震、电视周刊说佛洛伦周末要上节目当特别来宾等无聊话题。

莫里斯告诉自己，他之所以忍住不问，是因为这样他的脑子才会有事情做。当你全身从肩膀以下、臀部以上都打了石膏，来一点脑力体操可能大有好处。如此一来，你就不会花这么多时间担心未来的状况，担心下半辈子都要靠导尿管来解决排尿问题了。

如果他直接问登克尔，谜底很快就会水落石出，可是答案或许不见得令人满意。他们会从过去的经历中筛选出共同的经验——可能是一次火车旅行，某次同搭一艘船，或甚至在同一个集中营；登克尔当时可能也在巴汀，那里有不少犹太裔德国人。

另一方面，护士告诉莫里斯，登克尔再过一两周就可以出院了。如果到时候还想不出来的话，那么他就认输了。他会开门见山问登克尔：嘿，我总觉得以前在哪儿见过你——

但是，事情不是这么简单，他心底总是有一股不舒服的暗流，使他想起"猴掌"的故事。人们对着猴掌许下的愿望，总是在厄运降临之后实现。一对拥有猴掌的老夫妇很想得到一百元，结果他们的儿子在工厂发生意外过世了，而他们得到的慰问金正好就是一百元。于是，做母亲的许愿希望儿子能回到他们身边，结果不久他们就听见门外响起脚步声，接着传来敲门声。母亲大喜过望，匆匆跑下楼去准备开门，做父亲的却害怕之至，在黑暗中摸到干的猴掌，许愿希望儿子再度死去。母亲把门打开后，发现外头什么也没有，只有寒风在黑夜中呼啸。

莫里斯觉得自己可能知道是在哪里认识登克尔的，但他内心的感觉正如同那对老夫妇的儿子——他早已不是母亲记忆中的那个儿子，而是在工厂掉进旋转的机器中被搅碎后，再度从坟墓中复活的僵尸。莫里斯感觉他对登克尔的记忆可能埋藏在潜意识中，正在敲打着心灵和理智之间的大门，要求让它进来……而他身体里另外一部分的莫里斯正疯狂地寻找猴掌，希望自己永远不要恢复这段记忆。

现在他看着登克尔，不禁皱皱眉。

登克尔、登克尔，我到底在哪儿见过你呢？登克尔，是在巴汀吗？所以我才不愿意记起你是谁吗？但是，两个同样劫后余生的受害者不需要彼此畏惧。除非，当然……

他皱皱眉，有种呼之欲出的感觉，但突然之间，他的脚一阵刺痛，打乱了思绪，那种刺痛就好像睡觉时压到手脚，等到血液要恢复正常循环时那种又麻又痛的感觉。如果不是那该死的石膏，他会坐起来按摩一下自己的双脚，直到刺痛消失。他会——

莫里斯张大眼睛。

有很长一段时间，他动也不动，忘了莉迪娅，忘了登克尔，忘了巴汀，忘了所有的一切，只记得双脚刺痛的感觉。没错，双脚，不过右脚更明显。当你感觉到脚会这样刺痛时，你会说，*我的脚睡着了*。

但是，你真正的意思其实是：*我的脚正在苏醒*。

莫里斯摸索着叫人铃，他拼命按着按钮，按了一次又一次，直到护士过来。

护士本想拒绝他，过去她也碰过满怀希望的病人。莫里斯的主治医师不在医院，她不想打电话到医生家里去把他叫来，因为肯默曼医生是出了名的坏脾气，尤其是当你打电话到家里把他叫来的时候。但一向温和的莫里斯这次却不肯罢休，如果达不到目的，他不惜大吵大闹。勇士队已经连赢了两场球赛，莉迪娅也摔伤了臀部，但好事总是会接二连三地发生，每个人都知道这点。

最后护士带了一个实习医生过来，一个名叫迪奈耳的年轻人，他的发型好像是用很钝的除草机修剪过一样。迪奈耳医生从口袋里掏出一把小刀，打开上面附的螺丝起子，把起子从他的脚趾到右脚跟一路划过去。他的脚没有弯，但脚趾却抽动了一下，非常明显，莫里斯简直快哭出来。

迪奈耳有些困惑，坐在床边拍拍他的手。

“这种事有时候会发生，”他说（他根据的可能是自己仅仅六个月的实习经验），“没有医生敢预料，但有时候确实会发生，显然现在就发生在你身上。”

莫里斯含泪点点头。

“显然你没有完全瘫痪，”迪奈耳依旧拍着他的手，“但我也不敢推测你会略微康复，部分康复，还是完全康复，我猜即使肯默曼医生也不敢断言，我想你还得经过不少物理治疗，治疗过程一点也不愉快，但总比……你也知道，要好多了。”

“是的，”莫里斯哭道，“我晓得，谢天谢地！”他想起自己曾告诉莉迪娅说，世上根本没有上帝，不禁脸红起来。

“我去找人通知主治医生。”迪奈耳说，再拍一下莫里斯的手，然后站起身来。

“你能打电话给我太太吗？”莫里斯说，他突然对她有点感觉，也许可以称之为爱吧，似乎和你有时候恨不得把一个人脖子扭断的情绪不怎么相干。

“好的，护士小姐——”

“我会去办，医生。”护士说。迪奈耳脸上忍不住露出笑意。

“多谢，”莫里斯说，拿起面纸擦干眼泪，“非常谢谢你们。”

迪奈耳出去了。这场对话进行的时候，登克尔先生已经醒来了。莫里斯原本想为刚刚的嘈杂和落泪向登克尔道歉，但继之一想，没有道歉的必要。

“恭喜呀！”登克尔说。

“还要再看看情形。”莫里斯说，但是他像迪奈耳一样，脸上藏不住喜悦。

“事情总有办法解决的。”登克尔含糊其辞道。然后用遥控器把电视打开。现在是五点四十五分，电视上正在播着喜剧，接下来就是晚间新闻。失业情形越来越严重，通货膨胀还不算太厉害；比利·卡特考虑从事啤酒生意；最新的盖洛普民意调查显示，如果现在就举行大选的话，有四位共和党候选人都有可能击败比利的哥哥吉米·卡特；一个黑人小孩被杀后，迈阿密发生种族暴动。“这是充满暴力的夜晚。”电视新闻主播说。接下来是地方新闻，当晚在 46 号公路附近的果园内，又有一个身份不明的人被刺杀和用棍子打死。

莉迪娅在六点半的时候打电话来，肯默曼医生打了个电话给她，他根据实习医生的报告，对莫里斯的病情抱持审慎的乐观，莉迪娅也流露出审慎的喜悦，她发誓第二天一定要想办法来医院看莫里斯，就算痛得半死也在所不惜。莫里斯表示他爱她，今晚他爱每一个人——莉迪娅、迪奈耳医生、登克尔先生，甚至端晚饭来的护士。

晚饭是汉堡、土豆泥、胡萝卜烩青豆，还有一小碟冰淇淋。送饭来的是一个腼腆的金发女郎，名叫菲莉茜，大约二十岁左右。她今天来时也是喜气洋洋的，她的男朋友在 IBM 公司找到程序设计师的工作，并向她求婚。

登克尔先生一向温文有礼，很讨年轻女士喜欢，他听了非常高兴。“太好了，你一定要坐下来详详细细告诉我们！告诉我们所有事情，不要漏掉任何细节。”

菲莉茜脸红微笑，一边推辞，“我还得去 B 病房和 C 病房送饭呢，现在已经六点半了。”

“那么明天晚上如何？我们很坚持，海索先生，对不对？”

“是呀！”莫里斯漫应着，但他的思绪早已飘到千里之外。

（你一定要坐下来，详详细细告诉我们！）

同样的话，同样半开玩笑的口吻，他以前听过同样的话，毫无疑问。但是说话的人是登克尔先生吗？是吗？

（把所有事情告诉我们。）

是个温文有礼的声音，出自很有教养的人口中，但却带着一种威胁的意味，像是戴了天鹅绒手套的钢手。是啊！

在哪里听过呢？

（把所有事情告诉我们，不要漏掉任何细节。）

（嗯？巴汀？）

莫里斯看着他的晚饭，登克尔先生已经津津有味地吃了起来。今晚碰到菲莉茜令他心情愉快，就好像那个金发男孩来探望他之后一样。

“好女孩。”登克尔说，因为塞了一嘴的胡萝卜和青豆而讲话含糊不清。

“是呀——

（你一定要坐下来。）

“——你是指菲莉茜，她的确

（详详细细告诉我们。）

“很可爱。”

（把所有事情告诉我们，不要漏掉任何细节。）

他低头看着晚餐，突然想起在集中营住了一段日子以后的情况。起先为了能吃到一小片肉，甚至连杀人都愿意，哪怕那片肉上面长满了蛆或已经腐烂了。但是过了一阵子，那种强烈的饥饿感消失了，你的胃变得好像一块小小的灰色岩石一样。你觉得永远不会再感到肚子饿了。

直到有人把食物放在你面前。

（“把所有事情告诉我们，不要漏掉任何细节。你一定要坐下来，详详细细告诉我们！”）

今晚，莫里斯塑胶餐盘上的主菜是汉堡。他为什么会突然想到羔羊肉呢？不是普通羊肉，也不是羊肉排——普通羊肉太多筋了，羊肉排又太硬了，不见得对满口烂牙的人有很大吸引力。不，他现在想到的是美味可口的炖羔羊肉，浓浓的汤汁加上炖得软软的、十分入味的蔬菜。为什么会想到炖肉呢？为什么，除非——

门砰的一声打开了，是莉迪娅，红光满面地笑着，手臂上挂了一根拐杖。“莫里斯！”她高兴地喊道，身旁跟着爱玛·罗根，和莉迪娅一样兴高采烈。

登克尔先生吓了一跳，叉子掉了下来，他低声咕哝着，从地上捡起叉子。

“太棒了！”莉迪娅兴奋地说，“我打电话给爱玛，问她可不可以今晚就和我一道过来，而不要等到明天，因为我已经买好拐杖了。我跟她说：‘爱玛，如果我不能为莫里斯忍受这一点点痛苦，那么我算哪门子太太呀！’我就是这么跟她说的，对不对，爱玛？”

爱玛·罗根也许记起她家的狗要为目前的问题至少负一部分责任，热切地点点头。

“所以我打电话给医院，”莉迪娅把外套脱掉，一副准备待很久的样子，“他们说已经过了探病时间，不过由于我的情况特殊，因此可以破例一次，但我们不能待太久，以免打扰登克尔先生休息。我们没有打扰你吧，登克尔先生？”

“没有。”登克尔先生和顺地说道。

“坐吧！爱玛，你把登克尔先生的椅子拿过来，他反正现在不用。莫里斯，你别吃冰淇淋了，好像小婴儿一样，滴得到处都是。你放心，我们很快就会帮你站起来。我来喂你，嘴张大点，小心，好，吃下去了！……不，什么话都不必说，妈妈知道怎么做最好。爱玛，你看看他，几乎所有的头发都掉光了，也难怪，想到可能一辈子都不能走路了。老天可怜我们。我早就告诉他，那梯子摇摇晃晃的。我说：‘莫里斯，快下来，免得——’”

她喂他吃冰淇淋，然后坐着啰嗦了一小时，等到她在爱玛的扶持下拄着拐杖蹒跚离去时，莫里斯早已筋疲力尽，最后终于沉沉睡去，临睡前脑子里还想着炖羊肉和那些年来听过的各种声音。今天还真是忙碌的一天哪！

他在清晨三四点之间醒来时，差一点尖叫起来。

现在他知道了，他很清楚自己在哪里和在什么时候见过对床的那个人，只是他当时不姓登克尔。

他是从极恐怖的噩梦中惊醒的，关于他一生的噩梦。有人给了他和莉迪娅一个猴掌，他们许的愿望是有钱，突然一个穿着希特勒少年团制服的送电报男孩站在他们房中，递给他一封电报，上面写着："很遗憾通知阁下你们的两个女儿业已死在巴汀集中营司令官的信会告诉你所有事情不漏掉任何细节随信致上一百元支票一张元首阿道夫希特勒"。

莉迪娅号啕大哭起来，虽然她从来没见过莫里斯的女儿，她高举着猴掌，希望她们能复活。房间暗了下来，外面突然响起缓慢沉重的脚步声。

莫里斯跪在黑暗中，双手掩面，四周突然弥漫着瓦斯、烟雾和死亡的气息。他在寻找猴掌，还剩下一个愿望。如果他能找到猴掌，他会希望这恐怖的梦境消失不见，就不必看到女儿瘦得像稻草人的身影，两眼深陷，皮包骨的手臂上烙印着集中营的编号。

门上响起了敲门声。

在噩梦中，他发狂似地找着猴掌，但遍寻无着。他找了好久，好久。身后的门突然被踢开了。不，他心想，我不能看，我要闭上眼睛，我要把她们的身影从脑子里整个拔除，我不能看。

但他不得不看，在梦境中，仿佛有一只巨大的手抓住他的头，把他的头扭过去看。

站在门口的不是他的女儿，而是登克尔，年轻的登克尔、穿着纳粹党卫军制服的登克尔，帽子帅气地歪在一边，制服上的铜扣发出森冷的光芒，靴子光可鉴人。

他手中捧着一锅热腾腾的炖羊肉。

梦中的登克尔阴森森地笑着说："你一定要坐下来，把所有事情告诉我们——就好像朋友和朋友一样坦白交心，嗯？我们听说有人藏了金子，有人囤积烟草，还有两天前史奈保根本不是食物中毒，而是有人在他杯里下药。你最好别装蒜，以为我们查不出来，你知道所有的事情，详详细细说出来吧！不要漏掉任何细节。"

在黑暗中，闻着炖羊肉的香味，他全都招了。原本已变成石头的胃，如今又变回贪婪的饿虎。话语无助地从他口中溜了出来，一连串无意义的呓语真真假假全都混在一起。

布罗定把他妈妈的结婚戒指贴在阴囊下面！

（“你一定要坐下来”）

拉思洛和贺曼讨论过突袭第三号守卫塔！

（“把所有事情都告诉我们！”）

蕾秋·坦能波的先生有烟草，他把一些烟给了那个绰号叫“吃鼻屎的家伙”的警卫，因为他老是挖鼻孔，然后又把手指放进嘴巴里。坦能波，把一些烟给了那吃鼻屎的家伙，这样他才不会拿走他太太的珍珠耳环！

（“这些话没有意义完全没有意义你把两个不同的事情混起来了不过没关系没关系我们宁可你把两个事情混在一起也不要遗漏任何细节你不能遗漏任何事情！”）

还有一个人，每次点名时都帮他死去的儿子应答，好拿到两份口粮！

（“把他的名字告诉我们！”）

我不知道他的名字不过我可以认出他来我可以指给你们看他是哪个人我可以我可以我

（“把你所知道的每一件事情都告诉我们。”）

我会我会我会我会我会我

当他恢复意识时，一声尖叫火热地卡在他的喉咙中。

他全身无法克制地抖个不停，他看着对面床上熟睡的身影，发现自己特别注意他那皱纹满布的瘪嘴。一只没有牙的老老虎，一头邪恶乖张的老象（一根象牙已经掉了，另一根则烂掉松脱了），一个年岁已大的老怪物。

“天哪！”莫里斯喃喃道，声音只有自己才听得到，眼泪从两颊流向耳朵。“天哪！这个杀我妻女的人，正跟我睡在同一个房间里，天哪！此时此刻，他正和我住在同一个房间里。”

眼泪扑簌簌滚下来，是愤怒、惊骇、滚烫的热泪。

他发抖等着天亮，但天却迟迟不亮。

21

第二天是星期一，托德六点便起来，心不在焉地搅动着面前的炒蛋，他父亲下楼时，还穿着绣了名字缩写的浴袍和拖鞋。

“早啊！”他对托德说，经过他身边，到冰箱去拿橘子汁。

托德正埋首于推理小说中，头也不抬地答应着。他运气很好，找到了一份暑期工作，在帕萨迪纳的一处地方帮忙做造园工程。原本即使爸妈愿意暑假借车给他开（不过他们都不愿意），他每天仍需要在路上花很长的时间，但是他父亲正好在那附近的工地工作，愿意每天在上班途中先送托德到公车站，然后在下班后绕到公车站接他一起回家。托德其实对这样的安排不觉得太兴奋，他不喜欢下班后还要和老爸一起坐车回家，更讨厌一大早和老爸一起上班。每天一大早是他觉得最赤裸裸的时刻，他的本来面目和他可能变成的那个人之间那堵墙似乎越来越薄，尤其在晚上做过噩梦之后更糟糕。但即使整夜熟睡无梦，还是不好。有一天早上，他突然惊恐地警觉到，他在认真地考虑伸手越过父亲的公事包，抓住这辆保时捷的方向盘，冲上快车道，在早晨繁忙的交通中来场大毁灭。

“你还要蛋吗，塔弟？”

“不要了，爸。”狄克喜欢吃煎蛋。怎么有人有法子忍受煎蛋，在锅里煎个两分钟，翻过来稍微煎一下就拿起来。最后盛在盘子上的蛋看起来像个巨大的、有白内障的死眼睛，当你用叉子戳蛋黄时，那大眼睛还会流出橘黄色的血。

他把炒蛋推开，几乎动都没动。

外面，送报生把报纸丢在台阶上。

他父亲煎完蛋，把炉火关掉，走到餐桌边。“你今早不饿吗，塔弟？”

你再叫我一次塔弟，我就要用叉子戳你的鼻子……爹弟。

“没什么胃口。”

狄克爱怜地对儿子笑笑，托德的右耳上还有一小块刮胡水没擦干净。“是蓓蒂让你没胃口吧？我猜。”

“也许，”他勉强笑笑，等到他父亲走到外面拿报纸，他的笑容立刻消失。如果我告诉你，她简直是个荡妇，你是不是会立刻清醒过来？如果我说：“噢，顺便告诉你，你知道你的好朋友崔思克的女儿是圣土多奈多最有名的荡妇吗？只要有一点古柯硷，她今晚就是你的了。如果你刚巧手边没有，她还是会陪你度过一晚。如果她找不到男人，甚至愿意和一条狗上床。”这样会不会让你清醒过来，精神抖擞地开始新的一天。

他赶紧驱走脑子里这些念头，但自己也知道不久又会开始胡思乱想。

他父亲拿着报纸走回来。托德瞥见今天的头条：专家表示，航天飞机无法升空。

狄克坐下来。“蓓蒂是个漂亮女孩，”狄克说，“她使我想起了第一次见到你妈妈的时候。”

“是吗？”

“漂亮……年轻……清新……”狄克的眼睛模糊了，然后又急切而专注地看着儿子。“我不是说你妈现在不好看了，而是那种年龄的女孩自有一种……一种光彩，我猜可以这么说。然后过了一段时间以后，那种光彩就消失了。”他耸耸肩，打开报纸看了起来。“我猜，这就是人生！”他说了句法文。

她是只春情发动的母狗，也许那是她容光焕发的原因吧！

“你有好好待她吧，塔弟？”他父亲迅速浏览了一下其他新闻，便翻到体育版。“没有太莽撞吧？”

“一切都很好，爸。”

（如果他再不停止叫我塔弟，我就、我就要采取行动了，尖叫，把咖啡泼到他脸上，做点什么事都好。）

“她父亲认为你是好孩子。”狄克心不在焉地说。他终于找到体育版，聚精会神地看起来，餐桌上总算安静下来。

蓓蒂·崔斯克在他们第一次约会时便投怀送抱了。他和她看完电影后，不得不带她到情人道去，因为他知道其他人会预期他们这么做。他们到那里可以消磨一两个钟头，亲亲嘴，第二天就有话可以告诉各自的朋友。她会骨溜溜转着眼睛，告诉同学们，她是如何抗拒他的进攻，男孩子最烦人了，她不是那种第一次约会便上床的女生。她的朋友们会点头同意，然后大家一起涌进女盥洗室，在那里补补妆，做些女孩子的事情。

对男孩子而言……你至少必须站上二垒，尝试进攻三垒，因为这牵涉到名声问题。托德毫不在乎别人会不会觉得他很厉害，他只希望被视为正常的男人。如果你连试都不试，闲话便传开来，其他人就会开始猜测你到底正不正常。

于是他带那些女孩到山丘上，吻她们，抚摸她们，如果她们不反对，就再进一步亲热。如果女孩子不肯再进一步，他会跟她歪缠一下，然后就送她回家。不必担心她第二天会在女盥洗室说什么闲话，也不必担心别人会说他不正常，除了——

除了碰上像蓓蒂这种第一次约会便上床的女孩。还有在每次约会，甚至在约会之间的空当，都要上床。

他们第一次约会是在那个该死的纳粹心脏病发前一个月，托德认为自己在第一次经验中表现得还不错。或许就好像一名年轻投手毫无准备就被派去主投今年最重要的一场球赛，他会表现得很好，因为事前根本没有时间让他紧张焦虑。

以前每当女孩决心等到下次约会，就要放弃原本的矜持时，他都感觉得出来。他知道自己风度翩翩，而且前途看好，他是每个女孩的妈妈都认为应该“好好把握”的那种男孩。不过每当他感觉到和他约会的女孩快要投降的时候，就会开始和别的女孩约会。托德总是告诉自己，如果他真的开始和一个古板的女孩约会，可能会展开一段爱情长跑，甚至最后还会娶她。

不过他第一次和蓓蒂在一起时玩得很好，尽管她不是处女，那却是托德的第一次经验，他只好靠她指导，而蓓蒂似乎对此觉得理所当然。嬉戏到一半时，她咯咯笑道：“我就是喜欢搞！”说话的语气好像别的女孩说她们很爱草莓冰淇淋一样。

后来的五次经验就没有这么愉快了（如果把最后一晚都计算在内的话，应该是五次半），而且每况愈下……虽然即使到现在，他都不觉得蓓蒂察觉到了（至少直到最后一晚才有感觉）。相反的，蓓蒂显然以为找到了梦想的床上情人。在过程中，托德没有感觉到任何他认为应有的感觉，吻她的唇像吻着温热而没煮过的猪肝，她的舌头伸进他口中时，只会使他怀疑她是否带着什么病菌。有时候，他觉得闻到了蓓蒂补牙材料的味道，难闻的金属味，而她的胸部则像两袋肉团。

托德在杜山德病发前又和她在一起两次，每次他都无法勃起，最后只好靠性幻想来引诱自己亢奋，他想象她在所有朋友面前赤裸着身子哭叫着，托德强迫她在众人面前走来走去，喊道：“露出你的乳房来，让他们看看，对了！”

蓓蒂这么欣赏他倒不令人讶异，他是个好情人。他们第四次约会是杜山德病发后三天，蓓蒂欲仙欲死，达到三次高潮，正要试第四次时，托德想起了第一次性幻想，梦中那个被绑在桌上的无助女孩。突然之间，就在他满身大汗、狂乱亢奋、想赶快做完了事的时候，那女孩的面孔变成了蓓蒂的脸孔，引起他一阵毫无快感的痉挛，他猜在技术上可以算一次高潮。过了一会儿，蓓蒂在他耳边呢喃着，吹着带口香糖味道的热气说：“爱人！任何时间都欢迎打电话来。”

托德却几乎要大声呻吟起来。

现在他的难题是：跟一个交往得好好的女孩突然分手，会不会有害他的名声？其他人会不会很好奇他们究竟为什么分手？他一方面觉得不会。

还记得高一时，有一次他走在两个高三男生的后面，听到其中一个男生告诉另一个男生，他和女朋友分手了。另外一个人想知道分手的原因。第一个男生只说，我玩腻了，然后两个人一阵大笑。

如果有人问我为什么甩掉她，我就说玩腻了。但是如果她告诉别人，我们只不过做了五次，那样算是够了吗？……要多少次？……谁会闲言闲语？……他们会怎么说？

他的脑子不停转着，就像在迷宫中一直走不出去的饥肠辘辘的老鼠一样。他模糊意识到自己是在小题大做，而且无法解决这个小问题正显示他现在是多么脆弱。但是知道问题所在并不能为他增加新的能力来改变自己的行为，他落入了极度沮丧之中。

大学，上大学是和蓓蒂分手的好借口，没有人能够质疑这个理由。但是距离九月似乎还十分遥远。

第五次他花了二十分钟还没有勃起，但蓓蒂认为凭上次的经验值得等待。昨晚，他还是办不到。“你是怎么啦？”蓓蒂没好气地说道，“你有毛病吗？”

他几乎想当场勒死她，如果他手上有他的点三〇——

“恭喜啊！儿子。”

“什么？”他茫然抬起头来。

“你当选南加州的高中明星球员了。”他父亲又得意又高兴地说。

“是吗？”他有好一阵子根本不知道父亲在说什么，得费力摸索着这些字的意义。“海恩斯教练提过类似的事情，他说要把我和比利的名字报上去，但是我从来没有预期真的会发生什么事。”

“老天，你好像并不怎么兴奋嘛！”

“我一时之间还不太习惯这个情况。”他勉强一笑，“我能看看那篇文章吗？”

他父亲把报纸递给他，然后站起来，“我去叫醒你妈，让她在我们走前看看这篇报道。”

不，天哪！我不能在今天早上同时面对他们两个人。

“别叫她了，把她吵醒了，等一下她又睡不好。我们把报纸留在桌上好了。”

“说得也是，你真是个体贴的好孩子。”他拍拍儿子的背，托德紧闭双眼，夸张地耸耸肩，逗得他爸爸大笑起来。托德再度睁开眼，看看报纸。

报上大标题写着：四位圣土多奈多高中生当选明星球员，标题下面是四张穿着制服的高中生照片——捕手和左外野手是费尔布高中的学生，左投手来自蒙特福高中，托德在最右边，戴着棒球帽，笑得十分开心。他读着报道，发现比利被列在第二队名单上。至少这件事很值得高兴。比利如果高兴的话，尽可以声称自己是卫理公会教徒，但是他可唬不了托德，托德很清楚比利是什么样的人。或许他应该把比利介绍给蓓蒂，蓓蒂也是犹太鬼。他已经怀疑很久了，昨晚终于确定，只消看看她的鼻子和橄榄色的皮肤就知道了——她老爸更明显。或许这是为什么他没有办法勃起，他的命根子比大脑分得更清楚。他们以为自己在骗谁呀？

“恭喜呀！儿子。”

他抬起头来，看见他父亲伸出手来，一脸愚蠢的笑。

*你的好朋友崔斯克是犹太人！*他听到自己对着父亲的脸大嚷：*这是为什么我昨天晚上和他放荡的女儿在一起的时候性无能！这就是为什么！*在像这样的时刻，偶尔会出现的冷静声音此时又从他的内心深处冒了出来，克制住他即将爆发的不理性情绪，仿佛

（*好好控制住自己*）

关起铁门般。

他握住父亲的手，对着父亲骄傲的脸孔天真地笑着，“爸，多谢。”

他们把报纸放在桌上，留了一张字条给他母亲，在父亲的坚持下，托德在字条上签着：“*你的明星儿子托德*”。

22

爱德华·富兰契或橡皮爱德华正在一个名叫圣雷莫的海滨小城参加辅导咨询人员大会，这个会议不过是在浪费时间而已——所有辅导咨询人员唯一有共识的事情就是不要同意任何事情——他才开了一天会，就对不断的报告和讨论感到厌烦透了。第二天会议开到一半，他发现他也厌倦了圣雷莫，这个被人形容为小而可爱的海滨小城，或许最关键的形容词乃在“小”这个字。圣雷莫除了有杉树和美丽的风景外，连一座戏院和保龄球馆都没有，爱德华又不愿到唯一的酒吧去消磨时间，因为酒吧的停车场停满了大卡车，而大多数卡车上都贴着支持里根的贴纸。他倒不是害怕受到欺负，而是不想花整个晚上看着一群戴牛仔帽的大男人，听着点唱机播放的

乡村歌曲。

于是在四天会议的第三天，他坐在假日饭店的217号房间里，太太和女儿都不在身边，电视机也坏掉了，浴室弥漫着一股不好闻的味道。饭店里倒是有游泳池，但那年夏天，他的湿疹发作得厉害，从胫骨以下看起来像患了麻风病一样。离下一个研讨会还有一小时（主题是“帮助口语表达有困难的孩子”——意思是为口吃或唇腭裂的孩子做一些事情，但是他们不想直接这么说，因为大家可能会因此而减薪）。他已经在圣雷莫唯一的餐厅吃过午餐，现在也不想睡午觉。

于是他坐在那里，漫无目的地翻弄电话号码簿，根本不知道自己要做什么，怀疑在这么一个海滨小城中会认识什么人。他猜全世界假日饭店中所有感到无聊的人，最后大概都在翻电话簿——找找看有没有什么几乎快遗忘的亲友可以通通电话。假如碰巧还真找到了什么人，你要对他说什么呢？“法兰克！近来还好吗？顺便问一下，你喜欢这里哪一点——很小？可爱？还是在海滨？”是啊，先给他一根雪茄，再把他惹恼了。

当他躺在床上翻着薄薄的圣雷莫电话簿、扫视着一栏栏电话时，他觉得好像真有什么认识的人住在这里。图书推销员？桑卓拉的众多侄子或外甥之一？大学时一起打扑克牌的牌友？学生的亲戚？似乎这是答案，但他一时想不起来是谁了。

他继续翻着，翻到一半都快睡着了。正当他在打盹之际，突然想起来，他坐起来，睡意尽消。

温西爵爷！

最近公共电视台正在重播一系列温西爵爷的影片，他和桑卓拉都看得入迷。有个叫卡迈可的演员扮演温西爵爷，事实上富兰契并不觉得卡迈可的样子像温西爵爷，但桑卓拉很迷卡迈可，着迷的程度颇让富兰契吃醋。

“他脸部的线条根本不对，而且他还戴假牙，我的老天！”

桑卓拉窝在沙发上，高兴地回答：“你只是忌妒罢了，他长得那么英俊。”

小诺玛穿着睡衣在客厅跑来跑去，嘴里唱着：“爹地在忌妒，爹地在忌妒。”

富兰契告诉她：“你一个小时前就该上床睡觉了，如果你一直出现在我的眼前，我就会记得你没有在床上。”

诺玛有点不好意思，富兰契转过头去对桑卓拉说：“我还记得三四年前有个学生叫托德·鲍登，他的祖父曾经来学校和我谈过。他的样子才真的像温西爵爷，虽然有一把年纪了，不过他的长相才对——”

“温—奇，温—奇，丁—奇，金—奇，嘟—哆—呜—哆—呜—嘟——”小诺玛自顾自唱着。

“嘘，你们两个都别吵。我觉得他是全世界最好看的男人。”桑卓拉生气地说。

托德·鲍登的祖父退休后不就住在圣雷莫吗？没错，资料上是这么写的。托德曾经是他们那一届最优秀的学生，突然之间成绩却一落千丈。后来他祖父来学校谈过话，说托德的父母婚姻出了一些状况，并且说服富兰契先缓一缓，静观其变，看看情况会不会自然好转。富兰契一点也不相信这种放任的做法会有什么效果，但是那老人家非常有说服力（这点和温西爵爷也很像），富兰契答应观察托德到下一次成绩单发放的时候，看看托德的功课有没有起色。那老人家一定好好教训了儿孙一顿，他看起来就像不只会教训人，而且似乎还颇以此为乐的那种人。两天前，他还在报上看到托德的照片——他当选了南加州的高中生明星球员。这还真是一项殊荣，因为每年春天只有五百个孩子能获得提名。若不是因为在报上看到他的照片，他还不会想起他的祖父来。

他开始更认真地翻阅电话簿，手指着一行行印得整整齐齐的姓名、电话看下去，找到了。维多·鲍登，地址是瑞吉街 403 号。富兰契拨电话过去，电话响了好几声，他正想挂断时，传来一个苍老的声音，“喂？”

“喂！我是爱德华·富兰契，圣土多奈多初中的老师。”

“是？”对方很客气，但没有下文，显然没认出他来。那老人比那时候又老了三岁，显然记性偶尔会不太好。

“先生，你还记得我吗？”

“我应该记得你吗？”鲍登的口气很小心，富兰契笑了。老人家真健忘，但又不想向别人求助，他的父亲开始耳背之后，也是这个样子。

“我是你孙子托德的辅导老师，我打电话来，是想向你道贺，托德上高中以后，显然改过自新，他当选明星球员了。”

“托德！”老人的声音立刻开朗起来，“是呀！他的确很出色，以第二名的成绩毕业！得第一名的那个女孩选修了一些商业课程。”老人轻蔑地哼了一声。“我儿子邀我去参加毕业典礼，但我现在得坐轮椅，我在一月跌坏了股骨，我不想坐轮椅去参加毕业典礼。但是我把他的毕业照挂在客厅！托德的父母非常以他为傲，我当然也一样啦。”

“是呀！我想我们总算帮他渡过难关了，”爱德华微笑着说，但他的笑容却略带困惑，因为托德的祖父声音听起来不太一样，当然，时间已经过了这么久。

“难关？什么难关？”

“我们以前谈过的，那时候托德的功课一落千丈。”

“我不懂你在说什么，”老人缓缓道，“我绝不会擅自为狄克的孩子找老师谈话，这样做可是会惹上麻烦的……呵！你不知道会惹上多大的麻烦呢！我看你是弄错了吧！年轻人。”

“但是——”

“你一定搞错了。我猜你把我和另一个学生的祖父搞混了？”

富兰契十分错愕，他很少有这样的时候，居然一时之间说不出话来。如果真的搞错了，也绝对不会是他记错了。

“很高兴你打电话来——”鲍登迟疑地说。

富兰契终于恢复镇定，“鲍登先生，我这几天都在这里开会，我来参加辅导咨询会议，明天早上十点钟最后一篇论文宣讲完毕，会议就会结束，我能来——”他再看了一下电话簿，“能来瑞吉街打扰你几分钟吗？”

“有什么事情吗？”

“只是好奇而已。现在我还搞不清楚是怎么回事，不过三年前，托德的成绩突然一落千丈，于是我写了一张便条，夹在成绩单里，请他的父母到校来谈谈。结果来的是他的祖父，一位和气的老先生，名叫维多·鲍登。”

“但是我已经告诉过你——”

“对，我知道。但就像刚刚说的，我和一个自称是托德祖父的人谈过话。现在这件事已经无关紧要了，但总是眼见为信，我只会耽误你几分钟时间，因为我要在晚饭前赶回家。”

“我的时间多的是，整天都在家，欢迎你随时过来。”鲍登有点懊恼地说。

富兰契谢谢他，道了再见后挂上电话。他坐在床上，百思不解地呆望着电话。过了一会儿，他站起来，从挂在椅背的外套口袋里掏出一包烟来。他得走了，下午还有一个研讨会，不能缺席。他用假日饭店的火柴点燃香烟，然后又把烟蒂丢进假日饭店的烟灰缸。他茫然地从假日饭店的窗口望出去，看着假日饭店的中庭。

现在这件事已经无关紧要了，他这样告诉鲍登，但其实他很在意。这个意外的发现令他十分沮丧，他仍然觉得老人家年纪大健忘是最可能的原因，但是维多·鲍登的声音听起来不像已经老糊涂了。而且该死的是，声

音听起来不一样。

难道托德骗了他?

他认为很有可能，至少理论上绝对有这个可能，尤其是像托德这么聪明的孩子，别说是富兰契，他还能骗过所有的人。他可以在不及格卡上假造父母的签名，很多孩子在拿到不及格卡时，都自我开发了伪造文书的潜能。托德可能涂改了分数之后才把成绩单拿给父母看，然后在交回成绩单之前又把分数改回来，让辅导老师不会发现其中有异。如果仔细看的话，重复涂抹修正液是看得出来的，但是每个辅导老师平均要管六十个学生，他们在第一堂课铃响前，能点完名就不错了，根本不可能一一检查学生交回来的成绩单是否有涂改的痕迹。

至于托德的毕业成绩，顶多是两三分的差距，因为初中三年总共十二个学季中，他只有两个学季成绩不好，他在其他学季拿的高分足以把总成绩拉上来。而且有多少父母会跑去学校查看学生的正式成绩记录呢?尤其托德又是这么出色的优等生?

现在这件事已经无关紧要了，这是事实。托德上高中以后表现非常优秀，而且这不是可以轻易捏造出来的。他打算进加州大学伯克莱分校，报上新闻是这么写的，富兰契相信托德的父母一定以他为荣，也确实很值得骄傲。富兰契越来越觉得美国人的生活正逐渐向下沉沦，大家越来越投机取巧、喜欢抄捷径、毒品泛滥、对性越来越随便、道德日益沦丧。当孩子有出类拔萃的表现时，父母确实有权感到骄傲。

现在这件事已经无关紧要了，但他到底是打哪儿去找来一个人假冒他祖父呢?

这件事令他耿耿于怀。那人是谁呢?难道说，是托德去临时演员行业协会张贴广告找来的吗?*成绩退步的中学生急需老人家帮忙，年纪最好大约七十来岁，能逼真地扮演祖父的角色，报酬比照公订标准?*不可能，怎么可能有大人愿意参与这疯狂的阴谋呢?他们有什么理由这么做?

爱德华想不透，但反正这件事并非真那么重要，他把烟捻熄了，先去参加研讨会再说。但是这件事一直盘旋在他脑子里。

第二天他开车去瑞吉街，和维多·鲍登谈了很久。他们谈葡萄、谈杂货生意，以及大连锁商场如何把小杂货店逼得无法立足，他们也谈南加州的政坛动态。维多·鲍登倒了一杯酒请富兰契喝，富兰契欣然接受。虽然现在只不过是上午十点四十分，他却觉得自己很需要喝杯酒。维多·鲍登和温西爵爷完全不像，就像机关枪和棍子是截然不同的。他一点也没有富兰契记忆中的外国口音，而且长得很胖，而假冒托德祖父的那个人却是高高瘦瘦的。

离开之前，富兰契对维多·鲍登说："拜托先不要向鲍登先生和鲍登太太提起这件事，这一切说不定有一个很合理的解释，即使查不出原因，一切也都时过境迁了。"

"有时候，"鲍登说，他对着阳光举起杯子，很满意葡萄酒的颜色，"过去的事情并不会这么容易就过去了，否则人们为什么还要读历史呢？"

爱德华不安地笑笑，没说什么。

"不过你放心，我从来不干涉狄克家里的事情，而且托德又是个好孩子，毕业时还代表致谢辞……一定是好孩子，对不对？"

"这倒是真的。"爱德华衷心说道，然后又讨了一杯酒喝。

23

杜山德睡得很不好，又是噩梦连连。

成千上万的人冲破围篱，他们从丛林中跑出来，冲破通电的铁丝网，有些铁丝断裂掉在地上，不安地卷曲着，喷发出蓝色火花，永不止息的人潮不断冲上来。仿佛有几十亿的人，挤满整个宇宙的人潮，都在后面追着他。

"老家伙，起来，杜山德，醒来，醒来。"

起初他以为自己在作梦。

叫他的人说的是德语，一定是在作梦，要不然这声音听起来怎么那么恐怖，如果他醒来的话，他可以逃开，所以他努力向上游……

那人坐在他床边的一张倒转过来的椅子上，不是在梦中。"起来，老家伙。"那人说道。他很年轻，不会超过三十岁，黑眼珠在铁框眼镜后不断打量他，棕色长发垂肩，杜山德起先一阵困惑，还以为是个男孩假扮成大人。但他不是男孩，他穿了一件老式的蓝西装，对加州这种天气而言，未免穿得多了点，西装襟上别了一支银别针，银制的，就是你用来杀掉吸血鬼和狼人的金属，别针上有颗犹太之星。

"你在对我说话吗？"杜山德用德语问道。

"除了你还有谁？你的同房已经走了。"

“海索？对，他昨天回家了。”

“你现在醒来了吗？”

“当然，但是你显然把我误认为别人了，我叫亚瑟·登克尔，你大概走错病房了。”

“我叫威斯考福，你的名字是古特·杜山德。”

杜山德想舔舔嘴唇，但却没有这么做。他可能还在作梦，进入新的梦境。

“我不认得什么杜山德，”他告诉这年轻人，“我不懂你在说什么，要我叫护士来吗？”

“你听得懂。”威斯考福说，他换了一个坐姿，把前额的头发往后拨。这个单调的手势打破了杜山德最后的希望。

“海索。”威斯考福一边说着，一边指指空床。

“海索、杜山德、威斯考福，这些名字对我来说，都没有任何意义。”

“海索因为钉排水管而从梯子上跌下来，跌断了背脊骨，很可能永远无法走路，真是不幸。但是他这一生的悲剧还不只这些，他曾经被关在巴汀的集中营，他的妻女都死在巴汀，而你正好是巴汀的指挥官。”

“我想你疯了，”杜山德说，“我叫亚瑟·登克尔，太太过世后就移民到美国。在这之前——”

“省省你的口水吧，”威斯考福举手制止他，“他没有忘记你的脸。这张脸——”

威斯考福仿佛变魔术般拿出一张照片来，那正是几年前托德给他看的那张照片，年轻的杜山德穿着纳粹党卫军的制服，坐在办公桌后面。

杜山德用英语一个字一个字小心解释着。

“二次大战的时候，我是工厂的机械师，负责监督军用汽车和卡车零件的制造，后来也协助制造坦克车。我所属的后备部队后来被召集参与柏林之役，我曾短暂地英勇作战。战后我在艾山的汽车工厂做事，直到——”

“直到你必须逃到南美洲为止。带着你从犹太人身上搜刮来的金银珠宝以及在瑞士银行的存款，是吗？海索先生回家时简直快乐得不得了，当他在半夜醒来领悟到他和谁同房时，他的心情坏透了，但是现在感觉好多了。他觉得是上帝特别的荣宠，让他跌断背脊骨，因此才有机会逮着人类有史以来最可恶的屠夫。”

杜山德仍旧用英文慢慢说：“战时我是工厂的机械师——”

“不必再说了，你那些伪造文件根本经不起仔细检查，你知我知，你终于被找到了。”

“我是负责监督工厂的——”

“不管你是做什么的，新年来临之前，你会被遣送到特拉维夫。这次美国当局很合作，因为他们希望让我们开心，而逮到你正是其中一件会让我们很开心的事情。”

“——军用汽车和卡车零件的制造，后来也协助制造坦克车。”

“你可以省省了！”

“我所属的后备部队后来被召集——”

“好吧，你还会再见到我的，很快就会再见面。”

威斯考福站起来走出去，他落在墙上的黑影动了一下，随即消失不见。杜山德闭上眼睛，他怀疑威斯考福所说的美国人很合作，究竟是真是假。三年前，当美国发生石油危机时，他是不会相信这句话的，但如今伊朗动乱，美国人很可能更坚定地支持以色列。何况不管用什么法子，合法或非法，威斯考福那票人一定会逮着他的。在有关纳粹的议题上，他们绝不会妥协。而在和集中营有关的问题上，他们更是疯了。

他全身发抖，但是他现在知道自己该怎么做了。

24

圣士多奈多中学所有学生的成绩单都保存在学校北边一座老旧的仓库里。仓库离废弃的火车站不远，里面黑漆漆的，充满回音和蜡、亮光剂、清洁剂的味道。

爱德华在下午四点钟左右，带着女儿诺玛一起去。校工让他们进去，告诉他，他要找的资料放在四楼，并指给他看电梯在哪里。电梯老得发出吱吱嘎嘎的怪声，吓得诺玛在电梯里出奇地安静。

到了四楼后，她又活泼起来，在一箱箱纸盒档案柜间的阴暗通道上跑来跑去。富兰契找到了一九七五年毕业学生的成绩单，他打开第二个抽屉，开始一页页翻过 B 开头的档案，他找到鲍登了。他把托德的成绩单抽出来，但里面光线太暗，因此他将成绩单拿到灰尘满布的窗户旁。

“别乱跑。”他回过头去对女儿说。

“为什么，爹地？”

“因为你会被小妖怪抓去。”他说，把托德的成绩单举到亮处。

他立刻看出这张保存了三年的成绩单，曾经有人小心翼翼地以近乎专业的手法动过手脚。“天哪！”爱德华嘀咕着。

“小妖怪、小妖怪、小妖怪！”诺玛高兴地唱着，依旧在通道中蹦蹦跳跳。

25

杜山德小心翼翼地在医院走廊走着，步履依旧蹒跚。他在医院的白衣服外面披上了自己的蓝色浴袍。现在是晚上八点了，正是护士换班的时候，会有半小时的混乱——他注意到，换班时间总是很混乱，是在护士站中交接记录、说说闲话和偷空喝杯咖啡的时刻，护士站就在转角的饮水机旁。

他只需要走过饮水机就行了。

走在宽广的走道上，没有人注意他，此刻让他想起了火车离站前几分钟，火车站里缓缓移动的人龙和嘈杂的声音。走廊上，病人缓慢地来来去去，有人跟他一样穿着睡袍，有人穿着医院发的病患衣服。音乐断断续续地从不同病房的收音机中传出来，访客进进出出，一个病房里有人在大笑，而他对面的病房中，则有人在啜泣。一个医生迎面走来，头抬也不抬，眼睛一直盯着手上的小说。

杜山德走到饮水机旁，掬起一把清水来喝，然后擦擦嘴，看着对面那个紧闭的房门。这个门理论上应该随时都锁住，但实际上，他曾经看过门有时候没有上锁，而且没有人管。大多数是在护士换班的混乱时刻，大家全挤在转角的护士站中。杜山德以一双训练有素的机警眼睛观察着这一切，他只希望能再多观察一个星期就好了，能找到切入的空隙，因为他只有一次机会。但是，他没有一个星期的时间，两三天内，他们可能就会揭露他隐藏的身份，但也可能明天就发生。他不敢再继续等下去。一旦他的身份被揭露，就会经常有人看着他。

他又喝了一口水，再擦擦嘴，四下张望着，然后看似漫不经心地慢慢踱步到对面，扭开门把，走进药品储存室。如果管理药柜的女人已经坐在位子上，问他为何闯进来，他只消推说自己是个大近视眼，没看清楚，以为这里是厕所，真笨哪！

但里面空无一人。

他扫视左手边最高一层架子，只有眼药水和点耳朵的药水。第二层架子上有轻泻剂和栓剂。他在第三层架子上看到速可眠和佛罗拿等镇静安眠药物，他拿了一瓶速可眠塞进口袋，然后溜出门外，他没有四下张望，而是摆出一脸困惑的微笑——这里显然不是厕所？啊，在那边，就在饮水机旁边，我真笨哪！

他推开一扇写着“男盥洗室”的门，走进去洗洗手，然后回到自己的房间。自从莫里斯·海索离去后，这里已经变成他的单人房了。两张床中间的茶几上放了一个玻璃杯和塑胶水瓶，可惜没有波旁酒，不过不管是用水或靠酒把药送进肚里，那些药丸很快就会让他感到飘飘然。

“向莫里斯·海索致敬。”他说，脸上浮现出一抹微笑，然后倒了一杯水。这么多年来一直生活在阴影中，到处东躲西藏的，不管是坐在公园椅子上、在餐厅里或在公车站，总觉得似乎看到熟悉的脸孔，结果还是被认出来了，而且是被一个他根本不记得的人认出来了。实在有点可笑，他几乎没有看过莫里斯几眼，莫里斯·海索和上帝恩赐的背伤。再想想，这件事不只是普通的好笑，简直是太好笑了。

他在口中放了三颗药丸，和着水吞下去，再放三颗，又放三颗，就这么吞着。他可以看见对面病房中，有两个老人弓着身子在茶几上玩纸牌。杜山德知道其中一人有疝气的毛病，另外一人呢？胆结石？肾结石？肿瘤？前列腺的毛病？老年人都不外乎这些毛病。

他重新倒了一杯水，但是没有立刻吞药丸。一下子吞太多药丸，反而欲速则不达。他可能会呕吐，把肚子里残余的药物都吐了出来，留下性命，等着接受美国人和以色列人的羞辱。他可不打算像个醉酒的家庭主妇般出洋相。当他开始昏昏欲睡时，才会再吞几颗安眠药，这样就没有关系。

他们以为已经逮到他了，但是他就在他们面前结束自己的生命。

这时他倒希望能留张字条给男孩，告诉他要小心，要听一个终于走投无路的老人家的话。他想告诉那男孩，他临终时倒是对他多了几分敬意，虽然从未喜欢过他，不过和他说说话，总比自己成天胡思乱想好多了。然而任何字条，不管多么轻描淡写，都会让男孩受到怀疑，杜山德不想这么做。他也许会担上一两个月的心，等着政府派人来问他有关杜山德或亚瑟·登克尔的保险箱里一些文件的事情……然而到了最后，男孩会相信他说的是真话。只要男孩自己不要乱了方寸，就不会碰到什么事情。

杜山德伸出手去，似乎伸了老远才拿到那杯水，他又吞下三颗药丸。

他放好杯子，闭上眼，把头好好枕在柔软的枕头上，他从来不曾这么爱睡过，他终于要长眠了，可以好好休息了。

除非又开始做那些梦。

一想到梦，便使他悚然一惊，梦？上帝啊，求求你，别再让我做那些噩梦了，别让我的噩梦没完没了，永远都没有醒过来的一天。千万不要——

这突然的恐惧让他挣扎着想醒过来，但似乎死神饥渴的手指已经伸到床上来，攫住了他。

（不！）

他的思绪纷乱地陷入无尽的黑暗漩涡中，一直旋转着，旋转着，落下去，落入无尽的噩梦中。

凌晨一点三十五分，医院发现他服药过量，十五分钟后即宣告死亡。值班的护士很年轻，对温文有礼的登克尔老先生印象很好，听到消息后还掉下眼泪。她是个天主教徒，她不明白像这么一个老好人，病况已经日渐好转，为何还要走上自杀这条路，把自己不朽的灵魂推下地狱。

26

星期六早上在鲍登家，大家都是九点以后才起床，今天早晨也不例外。九点半，托德和父亲坐在餐桌前看书，蒙妮卡睁着惺忪的睡眼，默默地替他们准备炒蛋、果汁和咖啡。

当门外的报纸扔到台阶上时，托德正在看科幻小说，狄克则全神贯注在他的建筑文摘上。

“爸，要我去把报纸拿进来吗？”

“我去好了。”

狄克把报纸拿进来，开始喝咖啡，他盯着报纸头版，才喝第一口便呛住了。

“狄克，怎么啦？”蒙妮卡连忙走过来问道。

狄克猛咳嗽，托德抬起头来有点纳闷地看着父亲，蒙妮卡赶过去替狄克拍背。拍着拍着，她的目光落在报纸头条上，她的手不由自主停在半空，眼睛睁得老大，仿佛眼珠快要掉落桌面似的。

“天哪！”狄克终于闷声喊道。

“这……这……我不相信……”蒙妮卡住口，看着托德。“噢，甜心——”父亲也看着他。

托德立刻警觉起来，绕过桌子说：“什么事？”

“登克尔先生……”狄克只能挤出这么一句来。

托德看了标题后，立刻明白是怎么一回事了。标题写着：前纳粹战犯于圣土多奈多医院自杀。标题下有两张并列的照片，两张照片托德都看过，一张是比现在年轻六岁的亚瑟·登克尔，托德知道这是一个街头嬉皮摄影师拍的，老人买下这张照片，是为了确定这张照片不会不小心落入其他人手中。另一张是穿着纳粹党卫军制服的古特·杜山德，正坐在巴汀的办公桌后面，帽子歪戴着。

如果他们手上有嬉皮拍的那张照片，那么他们就已经去过他的房子了。

托德迅速看着报道内容，脑子里疯狂转着各种念头。上面没提到酒鬼，但那些尸体迟早会被找到，到时候事情会闹得更大，将是万众瞩目的大新闻：巴汀指挥官恶性难改，前纳粹魔头的恐怖地窖，他从来不曾停止杀戮。

托德只觉两腿轻飘飘的。

远处，响起他母亲尖锐的叫声：“狄克，扶住他，他快昏倒了！”

（昏倒昏倒昏倒……）

这句话不断重复着，他隐约感到父亲用手臂抓住他，然后他便不省人事，什么也听不见了。

27

富兰契打开报纸时，正在吃早饭。他咳了一下，发出奇怪的、好像噎着的声音，然后把嘴里的面包全吐在桌上。

“爱德华，你怎么了？”他太太桑卓拉有点紧张地问道。

“爸爸咳嗽，爸爸咳嗽。”小诺玛叫道，开心地帮母亲一起给父亲拍背，富兰契还专心地盯着报纸看。

“怎么了？”桑卓拉又问。

“他，他！”富兰契叫道，用手指着报纸，他指得太用力，指甲划破了报纸头版。

“这个人！温西爵爷！”

“你到底在说什么呀？”

“他就是托德·鲍登的祖父！”

“什么？这个战犯？你疯了吗？”

“就是他！”富兰契呻吟道，“天哪！就是他！”

桑卓拉牢牢盯着相片看，最后才说：“他长得一点都不像温西爵爷。”

28

托德的脸色好像玻璃窗一样苍白，坐在父母中间。

坐在他们对面的是一个头发灰白、非常客气的探长，名字叫莱克勒。托德父亲提议打电话给警方，但托德说他自己来，就好像十四岁时那次一样。

他花了很长的时间，终于说完了，他讲话时那种机械化的平淡声调，把蒙妮卡吓坏了。他已经十七岁了，但在很多方面还是个孩子，这件事很可能会为他的人生留下难以磨灭的疤痕。

“我替他念书……呃，《汤姆·琼斯》、乔治·艾略特的《河畔磨坊》，这本书很沉闷，我猜我们永远也读不完，还有一些霍桑的短篇小说。我们开始读《匹克威克外传》，但是他不喜欢这部小说，他认为狄更斯想严肃地说点什么时，显得很滑稽，他说狄更斯在搔首弄姿，他就是这么说的。我们两人都比较喜欢《汤姆·琼斯》。”

“那是三年前的事了。”莱克勒说。

“是的，我只要有空就会去看看他，但上了高中以后，我必须搭公车上学……我和朋友组了一支球队……而且功课也比较多……你知道，不停有事情冒出来。”

“你不太有时间了？”

“没错，不太有时间了，高中功课很重……又要成绩好，才能进大学。”

“托德是非常优秀的学生，”蒙妮卡立刻说，“他以第二名的成绩毕业，我们都引以为荣。”

“当然，”莱克勒报以亲切的微笑，“我也有两个在念中学的男孩，成绩只算勉强合格。”他转向托德，“你上高中以后，便没有再念书给他听了？”

“没有，偶尔会读报给他听。我去看他的时候，他会问我报纸头条都在讲些什么。他对‘水门事件’很感兴趣，也想知道股票市场的动态，报上小小的铅字让他头疼。”

蒙妮卡拍拍他的手。

“我不知道他为什么对股票市场感兴趣，不过他就是很有兴趣。”

“他有一些股票，”莱克勒说，“他就是靠股票收入维生的。他屋里还有五套不同的身份证件。他是个小心谨慎的人，毋庸置疑。”

“我想他把股票放在某个银行的保险箱里。”托德说。

“什么？”莱克勒扬起眉毛来。

“他的股票。”托德说，一脸困惑的狄克也对莱克勒点点头。

“他的股票都藏在床下的抽屉里，”莱克勒说，“还有他的照片。他有保险箱吗？他说过他有吗？”

托德想想后摇摇头，“我只是想当然，我不知道……这……这整个事情……弄得我昏头了。”

他摇摇头。他是真的感到头昏了。不过，他仍然一点一滴地感到自己正逐渐恢复自我保护的本能，变得越来越机警，也重拾几分自信。如果杜山德真的租了保险箱来放那份文件，难道他不会把股票也放进去吗？还有那张照片？

“我们正和以色列的情报人员合作调查这个案件，”莱克勒说，“以非官方的方式合作，我希望你如果见到记者，不要透露这项消息。以色列派来的人都很干练，其中有一位叫威斯考福，他明天想跟你谈谈，如果你方便的话。”

“好吧。”托德说，但是想到追捕了杜山德几十年的同一批猎犬也要来盘问他，内心似乎也感染到杜山德的恐慌。杜山德对这些人十分敬畏，托德知道他只要牢记这点，就不会犯错。

“鲍登先生、鲍登太太，你们不反对吧？”

“只要托德愿意，就没有问题，”狄克说，“我倒很想在场，我读过一些关于以色列摩萨德情报组织——”

“威斯考福不是摩萨德的情报人员，他属于以色列所谓的特别行动小组。事实上，他在教意第绪文学和英文文法，还写了两本小说。”莱克勒微笑道。

狄克挥手打断他的话，“不管他是什么人，我都不会让他欺负托德。从我读过的资料看来，这些家伙有时候有点太专业了，或许这个人还好，但我希望你和这个叫威斯考福的家伙记住，托德只是想帮助这个老人。老人家伪装了身份，但托德完全被蒙在鼓里。”

“没关系，爸。”托德无奈地笑笑。

“我只是希望你能尽量帮助我们，”莱克勒说，“鲍登先生，我了解你为什么担心，我想你会发现威斯考福是个好人，不会给你们什么压力。我想知道的都已经问完了，不过我要先说明一下以色列人感兴趣的是什么。杜山德心脏病发作的那天，托德是和他在一起的，而且陪他到医院——”

“他要我过去读信给他听。”托德说。

“我们知道，”莱克勒身子前倾，“以色列人想知道那封信的内容。杜山德是条大鱼，但他不会是湖里最后一条鱼——至少威斯考福是这么说的，我相信他的话。他们认为杜山德也许知道其他鱼的下落。他们大多数人至今仍旧活着，可能住在南美的某个地方，可能还有其他人分布在不同的国家……包括美国在内。你知道，他们甚至曾经在特拉维夫的旅馆大厅中逮捕了布亨瓦德集中营的魔头？”

“真的？”蒙妮卡张大眼睛惊呼。

“真的，”克莱勒点点头，“就在两年前。我想说的是，以色列人认为杜山德要托德念的那封信可能是其他大鱼寄来的。他们或许说得对，也可能猜错了。不管怎么样，他们想知道就是了。”

曾经回到杜山德房子里把信烧掉的托德回答：“我会尽量帮你或这位威斯考福先生的忙，只要我能力所及，但这封信是用德文写的，很难念，当时我觉得自己像傻瓜一样。不过登克尔先生……杜山德听了很兴奋，他听不懂的字，就要我一个字母一个字母拼出来，因为你知道，我的发音不准，但是他还可以大致听懂。我记得他听到中间部分时笑了起来，说，‘对啦，对啦！就是这样做！’然后又说了一些德语。这是在他心脏病发作前两三分钟的事。好像是 Dummkopf 之类的，我猜在德文的意思是愚蠢吧！”

他不确定地看着莱克勒，内心为自己圆的谎而沾沾自喜。

莱克勒点点头，“对，我们知道那封信是用德文写的，医生也说你告诉过他，但是那封信，托德……你还记得信到哪儿去了吗？”

托德心想，这正是问题的症结了。

“我想，救护车来的时候，信还摆在桌上，我们全部都离开的时候。我无法在法庭上作证说绝对如此，但是——”

“我想桌上是放了一封信，”狄克说，“我还拿起来看了一眼，航空信纸，但我没注意到信是用德文写的。”

“那么应该还在那儿才对，这就是我们想不通的地方。”克莱勒说。

“信不在那里吗？”狄克说。

“不在了。”

“也许有人进去偷走了。”蒙妮卡说。

“根本用不着偷，因为一片忙乱中，屋子根本没上锁，显然杜山德也没想到要别人帮他锁上，他的钥匙在他死时还收在裤袋里。从救护人员来把他抬出去后，门便没有上锁，直到今天清晨两点半钟，我们才把屋子封起来。”

“这就是啦！”狄克说。

“不，”托德说，“我明白莱克勒先生在想什么。”没错，他看得很清楚，只有瞎子才会看不到这点。“小偷干吗别的不偷，单单偷一封信做什么呢？何况是一封德文信？登克尔先生家没什么东西可偷，但是小偷应该还是会找到比信更值钱的东西。”

“你说得一点也不错。”莱克勒说。

“托德自小便想当侦探，”蒙妮卡说着，摸摸托德的头。托德长大后就不喜欢她这么做，不过现在托德似乎不介意。天哪，她真不喜欢看到托德脸色这么苍白。“不过他长大后就改变主意了，我想他现在打算学历史。”

“历史是很值得研究的，你可以当个深入调查的历史学家。你读过约瑟芬·铁伊的推理小说吗？”

“没有。”

“没关系，我倒希望我那两个儿子除了迷球赛外，还有更伟大的志向。”

托德笑笑，没说什么。

莱克勒又严肃起来，“总之，我们认为可能还有人，这个人或许就在圣土多奈多，知道杜山德的真实身份。”

“真的？”狄克说。

“是的，有人知道真相。也许是另一个纳粹战犯。我知道听起来好像罗伯特·勒德伦姆的小说情节，但是谁又想得到像圣土多奈多这样一个安静的郊区小镇里，竟然会藏着一个纳粹战犯呢？我们认为这位X先生在杜山德住院后潜入他家，拿到了那封可能陷他入罪的信。这是为什么直到现在，排水管里还漂浮着一些灰烬的原因。”

“我认为这没道理。”托德说。

“为什么？”

"如果登克尔先生——如果杜山德有个纳粹老友在这里，他又何必找我来读信呢？我是说，如果你听到他怎么纠正我的发音……至少你提到的这个纳粹战犯一定懂德文。"

"说得也是，除非这家伙是坐轮椅的或瞎了。就我们所知，这个人说不定是马丁·鲍曼[1]本人，他完全不敢外出露面。"

"瞎子或坐轮椅的人就更不可能来偷信了。"托德说。

莱克勒对他更加佩服了，"没错，不过盲人虽然无法读信，仍然可以偷信，他可以雇人去替他做这件事。"

托德想了想，点点头，但同时又耸耸肩，显示他对这问题想得多深入。莱克勒的推论已经超越勒德伦姆，进入了萨克斯·罗默[2]的境界。但是这些其实一点都不重要，他暗忖，真正重要的是，莱克勒还在问东问西……还有那犹太鬼威斯考福，也在附近打转，东查查，西查查。这封信，该死的信，杜山德愚不可及的主意！突然他想到他的点三〇来复枪正放在阴冷的车房的架子上，他很快抛开这个念头，手心已在冒汗。

"你认得杜山德的其他朋友吗？"莱克勒问道。

"朋友？不认得，以前有个来打扫的女佣，但她搬走了，后来便没有再请。以往他会在夏天雇个小孩子来除草，但今年似乎也没请，院子里的草不是长得很高吗？"

"是的，我们问过很多邻居，似乎他没有请人。他常接到电话吗？"

"当然。"托德漫不经心地说……这里似乎露出一丝光亮，出现一个还算安全的逃生口。事实上，托德认识杜山德这么久以来，杜山德的电话铃只响过五六次，不外乎是推销员打来的，早餐食品公司做市场调查，或有人拨错电话。他之所以装电话，主要是以防生病，后来果然派上用场了，愿他的灵魂在地狱中腐烂。"他通常一个星期会接到一两通电话。"

"他在电话中说的是德语吗？"莱克勒似乎很兴奋。

"不是，"托德突然警觉起来，他不喜欢莱克勒兴奋的表情，他觉得有点不对劲，有点危险。他拼命忍住不让冷汗直冒。"他没说什么，我只记得他有时会说，'替我念书的男孩现在在这里，等会儿我再打给你。'"

"就是啦！"莱克勒说，一巴掌拍在自己大腿上，"我跟你们打赌，是有这么一个家伙在！"他啪的一声把笔记本合上（托德可以看到他只在上

---

1 马丁·鲍曼（Martin Bormann），纳粹德国总理府秘书长。

2 萨克斯·罗默（Sax Rohmer），英籍推理小说家，因创造出最邪恶的角色——傅满州（Fu Manchu）而享誉文坛。

面胡乱涂鸦，什么也没记），然后站起来。“多谢三位，特别是托德，我知道你今天受惊不小，不过很快就会水落石出。下午我们会找特殊小组把整个屋子从阁楼到地窖彻底搜索一遍，或许会找到一些蛛丝马迹，让杜山德的朋友现形。”

“希望如此。”托德说。

莱克勒和他们三人握握手后便走了，狄克问托德是否想在中饭前去打打羽毛球，托德说他既不想打羽毛球，也不想吃中饭。他低着头、垂着肩地走上楼去。他的父母交换了同情和烦恼的眼神。托德躺在床上瞪着天花板，想到他的来复枪，想象用蓝色枪柄捅进蓓蒂的私处，这不正是她要的吗？你觉得如何？他听到自己在问她。你说你够了没有？他想象她尖叫的样子，脸上浮起可怕的笑容。告诉我，你这贱人……这样够了吗？够了吗？够了吗？……

“你有什么看法？”威斯考福问莱克勒。莱克勒刚刚才从离鲍登家三个街角的小餐厅门口把威斯考福接上车。

“我认为这小孩知情，”莱克勒说，“或多或少知道一些内情。但是他很冷静，如果你把热水倒进他嘴里，他会吐出冰块来。我有几次让他说漏嘴，但没有一句答话是在法庭中用得上的。如果我继续深入问下去，精明的律师还是会想办法让他脱身；我的意思是，法庭还是会把他当少年犯，因为他才十七岁，但我猜这孩子可能从八岁开始就不算年轻孩子了。他是个阴险可怕的人，”莱克勒把一根烟塞进口中，然后大笑，“我认为他是个真正阴险可怕的人。”

“他的话有什么漏洞？”

“电话是最主要的漏洞，当我不经意丢出这个念头时，我可以看见他两眼发亮。”莱克勒把车向左转，开上高速公路。在他们右手边两百码处，便是托德在不久前的星期六上午放空枪的斜坡。

“他心里想：‘如果这警察真的以为杜山德有个纳粹朋友住在这附近，那么我就可以脱身了。’所以他就说：对，杜山德每星期都会接到一两通电话，神秘兮兮地说些‘我现在不方便说话，待会儿再谈’之类的。但我去查过，杜山德在过去七年间几乎没打过什么电话，一通长途电话也没有，更不可能每个星期接到一两通电话。”

“还有呢？”

“他立刻下结论说信不见了，其他东西都没丢。他知道屋子里只有那封信不见了，因为他就是回去拿走信的那个人。”莱克勒把烟在烟灰缸中捻熄。

“我认为信根本只是个小道具，杜山德心脏病发时，正在埋那个尸体……那个最新的尸体，因为他的鞋子和袖口都有土，所以这是很合理的假设。这表示他在心脏病发作之后，而不是之前，打电话叫这个小孩来。他爬上楼，打电话叫他来。男孩赶来时，临时编造了这封信当作借口。这并不是顶好的借口，但……考虑到当时的情况，也不算太糟的借口。他到那里以后，替杜山德收拾烂摊子。这时候，这孩子已饱受折磨，救护车快来了，他父亲也赶过来，他需要一封信来圆谎，于是他上楼去，打破那个木盒子——”

“你确定吗？”威斯考福说，他点燃自己的烟，他抽的是没有滤嘴的英国名牌香烟，但莱克勒觉得味道像马粪一样。莱克勒心里想，他们都开始抽这样的烟，难怪大英帝国会没落。

“绝对没错，盒子上有他的指纹，这些指纹跟他学校资料上的指纹一致，不过这屋子里到处有他的指纹，真他妈的！”

“如果你拿这些证据和他对质，一定会令他惊慌失措。”威斯考福说。

“嘿，你不知道这小子有多狡猾。我是说真的，他是个非常冷静的人。他会说杜山德偶尔会要他去盒子里找一些东西，或放东西进去。”

“铁锹上也有他的指纹。”

“他会说他在后院种玫瑰花时，会用到铁锹。”莱克勒掏出自己的烟来，但是烟盒早空了。威斯考福把自己的烟递给他，莱克勒才吸第一口便咳个不停。“这烟的味道抽起来和闻起来一样糟。”

“就好像我们昨天中午吃的汉堡一样，”威斯考福微笑道，“那些麦香汉堡。”

莱克勒大笑。“麦香堡。好吧！看来文化交流有时候是行不通的。”他的笑容消失了，“他的手法还真是干净。但是他不是那些长发披肩、长筒靴上装饰着链子、骑摩托车的不良少年。”

“是啊。”威斯考福注视着周遭混乱的交通，很高兴开车的人不是他。“他只是个孩子，出身好家庭的白人小孩，我觉得很难相信——”

“别忘了你们以色列人十八岁便荷枪实弹，准备上战场了。”

“不错，但事情开始时，他才十四岁。一个十四岁的小孩怎么会和杜山德这样的人混在一起呢？我一直想要了解这点，但还是想不透。”

“我想知道这一切是怎么发生的。”莱克勒说，把烟扔到窗外，他闻到这烟味就会头痛。

“也许，如果事情真是如此的话，一切只是巧合或运气罢了。有的人天生就有意外发掘珍宝的本事。不过这种天分有好的一面，也有黑暗的一面。”

“我不懂你在说什么，”莱克勒闷闷不乐说道，“我只知道他比躲在石头下的小虫还要鬼鬼祟祟。”

“我的意思很简单，换做是其他小孩，都会很开心地去告诉父母或警察说：‘我认出一个通缉犯了，他住在这个地方，我很确定是他。’然后让警察去逮捕他，你认为我说得不对吗？”

“对极了。这孩子会变成新闻人物，报上刊登着他的照片，还接受晚间新闻专访，可能学校还会颁奖给他，说他是好公民，”莱克勒笑道，“他的照片说不定还会登上《真实人物》呢！”

“那是什么？”

“没什么，”莱克勒说。他得提高嗓门，因为两旁都有大卡车驶过，而威斯考福正紧张地忽而看左，忽而看右。“你不会想知道的。你的看法没错，但那是大多数小孩的反应。大多数小孩。”

“但不是这个小孩，”威斯考福说，“这孩子可能纯靠运气看破了杜山德的伪装，但他却没有把这件事报告父母和警察……反而去找杜山德。他为什么要这么做呢？你说你不在乎原因，但是我想你其实在乎的，你和我一样百思不得其解。”

“绝不是勒索，”莱克勒说，“这是可以肯定的，这孩子要什么有什么。他们的车房里有一辆沙滩车，更别提墙上还挂着猎枪了。即使他为了过过瘾，想压榨杜山德也没用，因为杜山德除了几张股票外，身上根本榨不出任何东西。”

“你怎么能确定那孩子不知道你已经找到尸体了？”

“我很确定，也许我今天下午回去可以用这件事来问问他，至少目前这似乎是我们最可以利用的一点。如果早一天发现这些事情，我想我早已设法申请到一张搜查令了。”

“找出男孩那天晚上穿的衣服了吗？”

“嗯，如果我们能在衣服上弄到尘土的采样，与杜山德家地窖的土比对吻合的话，那么就能攻破他的谎言。问题是，他那晚穿的衣服很可能早已洗了六七次之多了。”

“其他那些死掉的酒鬼是怎么回事？就是你们警局在其他地方发现的那

些尸体？”

“我想那些案子跟这个案子无关，目前还是由波兹曼负责调查。杜山德没那么大的力气……而且他已经有一个完善的小计谋了，答应他们几杯酒、一顿饭，坐公车带他们回家，然后在厨房下手。”

威斯考福静静地说：“我想的不是杜山德。”

“你是说——”莱克勒立刻闭嘴，两人陷入好长一阵沉默，只听得窗外呼啸而过的车声。最后莱克勒小声道：“嘿，嘿，别这样。你给我个——”

“身为以色列的情报员，我原先只是因为托德也许知道杜山德有没有和其他纳粹战犯联络，而对他产生兴趣。但作为人类，我现在却对这男孩本身越来越感兴趣。我想知道他的动机是什么？他为什么会这样做？当我试图为了满足自己的好奇心而寻找答案时，我发现我开始不停地问自己，除此之外，他还做了什么事？”

“但——”

“我反问自己的是，杜山德所参与的种种暴行，会不会正是吸引他们两人在一起的原因？我告诉自己，这是个不好的想法。我一想起集中营里发生的种种事情，便感到一阵恶心，尽管我唯一被关进集中营的亲人是我的祖父，而他在我三岁时就过世了，我还是有这种感觉。然而我常在想，或许德国人的所作所为中有一些什么东西，会触动我们内心深处埋藏的幻想。或许我们有一部分的恐惧，正是因为其实我们内心深处都知道，在适当——或在错误——的情况下，我们自己可能也会建造出这样的地方。或许我们也知道，在某些情况下，每个人埋藏在内心底层的某些东西就会高兴地爬了出来。你以为他们会长成什么样子？个个都像希特勒一样，额头上几绺头发、嘴巴上留着小胡子、到处呼喊口号吗？你以为他们会长得像魔鬼或毒蛇猛兽吗？”

“我不知道。”莱克勒说。

“我想他们大多数人从外表看来，都像个普通会计师，”威斯考福说，“像个手上拿着图表和计算机的平凡会计师，计算着怎么样可以提高杀人效率，所以下一次他们可以杀掉两三千万人，而不只是六个人而已。而他们其中有些人甚至长得像托德·鲍登。”

“你简直和他一样恐怖。”莱克勒说。

威斯考福点点头，“这本来就是个恐怖的话题。在杜山德的地窖里找到那些死人和动物尸体……不是也令人毛骨悚然吗？你难道没想过，或许一开始这男孩只是单纯地对集中营的事情感兴趣，正如一些小孩喜欢集邮或集钱币，或喜欢读一些亡命之徒的西部小说一样？而他跑去找杜山德，只是想从他口中得到第一手资料？”

“如果依照这个观点，我倒是相信有此可能了。”莱克勒说。

“也许。”威斯考福喃喃道。外面呼啸而过的货柜车几乎盖住他说话的声音。他点燃一根烟，心里想，美国人不懂我们为什么可以住在一堆阿拉伯人中间，但如果让我住到这里两年，我一定会精神分裂。“也许吧。或许一个人不可能如此接近这么多的杀戮暴行，而完全不受影响。”

29

接近中午时，一个矮个子走进侦缉组，走过之处都留下一阵恶臭，身上散发着像腐烂的香蕉、蟑螂屎和垃圾车的味道。他穿着旧裤子、灰衬衫和褪色的蓝外套，拉链大半都已脱落了，开了口的鞋子勉强用胶黏住，头上还戴了顶难看的帽子。

“天哪！出去！”值班的警卫叫道，“何朴！我发誓没有人逮捕你！快出去！我还想呼吸。”

“我要见波兹曼组长。”

“他死了，昨天死的，你快滚出去，好让我们在这儿安安静静地哀悼。”

“我要见波兹曼组长。”何朴把声音提高。他一张开嘴，味道更难闻。

“他去暹罗办案了，你快滚吧！”

“我要见波兹曼组长，没见到前，我绝不离开。”

值班的警卫飞奔出去，五分钟后，他和波兹曼一起回来，波兹曼身材瘦长微驼，年约五十岁。

“带他到你办公室可以吗？”值班警卫问道。

“来吧！何朴。”波兹曼说。一分钟后，他们坐在波兹曼的办公室中，坐下来以前，波兹曼把办公室里唯一的窗子打开，并且打开电扇。“有什么事吗？”

“你还在调查那些谋杀案吗？”

“那些流浪汉的案子？是的。”

“我知道是谁干的。”

“是吗？”波兹曼正忙着点烟，他甚少抽烟，但打开的窗子和电扇都无法驱散这人身上的味道。波兹曼心想，待会儿大概连油漆都要开始剥落了，他叹口气。

“你记得我告诉过你，在他们发现保力被刺死在阴沟的前一天，保力跟一个家伙讲过话吗？”何朴说。

“记得。”有几个酒鬼常在救世军的救济站附近游荡，他们也说过同样的话。森尼和保力都是在附近被害的流浪汉。那些酒鬼说曾经看见一个年轻人在附近晃来晃去，跟森尼和保力说过话，虽然没有人百分之百确定，何朴和另外两个人宣称保力和这个年轻人一起走了，他们认为这家伙还未成年，却想买点酒喝，所以找上他们帮忙。其他几个酒鬼也都声称在附近见过这样一个“家伙”，他们一致形容那“家伙”很年轻、金发、白人，这描述还真棒，在法庭上站得住脚，而且消息来源还这么“可靠”呢！

“昨晚我躺在公园里时，”何朴说，“正好有人丢了一卷旧报纸在我身上——”

“何朴，在本市像这样到处游荡是违法的。”

“我只是在收集旧报纸，我实在看不过很多人这样乱丢垃圾。我是在做公共服务。有些报纸已经是一个星期以前的报纸了。”

“是呀。”波兹曼说。他模糊地记得刚才肚子很饿，等不及要去吃中饭，那好像是很久以前的事了。

“总之，当我醒来时，一张报纸正好落在我脸上，我一看差点跳起来，就是那家伙，看！就是这个家伙。”

他掏出一张绉得发黄、有水渍的报纸，把报纸摊开来放在桌上。波兹曼现在稍微有一点兴趣了，报上的大标题是：四位圣土多奈多高中生当选明星球员。标题下面有四张照片。

“是哪一个？”

何朴用脏手指最右边的，“就是他，报上说他叫托德·鲍登。”

波兹曼的目光由相片转到何朴身上，他在想何朴的脑细胞到底还有多少是管用的，在他沉浸醉乡二十年后。

“你怎么能确定？照片上他戴了一顶棒球帽，你怎么能看出他是不是金发？”

“他笑的样子，”何朴说，“这是他的笑容。他对保力这么笑过，当他们一起走开时，他就是露出这种‘人生真美好’的灿烂笑容，我绝不会看走眼的，就是这家伙。”

波兹曼没听见他的最后一句话，他拼命想着，想着。托德·鲍登，这名字听起来好熟，这件事带给他的困扰比知道一个本地高中的明星学生可能到处杀害酒鬼还要大。他想起来，今天早上在谈话中似乎才听过这个名字，他皱着眉，努力回想究竟是在哪儿听到的。

何朴走了以后，他还继续想，这时莱克勒和威斯考福走进来，他们说话的声音和冲咖啡的声音总算让他想起来了。

“天哪！”他急忙起身跑出去。

托德父母都想取消下午的约会，蒙妮卡本来打算去超级市场，狄克则是跟几个朋友约好去打高尔夫球，他们都愿意留在家里陪托德，但托德说他宁可独自一人留在家里。他想要清一清来复枪，同时把整件事情好好想一想。

“托德，”狄克说，一时又发现自己没什么话好说了。换做是托德的祖父，可能就会在这时候提议大家一起祷告。但是时代不同了。“有时候就是会发生这种事情，不过别老是去想它。”他无力地说着。

“放心好了，我很好。”托德说。

他们走了以后，托德拿出破布和一瓶擦枪油，放在院子里玫瑰花旁的长板凳上，然后到车房去拿他的来复枪。他把枪拿到院子里，把枪拆解开来，院子里玫瑰花香味扑鼻。他把枪彻底清了一遍，嘴里哼着歌，有时候还吹吹口哨，然后他又把枪组合起来；他即使摸黑都可以轻易把枪组装起来。他脑子里胡思乱想，五分钟后，发现自己已经给枪膛上了子弹。他今天并不想去打靶，但还是装了子弹。他不知道自己为何要装上子弹。

你当然晓得为什么。托德宝贝，也就是说，该是时候了。

正在这时候，一辆黄色绅宝汽车开了过来，一个看起来有点眼熟的人走出车外。等到他把车门关上开始朝着托德走来，托德看到他脚上穿的淡蓝色凯兹运动鞋时，才想到来人是橡皮爱德华。

“嗨！托德，好久没见了。”

托德把枪搁在椅子边，亲切地在脸上堆起笑容，“嗨！富兰契先生，什么风把你吹到这儿来的？”

“你父母在家吗？”

“不在，你找他们有事吗？”

“也不是，”橡皮爱德华想了好一会儿才说，“我想还是我们先谈谈比较好，你也许可以给我一个合理的说明，虽然天知道我还真怀疑这点。”

他把手伸进裤袋中掏出一份剪报。橡皮爱德华还没有把报纸递给托德看，托德立刻知道报上的内容是什么。这是他今天第二次看到杜山德的照片，那张街头摄影师拍的照片用黑笔圈了起来。托德很清楚，爱德华已经认出托德的“祖父”了，他会把这件事告诉所有的人，到处散播这个好消息。好一个橡皮爱德华，这下可以大大嘲弄他了。

警方一定会感兴趣，不过当然，他们早已在着手调查了。当莱克勒走了半小时后，托德的心便开始下沉，就像灌饱了气的气球原本快乐地越飞越高，突然被钢箭刺破，笔直落下来。

电话是最大的破绽。莱克勒狡猾地诱他入彀，而他则迫不及待地跳入陷阱，他说，*他每个星期都会接到一两通电话*，以为可以让他们查遍南加州，寻找一个老迈的前纳粹战犯。很好，只不过电话公司给他们的说法可能完全不同。托德不知道电话公司会不会告诉你电话使用次数……但是当时莱克勒眼中出现了诡异的眼神。

然后是那封信。他不小心告诉莱克勒，没有小偷闯进杜山德的房子偷东西，莱克勒离开的时候一定会想到，托德之所以知道这件事，唯一的可能是他回去过……他不但回去，而且回去过三次，除了第一次把那封信烧掉外，后来两次都是为了查看有没有留下什么可能陷他入罪的痕迹。他没有任何发现，甚至那套纳粹党卫军制服都不见了，很可能是在过去四年中被杜山德丢掉了。

还有那些尸体，莱克勒竟然提都没提那些尸体。

最初托德心想，这样很好，让他们先白忙一阵子，他得好好想一想。他并不害怕他们检查出来他在掩埋尸体时衣服上沾了土。他早在当天晚上就把衣服洗干净了，他是自己把衣服丢进洗衣机，并且烘干的。他很清楚杜山德可能会死掉，然后所有的事情会被揭露出来。正如杜山德常常说的，孩子，再小心也不为过。

然后他逐渐意识到，这不是个好现象。天气这么暖和，而天气暖和的时候，杜山德的地窖发出的臭味总是更严重，他最后一次去杜山德家的时候，就闻到恶臭。警察一定会注意到这种味道，而且一定会追踪下去，以找到恶臭的根源。为什么莱克勒提都不提？他是保留不说，还是等以后再制造惊人的效果呢？如果他真有此意，表示他已经起疑了。

托德从剪报上抬起头来时，橡皮爱德华正转过身去看着街上，虽然街上没有什么好看的。莱克勒可以怀疑，但他顶多也只是怀疑而已。

除非他找到真凭实据，证明托德和老人的关系。

而这种证据正是橡皮爱德华可以提供的。

一个可笑的人穿了一双可笑的球鞋，像这种可笑的人几乎不配活下去。托德的手碰到了来复枪的枪身。

没错，橡皮爱德华手中正掌握了警方现在缺少的线索。警方不能证明托德和杜山德同谋杀人，但橡皮爱德华的证词却可以证实一切。然后事情就此结束吗？喔，不会。他们会把他的高中毕业照片到处拿给酒鬼看。虽然只是碰碰运气，但莱克勒不能不试试看。如果我们不能因为这桩酒鬼谋杀案将他定罪，或许另一桩酒鬼谋杀案可以逮着他。

然后呢？然后就是法庭见了。

他父亲会替他请一堆律师，律师们会想尽办法为他脱罪，太多间接证据了，他也会想办法让陪审团留下良好的印象，但这时候，他的人生早已毁了，正如杜山德说的。报纸上会大肆报道，所有事情都好像埋在杜山德地窖中半腐烂的尸体一样，会被挖掘出来摊在阳光下。

“报纸上的那个人在你读九年级的时候来过我办公室，”爱德华突然转过身来对托德说，“他说是你的祖父，结果却是一个遭通缉的战犯。”

“是的。”托德说，脸上一片茫然空洞，像是百货公司陈列的假人，原本健康的活力都消失了，只剩下虚无和恐惧。

“这到底是怎么回事？”爱德华说，也许他原本是想来大声兴师问罪的，但结果语气却平铺直叙，带着点茫然和受骗的味道。“这是怎么一回事？”

“反正就是一件事情又带到另外一件事情，”托德边说着，边拿起枪来。“真的就是这么一回事，一件事情……又带到另外一件事情。”他端起枪来瞄准爱德华。“虽然听起来很笨，但就是这么一回事。”

“托德，”橡皮爱德华睁大眼睛，往后退，“托德，你不能……求求你，我们好好谈谈，我们可以——”

“你和那个该死的德国人去地狱里好好谈谈吧！”托德扣下扳机。

子弹的声音划破了午后灼热和无风的寂静。富兰契向后倒在车身上，他的手把挡风玻璃上的雨刷扯了下来。他呆呆看着，鲜血从蓝色套头毛衣里冒出来，他把雨刷丢掉，然后看着托德。

“诺玛。”他低呼。

“好吧，”托德说，“不管你说什么，你这个倒霉鬼。”他又朝富兰契开了一枪，他的半个头已血肉模糊了。

富兰契踉跄往后倒，开始摸索着车门，嘴里闷声一遍又一遍喊着女儿的名字。托德又在他的尾椎处补上一枪，他的腿抖动一下，便躺在地上不动了。

就一个辅导老师而言，他还真是鞠躬尽瘁，死而后已。托德笑了几声，同时感到头痛欲裂，他只好闭上眼。

当他再张开眼时，他感到好多了，也许是他这几个月来感觉最好的时候，也许是几年来感觉最好的时刻。一切都很好，他脸上茫然空洞的神情不见了，取而代之的是一种狂野的美。

他回到车房，把架上所有的子弹拿下来，约有四百多发。他把子弹放在背包里，扛在肩上。当他走出家门时，阳光普照，他兴奋地微笑着，眼光在闪烁，就像孩子过生日或在圣诞节、国庆日时发出的那种灿烂笑容，这也是孩子们放烟火、爬上树屋秘密集会和每次赢得重要球赛后、兴奋的球迷把球员一路从体育馆扛到街上时所流露的笑容。这也是毛头小子戴着头盔上战场时忘形的微笑。

“我是世界的主宰！”他对着蓝天大叫，把来复枪高举过头，然后右手拿着枪，朝着俯瞰高速公路的斜坡有一棵枯树遮蔽的地方跑去。

五个小时后，天快黑时，他们将他拿下。

不再纯真的秋天
尸体

献给乔治·麦克劳德

1

最重要的事情往往也最难启齿，你不好意思说出口，因为言语会缩小事情的重要性——原本萦绕在脑中一些天大的事情，一经脱口而出，便立时缩为原本的实际大小。不过其实远远不止如此，是不是？最重大的事，往往和你埋藏在内心深处的秘密有密切关系，有如敌人乐于一窥的藏宝图。或许有一天你鼓起勇气，把心中的一切和盘托出，结果只落得让别人看笑话，因为他们压根儿不懂你在说什么，也不知道你为什么觉得事情那么重要，说着说着，几乎要哭了出来。我想普天下最糟的事，莫过于怀着满腔心事与秘密，却非无人可诉，而是没有人听得懂！

我第一次见到死人的时候，才十二三岁。当时是一九六〇年，好久以前了……尽管有时我并不觉得有那么久，尤其是在我梦到冰雹掉进他张开的眼睛里的那些夜晚。

2

在城堡岩，我们本来有一座树屋，架在巨大的榆树干上，树的下方则是一大块空地。如今空地成了一家搬家公司，榆树也不复存在，这就是进步。树屋虽然没有什么名目，但有点像我们的社交俱乐部，通常有五六个固定成员，还有几个在附近晃荡的家伙。碰上有牌局的时候，我们就会让这些打游击的上来，因为我们需要新血。通常我们都玩二十一点，而且玩得很小，顶多几毛钱或几分钱为底，不过如果手上有很多张牌，却还没有爆的话，可以赢上两三倍，虽然只有泰迪会疯疯癫癫地想赢这种大钱。

搭造树屋的厚板都是从卡宾街麦奇木材行后面的废料堆弄来的——不是四分五裂，就是布满节孔，我们好不容易才用卫生纸或纸巾塞得牢牢的。屋顶是一块波状的铁皮，也是我们偷偷从废料堆弄来的；搬回来的路上，我们还频频回头，惟恐守卫的恶犬发现之后，会把我们给生吞下去。我们也在同一天找到一扇纱门，虽然可以防苍蝇蚊子，但却锈得厉害，无论你什么时候往外望，都是一片灰蒙蒙的黄昏景象。

除了玩牌之外，树屋俱乐部也是个抽烟、休闲与看言情小说的好地方。那儿有五六个破旧不堪的烟灰缸，墙上钉着成人画报的内页，还有二十到三十副玩得角角都翘起来的纸牌（都是泰迪从他叔叔经营的城堡岩文具店拿来的。有一天泰迪的叔叔问他我们在玩什么牌，泰迪便说我们要参加克里比奇纸牌游戏比赛，泰迪的叔叔觉得好极了）、一套塑胶的扑克筹码，以及一大堆年代久远的《大侦探》奇情谋杀杂志，可供我们没事的时候打发时间。我们还在地板下面造了一个一百二十英寸见方的暗柜，每次有哪个小孩的爸爸觉得应该来瞧瞧我们的俱乐部、表现一下亲善时，便可以把一些不宜观看的东西藏在里面。碰到下雨天，待在树屋里简直跟待在牙买加铁皮鼓中一样，叮叮咚咚的好不热闹……不过那年夏天倒没有下过一滴雨。

那是自一九〇七年以来最干燥、最炎热的夏天——报纸上是这么说的；劳动节周末前的星期五，新学年即将开始，连地上的秋麒麟草与路旁的水沟看起来都干巴巴的。那年大家的花园都种不出什么东西来；城堡岩的商场仍旧举办腌制材料和工具大展，但却积满灰尘，乏人问津。那年夏天，没有人愿意腌酿任何东西，或许蒲公英酒是唯一的例外。

那个星期五早上，泰迪、柯里和我都在俱乐部里，正为即将开学的事发愁，我们一边玩牌，一边讲一些老掉牙的笑话。你怎么知道法国人来过你的后院呢？很简单，你的垃圾桶空空如也，而你的狗却大腹便便。泰迪每回听了都装出一副生气的样子，不过每次抢着接下去的人总是他，但他也仅仅把法国人换成波兰人罢了。

榆树下非常阴凉，不过我们还是脱了衬衣，免得汗流浃背，把衣服都弄湿了。我们玩的是“三分钱”，所有牌戏里最无聊的一种，但我们热得根本不想玩更复杂的牌戏。八月中旬以前，我们还能凑成一支不错的球队，之后大家就散了，天气实在太热了。

我从十三点开始，先拿到一张八点的牌，凑成二十一，此后就毫无进展。柯里决定不再拿牌，我抽了最后一张牌，结果一点帮助也没有。

“二十九点。”柯里说，把方块牌全摊在桌上。

“二十二。”泰迪说着，一脸厌恶的表情。

我把纸牌面朝下往桌上一甩。

“戈登输了，戈登大输特输了。”泰迪像喇叭似的扯开嗓门直嚷嚷，紧跟着便发出他那举世无双的泰迪式奸笑——咿咿咿……活像一根生锈的钉子被人从烂木头里慢慢拔出来一样。没错，他的确怪异，我们都知道。他跟我们一样，快十三岁了，但由于他的厚镜片与助听器，他看来比我们大得多。每回别的小孩在街上看见他，都恶形恶状地跟他要烟，其实他衬衫口袋里突起的一块不是烟，只是助听器的电池罢了。

尽管泰迪脸上挂了眼镜，耳朵里又塞了肉色助听器，他仍然看不太清楚，也时常听错别人的意思。要是打起棒球来，你只能让他站在靠近篱笆、比柯里与葛贝的左外野和右外野还要远的地方，并且祈祷没有人会把球打到那么远，因为无论泰迪有没有看到球，他都会正经八百地在后头猛追。对他而言，一头撞墙也是常事；有一回他一路跑着，便往树屋的篱笆撞过去，立刻失去知觉，他就那么翻白眼躺在地上，几乎有五分钟之久，真把我吓坏了。他醒过来之后站起来走动，鼻子流着两道鲜血，额头上则隆起一块紫色的大包，仍然念念不忘那是个界外球。

他天生视力差，但听力差倒是事出有因。以前大家都喜欢把头发剪得短短的，露出两只耳朵，就跟什么瓶啊罐的耳朵一样。泰迪却是城堡岩第一个留披头发型的人，当时美国人连披头士是何方神圣都还不知道。泰迪把耳朵盖住的原因，是他的耳朵就像两块软乎乎的蜡一样。

泰迪八岁的时候，有一天他父亲因为他打破盘子而大发雷霆，事情发生时，他母亲正在鞋厂做工，等她赶回来时，一切已经过去。

泰迪的爸爸把他抓到厨房后面的大炉子前，然后一手抓住他的脑壳，按在炉台上十秒钟，然后再抓起泰迪的头发，把头部另一边往炉台一按。之后，他便打电话给急救中心，要他们来救他的孩子。挂上电话之后，他从橱子里拿出点四一〇口径的猎枪，便坐下来看电视，猎枪就横在大腿上。隔壁的布太太过来问泰迪怎么样的时候——她听见泰迪的尖叫声——泰迪的爸爸端起猎枪对准她。布太太立刻拔腿就跑，将自己锁在家里，又打电话报了警。救护车来了之后，泰迪的爸爸让医护人员走进来，用担架把泰迪抬进那辆老旧的救护车里，自己则走到后面门廊担任警戒。

泰迪的爸爸对“看护兵”解释，说那些该死的高级军官告诉他敌人已经肃清，结果他却发现到处都是老德的狙击兵；这时其中一位看护兵就问他撑不撑得住，泰迪的爸爸紧张地微微一笑，说他会撑住，除非地狱改行卖冰箱。于是看护兵朝他敬个礼，泰迪的老爸立刻回敬一个，救护车离开几分钟后，州警车也随之而至，解除了死守沙场的泰迪老爸的职务。

近一年来，他时常做一些古怪的事，比如用枪射死猫或在邮箱里点火。

这次虐待儿子的事件发生后不久，他们很快办了一次听证会，送他进托格退伍军人医院，如果你是第八类情形退役的话，就得到那儿去。泰迪的老爸过去曾参加诺曼底登陆之役，泰迪常常这么形容他的老爸，即使老爸这么对待他，他还是以老爸为荣，每个星期都跟妈妈去看他。

我猜他是我们这一群死党里最笨的一个，而且也有几分疯癫。有时他会冒险做些极端疯狂的事，每回却都能全身而退。他最津津乐道的一件大事就是"闪车"；他会对着迎面而来的车子狂奔，好几次都只差几英寸就要撞上了，天知道他害多少人心脏病发作，而他却在一边笑个开怀，疾驶而过的车子卷起的风把他的衣服吹得如波浪般摆动。我们每次都被他吓得半死，因为他即使戴了像可乐瓶子那么厚的镜片，视线还是一片模糊。我们觉得他总有一天会失手撞上车子，这只是迟早的问题，逗他的时候得小心，因为他可能为了赌气，什么都敢做。

"戈登输了，咿——咿——咿！"

"少烦了。"我说着，拿起一本《大侦探》，让他们继续玩。

泰迪拿起他的牌，迅速瞥了一眼，说道："我赢了！"

"你这四眼田鸡！"柯里喊道。

"我这四眼田鸡有一千只眼睛。"泰迪面容严肃地说，柯里跟我则禁不住狂笑。泰迪皱着眉头望着我们，仿佛猜不透我们在笑什么似的；这也是泰迪另一个奇怪的地方——他总会说一些奇怪的话，像"我这四眼田鸡有一千只眼睛"之类，谁也不知道他究竟是有意搞笑，还是就这么脱口而出，然后他就皱起眉头，瞪着捧腹大笑的人，像是在说：老天！这回又是什么事情这么好笑？

泰迪笨拙地洗牌，我则看到谋杀案的精彩部分。这时传来有人快步登上梯子的声音，接着便响起敲门声。

"谁？"柯里吼道。

"我是魏恩！"他听来很兴奋，而且上气不接下气。

我走到门边拉下门闩，门砰地打开，我们的固定成员之一魏恩两手一撑，便上了树屋，身上汗流浃背，模仿摇滚歌星瑞戴尔杭的头发，也东一绺西一绺地黏在一块。

"哇，各位，"他喘着气，"要不要听我的大消息？"

"什么消息？"我问。

"让我喘口气，我是从家里一路跑过来的。"

"我一路跑回家，就是为了说声对不起。"泰迪学着小安东尼，以可怕的假声唱着。

“去你的！”魏恩说。

“你也去死吧！”泰迪回嘴。

“你说你从家里跑来的？”柯里不信地问道，“老兄，你真是疯了。”魏恩的家在格兰路，离树屋有二英里路。“外面大概有华氏九十度吧？”

“很值得，”魏恩说，“老天！你们一定不相信，真的。”他的手拍打着满是汗水的额头，表示他是认真的。

“好吧，什么事？”

“你们今晚可不可以出来露营？”魏恩热切而激动地问我们，眼睛就像汗湿的脸上塞了两粒葡萄干似的。“我是说你们去和父母说要在我家后院搭帐篷过夜？”

“我想可以，”柯里说着拿起刚发的牌瞧着，“可是我爸正在酒吧里大喝特喝，你知道的。”

“你一定要去，”魏恩说，“真的，你们绝不会相信。戈登，你呢？”

“也许。”

其实我几乎什么事都可以做——那年夏天，我就跟隐形人没两样。四月，我的哥哥丹尼在车祸中丧生，当时他正在乔治亚州本宁堡受新兵训练。他跟另一个家伙驾着吉普车去福利社，却被一辆陆军卡车拦腰撞上，丹尼当场殒命，车上另一个人到现在仍然昏迷不醒。事发之日距离丹尼二十二岁的生日只有几天，我也已经买好生日卡准备寄给他。

我听到消息时哭了，葬礼时我哭得更伤心，实在难以相信丹尼走了，以前那个老爱敲我脑袋、用橡皮蜘蛛把我吓哭、或是在我跌倒时亲亲我、在我耳边轻声说“别哭了”的人竟然不存在了——曾经摸过我、哄过我的人居然会死掉。丹尼居然会死掉，这个消息令我既伤心又害怕——不过我的父母似乎已完全崩溃。我跟丹尼就跟普通朋友差不多，他大我十岁，有自己的朋友与同学。我们在同一张桌子上吃了好几年的饭，有时候他是我朋友，有时候他也会整我，不过大半时间他只是，你知道，一个我认识的家伙罢了。他死的时候，已经离家整整一年，只有休假时回来过两次，我们甚至连长相都不像。过了好久我才发觉，我的泪水大都是为爸妈而流的。

“魏恩，到底是什么鬼事？”泰迪问。

“我赢了。”柯里说。

“什么？”泰迪尖叫道，立刻把魏恩撂在一边。“你这下流的骗子！竟敢在牌里做手脚！”

柯里嘻嘻笑道：“抽牌吧！”

泰迪伸手去摸最上面的牌，柯里则在背后的架子上找烟，我弯身捡起我的侦探杂志。

魏恩说：“你们要不要去看尸体？”

大家都不动了。

3

我们当然都在收音机上听过这件事。这破旧的收音机也是我们从废料堆找来的，我们整天都开着收音机。通常我们收听 WALM 台的流行音乐节目播的猫王、洛伊·奥比森等人的歌，碰到播新闻时，我们就自动关起耳朵，因为他们老是播一些关于肯尼迪、尼克松以及什么金门、马祖的无聊事，还有导弹及卡斯特罗终究还是个浑蛋之类的。不过那天我们倒是听得很仔细，因为播的是跟我们差不多年纪的小孩——布劳尔的新闻。

布劳尔住在钱伯伦镇，位于城堡岩以东四十英里。在魏恩气喘吁吁地从家里直奔树屋的三天前，布劳尔拿了妈妈的罐子出去摘蓝莓，直到天黑都没有回家，于是家人报了警，展开搜寻行动——刚开始只绕着布劳尔家四周打转，后来就扩展到邻近的城镇；每个人都参与了行动——包括警察、议员、渔猎监督官、义工等。过了三天，依然没有小孩的踪迹；根据收音机播的新闻可以判断出来，他们绝对无法找到那孩子，即使找到，也是凶多吉少。最后搜寻活动也不了了之。可能他掉进什么坑里闷死，或是在溪里淹死了，十年之后，或许打猎的人会发现他的骨骸也说不定；警方也已经开始在钱伯伦镇与邻近城镇的池塘里打捞了。

今天的缅因州西南部绝不会发生这种事；大部分地区皆已辟为市郊住宅区，波特兰与路易斯登周围仿佛大乌贼的触角般拼命扩展。森林依然存在，越往西行越是茂密。但是今天，如果朝同一方向走五英里，必然会碰到双线柏油路。而在一九六〇年，钱伯伦镇与城堡岩之间完全没有开发，有些地方从第二次世界大战以来就未砍伐过，那时要是走进森林，确实有可能迷路，并因此把命送掉。

4

那天早上，魏恩正在走廊前的地上挖着。

我们大家立刻明白他在说什么，但也许我应该对你们解释一下。泰迪不太聪明，不过魏恩也绝不会把闲暇时间用来准备大学生知识问答比赛，他的哥哥比利比他还要蠢，待会儿你就会知道。不过我还是先说为什么魏恩要在门口挖土。

四年前，魏恩八岁的时候，他把一个装了一分钱铜板的罐子埋在门廊的地下。魏恩总把门廊下面那片黑麻麻的空间唤做他的“洞穴”，他在那儿玩海盗之类的游戏，那一罐铜板就是埋藏在地下的宝藏——不过如果你跟魏恩玩起海盗游戏的话，就不能称之为宝藏，而要说那是“战利品”。他把罐子埋得深深的，洞口封好，再覆上泥土跟枯叶。他还绘制了藏宝图，和房间里一堆乱七八糟的东西放在一起。接下来一个月，他把这件事抛在脑后。不久，等他想看电影或干什么需要钱的事情时，才想起这罐铜板，于是冲进房间里找藏宝图。但这时他母亲已替他清过两三次房间，把所有的旧作业本、糖果纸、漫画书与笑话都收了起来，然后有一天拿来当生火的材料给烧了，魏恩的藏宝图于是成了厨房烟囱里的烟灰。

他猜是这样。

他绞尽脑汁，想记起埋罐子的地方，挖下去，什么都没有。他再往左边挖，往右边挖，还是没有。他放弃了，不过每回一想起来总会去挖挖看，如今已四年了。老天！四年了，实在不知道该哭还是该笑。

他已经变得走火入魔。魏家的门廊与房子等长，少说有四十英尺长、七英尺宽，几乎每一寸土都被他挖过两三次，结果毫无所获，于是罐子里装的铜板数目开始在他心中滋长。事情刚发生时，他告诉柯里和我里面大概有三块钱，一年之后，变成五块，最近居然膨胀成十块左右，至于是左或是右，完全取决于他当时有多穷。

我们心里都很明白，也不止一次想告诉他——比利知道他把钱埋在哪里，于是偷偷把罐子挖出来了，魏恩却死也不信，尽管他恨比利的程度就跟阿拉伯人恨犹太人一样，如果有机会的话，他说不定会投票赞同亲哥哥因行窃而被判死刑。但他仍然不愿直截了当地问比利，也许是怕比利会笑着说：当然是我拿了，你这笨小孩，里头有二十块，全被我花光了。于是乎，魏恩一想起来（或比利不在家时），就在地上挖着，爬起来时，裤子也脏了，头发上满是树叶，手上仍然空无一物。就因为这样，我们常取笑他，给他取了一个绰号——便士魏恩。我想，他一得到消息就这么快跑来树屋，也许不只是为了报告这个消息，而是要让我们知道他四年来辛勤挖掘铜板，终于好运临头了。

那天早上他起得比谁都早，吃了玉米片便到外面车库的篮球架那儿投篮，没有什么事好做，也没有人扮鬼玩游戏，于是他决定再挖一次钱。他钻进门廊下时，听到纱门砰的一声，他静止不动，不敢弄出任何声响。如果是爸爸，他就爬出来；如果是比利，他就等比利跟他的朋友查理走了再动。

两个人的脚步声沿着门廊传来，紧接着查理以颤抖的快哭的声音说道："老天！比利，我们该怎么办？"

魏恩说他一听见查理说话的口气，立即竖起耳朵，因为查理是镇上孩子中数一数二的狠角色，毕竟想跟马瑞尔与凸眼蛇在一起混的话，还真需要狠一点。

"什么都不做，"比利说，"我们什么都不做。"

"我们总得做点事啊！"查理说着，他们便坐在门廊上，与魏恩蹲的地方离得很近。"你没看到他吗？"

魏恩冒险朝阶梯爬近了一些，他以为或许比利跟查理昨晚喝了个大醉，把什么人撞倒了。他移动的时候万分小心，以免把堆积在地上的枯叶弄得沙沙作响；如果他们发现他在门廊下偷听的话，一定会把他剁成肉酱喂狗吃。

"这件事跟我们无关，"比利说，"那孩子已经死了，所以对他来说，也无关紧要了。谁会在乎他什么时候被发现的呢？我可不在乎。"

"收音机上讲的就是那个孩子，"查理说，"一定是他，那个布洛克、布若尔、还是富洛？管他叫什么名字！一定是那列该死的火车撞了他。"

"是啊！"比利说。划火柴的声音；魏恩看见火柴被丢到车道上，接着又闻到烟味。"你还吐了呢。"

没有人接腔，但魏恩感觉得到查理的羞愧。

"好在女孩子没瞧见，"过了一会儿，比利说道，"幸好。"说完他拍拍查理的背，为他打气。"要是给她们瞧见，一定会从这儿一直宣扬到波特兰去；我们还算溜得快。你想她们会不会觉得有什么不对劲？"

“不会，”查理说，“反正玛丽本来就不喜欢走赫娄路穿过公墓，她怕鬼。”之后他的声音又变得怕兮兮的。“老天，真希望我们昨天晚上没有偷车！应该照原定计划去看戏才是！”

查理与比利跟叫玛丽与贝薇的两个女孩出去玩（除了在嘉年华会的表演场子，难得看到这么粗俗放荡的女人）；有时候他们四个——如果加上迷糊蛋伯考维和马瑞尔两对的话，人数就增加到六个、八个——他们就从路易斯登的停车场偷一辆车去乡下兜风，带几瓶酒助兴。柯里有时候会说，这是野孩子的廉价刺激。他们带着女孩子找个僻静的地方停下，然后饮酒作乐，再把车子丢在家附近。他们这么做从来没被逮到，但魏恩一直希望能有这么一天，这样他才有机会上感化院去看比利。

“如果我们报警，他们一定会问我们为什么跑到那么远的赫娄去，”比利说，“我们两人都没有车，最好还是把嘴巴闭得紧紧的，这样他们就抓不到我们。”

“我们可以打匿名电话。”查理说。

“他们还是会追踪你的电话，”比利预言，“我在《公路巡警》、《警网》这些剧集上看过。”

“也对。”查理可怜兮兮地说着，“上帝！真希望昨天马瑞尔跟我们在一起，那样我们就可以告诉警察说，我们是坐他的车。”

“可是他昨天不在。”

“是啊，”查理说着叹口气，“我想你说得对。”他把烟屁股丢到车道上。“我们一定得走到前面的路边去撒尿，对不对？又不能走另外一边，是不是？还把我一身新衣服吐得脏脏的。”他的声音降低了些，“你知不知道那小孩就那样平平躺着？比利，你有没有看到那个浑蛋的死相？”

“看到了。”比利说着，又一个烟屁股被丢到车道上。“我们去看看马瑞尔起来没？我想喝点果汁。”

“我们要不要告诉他？”

“查理，我们不要告诉任何人，永远也不能提，你懂吗？”

“我懂，”查理说，“老天，真希望我们没有偷那辆道奇车。”

“噢，闭上你的嘴，走吧！”

看着两双腿紧裹着褪色牛仔裤、套着黑皮靴走下阶梯，魏恩的手跟膝盖完全不敢动，（他告诉我们：“我吓得蛋蛋都缩进去了。”）他实在很怕他们发现他躲在门廊下，而把他拖出来修理，把他的脑袋瓜打扁，并用靴子猛踢他。但他们一直朝前走去。魏恩确定他们确实离去之后，立刻从门廊下爬出来飞奔至此。

5

“你的运气真好，”我说，“要是让他们发现了，不宰了你才怪。”

泰迪说：“我知道赫娄路，那是一条死路，旁边有一条河。以前我们都在那儿钓鱼。”

柯里点头。“以前还有一座桥，后来淹了水，好久以前了，现在只剩铁道。”

“一个小孩真能从钱伯伦镇走到赫娄吗？”我问柯里，“起码有二三十英里路呢！”

“我想有可能。他也许正好走到铁道附近，就顺着铁道走下去；说不定他希望可以因此走出森林，或拦下一列火车载他一程。不过现在只有一班货车在跑，他必须一直走到城堡岩才有救。也许天黑之后，真的有一班火车经过……结果撞上了他。”

柯里用他的右拳打着左掌；闪车经验丰富的泰迪似乎有点喜滋滋的模样。我觉得有点不舒服，想到那孩子离家那么远，虽然怕得半死，但仍顽固地跟着铁道走，也许听见夜里丛林或阴沟里传出来的怪声音而怕得不得了，就干脆走在铁轨枕木上。结果火车来了，车头那一只又大又圆的头灯可能一时之间把他催眠了，等他想跳开时已经为时太晚。他也有可能饿了一天，于是昏睡在铁道上，让火车碾了过去。无论如何，结果都一样：那小孩死了。

“所以，你们到底要不要去看？”魏恩问，他兴奋得不停扭动，一副内急得坐立不安的样子。

我们望着他好久好久，没有人开口。随后柯里丢下手里的牌说道：“当然去。而且我敢跟你打赌，我们的照片一定会上报！”

“呃？”魏恩说。

“什么？”泰迪说着，露出闪车时疯狂的笑容。

“听我说，”柯里说着身子前倾，“我们可以把尸体找出来，然后报警，这样我们就成了新闻人物了！”

“我不知道，”魏恩说道，显然没料到这一着，大吃一惊，“比利会知道是我说出来的，他一定会把我打得半死。”

“他不会，”我说，“因为是我们发现那小孩，而不是开着赃车兜风的比利与查理发现的，这样一来，他们再也不用担心警察的询问了，搞不好还会颁个勋章给你。”

“真的？”魏恩笑着，露出一口坏牙，笑得有点恍惚，仿佛想到比利会为他做的事情感到高兴，就好像下巴挨了一拳一样，让他晕头转向。“你们觉得他会吗？”

泰迪也在笑，接着他皱眉说道：“糟糕！”

“什么事？”魏恩问，又是一副坐立不安的模样，惟恐泰迪想出什么鬼点子，破坏他得勋章的计划。

“我们的家人，”泰迪说，“如果我们明天在赫娄找着那小孩，他们就会知道我们根本没有在魏恩家的后院搭帐篷过夜。”

“对呀！”柯里说，“他们就会知道我们是去找那小孩。”

“他们不会知道。”我说着，禁不住觉得很滑稽——既兴奋又害怕，因为我知道我们不但办得到，而且可以不受处罚，这种复杂的情绪使我浑身发热、脑袋发胀。我拿起纸牌洗着，好让双手有点事做；这种洗牌法和克里比奇纸牌游戏是我从丹尼那儿学来的唯一东西，别的小孩都羡慕得很，我想每一个我认识的小孩都曾经要我教他们怎么洗牌，只有柯里例外。或许只有柯里了解，教别人洗牌，就好像把丹尼的一部分送给别人，而丹尼留给我的东西已经不多了，我不能再和别人分享。

我说：“只消告诉他们说我们在魏恩家露营了好几次，早已经玩腻了，于是我们决定顺着铁道步行，在树林里露营。我敢打赌没有人会挨打，因为大家知道我们发现那小孩之后，一定会兴奋得不得了。”

“反正我爸爸不管怎么样都会把我毒打一顿，”柯里说，他闷闷不乐地摇摇头，“管他的，这件事值得做。”

“好。”泰迪说着站起身子；他依然笑得一副疯癫样，随时都可能爆出他那高八度的咯咯笑声。“我们吃过中饭后到魏恩家集合。晚饭要怎么讲？”

柯里说：“你、我跟戈登就说我们在魏恩家吃。”

“我告诉我妈说我在柯里家吃。”魏恩说。

除非出了什么无法控制的紧急事故，否则我们的计划应该万无一失，就怕我们的父母互相讲起来，可就穿帮了。魏恩和柯里家都没电话；当时还有许多家庭视电话为奢侈品，而我们大伙的家庭都不是有钱人家。

我爸已经退休了。魏恩的爸爸在工厂工作，仍然开着一九五二年的迪索托老车。泰迪的妈在丹贝利街有一幢房子，她把房间租出去，不过那年夏天一个房客也没有，招租广告从六月就一直贴在客厅窗子上。柯里的爸爸老是脾气暴躁，他是个酒鬼，仰赖断断续续的社会福利金过活，大部分时间都跟马瑞尔的老爸与镇上几个醉汉在酒馆买醉。

柯里并不常提起他爸爸，但我们都知道柯里对他恨之入骨。每隔两星期，柯里就会被痛打一顿，颈子、双颊瘀伤处处，眼睛肿得高高的，好像落日般五彩缤纷。有一次他到学校时，脑袋瓜后面胡乱扎了一块大绷带，也是他唯一一次带伤上学，其他时候都由他妈妈替他请病假，因为他伤得太重，根本无法上学。柯里很精明，非常精明，但他常常跷课，于是镇上专门抓逃学小孩的哈先生，便常常开着挡风玻璃上贴着“拒载便车客”贴纸的老旧黑色雪佛兰在柯里家出现。如果柯里跷课让哈先生逮到，他就把柯里拖回学校，罚他一个星期放学后留校；若是哈先生发现柯里是被爸爸打伤才不上学的话，他就闷声不吭。一直到二十年后，我才开始觉得这种特殊待遇似乎值得怀疑。

一年以前，柯里被勒令停课三天。那天正好轮到柯里当值日生收牛奶钱，结果收齐的钱却不翼而飞，尽管他发誓没有拿那笔钱，但由于他的家庭背景，没有人相信他的话。柯里的爸爸听到这个消息，怒得打断了他的鼻梁与右腕，让柯里在医院里待了一夜。柯里的家庭背景实在糟糕，大家都认为他会变坏……连柯里自己都这么想。柯里的两位哥哥不负镇民的期望，都成了鼎鼎有名的坏坯子。年纪最长的法兰于十七岁时离家，投入海军服役，最后却因强暴案在朴次茅斯服刑。柯里的二哥理查，右眼凸得滑里滑稽，我们都叫他凸眼蛇，他念十年级的时候辍学，此后就跟查理、比利与一伙不良少年在一起鬼混。

“我想不会有问题，”我告诉柯里，“约翰跟马提呢？”约翰与马提也是固定成员。

“他们还没有回来，”柯里说，“星期一才会到。”

“喔，真不巧。”

“就这么说定了？”魏恩问道；仍然一副猴急样，他不希望离题太远，连一分钟也等不及。

“大概吧，”柯里说，“谁还要玩牌？”

没有人想玩，我们兴奋得根本没有心情玩牌。我们从树屋上爬下来，翻过篱笆，到空地上玩球，但还是不好玩，因为我们满脑子都在想那个被火车撞死的小孩，想着我们要怎么去找他，或他变成什么样子了。十点过后，我们纷纷回家跟父母禀明。

6

我回家的时候已是十一点十五分，路上还在杂货铺稍作逗留，查看一下新书。每隔一两天，我都会到那儿去看看有没有约翰·麦克唐纳的新推理小说上市。我身上有两角五分钱，如果有新书，我就会把它买下来；但架子上只有旧的，每一本我大概都看过六七遍不止。

我到家时，家里的车子已经开走了，这才想起我妈跟她几个朋友去波士顿听音乐会了。我妈是个音乐会迷，每逢音乐会必定出席；有何不可？她唯一的乖儿子死了，她得找一样东西来转移注意力；我猜这话听起来颇无情，不过如果你我易地而处的话，你也会了解为什么我有这种感觉。

爸爸在后院中，正拿着水管喷洒他那已经无可救药的花园。要是你从他阴郁的脸上看不出来的话，只消瞧瞧花园，就知道他根本无法使它起死回生；泥土已成了淡灰色，除了发育不良的玉米外，所有植物都死光了。爸曾说过，他永远也不知道该如何莳花种树，八成是没有这种天分。他时常在同一个地方洒了太多水，把好端端的植物活活溺死，而另一边的植物却又因缺水干枯而死。他在四月失去一个儿子，又在八月失去一座花园，如果他不愿提这些事，我想那是他的特权，不过让我不好过的是他几乎成了闷葫芦，什么也懒得说，这样实在有点太过火了。

"嗨，爸，"我站在他身边说道，同时递给他刚才买的蛋卷，"要不要吃一点？"

"哈啰，戈登。我不要，谢谢。"他继续在灰败的泥土上浇水。

"我今晚可不可以跟几个朋友到魏恩家后面去露营？"

"哪些朋友？"

"魏恩、泰迪，也许还有柯里。"

我以为他会立刻数落柯里一顿——说什么柯里是个坏坯子，是篮子底下的烂苹果，是贼，是未来的不良少年。

但他只叹口气说道："我想可以。"

"太好了！多谢！"

我转身正想进屋看电视时，他突然问："戈登，你就只想跟那些人在一起鬼混，是不是？"

我回头望着他，心里一阵紧张，以为他要训我一顿，但那天早上他并没有要数落我的意思，我倒宁可他骂我一顿。他的肩膀颓然下垂，脸朝向枯死的花园不看我，他的眼中有一抹不寻常的闪光，也许是泪水。

"噢，爸，他们还算好——"

"当然。一个贼，两个白痴，真是我儿子的好玩伴。"

"魏恩不是白痴。"我说，要替泰迪辩解并不容易。

"十二岁了还在念五年级，"我爸说道，"那么会浪费时间。星期天报纸送来的时候，他花整整一个半小时看漫画版。"

他说这话令我非常生气，因为我觉得他有欠公平；他只是以评判我所有朋友的方式，来评判魏恩，只凭几次见面的印象就骤下断语，更何况他每次见到他们的时候，他们都正好要进出房子。他错怪他们了。每次他说柯里是贼的时候，我都气得满脸通红，因为他一点也不了解柯里；我想向他解释，但又怕万一惹毛了他，我就不能出门了。不过他倒并不是真的很生气，至少不像有时候在餐桌上的样子，又骂又吼的，弄得没有人吃得下饭。现在的他看起来只是悲哀、疲倦而形容憔悴。他高龄六十三了，年纪大得足以做我的爷爷。

我妈五十五岁——也不年轻了。她跟爸结婚后，想立刻体验儿女成群的生活。不久我妈就怀孕了，却又不幸流产。后来她又小产两次，大夫告诉她这辈子想生孩子已无望；这些细节都是我从他们平常训话中听来的。他们要我把自己的出世想成上帝奇异的恩典，希望我感谢上苍让四十二岁头发灰白的母亲生下我。但我并不为我的好运而感谢上苍，更不感谢她为了生我而忍受痛苦与牺牲。

大夫宣告我妈不可能生小孩五年之后，妈竟然怀了丹尼。她怀了他八个月后，他便"跌"了出来，足足八磅重——我父亲常说，如果丹尼足月出生的话，没有十五磅才怪。大夫说：有时候，老天会开开我们的玩笑，不过他会是你们唯一的孩子。谢谢老天吧，你们也该心满意足了。十年后妈又怀了我。我不但足月生，而且还得劳驾大夫用钳子拉我才肯出来。你听过这么荒唐的家庭吗？两个老人家辛苦地把我生下来，而我唯一的哥哥在大孩子堆里打少年棒球联赛时，我还是裹着尿布的小奶娃呢！

对我爸妈而言，只要收到一件上帝的礼物就够了。我不愿说他们对我不好，而且他们也从来没有打过我，但我的出生确实太令他们意外了；我想人一过了四十，就不如二十岁时那么喜欢惊喜了。我生下来之后，妈就做了结扎手术，我猜她是想百分之百确定，不希望三度接到上帝的恩赐了。等到我上大学以后，才知道像我这种情形，生下来不是弱智儿已经算运气很好了，虽然我猜老爸看到魏恩要花十分钟才弄懂卡通影片的对白时，曾经这样怀疑过。

还有被忽视这档子事。我一直到高中时期为了写阅读报告，读了一本名叫《隐形人》的小说之后，才搞清楚这回事。我当时之所以答应哈蒂小姐看这本书，是因为我还以为它是一本科幻小说，讲的是电影中演的那个浑身缠着绷带的隐形人。等我发现完全不是那么回事时，我就想换一本书，但哈蒂小姐不放过我，结果，我还蛮喜欢这本书的。《隐形人》是讲一个黑人，除非他闯了什么祸，否则根本没有人注意到他的存在；人们看他的时候，总是好像没看见一样；他说话时总是没有人回答，就像一个黑色幽灵一般。一旦我进入状态之后，我就像看侦探小说一样猛啃那本书，因为这本书的作者拉尔夫·艾利森简直就是在写我。晚餐桌上听到的总是：丹尼，你打了几支安打？丹尼，谁请你去参加霍家的舞会？丹尼，我要慎重地跟你谈谈刚才我们看到的那辆车。我则说："给我奶油。"然后爸说："丹尼，你真的想从军吗？"我又说："哪一位把奶油拿给我，好吗？"妈接着就会问丹尼，要不要她进城时顺便趁着大拍卖帮他挑件衬衫，最后我只好自个儿拿奶油。我九岁的时候，有一天在晚餐桌上想看看说脏话会有什么反应，于是我说："请把那些他妈的马铃薯递给我。"我妈说："丹尼，格雷斯婶婶今天打电话来，问起你跟戈登。"

丹尼从城堡岩高中荣誉毕业的那天晚上，我装病留在家里。我请史蒂夫的大哥罗斯替我买了一瓶酒，就自己待在家里灌了半瓶，半夜在床上吐了个死去活来。

像这种家庭状况，你若不是痛恨你哥哥，便是疯狂崇拜他——至少大学心理学都是这么教的。狗屎，是不是？但我对丹尼却没有这两种感觉；我们很少吵架，更是从来没有动过拳脚，如果真有的话，那才叫不可思议。你想，会有什么大不了的事值得十四岁的哥哥狠狠修理四岁的弟弟呢？我的爸妈因为太宠爱他了，很少要他扛起照顾幼弟的重担，因此他从不像别的兄姊讨厌小弟妹一样讨厌我。如果丹尼带我去什么地方，那完全是出于他的自由意志，而这也是我记忆中最快乐的时刻。

"嘿，丹尼，那小鬼是谁？"

"是我的小弟，你说话小心点，大卫。他会把你打得稀烂，戈登厉害得很呢！”

他们走过来把我围在中间，个个都是又高又壮的大块头。他们好大、好老。

“嘿，小鬼……这家伙真是你大哥？”

我害羞地点点头。

“小鬼，他真是个笨驴，对不对？”

我又点头，结果响起如雷般的笑声，连丹尼自己也不例外。接着丹尼清脆地拍拍掌，然后说：“来吧。我们到底要练球，还是像傻子一样站在这里？”

他们各就各位，开始在内野传球。

“戈登，坐在那边板凳上。乖乖的不要吵别人。”

我走到那边的板凳坐下。我好乖，没有吵任何人，在美丽的夏季云空之下，我觉得自己好小。我就定定地望着我哥哥投球，乖乖的，不吵。

但这种时候并不多。

有时候他会念床边故事给我听，比妈的故事好听多了。妈老是说姜饼娃娃或三只小猪的故事；丹尼就会讲蓝胡子或开膛杀手杰克，还有改编的三只山羊的故事。刚才我也说过，他教我玩牌、洗牌。不很多，但别挑剔！在这世界上，有多少就拿多少，对不对？

等我长大一些，我对丹尼的爱被一种冷静超然的敬畏所取代，大概就像不特别虔诚的基督徒敬畏他们的上帝一样。他去世后，我又惊又悲，不过并不是大惊大悲，我想或许跟那些基督徒看到《时代杂志》说上帝已经死去时的感觉一样。我这么说好了：丹尼死的时候，我难过的程度就跟从收音机上听说电视剧演员丹·布洛克去世一样，我看见他们的次数差不多，而丹尼的影像却无法在荧光幕上一再重播。

他被埋在一个密封的棺材里，上面还覆着一面美国国旗（他们在棺材入土前拿走国旗，折叠成一小块交给我妈妈）。我的父母完全崩溃了，过了四个月，他们的悲痛仍无法平复，我不知道他们会不会有恢复的一天。丹尼的房间就在我隔壁，依然保持他生前的模样；常春藤盟校的三角旗还钉在墙上，几个他常约会的女孩照片也黏在镜子上，他曾经站在镜前良久，一心一意把头发梳成猫王的飞机头。桌上仍摆着他爱看的杂志，随着时间的流逝，上头的日期也变得越来越遥远。我们常常可以在一些多愁善感的片子里看到这类情节，但我并不觉得感伤，只觉得可怕。除非逼不得已，我绝不进丹尼的房间，因为老觉得他就在门后面、床底下或是衣橱里。通常我都觉得他在衣橱里，如果我妈叫我去拿丹尼的相簿给她看，我就想象房门会慢慢自动打开，而我吓得半死地僵在原地；我想象他白着一张死脸、流着血站在黑暗中，脑袋边遭到撞击，脑浆与血块凝结在衬衫上。我仿佛看到他两臂前举，满是血迹的双手成了爪子，而且嘶哑着嗓子说：该死的是你，戈登。该死的是你。

7

《史铎市》，作者戈登·拉臣斯，原刊载于《绿线季刊》第四十五期，一九七〇年秋季号。经许可后翻印。

三月。

奇哥双臂交叉站在窗前，手肘搁在窗台上，一丝不挂地望着窗外，呼出的热气使玻璃结了一层薄雾。一道冷风吹着他的肚子，右下方有一块窗玻璃没了，只用硬纸板挡着。

“奇哥。”

他没有转身，她也没有再开口。他可以从玻璃窗上看见她坐在床上的身影，一手拉起毛毯遮住身子，她的眼影已成模糊一片。

奇哥的目光从她的身影上移开，随后望着窗外。下雨了，雨水溅开了一层薄雪，露出光秃秃的地面，他看到去年的枯草、比利的塑胶玩具和生锈的耙子。他哥哥强尼的道奇车架高了停在旁边，没有车胎的轮子仿佛树桩般凸出来；他记得自己曾和哥哥边听晶体管收音机播的热门歌曲和老歌、边打理这部车子，有时候强尼还会赏他一瓶啤酒喝。强尼会说：奇哥，我们的车一定跑得飞快，把从盖茨瀑布到城堡岩的车都比下去，等我们换上赫斯特排档就更厉害了！

但那是以前，这却是现在。

从强尼停车的地方再过去，即是高速公路——14 号公路，往南通往波特兰与新罕布什尔，如果你在汤玛斯镇左转上 1 号国道的话，还可以一路北上到加拿大。

“史铎市。”奇哥嘴里叼着烟，对着玻璃窗说道。

“什么？”

“没什么，宝贝。”

“奇哥？”她的声音很困惑。他得在爸爸回来之前换床单才行，她流血了。

“什么事？”

“我爱你，奇哥。”

“是啊。”

讨厌的三月，奇哥想道，真是个老婊子，老是下雨。

“这房间以前是强尼的。”他突然说。

“谁？”

“我哥哥。”

“喔。他在哪里？”

“在军队里。”奇哥说，但强尼此刻并没有在军队里。去年夏天他在牛津平原公路工作，一辆车子失去控制冲进了工作间，而强尼当时正在为一辆雪佛兰车换胎，事发当时，几个家伙都曾大喊示警，但强尼根本没听见。其中一个大叫示警的人是强尼的弟弟奇哥。

“你不冷吗？”她问。

“不冷，呃，脚有点冷。”

这时他蓦地想到：上帝，发生在强尼身上的事情，迟早也会发生在你身上。他眼中再度浮现当时的景象：强尼当时正躺在地上，试图卸下雪佛兰车的后轮胎，那辆福特野马一路滑过来，强尼的白色T恤因为紧贴着脊椎骨而显现波纹似的暗影。车子的轮胎在高速撞击中剥落，消音器在摩擦中发出火花，强尼还来不及站起身子就被撞上，然后就是熊熊的黄色火焰。

不过，奇哥想，这个过程也可能很慢，他想到他的祖父和医院的气味、拿着便盆的漂亮护士、奄奄一息的病人。有没有更好的途径呢？

他打了个哆嗦，想到上帝。他摸着挂在颈链上的小小的圣克里斯多佛银章；他不是天主教徒，更不是墨西哥人。他的真名是艾德，朋友唤他奇哥，是因为他有一头黑发，他总是擦上发油，然后将头发整个朝后梳，而且穿着一双尖头靴。虽不是天主教徒，他仍然佩戴着这个小银章，要是强尼也戴的话，也许车子就不会撞上他了；这种事谁知道呢？

他继续吐着烟，两眼凝视窗外；这时身后的女孩爬下床迅速来到他身边，几乎是蹑手蹑脚的，也许怕他回过头来望着她。她将温热的手搁在他背上，胸部贴着他的侧身，肚子触着他的臀部。

“噢，好冷。”

“这地方才冷。”

“奇哥，你爱我吗？”

“当然！”他顺口说道，过了一会儿才认真地说，“你是第一次。”

“那有什么关系——”

“你是个处女。”

她的手往上移，一只手指循着他的颈窝抚摸着。“我说过，不是吗？”

“会不会不舒服？痛吗？”

她笑道：“不痛。不过好害怕。”

他们望着窗外的雨水；一辆奥斯摩比新车正滑过14号公路，溅起水花。

“史铎市。”奇哥说。

“什么？”

“那家伙要去史铎市，开着新车去。”她亲吻着手指抚摸的地方，奇哥的手轻轻掠过，仿佛她是只苍蝇。

“那又怎么了？”

他转身面向她，她低头瞧了他的身体一眼，又急急转开目光。她用双臂遮住自己的身体，后来记起电影里没有人这么做，又放开双臂。她有一头乌黑的秀发，奶油色的肌肤，胸部坚挺，腹部肌肉也许稍嫌松弛了些。奇哥想：这个瑕疵恰好可以提醒他，现在不是在看电影。

“珍？”

“嗯？”他可以感觉到自己已经准备就绪，不是开始，而是准备就绪。

“没有关系，”他说，“我们是朋友。”他从容地瞧着她，以各种方式爱抚她，待他再望着她的脸时，已是一片绯红。“你会不会介意让我看？”

“我……不——不会，奇哥。”

她向后退几步，闭起眼睛坐在床上，身子后倾，双腿张开。他看见她的全部；两腿内围的小肌肉……正不由自主地抽动着，他蓦地觉得一股兴奋，较之她坚挺的胸部和淡粉色的下体更能令他激亢。他心中激动不已，有如在弹簧垫上跳跃的傻小丑。或许爱情真如诗人形容的那般神圣，性却与在弹簧垫上跳来跳去的小丑相差无几。

雨水打在屋顶上、窗子上与那块硬纸板上。他把手按在胸膛上看着她，仿佛即将发表演说的罗马人。他垂下冷冷的手。

“张开眼睛，我说过，我们是朋友。”

她顺从地张开眼睛望着他，此刻她的眼睛变成紫罗兰色。顺着玻璃窗流下的雨水，在她的脸、脖子与胸前映照成波纹状。她的身体横在床上，肚皮紧绷，这时的她显得完美无缺。

“噢，”她说，“奇哥，我觉得好滑稽。”她抖了一下，脚趾不自主地弯起，他看见她的脚背，粉红色的。“奇哥，奇哥。”

他朝她跨步而来，身体颤抖着，她的双眼则瞪得大大的。她说了什么，一个字，但他听不出是什么，也不是问的时候。他半跪在她面前一秒钟，专心致志地望着地板，双手触摸着她的大腿，一边估量着体内汹涌翻腾的美妙感觉，他准备等久一些。

这时只听得见茶几上一堆《蜘蛛人》漫画书上面的闹钟所发出的滴答声；她的呼吸越来越急促，在上下起伏的动作中，他的肌肉滑过她的身体。他们开始了，这一次比上次好。外面的雨水继续冲刷着薄雪。

半个钟头之后，奇哥把她从迷蒙中唤醒。“得起来了，”他说，“爸跟维琴就快回来了。”

她瞥了腕表一眼坐起来，这一回她半点也不想遮掩自己，她整个味道都变了。她并没有变得成熟（尽管她自以为变得更成熟了），或者学到任何比系鞋带更复杂的事，然而整个人的味道却不一样了。他点点头，她则对他微笑，他伸手拿床头几上的香烟。她穿内裤的时候，他想起一首老歌的歌词：“弹你的嘀咯里都吉他吧！”强尼从前很爱唱这首罗夫·哈里斯的歌：“把袋鼠绑好”，结尾唱着：“所以克莱，他死后，我们鞭打他，就这样，吊在棚子里。”

她钩上胸罩，开始扣着上衣扣子。“你在笑什么？”

“没什么。”

“帮我拉拉链好吗？”

他朝她走过来，仍然赤裸裸的，替她拉上拉链之后，吻着她的面颊。“想补妆的话，就到浴室去，”他说，“不过不要太久，好吗？”

她优雅地穿过大厅，奇哥叼着烟看着她。她的个儿很高——比他还高——走进浴室时，得低下头才进得去。奇哥从床底下找出内裤，把它跟衣橱里的脏衣服堆在一起，再从五斗柜里拿出另一件干净内裤。他穿上内裤，走回床边时滑了一下，雨水由硬纸板缝隙渗进来，害他差一点跌倒。

“他妈的。”他恨恨地说道。

他环视原来属于强尼的房间。（老天！我干吗告诉她强尼在军队里？他纳闷着……心中稍觉不安。）这房间的隔板太薄了，薄得晚上可以听到老爸和维琴在做什么，地板以疯狂的角度略为倾斜，除非你拿个东西挡住房门，如果忘了，趁你转身的时候，原本打开的房门就会鬼鬼祟祟地自动关上。房门对面的墙上贴着《逍遥骑士》的电影海报，强尼住在这里时，房间显得比较有生气，奇哥不知道为什么，只知事实的确如此。他也知道别的事。他知道这房间到了晚上会变得阴森森的，有时觉得衣橱门会突然旋开，然后强尼站在那里，身体已烧得焦黑扭曲，一口黄牙，部分牙肉已被烧成糊。强尼会低声说：奇哥，滚出我的房间。如果你敢碰我的道奇，我就把你宰了。懂吗？

懂，老哥。奇哥想道。

他一动不动地站了一会儿，望着皱床单上女孩的点点血迹，随后迅速铺上毛毯，就在这里，维琴，感觉如何啊？然后他穿上长裤、靴子，又找出一件毛衣穿上。

她从浴室出来时，他正对着镜子梳头。她看起来很漂亮，宽松的上衣掩住了她松塌的腹部。她看了床一眼，随便弄几下，看起来床就铺得比刚才好多了。

“很好。”奇哥说。

她有点难为情地笑了笑，把一绺头发拨到耳后，十分撩人。

“走吧。”他说。

他们穿过客厅出去。珍在电视机上的相框前驻足片刻；相片上有他的父亲、维琴、高中时代的强尼、念小学的奇哥与还是小奶娃的比利，相片上的强尼抱着比利。每个人都是一脸僵笑——除了维琴以外，她仍是一副昏昏欲睡、莫测高深的模样。奇哥还记得，这张照片就是他爸爸娶了那只母狗之后不久拍的。

“那是你爸跟你妈？”

“是我爸，”奇哥说，“维琴是我继母，走吧。”

“她到现在还是那么漂亮吗？”珍说着拿起她的外套，把奇哥的风衣递给他。

“我老头大概这么觉得。”奇哥说。

他们穿过储藏室，储藏室很潮湿，冷风从墙壁夹板缝隙呼呼灌进来。里面堆着几个旧轮胎和强尼的旧脚踏车，奇哥十岁时继承了这辆脚踏车，不久就把它摔坏了；此外，还有一堆侦探杂志、可回收的可乐瓶，以及装满了平装书的橘红色木条箱，一幅廉价画作上面有一匹马站在草地上。

他们走出房子。雨仍然令人沮丧地继续下着，奇哥的旧车停在车道上，看起来一副垂头丧气的样子。尽管原本该是挡风玻璃的地方现在盖着塑胶片，不过整条巷子看过去，仍属强尼的车最有格调。奇哥的车是一辆别克，漆的颜色已经黯然无光，锈痕处处；前座的椅套上铺着棕色军毯，乘客座前的遮阳板上别着一个大大的徽章，上面写着：我每天都需要它。后座上放着一组生锈的起动机零件；他想，如果天气放晴的话，就把车子清一清，或许把这堆东西都放到道奇车上也不一定。

别克车闻起来一股霉味，他费了好大的劲才发动车子。

“是不是电池没电了？”她问。

“我猜是因为该死的雨。”他倒车开到路上，打开雨刷，又停下来望了房子一眼。

收音机传来一阵嘈杂声，奇哥立刻把它关掉；星期天下午的头痛又开始了。他们驶过格兰厅、义勇消防队与白朗妮杂货店，莎莉的雷鸟车停在白朗妮的水泵旁，他们转进路易斯登路时，奇哥举起一只手跟她打招呼。

“她是谁？”

“莎莉。”

“长得很漂亮。”语气很平和。

他在口袋里掏香烟。“她结了两次婚，又离了两次婚，如今她是镇里出了名的狐狸精，如果你相信这狗屁小镇上一半流言的话。”

“她看起来很年轻。”

“是啊。”

“你们有没有——”

他的手滑上她的大腿，微笑说道：“没有，我哥哥可能有，我没有。不过我也喜欢莎莉；她拿了一笔赡养费，又有一辆漂亮的车，她才不在乎别人怎么说她。”

他开始觉得路程漫长起来，路上的积雪已经消除，显得阴沉沉的。珍变得安静而若有所思，一片寂静中，只听到雨刷规律的刷刷声。车子驶过倾斜的路面时，地上漫起一层薄雾，一俟夜色降临，雾气便会悄悄漫起，笼罩整个街道。

他们穿过奥本，抄近路开上麦诺大道，四线道上几乎不见人车，郊区的房舍看起来都挤在一堆。他们看见一个穿着黄色塑胶雨衣的小男孩在人行道上慢慢走着，小心跨过一个个水洼。

“快走啊！”奇哥轻声说道。

“什么？”珍问道。

“没事，宝贝。你睡你的。”

她有点困惑地微微一笑。

奇哥转到基顿街，开进其中一幢房子的车道，他并没有熄火。

“进来坐坐，我请你吃饼干。”她说。

他摇摇头，“我得回家。”

“我知道，”她用胳臂环着他亲吻着，“谢谢你赐给我最美妙的时光。”

他突然微笑，脸孔陡地一亮，几乎像变魔术一般。“星期一见，小珍珍。还是朋友，对不对？”

“当然。”她说着又吻了吻他……但等他把手伸进她的上衣里时，她立刻别开身子。“不行，我爸可能会看见。”

他放开她，脸上少了几抹笑容；她迅速下车，冒雨从后门跑进屋子，一秒钟后便不见人影。奇哥点燃一根烟，然后倒车开出车道；车子突然熄火了，他试了好久，引擎才重新启动。这下子还得开好久才能回到家。

他回到家时，爸爸的旅行车已停在车道上。他把车停在旅行车旁边熄了火，然后就默默地坐在车里听雨，真像坐在鼓里似的。

屋里，比利正在看电视，一看见奇哥进来，就兴奋得一跃而起。“你知道刚才彼得叔叔怎么说？他说他跟一群伙伴在战时打沉了一艘老德的潜水艇哪！你下星期六要不要带我去看表演？”

“我不知道，”奇哥露齿笑道，“如果你每天吃晚饭前吻吻我的鞋子，我就带你去。”他拉拉比利的头发，比利又笑又叫地踢他的小腿。

“好了，好了，”山姆说着走进房间，“你们两个不要闹了，明知道你妈不喜欢房里乱糟糟的。”他的领带已经扯下，衬衫最上面的扣子也已经打开，他手里端了一个盘子，上面有白面包夹着热狗。“你去哪儿了，艾德？”

“珍家里。”

浴室里响起一阵马桶冲水声，是维琴在里面，不晓得珍有没有留下什么头发、唇膏或发夹。

“你应该跟我们一块去看你彼得叔跟安婶婶。”他爸说道，两三口就把热狗解决了。“艾德，你在家里越来越像陌生人了，我不喜欢你这个样子，到底我还在供你吃住。”

“供我吃住，没错。”奇哥说。

山姆迅速望了他一眼，初则感觉受伤，继而气愤。等他开口说话，奇哥看见他满嘴牙齿上还沾着热狗的黄色芥末，不禁觉得反胃。“你那张狗嘴，你那张该死的狗嘴。小鬼，你还没长大呢！”

奇哥剥了一片面包，涂上番茄酱，耸耸肩说道："反正我再过三个月就要走了。"

"你在说什么鬼话？"

"我准备把强尼的车修好，然后开车到加州去找工作。"

"哦？很好。"他爸是个大块头，块头大得走起路来有点摇摇晃晃，但奇哥觉得自从他娶了维琴之后，好像变得越来越小，强尼死了之后，他又缩小了一些。他仿佛听见自己对珍说："我哥哥可能有，我没有。"耳边又听到"弹你的嘀咯里都吉他吧"的歌声。"那辆车子别说是开到加州，就是城堡岩也到不了。"

"你不相信？操！我们等着瞧！"

他父亲看了他一会儿，然后将一直拿在手上的热狗朝他甩过来，正好砸在奇哥胸前，溅得他衣服、椅子上都是芥末。

"再说那个字，我就把你鼻子打断。臭小子！"

奇哥捡起热狗瞧着。红通通的廉价热狗，涂满了法国芥末。他将热狗朝他爸丢回去；山姆站了起来，脸孔涨红得像旧砖块一般，额头上青筋暴出，他的大腿碰到身旁的托盘，托盘翻落地面。比利站在厨房门口注视他们，他手里拿着一个装满热狗与豌豆的碟子，此时碟子斜向一边，豆汁也流到地上；比利的双眼睁得老大，嘴唇不住地颤抖着。

"辛辛苦苦把他们养大，他们却朝你吐口水，"他父亲声音浊重地说道，"唉！这就是养儿育女的下场。"他在椅子上摸索了半天，终于摸出吃了一半的热狗，然后像握住命根子似的把热狗紧紧握在手里。他竟然张嘴吃了起来……同时奇哥看见他开始流泪。"唉！这就是养儿育女的下场。"

"你干吗一定要娶她？"他冷不防脱口而出，好不容易才把下一句话吞回去：要是你没娶她的话，强尼可能还活着。

"不干你屁事！"山姆噙着泪吼道，"那是我的事！"

"哦？"奇哥也吼回去，"是吗？我却得跟她住在一个屋子里！我跟比利就一定得跟她住在一起！眼睁睁地看她折磨你！而你根本不知道——"

"什么？"他父亲说道，声音突然变得低沉起来；还留在他手里的一小截热狗，活像一根带血的骨头。"我不知道什么？"

"你简直瞎了眼，什么都不知道。"他说，被自己几乎脱口而出的话给吓坏了。

"你最好给我闭嘴，"他爸说，"否则，奇哥，我就把你打死。"他爸只有在盛怒之下，才会叫他奇哥。

奇哥转过身，发现维琴站在房间的另一边，正一丝不苟地拉拉裙子，一双大而冷静的棕色眼睛盯着他。她的眼睛非常美丽，其他部分倒没有这么美、这么永保清新，但那一双眼睛的魅力仍可以持续好几年；奇哥想到这里，又不禁觉得怒火中烧，耳边又响起“所以克莱，他死后我们鞭打他，就这样，吊在棚子里”的歌声。

“她这样欺负你，你却这么没种，一点办法也没有！”

比利终于受不了这些吆喝——他害怕地大声哀号着，丢下手里一盘热狗与豌豆，双手掩面痛哭，豆汁洒在他的鞋子与地毯上。

山姆朝前跨一步，但看到奇哥无礼地作势朝他招手时，又停下来。奇哥的动作仿佛是说：来呀，你过来嘛！来好好打一架，我已经等太久了。他们像雕像一般纹丝不动地站着，一直到维琴开口说话——她的声音低沉，冷静得一如她的棕色眼睛。

“艾德，你是不是曾经带女孩到你房间？你该知道你爸跟我对这种事的态度。”之后她好像突然想到地说，“她忘下一条手帕。”

他恶狠狠地盯着她；他无法表达自己的感觉，卑鄙、乘人不备暗箭伤人的婊子！

如果你想伤害我，请便，那一双棕色眼睛说道。他死前发生了什么事你知我知；不过，奇哥，那是你唯一能伤害我的方法，是不是？而且只有你爸相信你才算数。但如果你爸相信了你的话，那么他也没法活下去了。

他父亲逮住这个反攻的机会大做文章。“你这混账东西！是不是带女孩到家里乱搞？”

“山姆，请你说话干净点。”维琴平静地说道。

“你是不是就为了这个，才不跟我们一起去？这样你才好——才好——”

“你说啊！”奇哥哭道，“别让她堵了你的嘴！说啊！想说什么，你就说啊！”

“你给我滚！”他闷闷地说道，“在你跟你妈和我道歉之前，休想回来！”

“你敢！”他吼道，“你敢说那婊子是我妈！我会杀了你！”

“哥，不要再说了！”比利尖声叫道，声音是模糊不清的，他的两手仍然蒙在脸上。“不要吼爸爸！请你不要吼爸爸！”

维琴仍然定定地站在门口，一双冷静的眼睛也仍然盯着奇哥。

山姆步履不稳地朝后退一步。膝盖窝撞着摇椅的边缘，他重重地坐了下去，用毛茸茸的手臂挡住脸。“艾德，每次你嘴里吐出这样的字眼时，我连看都不愿看你一眼。你让我觉得好难受！”

“让你难受的是她！你干吗不愿意承认？”

他没有回答，也不看奇哥，一手又胡乱抓了一个热狗面包，摸索着芥末酱。比利继续哭着，混合着电视传来的歌声：“我的马很老，但马车跑得并不慢。”

“山姆，这孩子根本不知道自己在说什么，”维琴温柔地说道，“在他这个年纪，还真难为他了，成长本来就不是件容易的事。”

她又狠狠击中他的要害，这下可真大势已去。他转身朝门口走去，开门的时候，他回头望了望维琴，开口叫了她的名字，当时她正冷静地注视着他。

“艾德，什么事？”

“床单弄脏了，”他顿了顿又说，“我破了她的身。”

他觉得她的眼中闪过一丝什么，不过也许只是他的幻觉罢了。“艾德，请你走吧。你把比利吓着了。”

他走了。别克车一直无法发动，就在他准备放弃改在雨中步行的时候，引擎终于发动了。他点燃一根香烟，倒车上14号公路，正打算加速前进时，车子又开始抖动，引擎灯痛苦地眨了两下，车子就停下来了。最后他总算上路了，车子摇摇晃晃地朝盖茨瀑布驶去。

他还看了强尼的道奇车最后一眼。

强尼本来可以在盖茨工厂有一份安稳的工作，不过只有晚班。他曾经告诉奇哥，他并不在乎夜间工作，因为待遇比修车好。但他们的父亲上的是白天班，如果强尼晚上在工厂工作，白天就得单独跟她在家里，偶尔奇哥也会待在隔壁房间……与他的房间只有薄薄的一墙之隔。强尼说：我无法脱身，而她也不放过我。我知道如果他晓得的话，会怎么样，可是她……她就是不肯停，于是我好像也停不住……她总是千方百计地挑逗我，你知道我是什么意思，你见过她。比利太小，不会懂的，可是你见过她……

没错，他见过她，就因为这样，强尼才到平原加油站工作，同时编了一个换工作的借口，说在平原加油站工作，可以便宜地买到道奇的零件；就是如此，那辆福特野马才会在强尼换车胎的时候，冲进修车间，消音器冒出火花。这正是继母害死继子的原委。他还记得橡胶燃烧的臭味，强尼的雪白T恤上印着脊椎骨节的半月形暗影。强尼正要站起身时，野马车撞上他，雪佛兰从千斤顶上砰地一声落下，随之而来的是黄色火焰和刺鼻的汽油味——

奇哥脚踩刹车，别克猛地停住。他横过身子，把另一边的车门迅速打开，开始在泥泞的雪地上吐了起来。想到强尼惨死的情景，他禁不住再度呕吐。车子几乎熄火，不过他及时把它开动。当他发动车子时，引擎灯心不甘情不愿地灭了。他坐在车里，让自己慢慢恢复平静。一辆崭新的白色福特轿车疾驶而过，溅起雨水和泥泞。

“史铎市，”奇哥说，“开着新车去史铎市。胆小鬼。”

奇哥唇边、喉咙、鼻腔中都是呕吐的味道。这时候，他并不想抽烟。明天就有充分的时间做决定了；他倒车开上14号公路，继续向前驶去。

8

真他妈的通俗，是不是？

比这篇小说好的东西多的是，我知道——至少有一二十万篇更好的作品。应该在这篇小说的每一页盖上“大学文艺班学生作品”的戳记才是……因为事实正是如此。现在在我眼中看来，这篇作品真是东施效颦，生涩得可以却又故作老练，风格模仿海明威，主题则效法福克纳。还有什么能比这更严肃、更富文学意味？

然而即使通篇虚饰，却仍然掩不住一个事实：这是一篇色情小说，作者是个极端缺乏经验的年轻人（我写《史铎市》这个故事时，只和两个女生上过床，其中一次还早泄，和前面故事中的奇哥比起来，显然大为逊色）。这部作品对女人的态度已超过敌视，而近乎恶劣的边缘——小说中两个女人是婊子，第三个女人只是个头脑简单的泄欲工具，说些“我爱你，奇哥”与“进来，我请你吃饼干”这一类的话。奇哥则是叼着烟、充满男子气概的劳工阶级英雄，活生生正是史普林斯汀歌曲中经常描绘的人物（虽然当这篇故事刊登在大学文艺杂志上时，还没有人晓得史普林斯汀是何方神圣）。这篇作品反映了作者既没有经验、又缺乏安全感。

不过，这篇东西是我写作以来最有个人色彩的作品——也是尝试笔耕五年以来，第一个让我有整体感的故事，即使拿掉了支架，或许还是站得住脚的故事；虽然丑陋，却是活生生的。一直到现在，我每次看这篇东西，都禁不住为其中的逞强与做作而莞尔；我可以看见戈登的真实面孔隐藏在字里行间，这个戈登比此刻在写作的戈登要年轻得多，当然也比眼前这个关注出版合约多于小说评论的世故畅销书作家要理想化多了，但又不像那天跟大伙去看布劳尔尸体的那个戈登那么年轻，那个即将失去天真光彩的戈登。

没错，这并不是好小说，作者过于注意外在的声响，却没有好好聆听自己内心的声音，不过这是我第一次把熟悉的地方与自己的感觉表达于一篇小说中；眼见多年来一直盘踞在心头的结以一种我能够操控的新形式出现，竟生出一种恐怖的快感。我已有好些年都不曾想起童年时幻想丹尼躲在阴森森的衣橱里的可怕模样，以为自己早已忘掉一切，然而在《史铎市》里竟又出现，除了些微改变之外，仍是原来的翻版，但却是可控的。

好几次我都有强烈的冲动想重写这个故事，但总是强压住这股冲动，因为如今重读这个故事，觉得颇难为情；然而其中仍有我喜欢的东西，例如，强尼白T恤上的暗影和窗玻璃上的雨水映在珍裸体上的波纹，如果经过眼前这位头发已开始花白的戈登一改，会变得一文不值。

同时，这也是我没有请爸妈过目的第一篇小说，因为里面有太多丹尼的影子，城堡岩的味道太浓，更甚者，它充满了一九六〇年的气氛。你一向都知道事实真相是什么，因为你要是用事实真相划开自己或别人身上的伤口，总是会见到血的。

9

我的房间在二楼，温度至少高达华氏九十度。到了下午，更会窜到一百一十度，即使开了窗子也一样。那天晚上我真高兴不必在家里过夜，想到我们要去的地方，更令我兴奋得不能自已。我用两条毛毯卷成铺盖，再用旧皮带捆好，又把所有的积蓄带在身上——六毛八分。这样，我一切准备就绪。

我从后面的楼梯下楼，以免跟我爸碰上，不过我根本不必担心，他还在花园里洒水，呆望着水汽在阳光照射下现出彩虹。

我朝夏街走下去，穿过一块空地来到卡宾街，正准备上树屋的时候，一辆汽车在路边停下，柯里从车上跳了下来。他一手拿着旧男童子军袋，另一手提着铺盖卷和绑在一堆的衣服。

“先生，多谢。”他说罢即急急朝我走来，车子也随之开走；他斜背着男童子军水壶，在走动中，水壶一跳一跳地拍打他的臀部，眼睛闪着光芒。

“戈登！要不要看一样东西？”

“当然，是什么？”

“先到那里去。”他指着蓝点餐馆与药房之间的小小空地。

“柯里，是什么东西？”

“你快过来啊！”

他朝那小巷子一直跑过去，过了一会儿，我也跟着他后面跑。这两幢建筑物并非平行而立，而是越来越接近，因此其间的巷子也越来越窄，我们快步踩过尽是旧报纸、亮晶晶的破酒瓶与汽水瓶的巷道。柯里拐进蓝点餐馆后面，然后放下铺盖卷。这地方摆了八九个垃圾桶，扑鼻的臭味令人难以忍受。

“柯里！快点，别整人了！”

“把手伸出来。”柯里说道。

“拜托！我要把你丢到——”

陡地我住了口，立刻把臭味十足的垃圾桶给抛到九霄云外。柯里已将男童子军袋放下，并且打开袋子，摸出一把深色木质枪柄的巨大手枪。

“你要当独行侠还是亚利桑那奇侠？”柯里笑容满面地说道。

“老天！你从哪里弄来的枪？”

“我爸爸的抽屉里；这是把点四五口径的手枪！”

“对，我看得出来。”其实它也可能是点三八或三七五口径，尽管我读过一大堆麦克唐纳和爱德·麦可班恩的推理小说，不过我近距离看过的手枪，就只有班警长身上佩戴的那一支……尽管每个小孩都求过他把枪从套子里拿出来，班警长却从来不肯。“你爸要是发现了，非把你的皮剥了不可！不过你说他正喝得大醉，是不是？”

他的眼睛仍然忽闪。“没错，老兄。他绝对不会发现，他跟另外几个家伙已经在酒馆灌了七八瓶，足够他们醉到下星期。一群酒鬼！”他恨恨地说。柯里是我们中间唯一滴酒不沾的人，他绝不为了逞强而喝酒，他说他绝不让自己长大跟爸爸一样变成一只酒桶。有一回戴家双胞胎从他们老爸那儿弄来六瓶啤酒，大伙儿把柯里狠狠讪笑了一番，因为他连一口也不喝；之后柯里偷偷告诉我，说他怕极了喝酒。他爸爸一头栽进酒里，再也抬不起头来；他大哥强奸那女孩的时候，也喝得烂醉。凸眼蛇和他那一群死党——马瑞尔、查理与比利——在一起的时候，也是酒不离手。他问我，如果他也跟酒沾上了边，那么他能放下酒瓶的几率有多大？也许你会觉得滑稽，一个十二岁的小孩竟然忧心忡忡自己可能变成酒鬼。但对柯里而言，这件事一点也不滑稽。柯里经常思考这个可能性，而他之所以如此，并非毫无理由。

“有没有子弹？”

“九颗——盒子里就剩这些。他会以为是他自己用掉的，每次他喝醉时，都会乱射啤酒罐。”

“子弹上膛了没？”

“没有！老天，你以为我是谁？”

我终于把枪接过来，真喜欢手中那种沉甸甸的感觉。我想象着自己是麦可班恩的小说《第八十七分局》中的霹雳神探卡瑞拉，在冰凉如水的夜色里追缉恶徒或掩护搭档；我对准一个臭气逼人的垃圾桶，手指扣着扳机。

“咔——砰！”

枪在我手中跳了起来，火光从枪的末端蹿向前方，我的手腕好像被震破一般，心也仿佛陡地跳至喉咙口，不住地颤抖着。金属制垃圾桶给射了一个大洞——这真是邪恶魔法师的杰作。

“天啊！”我叫道。

柯里笑得全身抖动——不知道是真的觉得好笑，还是吓得歇斯底里。“是你干的！是你干的！是戈登干的！”他扯着喉咙大声叫道，“喂！戈登在城堡岩大开杀戒了！”

“闭嘴！我们快走！”我边叫边扯着他的上衣。

就在我们逃跑的同时，蓝点餐馆的后门猛地打开，穿着制服的女侍走了出来。“是谁？谁在这里放炮？”

我们飞也似的快跑着，从药房与五金行后面穿过。我们爬过篱笆，手掌被刺得流血，终于离开了那条街。在我们逃跑的同时，我忙不迭地把枪丢给柯里，他虽然差一点笑死，但仍接个正着，再塞回男童子军袋里。一旦踏上卡宾街，我们就放慢脚步，免得大热天还在街上狂奔，让人看了起疑。

“老兄，你真该瞧瞧你刚才那张脸，噢，真是有趣极了，简直好极了。”柯里摇摇头，拍拍大腿，又笑个前俯后仰。

“你明知里面有子弹，对不对？你这浑球！这下我可闯祸了，那个女服务生看见我了。”

“狗屎！她以为是鞭炮，而且你明知道那女人是个大近视，又不肯戴眼镜，就怕会破坏她的美——丽脸蛋。”他手插着腰，摇摇屁股，又笑了起来。

“我不管；你这手真是低级，柯里，真低级。”

“好了，戈登，”他一手搭在我肩上，“我对老天发誓，我真的不知道里面上了子弹，我刚刚才把枪从我爸的抽屉里拿出来，他以前每次都会卸下子弹，上回他把枪放回去的时候，一定是醉得厉害。”

“真的不是你装的子弹？”

“不是。”

“你用你妈的名字发誓，如果说谎，就让她下地狱。”

“没问题。”他划了十字，又吐了口水，一脸虔诚与懊悔，与圣诗班的男孩并无二致。但等我们走到树屋下的空地，看见魏恩、泰迪坐在铺盖卷上等我们时，他又开始大笑。他把事情原原本本地告诉他们，待大伙笑过之后，泰迪便问柯里，带手枪到底有什么用处。

“没用，”柯里说，“不过我们可能会碰上大熊之类的东西，而且夜晚在树林里，总是有点毛骨悚然。”

每个人听了都点点头。柯里是我们这一伙中最大、也最厉害的角色，因此即使说了这类孬种的话，也不会怎么样。要是换了泰迪，别说明讲，就是暗示自己怕黑，也会被我们声讨得灰头土脸。

“帐篷搭起来没？”泰迪问魏恩。

“嗯。我还在里面放了两只打开的手电筒，天黑下来的时候，别人会以为我们还待在里面。”

“聪明！”我说着拍拍魏恩的背，他能想得这么周到还真是不容易。他笑了笑，涨红了脸。

“那我们走吧，”泰迪说，“快走，都快十二点了！”

柯里站了起来，我们都围在他身边。

“我们穿过毕家的地，再从家具工厂后面过去，”他说道，“然后我们再经过垃圾场，顺着铁轨走，过了桥就走到赫娄了。”

“你想那样会走多远？”泰迪问。

柯里耸耸肩。“赫娄地方很大，我们起码要走二十英里。戈登，你认为呢？”

“对，也许还会到三十英里。”

“即使是三十英里，我们走到明天下午应该也到了，只要没有人退缩的话。”

“这里没有人是孬种。”泰迪立刻说。

大家都互望了片刻。

“喵。”魏恩叫了一声，大伙都笑了。

“走吧，各位。”柯里说着，背起他的男童子军袋。

我们一起走出空地，柯里领头走在最前面。

10

我们穿过毕家土地，又费劲攀上通往铁道的堤防时，大家都已经脱掉上衣，把衣服绑在腰际，汗水仍然不停歇地流着。我们从堤防最高处往下面的铁轨望，那儿正是我们要去的地方。

无论年纪多大，我永远都不会忘记那一刻。我是唯一戴了手表的人——一只廉价的天美时表，是我前一年卖克罗佛牌药膏获得的奖品；长短针齐指着正午，炙热的阳光打在眼前一片干涸无荫的土地上，真让人觉得阳光就要透进脑壳、炒热你的脑浆似的。

城堡岩在我们的后方，整个小镇绵延在长长的山丘上。再往城堡河下游走，就可以看见羊毛工厂的烟囱一根根朝空中喷着黑烟，朝水中排放废物。家具工厂在我们左边，正前方即是铁轨，在阳光下亮晃晃地闪烁着。铁道与城堡河平行，城堡河在我们左边，右边是一片杂草丛生的灌木林（今天那里有条摩托车道，每个星期天下午两点钟都有赛车活动）；地平线上耸立着一座废置不用的旧水塔，不但腐朽不堪，而且有几分吓人。

正午时分，我们就在那儿站了一会儿，之后柯里不耐烦地说道：“好了，我们快走吧！”

我们沿着铁轨旁边走着，每走一步，便踢起一堆黑色的煤灰，我们的鞋袜也很快黑成一片。魏恩开始唱歌，但不久便作罢，我们也落得耳根清净。只有泰迪和柯里带了水壶，我们都渴得频频跟他们要水喝。

“我们可以在垃圾场水龙头那儿装水，”我说，“我听说那个井很安全，有一百九十英尺深。”

“好吧，”身为头子的柯里说道，“那倒是个休息的好地方。”

“那吃的呢？”泰迪突然问道，“我敢打赌没有人想到要带吃的东西，我就没有。”

柯里说：“该死！我也没想到。戈登，你呢？”

我摇摇头，真不知道自己怎么会笨到这种程度。

“魏恩？”

“没有，”魏恩说，“对不起。”

“好吧，看看大家身上有多少钱。”我说，接着松开衬衫，摊在地上，把我自己的六毛八分丢下去，硬币在阳光下熠熠发光。柯里有一张破烂的一元大钞和两分钱硬币，泰迪有七毛钱，魏恩带了七分钱。

“两块三毛七，”我说，“不赖。通到垃圾场的那条小路末端有一家店，待会儿大家休息的时候，得有个人走到那儿去买汉堡肉跟喝的。”

“谁去？”

“我们到垃圾场的时候再分配工作。走吧！”

我把钱都装在裤袋里，正要把衬衫重新绑在腰间时，听见柯里大声喊道：“火车来了！”

尽管我已听见火车驶近的声音，仍然把手放在铁轨上感觉一下；铁轨震动得厉害，一时之间，我竟觉得好像手中握着一辆隆隆作响的火车似的。

“大家跳伞吧！”魏恩大喊道，同时滑稽地大跨一步，朝堤防边一跃而下。魏恩喜欢扮演伞兵的程度已接近疯狂，只要碰到比较软的地面——沙砾坑、干草堆，以及像这种堤防边，他都想表演跳伞。柯里也跟着跳了下去。此刻火车的声音已震耳欲聋，也许直接经由我们这一侧的河流朝路易斯登驶去。泰迪不但没有朝旁边跳下去，反而对准火车驶来的方向走去，他厚厚的镜片在阳光下闪闪发光，杂乱的长发因汗湿而一绺绺地黏在额头上。

“泰迪，快跳啊！”我说。

“不，我要闪车。”他看着我。镜片后放大了的眼睛兴奋而狂热。“闪火车，你懂吗？单单闪货车太小儿科了。”

“老兄，你真疯了，想死是不是？”

“这就跟诺曼底抢滩一样！”泰迪大声喊着，一边朝铁轨中央跨个大步，他站在一块枕木上，好不容易才站稳了。

我目瞪口呆地站了一会儿，实在难以相信这种彻头彻尾的愚蠢行径；紧接着我抓住他，拖着拳打脚踢、不住抗议的他到堤防边，再把他推下去。我跟在后面跳下来，还在空中时，就挨了他结结实实的一拳，差点连气也喘不过来，但我还是设法用膝盖顶住他的胸部，趁他还来不及站稳，又打得他平躺在地上，然后我也气喘吁吁地落了地，泰迪抓着我的脖子，我们就一路滚至堤防底部，又抓又打的，柯里与魏恩瞪着我们，一副惊呆了的模样。

“你王八蛋！”泰迪对我咆哮道，“你浑蛋！你敢再管我的闲事，我就宰了你！你这粪坑！”

此刻我喘过气，站起身来；泰迪前进，我就往后退，同时伸出双手，挡开他一记记拳头，心中觉得半好笑、半害怕。泰迪握起拳头来的时候，可不要掉以轻心；有一次他就以这副姿态单挑一个大孩子，打不过的时候，他就张嘴猛咬。

“泰迪，等我们看过那具尸体以后，随便你要闪什么车都行，不过……”

一记猛拳闪过我的肩头。

“在那以前，绝不能让任何人看见我们，你……”

一拳击中我的脸颊，这回我可真要跟他玩真的了，要不是柯里跟魏恩——

“你这蠢驴！”

——赶来把我们分开。火车从我们上方隆隆而过，引擎喷出废气与车轮碾过铁轨的声音轰隆有如雷鸣，少许煤渣震到下面，我们的争执也结束了……因为现在根本听不到自己讲话的声音。

那是一列很短的货车，最后一节车厢驶过之后，泰迪说：“我要杀了他，至少要打得他一个嘴唇两个厚。”他挣扎着想挣脱柯里的掌握，但柯里把他抓得更紧了。

“冷静一下，泰迪。”柯里悄声说，而且不断重复这句话，一直到泰迪不再挣扎为止。此刻泰迪静静站着，眼镜歪戴着，助听器的线无力地垂在胸前，连接着他裤袋中的电池。

等泰迪完全平静下来之后，柯里转向我说道：“戈登，你到底为了什么鬼事跟他打架？”

“他要去闪那辆火车，我是怕司机看到会去报警，搞不好派个警察出来找我们也不一定。”

“哼！狗屎！他忙着在抽屉里做巧克力呢！”泰迪说道，但他好像不再生气了，暴风雨已过。

“戈登这么做不过是为大家好，”魏恩说，“大家讲和吧！”

“两位，讲和吧。”柯里赞同道。

“好啊。”我说着伸出手，手掌朝上，“泰迪，讲和好吗？”

“我本来可以闪得过的，”他对我说，“你知道的，戈登，对不对？”

“是啊！”我说着，虽然心中一阵发冷，“我知道。”

“好了，击掌吧。”

柯里下令，同时放开手，泰迪的手重重打在我的手掌上，火辣辣的，然后他把手掌翻转过来朝上，换我拍他的手掌。

“戈登是可恶的胆小鬼。”泰迪说。

“喵——”我回答。

“好了，”魏恩说，“现在总可以走了吧！”

“除了这里以外，去什么地方都行。”柯里一本正经地说，魏恩转过头来，仿佛要打他似的。

11

我们在一点三十分左右走到垃圾场；魏恩以一声“跳伞啰！”带领大家跳下堤防。我们大跃几下便到了底，并且跳过由排水孔徐徐流出的细流；越过这块沼泽地，便是垃圾场的边缘。

垃圾场四周围着六英尺高的栅栏，每隔二十英尺，就有一块褪色的板子上面标示着：

城堡岩垃圾场
开放时间：下午四时至八时
星期一关闭
严禁侵入

我们爬到栅栏顶，翻个身跳下来。泰迪与魏恩带头到井边——就是那种需要用老式抽水泵费力打水的井。水泵杆子旁边有一个装满水的桶，而最大的罪过就是忘了把桶盛满水，留给下个人用。打水的铁杆子成某个角度向外伸出，看起来有几分像振翼欲飞的单翼鸟；铁杆子原本漆成绿色，但一九四〇年以来，千万只使用过水泵的手几乎已把绿色的漆给磨掉了。

城堡岩有几个令我难以忘怀的地方，垃圾场即是其中之一，它总使我想到超现实主义画家的作品——那些家伙总是画些奇奇怪怪的东西，像几个钟面零乱地嵌在枝椏间、维多利亚式的客厅竟然置身于一望无际的撒哈拉沙漠中，或是从壁炉里冒出个蒸气引擎。以小孩子的眼睛来看，躺在城堡岩垃圾场里的东西，似乎都并不真正属于那里。

我们是从后面进去的；如果走前门的话，一进门就是一条宽广的垃圾通路，路面渐渐扩展成一个半圆形区域，被压路机碾成平平的作为卸垃圾的场地之用，末端陡落成一个垃圾坑。水泵（泰迪与魏恩此刻正站在那儿，为谁来压水泵而争论不休）位于这个大坑的后面，坑的深度也许有八英尺，堆满了用坏、用光的东西。其中有好多东西都令我不忍卒睹——也许真正不忍的是我的脑，因为它一直无法决定该让眼睛看什么，于是你的眼睛便看着——或许是被迫看着如枝椏间的钟面与沙漠中的客厅般不搭调的东西。黄铜床架醉酒般躺在太阳下；小女孩的玩具娃娃惊呆地望着自己的大腿中间，仿佛她生下了一堆棉花似的；一辆汽车底部朝天，子弹头般的黄色车头在阳光下闪闪发光，颇像个升火待发的火箭；一个办公大厦用的巨型水瓶在夏日炙阳的烤晒下，一变而为闪耀的蓝宝石。

那儿也有许多野生动物，虽然与迪士尼动物影片及动物园里备受宠爱的温驯动物不同。有肥嘟嘟的老鼠，因饱食腐坏的汉堡与长蛆的蔬菜而毛色丰泽、步履蹒跚的土拨鼠，还有成千只海鸥来回盘旋，偶有一只大乌鸦徘徊其间，宛如勤于内省、思虑周密的牧师。当迷途野狗找不到垃圾桶可以打翻来觅食、也没有鹿可追时，这里是它们饱餐一顿的地方。它们是一群可怜又坏脾气的杂种狗，不时扯开嘴露出一口凶牙，为了一块脏兮兮的香肠或一堆臭气冲天的鸡内脏，不惜争个你死我活。

不过这些狗从不攻击垃圾场管理员麦洛，因为他的脚边总跟着大波。大波是城堡岩最恶名昭彰（至少在二十年后狂犬库丘出现之前）、也最少露面的恶犬，丑得足以使时钟停止转动。孩子中间盛传着大波是多么多么凶狠，有的说它有一半德国牧羊犬血统，有的说它应该是拳师狗，有个从望城山来的孩子说它是杜宾犬，声带已被切除，因此它攻击的时候静寂无声，令人防不胜防。其他孩子又说大波是只疯狂的爱尔兰狼狗，麦洛喂它吃一种混合鸡血的特别狗食。这些孩子又绘声绘影地说，麦洛根本不敢带大波走出他的小屋，除非大波像猎鹰一样戴上头罩。

最常听到的一种说法，就是麦洛不仅训练大波咬人，更训练它咬人体的特定部位。哪个倒霉的小鬼翻过栅栏想偷些值钱东西，就会听见麦洛喊道：“大波！给我咬！咬手！”大波听命死咬住那只手，撕下皮与腱，咬碎了骨头，一直到麦洛叫它才停。谣言还说大波会攻击耳朵、眼睛、脚或腿……下一个闯入者惊见麦洛和忠心耿耿的大波时，可能会听见麦洛可怕的喊叫声："大波！给我咬！咬睾丸！"于是那孩子就得一辈子娘娘腔了。麦洛自己倒是常常在附近走动，他不过是个普普通通的工薪阶层，时而修补别人弃置不用的东西，拿到镇上去卖以贴补家用。

今天没有见到麦洛或大波的影子。

柯里和我注视着魏恩用水泵汲水，泰迪则在旁边疯狂地压着杆子，终于他的辛苦得到补偿，一道清水泉涌而至。过了一会儿，他们俩都一头栽进水槽里。泰迪仍然继续加速猛压着水。

"泰迪疯了。"我轻声说道。

"是啊！"柯里理所当然地说道，"他活不过十年，我敢打赌，他爸那样子烧他的耳朵，害他变得那么疯狂，到处去闪车，啥东西都看不见，戴不戴眼镜都一样。"

"记不记得上回爬树的事？"

"记得。"

一年前，泰迪与柯里爬上我家屋后的大松树，他们几乎快爬至树顶时，柯里说树顶的树枝都已经腐烂，所以不能继续往上爬，当时泰迪脸上出现那种疯狂又倔强的表情，说反正他满手都已经沾满了松焦油，非要爬到树顶才肯罢手。柯里说什么也无法劝动他，于是他还是继续爬，而且爬上去了——不过请记得，他的体重只有七十五磅左右。他就站在那儿，沾满松焦油的手紧抓着树顶，吼着说他是世界之王之类的疯话，说时迟那时快，传来一阵令人心惊的朽木断裂声，他脚下踩的树枝折断，于是他笔直落下。之后发生的事，真叫人不能不相信上帝确实存在；柯里伸出双手——纯粹出于反射作用，恰好抓着泰迪的头发，尽管柯里的手腕后来肿得胖胖的，两个星期内都不能灵活运用右手，他仍紧抓住尖叫诅咒不断的泰迪，直到他的脚落在一根足以支撑体重的活树枝上。若不是柯里盲目乱抓，泰迪早就一路摔到地上，直落一百二十英尺。等他们爬下来，柯里一脸死灰，几乎因为惊吓过度而呕吐。泰迪为了柯里抓他头发还要跟他大打出手，幸好有我做和事佬才算没事。

"我偶尔还梦到这件事，"柯里说着，以一种奇异而不设防的眼神望着我，"不过在梦里，我却没能抓着他，只抓着他几根头发，然后他就尖叫着摔了下去。好怪，是不是？"

"好怪。"我附和着，一时之间，我们互相注视，似乎看见了那份促使我们结为好友的真情，之后我们移开目光，望着正在打水仗、又叫又笑的泰迪与魏恩。

“可是你抓着他了，”我说道，“柯里从不失手，对不对？”柯里对我眨眨眼，用大拇指和食指围成环状，然后利落地吐出一口白色唾液，射过环中心。

魏恩吼道：“你们快来喝水，免得待会儿水又流回去了。”

“我们来赛跑。”柯里说。

“这个大热天？我看你疯了。”

“快啊，”他说道，仍然露齿笑着，“各就各位。”

“好吧！”

“开始！”

我们赛跑，球鞋翻起了又硬又烫的尘土，我们紧握着拳头，身体前倾，裹着牛仔裤的双腿飞快跑着。那是一种闷煞人的炙热，魏恩站在柯里那边，泰迪则在我这边，两人同时竖起中指，我们四人在这充满烟味的沉闷地方开怀笑着，柯里把水壶丢给魏恩，装满后，柯里和我便走到水泵前，柯里先帮我打水，然后再换我帮他，冷得出奇的井水片刻间冲刷掉一身的肮脏与暑气，把我们的头皮冻得发麻，仿佛提早四个月进入寒冷的一月。之后我重新把桶盛满水，大伙一块儿走到垃圾场仅有的一棵树下纳凉。这是一棵发育不良的梣树，距离麦洛的小屋四十英尺，矮树微微向西边弯下身子，仿佛要提起它的根，就好像老太太提着裙摆，准备脚底抹油溜出这个该死的垃圾场。

“真好玩。”魏恩说；他并非单指在垃圾场里胡来，或是瞒骗我们的家人，或顺着铁轨走到赫娄，他的确是指所有这些好玩的事情，但如今我觉得他指的还不只这些，而我们也都明白。一切的一切都在那儿，都在我们四周，我们很清楚自己是谁名啥，更知道要到哪儿去。真是太美妙了！

我们在树底下坐了片刻，像以往一样瞎聊着：哪支球队最棒（当然是拥有强棒马里斯和曼托的洋基队了）、哪一种车最好（一九五五年的雷鸟车，只有泰迪坚称是一九五八年的柯维特车）；除了我们这伙人以外，有谁算是城堡岩数一数二的狠角色（我们一致认为是詹米，他在课堂上对着尤恩老师比划中指后，在老师的怒吼声中，把手插在裤袋里，大摇大摆地晃出教室）；最好看的电视节目（不是《铁面无私》，就是《彼得·甘恩》，不管是罗伯特·斯塔克饰演的《铁面无私》中的奈斯还是克雷格·史蒂芬饰演的甘恩都很酷）。

结果泰迪首先注意到树影变得越来越长，于是问我时间，我一看表，才发现已经两点十五分了。

“嘿，各位，”魏恩说，“总得有人去买吃的，垃圾场四点就开了，我可不希望麦洛跟大波出现的时候还待在这里。”

连泰迪也附议着。他并不怕有个啤酒肚、又至少四十好几的麦洛，但城堡岩的每个小鬼一听见大波的名字，就忍不住捏捏两腿中间的命根子。

“好吧，”我说，“最怪的人去。”

“就是你，戈登，”柯里笑道，“怪到骨子里去了。”

“你妈也是。”我边说边给每人一个铜板，“丢铜板。”

四个硬币反射着亮晃晃的阳光，四只手将它们从空中截下，啪啪啪啪四只手掌盖住了铜板，我们将手拿开，两正两反；再丢一次，四反。

“天哪！霉运当头！”魏恩说着，大家都知道他的意思。四个正面，代表好运亨通，四个反面，则是霉运当头。

“放狗屁！”柯里说，“别无聊了，再丢一次。”

“不，真的会霉运当头，”魏恩热切地说，“你还记得克林顿那帮人在西洛山全军覆没的事情吗？比利告诉我，他们上车前还为了啤酒在掷铜板，结果掷了四个反面。后来就‘砰’地车子被撞得稀巴烂。我真的不喜欢这样的结果。”

“谁相信那些好运霉运的狗屎，”泰迪不耐烦地说道，“那是小孩子的玩意儿，魏恩，你到底丢不丢？”

魏恩丢了，但很明显的十分不情愿。这一次，他、柯里与泰迪都是反面，我的则是正面；我蓦地害怕起来，仿佛心中突然蒙上了一层阴影。他们三个人依旧掷出反面，仍是霉运当头，似乎厄运无声无息地再度指向他们，我竟没来由地想到柯里的话：只抓着他几根头发，然后他就尖叫着摔了下去。好怪，是不是？

三反，一正。

之后泰迪又发出疯狂刺耳的尖笑，一面指着我，这种感觉于是消失了。

“我只听过巫婆是这种笑法。”我说着朝他竖起中指。

“咿咿咿咿，戈登，”泰迪笑道，“快去买点吃的来。”

我倒不讨厌这份差事，我已经休息够了，不介意走到佛罗里达市场。

“去吧，戈登，”柯里说，“我们在铁轨旁边等你。”

“你们最好别丢下我先走。”我说。

魏恩笑道：“戈登，丢下你就好像只带了成人杂志，却漏了啤酒一样。”

“噢，闭嘴。”

他们齐唱，“我不闭嘴，我长大了。当我看你，我呕吐了。”

“于是你妈妈走过来，把它舔干净。”我说。我边说着边转身离去，同时在肩膀上朝身后竖起中指。此后，我再没有交到像这样的朋友，你呢？

12

现在的人都说“每个人各有所好”，这说法还真酷。所以如果我对你说“夏天”二字，你脑海中自会浮现一系列夏天的画面，跟我心中的夏天意象大异其趣。但是对我而言，夏天就是在华氏九十几度的高温下，口袋里兜着叮哨作响的零钱，脚上穿着凯兹牌运动鞋，走到佛罗里达市场。夏天这两字在我脑中的意象是通向远方的铁轨，在太阳下白花花的，闭上眼睛后，仍可在黑暗中看到它，只不过蓝色取代了耀眼的白。

虽然过河寻找布劳尔尸体是那年夏天的大事，但除此之外，还有更多印象深刻的事，例如，罗宾路克唱“亲爱的苏西”和小安东尼唱“我一路跑回家”的歌声。这些都是一九六〇年夏天的流行歌曲吗？可以说是，也可以说不是。无数的夏日黄昏，当 WLAM 台的摇滚乐慢慢变成 WCOU 台的棒球赛转播时，时光也在流转。我想这些全都代表了一九六〇年。那年夏天的回忆似乎跨越了好几年的时光，完整地封存在由声音交织而成的记忆网中：蟋蟀甜蜜的鸣叫声、玩牌时连珠炮似的兴奋吼叫声、误了晚餐而匆匆赶回家的孩子踩脚踏车的刹车声、诺克斯以他单调的德州嗓音唱着：“来吧，当我的舞伴，我会和你做爱。”与歌声混杂在一起的是青草刚割过的清新气味和棒球赛转播声：“现在的球数是两好三坏。福特[1]把身体前倾……对捕手的暗号摇摇头……现在他收到暗号了……福特停顿了一下……把球投出……球快速飞出去！威廉斯[2]稳稳把棒挥出，打个正着！再见全垒打！红袜队领先，三比一！”一九六〇年的时候，威廉斯还在为红袜队效命吗？我敢和你打赌他还在，还保持三成一六的打击率。我记得很清楚。那几年，棒球变成我生命中的大事，同时我必须面对一个事实：棒

1 福特（Whitey Ford），纽约洋基队名投手。

2 威廉斯（Ted Williams），曾在美国职棒缔造单季打击率超过四成的纪录，被誉为大联盟史上最伟大的打者。

球明星和我一样，是有血有肉的凡人。我是在坎培尼拉[1]的悲剧中领悟到这点：一九五八年，坎培尼拉发生车祸，报纸头版以斗大的标题嘶吼着这个天大的坏消息：坎培尼拉的职棒生涯就此结束，他将坐在轮椅上度过余生。两年前的某一天早上，我坐在打字机前，打开收音机，听到孟森[2]驾着飞机试图降落时失事身亡的消息时，一九六〇年的感觉仿佛又回来了，同样令人心碎的砰然重击。

当时还可以去电影院看电影，如今那家电影院已经拆除，以前他们会放映理查·艾根演的科幻电影、奥迪·墨菲的西部片（墨菲的每部片子，泰迪至少看过三次，几乎把墨菲神化了），以及约翰·韦恩的战争片。还有玩不尽的游戏，数不尽的囫囵吞枣纪录、除草、丢铜板、偷跑到什么地方，或被人一掌拍在背上。如今我坐在这里，瞪着电脑键盘，想透过它回到从前，回想那年夏天最好与最坏的时光，我几乎感觉到自己成人的身躯中，仍埋藏着一个瘦巴巴、脏兮兮的小男孩，也依然听得见那些声音；然而最鲜明的记忆，仍是那个口袋里兜着零钱、汗流浃背朝佛罗里达市场狂奔的戈登。

我要了三磅汉堡肉与一些汉堡卷、四瓶可口可乐，又用两分钱买了一支开瓶器。店主是一位名叫乔治的人，他拿了肉便倚在收银机上，火腿似的手臂横在柜台，嘴里衔着牙签，大大的啤酒肚在白色运动衫下鼓得圆圆的，仿佛吃饱了风的帆。我买东西的时候，他就站在那儿虎视眈眈，惟恐我顺手牵走什么，一直到称汉堡的时候才开口讲话。

“我认识你，你是丹尼的弟弟，对不对？”那根牙签从嘴的一角移到另一角，仿佛滚球一般。他伸手到柜台后面，拿起一瓶汽水灌着。

“是的，先生。但是丹尼他——”

“我知道，可怜。俗话说：‘有生就有死。’你懂吗？人生就是这样，我的弟弟就死在韩国。你长得很像丹尼，有没有人这么告诉过你？嗯，像极了。”

“是的，先生，偶尔有人这么说。”我阴郁地说道。

“我记得那年他当选联盟的明星球员，他打的是中卫；老天，他可真能跑！你也许当时年纪太小，都不记得了。”他的目光越过我的脑袋，穿透纱门望着外面的热天，似乎沉浸在美好回忆中。

1　坎培尼拉（Roy Campanella），布鲁克林道奇队的名捕手，二十世纪五十年代曾三度获选为国家联盟最有价值球员。

2　孟森（Thurman Munson），纽约洋基队的名捕手。

“我记得。呃，乔治先生？”

“什么事？”他仍旧是满眼迷蒙地沉浸在回忆中，口中的牙签微微颤抖着。

“你的大拇指压在秤上。”

“什么？”他吃惊地低下头，看见他圆圆的大拇指正稳稳地压在白色搪瓷上。如果不是他谈起丹尼时，我挪了一下身子，可能绞肉就挡住了他的手指，我根本无法发现。“哟，真是的，我大概想你哥哥想得太出神了。大家都爱他。”乔治划了个十字，等他把手指移开时，指针立刻跃回六盎司。他又多拍了些牛肉在汉堡卷上，然后用白纸把汉堡裹好。

“好了，”他边咬牙签边说，“让我们算算看。三磅汉堡肉是一块四毛四，汉堡卷两毛七,四瓶汽水四毛，一支开瓶器两分，总共是……”他在准备用来装东西的纸袋上算着，“两块两毛九。”

“一毛三。”我说。

他慢慢抬起头来望着我，眉头紧皱。“呃？”

“两块一毛三，你加错了。”

“小鬼，你——”

“你加错了，”我说，“你先是故意把拇指压在秤上，现在又暗中加价，乔治先生。本来我还想再买点零嘴，现在还是算了。”我把两块一毛三放在他面前。

他瞧瞧钱，再瞧瞧我，眉头皱得更厉害了，脸上的皱纹有如裂沟一般深。“小鬼，你以为你是什么东西？”他低声说道，一副不怀好意的样子。“你自以为很聪明吗？”

“不是的，先生，”我说。“但你别想偷偷占我便宜。要是你妈知道你这样子骗小孩，她会怎么说？”

他很快把东西丢进纸袋里，可乐瓶在这一震荡下叮咚作响，他粗鲁地把纸袋甩给我，也不管我是不是会接不着而摔坏了汽水瓶。他黑黝黝的脸涨得像猪肝一样红，眉头仍然紧皱着，一脸的阴沉。“好了，小鬼，滚吧。如果你再走进我的店，我就把你摔出去，自作聪明的小瘪三。”

“我绝对不会再踏进贵店一步。”我说着走到纱门前将门推开。“我的朋友也都不会来，我想我至少有五十个朋友。”

“你哥哥也不是什么好货色！”乔治大吼道。

“操你！”我回吼一声，没命似地狂奔而去。

我听见纱门砰的一声打开，身后传来他的怒吼声：“你这小杂种！要是胆敢再来，我就把你打得满地找牙！”

我一直跑过了第一个小丘才停下来，又害怕又觉得好笑，胸口像是有一把钉锤猛敲似地跳个不停，随后我改为快走，一边频频回头看他会不会开车过来打我。

他并没有这么做，很快地，我便走到了垃圾场大门。我把纸袋塞进衬衫里，攀上门，再像猴子一样从另一边爬下来，我穿过半个垃圾场时，看到一样我不喜欢的东西——麦洛的别克车停在他的小屋后面。要是让麦洛瞧见可就麻烦了；尽管麦洛与那恶名昭彰的大波依然不见踪影，然而刹那间，我竟觉得垃圾场后面的铁丝网栅栏似乎变得好远，如果我刚才是从外面绕过来该有多好，但此刻再想掉头已经太迟，因为我已经太深入了。如果麦洛瞧见我爬栅栏，那我回家后麻烦可大了，不过我最怕的，还是麦洛那一声：“给我咬！”

我脑中响起令人毛骨悚然的小提琴音乐，我一步一步走着，想装出一副轻松样子，好像我原本就该怀里揣着一纸袋汉堡，朝着垃圾场和铁轨之间的栅栏走去似的。

距离栅栏尚有五十英尺，我正开始以为一切顺利的时候，竟听见麦洛喊道：“嘿！嘿！小鬼！离那栅栏远一点！走开！”

如果我够聪明的话，就该听这家伙的话绕路而行，但当时我太紧张了，不但没有做聪明事，反而大叫一声，拔腿向栅栏跑去，踢起漫天尘土。魏恩、泰迪与柯里从栅栏另一边的草丛里出来，紧张地透过栅栏往这边注视着。

“你给我回来！”麦洛咆哮道，“要不然就叫狗咬你。”

我并不觉得他的口气有理智和妥协的意味，因此我跑得更快，急速摆动双臂，棕色纸袋摩擦着我的皮肤。泰迪又开始了他那痴笑，空气中弥漫着“咿咿咿咿”的声音，活像疯子在吹奏什么笛子似的。

“快跑！戈登，快跑！”魏恩叫着。

麦洛吼道：“大波，咬他！快给我咬！”

我把纸袋丢过栅栏，魏恩挡开泰迪好接住。我可以听见身后大波接近的声音，大地为之震撼，它一侧鼻孔喷火，另一个鼻孔喷冰，嘴里则流着硫磺。我身子一跃，就攀上了铁丝网，口里还不住尖叫着，随后两三秒钟便爬上顶，闭着眼睛就往下跳——我根本无暇他想，也没低头看看地上有没有人可能会被我压着，结果我几乎压到泰迪，他正蜷起身子笑得歇斯底里，眼镜已经滑落，两眼也因笑得厉害而流出泪水。我落地的地点离他只有数英寸之隔。就在同一瞬间，大波冲上我身后的栅栏，发出一连串夹杂着痛苦与失望的狂吠。我一转身，抱住擦破皮的膝盖，开始打量这只闻名的恶犬——传说与真实毕竟还是有很大差距，我从中学到了一课。

传说中血红眼、凶狠无比、牙齿突出的巨犬不复存在，在我眼前的只是一只普通体型的杂种黑白花狗，平凡得很，正徒然吠着、跳着，以两只后腿站立，前爪不住地抓着栅栏。

泰迪此时在栅栏前高视阔步地来回走着，一手把玩着眼镜，逗得大波更是狂怒不已。

“来咬我啊，大波！”泰迪挑衅着，嘴里喷出一口飞痰，“咬我啊！”

他一屁股倚在栅栏上，大波更是鼓足了力气冲上来，结果鼻子被结结实实地撞了一下。它开始狂吠，嘴里口水乱溅；泰迪一再用屁股撞栅栏，大波于是再三试图迎头痛击，也总是撞了个空，鼻子饱受摧残，流血不止。泰迪仍然不肯罢休，一直逗它，柯里与魏恩则懒懒地躺在堤防上，笑得几乎喘不过气来。

这会儿麦洛来了，身穿一件汗淋淋的工作服，头戴纽约巨人队的棒球帽，嘴角瘪瘪的，一副怒不可遏的样子。

“好了！好了！”他喊道，“你们这些小鬼不要再逗我的狗！听见没！现在就给我住口！”

“咬啊！大波！”泰迪喊着，依然昂首阔步地来回走着，活像检阅军队的疯德国佬，“来咬我啊！咬啊！”

大波气疯了，我是说真的。它绕着大圈跑着，又吠又叫又吐着口沫，后腿鼓起一块块坚硬的肌肉。它大概绕了三圈，我想它是要借此鼓起奋力一搏的勇气，随后它直挺挺地朝栅栏一跃，撞上栅栏的时速——我可不是跟你开玩笑——起码有三十英里，它那两片狗唇朝后一掀，露出了全部的牙齿，两只狗耳朵也在这一冲之下扇动不已，整个栅栏“嗡——”的一声，仿佛铁丝网不只是撞上栏柱而已，而是往后一弹，好像拨动琴弦般。大波口中发出一声杀猪般的哀号，两眼一翻，身子做了一个惊人的倒滚翻，四脚朝天地重重落在地上，身边的灰尘全震上了天。它躺了片刻，随后便爬起来，卷曲的舌头垂挂在左边嘴角。

这时连麦洛都暴跳如雷、怒气冲天，他的脸涨成一种怕人的猪肝色——连剪了平头的脑袋瓜都呈现暗紫色。我目瞪口呆地坐在地上，牛仔裤的两边膝盖都已扯破，心脏还因刚才死里逃生而狂跳着，我觉得麦洛简直就像化为人形的大波。

“我认识你！”麦洛怒道，“你是泰迪！我认识你们每一个小鬼！你这样子逗我的狗，看我不打你屁股才怪！”

“你试试看！”泰迪立刻回敬他，“我倒要看你怎么爬那栅栏，肥猪！”

“什么？你叫我什么？”

“肥猪！”泰迪乐不可支地喊道。“汽油桶！肥肠！来啊、来啊！”他握着拳头跳上跳下，汗水飞出发间。“叫你的笨狗来咬人啊！来呀！试试看！”

“疯子生的臭小子，竟敢这么逗我的狗！我要让你妈接到法院传票，叫你吃不了兜着走！”

“你叫我什么？”泰迪嘎声问道，不再跳上跳下，眼睛瞪得大大的，脸色也变得铁青。

麦洛轻易就击中了泰迪的要害。从那次以后，我一再发现，很多人在这方面都特别有天分……轻易就能找到别人心底那个“疯子”的按钮，狠狠按下去。

“你老爸是个疯子，”他露齿狞笑道，“住在托格的疯子，比厕所里的老鼠还疯，比发热病的公羊还疯。怎么样？怪不得你也一副疯癫相，有一个疯子老爸——”

“去你妈的！你妈和死老鼠乱搞！”泰迪狂叫，“你再说我爸是疯子，我就把你这肥猪给宰了！”

“疯子！”麦洛洋洋得意地说道，他找到激怒泰迪的窍门了，“疯子的儿子，疯子的儿子。”

魏恩与柯里已经笑过一阵，或许体会到事态严重，准备叫泰迪住口，但当他们听见泰迪说“去你妈的”时，又掀起一阵歇斯底里的狂笑，他们笑得满地乱滚，抱着肚子踢着腿。“别再说了，”柯里无力地说道，“请不要再说了，再说下去我肚子一定会爆掉！”

大波在麦洛身后，茫然地绕着圈走来走去，看起来好像是刚被击倒而遭裁判宣布战败的拳击手。与此同时，麦洛与泰迪仍在进行有关泰迪老爸的讨论，两人隔着栅栏，鼻子顶着鼻子对立着，因为麦洛已经又老又胖，爬不过栅栏了。

“不准你再说我爸的事！杂种！知不知道我爸是诺曼底登陆的英雄？”

“哦？是吗？那么他现在在哪儿？你这又小又丑的四眼田鸡！他在托格疯人院，对不对？他在托格疯人院是因为他已经疯得在军队里混不下去了！”

“好，是你逼我的，”泰迪说，“是你自找的，我要宰了你！”他冲上栅栏，并开始往上爬。

“你过来试试看，你这小杂种！”麦洛朝后站，脸上露出笑容等待着。

“不行！”我叫道，并且站起来抓住泰迪的裤脚，把他从栅栏上拽下来；我们俩都踉跄后退跌在一块儿，他压在我上面，正好压住我的下体，我禁不住哀叫一声。那东西被压到最是令人难受，知道吗？但我还是死命用双臂镇住泰迪的腰。

“让我起来！”泰迪边哭边说，身子在我手臂中扭动着，“让我起来，戈登！我不准任何人这样说我老爸。让我起来，他妈的！让我起来！”

“别中了他的计！”我对着他的耳朵吼道，“他故意要你爬过去，好把你打得屁滚尿流，再把你送到警察局！”

“呃？”泰迪回过头来望着我，脸上一片茫然。

“小鬼，你不要在那儿耍聪明，”麦洛说着便朝栅栏走过来，双手卷曲成拳头状，“让他打自己的仗。”

“当然，”我说，“好让你大欺小，你只比他重五百磅而已。”

“我也认识你，”麦洛不怀好意地说道，“你姓拉臣斯。”他指了指魏恩与柯里，他们俩终于笑够了，此刻正无声地喘息着。“那两个家伙一个叫柯里，一个是叫魏恩的傻小孩。我会打电话给你们的父亲，除了那个疯子；我会把你们送进感化院，一个也逃不掉，你们这些小太保！”

他稳稳站着，张开两只长满了斑点的大手，重重喘息着，眯着一双眼，等我们哪一个被吓得在地上哭着求饶，也许还希望我们把泰迪交出去，好让大波饱餐一顿。

柯里以拇指与食指弯成O形，利落地吐了一口口水穿过圆洞。

魏恩哼着调，两眼望着天空。

泰迪说道：“走吧，戈登。趁我还没呕吐前，先离开这个狗屎地方。”

“噢，你会尝到苦头的，你这满嘴脏话的小瘪三，看我会不会把你交给警长！”

“我们都听到你怎么骂他老爸了，”我告诉他，“我们都是人证，而且你还叫那只狗咬我，那可是犯法的。”

麦洛看起来有几分不安。“你刚才擅闯私地。”

“去你的，垃圾场是公家的地方。”

“你爬栅栏。”

“我是不得已的，因为你叫那只狗来咬我。”我说着，心中暗自希望麦洛不要想起我是翻过大门进来的。“如果是你会怎么办？站在那儿让狗咬成碎片？来吧各位，我们走，这地方臭得很。”

“感化院，”麦洛声音沙哑地强调着，但已有些颤抖，“我会让你们这些小鬼进感化院。”

“我们简直等不及去告诉警察你骂作战英雄疯子这件事。”我们离开之际，柯里回过头来喊道：“大战期间你都在做什么？”

“不干你屁事！”麦洛尖叫道，“你们弄伤了我的狗！”

“请牧师替它做个临终祷告吧！”魏恩嘀咕道，我们又爬上铁轨堤岸。

“你们给我回来！”麦洛吼道，但他的声音已变得微弱许多，而且好像兴趣索然。

我们走开时，泰迪还朝他比划中指；我们走上堤岸顶时，我回头望了一眼。麦洛仍然站在栅栏后面，一个戴着棒球帽的魁梧汉子脚边坐着一只狗；他朝我们吼叫的时候，两手紧紧抓着栅栏，突然间，我替他感到非常难过——他看起来就像个块头最大的三年级小学生，不小心被锁在游乐场里面，吼叫着希望有人过来放他出去。他继续对我们咆哮着，后来不知是他自己放弃，或是我们走出了他的声浪范围，那天我们再也没听见或看到麦洛或是大波。

13

我们七嘴八舌地讨论着——装出一种正义凛然的声调——讨论着我们如何英勇地面对麦洛那家伙，没有一个是孬种。我又告诉他们佛罗里达市场那家伙想要我的事，之后大伙都陷入沉默，思考着刚才的经历。

就我而言，我是在想“霉运当头”那回事大概还真不假，最倒霉的事都让我们碰上了——其实，我觉得还不如继续倒霉下去，免得我父母得忍受一个儿子身亡、另一个儿子进感化院的痛苦。我确信麦洛一定会在垃圾场关闭之后，立刻到警察局去告我们，到了那时候，他就会发觉我的确擅闯入内，公地或私地都一样，也许这么一来，连他叫狗咬我都是天经地义的事了。尽管大波并非传言所描述的恶犬，但若不是我跑得快，爬上了栅栏，我的屁股大概还是难逃厄运。所有的一切，都使那一天蒙上一层阴影；同时还有另一种不妙的想法萦绕脑际——我觉得这一切都不仅仅是玩笑罢了，或许我们活该倒霉，或许是上帝叫我们回家的警告。我们到底在玩什么把戏？大老远跑去看一个被火车辗死的小孩尸体，算什么呢？

然而我们正是这么做，没有一个人愿意半途而废。

我们快走到支撑铁轨过河的高架桥时，泰迪突然痛哭出声，仿佛一波波浪潮终于冲破心中那一道精心构筑的堤防。我绝不是在胡说——他这一波泪水决堤来得既突兀又猛烈；他弯身啜泣着，好像突然遭到重击，抱着肚子的两手朝上移，移至耳朵残存的肉团上，捧着脸，继续哭号着。

没有人知道该怎么办。这种哭泣压根儿不像你在街上玩不小心被车撞了，或是玩足球时被人压成大扁头，也不是骑单车摔跤了什么的，他的身体方面没有任何问题。我们走到一旁注视着他，两手插在裤袋里。

“嘿，各位……”魏恩非常小声地说道，柯里和我满怀希望地望着他。“嘿，各位”从来都是好的开始，但魏恩却无以为继。

这时泰迪身子倾向前面的枕木，一手覆着眼睛，看来有点像在搞笑，不过却一点也不滑稽。

终于，等他哭得不那么厉害时，柯里走了过去。他是我们这一伙中最厉害的家伙，但也最懂得安抚调停，他实在很有办法。我曾看过他坐在跌破了膝盖的小孩旁边，他根本不认识那小鬼，但却能引他说一些马戏团表演或电视上播的《顽童流浪记》故事，最后那小孩完全忘了伤口的痛。柯里就很擅长这些，因为他够厉害。

“泰迪，听我说，你何必在乎那狗屎怎么骂你老爸呢？呃？我是说真的！他再怎么说，也改变不了什么，对不对？像他那种肥猪会说出什么好话，是不是？呃？”

泰迪猛摇头，还是哭得很伤心。这件事一定已在他心中盘旋多时，每每他躺在床上瞪着窗口的月亮时，他就以他那迟钝而零乱的心智不停地思考着，希望从中理出一个头绪，而今在光天化日之下，让人无情地辱骂他父亲为疯子，他才发现原来他爸在大家眼中竟是如此……这使他心中大恸，但这改变不了什么，绝对改变不了。

“他还是诺曼底登陆的大英雄，对吗？”柯里说着，拿起泰迪一只汗湿的手轻轻拍着。

泰迪猛点头，一边哭泣着，一道鼻涕从他鼻孔流出。

“你想那只肥猪当时在诺曼底吗？”

泰迪猛摇头。“没——没——没有！”

“你想那家伙认识你吗？”

“不——不！不认识，可是——”

“或者认识你爸吗？他是不是你爸的老朋友？”

“不是！”这想法使他既气又怕。泰迪的胸口剧烈起伏着，又挤出好些眼泪。他将头发掠至耳后，于是我看见助听器的棕色钮插在他的右耳中央。助听器的形状比他耳朵的形状显得更真实，如果你能了解我的意思的话。

柯里平静地说道：“言语是最不值钱的。”

泰迪点点头，仍然不抬头。

“你跟你爸之间的事，别人说什么也无法改变。”

泰迪不置可否地摇摇头，不能确定柯里说的是不是真的。有人给他的痛苦下了新的定义，而这新定义竟平凡得令人惊愕，需要他

（疯子）

过一阵子再好好想个真切。

（疯得在军队里混不下去了）

在无眠的长夜中仔细想想。

柯里摇着他的身子。“老兄，他是故意羞辱你的，”他的声音极能抚慰人心，几乎像催眠曲一般，“他是想激得你爬上栅栏。知道吗？不要当真。他根本不知道你爸的事，只是道听途说。他只是狗屎，泰迪，对不对？呃？对不对？”

泰迪的哭声已变为吸鼻子，他擦擦眼睛，擦出两个黑眼圈，然后便坐了起来。

“我没事了，”他说道，似乎被自己的声音说服了，“是啊，我没事。”他站了起来，重新戴上眼镜——仿佛替脸上加点东西，以免显得太空洞。他微微笑了笑，用手臂抹掉唇上的鼻涕。“真是他妈的爱哭鬼，对吗？”

“不是，”魏恩不安地说道，“要是有人敢骂我爸——”

“那你就把他宰了！”泰迪神气活现地说道，几乎有点倨傲。“宰了他，对吗，柯里？”

“对。”柯里亲切地说道，同时拍了拍泰迪的背。

“戈登，对吗？”

“当然啦。”我说完不禁纳闷，泰迪的老爸几乎要了他的命，他怎么还那么在乎他爸，而我却对自己的老爸漠不关心。在我的记忆中，除了三岁的时候，爸因为我拿了水槽底下的漂白剂来吃而给了我一顿好打，便再也没有碰我一下。

我们顺着铁轨又走了两百码，泰迪悄声说道：“嘿！如果我扫了你们的兴，我很抱歉。刚才我真是蠢。”

“我其实不太确定这件事很好玩。”魏恩突然说道。

柯里看着他。“你是说你想回去？”

“不是，”魏恩思考着，脸上皱成一团，“不过我们是去看一具小孩的尸体——也许不应该是一件好玩的事，如果你们懂我的意思的话，我是说，”他狂乱地望着我们，“我是说我有一点害怕，你们懂吗？”

没有人开口，于是魏恩继续说道：“我是说有时候我做噩梦，像……噢，你们记不记得上次有人留了一堆旧漫画书给我们，就是那些吸血鬼、还有人被剁成肉块的漫画书？有时候我夜里醒来，梦到有人吊在房里，脸色发青，你们知道的，我还觉得床底下有什么东西，如果我一手挂在床沿的话，那东西就会，你知道，会抓住我……”

我们都开始猛点头，觉得心有戚戚焉。不过那时候如果你告诉我，不出几年，有一天我会借这些儿时恐惧与噩梦而跻身百万富翁之列，那我一定会大笑不已。

“我不敢说出来，因为我哥哥……呃，你们知道比利的……他会大肆宣传……”他可怜兮兮地耸耸肩，“所以我有点怕看到那孩子，因为如果他很——你知道，如果他真的很可怕……”

我咽了咽口水，瞥了柯里一眼。他面容严肃地看着魏恩，并且点头要他继续讲下去。

“如果他的样子真的很可怕，”魏恩重新说道，“我就会做关于他的噩梦，醒来之后，我会以为他在我床底下，全身被剁成鲜血淋漓的肉块，只剩眼球跟头发，可是却还在走动，你们可以想象吗？他还是在动，准备抓住——”

“老天！”泰迪声音浊重地说，“真是个蹩脚的床边故事。”

“我也没办法，”魏恩说道，声音带着防卫性，“但是我觉得我们必须见到他，即使以后会做噩梦也在所不惜，你们懂吗？不过……不过也许这不该是好玩的事。”

“嗯，”柯里轻声说道，“也许不是。”

魏恩恳求道：“你们不会告诉别人吧？我不是说做噩梦的事，大家都会做噩梦——我是说醒来以后，觉得有东西在床底下这件事，我的年纪够大了，不应该还这么胆小。”

我们都说绝不讲出去，于是又是一阵阴郁的沉默。此刻才两点四十五分，但好像已经很晚了；天气太热，也发生了太多事情，我们甚至尚未走到赫娄，如果想在天黑前赶几英里路的话，最好现在就开始。

我们走过铁路换车站，一根生锈的竿子上高高挂着一个标志；我们都停下来，捡起地上的煤渣朝顶上的铁旗丢去，却没有人丢中目标。三点半左右，我们来到城堡河与跨越城堡河的铁路桥边。

14

一九六〇年的时候，城堡河流经此处时，宽度超过一百码；以后我又回去看过，发现经过多年，城堡河已经变窄许多。人们总喜欢在河里胡搞瞎搞，为了让工厂运作顺畅，在河里装置了许多水闸，于是河水变得无波无澜。不过，以前的城堡河在流经新罕布什尔与缅因州之全程中只有三个坝，河水因此尚能自由奔流，每隔三年便会在春天涨大水，淹没了赫娄或丹佛换车站附近的136号公路，有时候两地都不能幸免。

如今正值缅因州经济大萧条以来最干旱的夏天，城堡河仍然宽阔。我们从城堡岩这边望去，赫娄那侧广袤的森林是迥然不同的景观：在午后热浪之下，那边的松树和针枞呈现一片蓝紫色。铁路桥高出河面五十英尺，由涂满焦油的木材支柱与枕木梁支撑着；河水非常浅，只要低头一看，即可瞧见埋在河里的水泥沉箱顶端，水泥沉箱埋入河床中深达十英尺，以稳住桥柱。

桥本身十分单薄——铁轨铺设在一个狭长平台上，平台由许多四英寸乘六英寸（横切面）的枕木搭建而成；每两块枕木之间都有一道四英寸宽的空隙，可以直接望见下面的河水，枕木两端和铁轨之间只有短短十八英寸的空间。如果火车来了，或许还勉强有足够的容身空间，以逃过被碾成肉饼的命运……但是呼啸而过的火车所带来的强风，势必把我们扫下铁轨，落在巨石处处的浅河里一命呜呼。

我们注视着铁轨，胃里泛起一种害怕的感觉……然而与恐惧交杂的，却是一种逞勇的兴奋，这么大胆勇敢的行径若是成功了，足够我们回去炫耀风光好一阵子……如果我们还回得去的话。泰迪的眼中又出现那种怪异的光芒，我猜想他脑中见到的不是火车随时可能轰隆而过的铁轨桥，而是一线狭长的海滩，成百艘登陆艇由波涛起伏的浪潮中登岸，上万美国大兵匍匐前进，越过一列列铁丝网，朝建筑物猛掷手榴弹，瓦解了敌人的机关枪阵势！

我们站在铁轨旁边，脚下的煤渣沿着斜坡滚下去，下面就是堤岸的尽头、高架桥的起点。往下看，可以看到斜坡变得越来越陡峭，都是灰色的岩石和张牙舞爪的灌木丛。再往下是几株矮枞树，裸露在外的根部从岩石裂缝中扭曲着探出身来，几棵树似乎自怜地低头望着自己在流水中的倒影。

在这里，城堡河看起来十分清澈，当河水流到城堡岩时，就进入缅因州的纺织工业区。但是尽管河水清澈可以见底，却看不见鱼儿在水中跳跃——必须再往上游朝新罕布什尔的方向走十英里路，才能看到鱼在河中游泳。不仅没有鱼，走在河边，你可以看到河水拍岸时岩石边涌起脏兮兮的泡沫，是那种旧象牙色泡沫。河水的味道也不怎么好闻，闻起来好像洗衣篮里装满了发霉的毛巾。蜻蜓不时停驻水面产卵，这里没有鳟鱼，它们的安全不会受到威胁。真可恶，这里甚至看不到银色小鱼。

“各位。”柯里轻声说道。

“走吧，”泰迪的声音活泼而神气，“我们走。”他迈开大步，走在亮晃晃的铁轨间。

“嘿，”魏恩不安地说道，“有没有人知道下班火车什么时候来？”

我们都耸耸肩。

我说：“那边有 136 号公路的桥……”

“嘿，你就饶了我吧！”泰迪喊道，“走那条路就得顺着河走五英里路，过桥后再从河的另一端走五英里路回到铁道这边……非走到天黑不可！如果我们走这条铁轨，十分钟就到对岸了！”

“可是如果火车来了，我们就无路可逃了。”魏恩说道。他没有看泰迪，只是低头望着底下湍急的河水。

“没有个鬼！”泰迪气急败坏地说着，便翻身悬在桥边，两手抓住铁轨间的枕木。他并没有走多远——他的球鞋几乎触着地面——但一想到如果真的到了河中央，身子吊在离河面五十英尺高的铁轨上，头顶上火车轰隆轰隆驶过，说不定还会掉几块烫呼呼的煤块在脑袋上或脖子里……恐怕没有人真的会觉得那么神气。

“瞧，多简单。”泰迪说着双手一放，落在堤岸上，两手都是灰尘，再爬回我们身边。

“你是说如果有一列载着两百辆汽车的火车驶过来，你就准备单靠双手支撑，悬在那儿五到十分钟？”柯里问道。

“你孬种？”泰迪咆哮着。

“不是，只问问你要怎么办而已。”柯里露齿笑道，“别发火。”

“你们尽管绕远路吧！”泰迪吼道，“谁在乎呀？我会在那边等你们！正好可以睡个午觉！”

“已经过了一班火车，”我不情愿地说，“也许今天不会再有火车经过了；到赫娄的火车一天或许只有一两班。你们看。”我踢了一下枕木间冒出的杂草，从城堡岩到路易斯登的铁轨间则没有杂草。

“看吧？”泰迪得意地说道。

“不过还是有可能。”我又添了一句。

“没错。”柯里说道，他只看着我，眼睛闪闪发光，“戈登，敢不敢？”

“勇敢的打先锋。”

“好。”柯里说着，瞧了瞧泰迪与魏恩，“有没有人是孬种？”

“没有！”泰迪中气十足地大叫一声。

魏恩清清喉咙，咳嗽一下，又清清喉咙，才小声说：“没有。”同时不安地微微一笑。

“很好。”柯里说，但我们都犹豫了片刻，连泰迪都留心地望着长长的铁道。我跪下来紧紧握着一根铁轨，也不管铁轨此时的温度足以烫伤皮肤。铁轨毫无声息。

“好。”我说，一边说着，一边觉得肚里一阵翻滚，心头沉甸甸的。

我们呈一路纵队朝铁道走去；柯里带头，泰迪次之，然后是魏恩，我则殿后，因为刚才说“勇敢的打前锋”的人是我。我们走在轨间的枕木上，无论你是不是有惧高症，都得低头看清楚再跨出步子，只要踩空一步，就可能一脚在铁轨上，另一脚悬空，也许还得赔上一只脚踝。

堤防距离我们越来越远，每多跨出一步，就越加不可能反悔……也越觉得这种无异自杀的行径未免愚蠢。我看到远远的下方，石块在急流的冲击下随波逐流，赶紧抬头看前面；柯里与泰迪已领先好一大段路，几乎已过了桥中央，魏恩则蹒跚地跟在后面，两眼专心地注视着落脚处，弯着腰，垂下头，两手伸出以保持平衡。我回头看了一眼；太远了，现在只有继续走下去，倒不是因为可能有火车来。如果我现在掉回头，那可就得当一辈子孬种了。

于是我继续走下去。看过了无数的枕木与铁轨间奔流的河水，我开始觉得头昏脑涨、脚步不稳起来。每一次我的脚踩下去，脑子就会告诉我一定会踩个空，尽管我明知自己并没有如此。

我变得对外界的声响与内在的声音极度敏感起来，仿佛某个疯狂乐团正进行演奏前的调音：沉稳的心跳声，耳中如轻刷鼓皮般的血脉跳动声，筋骨肌肉的叽嘎声好似小提琴弦被扯得紧紧的，河水规律的流动声，蚱蜢尖锐的鸣声，山雀单调的啼声，远处不知什么地方的狗吠声，也许是大波。鼻子嗅到城堡河浓浓的霉味，大腿肌肉不自主地颤抖着。我不断在想，要是我趴下来一路爬过去，不知道会安全多少（也许还快些）？但我不愿这么做——没有人愿意——因为镇上周六下午演的西部片告诉我们，只有失败者才用爬的，这就是好莱坞文化所宣传的福音。好人都是顶天立地、昂首阔步，如果你的筋骨紧张得叽嘎作响，或是大腿抖得几乎抬不起来，要怎么办呢？随它去！

走到铁路桥中央时，我不得不仰头望着天空片刻，头昏得更厉害了。我看见眼前出现飘忽的枕木，仿佛就在我面前浮上浮下，幻影随即消失，我又觉得好多了。我向前望去，发现几乎快赶上魏恩了，他看来比刚才还要慢吞吞。柯里与泰迪已经快走完全程。

尽管我写过七部小说，书中主角都懂得读心术，能预知未来，但这是我第一次、也是最后一次未卜先知的经验。我很确定这就是第六感，否则该如何解释？我蹲下身子握住左边的铁轨，铁轨在我手中跳动，而且跳动得相当剧烈，就像握着一条能够置人于死命的金属蛇似的。

你有没有听过“吓破胆”这句话？我知道这句话的意思——我是说完完全全明了，这种说法大概是所有陈腔滥调中最真切的描述。此后我也曾经害怕过，而且也有过惊骇不已的经验，但吓破胆的程度都不如手握着滚烫跳动的铁轨的那一刻；一时之间，喉咙以下的身躯竟好像瘫痪一般，仿佛内在的一切陷入昏厥，一道细细的尿流缓缓自大腿内侧流下，我的嘴巴张开，不是我要张开，而是嘴唇自个儿张开，下巴倏地松落，好像原本栓好的铰链突然松开一样；舌头顶着上颚不能动弹，几乎把自己闷死。全身的肌肉都好像上了锁似的无法动弹，这才是最糟的，我浑身无力，肌肉紧绷，整个人都动弹不得，虽然这情形只持续了短短片刻，但以主观的时间观念来看，则无异永恒。

我所有的感官都变得更加敏锐，脑中的电流仿佛突然加压，由一百一十伏特加倍到二百二十伏特似的。我可以听见不远处一架飞机划过天空，还真希望自己也在飞机上，就坐在靠窗的座位，手里拿着可乐，低头凝视着这条亮丽而不知名的河流；我也可以看见我蹲着的枕木上所有细微的裂痕与沟孔。顺着眼角余光，我看见自己的手仍然紧握着闪亮的铁轨，由于我的手如此深刻地感觉到那股震动，等我把手抽开时，手仍然不住颤动着，神经末梢不断地互相撞击，就像经过一夜酣睡快醒来时手脚的颤动一般。我还可以感觉到我的唾液突然变得酸涩黏稠，凝结在牙床间。然而最糟的、也是最可怕的，即是我仍然听不见火车声，因此无法知道火车是从前面、还是后面驶过来，或是目前离我多近；看不见，也不能预知，摇撼的铁轨是唯一的讯号，预告火车即将来临。突然间布劳尔被碾成稀烂、好像扯开的洗衣袋般被甩入深沟的画面浮现眼前，我们即将重蹈他的覆辙，至少魏恩和我都难逃厄运，或者至少我是劫数难逃了。我们竟然应自己之邀，来参加自己的葬礼。

想到这里，我终于挣脱了瘫痪，拔腿就跑。也许别人看到，会觉得我就像盒子里弹出来的小丑的头一样窜得飞快，而我只觉得自己像个以慢动作拍摄的深水中的小男孩，在五百英尺深的水中奋力往上游，水流软弱无力地往两旁分开，上升的速度慢如蜗牛。

但我终于冲上水面。

我大声喊道："火车来了！"

我终于完全挣脱瘫痪，开始没命地狂奔。

魏恩猛然扭过头来，因惊骇而扭成一团的皱脸夸张得可笑；他看到我开始手脚乱舞，在高高的枕木上飞跃，知道我并不是在恶作剧，于是他也开始跑了。

远远的前面，我可以看见柯里的脚跨离枕木，踩在旁边安全的堤岸上，我突然恨他恨得牙痒痒的，那股新生的恨意有如四月嫩叶的汁液般苦涩；他安全了，那浑球的命保住了，我看见他跪下来抓住铁轨。

我的左脚几乎滑进下面的空当，我胡乱挥舞双臂，眼睛灼热，好像失控机器中的小钢珠轴承，终于保持了平衡，于是继续跑着，这时我已紧跟在魏恩后面。我们过了中央点时，才第一次听见火车声，是从后面传来的，低低的隆隆声已逐渐升高，可以分辨出柴油引擎转动的声音，更糟、更骇人的，是大大的车轮碾在铁轨上的声音。

"噢噢噢噢，他妈的！"魏恩叫道。

"快跑啊，你这孬种！"我边吼边在他背上捶一拳。

"我不能！会掉下去！"

"跑快点！"

"噢噢噢噢，浑球！"

不过他还是跑快了些，像晃动的稻草人，他的背晒得黑黝黝的，衬衫领上下摆动，我可以看见他脱皮的肩胛上渗出汗珠，一颗颗浑圆而晶莹。我可以看见他颈背上的细毛，他的肌肉忽紧忽松、忽松忽紧、忽紧忽松；

他的脊椎骨呈现出连串的圆骨节，每个节形成各自的新月形暗影——我也看见越接近颈子的地方，骨节间的距离就越小。魏恩和我都还背着自己的铺盖卷，他砰然踩在枕木上，几乎一脚踩空，双臂朝前乱抓，我又在他背上捣了一拳，要他走下去。

“哎呀，我不能，噢噢噢，狗——狗屎——”

“跑快点！”我咆哮道，难道我竟引以为乐？

不错——在某一方面来说，我的确引以为乐，后来我只有在酩酊大醉后才感受过这种近乎自我毁灭的奇怪感觉。我驱使魏恩向前跑的样子，就像牲畜贩子赶着一头上好的母牛到市集去卖似的，而他可能也以同样的方式在享受自己的恐惧，一如那头母牛般哞哞咆哮着，一边流着汗，一边气喘吁吁，胸部上下起伏有如铁匠的风箱，笨拙地稳住脚步，踉踉跄跄地跨步向前。

此刻火车声已非常大了，引擎也变成沉沉的隆声，过了换车站时，响起汽笛声。不管我喜不喜欢，地狱之犬终于追上来了。我一直在等脚下的枕木开始震动，如果开始了，就意味火车正在我们的屁股后面。

“快点，魏恩！快点！”

“噢，戈——戈登，噢，戈——戈登，噢，戈——噢噢噢，狗屎！”

货车的汽笛突然大吼一声，似乎把天空划成碎片，于是你在电影中、漫画书中、白日梦中曾见过的一切顿时烟消云散，这时你才知道无论英雄或懦夫，面对死神时听到的是什么声音。

“轰——轰——”

这时柯里在我们右下方，泰迪在他的后面，他的眼镜因反光闪烁着，他们两人的嘴都在说一个字，那个字就是“跳”！但火车的隆隆声把字里所有的血吸干了，只留下那个字的嘴形。这时枕木开始震动了，火车已经驶来，我们纵身一跃。

魏恩整个人落在尘土和煤渣中，我正好落在他旁边，几乎砸在他身上。我根本没见着那列火车，也不知道驾驶员有没有瞧见我们——几年后我告诉柯里，他可能没看见我们，柯里说：“戈登，他们绝不会没事乱鸣笛的。”不过也有这个可能，我想他也许漫无目的地鸣笛，不过这种细枝末节在那时候并不顶重要。我两手捂住耳朵，脸埋进热乎乎的沙里，货车驶过，发出金属撞击的尖锐声，卷起一阵强风。我丝毫不想抬头看火车一眼，那是一列很长的列车，但是我一眼也没瞧；火车快要完全通过之时，我觉得一只温热的手摸着我的脖子，我知道那是柯里的手。

火车驶过之后——等我十分确定它过去之后——我像经历了一整天炮

火攻击的士兵一样，终于能在战壕里抬起头来；魏恩仍然浑身颤抖地埋在土里。柯里交叉双腿坐在我们中间，一手在魏恩汗涔涔的脖子上，另一手仍然摸着我的颈子。

魏恩终于坐起来时仍打着哆嗦，并不由自主地舔着嘴唇。柯里说："我们喝点可乐好吗？你们要不要？"

我们都觉得应该喝点东西。

15

火车直直驶入赫娄的森林，茂密的森林斜落至沼泽区，到处都是巨大如战机般的蚊子，不过这里很凉快……凉快得好舒服。

我们坐在阴影下喝可乐。魏恩和我把衬衫披在肩上，以避免恶蚊的攻击，但柯里与泰迪都裸着上身，凉快又自在，像两个在冰屋里的爱斯基摩人。我们坐在那儿还不到五分钟，魏恩就说要到树丛里方便，回来后引起大家一阵讪笑。

"魏恩，火车把你吓坏了吧？"

"不是，"魏恩说，"我们在换车站的时候，我就想方便了。反正我本来就要上大号的，你们知道的。"

"魏——恩？"柯里与泰迪一搭一唱。

"好了，你们！我真的本来就要上。"

"那你不介意我们检查一下你的裤底有没有弄脏吧？"泰迪问道，魏恩听了一笑，终于知道他又被耍了。

"去你的。"

柯里转向我。"戈登，你可被那火车吓坏了？"

"没有的事。"我说着喝了口可乐。

"好歹没吓死吧，笨蛋！"他捶着我的肩膀。

"真的！我一点也不害怕。"

"是吗？你不怕？"泰迪看着我的眼神，透着过度的小心。

"不怕啊，我只是吓呆了而已。"

这句话让大家都忍俊不禁，连魏恩都不例外，我们大笑着，笑得热烈而长久，然后我们全躺下来，不再满嘴胡话，只静静地喝着可乐。我觉得自己因为这么一折腾而周身温暖，异常祥和平静。我还活着，也很高兴自己还活着，周遭的一切都显得特别亲切，虽然我始终无法把这种感觉大声说出来，但没有什么关系——或许这种亲切感，我只想个人独享。

我想从那天起，我才知道为什么有人会成为冒险家。几年前，我花二十块钱看柯尼沃[1]翻身跃下蛇河谷的表演，我太太简直吓坏了，她说如果我生在古罗马，一定会坐在竞技场里，一边嚼着葡萄，一边看着狮子囫囵吞下基督徒。她错了，虽然要我解释起来很困难（而且，说真的，她一定以为我在骗她），我花二十块钱并不是为了在全国闭路电视上看他一跌殒命，虽然我知道八成会有这种结果，不过我去的原因是为了那一直横在每个人心中的阴影，是为了史普林斯汀的歌中提到的那种阴影，我想每个人偶尔都会想跟这阴影拼拼看，尽管上帝只给了我们这一副臭皮囊。不对……我们之所以冒险，正是因为上帝给了我们这副臭皮囊，而非不顾生命。

"嘿，说说那个故事吧。"柯里突然说着坐起来。

"什么故事？"我问道，不过我猜我知道他指的是什么。

每次大伙讲到我的故事时，我总会觉得不安，虽然大家好像都很喜欢这些故事——想说故事，甚至想把故事写下来……这种志愿就跟长大以后想当个下水道巡查员或是大赛车的机械师一样特别、一样酷。以前常跟我们玩在一起、后来搬到内布拉斯加州的李奇，是第一个知道我长大要当作家的人，而且知道我想做个专业作家。当时我们正在我的房间里玩，后来他在衣柜里一箱漫画书下面发现一堆手稿。这是什么？李奇问。我说没什么，想抢回东西，李奇把手抬得高高的，我够不着……我得承认，当时我其实没有太费劲去抢，一方面希望他读一读我写的东西，一方面又不想让他看——这种交织着骄傲与腼腆的不安情绪一直到现在都没有改变。对我而言，写作像手淫一样，是很私密的事情。对了，我有个朋友，居然可以在书店或百货公司的橱窗里写作，不过这个人简直是勇气十足到疯狂的地步，如果你在人地生疏的地方突然心脏病发而倒在路旁，就希望这种人刚好在你身边。对我而言，写作就像正值青春期的青少年搞的那玩意儿，非得关起浴室门来，还要上锁不可。

那天下午，李奇就一直坐在我的床头看我写的东西，内容大半受到那些恐怖小说的影响，也就是那种让魏恩做噩梦的漫画书。李奇看完之后，

1 柯尼沃（Evel Kneivel），美国著名冒险家。

以一种崭新而奇异的眼光注视着我，好像他不得不把我这个人重新估量一番似的。他说：你写得蛮不错的，为什么不拿给柯里看看？我说不行，我想保住这个秘密；李奇问：为什么？你的东西又不会娘娘腔，我的意思是，你写的又不是诗。

不过我还是逼他答应保守秘密，当然他还是说了，大家都很喜欢我的故事，内容大部分是有人被活活烧死，或什么死刑犯复活后屠杀当初判他死刑的陪审团成员，以及杀人狂把许多人斩成肉块等。

为了有点变化，我还写乐迪欧的故事，乐迪欧是法国的一个小镇，一九四二年，一整班疲惫的美国兵想要从纳粹手中夺回这个小镇（两年后我才发现，盟军直到一九四四年才登陆法国）。他们在街头进行巷战，一直想尽各种办法来夺回小镇，我在九岁到十四岁时，就这个题材写了四十个故事。泰迪对乐迪欧故事特别着迷，我最后十来个故事几乎都是为他而写——那时我写乐迪欧故事已写到想呕了，也很厌烦继续卖弄“我的上帝”[1]、“找找德国佬”[2]和“关门”[3]之类的法文。在乐迪欧故事中，法国农夫老是叫美国大兵：“关门！”[4]。但是泰迪埋首于这些故事中，眼睛张得大大的，眉头挂着汗珠，脸上扭曲着各种表情，我几乎可以听见他脑袋瓜里响起白朗宁手枪的声音。他吵着要看乐迪欧故事的狂热令我一方面很高兴，另一方面也很害怕。

如今写作成了我的工作，乐趣因此略为减少一些，那种带着罪恶感的自淫快感，渐渐混杂了医院中人工授精的冷酷气氛，我现在完全根据出版合约上的规定来写作。尽管没有人会称我为现代的伍尔夫，我也不觉得自己是个骗子，因为我每次都全力以赴，像做爱时一样，否则就会很奇怪的，感觉自己好像同性恋一样。可怕的是，最近我时常觉得写作很痛苦，过去总觉得写作真是他妈的愉快，愉快得几乎有点厌恶自己，最近我偶尔瞪着打字机，纳闷着自己会不会有江郎才尽的一天，我不希望有那么一天，我想只要还能写出好东西，日子过起来就爽快得多。你懂吗？

“什么故事？”魏恩不安地问道，“戈登，不是恐怖故事吧？我不想再听什么恐怖故事了，一点兴趣也没有。”

“不是恐怖故事，”柯里说，“这故事很滑稽，虽然不雅，但很滑稽。戈登，快讲吧！”

“是不是乐迪欧的故事？”

---

1 2 3 4　原文为法语，且有误。

“不是那个故事，你这神经病，”柯里说着捶了他一拳，“是吃饼大赛的那个故事。”

“嘿，这故事我还没写下来呢！”我说道。

“没关系，照讲不误。”

“你们想听吗？”

“当然，”泰迪说，“大作家。”

“好吧。是关于一个叫格那的小镇，这镇名是我取的，缅因州的格那镇。”

“格那？”魏恩咧开嘴笑道，“这算什么名字？缅因州哪有什么格那镇？”

“闭嘴，白痴，”柯里说道，“他刚才说过镇名是他编出来的，你没听见吗？”

“我知道，可是格那这名字听起来真蠢——”

“好多真正的镇名听起来更蠢，”柯里说，“何佛镇？沙哥镇？城堡岩镇？是不是更蠢？我们镇上连个城堡也没有。大部分的镇名都很蠢，只不过因为听习惯了，所以不觉得，是不是，戈登？”

“当然。”我说道，但私底下我觉得魏恩说得没错——把格那拿来当镇名的确有点蠢，可是我一直想不出别的名字。“管他的。这天是他们镇上一年一度的先锋节，就像城堡岩的——”

“对对对，先锋节。”魏恩热心地说道，“我要把全家——包括比利在内——全部关在他们那种有轮子的监牢里，上次只坐了半小时，就花了我所有的零用钱——”

“你闭嘴让戈登讲下去行不行？”泰迪大发牢骚。

魏恩眨眨眼。“当然，好吧。”

“说下去，戈登。”柯里说道。

“其实没什么——”

“好了，我们也对你这种家伙没抱什么太大希望，”泰迪说道，“不过还是请你说下去。”

我清了清喉咙。“先锋节的最后一天晚上，他们有三项大活动：第一项是三岁到五岁小孩的蛋卷赛，第二项是八九岁小孩的布袋赛跑，最后则是吃饼大赛。这个故事的主角，就是一个人见人厌的胖小孩大卫·何根。”

“如果查理有个弟弟，一定跟他一样。”魏恩说完立刻向后一缩，躲开柯里捶过来的拳头。

“这个小孩跟我们的年纪差不多，不过他很胖，大概有一百八十磅，总是挨打挨骂，饱受欺凌，所有的小孩都不叫他大卫，而称他的外号何猪，每逮到机会，都不忘损他一番。”

大家都点点头，对何猪表现出适度的同情，不过如果城堡岩出现这种货色的话，我们一定也会好好嘲弄他一番，直到他抱头鼠窜。

“于是他决心报复，因为他已经受够了，知道吗？他只参加了吃饼大赛，不过因为那是最后一晚的压轴，所以大家都颇重视。胜利者的奖金是五块钱——”

“结果他赢了，总算出了口气！”泰迪说道。

“不对，结局比这更好。”柯里说，“闭嘴听下去。”

“何猪心里想：五块钱算什么？大家以后想起先锋节，只记得我何猪比所有人都能吃，他们会说，咱们去他家好好损他一顿，唯一的不同只是我们不再叫他何猪，而叫他何大饼。”

他们又点点头，都觉得何猪倒不失有头脑，我也开始重温自己的故事。

“不过大家都以为他会参加比赛，连他父母也不例外，而且已经先替他把那五块钱花了。”

“没错。”柯里说。

“所以他也在思考这件事，他痛恨这一切，因为肥胖并不是他的错，是体内的腺体作祟——”

“我表妹也是这样！”魏恩激动地说道，“真的！不骗你们！她已经快三百磅了！我不知道什么脾体腺体，只知道她真是个大胖子，胖得跟感恩节的火鸡一样，有一次——”

“魏恩，闭上你的狗嘴！”柯里喝道，“这是最后一次！我是说真的！”他已经喝完可乐，此刻正拿着他那沙漏形的瓶子猛敲魏恩的脑门。

“好啦，好啦，对不起。说下去，戈登，这故事真好听。”

我微笑着，其实我并不介意魏恩打岔，不过这当然不能告诉柯里，因为他一直自诩为艺术的守护神。

“于是在比赛前一个星期，他心里反复思忖着。在学校里，别的小孩老是问他：嘿，何猪，你准备吃多少大饼？要不要吃十个？二十个？八十个？何猪就回答：我怎么知道？我连大饼长什么模样都还不知道。大家对这个比赛都兴趣浓厚，因为上届冠军是个叫比利的大人，而这个家伙根本一点也不胖，简直是个瘦竹竿，可是他吃饼吃得飞快，去年他在五分钟内吃了六块大饼。”

“整块吗？”泰迪问，一副肃然起敬的模样。

“没错。如果何猪参加比赛，他就是历年来最年轻的挑战者。”

“何猪，加油！”泰迪兴奋地喊道，“把那些大饼吞下去！”

“再说一说其他参加比赛的人。”柯里说。

“好。除了何猪与比利，还有卡文，他是镇里最重的家伙，还开了一家珠宝店——”

“格那珠宝店。”魏恩说完吃吃笑着，柯里白了他一眼。

“还有一个家伙是路易斯登电台的音乐节目主持人，长得不算胖，不过看起来圆圆的。最后一个家伙是何猪学校的校长。”

“他敢跟自己的校长比赛吃大饼？”泰迪问。

柯里双手抱膝，愉快地前后摇晃。“过不过瘾？说下去，戈登！”

我吸引了他们的全副注意力，此刻他们都靠拢过来，我感到一种握有权力的陶醉感。我把空可乐瓶往树林里一扔，这时又听到林子里传来山雀的啼声，这一次比较遥远，单调而没完没了的鸣叫声划过天空：啼——啼——啼——啼……

“于是他想到一个主意，”我说，“这也是小孩所能想到最棒的报复手法。伟大的夜晚来临了——先锋节的压轴好戏；吃饼大赛之后就是燃放烟火，格那镇的主要街道都已经交通管制，让人可以安全无虞地行走。街道上也搭起大舞台，上头还垂着幔幕，舞台前面挤得人山人海。在场的还有一家报社记者，想来拍一张吃饼大赛冠军满脸蓝莓果的照片，因为那年吃的是蓝莓派。我还忘了告诉你们一件事，参赛者必须双手反绑着吃大饼。比赛时间到了，所有参赛者上了舞台……”

16

摘自戈登·拉臣斯所著《何猪之复仇》，原刊载于《绅士》杂志，出版日期为一九七五年三月，经许可后翻印。

他们一个个上了台，站在一张覆盖了亚麻桌布的长桌子后面，舞台边的桌子上，大饼叠得高高的，上头垂着一圈圈一百瓦的灯串，灯串边围着许多飞蛾与小虫子，朝灯泡轻轻撞击着。舞台的聚光灯打在狭长的标示牌上，上面写着："一九六〇年格那镇吃饼大赛！"牌子两边悬挂着陈旧的扩音器，由戴先生的电器行提供。戴先生与卫冕的比利是表兄弟。

每一个参赛者上台后，双手都立刻被反绑，领口则敞得开开的，像极了《双城记》中即将上断头台的卡尔登。此时，查市长会透过戴先生的扩音器宣布参赛者的名字，同时在他们脖子上绑个围兜。卡文只获得了象征性的掌声，因为尽管他有个大啤酒肚——尺寸大概相当于二十加仑的水桶——大家仍然认为他处于劣势，是仅次于何猪的输家（大家都觉得何猪很有潜力，不过到底年纪太小，而且没有经验，因此今年的胜算应该不大）。在卡文之后上台的是巴伯。巴伯在路易斯登的**WLAM**电台主持下午的热门节目，他得到的掌声较卡文稍微热烈些，伴随掌声的还有一些十几岁女孩子的尖叫，这些女孩觉得他很"逗"。格那小学的韦校长在巴伯之后上台，博得年长观众衷心热诚的掌声——学生中的顽劣分子则发出稀落的嘘声。韦校长一面绽开和煦的笑容，一面又拉长脸皱着眉，望着台下的观众。

接下来，查市长介绍何猪出场。

"今年我们有一位新人参加一年一度的吃饼大赛，他将来前途未可限量……大卫·何根！"查市长替他绑围兜时响起热烈的掌声，等掌声稍息之后，群众中灯光照不到的地方响起一波波透着恶意的和声："吃吧，何猪，吃吧。"

这时场上有人窃笑，有急促的跑步声，有几个没有人认得出来（或不愿指认）的人影，有人紧张地笑，有人则威严地皱眉（皱得最厉害的是查市长，因为他是目标最显著的长官）。何猪自己反倒什么也没瞧见的样子，他厚厚的嘴唇泛起浅浅的笑，连大皱眉头的查市长替他系围兜时，他仍然微笑着。查市长叫他不要理会观众里一些傻子（市长仿佛丝毫没有察觉何猪一直饱受这些傻子欺负似的），他的口气温热，带着微微的啤酒味。

最后登台的参赛者获得的掌声是所有选手中最多的、掌声也持续最久，他就是传奇人物比利，身高六英尺五英寸，瘦长而贪吃。比利是本地加油站的技工，是个讨人喜欢的人。

格那镇的镇民都知道吃饼大赛的意义，并不仅是那五块钱——至少对比利而言并不是。这有两个理由：第一，比利赢了比赛之后，大家都会到加油站去恭喜他，而大半向他恭喜的人，会顺便把车子的油箱加满油。比赛之后，两个修车间有时候整个月都被订满，客人不是来换消音器，就是为轮轴上油等，然后边喝可乐，边跟忙着换火星塞或在排气管上找破洞的比利闲聊。比利每次都好像很愿意和客人聊天，这也是他在格那镇广受欢迎的原因之一。

每年吃饼大赛过后，比利的老板会不会因为他额外带来的生意而赏他红利或加他薪水，关于这点，镇上的人颇有一番争论。无论如何，比利无疑算是小镇上混得很不错的人，他有一幢两层楼的漂亮房子，一些生性鄙劣的人唤之为“大饼堆起来的房子”，这话可能太夸张了，但比利的这幢房子倒是别有来头——从这里即牵出前面所说的第二个理由。

格那镇的吃饼大赛激起了热烈的赌风。或许大半的人都是来笑笑玩玩，不过也有少数人是来下赌注的。他们仔细观察并讨论着每一名选手，跟赌马的人观察讨论纯种名马一样炽烈。下注的人向选手的朋友、亲戚、甚而泛泛之交打听一切可能的情报，刺探出每个参赛者的饮食习惯，简直到了巨细靡遗的地步。同时大家也时常讨论今年大会将采用哪一种饼——据说苹果派属于“难缠”级，桃子派属于“好过”级（不过曾经有一位选手吃下三四个桃子派后，连跑了两天厕所）。这一年用来比赛的是蓝莓派，大家都认为是皆大欢喜的“中间”级，于是赌徒们当然对选手喜不喜欢吃蓝莓特别感兴趣。他喜不喜欢蓝莓果？他是不是喜欢蓝莓酱甚于草莓酱？他吃谷类早餐食品时，是不是都撒了蓝莓果？还是总是配香蕉？

除此之外，值得讨论与挖掘的问题还多着呢！他是越吃越慢、随着气氛紧张而越吃越快，还是一直保持稳定速度？他看棒球赛时，可以吞下多少只热狗？他是不是啤酒桶？如果他是，通常一晚可以灌多少瓶啤酒？他会不会时常打嗝？大家都说老打嗝的人最具有冠军相。

所有这些资讯与其他情报都得搜集齐全，胜算比例也算了出来，大家于是开始下注。我无法得知比赛后有多少钱易手，不过如果你用枪抵着我的脑门逼我猜的话，我会说差不多一千块——也许你会觉得不过尔尔，不过十五年前，在这么小的镇上，这个数目还是难得一见的。

由于这种竞赛极为诚实，观察选手的时间又只限十分钟，所以没有人反对让参赛者自己赌上一把，比利每年都这么做。听说在一九六〇年夏夜的比赛中，当他对观众点头微笑时，其实下了一笔为数不少的赌注，而他的胜算只有五比一。如果你对赌博没什么概念，就让我这么解释好了：他为了赢五十块钱，必须下两百五十块钱的赌注，实在算不上稳当，但这正是成功的代价——而他站在台上的轻松模样，看来倒是没有半点忧虑。

“这位是我们的卫冕者，”查市长大声宣称道，“格那镇的比利！”

“加油！比利。”

“比利，你今晚会吃几个饼？”

“比利小子，是不是十个？”

“比利，我在你身上下了两点，别让我失望哦！”

“比利，留一个大饼给我。”

比利满脸堆笑，连连点头，同时让市长替他系围兜，然后他在桌子的最右端坐下。比赛开始之后，查市长站的位置正好在他旁边，因此从右到左的顺序是比利、何猪、巴伯、韦校长与坐在最左端的卡文。

之后查市长介绍了施薇亚，她比比利更像吃大饼的选手，担任格那镇妇女辅助团团长已经不知多少年了，每年监视烘焙过程的人正是她，严格执行品质管制，同时在自由市场举行的称重仪式中，确定每一张大饼的重量差异不超过一盎司。

施薇亚女王般地低头笑望着群众，蓝色头发在亮晃晃的灯光下闪闪发光。她发表了一篇简短演说，说她好高兴这么多镇民出席纪念开始先锋的盛会，因为有他们，国家才如此伟大，而查市长将领导着本地的共和党员，往连任之路迈进；而在中央，尼克松和洛奇的团队也将高举自由的火炬——

卡文的肚子叽里咕噜地叫着，观众发出笑声，还有人报以掌声。施薇亚很清楚卡文既是民主党员，又是天主教徒（两者加起来，简直不可原谅），她脸颊发红，竟然同时既微笑、又面露愠色。施薇亚清清喉咙，继续对台下的男孩、女孩高声疾呼，叫他们不管在手上或在心中都要永远高举国旗，不要染上吸烟的恶习，因为吸烟会使你咳嗽。然而台下的男孩、女孩在八九年后大概都会佩带和平徽章，参加反战运动，同时抽的不是骆驼牌香烟，而是大麻，此时他们正不耐烦地左脚换右脚，等待比赛的开始。

“少说，多吃！”后排有人喊道，于是又一阵掌声响起——这一次更诚心了。

查市长递给施薇亚一只码表与银色警哨，十分钟后，就由她吹哨结束吃饼大赛，然后查市长就会走上前来，高高举起优胜者的手。

“各位都准备好了吗？”查市长威风凛凛的声音透过扩音机传遍整条大街。

五位参赛者都说已准备就绪。

“确实准备好了？”查市长又问了一遍。

五位吃大饼的选手咆哮着说他们确已准备妥当。街道的另一头，一个男孩燃起一串鞭炮。

查市长高举胖手，随即手一挥，宣布："开始！"

五个脑袋捣向五只碟子，声音颇像五只巨脚重重踩在泥浆地上，温和的夜间空气中响起咀嚼与吞咽的噪音，但不久就被支持者和赌徒为自己喜欢的选手加油打气的声音所掩住。直到有人吃完第一个大饼之后，大家才发现这回很可能会大爆冷门。

年轻、没有经验、丝毫不被看好的何猪，正像着了魔似地猛吃，他的下巴机关枪似地扫起饼的上层外皮（比赛规定只需吃上层的皮，下层不必吃），吃完之后，他的口中突然发出好大的吸吮声，活像插了电的工业用吸尘器，随后他整颗头都埋在碟子里，过了十五秒钟，他抬起头表示已经吃完，双颊与额头上沾满了蓝莓的汁液，像极了巡回剧团中假扮黑人的白人歌手。他吃完了——而传奇人物比利连半个饼都还没解决掉。

市长检视了何猪的碟子，宣布已吃得干干净净，群众中响起惊讶的掌声。市长立刻把第二块饼摆上；何猪在四十二秒内吃掉一块大饼，创下了吃饼大赛的新纪录。

第二块饼他吃得更凶猛，脑袋在蓝莓饼馅上迅速上下移动，比利叫第二块饼时，担心地朝何猪瞥了一眼。后来比利告诉朋友，从一九五七年以来，这是他头一次觉得自己在参加一场真正的比赛。一九五七年，有位仁兄在四分钟内吃了三块大饼，后来不支晕倒。这一回他不禁感到纳闷，到底跟他比赛的是个小男孩，还是魔鬼？他想到自己下的庞大赌注，于是加倍努力。

不过如果比利是加倍努力，何猪的努力则加了三倍；蓝莓果溅出碟子，洒在他周围的桌布上，酷似波洛克[1]的绘画。他的头发里有蓝莓果，围兜上有蓝莓果，额头上有蓝莓果，让人不禁以为他流的汗也变成蓝莓汁了。

"吃完了！"他喊道，他的头从碟子里抬起来，比利才刚吃掉第二块大饼的上层外皮。

"孩子，你最好慢下来，"市长喃喃说道，他自己也在比利身上下了赌注，"如果你想支撑下去，就得慢慢来。"

何猪好像根本没听见，像疯子似的迅速捣向第三块大饼，下巴动得如闪电般，然后——

不过这会儿我得打个岔，告诉你何猪家的药橱里有一个空瓶子，里面本来装了八分满的橙黄色蓖麻油，这也许是大智大慧的上帝允许世上存在

1 波洛克（Jackson Pollock），美国抽象表现主义画派大师。

的毒性最强的液体。何猪来之前把这瓶油喝得一滴不剩，连瓶口边缘都舔干净；他的嘴唇扭曲，胃泛着酸，满脑子尽想着甜蜜的复仇。

何猪一边努力吃第三块饼（卡文正如大家的预测，连第一块饼都还没解决），并且开始幻想着一些可怕的事情，故意折磨自己。他吃的根本不是饼，而是牛粪，他吃的是一大团油渍渍的地鼠胆，是剁成碎块的土拨鼠肠子，上面覆盖了蓝莓果酱——腐臭的蓝莓果酱。

他吃完了第三块饼，叫着要第四块，领先了传奇的比利整整一块大饼，善变的群众发现出现了一匹黑马，于是开始拼命替何猪加油。

不过何猪倒不想赢，即使这项比赛的奖品是他母亲的性命，他也无法以这种速度继续吃下去，何况对他而言，赢即是输，他要的只是报复罢了。他满是蓖麻油的肚子呻吟着，喉咙难过地一开一关，他又吃完第四块饼，准备吃第五块大饼，终极的大饼——蓝莓已化身为复仇之神。他一头捣进碟子里，戳破了外皮，蓝莓馅一直掩上他的鼻子，又落进他的衬衫，他胃中的东西仿佛一下子重了起来，他咀嚼着饼皮然后咽下去，狠狠地用鼻子吸蓝莓的气味。

蓦然间复仇的时刻来临，他那超载的胃已无法忍受，开始大造其反了，仿佛一只戴着橡皮手套的大手拼命握紧似的，他的喉咙张开了。

何猪抬起头。

他咧开嘴，露出一口蓝牙，对比利笑着。

呕吐物像喷泉一般自他的喉咙朝外猛冲，仿佛六吨重的卡车冲出隧道。

蓝色与黄色掺杂的黏汁温热而畅快地自他口中喷出，喷得比利满身都是，后者张开嘴，连一句话也来不及讲，只发出"咯！"的一声。女性观众尖叫着。卡文注视着这突如其来的事件，满脸惊讶，目瞪口呆，然后倾身倚着桌面，好像在向大惊失色的观众解释发生了什么事情，却对着市长太太玛格大吐特吐。玛格失声尖叫着往后退，两手不停地挥打着头发，如今她的头发上满是碾碎的蓝莓、豌豆与消化到一半的香肠（后两者是卡文的晚餐），她转向身边的好朋友玛丽，朝她的麂皮夹克上猛吐起来。

大家就像刚才放的连珠炮般，接二连三地呕吐起来。

比利有如火箭发射般，把呕吐物喷向前面两排观众，他那张惊愕莫名的脸上清清楚楚写着：老天！我真不敢相信我会做出这样的事情。

戴先生接受了比利为数不少的意外赠礼，也开始对他的名牌休闲鞋猛吐着，之后他眨眨眼，知道如此一来，这双鞋大概怎么都不像麂皮鞋了。

格那镇小学的韦校长张开他那沾满蓝莓的嘴，责备地说道："这真是……呃！”由于他特殊的地位与教养，所以遭殃的是他自己的碟子。

市长发现他原本主持的吃饼大赛，已成了医院中的流行性呕吐病房，于是他张开嘴想结束比赛，结果全吐在麦克风上。

“耶稣，救救我们吧！”施薇亚呻吟道，紧跟着她的晚餐——炸蛤、凉拌生菜、奶油甜玉米、一大块巧克力蛋糕——由紧急出口喷出，降落在市长的名牌西装后摆上。

此刻的何猪正值他年轻生命的巅峰，乐不可支地对观众绽开笑容。到处都是呕吐的秽物，大家都喝醉了一般步履蹒跚，一手捂着喉咙，无力地呻吟着。不知是谁的北京狗跑过舞台，疯狂地吠着，一个身穿牛仔裤与牛仔衫的男人吐在它身上，几乎把它淹死。牧师太太大声地打了个嗝，随之而出的是一道混合着烤牛肉、马铃薯泥与苹果碎块的喷柱；由苹果碎块的样子看来，当初刚掉下来的新鲜苹果应该挺不错的。杰利原本是专程前来观赏他最喜欢的技工卫冕，此时决定赶快离开这个疯人院，他走了不到十五码，就被一辆红色玩具车绊倒，跌在一摊暖呼呼的胆汁上，这时他呕吐了一些饼干在自己的大腿上。后来他告诉朋友，幸好那天穿的是连身工作服。在格那高中教拉丁文与英文的诺曼小姐为了顾及礼节，呕吐在自己的皮包里。

何猪把这些全看在眼里，一张大脸笑得很开怀，他的胃突然感到一种前所未有的舒服、甜蜜与欣慰——一种彻底完全的满足。他站起身，从查市长颤抖的手中接过微微发黏的麦克风说道……

17

“‘我宣布这个比赛不分胜负。’然后他放下麦克风，从舞台后面下台直接走回家。他的母亲待在家里，因为找不到人照顾何猪两岁的妹妹；她一看到何猪走进来，脖子上还系着满是呕吐物与蓝莓酱的围兜，便问：‘大卫，你赢了吗？’何猪不发一语，只到楼上的房间，锁上门，躺在床上。”

我咽下最后一口可乐，随即把瓶子抛入树林。

“啊，真过瘾！然后呢？”泰迪热心地问道。

“我不知道。”

“你不知道，什么意思？”泰迪问。

“我的意思是故事已经结束；没有人知道以后的情节如何，这就是结局。”

“什么？”魏恩喊道，脸上的表情是沮丧兼怀疑，好像觉得自己受骗了似的。“谁说这故事好玩来着？到底后来怎么了？”

“你必须运用你的想象力。”柯里耐心地说道。

“我不要！”魏恩生气地说，“应该运用想象力的人是他！整个他妈的故事都是他编的！”

“对啊，后来何猪怎么了？”泰迪依然追问不休，“快点儿！戈登，告诉我们。”

“我想他老爸也在观众中间，等他回家后，就把何猪打了个稀烂。”

“对，没错，”柯里说道，“我敢说一定就是这样。”

“然后，”我说道，“小孩子还是叫他何猪，不过有些孩子也开始叫他——呕吐大王。”

“这结局真差劲。”泰迪悲哀地说。

“所以我才不想说。”

“你可以说他把老爸杀了，然后逃到德州去加入骑警队。”泰迪说，“这样如何？”

柯里和我互望一眼，柯里微微耸耸肩。

“我想可以吧。”我说。

“嗨，有没有新的乐迪欧故事，戈登？”

“现在没有，也许我会想到一些故事。”

我实在不想伤泰迪的感情，但我对于乐迪欧发生了什么事，实在没什么兴趣，“很抱歉你不喜欢这个故事。”

“别这么说，这故事挺好听的，”泰迪说，“从头到尾都很精彩，呕吐尤其过瘾。”

“是啊，真过瘾，真棒！”魏恩赞同道，“不过泰迪说得对，结局有点骗人。”

“是啊。”我说着叹了口气。

柯里站起身。“我们走点路吧。”他说道。天色仍然很亮，天空仍然是一片炙热的澄蓝，但我们的影子却开始拉长。我从小就记得九月的白天很短，时常一不留心就夜幕低垂——而我心中总希望每天都是六月，天色一直到晚上九点半都还是亮的。“戈登，几点了？”

我瞥了一眼手表，方才惊觉已经五点多了。

“我们走吧，”泰迪说，“不过我们最好在天黑前扎营，才能捡柴生火，而且我也饿了。”

“六点半扎营，”柯里向大家保证，“有没有意见？”

没有人反对，于是我们开始走，没多久，城堡河就被我们远远甩在后面，连水声都听不见了。蚊子嗡嗡叫着，我在后颈上啪的一下打死了一只。魏恩与泰迪两人走在前面，好像在讨论什么复杂的漫画书交换计划。柯里走在我旁边，两手插在裤袋里，衬衫垂在膝盖与大腿上，好像围了围裙一样。

“我有几根烟，”他说，“从我老爸的柜子里弄来的，一人一根，吃过晚饭以后再抽。”

“真的？太棒了。”

“晚饭后的一根烟，抽起来最舒服。”柯里说道。

“对。”

我们一言不发地走了片刻。

“你的故事真好听，”柯里突然说道，“他们两个太笨了，根本听不懂。”

“不，故事没那么好，胡言乱语罢了。”

“你每次都这么说，别尽说些自己都不相信的话了。要不要把故事写下来？”

“也许。不过暂时不会，我得等故事说完一段时间再动笔写，现在先搁一搁。”

“刚才魏恩说什么？说你的结局骗人？”

“怎么样？”

柯里笑道：“生命本来就是一场骗局，知道吗？我是说，你看看我们。”

“谁说的？我们玩得很愉快。”

“当然，”柯里说，“真是他妈的过瘾。”

我笑了，柯里也是。

“就像汽水冒泡泡似的从你嘴里吐出来。”过了一会儿，他说道。

“什么？”不过我想我知道他话中的意思。

“我是说你的故事。我真的觉得很奇怪，你好像可以讲成千上百个故事，不过，每次你讲的都是最好的，戈登，有一天你会成为伟大的作家。”

“不，我不这么想。”

“没错，你一定会，也许有一天你缺乏写作题材的时候，会把我们写进去也不一定。”

“除非我真的想不出东西写了。”我用手肘顶他一下。

接着又是一阵缄默，后来他突然问："你为开学做好准备了吗？"

我耸耸肩。有谁会做好心理准备了呢？也许想到要回学校见见朋友会有点兴奋，而且会很好奇新老师是什么尊容——如果是刚从学校出来的新手，就可以欺负一番。滑稽的是，你甚至可能为了要回去整天上课而雀跃万分，因为等到暑假快结束时，你有时可能因为实在太无聊了，竟然相信自己可以学点东西。但是比起上课的沉闷，暑假的无聊又不算什么了，通常到了开学的第二个星期，大家就开始觉得上课很沉闷，第三个星期还没开始，你的心思已经转到其他地方了：当老师在黑板上抄写着南美洲的主要出口项目时，怎么样才能把橡皮筋弹到费斯克的后脑勺？如果把满是汗水的手在上了漆的桌面上磨来磨去，会发出多大响声？还有，换体育服装的时候，谁能在更衣室放个超级大响屁？学点东西，哈！

"上初中，"柯里说道，"戈登，知道吗？到了明年六月，我们就会失学了。"

"你在说什么？为什么会失学？"

"因为初中不像小学，你会上升学班，我、泰迪与魏恩上技艺班，跟其他低能儿一块打撞球，做做烟灰缸、鸟窝，泰迪甚至得参加补救教学。你会认识许多新同学，许多聪明的家伙，事实就是如此，戈登，这就是现在的制度。"

"你是说我可以认识许多娘娘腔？"我说道。

他抓住我的手臂。"别这么说，连想都不要这样想，他们听得懂你的故事，不像泰迪跟魏恩。"

"去他的故事！我才不要跟一群娘娘腔一起上学，谢了。"

"如果你不去，那你就是蠢驴。"

"我想跟你们在一起，难道就是蠢驴？"

他若有所思地注视着我，仿佛在想要不要告诉我什么事情。我们的脚步放慢下来，魏恩与泰迪离我们足足有半英里远。太阳已稍稍下沉，阳光透过枝叶间的空隙洒下来，把周遭的一切都变为金黄色——不过是一种很俗丽的金黄色。铁轨向远方延伸而去，在渐暗的天色中似乎一闪一闪的，星形的光芒四处闪烁着，仿佛是某某富商假扮成工人沿着铁轨每隔六十码掩埋一颗钻石一样。天气仍然十分灼热，我们全身冒汗，汗珠顺着身体流下。

"如果你让朋友拖你下水，你就是笨驴。"柯里终于说道，"我了解你，也了解你的父母，他们一点也不关心你，他们在乎的只是你哥哥。法兰被关在朴次茅斯监狱时，我爸也是一样，从那以后，他就一直对其他小孩很凶，动不动就毒打我们一顿。你爸虽然没有打你，不过这样也许更糟，他根本不把你当回事；如果有一天你告诉他你进了技艺班，你知道他会怎么说？他会把报纸翻到另一版，然后说：'那好啊！戈登，去问问你妈晚饭吃什么？'你别想否认，我见过他。"

我并不想否认，想想看，有人——即使是你的朋友——这么清楚地了解你的一切，实在有点吓人哩。

"你只是个小孩，戈登——"

"多谢了，老爸。"

"我还真他妈的希望我是你爸爸！"他生气地说道，"如果我是你老爸，我才不会让你说出要进技艺班这种话来！上帝赋予你某种天赋，可以编故事的天赋，然后它说：孩子，这就是我们给你的东西，请尽量不要把它弄丢了。可是如果没有人从旁提醒，小孩子一定会把什么都丢了。如果你的家人没办法提醒你，那么也许我就该这么做。"

他脸上的表情是一派坚决，并且带着不悦，仿佛他料到我会朝他挥拳似的。他这段话已经触犯了当时孩子群的大忌；你可以任意侮辱别的孩子，随便你怎么欺负他都可以，可是绝对不能说他父母亲一句坏话；这就好像除非你先确定晚餐桌上没有荤菜，否则绝不要邀请信天主教的朋友在星期五晚上回家吃晚餐一样。若是有人破了戒，说你爸妈的坏话，你就可以饱以老拳。

"你说的那些故事只有对你自己才最有意义。如果你为了不想拆散这群朋友而继续跟我们在一起，最后你只会和我们一样，考试拿个六十分，不留级就好。上高中以后，还是上那个鬼技艺班，跟那些笨驴混在一起丢铅笔、抛橡皮擦，经常被留校处罚，甚至遭停学处分。过了一段时间以后，你满脑子想的就是怎么样弄一辆车，好带女孩子去跳舞或泡酒馆胡闹一阵，不久你就跟她结婚，然后在什么破工厂或鞋店里消磨掉下半辈子，或甚至在养鸡场拔鸡毛。于是你那大饼的故事永远也没写出来，什么也写不出来了，因为像你这种满脑子浆糊的聪明人到处都是。"

柯里对我说这些话时才不过十二岁，然而他说话时脸上皱成一团，显得超龄老成。他的声调平板，不带任何抑扬顿挫，但听在我耳里，一股恐惧感却油然而生；他说话的口气，仿佛他已经活了一辈子了。

他抓住我的手臂，手指紧紧陷进我的肉里摩擦我的骨头；他的眼睛死气沉沉，真像是刚从坟墓里出来的。

“我知道镇上的人都怎么看我们家，也知道他们怎么看我，或是他们料想我将来会是什么货色；从来没人问我上回有没有拿牛奶钱，我就这么放了三天假。”

“到底是不是你拿的？”我问道。我从来没有问过他，如果你觉得我应该问，那我一定会说你疯了。

“是啊，”他说，“没错，是我拿的。”他沉默了片刻，望着前面的魏恩与泰迪。“你知道，泰迪知道，大家都知道，我猜连魏恩都知道。”

我张嘴欲否认，随即又闭上。他说得对，尽管我对爸妈说，所有的嫌疑犯在证明有罪之前都是无辜的，但我一直都知道。

“后来也许我觉得很难过，就想交回那笔钱。”柯里说。

我瞪着他，眼睛睁得大大的。“你想交回那笔钱？”

“我是说也许，只是也许而已。也许我拿了钱到史老师面前认罪，也许那些钱一文也没少，不过我还是放了三天假，因为那笔钱一直没有出现。也许第二个星期史老太婆来上课的时候，身上穿的是一条全新的裙子。”

我凝视着柯里，害怕得一句话也说不出口。他对我微笑着，但只有唇角的肌肉扭动一下，他的眼睛则毫无笑意。

“这些都只是也许而已。”他说道。但我记得那条新裙子——棕色的花毛料，我还记得因为那条裙子，史老师看起来年轻、漂亮多了。

“柯里，那笔牛奶钱总共有多少？”

“七块钱左右。”

“老天。”我喃喃道。

“所以应该说，我偷了牛奶钱，而史老太婆又把那笔钱从我身上偷了去。你想如果我把这事情说出去，我——法兰与凸眼蛇的小弟弟，你觉得会有人相信吗？”

“没有人会相信，”我悄声说道，“老天！”

他依然冷冷地微笑着。“如果牛奶钱是那些有钱人家的乖小孩拿的，你想那老太婆敢这么做吗？”

“不敢。”我说道。

“对啊！如果是他们拿的，史老太婆就会说：‘好吧，好吧，这次就算了，不过我得打你几下手板，假如你下次再犯，我就得把你两只手都打肿。’可是拿钱的人是我……唉，也许她想那条裙子已经想得太久了，反正她的机会来了，而她并没有放过这次机会。只怪我居然笨得想去交还那笔钱，可是我绝对想不到……想不到一个老师也……唉，谁在乎呢？我提这件事干什么？”

他愤怒地抬起手臂擦眼睛，我才发觉他几乎哭出来。

“柯里，”我问道，“你为什么不上升学班呢？你够聪明了。”

“这种事由不得我，都是由那些老师关在会议室里决定的，他们坐在大大的会议桌后面，嘴巴里只会说是、是、对、对。他们只重视你在小学的表现，还有镇上人对你家的印象好坏，他们只关心你会不会带坏那些升学班的书呆子。不过我也许会自己想办法用功，我不知道自己做不做得到，但也许会试试看，因为我要离开城堡岩去上大学，再也不要看到我老头和我哥哥，我要到一个没有人认识我的地方，在那里我没有任何污点，可以重新开始。但不晓得我办不办得到？”

“为什么办不到？”

“人的因素，有人会拖你下水。”

“谁？”我问道，心想他指的一定是老师，或者是像史老太婆那种坏人，居然用那种手段赚了一条新裙子；也可能是指他那常跟马瑞尔、比利混在一起的哥哥凸眼蛇，或者是说他爸妈。

而他却说：“戈登，拖你下水的就是你的朋友，难道你不知道吗？”他用手指魏恩与泰迪，他们俩已停下脚步，等我们赶上去，不知正为什么事而笑着，其实应该说魏恩笑得肚子都快破了。“你的朋友会拖你下水，他们就像是快要淹死的人，紧紧抓住你的腿，你救不了他们，只能跟他们一起沉沦下去。”

“快啦！你们真是慢吞吞的！”魏恩喊道，仍然笑得厉害。

“来啰！”柯里喊道，我还来不及说话，他就跑了起来，我也开始跑，但在我追上他以前，他已经先我一步追上他们了。

18

我们又走了一英里路，随即决定落脚扎营。还有一点落日余晖，但我们都不想再走下去，因为经历了垃圾场与铁轨的吓破胆经验后，我们已经筋疲力尽，不希望再冒什么险，不过原因不止于此。如今我们已到了赫娄的森林，再往前去不知什么地方会躺着一个小孩的尸体，也许尸体上还爬满苍蝇与蛆，没有人愿意在天黑后离他太近。我不知道在什么地方读过一个故事，说有个家伙的尸体暴露在荒郊野外，他的鬼魂就一直守着他的尸体，一直到尸体经过基督教式的体面葬礼、入土为安之后，鬼魂才不会再出现。我可不希望半夜一醒来，就和飘荡在沙沙作响的黝暗松林间、嘴里还不住呻吟的布劳尔鬼魂打照面。我们估计过，如果在这里过夜，大概至少离尸体还有十英里，当然我们四个都不相信世上有鬼，但是万一我们搞错了，十英里的距离大概还算是安全距离。

魏恩、柯里与泰迪捡了一些木柴，在煤渣堆上升起小小的营火，柯里在营火周围清出一小块空地——木柴干得像粉末一样，他不愿冒任何风险。在他们生火的同时，我把树枝削得尖尖的，我哥过去称这种东西为“开路先锋的鼓棒”，用来作为叉肉架。他们三人一边笑，一边为森林常识而拌嘴（他们几乎毫无森林常识。城堡岩有个童子军团，但我们这一伙小孩都觉得只有娘娘腔的乖小孩才参加那玩意儿），争辩着该在火焰上还是木炭上烤肉比较好（这点值得争论，因为我们已经饿得等不及木炭变红了）、干苔藓能不能当火种，如果火柴在火生起来以前就用完了，那该怎么办？泰迪宣称他可以借由摩擦两根木柴来生火，柯里说他胡说，不过他们也不必试，魏恩抱了一堆小树枝与干苔藓，只划了两根火柴就把火生起来了。那天没有风，不会威胁到我们的营火。我们轮流在火里添柴，一直到树枝中蹿起熊熊火舌为止。

火焰稍息时，我把叉了牛肉的“鼓棒”架在火焰上，我们坐在营火四周，注视着烤肉在火光中闪烁、滴油，直到最后终于烤成棕色，大伙的肚皮都叽叽咕咕地叫着。

我们等不及肉烤熟，便一人拿了一根肉串塞在面包里，把串在中间的钎子拔下。牛肉的外层焦黑，里头却还是半生不熟，简直是好吃极了；我们三口做两口吞下，抬起膀子抹掉嘴上的油渍。柯里打开包包，拿出一只锡烟盒。（手枪就在他包包的最底层，因为他没把这事告诉魏恩与泰迪，我猜这应该算是我们俩之间的秘密。）他打开烟盒，给我们一人一根烟；我们用着火的小树枝点了烟，然后往后一靠，注视着香烟的烟融入薄暮中。我们都不敢把烟吸进去，因为惟恐会咳嗽，这样一来可要被大家耻笑好几天，而且光是含在嘴里再吐出来就已经够过瘾了。我们觉得舒服极了，一直吸到滤嘴才把烟屁股甩掉。

“饭后一根烟，快活似神仙。”泰迪说道。

“对极了。”魏恩赞同道。

蟋蟀开始鸣叫，我仰望天空，发现天色已由蓝变紫。每次看见夜幕将垂时，我都有一种夹杂着悲哀与平静的感觉，夕阳无限好，却又不尽然美好，孤寂感油然而生，却又怡然自得。

我们走到堤岸边的矮树丛里，清出一块平地，然后打开铺盖卷。以后的一小时，我们一边添加柴火，一边聊天；当你过了十五岁，开始对女孩子感兴趣之后，就再也记不得这种谈话的内容是什么了。我们谈到波士顿红袜队今年有没有可能不再敬陪末座，也谈到快过完的暑假。泰迪说他有一次在怀特滩玩的时候，有个小孩跳到水里撞到头，差点淹死。我们也花不少时间讨论我们对各个老师的评价。大家都同意，布老师是城堡岩小学最娘娘腔的老师，如果你顶撞他，他差不多就快哭出来了。另一方面，柯老师可说是最卑鄙、最可恶的老师。魏恩说，他听说两年前，柯老师有一次打学生打得太用力，那个小孩的眼睛几乎被她打瞎了。我看看柯里，很好奇他会不会说说他对史老师的观感，但是他什么也没说，也没注意到我在看他，只望着魏恩，严肃地点头同意魏恩的话。

天色渐渐暗了下来，我们没有谈布劳尔的事，不过我一直在想他。在森林中体验夜幕低垂，是既可怕又引人入胜的事，森林中不会逐渐亮起车灯、街灯、房舍的灯火与霓虹灯，也没有母亲呼唤孩子回家的声音作为前导。如果你习惯了城市生活，那么与其说森林中黑暗降临是自然现象，倒不如说就好像城堡河在春季涨大水一样，是一种天灾吧？

我以这种心情想着布劳尔的尸体——我并不是害怕他会绿着一张脸出现在我们面前，嘴里叽哩呱啦、念念有词，在我们打扰了他的宁静前，逼我们顺着原路回去，而是突如其来意外涌现的怜悯之心，因为他一个人那么寂寞、又那么无助地躺在暗夜中，如果有什么东西想吃他的尸体，一定可以得逞，因为他母亲不在这里保护他，他父亲、甚至连耶稣基督加上周围环伺的圣徒，也都无能为力。他孤零零地死了，被火车撞下山沟，我发现如果我继续想下去，非哭出来不可。

于是我说了一个乐迪欧的故事，因为是临场瞎编的，所以编得不太好，结尾也像大多数的乐迪欧故事一样，一个美国大兵在临死前一面咳着，一面对着班长悲伤而充满智慧的脸孔，诉说着他对国家的爱和对家乡爱人的感情。但是当我说故事时，我脑海中浮现的不是脸色惨白、充满恐惧的一等兵，而是年轻许多的男孩，他已经死了，眼睛紧闭，面容显得十分不安，鲜血从左边嘴角一直滴下来，流过下巴。在他身后，不是乐迪欧故事中饱受战火摧残的商店和教堂，我只看到星空下一片阴郁的森林和隆起的铁道路基，仿佛史前埋葬死人的古冢一般。

19

我在半夜惊醒，脑子还昏沉沉的，正在奇怪我的卧室怎么这么冷、是谁把窗户打开的，也许是丹尼，我梦到丹尼，好像是在哈里逊州立公园玩水，不过那是四年前的事了。

这不是我的房间，我是在别的地方；有人正紧紧抱住我，另一个人则抵着我的背，还有一个黑影蹲在我身边，头歪向一边好像在听什么。

“搞什么鬼？”我问道，真的困惑不已。

回答我的是长长的一声呻吟，听来像魏恩的声音。

我这才渐渐弄清楚，想起来自己在什么地方……可是大半夜的，大家都不睡觉，起来干吗？还是我只睡了几秒钟？不，不可能，因为银白色的月亮已移至墨黑的夜空中央。

“别让它来抓我！”魏恩叽里呱啦地说道，“我发誓我会做个乖小孩，不会做坏事，我尿尿以前会把马桶盖掀起来，我会——”我这才惊觉魏恩是在祷告——至少魏恩式的祷告就是如此。

我陡地坐起身子，吓得一身冷汗。“柯里？”

“闭嘴，魏恩，”柯里说道，他就是蹲在我身边侧耳倾听的身影，“没什么事情。”

“不对，有什么不对劲，”泰迪预言似地说道，“有怪事。”

“什么事？”我问道，我还是昏昏欲睡、一片茫然，仍然无法把自己跟这个时空联想在一块，但想到自己或许太晚醒来，以至于迟迟未能进入状态、无法好好保护自己时，我真是吓坏了。

这时，仿佛在回答我的问题似的，树林中响起空洞的长声尖叫，就像垂死的女人处于极度痛苦与恐惧时发出的哀号一样。

“噢，亲爱的耶稣！”魏恩抽抽噎噎地哭着，他的声音很尖，还透着哭声，接着又以刚才弄醒我的姿势，紧紧拦腰抱着我，让我几乎透不过气来，也更加深了我的恐惧。我好不容易才把他甩开，但他又将身子挨过来，活像一只丧家犬，不知道要往哪里去。

“是那个叫布劳尔的小孩，”泰迪声音沙哑地说道，“他的鬼魂在森林里漫步。”

“噢，上帝！”魏恩喊着，显然一点也不喜欢这种说法，“我保证以后绝不在书店里偷色情书刊！我保证再也不喂狗吃胡萝卜！我……我……”他说不下去了，他使出浑身解数想贿赂上帝，但在极度惧怕下，根本想不出什么真正的好东西来说。“我再也不吸没有滤嘴的香烟！我不说脏话！不在奉献箱里放玩具钱！我不再——”

“闭嘴，魏恩。”柯里说道，然而我却在他充满权威的强硬语调里听出其中的恐惧，不知道他手臂、背上和肚子的肌肉是不是也跟我一样僵硬，尽是鸡皮疙瘩；还有他后颈的汗毛，是不是也跟我一样急着想竖起来。

魏恩的声音转为低语，仍然继续发誓改过，只求上帝让他活过今晚。

“是鸟叫，对不对？”我问柯里。

“不，至少我觉得不是。我想大概是野猫，我爸说野猫准备交配的时候，总是叫得这么凄惨。听声音真像女人，是不是？”

“是—啊—”我说话时禁不住颤抖。

“可是女人不可能叫得那么大声，”柯里说道……然后又无助地说，“戈登，对不对？”

“是他的鬼魂。”泰迪又小声地说，他的眼镜映着微弱的月光，有几分梦幻迷蒙的感觉。“我要去找找看。”

我不觉得他是说真的，但我们不敢冒险，他准备起身的时候，我跟柯里用力把他扳倒，也许我们出手太重，但由于害怕，我们的肌肉都变得跟钢索一样僵硬。

“让我起来，浑球！”泰迪一边挣扎，一边骂着，“我说要去就是要去！我要看！我要看鬼魂，我想看看是不是——”

凄厉的哭号声又出现了，有如利刃般划破夜空，我们放在泰迪身上的手瞬间僵住——如果泰迪是一面旗子，当时的情景一定很像二次大战美国海军在琉璜岛浴血战中宣告胜利的经典画面。哭号声一路爬升，轻易地冲高八度，又再升高八度，终于高到一个凝结而令人心颤的边缘，之后便在那儿悬了片刻，才又急转直下，陡降为一种令人难以置信的低音，活像巨型蜜蜂的嗡嗡声，随之而至的是一阵仿佛疯狂爆笑的声音……不久一切又恢复沉静。

“耶稣基督啊！”泰迪低声说着，也不再说什么要到森林里看鬼的话了。我们四个人全都挤成一团，我真想逃，而且有此想法的人大概不止我一个。如果我们是在魏恩家后面露营的话——也许我们真会逃跑，但现在离城堡岩太远了，一想到要在黑暗中跑过那座桥，我就手脚发软，但是往森林里逃，离布劳尔尸体越来越近，也是同样令人心惊胆颤；我们进退两难，给困在这里了。如果森林里真有我爸称之为“咕沙冷姆”的怪兽要吃我们的话，它可能会成功。

柯里建议我们轮流守夜，大家毫无异议。我们丢铜板决定顺序，魏恩第一，我守最后。魏恩交叉了双腿坐在营火旁边，我们则又躺下，像羊群一样挤在一堆。

我以为自己一定睡不着，不过我还是睡着了——一种不安的浅睡，介于有知觉与无知觉的边缘，就像潜水艇虽然潜到水底，潜望镜仍伸出水面一样。在我似梦又似真的梦境中，夹杂着凶猛的号叫，或许真有其声，也或许出自幻想。我看见——或者说我想我看见了——一个白白的、不成形的东西潜行树间，像极了一张站起来走路的床单，诡异至极。

我终于还是坠入梦境。我梦到柯里和我在怀特滩游泳，那里原本是个沙坑，后来挖沙工人引水注入后，变成小湖。泰迪以前就是在这里看到那个孩子撞到头后，差点淹死。我们都把头伸出水面，懒懒地游着，头顶上是七月的炙阳。从我们后方的浮台上，传来小孩子跳下水或被推下水的笑声与叫喊声；我还听见使浮台浮起来的空油桶在水面互相推挤撞击着，仿佛教堂钟声般肃穆、空洞而深奥。在沙滩上，一个个涂油的身体趴在垫着的毛巾上，小孩子拿着水桶蹲在水边玩，或者开心地用塑胶铲子铲起地上污泥，甩到别人头发上。十几岁的男孩一堆堆站在那儿，笑着打量三五成群走来走去的女孩，她们从不落单，而身上的隐秘处全都裹在浴衣里。人们用脚跟走在烫呼呼的沙上，一缩一缩地走到餐厅去，带回洋芋片、热狗与冰棒。

躺在橡皮筏上的高太太超越了我们，身上穿的正是她每年从九月穿到六月的固定制服：灰色的两件式套装，里头是一件厚厚的毛衣，平坦的胸口上插了一朵花，腿上裹着薄荷色的厚袜子，脚上那双黑色的老太婆式高跟鞋划过水面，形成小小的V形。她像我妈一样，也烫了一头死板的鬈发，闻起来有股浓浓的药水味；她的眼镜在阳光下闪着讨厌的光芒。

“当心哦，孩子，”她说道，“你们小心，否则我会把你们的眼睛打瞎，我办得到哦！校董已经授权我这样做了。柯里，请你背《修墙》这首诗。”

“我把牛奶钱交回去了，”柯里说道，“史老太婆告诉我没关系，可是她又把钱拿走了！你听见了吗？她把钱拿走了！现在你会怎么做？会不会把她的眼睛打瞎？”

“柯里，请你背《修墙》。”

柯里失望地瞥我一眼，好像在说：我没说错吧？随即又开始打着水，他一边开口背着：“有个什么东西大概不喜欢墙，让墙脚下的冻地隆起——”一边往下沉，正在背书的嘴巴也满是水。

他又抬起头来喊道：“救我，戈登！救我！”

之后他又被拖下水，我低头望着清澈的湖水，看见两个全裸而膨胀的尸体正抓着他的脚踝，其中一个是魏恩，另一个是泰迪，他们张开的眼睛一片惨白，好像希腊雕像的眼睛般没有瞳孔；还未发育成熟的阳物无力地浮于肿胀的肚皮上，有如白色的变种海草。柯里的头又蹿出水面，无力地向我伸出一只手，发出女人似的哭叫声，而且声调越升越高，在炎热的夏空中哭号着。我慌乱地朝岸上望去，但没有人听见他的求救；皮肤黝黑、一身运动家体格的救生员坐在雪白的高塔上，正低头向一位身穿大红色泳衣的女孩微笑着。此时柯里的哭号仿佛嘴里灌了水、起了泡泡似的，原来水底下的尸体又把他向下拖，我看见他扭曲的眼睛恳求似地痛苦地望着我，双手张开如海星般无助地伸向太阳晒得热滚滚的水面，而我不但没有潜下去救他，反而疯也似地朝岸边游去，至少是游到水深至颈、可以露出脑袋的地方。可是我还没游到那儿——连接近都谈不上——就觉得有只柔软、腐烂而无情的手抓住我的小腿，开始拖我下水，我胸中升起一股想尖叫的欲望……但还来不及尖叫出声，梦境即已悄然消逝，现实逐渐清晰，搁在我腿上的是泰迪的手，正想把我摇醒呢！该我守夜了。

我依然半睡半醒，仿佛在说梦话似地浊声问他：“泰迪，你还活着？”

“你错了。我是个死人，你是个黑鬼。”他没好气地说道，我彻底清醒过来，在营火旁坐着，泰迪躺下睡他的。

20

下半夜他们都睡得很沉；我时而打盹，时而醒来，然后又打着盹，就这么时睡时醒。夜晚一点也不宁静，我听见猫头鹰猎食成功时得意的尖叫声，不知什么小动物或许因即将被吞入腹中而小声哀鸣，草丛中一只较大的动物凶狠地胡走乱撞。除此之外，还有一种规律的声音，那是蟋蟀的鸣声，不过那种凄厉的哀号倒没有再出现过。我醒醒睡睡、睡睡醒醒，要是在乐迪欧故事里，像我这么懒散的守卫，一定会被抓去军法审判，然后挨两颗子弹上阴间报到去。

我打了个盹突然清醒过来，发现好像有什么不一样了，我过了好一会儿才弄清楚：虽然月亮已不见踪影，但我仍然可以看见搁在裤子上的一双手，我的表指着四点四十五分；天亮了。

我站了起来，脊椎骨一阵啪啦作响，随即走到距离我朋友二十几英尺之远的漆树丛方便。我渐渐摆脱了昨晚那种毛骨悚然的感觉，我能感觉到恐惧感渐渐消退，这真是美妙的感觉。

我攀上铁道，坐在铁轨上，懒懒地抓起两脚中间的煤渣甩着，一点也不想去叫醒他们三人。这是崭新的一天里最美好的时辰，美好得宁可一个人独享。

清晨逐步地悄然来到；蟋蟀的鸣声开始变小，树丛下的阴影也已消失，正如雨后的水洼渐渐蒸发殆尽一样。空气淡淡的、没有任何特殊气味，预告着这将是炎夏最后一个大热天。昨晚也许跟我们一样像缩头乌龟般躲起来的鸟儿，如今又洋洋自得地婉转清唱起来。一只鹪鹩停在我们捡来的枯枝堆上，用嘴理一理羽毛，随后又飞走。

我不知道在铁轨上坐了多久，望着染在天际那抹紫色悄然褪去，与昨夜同样无声无息。我已坐得屁股开始抱怨，正想站起来时，我的眼睛溜向右边，瞧见一只驯鹿站在离我不到十码的铁轨上。

我的心陡地跳上了喉咙口，我想如果我把手伸进嘴里，大概可以摸到它。我从胃里涌起一股干热的兴奋。我动也不动，即使想动也动不了。它的眼睛不是棕色，而是一种灰濛濛的黑色——就是陈列珠宝时作为背景陪衬的那种天鹅绒颜色；一对毛茸茸的小耳朵像两块柔软的毛皮。它平静地望着我，头部稍微低垂，我想是由于好奇，因为看到一个睡得满头乱发的小孩，身穿折了裤脚的牛仔裤与棕色卡其衬衫，肘部还打了补丁，领口翻起成当时时兴的兜帽状。在我眼前出现的是得天独厚的上天恩赐，看似不经意，却令人惊叹不已。

我们对望了好长一段时间……我觉得很长，然后它转身走到铁轨的另一边，白色的短尾巴漫不经心地摆动着。它找到了草，于是开始嚼起来；我简直不敢相信，它竟吃了起来。它没有回头看我，也不必这么做，因为我根本整个人呆住了。

这时我屁股下面的铁轨开始震动，不到几秒钟，它的头便抬了起来，歪向城堡岩的方向。它站在那儿，黑湿的鼻子嗅着空气中的气息，过了一会儿，它伸长腿一连三跃，无声无息地消失在树林中，只传来烂树枝断裂的声音，好像田径赛中的起跑枪声。

我仍然坐在原地，望着它刚才吃草的地方发怔，一直到确实听见火车驶来的声音为止，然后才溜回他们睡觉的平地。

这列货车走得缓慢，驶过铁轨的声音吵醒了他们，有的打呵欠，有的搔痒，大家紧张又滑稽地谈着柯里所谓的“哭号幽灵悬案”，不过谈的并不如你想象中那么多。这种事情在大白天讲起来其实是愚蠢多过有趣——几乎是难为情，还是忘掉的好。

我本来想告诉他们那只鹿的事情，但话到舌尖又作罢，这件事我一直放在心里没有说出来，直到今天才把它写下来。我必须告诉你，许多事情一旦写出来，好像就变得不那么伟大，甚至变得无足轻重；然而对我而言，这件事是那趟跋涉中最美好的部分，也是最纯净的部分。每当我在生活中遇到挫折、走投无路的时候，我发现自己都会回想起那个时刻——例如我第一天在越南丛林中作战时，有个家伙走进我们停留的空地，他一手覆在鼻子上，等他把手放下时，却见不着鼻子，原来他的鼻子被枪射掉了；又如有一回，医生说我们的小儿子可能患有脑水肿症（幸好我的小儿子只不过是头大了些罢了，感谢上帝）；以及我母亲去世前令人发狂、漫长的几个星期。这些时候，我的思绪都会回溯至那天清晨，它那对柔软的耳朵和白色的短尾巴。但地球另一端的八亿中国人对这些却毫不在意，对不对？最重要的事往往最难以启齿，因为言语会缩小其重要性；要让素昧平生的人在意你生命中的美好事物，原本就不容易。

21

铁轨弯向西南方，穿过茂密的二年生枞树林与重重叠叠的矮树丛。我们摘了些野果子充做早餐，但这种东西永远也无法饱腹，顶多帮你撑个半小时，然后肚子又开始唱空城计。我们再回到铁轨上——这时差不多八点钟了。我们的嘴都成了深紫色，裸露的上身也被野果子的荆棘刮得道道伤痕。魏恩闷闷不乐地说道，假如早餐是两个炒蛋加上培根，该有多好。

这天是那年夏季最后一个热天，我想也是最炎热的一天。九点钟过后，天空中的飞云已不见踪影，呈现一片青灰色，看了更觉炎热。汗珠顺着胸口与背后滚落，在我们污黑的身上留下一道道白纹。蚊子与小黑虫像一块块黑云围绕着我们的头顶，还有那么多路得走，大家并不觉得好过，不过对小孩尸体的种种想象，却使我们顶着大太阳越走越快。我们都好想看看那小孩的尸体——我这么说，已经算最简单、最诚实了，无论这么做的结果是只不过没有什么坏处还是足以让我们做一辈子噩梦，我们反正都要看。我想我们已经越来越觉得看到尸体是我们应得的报酬。

约九点半时，泰迪与柯里发现前面有水——他们向魏恩与我大声喊着；我们立刻跑到他们站的地方去。柯里在笑，显得好开心。“看那边！是水獭盖的！”他指着。

不错，的确是水獭的建筑工事。前方不远的铁路堤防下有个大大的排水孔，水獭以其建造的精巧小水坝堵住了右端出口；水坝的材料包括树干、枝桠、小树枝、树叶，再以干泥搅拌而成，水獭真是忙碌的小东西。小水坝的后面有一个清澄剔透的水池，映照着亮丽阳光。水獭窝有许多门户可出入水中——看来有点像木制的爱斯基摩小圆顶屋。一弯细细的支流缓缓流向水池另一端，与水池比邻的树木三英尺高以下的树干都被水獭啃得白花花的。

“铁路公司的人很快就会把这些清理掉。”柯里说。

“为什么？”魏恩问。

“这里不能有水池，”柯里说道，“否则会把宝贵的铁路线从下面削空，所以他们才会把排水沟安在那里。他们会先杀几只水獭，好把其他水獭吓跑，再捣坏它们的水坝，让这地方恢复为原来的沼泽地。”

“这样太残忍了。”泰迪说。

柯里耸耸肩。“谁会在乎水獭呢？反正伟大的铁路公司绝对不在乎。”

“如果要游泳的话，你想水够不够深？”魏恩问道，两眼渴望地瞪着池水。

“有个办法可以知道。”泰迪说。

“谁先？”我问。

“我！”柯里说道。他跑下堤防，踢掉球鞋，迅速解下系在腰间的衬衫，手指用劲一扯，便脱下长裤与内裤；他站稳，抬起一脚脱一只袜子，再抬起另一脚脱掉另一只袜子，之后就跃进水中，再抬起头甩开覆在眼睛上的头发。“太棒了！”他喊道。

“有多深？”泰迪喊道，他一直没学会游泳。

柯里从水中站起来，肩膀触着水面。我看见他肩膀上有个东西——一个灰灰黑黑的东西，我想大概是泥巴，就不再管那么多；要是我看清楚一点的话，后来就不必受那么多罪了。“快下来啊！你们这些胆小鬼！”

他转过身，以笨拙的蛙式来回游着；这时我们都已剥了衣服，魏恩先下，接着便是我。

拍击水面真是美妙极了——既清新又凉爽，我游到柯里身边，真喜欢直接接触到水的那种滑溜溜的感觉。我站起身与他相互笑望着。

“太棒了！”我们异口同声地说道。

“真爽！”他说着洒了我一脸的水，随即游开。

我们在水里闹了几乎半个钟头，才发现池里都是吸血虫。我们跳水、在水底下游着、打水仗，丝毫未察觉有什么异样。后来魏恩游到最浅的部分，头伸进水里，以双手倒立，等到他的双腿伸出水中颤抖着形成V字形时，我看见他腿上爬满一团团灰灰黑黑的东西，跟刚才我在柯里肩膀上看见的一样；那是水蛭，很大的水蛭。

柯里的嘴倏地张开，我只觉得浑身的血液瞬间凝结；泰迪尖声大叫，脸上惨白一片；然后我们三个都没命地往堤防游去。现在我对水蛭的了解比当时丰富，尽管我知道它们对人无害，仍然丝毫不能减轻儿时水獭池事件以来，我们对这种东西近似病态的恐惧。它们的唾液中含有麻醉剂与抗凝剂，因此附在宿主身上时，宿主根本没有任何感觉。如果你正好没瞧见它们爬上身的话，它们就会在你身上猛吸，直到饱足后丑陋的身体掉下来或根本胀破了。

我们攀上堤防后，泰迪低头一看自己，便歇斯底里地叫起来，一边用手把水蛭从裸露的身上拔出来。

魏恩从水中抬起头来困惑地望着我们。“你们在搞什么鬼——”

“水蛭！”泰迪叫道，又从他颤抖的大腿上拉下两只，把它们甩得老远。“他妈的吸血虫！”他说“吸血虫”三字时，声音变得异常尖锐。

“唉哟！我的妈呀！”魏恩大声喊道，旋即迅速地游过来，踉踉跄跄地上了堤防。

我感到寒意逼人，那天的暑气顿消。我不断地告诉自己要镇定、不要惊叫，不要胆小得像个孬种。我从手臂上摘了六七只，又从胸前拉下好几只。

柯里背对着我说道：“戈登，我背上还有没有？帮我拔下来，拜托，戈登！”他背上还黏了五六只，像几个怪模怪样的黑扣子似的排在背上，我把这些没有骨头的软东西拔下来。

我把腿上的几只拍掉，然后叫柯里帮我拔掉背后的。

我开始略微放松——就在这时候，我低头看自己，才发现有一只巨无霸吸血虫正黏住我的下体，它的身体已肿胀成正常尺寸的四倍，原本灰黑色的皮肤已转成瘀血般的紫红色。这时我才真正失去控制，不是外在的失态，至少从外表看来还不太离谱，而是内在的失控，那才真的严重。

我用手背刷过它那滑溜溜的身体，它还黏着；我想再试一次，我的手却怎么也没办法真正去碰它，我转向柯里，想开口说话，竟一句话也说不出口，结果我以手代口，指了指我的下部，他的脸本来已呈死灰，这下更是苍白。

“我弄不掉，”我僵着一张嘴说道，“你……能不能……”

可是他一边往后退，一边摇着头，他的嘴扭曲着。“我不行，戈登。”他说道，却无法调开目光，“对不起，可是我不行。不，噢，不！”他别开头，弯下腰，一手紧紧压在胃上，好像音乐喜剧中的管家，然后朝一堆杜松树丛呕吐起来。

我想着：你得靠自己了。我看着那只水蛭仍然紧紧黏着我，身体继续越胀越大。你得靠自己把它拔下来，勇敢一点，这是最后一只了，最后一只！

我再次伸出手把它拔了下来，它在我的指间胀破，一股温热的血流过了我的手掌与手腕内侧。我开始痛哭起来。

我边哭边走回放衣服的地方，然后边哭边穿上衣服；我想止住哭泣，但就是挡不住泉涌而出的泪水，随后全身开始颤抖，哭得更厉害了。魏恩跑到我身边来，仍然是全身精光。

“还有没有，戈登？我身上还有没有？有没有？”

他在我面前转来转去，活像嘉年华会上的疯狂舞者。

“都拔掉了没？呃？呃？戈登，我身上还有没有？”

他的两只眼睛一直在我面前打转，就像旋转木马的眼睛一样又大又白。

我点头表示都拔光了，又继续哭着，看来哭泣简直就要成了我的新绝活。我将衬衫塞进裤子里，把扣子一直扣到颈子，再穿上球鞋与袜子；渐渐的，我的眼泪开始减少，最后只剩下吸鼻子与几声呻吟，后来连这些也没有了。

柯里朝我走过来，用手上的榆树叶擦了擦嘴，他的眼睛张大，眼神中默默流露着歉意。

等我们都穿好衣服之后，就站着互望了片刻，然后才攀上铁路堤防。我回头望着我们刚刚又叫又跳的地方和那只胀破肚子的吸血虫，它看来缩小了许多，但仍是一副可怕相。

十四年后我卖出第一本小说，并展开生平第一次纽约之旅。“我们会有三天庆祝活动。”我的新编辑在电话中这么说：“谁敢胡说八道，就给他好看。”结果这三天，当然我纯粹都在胡说八道。

在纽约时，我也想效法其他游客——到无线电城音乐厅看一出舞台剧，登上帝国大厦顶楼（去他的世贸中心！对我而言，一九三三年金刚爬上的大楼才是世上最高的建筑物），晚上则到时代广场走一遭。我的编辑凯斯，似乎很乐于炫耀他的城市。我们最后一个观光行程是搭渡船至斯他腾岛；我倚在栏杆上，一低头恰好看到好些用过的保险套略微肿胀地浮在水面，片刻之间，我好像回到了过去，还是我真的经历了一场时光之旅，我回到站在堤防上回头望水蛭的一刻：死了，缩小了……但仍是一副可怕相。

凯斯一定是从我脸上看出什么，因为他说道：“不太雅观，是不是？”

我只摇摇头，想告诉他不必觉得抱歉，想告诉他如果要看丢弃的橡皮套，实在不必大老远跑到纽约，又坐渡船来看，想说：*每个人写作的唯一理由都是借以了解过去，为将来面对死亡预作准备，这是为什么小说中的动词都是过去式。凯斯，我的好好先生，连畅销作家都不免如此。世上只有两种有益的艺术形式，一是宗教，一是小说。*

你大概已经猜到了，那天晚上我喝得烂醉。

不过我只这样告诉他：“我只是想到别的事。”最重要的事往往也最难启齿。

22

我们顺着铁轨一直往下走——我不知道走了多远——我开始想：*好吧，我撑得过去，反正事情已经过去，只是几只水蛭罢了，有什么大不了的。*我还在想着的时候，眼前开始一阵阵泛白，随即不支倒地。

我一定摔得很重，但摔在枕木上的感觉，就好像摔在温暖蓬松的羽毛床上似的。不知是什么人把我身子翻过来，但我几乎感觉不到手的触摸，他们的脸好似没有形体的气球，从几英里之外低头望着我，拳击裁判盯着被击倒在地的拳击手倒数十秒时，脸上一定就是这个表情。他们的话一波波传来，时而隐去。

“……他？”

“……是不是……？”

“……会不会是太阳……”

“戈登，你……”

这时我一定说了什么昏话，因为他们的表情看起来真的很担心。

“嘿，我们最好送他回去。”泰迪说道，之后我的眼前又是一片白。

清醒之后，我好像觉得好多了。柯里蹲在我身边，说道：“戈登，你听见我的声音没有？你醒了没？”

“醒了。”我说着坐了起来，眼前涌起重重黑点，随即又消失了。我等了一会儿，看看黑点会不会再度出现，没有，我才站起来。

“戈登，你差点把我吓死了！”他说，“要不要喝口水？”

“好啊！”

他把水壶给我，还剩下满满半壶，我喝了三口，让温热的水流下我的喉咙。

“戈登，你怎么会昏倒呢？”魏恩忧虑地问道。

“因为我看到你那张脸。”我说。

“咿——咿——咿！”泰迪笑道，“该死的戈登！你这家伙！”

“你真的没事？”魏恩依然毫不放松。

“当然没事。刚……刚才很难过，因为我想到那些吸血虫。”

他们都面容严肃地点点头。我们在树阴下互相击掌，然后继续走着。我和魏恩走在铁轨的一边，柯里与泰迪走另一边，我们都觉得大概离目的地不远了。

23

事实证明我们当时并不如想象中那么接近目的地，如果我们够聪明的话，就该花两分钟瞧瞧地图，便知道其中的原因了。我们知道布劳尔的尸体一定就在赫娄路附近，这条路是条死路，一直通到帝王河的河岸，河上有一座桥，供铁轨通过。我们是这么想的：只要接近帝王河，就表示离赫娄路不远，也就是比利与查理停车发现尸体的地方，既然帝王河离城堡河只有十英里，于是我们估计可以很快走到。

但十英里乃是直线距离，可是城堡河与帝王河之间的铁道并非直线，反而是以很小的弯度迂回前进，避开崎岖陡峭的路段。无论如何，若是我们有了地图就可一目了然，原来我们得走十六英里，而非十英里。

中午过后仍然看不到帝王河，柯里才开始觉得苗头不对，于是我们停下脚步，柯里爬到一棵高高的松树上鸟瞰一番。他下来之后，简简单单告诉我们：我们起码下午四点才能走到帝王河，而且必须努力走才能如时赶到。

“他妈的！”泰迪喊道，“现在我们该怎么办？”

我们面面相觑，大家都满头是汗，一脸疲倦，加上饥肠辘辘，每个人都满肚子气，伟大的历险如今变为拖泥带水的长途跋涉——不但搞得灰头土脸，偶尔还吓破胆。这时家里大概已经在纳闷我们上哪儿去了，即使麦洛没有向警察告发，昨天驾驶火车过桥的司机也会这么做。我们本来计划回程搭便车，但四点钟离天黑只有三个小时，没有人会在天黑后让四个小鬼搭便车的。

我试图回想那只鹿在晨曦中啮着青草的祥和景象，但这招也不管用了，这和看到猎人挂在小屋当纪念品的鹿头标本，眼睛因为喷了水而闪闪发亮、栩栩如生，没什么两样。

最后柯里说道：“向前走还是比较省事，我们走吧！”

他转过身，低着头开始沿着铁轨走，落在地上的影子仅是脚旁的一个小点；过了一分钟左右，我们也都成一路纵队，尾随而行。

24

从事情发生一直到写下这段遭遇以前，我几乎没怎么想到九月里的这两天，至少不曾有意识地回想；这种回忆所引发的联想就像泡在水里一星期才因炮轰而浮出水面的尸体，非常令人不快，因此我从来不曾认真质疑当初沿着铁轨长途跋涉的决定，换句话说，我偶尔会奇怪我们当时居然决定做这件事，但却从不曾质疑做这件事的方式。

但是这会儿，我心中浮现一个简单许多的画面。我敢说如果当时有人提出这个主意，也一定会被推翻——顺着铁道走好像比较过瘾、够气魄，但如果有人提出这个主意，而没有遭到猛烈攻击而胎死腹中的话，或许后来的一些事都不会发生，或许柯里、泰迪与魏恩都还活着。不，他们并非死在森林里或铁轨上，在这个故事里，除了布劳尔与几只吸血虫外，并没有任何生命死去，而且平心而论，布劳尔早在故事开始之前就已经死了。但有一件事是千真万确的，那天丢铜板决定谁去佛罗里达市场采买食物的四人之中，只有我这跑腿的人还活着，如今三十四岁的老水手说着故事，而各位读者，你们扮演的就是婚礼宾客的角色。[1]（这时候，你们不是应该翻开书皮，看看照片上的我是不是用带着魔力的目光盯着你们？）如果你觉得我的语气有点轻佻，你说得没错——但也许我有我的理由。在正值壮年，甚至年轻得还不够资格当总统的年纪，我们四个人之中却已经有三个不在人世。如果一些细微小事的意义经过长时间咀嚼后会放大许多，那么没错，我们当初的确应该采取比较简单的做法，就是搭便车到赫娄去，那么也许今天他们还活着。我们或许可以搭便车沿着7号公路抵达西罗教堂，那座教堂就在公路和赫娄路的交叉口上。运气好的话，我们在当天傍晚前就已经看见尸体。

但是没有人会赞同这个主意，大家不是以有力的论点、犀利的言辞交锋来驳斥，而只会埋怨、皱眉头、说脏话或是做粗鄙的手势；所谓的讨论只是一些尖刻的评语，像“他妈的，千万不要”、“真是馊主意”、“滚你妈的蛋”等等。

当时未曾说出口、也许根本不必表明的是——这是一件大事，不是玩鞭炮或偷窥女更衣室风光这类的胡闹。这次经验的重要性不下于第一次性经验、从军或第一次合法购买烈酒——也就是大剌剌地走进店里，细细选购一瓶上好的苏格兰威士忌，把身份证掏出来给店员看，然后捧着棕色纸袋咧着嘴走出来，人生从此比在树屋鬼混时多了一点特权。

人生所有重要大事都有一套崇高的仪式、必经的过程，发生人生种种改变的神奇走道，例如买保险套、站在牧师面前举手宣誓，或是沿着铁轨走到半路和一个跟你年龄相仿的男孩碰面等等皆是。就好像如果柯里要来我家，我会先沿着潘思街走到半路去等他，或是如果我要去泰迪家，他会先沿着盖兹街走到半路来等我。我们这么做似乎满对的，代表人生经历的重要仪式即是一条神奇走道，所以重要大事发生时往往会有个走道——就是你在结婚典礼上走过的通道，也是你入土安葬时别人抬着你走过的路。

---

1 此处乃借用英国诗人柯勒律治（Samuel Taylor Coleridge，1772—1834）的叙事诗《古舟子之歌》（The Rime of the Ancient Mariner）来比喻。《古舟子之歌》一开头就是老水手拦下一位参加婚礼的宾客，向他诉说自己在海上的遭遇。婚礼宾客被老水手的目光所惑，乖乖停下来听他说故事。

而我们的走道就是那两条铁轨，我们踩在轨间枕木上，一步一步走向目的地，无论这样长途跋涉究竟有何意义。或许你不会靠搭便车来完成这样一件大事，或许我们也认为这一段路程原本就应该比想象中艰难，而这一趟旅程中发生的诸多事件，也印证了大家心中一直怀疑的事实：这其实是一次严肃的历险。

但我们不知道的是：比利、查理、莫杰、迷糊蛋伯考维、温斯、柯里的哥哥凸眼蛇与马瑞尔也已上路，想看看尸体——布劳尔竟成了大红人，我们的秘密成了一场街头表演，确实是不可思议。我们决定继续顺着铁轨走下去的同时，另一批人也正挤进马瑞尔的破福特车与温斯的粉红车上。

比利和查理好不容易守了三十六小时的秘密，后来查理打弹子时，对马瑞尔泄漏了一切，比利不久也对莫杰和盘托出；马瑞尔与莫杰两人都正经八百地发誓，愿以母亲的名声担保，绝不泄露秘密，这也就是为什么他们那伙人都在中午以前得知了一切。我想你大概看得出来这些家伙有多么在乎母亲的名声。

于是大家群集于弹子房，伯考维说了一套理论，他说只要“发现”尸体，大家都会变成英雄——立刻成了收音机与电视里的新闻人物。伯考维继续说着，只要他们弄两辆车，载一些钓鱼工具，一旦发现尸体，就可以自圆其说。警察先生，我们只想到帝王河钓几条小鱼而已，结果……呵呵呵，瞧我们发现了什么。

于是他们朝赫娄飞快驶去，那时我们才刚开始接近目的地。

25

下午两点左右，天空中的云层越积越厚，但起初没有人把它当回事。自从七月初以来就没有下过雨，现在又怎么会例外呢？但如淤青般的紫色积云越积越厚，自南方渐渐朝我们的方向移来。我仔细审视越聚越厚的雨云，从其下的薄雾看来，二十英里或五十英里外已开始下雨。但雨还没有在这里落下，云层仍然继续堆积着。

魏恩的脚跟起了水泡，我们停下来休息片刻，他用老橡树树干上剥下的苔藓抹在左脚的球鞋后面。

“戈登，会不会下雨？”泰迪问。

“我觉得会。”

“讨厌！”他说着叹口气，“倒霉日子倒霉天！”

我笑了，他向我眨眨眼。

我们又开始走着，因为顾虑到魏恩的脚痛，这回走得慢些。两点到三点之间，天色开始起变化，我们才确定势必要下雨了。天气仍然很热，甚至更窒闷，但我们知道，鸟儿也知道。它们仿佛凭空冒出来似地一批批飞过天空，聒噪地相互尖叫着；原来炫目亮丽的天光，转而为迷蒙、珍珠般的银灰色；我们越拖越长的身影也变得模糊一片，不成个形状。太阳在厚厚的云层中时而隐去，时而露出，南方的天空已是一片古铜色。我们注视着越移越近的乌云，为其庞大的面积与无声的威胁震慑住了，厚厚的云层中不时出现巨大的闪电，将原来蓝紫色的天空暂时变为淡灰。我看见距离我们最近的乌云闪起一道锯齿状的闪电，亮得足以在我的视网膜上刺青；随后而至的，是一长声震撼天地的雷击。

我们说了些大家都得淋成落汤鸡的牢骚，不过因为这种结果是意料中事——我们当然都很高兴有免费淋浴的机会，不但能消暑、提神……同时雨水中也没有水蛭。

三点半左右，我们从树丛的缝隙看见奔流的河水。

“到了！”柯里乐不可支地喊道，“那就是帝王河！”

我们开始快马加鞭，重振士气。暴雨越来越接近，也刮起风来，气温在片刻间好像骤降了十度。我低头一看，影子也已完全消失。

我们又开始两两成行，各走在铁轨的一边；我的喉咙干涩，心口也因极度紧张而悸动，此时太阳又躲进云层后面，这回它再也不露脸了，顷刻间，云层边缘滚起一道金光，恰似《圣经·旧约》图画中的一朵云。未几，暗紫红色的乌云缓缓挪前，密不透风地挡住了整个太阳，天空霎时阴郁一片——浓密的云层迅速吞噬了每一寸蓝天。我们可以清清楚楚嗅出河流的气息，简直跟马的鼻子一样灵——或许我们闻到的是悬浮在空气中的雨味也不一定。我们头上悬浮着一片汪洋大海，仅仅由一个薄布囊裹住，滔滔洪水随时都可能涨破布囊，倾泄而下。

我不断叫自己眼睛看着前方的树丛，却总按捺不住，频频抬头望着风起云涌的天空。眼看着如此灰暗的颜色，你可以想象出各种末日的可能：水灾、火灾、风灾、下冰雹。凉飕飕的风越刮越强，吹得树丛沙沙作响。蓦地一道闪电从天而降，仿佛就在头顶上，我大呼一声，两手蒙着眼睛；上帝替我照了相，一个把衬衫扎在腰杆上的小孩，胸膛上裸露出一根根排骨，脏兮兮的脸上满是灰尘。不到六码远的地方有大树倒地的声音，接踵而至的雷鸣声令我心中一紧，我想回家找个安全地方看本好书……比方说躲到地窖里。

“哎哟！”魏恩尖声喊道，“我的耶稣基督啊！你们看那边！”

我们朝魏恩手指的方向一看，瞧见一个蓝白色的火球正顺着左边这条铁轨一路窜前，毕毕剥剥地像只烫伤的猫儿。它迅速窜过我们眼前，我们也转过头，目送它继续前奔，个个瞠目结舌，说不出话来，生平第一遭发现天下竟有这等事。它又朝前直扑二十英尺，突然“砰”的一声即消失不见，留下一股臭味。

“我到底来这儿干吗？”泰迪喃喃道。

“真过瘾！令人难以置信！”柯里快乐地呼道，他的脸扬得老高。不过我倒与泰迪有同感；仰望天空，我有一种昏晕感，就好像望着神秘的大理石峡谷。这时又是一道闪电，我们都轻跳一下，这一次臭味更浓、更急迫了，震耳欲聋的雷声接踵而至。

我的耳朵仍然隆隆响着，魏恩却得意洋洋地尖叫道：“在那边！他在那边！我看见他了！”

此刻我依稀还可以看见魏恩——我只消闭上眼睛，靠在椅背，就可以看见他站在左边铁轨上，一手为挡住闪电的强光而护住眼睛，另一手则向前指着，像极了船首的瞭望员。

我们都跑到他旁边去看。我心里想：这不过是魏恩的想象罢了，吸血虫、炙热的天气，再加上现在这个暴风雨……他的眼睛八成花了。不过事实并非如此，尽管我在片刻之间确实希望如此，也是在那片刻间，我才知道自己根本不希望看到尸体，连被碾死的土拨鼠也不想看。

我们站立的地方已有部分堤防被早春的雨水冲刷掉，仅留下四英尺高布满砂石的陡坡，若非是铁路维护工还来不及处理，就是这情形发生未久，还来不及报告上去。在陡坡底部有一片泥泞而肮脏的矮树丛，发出一股难闻的臭味，一堆纠缠的野莓枝桠间，伸出一只苍白的手。

这时候有人呼吸吗？我可是屏气凝神，不敢呼吸。

微风已转为强风——强劲而狠急，从四面八方吹向我们，忽卷忽扫，拍击着我们汗涔涔的皮肤与张开的毛细孔，而我几乎不曾注意，我想我下意识里是在等泰迪那一句：“跳伞啰！”如果他真这么叫，我想我一定会疯掉。如果一眼就看见全尸也许还好，但看到的只是那只无力的手，颜色白得恐怖，五根手指头分得开开的，好像溺毙的小孩一样。这只手说出了事情的全部真相，也解释了世上为何有坟场。每当我听见或读到任何暴行，那只手的形象总会窜入脑中，原本与那只手连结的布劳尔身体其他部分正在树丛中的某个地方。

一束束闪电划过天空，雷鸣随之即至，仿佛在我们头顶上赛车似的。

“屎咿—咿——”柯里发出长长一声不太像咒骂“狗屎”的声音，倒像是个没有意义的音节，恰好通过声带的一场叹息。

魏恩情不自禁猛舔嘴唇，活像他刚才尝了什么不知名的珍奇美味，觉得又兴奋又恶心。

泰迪只站着看，强风吹起他油油、纠结的乱发，露出一对耳朵，随后头发又盖住耳朵。他的脸一片空白，我可以告诉你我在他脸上看出了点什么，也许我真看见了，但不是当时……而是以后。

许多黑蚂蚁在那只手上来回爬行。

铁轨两侧的森林中响起庞大的低语声，有点像森林这会儿才发觉我们的存在，正在大发议论呢！开始下雨了。

豆大的雨点落在我的头上与手臂上，打在堤防上，使得堤防黯淡了片刻——不久又恢复原来的颜色，因为干涸的大地早已贪婪地把湿气吸收掉了。

大雨点下了大概五秒钟就停下来。我望了柯里一眼，他朝我眨眨眼。

暴雨顷刻即至，仿佛泄洪似的倾巢而出，原先的轻声耳语一变而为大嗓门的争论，好像为了我们的发现在斥责我们，真是吓人。进大学前，我们从来不曾听说过“情感的谬误”[1]这种说法……但即使在当时，我注意到大家都相信我们已惹得老天发怒，只有笨蛋才深信那真是一种“谬误”。

柯里跃下陡坡，他的头发已淋得湿透而贴在脑袋上。我跟随其后，魏恩与泰迪也紧紧跟在后面，不过柯里和我最先到尸体旁边。布劳尔的脸朝下，柯里望着我的眼睛，表情坚决而严肃——俨然一张成人的脸。我微微颔首，回答他无声的询问。

布劳尔并不是血肉模糊地躺在铁轨间，而是落在陡坡下，尸体尚算完整，因为火车撞到他时，他并不是走在铁轨中间，而是想让开避到旁边；他被撞到半空中时，他的头指向铁轨，双臂越过头顶，仿佛即将纵身一跳的跳水者一样，然后落在这片沼泽地上。他的头发是暗红色，空气中的湿气使他的发梢略卷；其中有些许血迹，血流得并不多，蚂蚁倒是不少。他

---

1 情感的谬误（pathetic fallacy），把人类的情感投射在天地万物上，例如形容“无情的风”。

身穿深绿T恤与牛仔裤，光着脚，在他身后不远处，我看见高高的黑莓枝叶上勾着一双肮脏的球鞋。我困惑了片刻——为什么他在这儿，他的球鞋却在那儿？然后我才恍然大悟，而这份认知令我有如肚子挨了一记闷棍般难过。我的太太、孩子与朋友——他们都觉得有我这种想象力实在不错，除了可以赚进大把钞票之外，每逢感觉无聊的时候，就可以开始放映小小的心灵电影，放任想象力驰骋。他们大部分是对的，但异常丰富的想象力偶尔也会回过头来咬你一口，如食人兽的长长尖牙般咬得你全身处处牙痕，你会看到一些宁可没见到的东西，会使你一夜无法成眠的东西。现在我就瞧见这东西了，而且看得清晰无比。他的鞋子是在火车一撞之下飞出脚踝的，正如生命在撞击中飞出他的躯壳一样。

这么一来我完全确定了，布劳尔死了，他没有生病，也不是在睡觉，他再也不会起来上学，不会因为昨晚吃了太多苹果而一大早起来跑厕所，也不会在数学考试中用光了笔头的橡皮擦。这孩子死了，再也不能在冬雪融去的春天里和朋友捡拾露出地面的空瓶换东西；今年的十一月一日凌晨两点，他再也不能醒来冲进浴室，把前一晚吃的满肚子万圣节廉价糖果全吐出来；他再也不能拽女孩子的辫子，再也不能打得别人直流鼻血，或被打得流鼻血了，不能、不会、不再、永不……他好像电池标示“负极”的那一端，或烧断了的保险丝；他是老师桌旁的字纸篓，总是有铅笔屑与腐烂的橘子皮味；他是镇郊的鬼屋，玻璃窗碎裂满地，“请勿擅闯私地”的标示牌掉落地面，阁楼吊满蝙蝠，地下室满是老鼠。各位先生、女士、小朋友，这孩子死了，我量上一天也量不出他的光脚丫与挂在树丛上的一双鞋距离多少，实质上的距离是三十几英寸，但又无异于无限光年，因为这孩子与他的球鞋是永远连不到一块儿了；他已经死了。

我们把他的脸朝上翻过身来，迎接滂沱大雨、闪电与不断的雷鸣。

他的脸与脖子上爬满了蚂蚁与臭虫，小虫子脚步飞快地在他的T恤领口爬进爬出。他的眼睛张开，由于眼珠的位置不一致，看来颇吓人——一只眼珠凹陷进去，另一只则直勾勾地望着这阵大风雨。他的下巴与嘴上有些凝固的血块——我想是从鼻孔里流出来的——右侧脸颊被划破，成一片瘀紫；尽管如此，我觉得他看来并不难看。有一次我要进门的时候，丹尼正好把门推开，我被撞得鼻青眼肿还流鼻血，比布劳尔的样子还难看，但是那天撞伤后，我还是吃了双份的晚餐。

泰迪与魏恩站在我们身后。如果那只直勾勾的眼睛还有视觉的话，我想在布劳尔眼中，我们一定像是恐怖电影里扶棺护柩的人。

一只甲虫从他嘴里钻出，悠然爬过他光滑的脸颊，然后踩在一株荨麻上，不久就不见了。

“你们看到了没？”泰迪以一种奇异的高音问道，“我敢说他肚子里一定都是他妈的笨甲虫！我敢打赌他脑子里——”

“闭嘴，泰迪。”柯里说道，泰迪也很听话，而且一副松了口气的模样。

一道闪光在空中形成蓝色的叉子，使布劳尔的单眼发光起来，你几乎可以相信他很高兴有人找到他了，而且发现他的男孩跟他年纪差不多。他的身体已开始微微发胀，发出一股令人窒息的臭味，有点像陈年老屁。

我转身走开，真想吐个痛快，但我的胃干干硬硬的，毫无动静。我突然把两只手指伸进喉咙，想让自己呕出来，我需要这么做，如果我能吐出来就会觉得好过得多，但我的胃只翻腾了一下，随即恢复常态。

哗然的雨声与伴随的雷鸣，完全掩盖了距离沼泽地仅仅数码之遥的赫娄路上逐渐趋近的汽车声，也同样掩住了他们停车后踩过树枝步行而来的声音。

我们最先听到的，是马瑞尔盖过雷雨声的咆哮：“你们这些小鬼是怎么知道的？”

26

我们都好像给捅了屁股似地惊跳起来，魏恩则惊叫出声——后来他承认，他以为说话的是布劳尔的尸体。

在这块泥泞地的另一头又是一大片森林，恰好挡住路的尽头，马瑞尔与凸眼蛇站在一起，由于隔着灰色的雨幕，看起来有几分模糊。他们两人上身都穿着学校的红色尼龙夹克，一头火爆浪子的发型听话地贴在后脑勺，雨水混含着发油顺着脸颊滚下，像极了道具眼泪。

“他妈的！”凸眼蛇说道，“那是我弟弟！”

柯里张嘴望着凸眼蛇，湿淋淋的衬衫仍然扎在他细瘦的腰杆上，背包被雨淋得更形深绿，此刻也仍背在他裸露的肩胛骨上。

“你走开，”他颤声说道，“是我们发现的，我们有优先权。”

“去你的优先权，我们要去报警。”

“你们甭想。”我说着，突然对他们感到极度愤恨，竟然在最后一刻就这样冒出来了；如果我们曾经思考过，应该想到可能会发生这种事……但这一次我们不会让年长力强的大孩子抢去我们辛苦的成果——不让他们理所当然地巧取豪夺，仿佛抄捷径是正确的方法、也是唯一的方法。他们是开车来的——我想这才是令我们最愤怒的地方，他们竟然开着车来。“凸眼蛇，我们有四个人，你给我试试看！”

“喔，我们当然会试试看，别担心。”凸眼蛇说着，他与马瑞尔身后的树枝随即抖动了一下。查理与魏恩的哥哥比利也站了出来，一边抹掉脸上的雨水，一边骂着脏话，蓦地我觉得心中一沉，等我看见莫杰、迷糊蛋伯考维与温斯接连出现时，我的心更沉了。

“我们都到了，”马瑞尔咧嘴笑道，“我看你们还是——”

“魏恩！”比利大声咆哮着，带着责备的口吻，两只拳头握得紧紧的，还不断滴水。“你这小浑球！原来你躺在门廊下面！你这偷听别人说话的小鬼！”

魏恩畏缩在一旁。

查理更是嘴巴不饶人。“你这小偷窥狂！看我不打得你屁滚尿流才怪！”

“是吗？好，你试试看！”泰迪突然大发威风，他的眼睛在淋湿的镜片后闪着疯狂的光芒。“来啊！这一架我替他打！来啊！快啊！大个子！”

比利与查理并不需要一再邀请，他们一道走过来，魏恩又畏缩了一下——显然是在想象自己即将挨揍的景象与过去挨揍的情形，尽管他畏畏缩缩，但表面上依然硬撑，因为他是跟朋友在一块儿，我们一起度过了许多艰险，而不是轻松开汽车来的。

但是马瑞尔却拍拍他们的肩膀，不让比利与查理上前。

“你们现在听着，”马瑞尔说道，他耐着性子说着，好像我们不是站在滂沱大雨中似的。“我们的人数比你们多，块头也比你们大，现在我给你们一个滚开的机会，我不管你们到什么地方去，只管给我乖乖走开。”

柯里的哥哥哈哈笑着，伯考维拍拍马瑞尔的背，表示欣赏他的聪明才智。

“因为我们要把他带走，”马瑞尔温和地笑道（你可以想象，如果他在撞球台边正准备瞄准射球时，偏偏有个痞子在旁边胡言乱语，马瑞尔把球杆朝他的头敲下去之前，脸上就挂着同样微笑），“如果你们离开，我们会把他带走，如果你们不走，就把你们打得稀烂，然后照样把他带走；何况，”他又说道，想替他们巧取豪夺的行径加添一点冠冕堂皇的理由，“发现他的是查理与比利，所以他们有优先权。”

“他们是孬种！”泰迪反唇相讥，“魏恩都告诉我们了！他们根本孬到家了！”他扭曲着脸，模仿吓得痛哭流涕的查理。“真希望我们没偷那辆车！真希望我们没到赫娄路！噢，比利，我们该怎么办？噢，比利，好可怕！噢！比利——”

“够了！”查理说着开始走上前，脸上交杂着愤怒与难堪。“小鬼，不管你叫什么名字，小心我打扁你的鼻子。”

我狂乱地低头望着布劳尔，他正以独眼平静地望着从天而降的雨水。雷鸣声依然隆隆不断，但雨势已开始减缓。

“戈登，你呢？”马瑞尔问道；他轻扯着查理的胳臂，跟经验老到的驯狗人管着凶狠的恶犬一样。“你起码有点像你聪明的哥哥，你叫他们放弃，我让查理稍稍修理一下那个四眼田鸡，然后我们各干各的。你看如何？”

他不该提丹尼的。我本来想跟他讲理，让马瑞尔知道魏恩亲耳听见比利与查理甘愿放弃，因此真正有优先权的人是我们；我要告诉他，魏恩和我为了找这具尸体，几乎在桥上被火车压扁，告诉他麦洛与他那只天不怕地不怕——或者该说愚蠢至极——的狗朋友大波，还有那些吸血虫。我想我真正想告诉他的是：算了吧，马瑞尔，做人要公平一点。但他却把丹尼扯进来，于是我听见从我嘴里吐出来的，不是温和的说理，而是我的死刑宣判：“去你的！你们这些下流的太保！”

马瑞尔诧异不已，嘴巴张成了大圆形——我的话的确太出乎人意料之外，若在其他场合，保准立刻厮杀起来，然而此时所有的人——两方的人——都瞪眼看着我，说不出话来。

之后泰迪欣喜若狂地喊道：“戈登！说得好！让他们尝一点厉害！过瘾！”

我僵立原地，简直无法置信，这就好像关键时刻临时上台的替角演员，竟说出一句剧本上找不着的台词一样。我顺着眼角瞧见柯里已将背上的袋子拿下，一手在里面急急摸索着，但我不懂他在干什么——至少当时不懂。

“好吧，”马瑞尔声音柔和地说道，“去揍他们，把那叫戈登的小鬼留给我，我要把他两只手臂折断！”

我全身发冷，我并没有像刚才在铁轨上那样吓得尿了一身，不过那一定是因为此刻没东西好尿。你知道，他说的话可都是当真的；多年来，我对许多事都已改变看法，但这件事是例外。当马瑞尔说要折断我两只胳臂时，这话绝对当真。

他们冒着渐渐减缓的雨势朝我们走来。莫杰从口袋里掏出一把弹簧刀并敲着刀柄，六英寸长的刀子随即弹出，在阴暗的下午光线下闪着灰漾漾的光。魏恩与泰迪突然一左一右闪到我身边，同时摆起备战姿态——屈起双膝，紧握双拳；泰迪充满了狂热，魏恩则是一脸绝望与担忧。

大男孩成横列前进，他们的脚踏过泥沼，溅起水花（由于下大雨，那里已变成泥水坑）。布劳尔的尸体躺在我们脚旁，像是汲足了水的水桶。我已准备好随时应战……就在这时候，柯里发射了从他老头柜子里弄来的手枪。

（砰！）

天啊！这声音多美妙啊！查理蹦得老高，两眼直勾勾盯着我的马瑞尔也倏地转头看柯里，一张嘴张大成圆形；凸眼蛇根本是一脸惊愕莫名。

“嘿！柯里，那是爸爸的枪嘛！”他说道，“你想找死啊——”

“没你什么事。”柯里说道，他的脸色苍白得可怕，双目炯炯有神，仿佛全副生命都已投注在眼睛上。

“戈登说得对，你们只是一伙下流的太保！查理跟比利根本不想要他们的优先权，这点你们都知道，否则我们也不会走那么远的路到这地方来。而他们只不过在别的地方泄漏了他们的大秘密，让马瑞尔替他们想办法。”他的声音转为声嘶力竭的高喊，“可是你们别想碰他，听见没？”

“听着，”马瑞尔说道，“你最好在拔腿开溜之前先把那东西放下，我看你连射一只土拨鼠的胆子也没有！”他又开始向前走，脸上仍挂着温柔的微笑。“你们只是一伙装腔作势的小浑球，我会叫你把那支他妈的枪吃掉！”

“马瑞尔，你再不站住，我发誓就要开枪了。”

“你会坐牢。”马瑞尔低声说道，脚下丝毫不犹疑，脸上仍然挂着微笑。其他人都以既害怕又神往的表情注视他……与泰迪、魏恩和我注视柯里的表情一样。马瑞尔是镇上方圆几十英里之内最难缠的角色，我想柯里大概唬不了他。马瑞尔不认为一个十二岁的小鬼会真的开枪打他，我觉得他错了，我想柯里会在他夺去手枪之前开枪。在那数秒之间，我十分肯定这下麻烦可大了，是我所碰过最大的麻烦，或许会出人命也不一定，而一切都是为了谁对那具尸体有优先处理权。

柯里带着极懊恼的口吻柔声说道：“马瑞尔，你想在什么部位吃一枪？手臂还是大腿？我不会挑，你替我挑挑看。”

马瑞尔停下脚步。

27

微笑消失了，我看见他的脸上突然露出恐惧的神情，我想使他害怕的倒不是柯里的话，而是说话的口气。我心想，这下漏子越捅越大了，如果这真是唬人的把戏，可算是我生平所见最棒的把戏。其他的大男孩也都信以为真，脸孔皱成一团，仿佛有人以火柴点燃了炸药引信似的。

马瑞尔渐渐恢复镇定，脸上的肌肉又紧绷起来，他的嘴抿得紧紧的，而他看柯里的神情，就好像柯里刚刚认真提了个提案——要购并他的公司或处理他的贷款，或射断他的命根子，是一种等待而近乎好奇的神情，令人觉得他若非已了无畏惧，就是掩藏得很好。马瑞尔重新估计了他被枪击的或然率，发现并不如原先想象的那么对他有利，但他还是颇具危险性——或许比过去还有过之而无不及，后来我发觉这是我生平所见最生涩的一次心灵角力，他们俩都不是在唬人，而是玩真的。

"好吧，"马瑞尔柔声对柯里说道，"可是我知道你会有什么下场，你这浑蛋。"

"错了，你不会知道的。"

"你这小瘪三！"凸眼蛇只这么说道，"你会被修理得很凄惨的！"

"我们走着瞧！"柯里告诉他。

凸眼蛇愤怒地发出一个模糊的声音，同时开始向前走来，柯里开枪射击他前方十英尺的水中，水波飞溅。凸眼蛇急忙跳开，嘴里不停地诅咒。

"好了，现在怎么样？"马瑞尔问。

"现在你们坐进车里，给我乖乖地回城堡岩，以后你们要做什么，我不管，可是别想碰他。"他抬起一只淋湿的球鞋轻触着布劳尔，几乎带着尊敬的意味。"懂吗？"

"不过我们会找你算账。"马瑞尔说道，他又开始露出微笑，"你不会不知道吧？"

"你们或许办得到，或许办不到。"

"我们会狠狠修理你，"马瑞尔微笑道，"打得你全身是伤，我不相信你不知道这点。我们会让你们全上医院疗伤，我可是说真的。"

"喔，你干吗不回去跟你妈多亲热亲热？我听说她挺喜欢的。"

马瑞尔的笑容倏然冻结。"我会因为这句话宰了你，没有人敢损我妈。"

"我听说你妈的钱是睡觉睡来的。"柯里向他说道，马瑞尔的脸开始一阵青一阵白，几乎快与柯里的脸一样惨白。柯里又说道："其实我还听说她——"

这时风雨又开始转剧，来势又急又猛，不过这一回下的是冰雹，而不是雨。森林的轻声细语变成矫揉造作的二流电影中的丛林鼓声——大块大块的冰雹敲着树干叮咚作响，会刺痛人的冰雹开始落在我的肩膀上——好像有某种邪恶力量在投掷这些冰雹似的。最糟的是，冰雹也开始打在布劳尔上仰的脸上，发出可怕的啪啦声，又提醒我们他的存在，想到他无止境的惊人耐心。

魏恩哀号一声，第一个投降，他急急大跨几步，一溜烟窜上堤防。泰迪逗留了一分钟，也跟在魏恩后面抱头鼠窜。至于他们那一边，温斯蹒跚后退到附近的树丛下，伯考维也跟着躲了起来，不过其他人仍站在原地，马瑞尔又咧嘴笑了。

“戈登，不要走开，”柯里颤声低语，“别走。”

“我在这儿。”

“现在就给我走。”柯里对马瑞尔说道，他竟然能不露出半点颤声，实在神奇，他的口气就好像在教导一个愚笨的婴儿。

“我们会逮到你的，”马瑞尔说道，“如果你以为我们会忘掉的话，最好还是死了这条心。”

“很好，你们现在给我走，要干什么，改天再说。”

“我们会偷袭你，我们会——”

“快滚！”柯里高声喊着，一边举起手枪。马瑞尔朝后退。

他又注视柯里片刻，点点头，然后转身。“走吧。”他对其他人说道，然后，又转头看了柯里和我一眼。“后会有期。”

他们再度走进沼泽地和马路之间的重重树林中；柯里与我仍然纹丝不动地伫立原地，也不管不断打在身上的冰雹，任它打红我们的皮肤，任它像夏雪一般堆积在我们周围。我们凝神倾听着，不久，在冰雹撞击树干的狂乱声响掩盖之下，听见了两辆汽车的发动声。

“留在这儿别动。”柯里对我说着，便开始朝泥沼地跨去。

“柯里！”我惊惶地说道。

“我非去不可！你留下。”

他好像去了好长一段时间，我都开始认定他被躲在林子里的马瑞尔或凸眼蛇抓住了。我站在原地，只有布劳尔的尸体陪伴我等待有人——任何人——回来。过了一会儿，柯里回来了。

“我们成功了，”他说道，“他们走了。”

“真的？”

“对，两辆车都走了。”他两手交叉高举至头上，两手中间夹着手枪，仿佛冠军挥着手的姿态；然后他放下手，对我微微一笑，我想那是我见过最悲凉、最惊恐的微笑。

我们满心温暖地互望了一秒钟，也许从对方的眼光里看到了什么，又一起尴尬地低下头。突然间一阵恐惧袭来，我从柯里移动双脚激起的啪啦啪啦水声得知他也看到了，布劳尔的眼睛已成惨白一片，没有瞳孔的眼睛瞪着前方，就像希腊雕像在瞧你们似的。我们很快便了解是怎么回事，不过了解并不能减轻恐惧感。他的眼睛里满是圆圆的白色冰雹，此刻已经溶化，正顺着他的脸颊流下来，仿佛在为自己离奇的遭遇流泪——他竟然成了两批蠢孩子争夺的战利品。他的衣服上也都是白色冰雹，宛若躺在自己的寿衣中。

“噢，戈登，”柯里颤声说道，“刚刚这一切对他来说，真是太可怕了。”

“我想他不会知道的——”

“也许我们听见的是他的鬼魂，也许他知道会发生这样的事情。我们这样你争我夺，对他来说，真是太可怕了，我是说真的。”

我们身后的枝叶开始沙沙作响，我猛地一转身，难道他们真的包抄过来了，但是柯里只是蛮不在意地瞄了一眼，又继续专心想着布劳尔的尸体。来人是魏恩与泰迪，他们的牛仔裤已浸得湿湿的，紧紧黏在大腿上，两人都暧昧地笑着。

“我们该怎么办呢？”柯里问道。我觉得心中一阵战栗，或许他是在对我说话，或许是对……但他仍然低头望着尸体。

“我们要把他带回去，对不对？”泰迪困惑不解地问，“我们会变成英雄，是不是？”他先望着柯里，又望着我，然后目光又回到柯里身上。

柯里如大梦初醒般抬起头，嘴唇扭曲着，他朝泰迪大踏步走去，两手按在泰迪胸前，粗暴地把他向后一推。泰迪踉跄后退，两手像风火轮似地猛打着圈想稳住身子，最后坐在一摊泥浆中，两眼上仰对柯里眨眼，好似一只惊讶的麝香鼠。魏恩留心地注视柯里，似乎怕他做出什么疯狂的举动，不过或许跟事实相差无几。

“你给我闭嘴！”柯里对泰迪说道，“刚才你跑得挺快的，真是差劲的孬种！”

“我是怕冰雹！”泰迪既羞又怒地喊着，“不是怕那些家伙！柯里，我怕雷雨！我没办法！我发誓，我敢跟他们任何一个人打架，可就怕雷雨！这我也没法子。”他又开始哭，身子还坐在水里。

“那你呢？”柯里转身问魏恩，“你也怕雷雨？”

魏恩茫然地摇摇头，仍然震慑于柯里的怒气。“我以为大家都要跑。”

“那你一定可以未卜先知了，因为你是第一个跑的。”

魏恩咽了两次口水，再也不吭声了。

柯里瞪着他，眼神愠怒而狂乱，然后他转向我。“戈登，我们帮他弄个担架。”

“柯里，就照你的意思做。”

“当然！跟童子军一样，”他的声音变得高亢而奇特，“就跟他妈的童子军一样。用衬衫和竿子做个担架，就像手册里说的那样，戈登，对不对？”

“对，如果你要的话。可是如果那些家伙——”

“去他的那些家伙！”他喊道，“你们都是一群胆小鬼！全部给我滚开，讨厌鬼！”

“柯里，他们可能会报警，再回来抓我们。”

“他是我们的，我们要把他带走！”

“他们为了报复，会说任何不利于我们的话。”我告诉他。我的话听来软弱无力、而且愚蠢。“他们不惜说任何谎话，你是知道的，他们可以说出任何下三滥的话，到时我们就是跳进黄河也洗不清，就像那个牛奶——”

“我不管！”他尖叫着，同时抡起拳头向我迫近，但他一只脚正好踢到布劳尔的胸膛，尸体因而抖动一下，他一个踉跄，整个人跌在地上，我等他站起来打我一拳，然而他却伏倒原地，头对着堤防，两手越过头部，做出跳水家预备跳水的姿态，正与布劳尔被我们发现时的姿势一样。我狂乱地望着柯里的脚，好确定他的球鞋还穿在脚上。之后他开始嚎啕痛哭，他的身体在泥浆里抖动着，双拳不断地捶打着泥浆，脑袋扭来扭去。泰迪与魏恩盯着柯里，脸上带着兴奋的神情，因为没有人看见柯里哭过。过了一会儿，我走回堤防，攀上去，坐在其中一条铁轨上；泰迪与魏恩也随后跟来，我们一言不发地坐在雨中，像极了礼品店里卖的三只美德猴[1]，总是一副走投无路、濒临破产边缘的样子。

28

二十分钟之后，柯里爬上堤防坐在我们旁边。云层已开始散开，几线阳光从云层缝隙中射出，在短短的四十五分钟之内，树丛的深绿色已变了三次。柯里全身从头到脚都是污泥，只有眼白部分是干净的。

---

1 三只猴子分别蒙住眼睛、掩住嘴巴、捂住耳朵，代表非礼勿视、非礼勿言、非礼勿听。

“戈登，你说得对，”他说道，“没有人得到最后的权利，小人到处都是，呃？”

我点头。又过了五分钟，没有人讲话，我突然想到——我们总得防患于未然，免得他们真的报了警。我又跳下堤防，到柯里原先站着的地方，然后跪下来，用手指在水草与泥浆中捞着。

“你在找什么？”泰迪问，他也下来了。

“我想在你左边。”柯里说着用手指了指。

我往左移，过了一两分钟，两枚弹壳都找到了，在刚冒出来的阳光下闪着光。我把弹壳给了柯里，他点点头，把东西塞进他的裤袋里。

“我们回去吧。”柯里说道。

“嘿！干吗？”泰迪喊着，真急了，“我要带他走！”

“听着，傻蛋，”柯里说道，“如果我们带他回去，大家都会被关进感化院，就像戈登说的那样，那些家伙可以随心所欲编造任何谎言，如果他们说是我们杀了他怎么办？呃？你喜欢事情变成那样吗？”

“我才不在乎呢！”泰迪怏怏不乐地说，然后又满怀希望地看着我们，“何况他们可能只会把我们关上一两个月，我的意思是再怎么说我们才十二岁，他们总不会把我们关进肖申克监狱吧？”

柯里柔声说道：“泰迪，如果你有不良纪录的话，就不能从军。”

我相信柯里不过在说谎——但这种时候还是不挑明的好。泰迪望着柯里良久，他的嘴唇颤抖着，最后他终于说出话来。“不是胡说？”

“你去问戈登。”

他满怀希望地看着我。

“他说得对，”我说道，觉得自己简直是狗屎，“泰迪，他说得对，志愿入伍的时候，他们会先调查你过去的纪录。”

“天哪！”

“我们先过桥，”柯里说道，“以后的路不走铁轨，我们从另一个方向回城堡岩。如果有人问我们到什么地方了，就说我们在布列山露营，结果迷路了。”

“可是麦洛知道，”我说，“佛罗里达市场那个浑球也知道。”

“嗯，我们就说是麦洛把我们吓得半死，大家才决定去布列山露营。”

我点头，这样大概还可以，只要魏恩与泰迪不穿帮就好。

“如果我们的家人碰到一起，拆穿了我们的话呢？”魏恩问。

“这一点你自己去操心吧，”柯里说，“我爸爸反正还是醉得厉害。”

“那走吧。”魏恩说着朝我们与赫娄路之间的森林望了一眼，好像怀疑警察随时可能带着一群恶犬，从树丛中冒出来。“早走早好。”

这时我们都已经站起来准备动身了。鸟儿疯也似地叫着，我想它们大概对雨、对阳光、对虫子以及万事万物都感到愉快吧！然后我们像被人操纵的傀儡一样，不约而同地回头望着布劳尔。

他躺在那儿，再度孤零零的。他的手臂张开，因为刚才我们曾帮他翻身朝上，因此这时他呈大字形平躺着，似乎在欢迎阳光出现。顷刻之间，一切仿佛都很好，比殡仪馆安排的瞻仰室更自然，然而不久之后，你就看到了他脸上的瘀伤、下巴与嘴上的血块，以及渐趋肿胀的躯体，也看到了和太阳一起出现的绿头苍蝇正绕着尸体打转，发出扰人的嗡嗡声，于是你记起那股难闻的腐臭味，就像紧闭的密室中有人放屁的味道一样。他的年纪与我们相仿，而他却死了，我不愿相信这一切是出于自然，我恐惧莫名地排斥这种想法。

“好了，”柯里说道，本来他想以轻快的语气说话，然而喉咙发出的声音却又干又冲，“我们走快点。”

回程我们几乎是跑的，没有人说话。我不知道别人的情形如何，但我却忙着想事情，根本无暇说话；关于布劳尔的尸体，有一些事情令我感到不安——从当时一直到现在仍是如此。

右脸颊严重的瘀伤、头部有划破的痕迹、鼻子流血，除此之外，没有其他伤痕——至少看不到其他伤痕；但是许多人在酒吧里闹事，浑身伤得比他厉害十倍，到头来还不是照样大口喝酒。不过火车一定撞到他了，否则他的球鞋怎么会离脚那么远？为什么火车驾驶没看见他？会不会火车的撞击力把他甩得老高，但却还没有要了他的命？我想象在适当情况下，不无可能发生这样的情形：是不是他想避开火车时，被火车撞到侧面，然后一个滚翻，落在那块低凹的沼泽地上？他会不会神智清醒地躺在那儿颤抖了好几个钟头，然后才死的？死时完全不知道自己在什么地方，和整个世界切断了联系。也许他是死于恐惧。从前有只尾翼折断的小鸟，就那样死在我手里，它的身体轻颤微跳着，嘴巴一开一合，黑亮的眼睛仰瞪着我，不久它的身体不跳了，嘴巴半开着，黑眼睛中光芒不见了，变得毫不在乎，布劳尔的情形也可能如此，他很可能因为觉得这样活下去太可怕了而死去。

不过还有一件可疑的事，我想最令我不安的就是这件事。他是动身来采果子的，我好像记得新闻报道上说他还提了个罐子来装果子。我回家之后曾到图书馆查过报纸，结果证实我没错，他的确是出门采果子，手里还提了个瓶子或罐子之类的东西，但是我们没有发现这东西。我们发现了他与他的球鞋，看来他一定是在伯伦镇与他横死的沼泽地中途把罐子丢了。或许刚开始迷路的时候，他还紧紧抓住那罐子，因为那代表了他与家庭、安全的联系，然而后来他越来越害怕，再加上一种完全的孤独感，他发觉除了靠自己之外，没有人能救他，这时他从心底涌现一股充满寒意的真实恐惧，也许就这么不知不觉地把罐子丢到铁轨边的林子里，连他自己都不晓得是什么时候丢的。

我曾想再回去找找看——你会不会觉得我很变态？我曾想过在亮丽的夏天早晨，驾着我的新福特车到赫娄路的尽头，然后下车走入林子。就我一个人，我的妻子跟小孩则在远方的另一个世界里，只要按下电灯开关便能驱走黑暗、迎向光明的世界。我想过情形将是如何。我会拿出背包，把背包搁在车后的保险杆上，同时小心地脱下衬衫扎在腰际，在胸膛与肩膀上涂满防虫油，然后穿过森林到那块低洼的沼泽地，也就是我们发现他的地方。他躺的地方会不会顺着身体的形状长出黄草？当然不会，当然是了无痕迹，不过你还是想知道，这时你就会发觉在理性成年男人的外衣之下——身穿楞条花布西装、手肘处打着皮补丁的作家内心——仍然怀念着儿时各种古灵精怪的幻想。然后我再攀上如今已长满杂草的堤防，慢慢地在通往钱伯伦镇的腐朽铁轨旁踱步。

愚蠢的幻想！竟然想为了一个二十年前装野果的罐子而深入森林探险，说不定这罐子早已被丢至森林深处，或是在盖房子整地时被压路机碾平了，或是茂密的杂草把它盖住，根本看不见了。但我敢说罐子一定还在原处未动，就在那条旧铁轨沿线的某个地方。有时候那股回去找找看的冲动几乎有点疯狂，通常这股冲动涌现的时候都是早上，我太太在淋浴，小孩则在看波士顿三十八频道的《蝙蝠侠》，这时我特别会觉得少年时期的戈登在我心里蠢蠢欲动，那个也曾在这世界上昂首阔步，一会儿走路、一会儿说话、一会儿像只爬虫似的趴在地上爬行的戈登。我想着：那孩子就是我，然而随之而至的念头却令我有如被泼了冷水般全身发寒，那就是：*你是指哪个孩子？*

啜着手中的热茶，注视着厨房窗户斜射入屋的阳光，听着分别由屋子两侧传来电视声音与淋浴声，我感觉到眼睛的颤动，看来昨晚啤酒喝多了，这时候，我就会觉得回去一定可以找得着那个罐子。我可以看见那个罐子虽已锈烂，但仍透着金属的光芒，把夏日阳光反射到我的眼中。我会走到堤防下面，拨开紧紧缠住罐子耳朵的杂草，然后我要……干吗？我就是要把它从逝去的时光中拖出来，不断地在手中把玩着，一边摸着罐子，一边想着它的一切，慨叹着最后一个握住罐子的人，如今已作古多年。里面会不会有张纸条？写着："救救我，我迷路了。"当然不会——小孩子才不会带着铅笔和纸去采野果——这不过是假设。我想象自己握着罐子时会是多么惊骇敬畏，不过我猜我只会这么想：双手捧着那罐子，象征了我的生与他的死，也证明我确实知道死掉的孩子是谁——是我们五个孩子中的哪一个孩子。握着罐子，从锈迹斑斑与不再光亮的外壳上，读出它所经历的岁岁年年；抚摸着它，试图了解曾经照耀其上的阳光、打落其上的雨水与覆盖其上的冰雪，也回想着这罐子孤零零地经历风霜雨雪的同时，我又遭遇了什么？我在哪里？在做什么？在爱谁？过得如何？在什么地方？我会捧着它、读它、摸它……望着罐子上反映出的自己的脸孔，你明白吗？

29

我们在星期天清晨五点多回到城堡岩，那天是劳动节前一天。我们走了一整夜，虽然大家的脚都磨出水泡，肚子又饿得叽呱乱叫，但没有人抱怨。我的头痛得厉害，双脚因为操劳过度而扭伤发热。我们曾经两次为了避开火车而躲到堤防下面，其中一辆火车和我们走同一个方向，但车速快得我们来不及跳上去。我们再度来到横越城堡河的桥上时，天色已蒙蒙亮，柯里望了望铁轨，望了望河水，再回头望了望我们。

"去他的！我要走过去，如果被火车撞了也好，不必再担心马瑞尔那个家伙了。"

我们都走了过去——或者应该说拖着疲倦的脚步蹒跚而行，没有火车来。走到垃圾场时，我们翻过栅栏（没见到麦洛，也没见到大波，他们不会那么早，更何况是星期天），直接走向水泵。魏恩打水，我们轮流把脑袋伸向冰凉的水流，并且用手把水拍打全身，一直喝水喝到肚子装不下为止，然后把上衣穿上，因为早上好像有点凉飕飕的。我们一拐一拐走回镇上，还在空地前的人行道上逗留片刻，我们望着树屋，这样大家才不必互望。

"好了，"泰迪终于说道，"星期三学校见，我想我会一直睡到那时候。"

"我也是，"魏恩说，"我快困死了。"

柯里吹着不成调的口哨，一句话也没说。

“嘿！”泰迪笨拙地说道，“大家都是哥儿们，不要伤感情，好吗？”

“不好，”柯里说着，蓦地他一脸的疲倦郁闷都一扫而空，取而代之的是甜蜜而和煦的笑容，“我们做到了，是不是？我们赶走了那批浑球。”

“是啊！”魏恩说道，“比利可不会饶我。”

“那又怎么样？”柯里说道，“我哥哥会修理我，马瑞尔也许会修理戈登，另外有人会修理泰迪，可是我们还是成功了。”

“你说得对。”魏恩应道，可是他的声音听来还是不太高兴。

柯里看着我。“我们做到了，对不对？”他轻声问道，“很值得，是不是？”

“当然值得。”我说。

“他妈的，”泰迪一派不再感兴趣的口吻，“你们讲话的口气严肃得好像在上政论课似的，饶了我吧。我要回家了，不知道我妈是不是把我列在十大通缉要犯名单上了。”

我们都大笑出声，泰迪又是一脸“我又说什么啦”的神情，我们和他击掌，然后他与魏恩两人便朝家的方向走去，我也应该回家才是……但我犹豫了片刻。

“我跟你一块走。”柯里提议道。

“好啊！”

我们走过一条街，没有人开口。城堡岩的清晨安静得可怕，我突然有种近乎神圣的感觉，觉得全身的疲惫皆离我而去。整个世界都在沉睡中，惟独我们清醒着，我几乎觉得一转个弯就会看见我的鹿站在卡宾街角，也是铁轨穿过工厂卸货场的地方。

柯里终于说道：“他们会说出去。”

“当然会，不过不是今天或明天，这你不用担心，我想起码会过好久才敢讲，也许好几年。”他诧异地看着我。

“他们吓坏了，柯里，尤其是泰迪，他害怕没办法从军，不过魏恩也很害怕，他们两个都会好几天睡不着觉。我想今年秋天，他们有好几次差一点脱口而出，但我猜他们不会讲，因为……你知道吗？这话听起来有点疯狂，可是……我想他们根本会把整件事情忘掉，好像不曾发生过一样。”

他缓缓地点头。“我没想到这些。戈登，你有看透人心的本领。”

“希望如此。”

“你有。”

我们又一言不发地走过另一条街。

“我永远也无法离开这个镇，”柯里说着叹了口气，“等你上大学放暑假回来，就可以在七点到三点的日班结束后，到酒馆来看魏恩、泰迪和我，如果你想的话；不过也许你根本不想。”他的笑令人脊背发凉。

“你少乱讲了。”我说着，想把话说得强硬一些——我想到柯里在森林里对我说的话：“也许我拿了钱到史老师面前认罪，也许那些钱一文也没少，不过我还是放了三天假，因为那笔钱一直没有出现。也许第二个星期史老太婆来上课的时候，身上穿的是一件全新的裙子……”还有当时他眼中的神情。

“好，我不乱讲，”柯里说。

我用食指摩擦拇指。“这是全世界最小的小提琴，演奏的歌曲是‘我的心为你排出紫色的尿’。”

“他是我们的。”柯里说，漆黑的眼睛反映着晨光。

我们走到了我家那条街的街角，于是两人停下脚步。时间是六点十五分，我们可看见镇中心的送报车在泰迪叔叔的文具店前停下，一个身穿牛仔裤与T恤衫的男人丢下一捆报纸，报纸翻了个身摔在地上，露出漫画版（通常首页都是白朗黛和狄克崔西漫画）。不久车子开走，它还有好几站得跑。我还想对柯里说些话，但不知该如何开口。

“那再见了。”他说着，声音中透着疲倦。

“柯里——”

“伸出手来？”

我和他击掌。“回头见。”

他又笑了——还是那甜蜜、和煦的笑容。“我会先见到你的，浑球。”

他走开了，脸上仍挂着笑，走得轻松而优雅，仿佛他并不像我这样脚丫满是水泡，而他的身上也没有被蚊子及小黑虫咬得处处红肿，仿佛他在这个世上了无牵挂，好似他要到一个很棒的地方，而不是待在一个只有三个房间的屋子（说是陋室还更确切些），屋里不但没有水龙头，窗户也破破烂烂，临时用塑胶板挡着，还有个哥哥可能正在前院等他回来，准备好好修理他。即使我刚才知道该说什么，或许也说不出口，我认为过多的言语只会破坏了爱的机能——我猜从一个作家嘴里说出这种话大概极不可思议，但我相信这是真的。假使你告诉一只鹿说你对它毫无恶意，它只会摆摆尾巴，一溜烟即不见了。多说无益，爱并非像有些混账诗人所描述的那样；爱有牙齿、会咬人，而这种伤口永远也无法愈合，没有任何言语可以使爱的伤口愈合，可笑的是，恰好相反，若是伤口干了，言语文字也随之枯死。

相信我，我是靠文字讨生活的，我知道事实的确如此。

30

后门上了锁，于是我从门垫下面摸出一把钥匙，打开门进去。厨房里没有人，一片安静，干净得令人不快；我打开电灯开关时，听见洗手台上的灯管发出哼声。我大概有几百年不曾比我妈早起了，连上一次是什么时候都不记得。

我脱下衬衫，把它丢在洗衣机后面的塑胶篮里，然后从洗手台下拿了一块干净的布往身上擦抹——脸、颈子、腋窝、肚子，然后我拉下裤子的拉链，使劲擦我的私处——一直擦到皮肤肿痛为止。尽管吸血虫留下的红色痕迹迅即消失，但我总觉得好像永远擦不干净似的，直到现在，那地方还有小小的新月形疤痕，有一回我太太问起，我竟毫不思索地就随便撒了个谎。

擦完之后，我把破布丢开，上头真脏。

我拿出一打鸡蛋，炒了六个蛋，等平底锅里的蛋成半凝固状时，我又加了一盘碎凤梨与半夸脱牛奶。正要坐下来吃的时候，我妈走进厨房，她的灰发在脑后挽成发髻，身穿一件褪色的粉红色浴袍，嘴里叼着骆驼牌香烟。

“戈登，到哪儿去了？”

“露营，”我说着开始吃了起来，“本来是在魏恩家后面，后来又跑到布列山；魏恩的妈妈说会打电话过来，她没打吗？”

“也许是你爸爸接的。”她说着，悄悄走过我身边到洗手台前，像个粉红色幽灵。日光灯对她并不仁慈，在灯光照射下，她的脸色变得蜡黄。她叹口气……几乎是啜泣。“每天早晨，我总是特别想念丹尼，”她说道，“我都会走进他的房间看一眼，里面总是空荡荡的，戈登，空荡荡的。”

“是啊，真他妈的！”

“他睡觉时总是把窗户开得大大的，毛毯也……戈登，你刚才是不是说了什么？”

“没什么，妈。”

“……毛毯也一直拉到下巴。”她说完后背向我怔怔地望着窗外。我继续吃我的，全身颤抖。

31

我们的秘密一直没有泄漏出去。

喔，我的意思并不是布劳尔的尸体一直没被找到，确实有人找到了。不过我们双方人马都没落着什么好处，我想马瑞尔后来一定觉得匿名电话是最安全的办法，因为新闻上是这么报道的。我的意思是，没有任何人的父母发觉我们那两天究竟上哪儿露营去了。

柯里的爸爸仍然在喝酒，跟柯里的预测没有两样。他妈妈跑到路易斯登的姐姐家里，每回柯里的爸爸喝酒狂欢时，她总是跑到那儿避难，然后让凸眼蛇负责照顾年纪较小的弟妹。凸眼蛇不辱妈妈的托付，每天跟马瑞尔与一群太保朋友四处闲混，留下九岁的南登、五岁的荣莉与两岁的黛拉自生自灭。

泰迪的妈妈到了第二天晚上开始担心，于是打电话给魏恩的妈妈，魏恩的妈妈说我们都还待在魏恩的帐篷里，因为前一天晚上她还看见里面有光；泰迪的妈又说希望没有人在帐篷里抽烟，魏恩的妈说她觉得是手电筒的光，何况她知道魏恩与比利的朋友都不会抽烟。

我爸问了我一些含糊的问题，都让我含糊地挡了回去，他看来好像有点困惑不安，然后说改天一块钓鱼去，仅此而已。如果他们有一天聚在一块儿的话，一切就穿帮了……不过这情形一直都未出现。

麦洛也没有把事情说出去，我猜他左思右想，大概觉得对自己颇为不利，因为我们每个人都会发誓他叫狗咬我是真有其事。

因此秘密一直未曾泄漏出去——不过事情并非就此结束。

32

在那个月的月底，有一天我从学校走路回家的时候，一辆黑色的一九五二年福特车停在我面前，就是这辆车，不会错。车身是帮派分子喜欢的白色，还有流线型车头和高高隆起的保险杠。后车盖上画了两点和十一点的扑克牌图案。

车门一一甩开，马瑞尔与伯考维跨步走了下来。

“下流的太保，是吗？”马瑞尔说道，脸上仍是温温的笑，“我妈挺喜欢我的技巧，对吗？”

“我们是来找你算账的，小鬼。”伯考维说道。

我把书包朝人行道上一丢，拔腿就跑，但还没跑到这条街的尽头就被他们逮着。马瑞尔飞身把我一抓，我即刻趴在地上，下巴结实地捣着水泥地，不仅是眼冒金星，简直看到了整个星系、整个星云。他们把我拉起来的时候，我已经哭了起来，倒不是因为我的手肘与膝盖都破皮流血，或因为害怕而哭泣——而是一股感到无能为力的强烈愤怒；柯里说得对，他原本是我们的。

我又扭又转，几乎摆脱了他们，这时伯考维抬起膝盖，朝我的下部猛力一顶，我感到一阵令人难以置信、无与伦比的强烈疼痛。这种惊人的痛让人眼界大开，仿佛见识到电影除了普通的宽银幕，还有全景宽银幕。我开始尖声哭叫，看来尖叫是我唯一的机会。

马瑞尔在我脸上重重打了两拳，一拳打在我的左眼，这一来，那只眼睛得过四天后才能看清楚，另一拳打破了鼻子，听来有点像咀嚼脆米花的声音。这时年老的乔太太从门里出来，一手拄着拐杖，嘴里叼着烟，开始对他们大吼：

“嘿！你们在干吗？不准再打了！警察！警察！”

“小鬼，下次别再让我看到！”马瑞尔微笑道，然后他们放下我走了。我坐起来，身子前倾着，两手捧着伤得不轻的命根子，心想这下八成活不成了。我仍然哭着，但伯考维开始绕过我时，一看到他那双紧裹着牛仔裤的腿与他的长靴，我又满心愤怒，于是我一把抓住他，朝着他的小腿，用尽吃奶的力气狠狠咬下去。伯考维也开始尖叫，而且用单脚猛跳，竟还气急败坏地骂我卑鄙。我正望着他蹦来跳去，马瑞尔一脚踩住我的左手一用力，两根指头断了，我清楚听见指头断裂的声音，这回不像脆脆的米花，而像脆饼。之后马瑞尔与伯考维走回车上，马瑞尔把手插在后裤袋中慢慢走着，伯考维还不忘转过头来骂我一大串脏话。我蜷缩起身子哭着，乔太太走下来，还不住生气地挥舞着手里的拐杖。她问我要不要去看医生，我坐起来，勉强止住哭，抽抽搭搭地告诉她不需要。

“胡说！”她咆哮道——乔太太已经半聋，因此说话都用吼的，“我看见那坏东西打在你什么地方，哼，我看你的宝贝不肿得跟腌果酱的罐子一样大才怪！”

她带我进屋子，给我一块湿布擦鼻子——这时鼻子已扁成一团——又让我喝下一杯有药味的咖啡，好像使我好过多了。她一直对我吼，说要找医生来，我一概说不用，最后她只好放弃，于是我走回家，走得非常慢。我的宝贝还没有肿得像罐子那么大，不过也差不多了。

爸妈看了我一眼，便一路骂了出来——说实在，我还真有点讶异他们竟然注意到了。“那些小孩是谁？认不认得出来？”我爸问道，他从不错过那些警匪影集。我说大概无法从一排人中指认出嫌疑犯，又说我累了，其实我想我是过度惊吓，而且因为喝了乔太太的咖啡——里面至少掺了百分之六十的 VSOP 白兰地——有点酒醉，我说他们大概不是镇上的小孩，可能是从路易斯登来的。

他们带我去看克拉森医生，如今他依然健在，不过当时我就觉得他已经老得可以跟上帝一起促膝谈心了。他接好我的手指与鼻梁，又给了我妈止痛药的处方，之后他借故要我爸妈走出诊疗室，然后慢吞吞地走到我面前，好像电影《科学怪人》中的怪物走近伊戈尔一样。

“戈登，是谁干的？”

“我不知道，克拉森医——”

“你在撒谎。”

“没有，大夫，真的。”

他苍白的脸颊开始微微泛红。“你何必护着那些白痴？你以为他们会因此尊敬你吗？他们只会说你是笨蛋，然后大笑三声；他们会说：‘啊，那个被我们打得惨兮兮的笨蛋来了，哈哈哈！’”

“我不认得他们，真的。”

我看得出来他好想扳住我的身子把我摇醒，不过他当然没有这么做，于是他让我出了诊疗室，一边摇着满头白发，一边嘴里还喃喃说什么不良少年。我想他晚上抽着雪茄、喝着雪利酒的时候，一定会对他的老朋友上帝谈起这件事。

我毫不在意马瑞尔他们究竟是尊敬我或视我为傻瓜，还是根本没把我放在心上，但我必须为柯里着想。他的哥哥凸眼蛇打得他手臂折断两处，脸上又红又紫，断裂的手肘必须打钢钉才接得起来。米太太走在路上时，瞧见柯里悬着无力的胳膊蹒跚而行，两只耳朵里也都流着血，眼睛却还在看漫画书，于是她立刻带他上医院急诊室，柯里告诉医生，他是在黑暗中跌下地窖楼梯摔伤的。

“是啊。”医生说道，他对柯里的不满如克拉森医生对我的感觉一样，随后他挂电话给班警官。

他在办公室打电话的同时，柯里缓缓地穿过大厅，将吊腕带按在胸前，免得它乱晃，这样断裂的骨头才不会互相摩擦；他打电话给米太太。他后来告诉我，这是他生平第一次打对方付费的电话，他生怕米太太不肯接电话，还好她接了。

“柯里，你还好吧？”她问。

“很好，谢谢。”柯里说。

“柯里，对不起，我不能留下来照顾你，因为我正在烘饼——”

“没有关系，米太太，”柯里说道，“你看一下我家门口有没有一辆别克？”那辆别克是柯里妈妈开的，已经开了十年，引擎烧热的时候，闻起来会有一股焦味。

“有。”她审慎地说道，最好不要跟柯里家有任何瓜葛，一穷二白的爱尔兰后裔。

“能不能麻烦你走一趟，叫我妈到楼下把地窖灯泡的插头拔下来，好吗？”

“柯里，真的，我的饼——”

“请她立刻去拔插头，”柯里执拗地说道，“否则我哥哥就得坐牢。”

米太太好久好久都不发一语，最后才答应，她没有多问，柯里也没有说谎。班警官确实去了他家一趟，不过凸眼蛇并没有坐牢。

魏恩与泰迪也挂了彩，不过没柯里和我这么严重。比利在魏恩回家的路上修理他，才挥了四五拳，魏恩就失去知觉。魏恩只不过是昏倒了，比利却生怕他已经死在自己的拳下，不敢再出手。泰迪有一回从树屋回家的路上，被他们中间的三个逮着，他们把他一拳打飞了出去，砸了他的眼镜；他要跟他们对打，可是等他们知道他根本是在瞎子摸黑时，就不愿意打下去了。

我们四个人伤痕累累地上学，活像韩战突击队的残兵败将，没有人知道到底是怎么回事，不过大家都了解我们跟那些大孩子结了梁子，但每个人都表现得像个男子汉，于是一些谣传出现了，每种说法都荒诞得离谱。

等到疤掉了、瘀痕也褪去的时候，魏恩与泰迪离我们越来越远，他们又找到一群新伙伴，可以让他们作威作福，其中大部分都是彻头彻尾的浑球——五年级的小笨驴——但泰迪与魏恩一再把他们带上树屋，指挥来指挥去，活像纳粹头子一样跋扈。

柯里和我渐渐减少上树屋的次数，过了不久，那地方就变成他们所有了。我记得一九六一年春天，有一次我上了树屋，注意到里面充满一种炮轰过的干草堆味道，以后我再也没上去过。渐渐地，泰迪与魏恩变得只是偶尔会在学校碰到的另外两张面孔，我们见面仅点点头、说声嘿而已。这种事随处可见，有没有注意到，朋友在你生命中进进出出，好像餐厅中的侍者来来去去一样。可是每当我想起那场梦、想到那两具尸体正用力拖我下水的时候，我就觉得这样也好。有的人会沉沦，如此而已，并不公平，但世事就是这样，有的人会沉沦下去。

33

一九六六年，魏恩葬身于路易斯登的公寓大火中——我相信布鲁克林与布朗克斯的人会称这种公寓为贫民窟。消防队称火势起于凌晨两点，天亮时，整栋建筑物只剩下一堆灰砾。那里原本在举行一场大型的喝酒晚会，魏恩亦是座上客，有人在其中一间卧房里睡着了，却忘了捻熄香烟，或许是魏恩自己，正在梦想他那一罐子钱币。他们从牙齿辨认出魏恩与另外四具尸体的身份。

泰迪则在车祸中丧生，我想是一九七一年，也可能是一九七二年初。我长大那段时间流行一种说法："如果你一个人出去闯荡，是英雄；带了人跟你一起，就是狗熊。"泰迪自从懂事以来，唯一的愿望就是从军，结果空军不接纳他，征兵部门将他的体格列为 D 等。其实任何人只要见了他那对厚镜片与助听器，就知道会有这种结果，惟独泰迪自己不知道。他在高中二年级时，由于辱骂辅导老师为狗屎而禁止上学三天；学校就业辅导室的老师已经观察他许久——他几乎天天上办公室查看征兵资料，这位老师知道他不是当兵的料，就劝他考虑一下其他职业，于是泰迪就狂怒起来。

由于经常旷课、迟到与多项成绩不及格，泰迪留级一年……不过还是毕业了。他有一辆老旧的雪佛兰，时常开着到过去马瑞尔、伯考维时常去的地方鬼混，像弹子房、舞厅、酒馆等，最后终于在城堡岩工务局找到一份修补路面的工作。

发生车祸的地点是赫娄。泰迪的雪佛兰车上载满了朋友（其中两个是泰迪、魏恩从一九六〇年就一起混的朋友），每个人都喝了不少酒。车子撞上电线杆，把电线杆撞成两半，然后连翻六个筋斗。其中有个女孩还活着，她在医院的植物区——缅因州综合医院的植物人病房——躺了半年，直到后来不知哪个慈悲的幽灵拔掉了她的呼吸器。泰迪死后获颁年度狗熊奖。

柯里升上初中二年级时选了升学班的课——他和我都知道再等下去就来不及了，因为他永远也无法赶上。每个人都为他这个决定而大感意外。父母认为他在装腔作势，朋友认为他成了好学生，再也不与他为伍，辅导老师认为他的功课一定赶不上。而大部分的老师都对这位留着鸭尾巴长发、穿皮夹克与靴子的学生很不以为然，因为他毫无准备地出现在他们班上，他们认为穿那种靴子与满是拉链皮夹克的人，竟然出现在高尚的几何、拉丁文与地球科学等高深科目的课堂上，简直是大不敬，这身打扮只该出现在技艺班才是。柯里坐在那些来自望城山与布列山中产阶级家庭、衣着考究、活泼开朗的乖小孩中间，就好像格兰戴尔[1]一样，随时可能对他们发出可怕的吼声，把他们连同漂亮衬衫、鞋子和所有的一切，全都吞下肚子。

那年他有十几次想要放弃，他的父亲尤其拼命打击他，指责柯里自觉比老爸强，指责柯里想上大学好花光他老子的血汗钱。有一回他用瓶子敲柯里的后脑勺，结果柯里又上了医院的急诊室，缝了四针才把脑壳合起来。他的老朋友们——现在多半整天抽烟鬼混——看到他都极尽讪笑之能事。辅导老师劝他多少修一点技艺课程，才不会全部不及格。当然最糟的是：他荒废了前七年的教育，如今重拾课业，开始大吃苦头了。

我们几乎每天晚上都一起念书，有时候一口气就足足念六个钟头，每次念完，我都精疲力竭，有时候也很害怕——因为他会为过去的荒唐竟然需要付出如此高的代价而大发雷霆。在他学"初级几何学"之前，得先复习五年级的分数部分，因为当时他正与魏恩、泰迪玩得不亦乐乎呢！看到一个拉丁句子，他还得问清楚主词、介词与受词分别是什么；在他的英文文法课本里，工工整整写着"他妈的动名词"。他在作文方面的构思与组织都不错，但文法很差，他不打标点符号的方式仿佛拿散弹枪乱射一般；他把那本《瓦瑞纳英文与作文》翻烂了以后，又在波特兰买了一本新的，那是他买的第一本精装书，日后被他奉为《圣经》一样神圣与珍贵。

但他终于在高三时为大家所接纳。我们两人都不曾名列前茅，不过我得第七，他也得了个十九。我们都得到缅因大学的入学许可，不过我上的是奥朗诺校区，他则去波特兰校区念法律。你信不信？得念更多的拉丁文。

我们俩在高中时都交过女朋友，但没有一个女孩能介入我们之中，你会不会觉得我们有点暧昧？我们的老朋友都这么想，魏恩与泰迪也包括在内，但这只是我们求生的途径。我们在深水中紧紧攀附着对方；我想柯里

1 格兰戴尔（Grendl），是中世纪英国著名史诗《贝奥武夫》中的怪兽。

那方我已经解释过了，而我攀附他的理由则比较不是那么清楚。我想，柯里亟欲逃离城堡岩与逃离工厂阴影，就是我最好的理由，我不能丢下他一个人逆流而上，如果他沉沦了，我想一部分的我也会随之沉沦下去。

一九七一年底，柯里到波特兰一家小吃店吃饭，就在他的面前，有两个人正在为谁先排在前面而争执不休，其中一个抽出刀子。柯里是我们之中最善于打圆场的，这时他介入他们中间调停，刀子正好就插进他的喉咙。拿刀的这个人曾经在四个不同的监狱里服刑，事发之前一个星期才从肖申克州立监狱出来。柯里当场毙命。

我是在报纸上看到这个消息的——柯里当时即将结束研究生二年级的学业，而我也已经结婚一年半，正在一所高中教英文，我太太有了身孕，我也正在筹划写一本书。当我看到报纸的大标题时——研究生于波特兰餐厅被刺殒命——就告诉太太我要出去喝点东西。我驾车到郊外，停了车，为他哭泣；我猜我大概哭了将近半个小时，虽然我们夫妻感情甚笃，但我无法在太太面前哭泣，否则就显得太软弱了。

34

至于我呢?

正如我说的，现在我是个作家，许多书评人说我写的东西都是狗屎，我也时常觉得他们说得没错……但每回在银行或医生办公室里填表格填到职业栏，我填上“作家”二字时，都仍然觉得心慌。我的故事太像童话故事了，显得荒诞不经。

我卖掉了那本小说，片商将它拍成电影，影评人的口碑甚佳，小说本身也大大热门，这一切都发生于我二十六岁那年。第二本书也拍成电影，第三本亦不例外。我告诉过你——简直是他妈的荒诞不经，况且我太太好像也并不介意我待在家里，现在我们已有三个孩子了。在我看来，他们都很完美，大半的时间我都觉得很快乐。

但我曾经说过，写作不像过去那么轻松、那么有趣。电话总是不停地响，偶尔我会头痛欲裂，于是就必须到幽暗的房间里躺下，直到不再头痛为止。大夫说我得的并不是真正的偏头痛，他称之为“紧张痛”，叫我心情放轻松即可痊愈。我偶尔会担心自己，这种毛病多么愚蠢啊……可是我却无法停止头痛。我想知道我所做的一切是否真有任何意义？一个人能以写作杜撰的小说致富，这是个什么样的世界？

不过我与马瑞尔重逢的经过倒是挺滑稽的。我的朋友都死了，而马瑞尔还活着，我看见他在三点钟的下班哨声之后，从工厂停车场驾着车出来，那是我上一次带着孩子回家看爸爸的时候。

一九五二年的福特车已变为一九七七年的旅行车，车身上还贴着褪色的“里根／布什／一九八〇”字样。他的头发推成了小平头，人也发福不少，原本伶俐、英俊的五官，如今都已陷进满脸赘肉里。我把孩子留在爸爸那儿，好进城买份报纸。我正好站在卡宾街的角落等着过街时，他朝我一瞥，这个过去曾打歪我鼻梁的三十二岁男人完全没有认出我。

我注视着他把车子弯进酒馆旁边的肮脏停车场，然后他下车，两手插在裤袋里走了进去，我可以想象他开门时里面飘出的烟味和西部乡村歌曲的声音，以及其他常客的欢迎声，他将那偌大的臀部往凳子上一搁，或许自从他二十一岁以后，除了星期天之外，每天都在这里消磨三个钟头。

我想：原来马瑞尔现在变成这样。

我往左边一望，越过工厂，我可以看见城堡河的河水仍然在赫娄与城堡岩之间的桥下奔流着，虽然不及过去那么宽阔，但却干净得多。上流的桥已不复存在，但河水仍继续奔流着。我也是。

暮冬重生

呼—吸—呼—吸

献给彼得和苏珊·斯陶伯

1 俱 乐 部

我承认，在那个刮风下雪、寒风刺骨的晚上，我穿衣服的动作比平常都快；那是一九七几年的十二月二十三日，我相信俱乐部其他会员大概也跟我差不多。每逢这种风雪夜，纽约的出租车是出名的难等，因此我打电话叫了电招出租车；我打电话的时间是五点半，请车子八点来接——我太太扬了扬眉毛，但没说什么。我与爱伦自一九四六年起，就住在东58街这栋公寓大厦里。七点四十五分，我已经到楼下等出租车，过了原定时间五分钟，出租车却还不见踪影，我忍不住心急地踱来踱去。

八点十分，出租车终于到了，我钻进车子，真高兴能躲开寒风的侵袭，我高兴得忘了为出租车迟到发脾气，司机原本罪有应得。昨天自加拿大长驱而下的这股冷风可真是厉害；刺骨的寒风在车窗外呼呼作响、呜呜哀号，偶或淹没车里收音机的声音，也令车子不住晃动。许多商店都还开着，但人行道上几乎已看不见赶在最后一刻采购的客人，仍然留在街上的行人看来很不舒服，几乎是满脸苦相。

一整天，雪都时下时歇，此刻又开始下雪了；起初是一片片薄薄的雪花，不久即越下越剧烈，前面的街道皆笼罩于疾风劲雪之下。当天晚上回家后，想到混合了风雪、出租车的纽约夜晚，我的心情会更加不安……不过当时我当然无从得知。

第2街与第40街的角落，一个金光闪烁的大圣诞铃像幽灵似的滚过交叉路口。

“坏天气，”司机说道，“明天一定又会出现二十几具无名尸等人认领，一个个冻成冰棒的酒鬼和街头流浪的女游民。”

“大概吧！”

出租车司机沉思道：“唉，这样解脱了也好，”他说，“可以为政府省下一点福利金，是不是？”

“你的圣诞精神还真叫人吃惊！”

司机想了想又说：“你也属于那种热血自由派吗？”

“我拒绝回答可能会陷我于不义的问题。”我说道，那位司机哼了一声，仿佛心里在想，我怎么老是碰到这种自作聪明的家伙……但没有再开口。

他在第 2 街与第 35 街口让我下车，我得走半条街才到得了俱乐部，我手上戴了手套，一手按着头上的帽子，弯着腰迎着呼啸不已的寒风向前走去。没多久，我就觉得体内的生命力大大萎缩，只剩下有如瓦斯炉母火的蓝色火苗一般微弱。高龄七十三的人对于寒冷的感觉总是更敏锐、更深刻些；我应该待在家中炉火前……至少是电热器前。七十三岁的人对于热血沸腾是怎么回事，已不复记忆，比较像是学术报告上说说罢了。

刚才的一阵风雪声势稍歇，不过干如沙子般的雪花仍旧打在我脸上。我很高兴看见通往 249 号 B 门口的阶梯铺了沙子——这当然是斯蒂芬弄的——他知道老年人的身体不像炼金术那样从铅变成金，而是全身骨节变成玻璃般脆弱，想到这些事时，我就觉得上帝大概很爱开玩笑。

不久斯蒂芬来开门，于是我走进去，穿过桃花心木镶嵌的走廊，经过一道半开的双重门，走进了图书室兼阅览室兼酒吧。这是一个阴暗的房间，偶有光线闪烁——是台灯散发的光芒；橡木镶花的地板辉映着炉火，可以听见巨大火炉里燃烧的桦木条不断发出哔哔剥剥的声音，整个房间暖烘烘的——当然天底下对客人最好的欢迎莫过于温暖的炉火了。我耳边传来纸张翻动的沙沙声——冷冷的，有点不耐烦，一定是尤汉生在翻阅《华尔街日报》；十年了，竟然仅由他阅读股市行情的方式，仍能察觉到他在场。有趣……另一方面，也令人称奇。

斯蒂芬帮我脱了外衣，嘴里喃喃抱怨着坏天气，电台正在预报大雪将一直落至明晨。

我也附和着说天气真是坏透了，又回头望着那间又大又高的房间；风雪交加的夜晚、熊熊的炉火……与鬼故事。我是不是说过热血沸腾对七十三岁的人已成过去式？或许真是如此，但我突然觉得胸中涌起一股暖意……而且并非因为炉火或斯蒂芬一贯彬彬有礼的欢迎。

我想是因为轮到麦卡朗讲故事了。

十年来，我不断来到位于东 35 街 249 号 B 的这幢黄褐色砂石建筑物报到——断断续续的，几乎可以称得上规律。我私下觉得这是一个“绅士俱乐部”，沿袭了女权运动兴起之前的传统。但即使是现在，我还不敢确定是否真是如此，以及当初俱乐部究竟是如何成立的。

麦卡朗讲呼吸方法故事的那天晚上——我们俱乐部总共有十三位会员，不过在那个强风怒号的雪夜，只有六个人如约前来。我记得有些年，俱乐部只有八位常任会员，有些年则有二十位，或许还不止。

我猜斯蒂芬大概知道俱乐部是如何成立——可以确定的是，无论俱乐部成立了多久，斯蒂芬从一开始就在那儿……我相信斯蒂芬的年纪一定比他外表看起来大得多。他讲英文带了点布鲁克林腔，然而除此之外，他办事精准，无懈可击，堪与训练有素的英国管家相媲美；他的沉默含蓄令人恼怒，但这也是他独特魅力的一部分，而他的浅笑更像一道上了锁又闩住的门，难窥其中之奥妙。我从未见过俱乐部的记录——如果有的话，也从未接到会费的收据——因为我从来没有缴过会费，俱乐部秘书也不曾打电话给我——俱乐部没有秘书，东 35 街 249 号 B 也没有电话，还有，这俱乐部——如果真是个俱乐部的话——也一直没有名字。

我第一次去俱乐部（我只能这么称呼了），是乔治·华特豪斯先生请我去的。自从一九五一年以来，我就在华特豪斯先生的法律事务所工作——这是纽约三大法律事务所之一；我在事务所中的发展虽然称得上稳定，却慢得不得了。我是个刻苦实干的人，工作相当卖力……但不具备足以傲视群伦的天分；我见过一些跟我同时起步的人平步青云，而我仍然按部就班地一步步慢慢往上爬。但我对这一切，并不真的感到讶异。

华特豪斯偶尔会和我开开玩笑，每年十月，我们都会参加事务所主办的晚餐会，除此之外，就没有什么交往了。一九六几年的秋季，十一月上旬有一天，他突然造访我的办公室。

光是这样就够不寻常了，我不禁往坏处想，（我被开除了？）又往好的方面想，（也许我得到意外的升迁？）他的来访真是令人困惑。华特豪斯倚在门口，别在背心上的大学优等生荣誉徽章散发着柔和光芒，他嘴里随便东拉西扯——都是些无关紧要的事，我一直在等他说笑完毕，直接切入手边正在处理的案子，例如："关于凯西这个案子——"或"我们得研究一下市长任命索卡维兹去——"但他好像压根儿不想这么做。他瞥了一眼手表，表示跟我谈得很愉快，现在他得走了。

我仍然一头雾水，然后他又回过头来顺口说道："我差不多每星期四晚上都会去一个地方——俱乐部之类的地方，里面大部分都是上了年纪的老头，不过有些人倒不失为谈天的好对象。如果你对品酒有兴趣的话，那里的酒窖很不错，而且偶尔还会有人说好听的故事；哪天晚上过去看看如何？算是我的客人。"

我结结巴巴地回答了一些话——直到现在我还不确定自己说了什么，他的邀请完全把我弄糊涂了；他的建议乍听之下似乎是偶发之论，然而只要看看他两道灰色浓眉下一双冷冰冰的蓝眼睛，就知道这绝非偶发之论。如果说我不记得自己究竟是如何回答的，那也是因为我突然觉得这个建议——尽管语焉不详又莫名其妙——就是我一直等着他说出的正题。

那天晚上，爱伦的反应是又好气、又好笑。我在华特豪斯手下已工作了大约十五年，显然我不可能升到比现在的中级职位更好的位子，她认为这是事务所安抚资深员工的新花招，可以省下买金表的花费。

“一群老人家说说战时的故事，玩玩扑克牌，”她说道，“过了这样一晚，他们就认为你应该安于在公司里坐冷板凳，查查资料，直到他们给你一份养老金，打发你走路，我猜……喔，我帮你冰了两瓶啤酒。”接着她亲吻着我，我想她在我脸上看出什么了——在一起过了这么多年以后，她可以一眼看穿我的心事。

过了几个星期，什么事也没发生；每当我想到华特豪斯奇怪的建议——当然奇怪啦，我一年见到他的次数不会超过十二次，我们在社交场合见面的机会一年顶多也只有三次，包括事务所在十月份办的晚宴在内——我想我大概会错他眼神中的涵意了，或许他真的只是随便提提，不久就忘了，或许事后还颇后悔。后来有一天傍晚，他走到我面前；虽然他已年近七十，但肩膀仍然又宽又厚，一副运动家的架子；当时我双腿夹着公事包，正穿上大衣。他说道：“如果你还想去俱乐部喝酒，何不今晚就去？”

“我……我……”

“很好，”他塞了一张纸到我手里，“这是地址。”

那天晚上他在俱乐部的阶梯底下等我，斯蒂芬为我们开门。俱乐部的酒正如华特豪斯说的那么好；他一点都不打算介绍我给大家认识——我原以为是因为他很势利，后来才不作如是想——不过有两三个人主动向我自我介绍，其中之一即是麦卡朗，当时他也已经坐六望七了；他伸出手，我匆匆握了一下，他的皮肤又干又粗，几乎像龟皮一样。他问我会不会玩桥牌，我说不会。

“他妈的好东西，”他说道，“本世纪以来，这种他妈的游戏取代了不少卖弄知识的饭后闲聊。”说完他便走到阴暗的图书室，里面满是一列列高大的书架。

我四下张望，想看看华特豪斯在哪儿，可是他却不见了。我有一点不安，觉得格格不入，于是就慢慢踱到火炉旁；相信我在前面提到过，这个火炉极其巨大，尤其在纽约似乎更显得是庞然大物，因为像我这种住在公寓里的纽约客，实在难以想象这么大的壁炉是打哪儿来的，一般人的壁炉可以爆米花与烤面包就很不错了，而东35街249号B的壁炉却足以烤一整只牛。这壁炉没有壁炉架，只有一块坚固的弧形石拱覆于其上；石拱的中间是一块微微凸出的拱心石，恰好与我的眼睛平行，尽管灯光昏暗，我仍然可以毫不费力地看见刻在石上的字：*故事本身才是主角，而不是说故事的人。*

“你的酒，大卫。”华特豪斯在我身边说道，我惊跳一下；他毕竟没有弃我而去，只是到什么地方拿酒去了。“你喝威士忌苏打，是吗？”

“是的，谢谢你，华特豪斯先生——”

“叫我乔治，”他说，“在这里叫乔治就行。”

“好，乔治，”我说道，虽然我还是觉得直呼其名有点疯狂，“这些都——”

“干杯。”他说道。

我们喝酒。

“斯蒂芬负责调酒，他的酒调得棒极了，他总爱说调酒虽是雕虫小技，但却非常重要。”

靠着威士忌的威力，我不再觉得那么格格不入。（我为了这个约会，在衣橱前面整整站了半个钟头，不晓得该穿什么衣服，后来终于决定穿深棕色的西裤，与一件勉强可搭配的软呢上衣，暗自希望我要见的一群人既不会穿燕尾服，也不作短夹克、牛仔裤打扮……不过在衣着方面，我穿得还不算太离谱。）新的社交场合总会使人非常留心每一个礼仪小节；礼貌性地干了一杯之后，我非常希望确定自己没有疏忽任何礼节。

“我是不是应该在来宾册上签名？”我问道。

他看来有点诧异。“我们没有那种东西，”他说道，“至少我不认为我们有。”他环视着阴暗安静的房间；尤汉生把他的《华尔街日报》翻得刷刷作响，我看见斯蒂芬从房间另一头走过来，他穿着白色上衣，真如鬼魅一般。乔治把酒杯搁在茶几上，然后将一根木条丢进火里，火花冲上了烟囱黑漆漆的颈部。

“那是什么意思？”我指着拱心石上的文字问道，“你知道吗？”

乔治细心读着，仿佛他是第一次看到这些文字。*故事本身才是主角，而不是说故事的人。*

“我大概知道，”他说，“如果你以后再来，可能就会明白；嗯，到时候你大概就明白了。好好享受一番吧，大卫。”

他走开了。虽然好像有点奇怪，人生地不熟的，他竟然把我一个人丢在这里自生自灭，但我的确好好享受了这一晚。一来我向来喜欢看书，这里有许多有趣的书可看；我沿着书架缓缓走着，在微弱的灯光下，费劲检视每一本书，时而抽出一两本来浏览，其间我还停了片刻，站在狭窄的窗前，望着第 2 大道的十字路口。我站在那儿，从结了霜的玻璃窗望出去，注视十字路口的红绿灯来回变换，先从红到绿转黄，然后又恢复红色，蓦地我有一种怪异至极——但却非常可喜——的祥和感，这种感觉并不是猝然涌到，而好像是偷偷袭上心头。喔，是的，我可以听见各位在说：你说得太美妙了，大家只消对红绿灯望上两眼，就会有一股祥和感了。

好吧，就算我在胡说八道，我不介意你这么想，不过我还是照样有这种感觉；它使我多年来第一次回想起小时候在威斯康星州的农家度过的冬夜。冬天的晚上，我躺在二楼一个会漏风的房间里，屋外的寒风夹着干透沙子般的白雪呼啸不断，我紧紧裹着两层被子，身上暖呼呼的。

书架上有一些法律书，但是每一本都相当奇怪，《二十大肢解案在英国法律下之判决结果》是我记得的书名之一，《宠物案》是另外一本。我打开这本书，内容果然是针对宠物相关案件的法律论述（这本探讨的是美国法律），从继承大笔遗产的家猫，一直到挣断颈链、严重咬伤邮差的豹猫都有。

还有一套狄更斯的作品、一套笛福的作品，特洛普的作品更是数不清，还有一套小说——共十一本——作者叫施维里，书壳是漂亮的绿皮，烫金的字写着出版商为“斯德罕图书公司”，作者与出版商的名字我都没有听过，其中第一本小说《他们都是我们的兄弟》出版于一九一一年，最后一本《暗礁》则出版于一九三五年。

施维里小说再下去两排有一部对开的大书，是教建构式玩具迷如何组装玩具的详细指南，在它旁边，又是一本对开的书，里面都是著名电影中的著名画面，每张照片皆占一整页，旁边那页则是散文诗，这些诗有的是在描绘同一个跨页中的电影画面，有的则是受电影画面启发灵感而写下的诗作。这倒不算什么了不起的想法，不过其中有些诗的作者却很有名，包括罗伯特·弗罗斯特、玛丽安娜·莫尔、威廉斯、史蒂文斯、朱可夫斯基、艾瑞卡·琼等等；翻到一半时，我发现一首阿吉浓·威廉斯的诗，旁边是玛丽莲·梦露站在地下道铁格盖上按住裙子的那张著名照片。诗的标题是《钟》：

裙子的形状
——我们会说——
是钟的形状
两条腿则是钟舌

下面还有一些类似的诗句；这首诗不算太差，不过当然不是他最好的作品。我之所以自觉有权这样批评，是因为多年来我读了不少威廉斯的作品，不过我不记得他写过这首关于玛丽莲·梦露的诗。此后我不断寻找这首诗的出处，但是一直没找到……不过这当然没什么重要。诗不像小说或法律论述，倒像被风吹走的树叶，如果有人出了一本《××× 全集》，那一定是满纸谎言。诗就有办法不翼而飞——这正是诗的魅力所在，也是诗能流传久远的原因之一，但是——

斯蒂芬走过来给我第二杯威士忌（这时我已独自坐下来，埋首阅读庞德的作品），这杯威士忌跟第一杯一样可口；我慢慢喝着酒，看见两位在场的会员——葛里逊与史坦（麦卡朗讲“呼吸方法”的时候，史坦已过世六年）从一扇只有一公尺高的门走出去，颇像爱丽丝跳进兔子洞的那扇门。他们把门开着，没过多久，我就听见打撞球的撞击声。

斯蒂芬从我身边走过，问我要不要再喝一杯，我说不了，心中却懊悔不已。他点点头说道：“很好，先生。”脸上的表情毫无变化，但我却隐约有一种感觉，觉得我好像让他很高兴。

过了一会儿，笑声惊得我从书中抬起头来；不知什么人把一包化学粉末丢进火里，火焰一时之间色彩斑驳。我又想到小时候……但我的心情绝不是渴望或是感伤、怀旧，我觉得有必要强调这一点；我想到我小时候也常常做这种事，但我的回忆是鲜明而愉快的，毫无遗憾的成分。

我看到几乎所有人都拉张椅子，围成半圆形，坐在火炉前；斯蒂芬拿出一大盘热气腾腾的香肠。史坦从兔子洞口出来，迅速但愉快地向我自我介绍；葛里逊还在打撞球——听声音是在练习。

我犹豫片刻，便加入进来。司徒讲了一个故事——听了并不挺舒服，我不打算在这里重述，要是我告诉你故事内容是描述一个人怎么样在电话亭里淹死的话，你大概就明白我的意思了。

等司徒——他现在已经去世了——说完之后，有人说道：“你应该把故事留到圣诞节再说。”于是响起一阵笑声，我当然不懂有什么好笑的；至少当时还不懂。

随后由乔治讲故事；我就是做一千年的梦，也想不到他有这一面。他是堂堂耶鲁大学的高材生，满头银丝，穿着笔挺的三件头西装，是鼎鼎大名的法律事务所的头号人物；而“这位”乔治·华特豪斯竟讲了一个学校老师被困在厕所里的故事。这厕所位于学校的后面，那天她去上厕所的时候，正好他们要把厕所拖走，供波士顿保德信中心举行的新英格兰怀旧展览会使用。卡车把厕所吊上去的时候，女老师一声也不敢吭，华特豪斯说，因为她觉得实在是太可怕、太尴尬了。偏偏当卡车在交通高峰时刻开上128 公路时，厕所门突然松开了——不过今晚我所要说的也不是这个故事。斯蒂芬不知何时又拿出一瓶白兰地，这酒不仅好，简直是绝妙佳酿，大家举酒干杯。

不到一会儿，大家开始一一告辞；时间并不晚，还不到半夜，不过我注意到，对即将迈入六十大关的人而言，“晚”的定义变得越来越早。我看见斯蒂芬帮着华特豪斯穿外套，认为这是他要告辞的信号，奇怪的是他竟然不告而别，连一句话也不说，就这么开溜了（他的样子看起来真像是开溜，要不是我及时从书里抬起头来，就见不到他的人影了），不过比起那天晚上发生的其他事情，倒也不算太奇怪。

他前脚才刚跨出门，我后脚便跟了出去；华特豪斯四下张望，见到我，仿佛很意外我跟了出来——仿佛他原本在打盹，突然被吓醒似的。“一块儿坐出租车？”他问道，口气真好像我们只不过是在冷清的街道上不期而遇的样子。

“谢谢。”我说道；我觉得我的语调应该表达得很清楚，我不仅仅是单为他愿意跟我一块儿坐出租车而道谢，但他却点点头，好像我话里的涵义仅止于此。一辆闪着“空车”灯光的出租车缓缓开来——在这种刮风下雨的纽约夜里，一般人就是找遍了曼哈顿岛，大概也叫不到一辆出租车；而华特豪斯这家伙似乎就是有这种运气——他对车子招招手。

温暖的车子里响着计价器跳表的声音；我告诉他，我很喜欢他的故事，还说自从十八岁以来，我就不曾笑得那么厉害、那么舒畅，这些话都是实情，绝不是拍马屁。

“哦？你太客气了。”他的口气礼貌而冷淡，我的心凉了半截，觉得两颊一阵发热；有时候不一定非得听见“砰”的一声，才知道门已经关上了。

车子开到我住的大厦前面时，我又谢了他一次，这一回他比较有人情味。“谢谢你在这么仓促的邀请下还能如约赶来，”他说道，“如果愿意的话，欢迎你随时再来，不必等别人邀请，我们在 249 号 B 都不讲究客套。星期四可以听故事，不过俱乐部天天都开放。”

那么我是正式会员了？

我很想问这个问题，问题几乎脱口而出，好像也有必要问个清楚；我左思右想，脑子里再三斟酌（这是律师的职业病），看看是否措词得当——或许我的问法太唐突了一点——这时华特豪斯吩咐司机开车，于是车子便朝公园急驶而去。我在路边站了片刻，外套的衣摆拍打着我的小腿，心想：他知道我要问那个问题——他知道，所以故意不等我开口，就叫司机把车开走。然后我又告诉自己，这么想实在太荒谬了——甚至有点偏执狂，但事实的确如此；我高兴怎么嘲笑自己，就怎么嘲笑好了，不过却改变不了基本的事实。

我缓缓踱向大门，走进屋里。

我坐在床上脱鞋的时候，爱伦已有六分睡意；她翻过身子，喉咙里发出询问的声音，我叫她继续睡觉。

她又发出一阵模糊的声音，这一次比较清楚：“怎么样？”

我犹豫了一会儿，衬衫扣已解开一半，心里清清楚楚知道：如果我告诉她，以后就再也别想去那边了。

“还好，”我说，“一群老人家，讲讲战时轶事。”

“我就说吧？”

“不过还算不赖，我也许还会去，也许对我在事务所的工作有帮助。”

“‘事务所’，”她轻声讽刺道，“你真是个老没用的。”

“彼此彼此。”我说道，但她已经又睡着了。我脱了衣服，淋浴，擦干身体，换上睡衣……然后我却不像往常那样上床睡觉（当时已经一点多了），反而穿上浴袍，又喝了一瓶啤酒；我坐在厨房慢慢喝着，眼睛望着窗外兀自冥想。晚上酒喝多了——对我而言算是过量——头有点嗡嗡作响，不过却没有不舒服的感觉，也不觉得有宿醉未醒的昏晕感。

刚才爱伦问我晚上过得如何时，我竟有那种想法，简直跟华特豪斯的车子开走时我那些胡思乱想一样荒谬，其实如果我实话实说，告诉她我在老板的俱乐部里过得很愉快，又有什么不对？即使有什么不对，谁又会知道呢？不行，我越想越荒谬，越来越偏执了，就跟刚才的胡思乱想一样，然而内心的声音又告诉我，每一部分都和刚才一样千真万确。

第二天，我在会计室与阅览室之间的走廊上碰到华特豪斯；碰到？擦身而过还比较正确！他向我点点头，一句话也没吭……就像他几年来的一贯作风一样。

我的胃疼了一天，这也是令我相信昨晚的一切并非做梦的唯一原因。

三个星期过去了，接着，四个星期、五个星期，华特豪斯再也没邀请我。我一定有什么地方做错了、太格格不入了，我这么告诉自己。这种想法令我很失望、很沮丧，我猜想只要假以时日，或许就不会觉得这么不舒服了，因为一切的失望终将逐渐被淡忘，消失无踪。但我总会在最奇特的时刻里，回想起那天晚上：图书室一盏盏孤灯下的安静平和及浓浓书香，华特豪斯那个荒诞不经的故事，窄窄的书架间散发的浓厚皮革味；不过大部分时候，我想到的都是自己站在那扇窄窄的窗前，盯着手上的酒杯由绿变黄转红，想到那时感觉到的一股祥和。

在那五星期中，我到图书馆借了四本威廉斯的诗集（我自己有另外三本，都已经仔细看过找过了），其中一本称为《威廉斯诗歌全集》；我重新温习了过去喜欢的几首诗，但却怎么也找不到一首名为《钟》的诗。

在这趟纽约公立图书馆之行中，我也沿着小说类的书目卡寻找施维里的作品，结果也是一无所获。最接近的搜寻结果是，有个名叫露丝·施维里的女作家曾写过一部推理小说。

欢迎你随时再来，不必等别人邀请……

不过我当然还是在等待邀请，母亲从小教我不要相信别人“请随时来玩”的客套话；我并不是说希望得到一张烫金字的邀请函，放在镀金的托盘上由仆人送来，但我确实希望有少许暗示，即使是随随便便一句：“大卫，哪天过来玩玩？希望我们没有让你觉得太无聊。”都可以。

可是连这小小的愿望也无法实现时，我开始认真考虑管他有没有受邀都再去一次的可能性。毕竟有时候人们说“请随时来玩”这句话时，是很有诚意的，妈妈说的话也未必永远都是对的。

……不必等待别人邀请……

无论如何，事情就是这么发生了；那年的十二月十日，我发现自己又套上了软呢上衣与深棕色西裤，找到了深赭色领带，我还记得那天晚上的心跳好像比平常明显些。

“华特豪斯终于投降，又邀请你了？”爱伦问道，“再到那个猪窝，跟一群男性沙文主义的猪在一起？”

“没错。”我说道，心想这大概是十几年来第一次对她撒谎……后来才记起上一次聚会之后，她问我情形怎样时，我就没有照实说，只说是老人家谈谈战时轶事。

“嗯，也许你真要升官了。”她说道，尽管她并没有抱什么希望，不过她总算仁慈，话中倒没有挖苦的意味。

“再奇怪的事也发生过。”我向她吻别。

我出门时，她笑着学了两声猪叫。

那天晚上，在出租车上仿佛坐了好久；天气严寒，没有风，满天星斗。我觉得自己坐在出租车中，似乎变得好小，好像第一次亲眼见到纽约市的孩子。车子停在黄褐色建筑物前，我怀着满心的兴奋，可是这种单纯的兴奋之情，好像是最容易在不知不觉中消失不见的生命特质，等到我们年近古稀再重拾这种心情时，总会感到几分意外，就好像满头白发多年后，你在梳头时，竟然在梳子上发现一两根黑发一样惊喜。

我付了车钱，跨出车子，朝向门口的四级阶梯走去；走上阶梯的同时，我的兴奋之情顿时凝结为忧虑（老年人最熟悉这种感觉），我究竟到这儿来做什么呀？

大门是厚实的镶嵌橡木，在我眼中，这扇门不啻城门一样牢不可破。我看不见门铃，也找不到门扣，黑乎乎的门檐下面也没有闭路电视的摄影机，当然华特豪斯也没等在那儿带我进去。我在门口停下来四下打量；东35街好像骤然变得更暗、更冷、更吓人了，黄褐色建筑物看来很神秘，好像隐藏着什么不想为人知的秘密，每一扇窗户都好像它的眼睛。

也许在其中一扇窗户后面，有人正在密谋杀人，我想着，蓦地脊背一阵发麻，密谋杀人……或是正在进行谋杀。

这时候，门突然开了，斯蒂芬站在门口。

我如释重负，我不是想象力特别丰富的人——至少平常不是——但刚才闪过脑际的念头却令人毛骨悚然，仿佛我能预知这件事必将发生似的，要不是我先瞥见斯蒂芬的眼睛，我还真会向他喋喋不休一番呢！看来他不认得我，一点也不认得。

于是我那可怕的第六感又发生作用了，我可以预卜这个晚上的每个细节：在安静的酒吧里待三个钟头，三四杯威士忌下肚，冲淡了我不请自来的尴尬感；谁叫我不听母亲的忠告，如今自取其辱，活该。

我看见自己带着微醺回家，脚步还不算太踉跄；我看见自己呆坐在出租车里，而不是孩子似兴奋而满怀期待地望着街景；我还听见自己对爱伦说：*越来越没意思了……华特豪斯还是讲同样的老故事……然后他们玩捡红点，一点一块钱，你相信吗？……再去？……也许吧，不过我很怀疑。*于是一切到此为止，除了我觉得很丢脸以外。

我在斯蒂芬冷冷的眼神中，竟然看见了这么多；这时他的眼睛温暖起来，他微微笑道："艾德利先生！请进，把外套给我。"

我走进去，斯蒂芬把门稳稳阖上，走进温暖的屋内，充分感到门里门外的差别是多么大啊！斯蒂芬接过我的大衣走开了，我在大厅中站了一会儿，对着玻璃角柱望着自己的身影——一个六十三岁的男人，瘦削的面容很快就不像中年人了；但我看了还挺满意的。

我溜进图书室。

尤汉生在看《华尔街日报》，麦卡朗与安德鲁面对面地坐在另一盏灯下下棋。麦卡朗总是面容憔悴，鼻子窄如刀锋；安德鲁块头很大，肩膀斜斜的，个性暴躁易怒，姜汁色的浓密长须盖到背心上。两人面对面望着象牙与黑檀木制的黑白两色棋子，简直像印第安人的图腾：老鹰与熊。

华特豪斯也在，对着当天的《纽约时报》大皱其眉；他抬头瞥了一眼，毫不诧异地对我点点头，又埋首报中。

斯蒂芬也没问我，就为我端来一杯威士忌。

我拿了酒走到书架前，又看见那一套诱人又令人困惑的绿皮书，从那天晚上起，我开始读施维里的第一本作品《他们都是我们的兄弟》；此后我读了他的每一部作品，并且深信那十一部小说是本世纪的上乘佳作。

那天晚上聚会快结束的时候，又有人讲了一个故事。斯蒂芬端着白兰地走来走去，故事讲完后，大家陆续站了起来，准备离开。斯蒂芬站在通往走廊的门口，以低沉但愉快的声音问道："那么圣诞节时由谁讲故事？"

大家都停止手边的动作环顾四周，有人低声谈话，还有人发出一阵爆笑。

笑容满面但不失严肃的斯蒂芬拍了两下手掌，好像小学老师在叫一班调皮捣蛋的学生安静下来。"快啊，各位——谁要讲故事？"

安德鲁清了清喉咙。"我想到一个故事，但是不知道适不适合，我是说不知道——"

"太好了。"斯蒂芬打岔道，于是又是一阵笑声，许多人和气地拍拍安德鲁的肩膀，不久会员一一离开，大厅里卷进阵阵冷风。

然后斯蒂芬仿佛变魔术似地来到我身边，手里拿着我的大衣。"晚安，艾德利先生，随时都欢迎你来。"

"你们真的要在圣诞夜聚会吗？"我一边问一边扣扣子，心中为听不到安德鲁的故事而有点失望，但我跟爱伦早已计划好，要开车到她姐姐家过圣诞。

斯蒂芬露出又惊愕、又好笑的神情。"当然不可能啦，"他说道，"每个人都应该跟家人一块度过圣诞夜，不管其他晚上怎么样，但那天晚上应该和家人一起度过，你说是不是？"

"当然。"

"我们都是在圣诞节之前的星期四聚会，其实那天晚上也是一年中大家来得最齐的一次。"

他没有用"会员"两个字——是不经意的疏忽？抑或灵巧地避开这个字眼？

"客厅里一直都有许多人讲故事，艾德利先生；各种故事都有，从好笑的到可悲的，从讽刺的到感伤的都有。不过在圣诞节之前那个星期四，说的都是神秘故事，一向都是如此，至少就我记忆所及总是这样。"

这至少使我了解第一次来时听到的一些话，也就是为什么大家都说司徒该把故事留到圣诞节再讲。还有许多疑问一直在我脑中盘旋不去，但我看出斯蒂芬审慎的眼神，倒不是警告我他不会回答问题，而是警告我最好连问都不要问。

"艾德利先生，还有什么事吗？"

此刻大厅中只剩下我们两人，其他人都已离开，蓦地走廊好像阴暗了许多，斯蒂芬的一张长脸也更加苍白，嘴唇更红了。壁炉中的木柴爆出一阵火花，一时之间，光可鉴人的地板映着红光，我仿佛听见某个我还没去过的房间里传出东西滑动的碰撞声。我不喜欢这种声音，一点也不喜欢。

"没有，"我说道，声音有些不稳，"我想没事了。"

"那么，晚安。"斯蒂芬说道，我跨出门槛，听见身后的门沉重地阖上，紧跟着是上锁声，之后我朝着第3大道的灯光走去。我没有回头看，有点害怕回头看，好像惟恐这么做，就会看到什么怕人的魔鬼亦步亦趋地跟在我后面，或是目睹什么最好不要揭开的秘密。我走到转角，看见一辆出租车，便举起手来。

"又听了几个战时故事？"那晚爱伦问我；她捧着一本菲利普·马洛的书躺在床上，那是她唯一心爱的作家。

"一两个，"我说着挂起外套，"多半时间里，我都在看书。"

"当你没有在大发议论的时候，是不是？"

"是的，没错。"

"你听听这个：'我第一眼看见泰瑞·蓝诺士的时候，他正醉倒在一辆劳斯莱斯里，’”爱伦读道，“‘他相貌年轻，不过头发却已花白；你看他的眼睛就知道他醉得一塌糊涂，否则乍看之下，他和一般身穿晚礼服、流连赌窟、挥霍无度的年轻人没有两样。’真好，是不是？这是——”

“《漫长的告别》，”我说着脱下鞋子，“每过三年，你都会念那一段给我听，这就是你的生活，周而复始，总是一再重复。”

她朝我皱皱鼻子，学着猪叫。

“谢了。”我说道。

她又回到书上，我走到厨房去喝我的啤酒，等我回来时，她已把《漫长的告别》摊在床上，仔细打量我。“大卫，你会不会加入这个俱乐部？”

“大概会……如果有人邀请的话。”我觉得不安，也许我又对她撒了谎，如果真有东 35 街 249 号 B 的会员资格这种东西的话，那么我已经是会员了。

“我很高兴，”她说道，“长久以来，你一直需要一些东西，我想连你自己都没有察觉这点，不过我看得出来。我参加了救济会、女权委员会，还有剧院会，你也需要一些东西，我想你需要可以跟你一起迈入老年的朋友。”

我走到床前在她身边坐下，拿起《漫长的告别》，那是一本重新出版的平装本，我还记得一九五三年爱伦生日时，我曾经送给她一本原版精装本。“我们老了吗？”我问她。

“我想是。”她说着，对我粲然一笑。

我把书放下，摸着她的胸部。“连这样也不行了？”

她十分淑女风范地拉起被子……然后又咯咯笑着，用脚把被子踢至床下。

圣诞节前的星期四终于来临了。那天晚上和其他晚上没什么两样，只有一件事明显不同。出席的人比较多，大概有十八位，而且有一股强烈而难以言喻的兴奋气氛；尤汉生只随便瞄了一眼报纸，就加入麦卡朗、毕格曼与我的谈话。我们坐在靠窗处，谈谈这，说说那，最后才热烈讨论一个话题：战前的汽车。

如今我才想到还有第三件例外的事——斯蒂芬酿了可口的蛋酒，酒并不烈，不过由于其中的甜酒与香料，喝下去喉咙会辣得发烫；蛋酒盛在如冰雕般美丽的玻璃盆中。大家几杯黄汤下肚后，嗓门也越来越大。

我望了望通往撞球台的小门，看见华特豪斯与司徒把棒球卡堆成像海獭帽一样，两人大声笑着。

人群聚了又散，散了又聚，时间越来越晚……到了平常大家纷纷离开的时候，我看见安德鲁手拿个纸袋坐在火前，随即把它丢进炉内，也没打开封口；不一会儿，七彩缤纷的火焰开始舞动，然后才恢复为原来的黄色，这时大家把椅子拉近，我可以看见安德鲁背后拱心石上的字：故事本身才是主角，而不是说故事的人。

斯蒂芬静悄悄穿过我们中间，拿起空酒杯，注入白兰地，一声声“圣诞快乐”响起，这时我才头一次在这里看到给钱的动作——这里十块，那里五十，我看得很清楚，还有一张是百元大钞。

“谢谢你，麦卡朗先生……尤汉生先生……毕格曼先生……”斯蒂芬有礼貌地悄声道谢。

我在纽约住了许久，深知圣诞节是一年一度的“小费大典”；一点小意思给肉商，一点给面包店和烛台店，至于门房、管理员、清洁女工等就更别提了，与我同阶层的人个个都觉得这是一种陋习。但那天晚上，我却看不到任何人吝于付出，每个人都心甘情愿，甚至热心十足地掏出钱来。突然之间，我莫名其妙地想到（在 249 号 B 时似乎经常如此），在冷冽的伦敦圣诞节早晨，《小气财神》中的小男孩对着施顾己大喊：“什么？和我一样大的那只火鸡吗？”而乐翻天的施顾己咯咯笑着说：

“好孩子！好孩子！”

我在皮夹里摸索着，在爱伦的照片后面总是夹着一张五十块钞票，以备不时之需。斯蒂芬替我倒白兰地时，我手不抖、心不颤地把钞票塞进他手里……虽然我并不富有。

“圣诞快乐，斯蒂芬。”我说。

“谢谢你，先生，你也一样。”

他倒好酒，拿着谢礼走开了。安德鲁的故事正讲到一半，我四下瞧瞧，看到一个模糊僵直的男人身影，斯蒂芬安静地站在门边。

“各位大概已经知道我是律师。”安德鲁啜了一口白兰地，清清喉咙，又喝了一口之后才说，“这二十二年来，我一直在公园大道的法律事务所执业；可是在当律师以前，我只是一个小小的法律助理，在华盛顿特区的法律事务所工作。七月的一个晚上，公司要求我留晚一点，把法律案件的传票索引编好再走，这部分跟故事无关；不过不久有个男人走了进来——这个人是当时最著名的参议员，后来还几乎当上总统。他的衬衫上满是血迹，两只眼睛整个凸出来。

“‘我必须见乔瑟。’他说道。各位知道乔瑟·伍兹就是我那个事务所的老板，他是华盛顿最具影响力的律师之一，也是这位参议员的密友。

“‘他好几个小时以前就下班了。’我回答。我可以告诉你们，当时我真是害怕极了——他的样子好像刚刚离开车祸现场似的，也可能是刚刚经过一场厮杀；不知怎么搞的，一看他的脸——我在报纸与电视上看过他的脸孔——看见他脸上一道道凝结的血块，半个脸颊断断续续抽着筋，狂乱的眼神……看到这些，使我更害怕。‘我可以打电话给他——’我已经在摸索着话筒，只想尽快把这个烫手山芋丢给别人，然后我朝他身后望去，可以看见他踩在地毯上的血脚印。

“‘我要跟乔瑟说话。’他又说道，仿佛根本没听见我刚才的话。‘我车里有个东西……我用枪射它，也用刀子刺它，可是还是杀不死它，它不是人类，我怎么杀，都杀不死它！’

“他开始吃吃笑着……然后变成放声大笑……最后是声嘶力竭的尖叫；我终于接通伍兹先生，请他尽快过来一趟时，他仍然尖叫个不停……”

我不打算说完安德鲁的故事，老实说，我不确定自己敢不敢说这个故事，我只消告诉你，听完故事之后的几个星期，我不断做梦，你就知道故事有多恐怖了。有一次我和爱伦用早餐时，她问我为什么半夜突然喊叫：“他的头！他的头还在土里头说话！”

“我想大概是做噩梦吧！”我说道，“醒来就忘了。”

但我立刻低头瞪着咖啡杯，我想这一次爱伦知道我在扯谎了。

第二年八月的一天，我在阅览室工作时，接到华特豪斯的电话，问我可不可以到他办公室走一趟。我到那儿的时候，看见两位董事卡登与艾芬翰也在，我脑中迅速闪过不祥的念头，我一定做了什么蠢事了。

这时卡登走过来对我说：“大卫，乔治认为应该升你为初级合伙人，我们也都同意。”

“你或许会觉得自己好像最老的初级员工，”艾芬翰露齿笑道，“不过，这也是必经的过程，如果幸运的话，圣诞节以前，你就可以成为正式合伙人了。”

那天晚上我没有再做噩梦。爱伦和我出去吃了一顿丰盛的晚餐，也喝了许多酒，然后又去了一家好几年都不曾去过的爵士乐酒吧，听蓝眼黑人乐手吹喇叭，一直到凌晨两点才回家。第二天早晨醒来时，我们的头在痛、胃在翻，却依然难以置信竟会发生这等好事，我的年薪一下子提高了八千，经过这么多年的等待，我们好像骤拾巨款一样意外。

那年秋天，事务所派我赴哥本哈根出差六周，回来后得知经常出席 249 号 B 聚会的韩若翰因为癌症而不幸过世，韩若翰太太骤失依靠，境况非常可怜，于是俱乐部发起捐款；大家推选我负责收集所有捐款——都是现钞——再将其转换为银行支票，总数超过一万元。我把支票交给斯蒂芬，我猜他大概把支票寄给韩若翰太太了。

巧的是，韩若翰太太正好是爱伦剧院会的会员；一段日子之后，爱伦告诉我韩若翰太太接到一张没有署名的一万零四百元支票，票根上只短短写着：令夫生前好友敬赠。

“这是不是你有生以来所见过的最奇怪的事情？”爱伦问我。

“不是最奇怪的，”我说道，“不过也算前十名了；爱伦，还有没有草莓？”

时间一年一年过去，我在 249 号 B 的楼上发现许多房间——一个写字间、一间卧室供宾客偶尔留宿之用（不过由于我听过的碰撞声——也许是想象的——我个人还是宁愿住好一点的旅馆）、一间设备完善的小健身房以及一个桑拿浴室，另外还有一个狭长的房间，和建筑物等长，里面有两个保龄球道。

那些年里，我重新把施维里的小说读了一遍，还发现了一个才华横溢、足以媲美庞德和史蒂文斯的诗人，名叫罗森。照他三本诗集的封底介绍来看，他生于一九二四年，死于意大利西岸海港安其欧；三本诗集都是由斯德罕图书公司出版。

我记得我还挑了一个明媚的春天的下午，专程跑到纽约公立图书馆查询过去二十年来的《出版家名册》，这种名册一年出版一本，跟大城市里的工商分类电话簿差不多大小。我猜我大概把图书管理员烦透了，不过我仍然锲而不舍，每一册都仔细查过，尽管名册中原本应该列出全美大大小小出版商的名字，可是我怎么也找不到斯德罕图书公司的名字。一年以后——也许两年——我恰巧跟一位古书商谈起来，问他有没有听过这个出版商，他说从来没有。

我原本也想问斯蒂芬，但一看见他眼中警告的神情，便又作罢。

多年来也听了不少故事，滑稽的、爱情的、恐怖的故事，没错，还有一些战争故事，不过没有一个故事符合爱伦的想象。

杜杰曼的故事我记得最清楚——说的是第一次世界大战结束前四个月，一个美军作战基地遭德军炮火直接命中，官兵全部阵亡的经过，只有杜杰曼一个人劫后余生。

美国将军卡鲁德一向视部下生命如草芥，他所负责的作战行动已经造成一万八千名官兵死伤，早已是大家公认的疯子。有一回敌方炮击时，他正站在一张作战图前面，向部下解释又一次疯狂至极的伏击行动。这个伏击行动注定会像卡鲁德其他的作战计划一样，走上相同的厄运，成功制造出新的寡妇。

炮击停止之后，杜杰曼两眼昏花，耳朵也聋了，他的鼻子、耳朵与眼角都流着血，下体也因炮击的剧烈震荡而肿胀；随后当他正想找路走出几分钟前还是作战总部的屠场时，撞见卡鲁德的尸体。他望着将军的尸体，然后开始又叫又笑，他自己被炮弹震聋的耳朵什么也没听见，却让医务兵知道散落的瓦砾碎片中还有生还者。

卡鲁德并没有在一轰之下身首异处或断胳臂断腿……至少一次大战的军人心中想到不得全尸而亡的情况，都是没了手、没了腿、眼睛瞎了、肺里吸满毒气等；他说卡鲁德将军的死相倒没有那么惨，如果他的母亲看到他，还是一眼就可以认出他来。可是那张作战图……

……炮击之时，卡鲁德指着的那张作战图……

那张图不知怎的竟印在他脸上，杜杰曼瞪着他脸上那张死亡面具，卡鲁德的眉骨正好在布列塔尼岛的岩岸上，莱茵河仿佛蓝色疤痕般奔流在他的左颊上，下巴则纹印着世上最佳的酿酒胜地……萨尔区仿佛刽子手的套索般绕着他的喉咙，凸出的眼球则印上了凡尔赛三字。

这是一九七几年的圣诞节说的故事。

我还记得其他几个故事，不过都不是我在这里真正想说的重点，其实连杜杰曼的故事都不是重点……不过那是我在 249 号 B 所听到的第一个“圣诞故事”，我实在忍不住要说出来。今年感恩节过后的星期四，当斯蒂芬拍掌问谁要讲圣诞故事时，麦卡朗说道：“我想我有一个故事可以讲，现在不说，以后就不能说了，因为过不了多久，上帝就会叫我永远开不了口。”

我去 249 号 B 这么多年，从没有听麦卡朗讲过故事。或许这就是为什么我那么早就叫好出租车的原因，也是为什么当斯蒂芬替我们六个冒着大风雪来听故事的人端蛋酒时，我会觉得那么激动又兴奋；有这种感觉的人并非只有我一个，我看见其他人也面带兴奋。

又老又干的麦卡朗坐在炉火旁的大椅子上，粗糙的手里握着一袋粉末。他把纸袋丢进去，我们注视火焰疯也似地变换着颜色，最后才恢复到原来的黄色火焰；斯蒂芬端白兰地酒给我们，我们给他酬谢金。在这一年一度的大典中，有一回，我曾听见零角子铿锵有声地从施者手中移至受者手里，也有一回我目睹一张千元大钞塞进斯蒂芬手中，但在这两种不同的情形下，斯蒂芬悄然道谢的声音完全一样，毫无差别对待。我随华特豪斯到 249 号 B 已经十年了，尽管外面的世界变幻无常，这里却一成未变，斯蒂芬好像永远不会老，一天也不曾老去。

斯蒂芬退回阴影中，然后即是一阵阒然寂静，连壁炉里水分逸出木柴的飕飕声都清晰可闻。麦卡朗专心望着炉火，我们也都追随他的目光；那天晚上的火焰似乎分外猛烈，我觉得炉火的景象几乎让我目眩神迷——我猜想我们的老祖宗山顶洞人也曾在寒风呼啸的冬夜里，对着洞里的炉火心神恍惚。

之后，麦卡朗的身子稍稍前倾，眼睛仍望着炉火，他把两手交叉夹在膝盖间，开始说故事。

2 呼吸方法

我已年近八十，也就是说我是跟二十世纪一起诞生的。我这辈子，都跟麦迪逊花园广场对街的一幢建筑物息息相关；这幢建筑物看起来就像一所灰色的大监狱——有几分类似《双城记》里描述的监狱——但它其实是一间医院，这间医院叫海莉纪念医院，取自我父亲第一任妻子的名字，她从现在的中央公园还是放羊牧地的时候，就已经是正式护士了。在医院前面的院子里，还有一座她的雕像；要是你们碰巧有人看过这座雕像的话，一定会奇怪一个样子那么严肃、似乎丝毫不肯通融的人，竟会选择如此需要温情与爱心的行业。雕像底座上刻着箴言，如果你懂拉丁文，那么这句话就更加令人不舒服了。它是这么写的：*没有经历痛苦，就没有真正的安乐，是故救赎之前，必先承受痛苦的煎熬。*

我于一九〇〇年三月二十日，在那幢灰石建筑物里诞生。一九二六年，我又回到那家医院担任实习医生。二十六岁才踏出行医的第一步，年纪似乎大了一点，但一次世界大战末期，我已经在法国有过很实际的实习经验；

我曾替病人补好破裂的胆囊，再把它放回病人被炸开的腹部；我也跟黑市做过吗啡交易，这种吗啡有一股怪臭味，有时候还具危险性。

我们跟二次世界大战之后的那一代医生一样，都是一群经验实在老到的外科大夫，几个主要医学院的资料也显示由一九一九至一九二八年的医学院学生少有失败者。我们年纪比较大，经验比较丰富，表现出来的水准也比较稳定；我们是不是比较聪明呢？我不知道……不过我们的确比较愤世嫉俗。我们第一次验尸时，绝不像一些通俗医学小说上所描述的又昏倒、又呕吐，那些都是胡说八道；早在贝劳伍德战役中目睹母老鼠啃食士兵腐烂的肠子时，我们就已经吐过了。

海莉纪念医院后来因为一件事情而大大出名，这件事发生在我担任实习医生之后的第九年——也是今晚我要告诉各位的故事。你们会认为这故事并不适合在圣诞节讲（尽管故事的最后一幕发生在圣诞夜），不过这个恐怖的故事让我体会到受命运摆布和诅咒的人类所拥有的惊人魔力，并亲眼目睹了意志力的神奇……极其恐怖、黑暗的力量。

各位，“婴儿出生”对许多人而言是一件可怕的事。现在很流行让父亲待在产房里，亲眼看到孩子出生，许多男人因此颇觉罪孽深重，虽说我不认为有必要把所有罪过都揽在父亲身上（有些女人故意利用这种罪恶感，而且手法近乎残忍），但大体而言，这么做有百利而无一害。不过我看过许多男士白着脸踉踉跄跄地走出产房，也看过不少男人像女人一样昏倒，因为受不了太太的哀号痛呼与血淋淋的景象。我记得有一位父亲原本一直把持得很好……但等到健康的儿子奋力来到人间时，他开始歇斯底里地尖叫不止；婴儿的眼睛是张开的，仿佛在四下张望……然后便望着他的父亲。

各位，“婴儿出生”是神奇的，可是我从不觉得它美丽——无论你的想象力多么丰富；我认为婴儿出生的过程太残忍、太不愉快了，毫无美感可言。女人的子宫就好像引擎一样，受孕之后，引擎便开始转动，起初转得很慢……然而到了婴儿出生的时候，引擎开始越转越快、越转越快，原本低低的空转声变成连续不断的嗡嗡声，紧接着是隆隆响，最后则是让人闻之心惊的哭号。一旦引擎开始转动，每一位准妈妈都知道自己的生命饱受威胁，不是顺利把孩子生下来，然后引擎静止，就是引擎的声音越来越大，转速越来越快，直到爆裂开来，于是产妇在鲜血与痛苦中死去。

这是一个婴儿诞生的故事，各位，发生于我们庆祝了快两千年的耶稣诞生日前夕。

我在一九二九年开始行医——这一年对任何创业的人来说，都是歹年。我祖父居然有能力借我一小笔钱，因此我比许多同业幸运得多，但是以后的四年还是得靠自己想办法，才得以温饱。

到了一九三五年，情况稍稍好转。我已稍有基础，有一些固定病人，并有许多海莉纪念医院转介来的门诊病人。那年四月，我看了一位新病人，一个年轻女人，姑且称她珊蒂·史黛菲好了——跟她的真名很接近。她是个年轻的白种女人，自称已二十八岁；在我替她检查过后，我断定她的岁数比她所说的起码小三到五岁。她一头金发，身材苗条，而且在那时候算是很高的——大约五英尺八英寸，长得蛮漂亮，但表情冷淡，很难亲近的样子；她的五官端正而清秀，眼睛透着伶俐……嘴唇的线条坚定而自信，跟纪念医院前面的雕像一样。她在挂号单上登记自己姓史密斯；我的检查结果是她已怀孕两个月，但她手指上没有婚戒。

初步检查后——但在怀孕测验的结果出来之前——我的护士戴太太说："昨天那个女孩，珍·史密斯？一定是个假名！"

我同意，不过我还是满欣赏她的。她不像一般未婚妈妈那样犹豫彷徨，一会儿咬指甲，一会儿脸红，又哭得抽抽噎噎的；她直截了当，公事公办，连用假名都不像是因为感到羞愧，而是为了实际上的需要，因此她没有费心去捏造一个比较逼真的假名。她好像在说："挂号单上必须写名字，这是法律的规定，所以我给你一个名字，不过我宁愿相信我自己，也不相信陌生人的职业道德，希望你不要介意。"

戴太太嗤之以鼻地说了她几句——"摩登女郎"，以及"厚颜无耻"——不过戴太太是个好女人，不过随口说说罢了，她和我一样清楚，无论我们的新病人是做什么的，她都不会是随便而放荡的女人。不，"史密斯"只是一个极为严肃而坚决的年轻女人（如果这两种特质也能用"只是"来形容的话）；对她来说，目前的处境非常困难，但她准备尽可能优雅而有尊严地渡过难关。

初诊后一个星期，她又来了。那天天气好极了，是开春以来最像春天的春天，空气清新温和，天空是柔和的蓝，微风中散发着一股温暖又难以言喻的气味，仿佛大自然放出讯号，告诉世人"一年复始，万象更新"。在这种天气里，大家都渴望摆脱一切责任与束缚，与心爱的女人远离尘嚣，面对面静静坐着——也许到柯尼岛，或是坐船渡过哈德逊河，在草地上铺好格子布坐下来野餐，身边的女士则头戴宽草帽，身穿无袖洋装，和今天的天气一般亮丽。

“史密斯”小姐的衣服有袖子，不过仍然和那天的天气一样亮丽；那是一件时髦的白色滚棕边衣服，配上棕色鞋子、白色手套，与一顶稍稍过时的钟形女帽——那是我头一次看出她绝对不是有钱人。

“你怀孕了，”我说，“我想你大概不意外吧？”

如果她要流泪的话，现在该是时候了。

“不意外，”她非常镇定地说，眼中毫无流泪的征象，正如那天万里无云的晴空。“我一向很有规律。”

然后是片刻的沉默。

“我的预产期大概在什么时候？”她问道，伴随着一声几乎听不见的叹息，就像我们要弯下身子提重物时可能发出的声音。

“圣诞节前后，”我说道，“预产期是十二月十日，不过前后两个星期都有可能。”

“好吧，”她犹豫一下，才又说道，“你愿不愿意替我接生？我是说，尽管我还没结婚？”

“我愿意，”我说道，“不过有一个条件。”

她皱皱眉，在那一刻，她的脸孔像极了海莉的雕像；一般人不会想到二十来岁的年轻女人皱起眉头来会有多么严肃，但她就严肃得可怕。她似乎准备好随时掉头就走，即使她知道另外找医生的话，她得重新忍受一次尴尬的过程，也在所不惜。

“什么条件？”她彬彬有礼地问道。

现在该轮到我不敢逼视她那双淡褐色眼睛了，但我仍然望着她。“我必须知道你的真名。如果你希望以现款付诊疗费，我们就照你的意思，我也会请戴太太在收据上继续用‘珍·史密斯’这个名字，不过如果以后的七个月你想做我的病人，我希望能以你的真名称呼你。”

我发表完这篇简短生硬的演说，然后注视她的反应，我几乎以为她就要站起来，谢谢我前面花了那么多时间，然后就一去不回头了，果真如此，我会很失望。我喜欢她，我更喜欢她应付难题的坦白与直接，女人碰到这个问题时，十之八九都会愚蠢地撒下漫天大谎，因为预产期一天天逼近而恐慌，也为自己的处境深感羞愧，以至于乱了阵脚。

我相信今天许多年轻人会觉得这种心态荒唐、丑陋，甚而难以置信，现代人大都急于表现自己心胸宽阔，认为未婚妈妈应比一般妈妈受到更多关注与照顾。但各位应该记得很清楚，以前并非如此——过去在正直与伪善相结合下，未婚怀孕的女人所面临的情况是非常困难的。当时女人婚后怀孕非常光彩，地位稳固不说，又骄傲地完成了上帝赋予她的天职，而未婚妈妈在世人眼里是个贱货，在她自己眼里，大概也是如此；套一句戴太太的话，她们“很容易上手”，而在那时候，这种罪过不会被轻易原谅。于是这种女人都会偷偷溜到别的城镇生产，有的人吞药丸，有的人跳楼自杀，有的去找脏手脏脚的庸医堕胎，有的自己动手。我做医生以来，就看过四个女人因为子宫穿孔、失血过多而死；其中一个女人还是被绑在刷子柄上的汽水瓶缺口刺破子宫而死。现在好像难以相信当时会发生这种事情，但是这种事的确发生过，各位，这是健康的年轻女人最不愿碰到的事。

“好吧，”她终于说道，“够公平；我叫珊蒂·史黛菲。”接着她伸出手，我有点惊愕地握住她的手，也很高兴没让戴太太看见，她倒不会说什么，不过下星期的咖啡大概会比较苦一些。

她微笑了——我想是因为我脸上发呆的表情——并且坦然望着我。“麦卡朗医生，希望我们能做朋友，我现在很需要朋友，我怕极了。”

“这我了解，史黛菲小姐，我会尽量做个称职的朋友。现在还有什么地方需要我帮忙吗？”

她打开手提包拿出小记事本和一支笔，然后翻开本子，握好笔，抬头看着我。一时之间，我还以为她要问我有没有认识的医生可以帮她堕胎，然后她才说：“我想知道该吃什么最好，我是说为了小孩好，我应该吃什么？”

我放声大笑，她有几分惊讶地看着我。

“对不起——我是笑你太一板一眼了。”

“也许，”她说道，“养小孩本来就该一板一眼，是不是，医生？”

“是，当然是。我都会给怀孕的病人一本册子，告诉你该吃什么，喝什么，体重和抽烟等等，请你看这本册子的时候不要笑，否则我会难过，因为册子是我自己写的。”

其实那本册子只能算是零星的摘记，后来便成了我的书——《孕妇实用指南》，那时候我对产科学与妇科学非常感兴趣——现在依然——不过在那时候，除非你背景雄厚，否则最好不要选妇产科，即使人脉广，也得花个十年或十五年才可能小有名声。由于战争的关系，等我挂出招牌开始行医之时，年纪已老大不小了，没有多少时间可以浪费。好在当个开业医生，我还是能照顾很多快乐的准妈妈，接生很多小宝宝。到现在为止，我已接生了两千多个宝宝——足够坐满五十间教室。

我在妇产科花的心血比其他方面都来得多，又因为我对这方面有强有力的见解，而且很热心，所以我都根据自己的经验与心得写册子，绝不随便让孕妇到市面上买那些鱼目混珠的书籍；我不准备详述这些烂书——否则我们会在这儿待一整晚——就随便举几个例子好了。

很多书都劝孕妇尽量不要走动，尤其不可以走太长的距离，怕会发生小产或“生产伤害”之虞。生产是一件费力无比的事，这种劝告就等于叫即将面临大赛的球员尽量坐着不动，以养精蓄锐一样。另一个权威的建议——出自许多名医之口——是稍稍过重的孕妇，可以抽烟减肥……抽烟！理由就和广告词一样：“与其吃糖，不如来根烟吧！”很多人以为二十世纪是医学启蒙和理性的年代，那么他们完全不了解有时候疯狂的医学会荒谬到什么地步。或许也无所谓吧，每个人都会变老。

我把小册子给她，她全神贯注看了差不多五分钟，我问她介不介意我抽烟斗，她的头抬也不抬，只漫应一声，等她终于抬起头来时，她的嘴角掀起一抹微笑。“麦卡朗医生，你是激进派？”

“为什么这么说？是不是因为我告诉准妈妈尽量多走动，不要坐乌烟瘴气的地铁？”

“什么‘产前维他命’……游泳并无大碍……还有呼吸练习！什么是呼吸练习？”

“以后就用得上了。还有，我不是激进派，差远了。我下一个病人已经等五分钟了。”

“喔！对不起。”她迅速站起来，把厚厚的册子塞进皮包里。

“没关系。”

她一边穿外套，一边以淡褐色的眸子望着我。“对，”她说道，“你完全不是激进派，我相信你其实相当……轻松自在？这个形容词好不好？”

“我喜欢，”我说，“等一下出去见到戴太太时，她会帮你预约下一次看诊时间，下个月初再来，我还需要替你检查。”

“你那位戴太太不喜欢我。”

“喔，我敢说你一定弄错了。”但我从来不擅长说谎，我们之间的亲切陡地消失，我并没有送她出诊疗室。“史黛菲小姐？”

她转过来面向我，脸上带着冷然询问的神色。

“你准备把孩子生下来吗？”

她匆匆打量我一下，然后微笑——我相信只有怀孕的女人懂得那种神秘的微笑。“当然。”她说着走了出去。

那天将结束时，我治疗了一对全身红肿的双胞胎，两个都中了毒葛类的毒；我还刺破了一个病人的脓包，从电焊工眼睛里拔出一个金属钩，又转介一位确定罹患癌症的老病人到纪念医院治疗。我已经完完全全把史黛菲给忘了，直到戴太太说了一句话，我才又想起来。

“也许她并不那么讨人厌。”

我从最后一位病人的病历表里抬起头来。我已经对着这个病历看了好久，心里暗自憎恨自己没用，大半的医生知道病人无药可救，而自己又无计可施时，都有这种感觉，还想为这种病历档案刻个橡皮图章，刻的不是“余款未收”、“已付清”或是“病人迁移”，而是“死亡状”，也许字上面再刻个骷髅头，下面有两根交叉的骨头，就好像毒药瓶子上的标示那样。

“你说什么？”

“我说你那位史密斯小姐，她早上临走前做了一件不寻常的事。”从戴太太的表情看来，很明显，她并不讨厌这件不寻常的事。

“什么不寻常的事？”

“我把约诊卡给她时，她叫我算一算诊疗费，所有的诊疗费！包括接生与住院的所有费用。”

这的确是一件极不寻常的事。别忘了，当时是一九三五年，史黛菲小姐给人的感觉是孤家寡人一个，她富有吗？我不这么认为，她的衣服、鞋子与手套都很时髦，但她没有戴首饰——连人造首饰都没有。还有她的帽子，是不折不扣的过时款式。

“你帮她算了吗？”我问道。

戴太太瞪我的神情，活像我的脑筋已经不清楚了。“当然算了！她把钱全数付清，而且是用现款付。”

显然最叫戴太太诧异的，就是最后一件事（不过当然是一种愉快的惊奇），但我丝毫不感到意外，史密斯小姐什么都可以做，惟独不能开支票。

“她从皮包里拿出银行存折，摊开，数了数，就把钞票放在我桌上。”戴太太仍继续说道，“然后她把收据夹在原先夹钞票的地方，再把存折放回皮包里，说了声再见就走了。比那些所谓‘有头有脸’、却总爱赖账的老病人好多了！”

我觉得懊恼不已，我不喜欢姓史黛菲的女人这么做，更对戴太太那么洋洋自得起了反感，同时我也生自己的气，从当时一直到现在，这件事总是莫名其妙地使我自觉渺小无比。

“可是她不能预付这些钱，是不是？”我问道。我实在不该在这种小事情上大做文章，不过当时我只想到这么问，以表达我又好气又好笑的挫折感。“我们还不知道她可能会住院多久。”

“我就是这样告诉她的，然后她就问我一般人顺产得住多少天，我说六天，对不对？”

我不得不承认这点。

“她说那她就付六天的钱，如果超过六天，她会付清差额，如果——”

“——少于六天，我们可以退费。”我疲倦地替她说完，心想：那女人真他妈的！然后我又笑了，她倒是有种，你不能不承认这点。

戴太太露出微笑……如今我已年老昏聩，如果有一天我妄自以为对人类已完全了解，我就会想起这个微笑。戴太太可以说是我所认识的女人中最“规矩”的女人，在那天以前，我愿意拿我的生命打赌，她想到这个未婚怀孕的女人时，绝不可能露出高兴的笑容。

“有种？我不晓得，医生，不过她很清楚自己，清楚得很。”

一个月过去了，史黛菲小姐准时出现在诊疗室，就这么从纽约熙来攘往的人潮中冒出来。她穿了一件像是新买的蓝衣裙，尽管成衣店里可能有上百种同样款式的衣服，但穿在她身上仍然显得十分别致。她的鞋子仍然与衣服不配，还是上回来时穿的棕色鞋。

我仔细替她检查过后，发现她各方面都非常正常，我告诉她时，她很高兴。“麦卡朗医生，我找到‘产前维他命’了。”

“哦？很好。”

她的眼睛顽皮地闪着光。“药剂师说那东西不好。”

“我可要遭到天打雷劈了！”等我说完，她掩着嘴吃吃笑着，不自觉地做出这个非常孩子气的动作。“药剂师都是当不成医生的人在干，而且是共和党，‘产前维他命’是新东西，所以他们都抱着怀疑的态度。你有没有听他的话？”

“没有，我听你的，你是我的医生。”

“谢谢你。”

“哪里。”然后她坦然望着我，不再吃吃笑了，“医生，我的肚子什么时候会看得出来？”

“我猜要到八月，如果你穿比较……呃，比较宽大的衣服，就可以到九月。”

“谢谢。”她拿起皮包，但没有立刻站起身来走出去，我猜她想谈一谈……但不知道如何开口，从何谈起。

“我猜你是职业妇女？”

“没错，我在上班。”

“我可以问一下你在哪儿上班吗？或者你不希望我问——”

她笑了——笑声尖锐而毫无笑意，跟刚才那种吃吃的笑迥然不同。“我在百货公司工作，否则一个未婚女子，还能上哪儿工作呢？我负责卖香水给一些满头鬈发的胖太太。”

“你还准备做多久？”

“一直到别人注意到我微妙的情况为止，我想那时候公司就会请我走路，免得惹那些胖太太不高兴，要是她们知道侍候她们的大肚子女人还没结婚，包准头发都会竖了起来。”

突然她的眼睛充满亮晶晶的泪水，嘴唇开始颤抖，我掏出一条手帕给她，但泪水并没有掉下来——一滴也没有，泪水在她眼眶里转了转，她眨一眨，泪水又不见了，她的双唇紧闭……随后又放松下来，她决心不让自己的情绪失控……竟然办到了。这种景象看起来实在了不起。

“对不起。”她说，“你对我很好，我不愿意用一个再平凡不过的故事，来报答你的好意。”

她起身欲离开，我也跟着站起来。

“我不是很差的听众，”我说道，“而且我还有一点时间，下个病人不来看诊了。”

“不用了，”她说，“谢谢你，不用了。”

“好吧，”我说道，“不过还有一些事。”

“什么事？”

“我从来不让我的患者——任何一个患者——预付诊疗费，如果你……我是说，如果你想……或是不得不……”我结结巴巴地说不下去了。

“医生，我到纽约已经四年了，我天生就很节俭。八月，或九月之后，我就得靠存折里剩的钱过活，一直到我能够再出去工作为止。这笔钱并不多，有时候到了晚上，我会害怕起来。”

她那双美丽的灰褐色眸子目不转睛地盯着我。

“对我来说，先付这笔钱会好得多——安全得多，一方面是因为我把孩子摆在第一，另一方面也因为以后把那笔钱花掉的诱惑会很大。”

“好吧，”我说道，“不过请记得一点，这笔钱反正是预付款，如果你需要那笔钱，尽管告诉我无妨。”

“让戴太太再对我怒目相视？”她的眼神又恢复了原来的顽皮，“我看算了，现在，医——”

“你打算尽量工作久一点？一直到绝对不可能为止？”

“是的，我非得如此。怎么样？”

“我想在你离开之前，先吓吓你。”我说。

她的眼睛微微张大。“别吓我，”她说道，“我已经够害怕了。”

“所以我才要你有所警惕，请坐，史黛菲小姐。”我看她还站着，又说了一遍：“请坐。”

她坐了下来，心不甘情不愿的。

“你的处境很特殊，也很不幸，”我坐在桌角说，“可是你却能优雅从容地面对困难的处境。”

她张口想说话，我举起手阻止她。

“这样很好，我很佩服你，但我不愿意看见你为了经济的缘故而伤害小孩。我曾经有一个患者，无论我怎么警告她，还是一直穿紧绷绷的束裤，肚子越大，她就扎得越紧；她是个虚荣、愚蠢又烦人的女人，我觉得她根本不想要那个小孩，她——我并不赞同近来很流行的潜意识理论，但我会说，她在潜意识中想杀死那个小孩。”

“结果呢？”她的脸色非常沉静。

“小孩没有胎死腹中，但一出生就是个低能儿，我想他可能无论如何都会是低能儿，毕竟我们对造成这种结果的原因仍然一无所知，不过妈妈可能是一部分原因。”

“我懂你的意思了，”她低声说道，“你不希望我为了多工作几个星期而……扎得太紧，我承认我曾经这么想过，那……谢谢你吓吓我。”

这一次我送她到门口，真想问她存折里还剩多少钱，或是她的情况究竟有多糟，但她是不会回答这种问题的，我很清楚这点，所以我只说声再见，又开了几个关于维他命的玩笑，然后她离开了。我发现自己在以后的一个月里，时常在一些奇怪的时候想到她，而且——

尤汉生就在这个时候打断麦卡朗的故事，他们是老朋友，我猜他觉得自己有权提出大家一定都会想到的问题。

“麦卡朗，你是不是爱上她了？所以才一直描述她的眼睛、微笑，还有‘在一些奇怪的时候想到她’？”

我以为麦卡朗让他这么一打岔一定很火，但并没有。“你有权问这个问题。”他顿了顿，注视着炉火，仿佛就快打盹似的，之后火里传来哔剥声，一阵火花涌上烟囱，麦卡朗环顾四周，先看尤汉生，然后看看其他人。

“不，我不爱她，虽然我描述她的眼睛、她的衣服、她的笑，这些只有恋爱的人才会注意到的细节。”他的打火机非常特别，形状像箭头；他点燃了烟斗，把打火机盖子一关，再放回上衣口袋里，然后吹开盘旋在头顶的一缕烟。

“我佩服她，如此而已。她每来一次，我对她的钦佩就增加一层。我想各位一定有人已经感觉到这是一个受环境作弄的爱情故事，事实也正是如此。我是在大约半年之后才知道整个内情，相信各位听了一定也会同意，她的故事跟她自己所说的一样平凡。她跟许多女孩子一样，受到大城市的吸引，她生长于……”

……爱荷华或内布拉斯加的一个小镇，也可能是明尼苏达——我不记得了。她在高中与社区剧院里非常活跃——当地剧评家常撰文称赞她的演技——于是她来到纽约，想在表演事业里闯一闯。

她连这方面都很实际——对她所怀抱的雄心壮志来说，她已经够实际的了。她告诉我，到纽约来是因为她不相信电影杂志的论调——说什么任何女孩只要来到好莱坞，就可以成为大明星，前一天还在杂货店里喝汽水，第二天就可能跟克拉克·盖博或麦克·莫瑞演对手戏。她说她到纽约来，是因为她认为这里也许比较容易得其门而入……我想也是因为她对正统剧场比对电影更有兴趣。

她在一家大百货公司找到销售香水的工作，同时在演艺班注了册，这女孩很聪明，而且做事很有决心——她的意志力有如钢铁一般坚韧——但她跟其他人一样，也会感到寂寞，这种寂寞，大概惟有刚从中西部小镇来到大都市的单身女郎才能体会。思乡病有时候并不像我们脑子里所想象的那种模糊、怀旧甚而美丽的情绪，它也可能如利刃般刻骨铭心。思乡病不仅仅是一种比喻，也确确实实是一种疾病，会改变一个人对世界的看法，街上行人的脸孔在患了思乡病的人眼里看来，不仅漠然，而且丑陋，甚而充满恶意；思乡是真正的疾病，是一种失根的创痛。

尽管史黛菲小姐令人钦佩，尽管她个性坚毅，仍然无法免疫。以后的事就是不说，各位也知道了。在她的演艺班里，有一个年轻男孩，他们一起出去过几次，她并不爱他，但却需要朋友，可是等她发现他绝不可能做她的朋友时，他们已发生过两次关系。她发现自己怀孕之后，便告诉那个男孩，他说他会“负起应负的责任”，在她身边支持她，但一星期之后，这男孩离开住处，未曾留下地址，她也就是在那个时候来找我。

在史黛菲怀孕的第四个月，我介绍她一种呼吸方法——也就是今天的“拉梅兹呼吸法”，各位要知道，在那时候，拉梅兹先生仍然默默无闻。

“那时候”——这句话在我的叙述中一再重复，我对这点感到很抱歉，但我实在没办法——刚才我说的以及待会儿我要告诉你们的事情之所以发生，都是因为发生在“那时候”。

于是……在四十五年前的“那时候”，无论你到任何一家美国大医院的产房，都会有置身疯人院之感；一个个哭天喊地的女人，有的尖叫着宁愿死去，有的尖叫着无法再忍受任何痛苦，有的大声喊叫，要上帝原谅她的罪，有的以一连串最恶毒的话诅咒她们的丈夫，相信那些即将为人父的男人绝对想不到，如此恶毒的字眼竟然会出自太太口中。一般人几乎都认为女人生产时就是这样，虽然在这世界上，仍然有许多女人忍住苦楚，一声不哼地生下孩子。

我必须很抱歉地说，这种歇斯底里的状况，医生也应该负一部分责任，同时孕妇亲友的生产经验谈，也该负一份责任。相信我，如果有人告诉你生小孩会多么多么痛苦，结果就真的会痛起来。痛感多半是心理作用，女人在吸收了生产将会疼痛难当的概念之后——这些概念都来自她的母亲、姐姐、已婚的朋友与医生——女人在心理上，就已经准备感觉那股恨不得死去的痛苦了。

我当时虽然才执业六年，但已经习惯看到女人设法克服双重难题：一面接受怀孕的事实，并开始打点新生儿的一切；另一方面，也认定自己已被打入死亡深谷——至少大部分女人都这么认为。许多女人还真的把家里的一切交代得清清楚楚，免得要是真的死了，丈夫会茫然失措，不知道该如何过下去。

此时此地并不适合讲产科学，但你们应该知道在“那时候”之前的西方国家中，生产是多么危险的事。自从一九〇〇年开始的医学革命以来，生小孩已经变得安全许多，可是大多数的医生却懒得把这项事实告诉孕妇，天晓得为什么，也就难怪产房老是像疯人院一样。由于当时近乎维多利亚式的保守风气，那些即将临盆的可怜女人无从由医生含糊不清、语焉不详的话中得知全貌，于是在惊恐中认定生产将令人痛不欲生，其中大多数人甚而认为自己很快会悲惨地死去。

我在研读有关怀孕的书籍时，发现了安静生产的原则与呼吸方法的概念。产妇尖叫哭号只会耗损元气，不如把力气用来推挤出婴儿，而且哭叫也会使产妇血中氧气过多，毫无必要地置母体于险境——肾上腺激素大量分泌，呼吸与脉搏频率升高。呼吸方法可以帮助产妇全神贯注于眼前的工作，利用体内力量克服生产的痛苦。

当时印度与非洲都广泛运用这种方法，美洲印第安人与爱斯基摩人也都使用这种呼吸方法，但是，各位大概也猜到了，大多数西方医生却丝毫不感兴趣。我有一位同业——一个很聪明的人——在一九三一年秋天把我那本有关怀孕的小册子还给我，还在“呼吸方法”部分全部画了红线，同时在边缘写着，如果他想知道什么“落后的迷信”的话，他自己会在书摊上买一本《怪谭》杂志！

不过听了他的劝告之后，我倒没有把“呼吸方法”那一段删掉。采用这种方法的产妇获得的效果很不一致。许多女人试过之后都很成功，有些女人对这方法的原则掌握得极好，但是等子宫收缩越急越烈之时，又把平日的训练完全抛在一旁。我发现在这些半途而废的案例里，产妇好心的亲友多半帮了倒忙，他们从未听说过呼吸方法，因此也就不相信它确实管用。

这种方法是基于一个概念：每个人的分娩状况尽管各不相同，但大体来说仍然相当类似，通常有四个阶段：宫缩阵痛、分娩中期阵痛、产出婴儿、产后排出胎盘。子宫收缩时，腹部与骨盆部位的肌肉会变硬，这种情形通常在怀孕第六个月开始出现。许多怀头胎的妇女以为会碰到一些很难缠的事，就像肠绞痛一样，但我听说那种痛没那么拖泥带水，而是像抽筋般的剧痛。采用呼吸方法的产妇一感到子宫收缩的阵痛开始了，就运用短促的呼气与吸气，用吹的方式把每一口气呼出来，仿佛爵士乐手吹小喇叭一样。

在分娩中期阵痛中，每十五分钟就会有一次更剧烈的子宫收缩，疼痛也加剧，产妇的呼吸转为深深吸一口气之后，再长长把气吐出，正如马拉松选手开始最后冲刺时的呼吸方式。子宫收缩越厉害，呼气吸气的时间也越长，我在册子里称之为“冲浪”。

最后一个呼吸法我称之为“火车头呼吸法”。分娩到最后伴随而来的深沉剧痛，也为产妇带来一种无可抗拒的驱策力，借由这股力量，可以把肚子里的胎儿推挤出来。各位，奇妙而怕人的引擎就在这一刻转动到极致，这时子宫颈已完全扩张，婴儿也开始顺着产道滑出，如果你直接对着母亲双腿中间看的话，就可以看到婴儿脑门的脉搏跳动，离产道口只有数英寸之遥，这时使用呼吸方法的母亲就可以开始短促的吐气、吸气，让空气在齿间进出，不要吸满肺部，以免血液里氧气过多，仅以全然自制的方式喘息，发出的声音真的挺像小孩子模仿蒸汽引擎推动火车头前进的声音。

这些对母体的健康都极有益，既让血中的氧气保持高浓度，不至于置母体于险境，母亲的神智清楚且感觉敏锐，能够发问，也能答话或听从指示。不过呼吸方法最重要的还是心理上的影响，母亲会觉得自己积极参与了整个生产的过程，而且处于引导地位，不但能掌控整个生产经验，而且能控制生产的痛苦。

各位可以了解，整个过程完全操之于产妇的心态如何。呼吸方法非常微妙，实行起来十分不容易，而我之所以有许多次失败的案例，并非呼吸方法本身不可行，而是因为产妇听从医生的劝告，采行这个方法后，又被七嘴八舌的亲友说得没了主意，那些亲友一听这种异教徒的古怪方法，就害怕地摇手制止。

从这方面来说，史黛菲倒是个理想病人，因为如果她信得过呼吸方法，没有亲友会劝她不要相信（不过如要说得公平些，我应该说一旦她打定主意，大概没有任何人可以使她改变），而她确实渐渐相信这个方法。

“这有点像自我催眠，是不是？”我们第一次讨论时她问道。

我很高兴地赞同道：“对极了！可是你不要以为这只是一种把戏，否则当阵痛越来越厉害时，效果就会打折扣。”

“我根本不会这么想，谢谢你，我会努力练习的，医生。”呼吸方法就是为她这种人发明的，如果她说会练习，她就是会练习，我从未见过任何人会如此贯彻地实行一个理论……不过，呼吸方法恰好合乎她的气质与性情。在这个世界上，有千百万性情温顺的男人与女人，其中有些真是他妈的好人，但也有些人不惜艰辛一定要自己掌握自己的人生，史黛菲就是其中之一。

我说她贯彻实行呼吸方法，绝无半句虚言……我想如果我说出她在百货公司最后一天工作的情形，就足以证明一切。

八月底，她终于不得不结束工作。史黛菲是个苗条而身体状况极佳的年轻女人，当然由于这次是头胎，任何一位医生都会说，这种女人的肚子要五六个月才会显出来……然后突然在一天之内，一切都掩盖不住了。

九月初，她到我的诊所做定期检查，苦笑着告诉我，她发现呼吸方法另有妙用。

“什么妙用？”我问她。

“当你想发脾气时，这比数十个数都管用。”她说道，淡褐色眼睛闪动着，“不过要是有人看见你又吸气又吹气的话，会以为你是疯子。”

她很快便把经过告诉我。她上星期一仍然照常上班，我却在想即使是一个短短的周末，也能使原本苗条的小姐，一变而为无所遁形的孕妇，这种转变有时候真像赤道上白天黑夜的变换一样骤然出现，也可能她的上司终于确定了原本的怀疑。

“休息的时候，到我办公室来一趟。”这个女人，也就是凯太太冷冷说道。过去她一直对史黛菲小姐很友善，曾经给她看念高中的两个孩子的照片，有一回，她们还交换了食谱，凯太太总爱问她有没有遇到什么“好男孩”，如今亲切与友善都不见了，等她踏入凯太太办公室之际，她已经知道会有什么后果。

“你有麻烦了。”原本亲切的女人说。

“是的，”史黛菲说，“有些人会这么说。”

凯太太的脸颊成了砖红色。“小妮子，别在我面前耍聪明，”她说道，“光看你的肚子，就知道你简直聪明到家了。”

她描述事情经过时，我仿佛在脑海中看见两个女人——史黛菲淡褐色的眼睛直勾勾地望着凯太太，全然的冷静与自持，不肯低头、哭泣或是以其他方式表示羞愧，我相信她对自己遭遇的麻烦，要比上司所能体会的要真切许多。凯太太的两个小孩都快成年了，她还有个开理发店、支持共和党的体面丈夫。

“你竟敢瞒我这么久，实在寡廉鲜耻！”凯太太残酷无情地说道。

“我没有瞒你，在今天以前，你也从来没问过我怀孕的事，”她小心地望着凯太太，“你怎么能说我瞒你？”

“我还带你回家过！”凯太太吼道，“又请你吃晚饭……跟我儿子一块儿。”她嫌恶不已地望着史黛菲。

这时史黛菲才开始生气，她告诉我，这是她这辈子最生气的一次，其实她并非不知道秘密泄露时会是什么局面，但各位都知道，有时候学理与实际应用之间的差距是极为惊人的。

史黛菲紧握双手说道：“如果你的言外之意是指我企图引诱你儿子的话，那么这真是天底下最肮脏、最龌龊的想法。”

凯太太的脑袋猛地向后一甩，仿佛让人甩了耳光似的，脸上倏地变得死白，只剩脸颊上两小块红红的；两个女人隔着摆满香水样品的桌子怒目而视，房间里弥漫着淡淡的花香，史黛菲说她觉得这一刻好像过了好久好久。

然后凯太太猛然拉开抽屉，拿出一本浅黄色支票簿，上面还别了一截粉红色的遣散通知。她咬牙切齿地说：“这个城市里想找工作的好女孩多的是，我想我们不需要像你这种婊子，亲爱的。”

她告诉我，就是最后那句带着轻蔑语气的“亲爱的”使她气到极点；过了一会儿，凯太太目瞪口呆地望着史黛菲两手握得死紧，紧得出现瘀痕（九月一日我看到她的时候，瘀痕已经褪色，但仍可看得相当清楚），开始咬牙切齿地进行“火车头呼吸法”。

或许这个故事并不滑稽，但我想到这幅景象，不禁爆笑出声，然后史黛菲自己也笑起来。戴太太探头进来看看——大概是看我们是不是吹了笑气——然后又缩回去。

“当时我只想得到这么做，”史黛菲说道，同时一边笑一边用手帕擦眼睛，“因为当时我看见自己伸手把桌上的香水全部扫下地——没有铺地毯的水泥地，我不仅是想象而已，我是真的看到那些瓶子砸在地上，整个房间香味杂陈，非得让人来消毒，才能除掉那股怪味。

“我真要那么做，没有人能阻止我，然后我就开始‘火车头’呼吸，于是一切愤怒都过去了，我还能拿起支票，又拿了粉红色那一截纸，然后站起来走出房间，当然我没办法谢谢她，因为我还在做‘火车头’呼吸！”

我们又笑了一阵，然后她止住笑。

“现在一切都过去了，我甚至有点可怜她——我说这话是不是很可笑？”

“一点也不，我觉得你的想法很令人钦佩。”

“麦卡朗医生，我用遣散费买了一点东西，我可不可以拿给你看看？”

“如果你希望我看的话，当然可以。”

她打开皮包，拿出一个小小的扁盒子。“我是在一间当铺里买的，”她说道，“花了两块钱，这是这一段噩梦中我自觉做得最肮脏、最难为情的事。你说奇不奇怪？”

她把盒子打开放在桌上让我看，我看了并不吃惊，那是一个很普通的金色戒指。

“真的需要做的事情，我就会去做，”她说道，“我住在一间所谓‘高尚’的寄宿公寓里，房东亲切而友善……不过凯太太以前也很亲切、很友善。我想房东可能随时会叫我搬家，而且我猜如果我请她退还租金或押金的话，她大概会冲着我尖声大笑。”

“可是这样是不合法的，你可以上法院找律师帮你。”

“法院是男人的天下，”她语调平静地说道，“不太可能会为我这种境况的女人挺身而出，或许我可以把钱拿回来，也或许不能，无论如何，诉讼费加上许多麻烦，以及……种种不愉快……好像不值得为四十七块钱这么大费周章，其实我现在提这事也言之过早，事情还没发生，可能也不会发生，不过以后我会实际一点了。”

她抬起头，迅速瞥我一眼。

“我已经看上另一个地方——以防万一，房间在三楼，不过很干净，而且月租比我现在住的地方便宜五块。”她把戒指从盒里拿出来。“房东带我看房间的时候，我就戴着戒指给她看。”

她微微皱眉，嫌恶地把戒指套入左手中指，但我猜她并未察觉自己微妙的情绪。“好了，现在我是史黛菲太太，我丈夫是个卡车司机，由匹兹堡开车到纽约的中途车祸丧生，非常可怜，但我已不再是下贱的小妓女，我的孩子也不再是私生子。”

她抬头望着我，眼睛里又盛满泪水，在我注视之下，眼眶里有一滴泪水滚落脸颊。

“不要这样，”我苦恼地说道，一手伸过桌子握住她的手，她的手非常、非常冷。“不要哭，亲爱的。”

她把手翻转过来——我握着的是她的左手——望着那只戒指微笑，各位，那种微笑比胆汁还苦，比醋还酸，接着又落下一滴眼泪——只有一滴。

“医生，如果有人说世上早已没有魔法与奇迹，我一定不会相信，因为只要花两块钱到当铺买个戒指，就可以立刻抹掉私生子与淫荡两大污点，这不是魔法是什么？这是廉价的魔法。”

“史黛菲小姐……珊蒂……如果我能……如果你需要帮助，而我能——”

她把手从我的手中抽回去——如果我握的是她的右手，或许她不会抽回去，我说过我并不爱她，但在那一瞬间，我有可能爱上她，我正濒临爱上她的边缘，如果我握的是她的右手，而不是戴着戒指的左手，或是她没有把手抽回去而让我握久一点，直到我的手温暖了她的手，也许我就爱上她了。

“你是个亲切的好人，为我和我的孩子做了许多……还有，你的呼吸方法比这个讨厌的戒指对我帮助更大，毕竟我全靠你的呼吸方法，才没有因为恶意毁损的罪名被关到牢里，是不是？”

过了不久，她便离开诊所，我走到窗口目送她朝第五大道走去。天哪！在那一刻，我真仰慕她！她看来那么瘦、那么年轻，又顶了那么明显的大肚子，但她毫不给人羞怯或是畏缩的感觉，她的脚步毫不仓皇，好像她跟所有人一样，有权走在这条路上。

她走出我视线之后，我回到桌旁，就在我走回来的同时，不经意瞄见墙上挂的毕业证书旁边镶了框的照片，突然间我浑身打着哆嗦，我的皮肤——浑身的皮肤，包括额头与手背——都起了鸡皮疙瘩，我这辈子从来不曾经历过如此令人窒息的恐惧；各位，我突然有一个预感，我从不与人争辩这种事可不可能发生，我知道是可能的，因为它曾经发生在我身上，只有那一次，在那个九月初的下午，我祈求上帝不要再让我经历一次。

那张照片是我医学院毕业那天母亲替我拍的，我站在纪念医院前面，两手放在背后，笑得像个获准上公园玩一整天的孩子似的。在我的左边可以看到海莉的雕像，虽然照片正好在她的小腿中央截断，却仍可望见雕像底座与那句无情的箴言——*没有经历痛苦，就没有真正的安乐，是故救赎之前，必先承受痛苦的煎熬。*大约四个月后，史黛菲到医院生产之时，死于一场愚蠢的意外，她的尸体就躺在先父第一任妻子的雕像底座那句箴言之下。

那年秋天，她有一点担心生产时我没办法在场照顾她，她怕我在圣诞假期出外度假，其中也有部分理由是，她怕别的医生漠视她想采用呼吸方法的意愿，而帮她麻醉止痛。

我叫她尽量放心。我没有理由离开，放假期间我也没地方可去，我的母亲已经在两年前去世了，如今除了加州的姑姑之外，我没有任何亲戚……我也不喜欢坐火车，我这么告诉史黛菲。

"你会不会觉得孤单？"她问。

"偶尔，不过我总是让自己很忙碌。这个给你。"我在一张卡片上写下家里的电话号码递给她。"如果你开始阵痛的时候，诊所没有人接电话，就打到这里来。"

"噢，不行，我绝不——"

"你到底想用呼吸方法生产，还是想要别的医生来接生？他们可能觉得你疯了，在你展开'火车头呼吸法'时，不由分说地先把你麻醉了再说？"

她微微笑道："好吧，我让你说服了。"

但是秋天一天天过去，当第三大道的肉商开始促销"鲜嫩多汁的火鸡肉"时，显然她的不安仍然没有减轻。她原来的房东结果真的请她搬家了，她便迁到原来找好的地方。不过"塞翁失马，焉知非福"，搬过去之后，她又找到新工作，一个阔绰的盲眼女人雇她料理一些轻松的家事和读赛珍珠和波特的作品给她听，这个女人住在史黛菲的楼下。这时史黛菲就像所有接近预产期的健康孕妇一样，脸颊绯红，容光焕发，但脸上却蒙上一层阴影，我找她讲话时，她常慢吞吞地回答……有一次我没听见她答话，就放下手边的摘记抬起头来，发现她的眼光奇特而迷蒙地望着我毕业证书旁的照片，我再度感觉到那股寒意……而她答非所问，更加深了我的不安。

“麦卡朗医生，我有一种感觉，有时候这种感觉还非常强烈，我觉得我的命运早已注定了。”

这话多愚蠢啊！可是，各位，我当下的反应却是想回答：对，我也感觉到了。但我不敢说出来，如果当医生的人竟然说出这种话，那么就该收拾起所有的行医工具与医学书，全拿去拍卖，再考虑转行修水管或当木匠算了。

我告诉她很多怀孕的女人都有这种感觉，而且这种感觉已经普遍到医生会开玩笑给它取个名字——幽谷症候群，关于这一点，我相信今晚我也提过了。

史黛菲极为严肃地点点头，我还记得她那天看来好年轻，她的肚子看来好大。“我知道，”她说道，“我也有过那种感觉，可是我说的是另一种感觉，这种感觉就像……有什么事情即将发生了，我只能这样描述，实在很傻，但我就是甩不掉这种感觉。”

“你必须试试看，”我说道，“这样对你——”

但她的目光已经移开，重新落在那张照片上。

“那个人是谁？”

“麦卡朗，”我说着，想开个玩笑，但听起来却无力得可怜，“内战前拍的，当时他还很年轻。”

“不，我当然认得出来是你，”她说道，“我是说那个女人，要不是那件裙子和鞋子，还真看不出是个女人。她是谁？”

“她叫海莉。”我边说着，边想道：等你上医院生产的时候，第一个见到的就是她的脸。我又感到一股寒意——那种飘忽不定的可怕感觉；她那张石脸。

“雕像底座刻的字到底在说什么？”她问道，她的眼光依然如梦似幻，仿佛进入恍惚状态。

“我不知道，”我撒谎，“我的拉丁文没那么好。”

那天晚上我做了有生以来最可怕的噩梦——醒来时简直害怕得不得了，

如果我已经结婚了，一定会把可怜的老婆给吓得半死。

在梦里，我打开诊疗室，发现史黛菲在里面。她穿着那双棕鞋，身上是那件时髦的滚棕边白衣裙，头上戴着那顶过时的钟形女帽，但帽子却出现在她的胸前，因为她的头捧在两手之中，白色洋装上沾满了凝结的血块，鲜血从她的颈子向上喷出，洒到天花板上。

突然她的眼睛颤动着睁开——那一双美丽的淡褐色眸子望着我。

“死期将至，”那个说话的头从嘴里吐出，“我的死期将至；救赎之前，必先承受痛苦的煎熬。这是廉价的魔法，但却是我们目前仅有的。”

这时我醒过来尖叫。

十二月十日的预产期来临，又溜走了；我在十二月十七日替她检查，并且告诉她，婴儿绝对会在年底之前出世，不过恐怕得拖过圣诞节了，史黛菲欣然接受这个事实，她好像已经摆脱了秋天缠绕着她的阴影。那个盲眼女人——季太太，也就是雇她读小说、料理家务的人，对她印象很好——并且在朋友之间广为宣传，说史黛菲太太是个勇敢的年轻寡妇，尽管丧夫又怀有身孕，却仍然坚强乐观地面对未来，季太太有几个朋友也表示过，希望等她生产后能雇用她。

“我会考虑，”她告诉我，“为了我的孩子，不过等我完全恢复之后，就得找份比较稳定的工作。最糟的是，有时候我觉得我所遭遇的一切改变了我对人的看法；有时候，我会这么想：‘你欺骗了那位可爱的老太太，晚上怎么还睡得着觉？’然后我又想：‘如果她知道真相的话，她就会像别人一样把你扫地出门。’无论如何，这都是谎言，偶尔我会觉得良心不安。”

那天她离开之前，从皮包里拿出一个包得漂漂亮亮的小包裹，然后难为情地递给我。“麦卡朗医生，圣诞快乐。”

“你不该这么客气的，”我说着拉开一个抽屉，也拿出一个包裹，“不过既然我也有准备——”

她惊奇地望着我片刻，然后我们一起笑了出来。她送我一枚银质领带夹，上头有两只缠绕的蛇，我则送她一本相簿，让她放小孩的照片。你们可以看到，我至今还留着这个领带夹，今晚我就戴着，至于那本相簿的下落如何，就不得而知了。

我送她到门口，走到门边时，她转身面向我，两手放在我肩膀上，踮起脚尖吻我的唇，她的唇凉凉的，但很坚定，这不是热情的吻，但也不是姐姐或姑姑的那种吻。

“麦卡朗医生，再谢你一次，”她喘着气说道，她的双颊红艳，淡褐色的眸子闪闪发亮，“多谢你为我做的一切。”

我笑了——有点不自在。“珊蒂，你的口气好像我们不会再见似的。”我相信这是我第二次也是最后一次直呼其名。

“喔，我们会再见面的，”她说道，“我很肯定。”

她并没有说错——不过我和她却都无法预见最后一次会面的情况，竟会那么恐怖。

史黛菲在圣诞夜刚过六点的时候开始阵痛，那天下了一整天的雪，到了晚上变为下冰雹，等她进入中期阵痛时，整个纽约市已成了险恶无比的冰河。

季太太所住的一楼大而宽敞，六点半时，史黛菲小心翼翼地走下楼，敲敲门，季太太让她进门后，她赶忙借电话叫车。

“亲爱的，是不是要生了？”季太太问道，已经急得仓皇失措。

“是的，阵痛才刚刚开始，但这种天气实在不保险，可能得坐好久的车才到得了。”

她打电话叫了车，然后再打电话给我；当时是六点四十分，大约间隔二十五分钟阵痛一次，她一再重复告诉我，因为天气太坏，她要提早赶来。“我可不希望我的孩子生在出租车里。”她说道，口气出奇镇定。

出租车来迟了，史黛菲的进展也比我预测的更快——我刚才说过，任何两个人的分娩过程都不可能完全一致。那位司机看见乘客即将临盆，连忙扶着她走下滑溜溜的楼梯，还不断提醒她“小心啊，夫人”。史黛菲只点点头，在每一次阵痛来袭时，忙着进行深呼吸运动。冰雹打在街灯与出租车顶上叮咚作响，在出租车的黄灯上溶解成大大的水滴，季太太后来告诉我，那位年轻的司机比“可怜的珊蒂”还要紧张，也许这是后来发生车祸的原因。

另一个原因几乎正是呼吸方法。

司机在滑溜溜的街道上慢慢开着，小心穿过路上的障碍物和拥塞的十字路口，渐渐接近医院。他倒没有在车祸当中受到重伤，我跟他在医院里谈过话，他说从后座传来的深呼吸声使他紧张得不得了，所以才老是望着反光镜；他说如果她像别的产妇一样尖叫几声的话，或许他还不会那么紧张。他问过她一两次感觉还好吗，她却只点点头，继续深深的呼气吸气，做“冲浪”呼吸运动。

离医院两三个街口的时候，她一定感觉到自己进入了阵痛的最后阶段，她在出租车里已坐了一个钟头——街上塞车塞得厉害——但对生头胎的产妇来说，她的分娩过程实在进行得很快，这时司机也注意到她的呼吸方法已经改变。“大夫，她开始像热天的狗那样气喘吁吁。”他告诉我。她开始“火车头”呼吸法了。

几乎就在同一时刻，出租车司机瞧见车队中露出一个空当儿，于是加足油门冲了过去，通往海莉纪念医院的路现在畅通无阻，只隔不到三个街口了。“我都可以看到那座雕像了。”他说道。由于太急于摆脱这个喘着气的孕妇，他再度踩下油门，出租车于是一冲向前，车轮在冰上转动着，几乎毫无摩擦力制衡。

我是走路去医院的，我低估了开车碰到的路况，结果我到医院的时间恰好跟出租车不谋而合。我原以为可以在楼上找着她，她不但完成了所有的住院手续，而且正躺在床上度过中期阵痛；我正要走上阶梯时，看见结了冰、还未铺上沙子的地面上反映出两辆车的车头射出的灯光聚合在一起，我转过身子，恰巧目睹了一切。

史黛菲的出租车驶进医院之际，一辆鸣声大作的救护车正从急诊处的弯路滑下，出租车的速度太快，根本刹不住车，司机一慌猛然紧踩刹车（而不是踩一下，松一下），车子一滑便开始打转，救护车时明时暗的血红色灯光划过整个现场，其中一线红光照亮了史黛菲的脸，在那一瞬间，她的脸正是我在梦中看到的那张脸，在切断的头上，瞪着眼睛、鲜血淋漓的那张脸。

我高声喊着她的名字，一连跨下两级阶梯，脚下一滑，便趴倒在地上，我的手肘撞得很重，却仍握着我的黑皮包，我头昏眼花，手肘刺痛，就从我趴着的地方，看到了车祸的整个经过。

救护车紧急刹车，也开始打转，尾部撞上雕像的底座，后车门立时一飞而开，一个空担架（幸好是空的）像舌头似的窜出，整个砸在地上，然后猛地翻身，四轮朝天，轮子仍在不停转动。两辆车快要互撞之际，人行道上有个年轻女人高声尖叫着，想要跑开，但只跨了两大步，便跌了一跤趴在地上，她的皮包从手上飞出去，飞了老远，一直飞到满是冰雪的人行道上。

出租车一直不住地打转，此时渐渐后退，我可以清楚地看见司机正疯也似地转着驾驶盘，像个开着碰碰车的孩子，救护车撞上雕像后反弹……撞上出租车的侧边，撞得它转了个圆圈，然后以一股怕人的力道撞上雕像的基座，车顶上闪着“电招出车”几个字的黄灯像炸弹一样爆成碎片，车子的左侧皱得像卫生纸；过了一会儿，我才发现不仅仅是左侧如此，车子撞上基座的角度与力道之大，已足以使车子断为两截，玻璃碎片洒在光滑的冰上，仿佛钻石一般，我的病人则像破布娃娃似的，从这辆解了体的出租车右后方甩了出来。

我不知不觉地站了起来，然后跑下阶梯，又滑了一下，抓住栏杆站稳后，又继续跑，我只知道史黛菲躺在那可恶雕像旁边的某个地方，大概离救护车停下来的地方有二十英尺，救护车红色的闪光依然划过黑夜。我觉得躺在地上的那个身体不大对劲，但直到我绊到一个硬邦邦的东西差点跌跤时，才知道是怎么回事。被我踢到的东西飞开了——就像那年轻女人的皮包一样，它是滑开的，而不是滚开的，直到我看见她的头发——虽然满是鲜血，但仍然认得出来是金黄色，掺着许多玻璃碎片——我才明了那是什么，她在车祸当中已经身首异处，而刚才被我踢到结了冰的排水沟里的东西，正是她的头。

这时我已经彻头彻尾吓呆了，我走到尸体旁将她翻转过来，当我把她的尸体翻过来时，很想尖声大叫，如果我真的叫了，也没有声音，因为我怎么喊也喊不出声音来。各位，她还在呼吸，她的胸部上下起伏，呼吸急促而短浅，冰雪噼里啪啦打在她敞开的外套与血淋淋的衣服上，我可以听见高亢薄弱的咝咝声时大时小，仿佛尚未完全达到沸点的茶壶，那是空气不断吸进她断裂的气管里、然后又给吐出来的声音，一波波空气通过她裸露的声带，但已经没有嘴巴可以形成声音了。

我想拔腿逃跑，但双腿却软弱无力；我膝盖一弯，跪在她身边的冰上，一手捂着嘴。过了一会儿，我发觉鲜血从她衣服的下部渗出，而且感觉到那里还在动，顷刻间，我突然疯狂地坚信还有机会救她腹中的小生命。

我猛地把她的衣服拉上腰际，我猜我就是那时候开始大笑，我觉得自己一定疯了，她的身体还是温暖的，这点我记得，也记得她的身体因呼吸而起伏着。这时救护车里一位医护人员走上前来，身体摇晃地像个醉汉，一手覆着头，鲜血从指间缓缓流下。

我还在大笑，我的手依然摸索着，发现她的子宫颈已完全扩张了。

医护人员张大眼睛，望着史黛菲的无头尸体，我不知道他晓不晓得尸体还在呼吸，也许他以为只是一种神经反应——一种最后的反射动作，如果他真这么想的话，那么他开救护车的时间大概没多久。鸡的脑袋剁掉了，也许还能走来走去，可是如果是人的话，就只会抖动一两下。

“不要老瞪着她，拿一床毛毯来。”我怒斥道。

他蹒跚着走开了，但不是回救护车，而是朝时代广场的方向走去，随即消失在夜色之中，我真不知道他是怎么搞的。我又回过头来望着这个还未死的死人，迟疑片刻之后，便脱下我的外套，接着我抬起她的臀部，好把衣服垫在下面，我仍然可以听见无头尸体在做“火车头”呼吸的嘶嘶声。有时候，各位，我在梦中仍然听得见那声音。

请大家了解一点，这一切都发生在极短的时间里——但对我来说却很漫长，因为我的知觉作用已经升高到极致，这时大家才从医院里跑出来看到底发生了什么事，在我后方有个女人尖声大叫着，因为她看见躺在街边的断头。

我猛力拉开黑皮包——幸好刚才跌跤时没有掉了——拿出一把短短的手术刀戳破她的内衣，再把内衣撕开，救护车司机这时才走过来——他走到离我们十五英尺的地方，便再也无法动弹。我朝他瞥了一眼，仍然需要那条毛毯，看来我别想从他那儿拿到毛毯了。他低头瞪着仍然在呼吸的尸体，眼睛张得老大，眼珠子仿佛脱离了眼眶，像怪模怪样的溜溜球般，只靠着视神经的联系胡乱晃荡，然后又跪在地上，举起握得紧紧的双手，我敢说他准备祷告。刚才那位医护人员或许不知道自己正在目睹一件不可能发生的事，但这个家伙却很清楚，没过多久，他就不省人事了。

那天晚上，我自己也不知为什么，在皮包里放了一把钳子，三年来我都没用过这东西，因为我曾经亲眼看到一位医生——我不愿指名是谁——就用这天杀的东西刺穿新生儿的太阳穴，一直刺进脑子里，那孩子立刻就死了，尸体也不翼而飞，死亡证书上写的是“死胎”。

不过无论原因是什么，总之那天晚上我带了钳子。

史黛菲的尸体紧张起来，腹部紧缩着，柔软的肉体变为石头般坚硬，婴儿的头露出来了；我只看到他的脑门一下下，覆着一层膜，血淋淋的，并且还在跳动，还在跳动呢！小孩还活着，毫无疑问。

她的腹部又变软了，小孩的头溜了回去，这时我身后响起一个声音：“大夫，我帮得上什么忙吗？”

是一位中年护士，这种女人通常是我们这一行的中坚分子。她的脸苍白得跟牛奶一样，当她看见地上那具喘着气的怪尸体时，脸上出现惊惧与迷信的敬畏神情，但她没有吓呆，因此不至于无法工作。

“帮我拿条毛毯来，”我简短地说道，“我想我们还有机会。”我看见她身后大概有二十几个人站在阶梯上，都是从医院里跑出来的，但没有人敢再往前走一步，他们究竟看到多少？我无法确知，我只知道事发后好几天，大家见到我都退避三舍（其中有些人到现在都还如此），没有人——包括这位护士在内——敢对我提起这件事。

于是她转身朝医院走去。

“护士！”我喊道，“来不及回医院拿了，到那辆救护车里拿，婴儿就要出来了。”

她转移方向，穿着白色软底鞋在冰上滑行，我扭过头来，望着尸体。

“火车头”呼吸不仅没有慢下来，反而越趋急促……之后她的身体再度变硬，肌肉拉得紧紧的，又看见婴儿的头了，我等着它再溜回去，但却没有，只继续朝前挤，结果根本用不着钳子，婴儿几乎是飞进我的手里，我眼看着冰雪落在他赤裸而血淋淋的身体上——是个男孩，性别是错不了的——冰冷的黑夜夺走了母亲留给他的最后一点点温热，蒸汽自他的身体冉冉上升，血糊糊的拳头无力地摆动着，他随即发出细小而悲哀的哭声。

“护士！”我咆哮道，“快啊，你这狗娘儿们！”这句话大概真的太过分了，可是一时之间，我觉得我好像又回到法国，噼里啪啦的冰雹声就像从头顶上呼啸而过的子弹，机关枪即将开始无情的扫射，德国佬马上就要化暗为明，从隐蔽的角落中冲出来，众人在泥浆与烟雾中奔跑、滑倒、诅咒、丧命。廉价的魔法，我想着，看着一个个身躯扭动、翻身、倒下；不过你说得对，珊蒂，这是我们仅有的一切。各位，那是我最接近疯狂的一次。

“护士，看在老天的分上，快一点！”

婴儿又哭了一下——那么小声、那么惶然！——然后他再也不哭了，从他皮肤冒上来的热气也细如游丝。我用嘴对着他的脸，一股血腥与潮湿的胎盘味袭来，我朝他的嘴里吐气，听见急促的沙沙声，他的呼吸已恢复。这时护士来了，手里拿着一条毛毯，我伸出手去接。

她正欲递毯子给我，却又缩了回去。“大夫，万……万一这是个怪物的话，怎么办呢？”

“把毛毯给我，”我说道，“现在就给我，否则我会把你踢个四脚朝天！”

“是，大夫。”她非常冷静地说道。（各位，我们真得感谢这种女人，总知道该在什么时候三缄其口。）然后把毛毯递给我；我把孩子包好之后交给她。

“护士，如果你敢把他掉在地上，我就要你好看！”

“是，大夫。”

“这是他妈的廉价魔法，护士，可是上帝就只给了我们这些。”

“是，大夫。”

我注视着她半走半跑地抱着婴儿回医院，也看到阶梯上的人群让出一条路来，这才站起来慢慢从尸体旁退开，它也像婴儿一样，呼吸时断时续……停了……又一猛抽……停了……

我继续向后退，我的脚碰到了什么东西，转身一看，是她的头；仿佛服从某种超自然指示似的，我半跪着把她的头翻过来，眼睛是张开的——原本那么生气盎然、那么毅然决然的那一对灰褐色眸子，现在依然流露出坚决的神情。各位，她正看着我。

她的牙齿紧紧咬着，嘴唇稍稍张开，我听见急促的呼吸在她的唇齿间进进出出，她还在做“火车头”呼吸运动；她的眼球动了，它们稍稍朝左转，似乎想把我看得清楚些，她的嘴唇分开，吐出几个字：麦卡朗医生，谢谢你。各位，我听见她的话了，但不是从她的嘴里，而是从二十英尺外的声带；但是因为她的舌、唇、齿三样用来“形”成话语的构造都在这里，因此我听到的只是几个声音的抑扬顿挫，可是我听得清清楚楚，总共有八个字、八个独立的音节，是“麦卡朗医生，谢谢你”的八个音节。

“不客气，史黛菲小姐，”我说道，“是个男孩。”

她的嘴唇又扯了扯，我身后又传来鬼魅般的微弱声音：男孩——

她的眼睛变为茫然一片，失去了原本的坚决，仿佛在望着远方，或许是看着漆黑的夜空，之后她闭上了双眼，又开始“火车头”呼吸……不久呼吸声也停止了，无论曾经发生了什么事，如今一切都已结束。那位护士目睹了一部分，救护车司机在昏倒前也看到了一点，部分看热闹的人大概也猜到一点，但此刻一切都已结束，只剩下丑恶的车祸现场……与刚刚诞生的新生命。

我抬头看着海莉的雕像，她仍然站在那儿，木然望着对街的花园，仿佛什么事都不曾发生过，仿佛在这个艰辛、冷酷又无情的世界中，如此坚毅又没道理的意志力根本不算什么……或者更糟的是，惟有这股意志力，才是人世间唯一弥足珍贵的东西，唯一称得上有意义的东西。

我记得我跪在雪泥中，在她的断头前开始哭泣，我记得一个实习医生与两个护士搀着我离开现场时，我依然在哭泣。

麦卡朗的烟斗已熄火。

他重新用打火机点燃了烟斗，而我们则一声不吭地坐着；外面的风雪呼号不已，他把打火机盖子一盖，然后抬起头来，看见大家仍在原位没有离开，好像有几分讶异。

“故事说完了，”他说，“你们还在等什么？等烈火战车吗？”他不耐烦地说道，然后又好像沉吟了片刻。“我自掏腰包替她办丧事，因为她是孤苦伶仃一个人。”他微微一笑，“嗯——还有我的护士戴太太，她坚持要捐二十五块，虽然她本身也很拮据，不过戴太太决定的事——”他耸耸肩，然后笑了一下。

“你确定不是反射动作？”我突然听见自己追问道，“你是不是很确定——”

“很确定，”麦卡朗很镇定地答道，“第一个宫缩阵痛也许可能，可是整个分娩过程不是几秒钟的事情，而需要好几分钟，有时候我还会想，如果有必要的话，她还可以撑更久，不过幸好没有这个需要，真是谢天谢地。”

“那么婴儿后来怎样了？”尤汉生问道。

麦卡朗吐着烟。“给人领养了，”他说道，“你们应该很了解，即使在那个时候，他们对领养记录的保密功夫也很到家。”

“我知道，可是那孩子后来怎样了？”尤汉生又问了一次。麦卡朗有点恼怒地笑了。

“你从不肯放过任何一件事，是不是？”

尤汉生点点头。“有的人得尝到苦头才明白这点。那孩子怎么样了？”

“既然各位听了我的故事，我想你们应该很了解，我有权知道那孩子的未来如何，或许应该说我觉得我有权利知道。我的确一直在留心他的动态，到现在为止，我都很清楚他的生活状况。有一对住在缅因州的年轻夫妇，他们不能生育，于是领养了那个男孩，取名叫……啊，姑且就说是约翰好了。”

他吸着烟斗，但火又灭了；我依稀感觉到斯蒂芬就在我后面走动着，于是我知道不久他就会替我们把外套拿好，然后我们就得穿上外套……回到我们原来的生活之中；正如麦卡朗所说的，要听故事，得等明年了。

“那天晚上我接生的男婴目前在全国顶尖的私立大学当英文系主任。”麦卡朗说道，“他还不到四十五岁，还很年轻，不过我相信总有一天，他会当上那所大学的校长，这点我毫不怀疑，他英俊、聪明、又迷人。

“有一次，我借机跟他在教职员俱乐部吃饭，那天晚上一共有四个人，我很少说话，以便观察他，他承袭了他母亲的坚毅，各位……

“……以及他母亲淡褐色的眼睛。”

3 俱 乐 部

斯蒂芬跟往常一样送我们到门口，手中拿着外套，祝大家有个最快乐的圣诞节，也谢谢大家的慷慨。我故意留到最后才走，等我开口说话的时候，斯蒂芬脸上没有丝毫意外的神色。

“如果你不介意的话，我想问一个问题。”

他微微一笑。“问吧，”他说，“圣诞节是问问题的大好时机。”

从左端的走廊一直走下去，老爷钟的滴答声清晰可闻，那是时间消逝的声音；这个走廊通向一个大厅，但我从来没去过。我可以嗅到旧皮革与涂油木柴的味道，但比这两种味道还要淡的，是斯蒂芬的刮胡水。

“不过我得警告你，”斯蒂芬说话时，门外卷起一阵冷风，“如果你还想来的话，最好不要问太多。”

“有人因为问太多而被挡在门外？”其实我并不想用“挡在门外”四个字，但一时只想得出这句话。

“不是，”斯蒂芬回答道，他的口气和以往一样低沉、一样彬彬有礼，“是他们自己决定不再上门的。”

我望着他的眼睛，背脊不禁蹿起一阵凉飕飕的感觉，仿佛有一只冷冰冰的无形大掌搁在上面，我突然记起有一天晚上听见由楼上传来的奇怪碰撞声，不禁想知道楼上到底有多少房间。

“艾德利先生，要是你有什么问题，请提出来，夜已深了——”

“你待会儿要搭长途夜车？”我问道，但斯蒂芬仍然一无表情。“好吧，”我说，“图书室里有些书我在别的地方都找不到——纽约公立图书馆里没有，所有古书商的图书目录里也都没有，当然目前尚在发行的图书书目里更没有了。小房间里的撞球桌是‘诺得’牌，我从没听说过这种牌子，于是我打电话问国际商标局，查出两个‘诺得’牌——一家制造滑雪板，一家是木质厨具供应商。长房间里有一个‘西丰’牌唱片点唱机，商标局里登记的只有‘西伯’牌，但没有‘西丰’牌。”

“艾德利先生，你的问题是什么？”

他的声音依然温和，但他的眼中突然有一种好可怕的东西，不，我得说确切些，不仅是他的眼睛，连周遭都弥漫着一股恐怖气氛，从左端大厅传来的滴答声，已不再是不断摆动的老爷钟钟摆发出的声音，而是刽子手在绞刑台上的脚步声，皮革与油的味道变得刺鼻而吓人。这时自门外又卷进一阵狂风，我几乎认定门被吹开的时候，映入眼帘中的将不是35街，而是奇幻小说家克拉克·A.史密斯笔下的诡异景象：光秃秃的地平线上扭曲的树影，背后两颗火红的太阳逐渐滑落天际，散发出令人毛骨悚然的红光。

他知道我想问什么，我是从他的灰色眼睛里看出来的。

我想问的是：*这些东西都是打哪儿来的？喔，斯蒂芬，我知道你是从哪儿来的，你的口音是纯粹的布鲁克林腔，而不是来自不知第几度空间，可是你究竟都去哪儿了？为什么你的眼中、脸上会深印着那种超越时间的神情？还有，斯蒂芬——*

我们“这一刻”究竟是在什么地方？

但他一直在等我发问。

我张开嘴，问的问题却是：“楼上的房间很多吗？”

“喔，是的，先生。”他说道，一直盯着我的眼睛。“多着呢！说不定还会迷路，其实还真有人迷失过；有时候我觉得房间和走廊好像有好几英里那么远。”

“还有入口与出口？”

他的双眉稍扬。“喔，是的，还有入口与出口。”

他还在等我问问题，但我问的已经够多了，我想——我已走到临界点了，再走下去，也许我会疯掉。

“谢谢你，斯蒂芬。”

“不客气，先生。”他替我撑起外套，我两手滑了进去。

“还会有更多的故事？”

“先生，这里总是有更多的故事。”

那天晚上已经过去许久了，从那时到现在，我的记忆力没有改善多少（到了我这把年纪，记忆力越来越差才是真的），但我还清清楚楚记得斯蒂芬替我开门的刹那间，我心中是多么恐惧，以为会见到那一幕炼狱般的诡异景象，生怕见到那两个血红色的太阳西沉后，可能带来一小时、十小时甚至一万年的黑暗。我解释不清楚，但我可以告诉你，那个世界确实存在——我很肯定，就像麦卡朗说史黛菲的断头还在呼吸一样肯定。就在斯蒂芬开门的超越时间的刹那间，我觉得斯蒂芬会把我推入那个世界，然后我就会听见身后传来关门声，永远把我关在门外。

不过我看到的是35街，街角停着一辆出租车正排出缕缕废气，我感到一阵彻底的轻松，几乎手脚发软。

“没错，总是有更多的故事。”斯蒂芬重复道，“晚安，先生。”

总是有更多的故事。

的确如此，也许很快的，有一天，我会再说一个故事。

后　　记

虽然我最常被问到的问题是："你是打哪儿得到这些构想的？"但问的次多的问题应该是："你只写恐怖小说吗？"等到我否认的时候，实在很难看出问问题的人究竟是失望，还是大大松了一口气。

在我出版第一本小说《魔女嘉莉》之前不久，我的编辑比尔·汤普森写了一封信给我，建议我开始思考下一本书该写什么。（也许你会觉得有点奇怪，连第一本小说都还未问世，怎么就开始想下一本了？不过由于一本小说出版前花费的时间，几乎与电影的后期制作过程一样漫长，当时我们已经跟《魔女嘉莉》纠缠了很久——几乎有一年的时间。）收到信后，我立刻寄出两本小说的手稿给比尔，一本为《布莱泽》（*Blaze*），另一本是《二次降临》（*Second Coming*）；前一本是在《魔女嘉莉》完成后立刻动笔写的，花了我六个月的时间，那时候，《魔女嘉莉》的手稿还躺在编辑的抽屉里呢！后一本是在《魔女嘉莉》如牛步般缓慢的出版过程中写的。

《布莱泽》是一本通俗小说，内容是关于一个近乎低能的大块头罪犯绑架了一个小婴儿，准备向孩子富有的父母勒赎……结果却爱上这孩子的故事。《二次降临》讲的是吸血鬼肆虐缅因州小镇的故事，两本小说都有几分文学模仿的成分；《二次降临》模仿《吸血鬼》（*Dracula*），《布莱泽》则模仿史坦贝克（John Steinbeck，1902—1968）的《人鼠之间》（*Of Mice and Men*）。

我想比尔看到我寄去的一大箱手稿之后，一定大吃一惊——就好比有个女人原本只想要一束花，却发现丈夫出去买了整个花房给她一样。（其中《布莱泽》的有些部分还打印在牛奶账单的背面，《二次降临》的手稿上闻得到酒味，因为三个月前在除夕宴会上，有位仁兄把啤酒打翻了，泼洒在稿纸上。）两份手稿加起来，密密麻麻大概有五百五十页左右。

两星期之后，他把两本稿子都读完了（简直是编辑中的圣人），我也从缅因州赴纽约庆祝《魔女嘉莉》出版（一九七四年四月时，我的朋友兼邻居约翰·蓝侬还活着，尼克松仍然坐在总统宝座上，而我的胡子里也还找不到一根白毛），同时讨论接下来应该先出版哪一部小说……还是两部都不适合出版。

我在纽约待了两三天，我们绕着这个主题谈了三四次，最后的结果是在公园大道与第46街的交叉口决定的。比尔跟我正站在那里等着红灯转绿灯，注视着出租车驶进隧道中，然后比尔说道："我想先出《二次降临》好了。"

正好，我自己也比较喜欢这本——可是他的口气有点奇怪，好像不太情愿，于是我抬起头来问他是怎么一回事。"没什么，不过如果前一本书是写一个能以心灵力量移动物体的女孩，接着又出这本关于吸血鬼的书，你可能会被定型。"他说道。

"定型？"我问道，真的是一头雾水，我实在看不出吸血鬼与能隔空移物的超能力之间有什么相同的地方。"什么型呀？"

"专写恐怖小说的作家。"他说道，口气更勉强了。

"喔！"我说道，大大松了一口气，"就这样啊！"

"再过几年看看，"他说道，"到时候，看你还说不说'就这样啊！'"

"比尔，"我说，心中颇觉有趣，"在美国，没有人能专靠写恐怖小说谋生。洛夫克莱夫特[1]长期饿肚子，布洛奇[2]后来根本放弃而改写悬疑小说和不知算什么类型的戏谑之作。你看吧，电影《大法师》掀起的热潮只是昙花一现。"

转绿灯了，比尔轻拍我的肩膀说道："你会非常成功，但我觉得你还是不明白。"

他比我更清楚真实状况，后来事实证明，在美国还真能靠写恐怖小说赚钱。《二次降临》后来改成《撒冷地》这个书名，出版后销售奇佳。当时我跟家人已迁往科罗拉多州，着手写一本新的小说，内容是关于一间闹鬼的旅馆。有一次在赴纽约时，我和比尔在一家名为"嘉士伯"的酒吧里聊到半夜（一头淡灰色的大雄猫显然把点唱机据为己有，你得把它抱起来，才能看见有哪些歌可点），并将小说的情节说给他听，听到最后，他把手肘撑在桌上，头埋在手中，活像他得了严重的偏头痛。

"你不喜欢这个故事？"我问。

"我很喜欢。"他言不由衷地说道。

"那么有什么不对吗？"

"先是一个有超能力的女孩，再来是吸血鬼，现在又是闹鬼的旅馆跟能通灵的小男孩，你会被定型的。"

---

1 洛夫克莱夫特（H.P.Lovecraft，1890—1937），恐怖与奇幻小说作家，斯蒂芬·金称他为"二十世纪最伟大的古典恐怖小说作家"。

2 布洛奇（Robert Bloch），著名作品为《惊魂记》(*Psycho*)。

这一回我比较认真地思考了一下，我想到许多恐怖小说作家，例如洛夫克莱夫特、克拉克·A.史密斯、弗兰克·贝尔克纳普·朗恩、弗里兹·雷伯、罗伯·布洛奇、理查德·麦西森、秀兰·杰克森（是的，即使她都被归为恐怖小说作家）等，多年来他们都让我得到不少乐趣。于是在嘉士伯酒吧里，看着猫睡在自动点唱机上，而坐在我身旁的编辑把头埋在手中，我明白，我的情况也可能更糟。例如，我可能成为像约瑟夫·海勒那样的“重要”作家，每七年左右才出版一部小说；或变成像约翰·加德纳这类作家，作品较艰涩，不那么大众化，读者全是些优秀学者，他们吃健康食品、开着旧绅宝汽车（车子后面的保险杆还贴着“支持金恩·麦卡锡担任总统”的褪色贴纸）。

“没有关系，比尔，”我说，“如果读者喜欢，我就继续写恐怖小说好了，这样也不错。”

我们再也没有讨论过这个问题；比尔仍然做他的编辑，我则继续写我的恐怖小说，我们两人都不需要看心理医生。这是一笔好交易。

于是我被定了型，但我并不是很在意——毕竟大多时候，我写的确实是恐怖小说。不过我写的只是恐怖故事吗？如果你读了前面的故事，就会知道并非如此……不过每个故事里都包含了一些恐怖的元素，不仅仅是《呼—吸—呼—吸》而已——《尸体》中吸血虫那档子事就颇吓人的，《纳粹高徒》里的梦中意象也同样可怖，天晓得为什么，我的脑子好像迟早都会转回那个方向。

这里的每篇稍长的故事都是我在完成一部长篇小说后写成的——似乎我每完成一项浩大的工作后，瓦斯桶中残留的燃料都刚好足够我写一篇中篇小说。最早完成的《尸体》写于《撒冷地》之后，《纳粹高徒》则是《闪灵》完成后，花了两个星期写成（《纳粹高徒》写完后，我精疲力竭，停笔了三个月）；《肖申克的救赎》写在《死亡区域》就绪之后，《呼—吸—呼—吸》则是四个故事中最慢完成的作品，在《凶火》写竣之后动笔。

这些故事以前都不曾出版过，甚至不曾交付出版商评估，为什么呢？因为每个故事都在二万五千字到三万五千字之间——虽不是非常精确，但大致差不多吧。我得告诉你：即使最大胆的作家，碰到二万五千到三万五千字这个数目，也会心惊胆跳。我们很难明确划定某一部作品究竟是小说还是短篇故事，至少不能以字数来界定，不过当一个作家写出近二万字的东西时，他知道这已经接近短篇故事的上限了。同样的，如果他写的故事超过四万字，就比较接近一篇小说。但是，在二万字以下与四万字以上这两块较明确的区域之间是个模糊地带，作家写到这个地方时，才猛然发觉自己来到小说中可怕的三不管地带——“中篇小说”。

从艺术的角度而言，中篇小说并没有什么不对；当然，马戏团里那些畸形怪胎也没什么不对，只是在马戏团以外的世界里，你就难得看到这类人；我的意思是，伟大的中篇小说很多，可是传统上总是只能在类型小说迷的小众市场上销售（这还是客气的说法，比较不客气、但更正确的说法是：几乎乏人问津）。你可以把一部很好的中篇推理小说卖给《艾勒里昆恩推理杂志》、《麦可仙恩推理杂志》，或把中篇科幻小说卖给《惊愕》、《类比》等杂志，甚至《全知》或《科幻小说杂志》。讽刺的是，好的中篇恐怖小说也有市场：前面提过的《科幻小说杂志》是其中一个例子，《阴阳魔界》是另外一个例子，其他还有许多原创恐怖小说的选集，例如由双日书屋出版、葛兰特编辑的“幽影”系列。

但是对于只能用“主流”二字来形容的中篇小说（这个形容词和“类型”一样令人沮丧）……就市场性而言，你的麻烦可大了。你忧愁地看着自己二万五千字到三万五千字的手稿，打开一瓶啤酒，在脑中听到一个很重的外国腔问道：“先生，您好，欢迎搭乘革命航空公司的飞机，旅途愉快吗？应该还不错吧！先生，欢迎加入中篇小说的行列，我猜您会很喜欢这趟旅程！来根便宜雪茄吧！把脚翘起来休息休息，我想您的小说还会放在这里很久、很久……对不对？哈—哈—哈—哈—哈！”

真令人沮丧。

从前，这类故事真的有市场（他哀叹）——例如《星期六晚邮报》和《柯立尔》、《美国水星》等杂志，不管长篇或短篇故事，都是这类刊物的主要内容。如果故事太长而无法在一期内刊登完毕，他们就会采取连载方式，分三期、五期或九期登完。当时还没有人想到“浓缩”或“摘要”小说的可怕方式（《花花公子》和《柯梦波丹》尤其喜欢这种糟糕的做法，你现在可以在二十分钟内读完整本小说），杂志会提供充分的篇幅来刊登小说。我还记得从前我会花一整天在家里等邮差送信，因为最新的《星期六晚邮报》即将出刊，而之前曾经预告本期将刊登雷·布莱德伯利的最新小说，或因为凯伦的连载小说将于本期刊出完结篇。

（那种迫不及待的焦虑心情，让我成为醒目的目标。邮差终于出现了，当他穿着短袖夏季制服、背着邮包、踏着轻快步伐走来，我会在走道尽头等他，身体动来动去，好像急着要上厕所的样子，一颗心简直快跳到胸口。

他脸上冷然一笑，递给我一张电费单，其他什么都没有。我的心陡地下沉。最后他于心不忍，终于把《星期六晚邮报》递给我，封面是由洛克威尔所绘、满脸笑容的艾森豪威尔，里面有一篇关于索菲亚·罗兰的报道，还有由派特·尼克松执笔的文章《我说他是个很棒的人》，她说的是谁呢，你猜，当然是她的先生尼克松啦。还有很多故事，有长篇、有短篇，还有凯伦连载小说的完结篇。谢天谢地！）

而且这样的情形还不是偶尔为之，而是每个星期都发生！每当《星期六晚邮报》送来的时候，我猜我简直是整个东岸最快乐的小孩！

现在还有一些杂志会刊登长的小说——《大西洋月刊》和《纽约客》特别同情写出三万字小说的作者所碰到的出版问题，不过这些杂志并不特别欢迎我写的故事，因为我写的东西比较平淡，文学性不太强，有时又太冗长累赘（虽然要我承认这点是非常痛苦的事）。

但就某种程度而言，我猜我的小说之所以如此畅销，还得归功于这些特质（尽管这些特质似乎不太值得赞赏）。我的小说大多是发生在平凡人身上的平凡故事，就好像文学界的麦当劳推出麦香堡和大包薯条一样。我懂得欣赏优雅的散文，但是发现自己很难或根本不可能写出那样的文章（所以我欣赏的作家大都是像西奥多·德莱赛或诺里斯之类的写实作家）。如果把“优雅”这个元素抽离了作家的文笔，他就只剩下一条强壮的腿可以立足，那条腿就是“分量”。结果，我总是努力写出有分量的作品。换句话说，如果你发现你无法像纯种马一样奔驰，还是可以拼命发挥脑力（阳台上传来一个声音：“你说什么脑子？”哈！哈！很幽默，走开吧，你！）。

结果就是，当谈到你刚刚阅读的这几个短篇故事时，我发现自己的处境令人困惑。人们说我的小说受欢迎的程度，已经到了即使我想拿送洗衣物单去出版都成（在批评家口中，过去八年来，我写的东西不过就是又臭又长的洗衣单），但是我却无法出版这几篇故事，因为这些故事的长度说长不长，说短又不短，如果你明白我的意思。

“我明白了，先生！脱掉鞋子！喝点廉价的朗姆酒！等会平庸革命钢铁乐团就要为我们演奏几首千里达歌曲。我想你会喜欢的。还有很多时间，先生。时间还有很多，因为我想你的小说会——”

——放在这里很长一段时间，对呀、对呀，太棒了，你何不找个地方去推翻哪个帝国主义的傀儡民主政权？

我最后决定看看我的精装版小说出版商——维京出版社与平装版小说商——新美国图书馆出版社，对这几个故事有没有兴趣，故事分别是关于一个很特别的越狱犯、一个老人和一个男孩被困在一种相互寄生的关系中、四个乡下小孩的发现之旅，以及年轻女人决定不管发生什么事都要生下小孩的恐怖故事（或许故事其实是关于那个不是俱乐部的俱乐部），结果出版商说他们愿意出版。这就是我如何让这四篇很长的故事挣脱中篇小说的奇怪处境的经过。

我希望你们喜欢这些故事。

喔，关于定型这件事，我还有另外一件事要提一提。

大约一年前，有一天我告诉我的编辑——不是比尔，而是新编辑，一个名叫阿伦·威廉斯的好人，精明、机智而能干，但经常在新泽西的某个地方担任陪审员。

“爱死你的《狂犬库丘》了。”阿伦说。（当时编辑部正在准备那本小说的出版作业，内容是关于一只长毛狗的真实故事，刚刚才写完。）“有没有想到下一本要写什么？”

似曾相识的感觉出现了，以前我就有过这样的谈话。

“嗯，有了，”我说道，“我已经有一些概念——”

“说说看。”

“你觉得出版一本四个中篇小说的合辑如何？大部分都是普通故事，你觉得如何？”

“中篇小说？”阿伦说道；他是个大好人，但从他的声音听来，那天的好心情好像突然打了折扣，仿佛他刚赢来两张革命航空的机票，要去某个奇怪的小小香蕉共和国。“你的意思是长篇故事？”

“是的，一点也不错，”我说道，“我们就称这本书为《不同的季节》[1]什么的，这样大家看了，就知道这本书讲的不是吸血鬼或闹鬼的旅馆之类的故事。”

“那么下一本小说是不是关于吸血鬼的故事？”阿伦满怀希望地问道。

“不，我想不是；你说呢，阿伦？”

“描写闹鬼的旅馆如何？”

“不，我已经写过闹鬼的旅馆了。阿伦，你不觉得《不同的季节》听起来很不错吗？”

“听起来好极了，斯蒂芬。”阿伦说着叹了口气，仿佛一个大好人坐在革命航空公司新飞机的三等舱中，看到前座椅背上有蟑螂爬来爬去时发出

---

1 本书英文原名为 Different Seasons，即“不同的季节”，台湾译本译为《四季奇谭》。

的无奈叹息。

“希望你会喜欢。”我说。

“我可不这么认为。里面能不能有一篇是恐怖故事？”阿伦问，“只要一篇就行？有点像……‘类似的季节’（而不是不同的季节）？”

我微微一笑——仅仅微微一笑——一边想着史黛菲与麦卡朗医生的呼吸方法。“我大概可以加强一点恐怖气氛。”

“好极了！还有那本新小说——”

“写一辆闹鬼的车如何？”

“这才对呀！”阿伦喊道，我感觉得出来，他待会儿回去开编辑会议（或坐上陪审席）时，会非常快乐；我也很快乐——我爱我的鬼车，我想它会让很多人在天黑后穿过闹市时变得紧张兮兮。

不过我也很爱这本书里的每一个故事，而且我想我会永远喜爱这些故事，希望所有读者也喜欢，希望这几个故事能像所有的好故事一样——使你们暂时忘却积压在心头的一些现实问题，带你们到从未去过的地方，这是我所知道的最可爱的魔术。

好了，我得走了，再见，请各位保持头脑清醒，读些好书，做点有用的事，快快乐乐地生活。

献上我的爱与祝福　斯蒂芬·金

一九八二年一月十四日于美国缅因州